I0751192

LES MOHICANS DE PARIS

LAGNY. — TYPOGRAPHIE DE VIALAT.

MONSIEUR JACKAL.

LES MOHICANS DE PARIS.

TYP. J. CLAYE.

LES MOHICANS DE PARIS

PAR

ALEXANDRE DUMAS

TOME SECOND

PARIS
DUFOUR, MULAT ET BOULANGER, ÉDITEURS
6, RUE DE BEAUNE, PRÈS LE PONT-ROYAL
(Ancien hôtel de Nesle)

1859

LES

MOHICANS DE PARIS

I

LE PRISONNIER DE SCHŒNBRUNN.

Pendant les quelques minutes qui suivirent cet élan de deux cœurs fondus dans le même amour, le jeune prince demeura profondément pensif, et M. Sarranti put l'examiner à loisir. Le résultat de cet examen fut, qu'au moment où le prince releva la tête et ouvrit la bouche pour adresser la parole à M. Sarranti, les yeux de celui-ci rayonnaient de joie.

C'est qu'en effet, pendant que le prince était ainsi plongé dans de profondes réflexions, le côté mâle de sa beauté apparaissait au conspirateur dans tout son éclat. Le visage du jeune prince exprimait, en ce moment, tous les sentiments qu'avait éveillés dans son cœur le récit du fidèle compagnon de son père, c'est-à-dire la colère et la fierté, la tendresse et la force. Or, cette physionomie pleine d'expression, cette bouche pleine de dédain, ces yeux pleins d'éclairs, c'était bien la beauté idéale qu'il avait rêvée pour le fils de son héros; et il regretta amèrement que le général Lebastard de Prémont ne fût point là pour le contempler avec lui.

— Merci encore une fois, Monsieur, lui dit le prince en relevant de terre ses beaux yeux encore humides de larmes et en lui tendant la main; merci de la joie et de la tristesse que vous m'avez causées depuis une heure. Maintenant il vous reste à me dire ce qui vous est arrivé à vous et ce que vous avez fait, depuis le jour où vous avez quitté mon père jusqu'à aujourd'hui. — Sire, dit Sarranti, il ne s'agit point de moi, et je me regarderais comme coupable de vous faire perdre de précieux moments. — Monsieur Sarranti, dit le prince d'une voix ferme et douce qui fit tressaillir le vieux soldat, car dans l'intonation de cette voix il venait de reconnaître certaines cordes de la voix de son ancien maître; monsieur Sarranti, ces moments, que vous craignez de me faire perdre, étant les plus heureux que j'aie jamais vécus, permettez-moi de les prolonger autant qu'il me sera possible. Répondez donc, je vous prie, à toutes mes questions.

Sarranti s'inclina en signe d'obéissance.

— J'ai vu dans les journaux, continua le jeune homme, que vous étiez compromis dans un complot qui avait pour but de me faire rentrer en France; il y a déjà près de sept ans de cela. Des brochures, faites dans un mauvais esprit, m'ont révélé le nom de quelques martyrs : contez-moi leur vie, leur lutte, leur mort; ne me cachez rien, j'ai, je l'espère, un esprit fait pour tout comprendre, un cœur fait pour tout sentir; n'affaiblissez rien, j'ai, dès longtemps, rêvé l'heure qui vient de sonner, et je suis préparé à tout.

Alors l'infatigable conspirateur lui raconta tous les détails du complot qui lui avait fait quitter la France en 1820, complot dont nous avons nous-même dit quelques mots dans le dix-huitième chapitre de notre premier volume; puis il conduisit à sa suite le jeune prince dans le Pendjab, lui montra la cour de cet homme de génie qu'on appelait Ranjit-Singh, sa réunion avec le général Lebastard de Prémont; il lui dit comment il avait, lui Sarranti, adouci la douleur causée par la mort du père, en rattachant au fils cette vie de dévouement perdue au fond de l'Inde; et comment enfin, à partir de ce moment, le général et lui n'eurent plus qu'une idée, qu'un projet, qu'un but, la grande entreprise qu'ils étaient enfin venus mettre à exécution à Vienne. L'enlèvement de Napoléon II. Le prince écouta tout avec une admiration soucieuse.

— Et maintenant, dit-il, nous voilà face à face; je connais votre but : quels sont vos moyens d'exécution? — Sire, nos moyens d'exécution sont de deux sortes, les moyens matériels, les moyens politiques. Les moyens matériels sont des crédits sur les maisons Arstein et Eskeles, de Vienne, Grotius, d'Amsterdam, Baring, de Londres, Rotschild, de Paris. En réunissant tous ces crédits nous pouvons compter sur plus de quarante millions. Nous avons six colonels qui répondent de leurs régiments. Deux de ces colonels seront en garnison à Paris, à compter du 15 février prochain. Nous avons tous les généraux de l'empire restés fidèles à l'empire. Maintenant, quant aux moyens politiques, une révolution formidable est sur le point d'éclater en Pologne, en Allemagne, en Italie. Qu'il se forme un mouvement libéral en France, et ce mouvement, comme Encelade, changeant de place, remuera le monde. — Mais la France! mais la France! demanda le jeune homme, ne permettant pas à Sarranti de s'écarter du point où ses yeux étaient fixés. — Votre Altesse y a-t-elle suivi le mouvement des esprits? — Comment voulez-vous que je suive le mouvement des esprits? On tire incessamment un voile entre la vérité et moi; des bruits m'arrivent, voilà tout; des lueurs m'éblouissent, et pas autre chose. — Oh! Monseigneur, alors vous ignorez combien l'heure est favorable; si favorable, Monseigneur, que si la révolution ne se fait pas au profit de votre nom, elle se fera au profit d'un homme ou d'une idée. Cet homme, c'est le duc d'Orléans; cette idée, c'est la république. — La France est donc mécontente, Monsieur? — Elle est plus que mécontente, Monseigneur, elle est humiliée. — Elle se tait, cependant. — Comme l'écho, Monseigneur. — Elle plie. — Comme l'acier. La France ne pardonnera pas aux Bourbons l'invasion de 1814, l'occupation de 1815; la dernière amorce de Waterloo n'est pas brûlée, et il ne lui faut qu'un prétexte, une occasion, un signal pour prendre les armes. Ce prétexte, le gouvernement le lui offre, avec ses lois sur le droit d'aînesse, avec ses lois contre la liberté de la presse, avec ses lois contre le jury; cette occasion, elle se présentera; à propos de quoi? Je n'en sais rien. A propos de la première chose venue: le verre est plein, une goutte d'eau le fera déborder. Ce signal, c'est nous qui le donnerons, Monseigneur, quand nous aurons là sous la main, pour appuyer notre mouvement, l'autorité de votre nom. — Mais, demanda le jeune prince, quelles preuves pouvez-vous me donner des dispositions de la France à mon égard? — Quelles preuves, Monseigneur? Ah! prenez garde de devenir ingrat pour cette mère qui vous adore. Quelles preuves! mais une conspiration permanente depuis 1815; la tête de Didier, tombée à Grenoble; les têtes de Tolleron, Pleignier et Carbonneau, tombées à Paris; la tête des quatre sergents, roulant en Grève; Berton, fusillé à Saumur; Caron, fusillé à Strasbourg; Tane, s'ouvrant les veines dans sa prison; Dermoncourt, fuyant sur les bords du Rhin; Carrel, traversant la Bidassoa; Manoury, trouvant un refuge en Suisse; Petit-Jean et Beaume, gagnant l'Amérique. Ignorez-vous l'existence de cette formidable association, née en Allemagne sous le nom d'Illuminisme, transportée en Italie sous le nom de Carbonarisme, et poussant à cette heure, à l'ombre des catacombes, sous le nom de Charbonnerie, à Paris? — Monsieur, dit le prince en se levant, je vais vous donner une preuve que je sais tout cela, mal peut-être, mais cependant aussi bien que je puis le savoir. Oui, je connais les noms de tous ces martyrs, mais est-ce bien pour moi qu'ils sont morts, Monsieur? Quelques-uns ne conspiraient-ils pas pour le duc d'Orléans: Didier, par exemple; d'autres pour la république: ainsi, Dermoncourt et Carrel?

M. Sarranti fit un mouvement. Le prince alla à sa bibliothèque; puis, d'un rayon secret caché derrière les autres et renfermant quelques livres et quelques brochures, il tira un volume in-octavo qu'il ouvrit à la première page. Puis, le présentant tout ouvert à M. Sarranti.

— Voyez, dit-il.

M. Sarranti lut tout haut:

« Plaidoyer de M. Marchangy, avocat général, prononcé le 29 août 1822 devant la cour d'assises de la Seine, dans l'affaire de la conspiration de la Rochelle. »

— Vous voyez, dit le prince. Eh bien, huit jours après la publication de ce réquisitoire, on me le faisait passer ici. Qui? je l'ignore. Quoi qu'il en soit, sous le fatras de la forme, j'ai deviné le fond; or, savez-vous ce qui est résulté pour moi de cette lecture, Monsieur? — Non, Monseigneur. — C'est qu'aucun de ces complots n'avait de but arrêté, certain, immuable. Je suis un esprit positif, monsieur Sarranti, et je n'ai les enthousiasmes ardents ni des Corses, ni des Français; sans avoir un goût très-prononcé pour les sciences exactes, je pense et j'agis mathématiquement; plaignez-moi de ressembler davantage à un homme du Nord qu'à un homme du Sud : la cire est française, l'empreinte est teutonique. Eh bien, je vous le dis et je vous le répète, aucune de ces conspirations ne m'a paru sérieuse. Je vois bien que la révolution est dans toutes les têtes et la liberté dans tous les cœurs; je vois bien qu'on veut renverser le gouvernement des Bourbons, mais pour y substituer quoi? pour mettre en sa place quel ordre de choses? Voilà ce que je cherche vainement, voilà ce que je ne vois pas. — Monseigneur, c'est incontestablement l'empire qu'on substituera au gouvernement qui existe. — Monsieur Sarranti, fit le jeune prince en secouant la tête. — Oh! quant à cela, personne n'en doute, Monseigneur, dit Sarranti avec la conviction de la foi. — Excepté moi, Monsieur, dit le duc de Reichstadt; et c'est bien quelque chose dans la circonstance où nous sommes. — Oh! Monseigneur, c'est votre aïeul François II, c'est M. de Metternich qui vous disent cela. — Non, c'est M. de Marchangy. — Ouvrez ce livre au hasard, Monseigneur, et vous y verrez, à la première page venue, avec quel enthousiasme frénétique les populations de Rennes, de Nantes, de Saumur, de Thouars, de Verneuil et de Strasbourg ont acclamé le nom de Napoléon II. — Soit, Monsieur, dit le jeune prince, ouvrons et voyons.

Et ouvrant au hasard.

— Ouvrons à la première page venue, comme vous dites, Monsieur; tenez, voilà le livre ouvert : je suis tombé à la page 212, lisons :

« Il n'y avait pas de résolution concertée et arrêtée, puisqu'il y avait dissidence sur le choix du gouvernement. »

— J'ai eu la main malheureuse, comme vous voyez, monsieur Sarranti, dit le jeune prince; voyons la page suivante.

Et il lut :

« Les uns voulaient la république, les autres l'empire. »

— Vous voyez, Monseigneur, s'empressa de dire Sarranti, *les autres l'empire.* — Mais qui dit les autres, Monsieur, ne dit pas les uns. Les autres, ce n'est pas la France entière; mais continuons.

« Ceux-ci voulaient un prince étranger. »

— C'étaient de mauvais citoyens.

« Ceux-là un monarque élu dans la diète du peuple. »

— Vous continuez de remarquer, monsieur Sarranti, que nous n'entrons que pour un quart dans le vœu unanime de la population française. Suivons l'historien.

« Il n'y avait donc pas un but fixe, déterminé; car, pour renverser, il faut savoir ce qu'on doit substituer. »

LE DUC DE REICHSTADT.

LES MOHICANS DE PARIS.

TYP. J. CLAYE.

— C'est ce que je vous disais tout à l'heure, Monsieur, et à peu près dans les mêmes termes. Je suis fâché de me rencontrer avec cet avocat général; mais que voulez-vous, son opinion vient corroborer la mienne.

« Pour crier : « A bas tel ordre de choses! » il faut que l'on puisse proclamer en même temps une autre forme de gouvernement. »

— Ce n'est qu'une redite; mais à plus forte raison, Monsieur, cette redite est-elle la preuve que l'empire n'est pas le vœu unanime de la nation française. — Monseigneur, dit chaleureusement Sarranti, j'avoue avec vous que le principe qui travaille avant tout autre l'esprit de la France, c'est la révolution, c'est surtout la haine de la monarchie des Bourbons. On cherche, il est vrai, d'abord à abattre, comme l'homme qui fait un mauvais rêve cherche d'abord à s'éveiller. Mais qu'il se présente un chef, et chacun se mettra à l'œuvre de réédification. Qu'est-ce qu'un monarque élu dans la diète du peuple, sinon l'empire? Qu'est-ce que la république, sinon l'empire déguisé, ayant pour chef un empereur éligible sous le titre de consul ou de président? Quant à un prince étranger, qui donc veut-on désigner sous ce titre, si ce n'est vous, Monseigneur, prince français élevé à l'étranger, mais qui prouverez facilement que vous n'avez jamais cessé d'être Français? Vous voyez logiquement et mathématiquement; tant mieux, Monseigneur. Vous dites que la révolution n'a pas de but : je vous dis, moi, qu'elle n'a pas de chef. La veille du dix-huit brumaire, elle n'avait pas de but non plus; le lendemain, elle était incarnée dans votre père. Je vous le répète, Monseigneur, il vous suffira de paraître pour que toutes les opinions se confondent, pour que tous les partis s'unissent. Nommez-vous donc, Monseigneur, et paraissez. — Sarranti! Sarranti! s'écria le prince, prenez garde à la responsabilité que vous prenez vis-à-vis de l'avenir. Si j'allais échouer, si j'allais jouer le rôle de Charles-Édouard, si j'allais ternir la mémoire de mon père, si j'allais abaisser le grand nom de Napoléon; parfois je suis presque heureux qu'on ne me l'ait pas laissé, ce nom; grâce à ce vol qu'on m'a fait, il n'est pas mort lueur à lueur; la destinée a soufflé dessus et l'a éteint au milieu d'une tempête. Sarranti! Sarranti! si un autre que vous me donnait un pareil conseil, je ne l'écouterais pas une seconde de plus. — Monseigneur, s'écria Sarranti à son tour, je ne suis que l'écho de la voix de votre père. L'empereur m'a dit : Arrache mon fils bien-aimé des mains de l'homme qui m'a trahi! et je viens vous en arracher. L'empereur m'a dit : Remets sur le front de mon fils la couronne de France! et je viens vous dire, sire : Rentrons dans votre bien-aimée ville de Paris, que vous ne vouliez pas quitter! — Silence, silence! murmura le jeune homme à voix basse, comme effrayé doublement et du conseil et du titre qu'on lui donnait. — Oui, sire, répéta Sarranti, silence, silence dans cette prison où Votre Majesté accomplit un si douloureux martyre; mais les temps sont proches où nous pourrons crier votre grand nom au soleil, avec de telles voix que l'Océan le portera de vague en vague jusqu'à la tombe de votre père. Brisez donc vos chaînes, Monseigneur! Brisez vos barreaux, sire, et partons! — Sarranti, dit le prince d'une voix ferme et qui annonçait que, sa résolution une fois prise, il ne s'en dessaisirait plus, écoutez-moi. En supposant que je consente à vous suivre, avant de prendre cette grande résolution, je dois m'entretenir encore et longuement avec vous; j'ai mille objections à vous faire, que vous vaincrez, je n'en doute pas; mais vous comprenez, mon ami, je ne veux pas être entraîné, je veux être convaincu. Mon ambition jusqu'à présent avait été d'acquérir dans l'armée une simple illustration militaire. Voilà maintenant que je rêve un trône, et quel trône?... celui de la France. Voyez le chemin que vous m'avez fait faire en quelques heures; voyez, depuis que vous êtes ici, de quels pas de géant nous avons marché; donnez à mon âme le jour de demain pour se remettre, Sarranti. D'ici là je me serai essayé, dans la solitude et le silence, à porter la grande armure de mon père; et vous retrouverez, je l'espère, un homme, à la place où vous aurez laissé un enfant. Mais aujourd'hui, mon ami, j'ai le cœur plein de sentiments si divers, que je serais incapable de vous parler avec le sang-froid nécessaire à méditer un si vaste dessein. Donnez-moi vingt-quatre heures, Sarranti. Au nom de mon père dont j'ai à consulter l'ombre, je vous les demande. — Vous avez raison, Monseigneur, dit Sarranti d'une voix aussi tremblante que celle du jeune prince était solennelle. J'ai été moi-même plus loin que je ne voulais aller. En entrant ici je ne voulais vous parler que de votre père, et malgré moi j'ai été entraîné à vous parler de vous. — Ainsi donc, à après-demain, si vous le voulez, mon ami. — A après-demain, sire, à la même heure. — A la même heure. Vous apporterez la liste des généraux, des colonels et des régiments dont vous pouvez disposer, puis une carte de poste de l'Europe; je veux me rendre compte de la distance que nous avons à parcourir. Venez ici, en un mot, avec un plan de fuite bien dressé, et vos projets développés en quelques lignes. — Monseigneur, dit Sarranti, il y a une personne que je n'ose aller remercier de peur de donner des soupçons. Cette personne, Monseigneur, vous la verrez avant moi; remerciez-la en mon nom, je vous en supplie. Après vous, Monseigneur, cette personne a le droit de disposer de ma vie. — Soyez tranquille, dit le prince en rougissant légèrement.

Et il présenta la main à Sarranti, qui, au lieu de la lui serrer, la baisa respectueusement, comme en quittant Sainte-Hélène il avait baisé la main de l'empereur!

II

MONTROUGE ET SAINT-ACHEUL.

Laissons Rosenha à son amour, le duc de Reichstadt à son rêve, Sarranti et le général Lebastard de Prémont à leur espoir, et revenons à Paris, c'est-à-dire au véritable centre des événements qui composent notre récit.

Un grand travail nous y attend, et nous comptons sur la patiente curiosité de nos lecteurs pour nous aider à l'accomplir. Il s'agit de faire halte un instant, et pendant cet instant de jeter un regard investigateur sur cette année 1827, dont nous ouvrons les portes, et qui est une des plus remarquables du siècle.

Dans le premier chapitre de ce livre, et remarquez, chers lecteurs, que nous en sommes déjà séparés par cent six chapitres, c'est-à-dire par la matière d'un roman ordinaire; dans le premier chapitre de ce livre, où l'auteur lève le rideau sur le théâtre de son drame, il a essayé de donner à ses lecteurs une idée de ce qu'était le Paris physique et moral de cette époque.

Il est temps de dire maintenant, à cette heure où la lutte des quatre grands partis royaliste, républicain, bonapartiste et orléaniste va commencer, il est temps de dire ce qu'était la France politique, philosophique et artistique de cette même époque.

Nous allons le faire aussi rapidement que possible, et cependant qu'on ne presse pas trop notre marche : nous en sommes arrivés à la voie étroite qui conduit à 1830. Comme sur la route de Daulis à Thèbes nous allons rencontrer le Sphynx, et il s'agit, Œdipe moderne, de forcer le terrible oiseau-lion de nous dire l'énigme des révolutions.

Lecteurs, ou plutôt amis, accomplissez donc patiemment avec nous ce pèlerinage pieux que nous faisons vers le passé ; c'est dans le passé qu'il faut chercher le secret de l'avenir. Le présent a presque toujours un masque, et le passé, évoqué à la voix de l'historien, sortant de son tombeau comme Lazare, le passé répond seul avec sincérité. Revenons donc pour un instant à ce passé, qui est notre père, qui sera l'aïeul de nos enfants et l'ancêtre de nos petits-fils.

D'ailleurs, nous l'oublions trop, ce me semble, cette genèse de notre siècle ; une des grandes maladies de notre époque, où l'on vit si vite au milieu des troubles, où l'on est emporté si rapidement des événements aux catastrophes, c'est l'oubli. Or, l'oubli, c'est presque toujours l'ingratitude.

C'est surtout dans le cas où nous oublierions cette grande année 1827 que serait fait pour nous cet axiome que nous hasardons. L'année 1827, c'est le mois d'avril du dix-neuvième siècle ; comme dans le mois d'avril s'éveille et palpite le printemps, qui, au mois de mai, brisera de sa tête fleurie la couche de glace qui recouvre encore la terre, dès l'année 1827 s'éveille et palpite la liberté qui jaillira tout armée et resplendissante du sol volcanique de 1830.

Qu'y a-t-il de caché derrière les vapeurs lointaines qu'elle entrevoit en ouvrant les yeux ? Elle l'ignore ; mais la grande occupation de ce rêve qui précède sa vie, c'est la lutte contre tout ce qui peut l'empêcher de fleurir et de fructifier.

Dans un livre que nous venons d'écrire, mais qui n'a pas encore paru, nous avons passé la revue d'une autre époque, gigantesque aussi, magnifique aussi pour la France. Cette revue, c'était celle de la première moitié du seizième siècle, où tout se meut, où tout se transforme, où tout se renouvelle.

Eh bien ! en 1827 aussi, c'est la renaissance ; renaissance politique, philosophique, artistique ; c'est le combat à outrance de la lumière contre les ténèbres, de la liberté contre l'oppression, de l'avenir contre le passé. Le présent n'est souvent que le champ de bataille ; l'arène, c'est Paris. C'est de Paris, comme d'un foyer lumineux, que partent tous les rayons qui vont illuminer les mondes, éclairant les uns, embrasant les autres.

Pourquoi cela ? Parce que c'est un peuple de croyants qui s'agite ; tous ces hommes vaincront certainement, car ils combattent en toute sincérité et croient ce qu'ils désirent. Nous sommes un peu aujourd'hui à la révolution de 1830 ce que le Directoire était à celle de 1789. Nous la raillons et nous en vivons. Mais les générations futures, c'est notre espoir du moins, plus impartiales toujours que les contemporains, rendront justice aux grands hommes de toute sorte qui donnent à la première moitié de ce siècle un si éblouissant éclat.

Je sais, et madame Roland qui, ignorante de sa propre grandeur, se plaint dans ses Mémoires qu'il n'y ait pas un seul grand homme dans cette grande année *quatre-vingt-douze*, année des géants, madame Roland est là pour me servir d'exemple; je sais, dis-je, que les ombres des grands hommes du passé s'interposent toujours entre nous et les grands hommes du présent, et nous empêchent de voir nos contemporains sous un véritable jour. Mais un quart de siècle nous sépare déjà de l'année 1827, nous pouvons donc regarder en arrière et voir distinctement, comme du sommet d'une montagne, ce que nous n'avions entrevu que vaguement en bas, tandis que nous voyagions avec eux dans la vallée ou dans la forêt.

Le germe de la révolution de 1830 est déposé dans les flancs de la France dès le premiers mois de l'année 1827. Ces tressaillements qu'elle éprouve et qui la font frissonner à la fois de terreur et d'espérance, c'est la vie qui commence à battre dans le fruit de ses entrailles. L'enfantement sera lent, laborieux, pénible; les douleurs dureront trois ans; mais l'accouchement sera beau sous le soleil de juillet. L'année 1827 est féconde en iniquités, je le sais bien : il faut aux nations de ces rudes accoucheurs pour que les idées se fassent événements.

Abordons donc franchement cette succession de servitudes et de corruptions, de mensonges et de violences, de fraudes et de persécutions, qui illustrent fatalement l'année de l'incarnation.

Le gouvernement de Charles X, sous la pression des jésuites de Montrouge et de Saint-Acheul, s'enfonce dans la voie tortueuse dont il ne pourra plus sortir, car il est muet aux plaintes, sourd aux avertissements. Ce sont les indépendances les plus saintes qu'il flétrit un jour; le lendemain, ce sont les vertus publiques qu'il exile, les services rendus qu'il méconnaît, les illustrations qu'il souille, le bien qu'il éloigne, le mal auquel il fait signe de venir.

Esprit chagrin et anxieux, envahisseur et jaloux, despote et tracassier, le jésuitisme, accoudé comme un spectre sombre, se tient sous le dais du trône, derrière le fauteuil royal. Personne ne le voit, tout le monde le devine.

C'est de là qu'il souffle dans l'oreille du roi ses anathèmes contre toutes les gloires, ses jalousies contre toutes les fortunes, ses haines contre toutes les intelligences, son opposition à toutes les pensées généreuses. Il redoute toute âme libre, tout esprit élevé, toute existence indépendante. Il a raison : tout ce qui n'est pas son serviteur ou son esclave est son ennemi.

Or, les circonstances étaient graves, et la lutte promettait d'être acharnée. L'opinion publique et les pouvoirs inamovibles résistaient vigoureusement à l'envahissement de cette théocratie. Mais le roi, mais le ministère, mais tous les fonctionnaires du gouvernement recevaient le mot d'ordre de Montrouge et de Saint-Acheul, et le suivaient aveuglément.

On flairait vaguement, dans une époque où l'on eût cru cela impossible, quelque chose comme une guerre de religion. Où allait-elle éclater? on n'en savait rien. Cependant, selon toute probabilité, le champ de bataille serait en Portugal, et pour soutenir cette guerre, l'argent de tous les cloîtres, de tous les couvents, de toutes les associations jésuitiques de l'Italie, de la France et de l'Espagne, affluait dans la Péninsule.

Le jubilé de 1826 venait d'être fermé à Valence par un auto-da-fé. L'hérétique Ripoll avait été brûlé, comme si l'on eût été encore au XVe siècle. C'était le gant jeté aux idées libérales, c'était la trompette du défi sonnant devant le palais de Windsor.

Que risquait l'Espagne? n'avait-elle pas la France, l'Italie et l'Autriche pour alliées? Les chefs de la sainte ligue ne s'appelaient-ils pas Ferdinand VII, Charles X, Grégoire XVI et François II? Nous avons perdu de vue cette époque, et nous sommes étonnés quand l'un de nous, traversant les plaines mortes du passé, y réveille un semblant de vie en évoquant le souvenir et en forçant les événements de repasser devant nos yeux. C'était bien une nouvelle ligue, comme nous l'avons dit.

On faisait, de la Galicie à la Catalogne, le dénombrement des célibataires, des hommes mariés, des veufs, de tout ce qui, en un mot, était en état de porter le mousquet. On enrôlait des moines de tous les ordres, à qui l'on apprenait à faire l'exercice, à marcher au pas militaire, à ressusciter les processions de 1580. On rassemblait les épées, les lances, les armes à feu, les munitions de guerre, les munitions de bouche. On faisait des quêtes dans les couvents.

Il y avait, à Montrouge, une imprimerie qui fournissait des pamphlets à tous les couvents, à toutes les congrégations, à tous les séminaires, grands et petits, et ce qui dominait avant tout dans ces pamphlets, c'était la pensée de Rome contre l'Angleterre. Il n'y aurait de religion possible que quand l'Angleterre serait détruite. Chose étrange! Napoléon avait eu une pensée dans le but de l'émancipation; les Bourbons l'avaient dans le but de l'asservissement du monde.

On voulait la frapper dans l'Inde par la Russie, en Hanovre par la Prusse, dans les Pays-Bas et la Confédération germanique par la France, en Irlande par la population catholique, en Écosse par la nationalité, et dans son propre sein par l'anarchie et la sédition.

La guerre contre la Grande-Bretagne était donc le cri de ralliement de cette conjuration qui depuis dix ans marchait dans l'ombre, que la faiblesse des ministres qui s'étaient succédé n'avait osé abattre, et que la complicité du ministère existant investissait de toute la force de l'organisation. Cette guerre devait éclater à propos de la rive gauche du Rhin que l'on rendrait à la France, ce qui, d'une guerre religieuse au fond, ferait à la surface une guerre politique.

Ce pouvoir, d'abord occulte, sombre, mystérieux, s'était formé en dehors de la Charte et commençait à s'étaler dans toute sa puissance. Maître de l'esprit du roi, il bravait l'opinion du pays; les jésuites n'ont pas de patrie. Il méprisait ses lois; les jésuites n'ont d'autres lois que les statuts de leur ordre, et, proscrits de droit et en apparence, ils étaient, par le fait et en réalité, les maîtres absolus de toute la France.

On leur avait proposé de révoquer l'édit qui les bannissait. Ils avaient refusé, disant qu'accepter c'était se soumettre à la Charte, et par conséquent à des institutions qu'ils proclamaient impies, révolutionnaires, nulles, surtout.

Maîtres du roi, oracles des ministres, instituteurs des enfants, confesseurs des femmes, dépositaires des secrets de toutes les familles, ils disposaient à leur volonté de la fortune publique et des réputations privées.

Se regardant comme les seuls pairs et les seuls magistrats du royaume, ils méprisaient la pairie et la magistrature et s'efforçaient de les rendre méprisables : ils sentaient que la résistance était là. La magistrature était inamovible. La pairie croyait l'être. La chambre des députés leur paraissait un pouvoir intrus, une espèce de concile schismatique. Ils se regardaient comme les seuls représentants du pays.

Ils avaient dit à M. de Villèle : « Soutenez-nous et nous vous soutiendrons. » M. de Villèle les soutenait et les jésuites gardaient fidèlement leurs promesses. Le ministère n'était pour la congrégation qu'un instrument destiné à détruire tout ce qui lui faisait ombrage, une sorte d'exécuteur docile de ses œuvres hautes et basses, un délégué auquel elle remettait momentanément ses pouvoirs, un plénipotentiaire chargé de plier, de courber, de briser au besoin l'esprit de la nation, un éditeur responsable, chargé d'exercer toutes les rigueurs qu'elle commandait, un bouc émissaire destiné à écarter d'elle, si besoin était, à un moment donné, toutes les haines qu'elle avait soulevées.

Elle avait, au reste, dans M. de Villèle, l'homme qu'il lui fallait. M. de Villèle était bien leur véritable créature; elle savait que, ne végétant au pouvoir que par son influence, il devait lui obéir aveuglément, que c'était un de ces plébéiens à moitié nobles, un de ces nobles à moitié plébéiens qui, n'ayant aucun appui dans de hautes notabilités sociales, était obligé d'en chercher un ailleurs et de le prendre partout où il le trouvait.

Il l'avait trouvé dans une faction pour laquelle il avait peu de goût, il faut l'avouer, mais qui en avait peut-être encore moins pour lui. Les alliances les plus durables se font, non par la communauté des principes, mais par celle des intérêts.

On peut juger, au reste, de l'ascendant du pouvoir mystérieux de Saint-Acheul, par la publicité de certaines pratiques religieuses qui eurent lieu à Paris même à l'occasion du jubilé de 1826. M. de Quélen en avait annoncé l'ouverture dans un mandement tout à la fois politique et religieux, qui signalait avec violence *les séductions pestilentielles* et *le poison des écrits pernicieux*, circulant dans les veines de la société, de manière à infecter jusqu'à la troisième et la quatrième génération. « Effets déplorables, disait-il, d'une licence qui alarme et que condamnent même les plus zélés partisans de cette liberté raisonnable, dont il est si difficile aux plus sages de marquer jusqu'à présent les justes bornes et de régler l'exacte mesure. »

En outre des stations particulières qu'un grand nombre de dévots firent en troupe et les pieds nus, il y eut quatre grandes processions où l'on vit figurer Charles X, la famille royale, des députations de tous les corps civils et militaires. On remarqua de grands dignitaires de la couronne mêlés aux longues files des pénitents. Un maréchal de France troqua son bâton contre un cierge; enfin un avocat illustre se pendit à un cordon du dais, sachant que c'était la seule sonnette qui ouvrît le ministère des grâces royales. Le parti prêtre s'était donc emparé du présent et du passé, et commençait d'étendre la main pour poser ses jalons dans l'avenir.

« Il n'y avait pas, disait M. de Montlosier dans son fameux *Mémoire à consulter*, il n'y avait pas jusqu'au placement des domestiques, dont on n'eût eu le soin de s'emparer. Les villages de la campagne, les officiers de la cour, la garde royale, n'ont pu échapper à la congrégation ; et il est à ma connaissance, ajoutait-il, qu'un maréchal de France, après avoir sollicité pour son fils une place de sous-préfet, n'a pu l'obtenir que sur la recommandation du curé de son village. »

Après le jubilé, c'est-à-dire après les manifestations obtenues, tout prit à la cour de Charles X un aspect, non-seulement plus religieux, mais plus triste, et nous dirons presque plus menaçant; on se serait cru, par un bond en arrière, transporté à la cour de Louis XIV, la veille de la révocation de l'édit de Nantes.

On avait supprimé aux Tuileries les spectacles et les bals, et on les avait remplacés par des conférences, des sermons et des exercices de piété. Le vieux roi passait sa vie à chasser et à prier. Qu'on ouvre au hasard un journal du temps, au commencement, à la fin, au milieu de l'année, on y trouvera infailliblement cette phrase invariable, quotidienne, stéréotypée, cette phrase que les imprimeurs avaient fait clicher pour s'épargner les frais de composition.

« Ce matin, à sept heures, le roi a entendu la messe à la chapelle. A huit heures, Sa Majesté est partie pour la chasse. »

Cependant, parfois, on variait la forme, et de temps en temps, par crainte de monotonie sans doute, on mettait:

« Ce matin, à huit heures, Sa Majesté est partie pour la chasse; à sept heures elle avait entendu la messe dans ses appartements. »

On eût dit que les populations devaient être transportées de joie et saisies d'admiration en lisant tous les matins cette intéressante nouvelle, et l'on a peine à comprendre comment elles ont pu se révolter contre un roi si fort dévot devant les jésuites, et si grand chasseur devant Dieu.

M. le duc d'Angoulême qui, depuis la mort de Louis XVIII, n'avait plus d'autre volonté que celle de son père, se modelait en tout sur lui, conformait sa vie à la sienne, se livrant aux menues pratiques religieuses et chasseresses. Madame la duchesse d'Angoulême devenait de jour en jour plus sombre et plus austère; une jeunesse malheureuse lui faisait une vieillesse rigide. Jamais ses plus familiers ne la voyaient sourire. Elle portait sur son front comme un reflet des événements du passé, comme un pressentiment des catastrophes de l'avenir; on eût dit qu'elle éventait le danger et voyait, comme un fantôme funèbre, grandir l'exil à l'horizon.

Madame la duchesse de Berry, jeune, spirituelle, bienveillante, cherchait seule à rompre la monotonie de cette vie monacale, essayant de donner quelques fêtes, tantôt à l'Élysée, tantôt à son château de Rosny, maintenait sa popularité en répandant quelques aumônes toujours bien placées, en visitant certaines fabriques, en faisant des emplettes dans certains magasins, en se montrant de temps en temps au théâtre; mais c'était inutilement. Cette activité, qui semblait fébrile au milieu de la morne torpeur qui l'entourait, était impuissante à redonner la vie à cette cour tombée dans la léthargie religieuse, la plus profonde de toutes les léthargies.

Et, plus le temps marchait, plus le vieux roi se livrait aveuglément à ce courant qui l'entraînait vers le gouffre.

Quos vult perdere Jupiter,
Dementat.

III

LA LOI D'AMOUR.

Le 4 novembre 1826, c'est-à-dire à sa dernière fête, Charles X venait encore d'élever deux évêques aux fonctions de ministres d'État. Le duc de Clermont-Tonnerre, archevêque de Toulouse, et M. de Latil, archevêque de Reims. Les évêques ultramontains pouvaient donc désormais relever la tête et prendre le haut du pavé.

M. de Latil, leur interprète près de Charles X, commença, à peine au ministère, à exciter le roi contre la presse. La loi de 1822, déjà si injuste et si rigoureuse, fut déclarée insuffisante; et, oubliant la promesse faite en arrivant au trône et saluée de tant d'acclamations, Charles X autorisa les ateliers de Montrouge et de Saint-Acheul à forger une loi qui eût tous les résultats de la censure sans en porter le nom, et qui fût plus gênante encore pour les imprimeurs que pour les écrivains. On voulait, cette fois, tout briser d'un coup : la pensée et son instrument.

Ainsi, par exemple, une des dispositions de cette loi portait que tous les écrits de vingt feuilles et au-dessous devaient être déposés, les uns cinq jours, les autres dix jours avant la publication. Si cette formalité n'était pas remplie, l'édition était supprimée, et l'imprimeur condamné à une amende de trois mille francs. Les imprimeurs devenaient ainsi censeurs des ouvrages qu'ils imprimaient. La responsabilité pesait également sur les propriétaires de journaux; les pénalités étaient exorbitantes, les amendes étaient portées à 5,000, à 10,000, à 20,000 francs.

Ce fut M. de Peyronnet, garde des sceaux, ministre de la justice, qui, après la discussion de l'adresse, fut chargé du périlleux honneur de présenter à la chambre des députés cette loi qui portait atteinte à la fois à tous les droits de l'intelligence humaine et à l'existence de plus d'un million de citoyens.

Aussi, lorsque le lendemain toutes les dispositions du projet de loi furent connues dans Paris, il s'éleva un hourra d'indignation de tous les points de la capitale, et trois jours après, de toutes les parties de la France. On sentit qu'à l'instant même une terrible et implacable fermentation venait d'entrer dans les esprits. De cette fermentation naquit un incident qui doit naturellement trouver sa place dans ce livre, destiné comme un miroir, mais comme un miroir qui garde les objets, destiné, disons-nous, comme un miroir, à refléter les événements évanouis.

Cet incident fut suscité par M. de Lacretelle, membre de l'Académie française. Cette estimable institution, en fille bien élevée qu'elle est, fait si rarement parler d'elle, que nous saisissons avec empressement cette occasion de révéler son existence en 1827. Elle est peut-être morte depuis, mais un fait qui sera acquis à l'histoire, c'est qu'en 1827 elle vivait encore.

M. Lacretelle, frappé des plus vives alarmes, non-seulement pour la liberté, mais pour la restauration même, proposa à l'Académie française d'adresser, soit au roi son protecteur, soit aux deux chambres, une réclamation énergique contre un projet de loi flétrissant pour les lettres, désastreux dans l'ordre politique. Il avait concerté cette démarche avec M. Villemain.

La majorité de l'Académie était loin d'être hostile au gouvernement; bien au contraire, les vrais amis du roi étaient peut-être plutôt là qu'ailleurs, et ce fut sans aucun esprit de malveillance qu'elle prit feu sur cette réclamation, qui touchait de si près à l'harmonie et à l'indépendance des lettres. Le jour fut pris, séance tenante, pour une réunion où tous les membres seraient appelés.

A l'ouverture de la séance on lut, ou plutôt on essaya de lire une lettre de M. de Quélen, archevêque de Paris et membre de l'Académie; le zèle de ce prélat pour les libertés nationales s'était beaucoup ralenti, et dans cette lettre, il allait jusqu'à craindre qu'une simple supplique au roi ne fût punie par la dissolution de l'illustre corps auquel il avait l'honneur d'appartenir. Cet excès d'alarmes choqua vivement l'assemblée, qui décida, sur la demande de M. Villemain, que la lecture de la lettre de M. de Quélen *serait discontinuée.*

Les nombreux griefs contre le projet de loi furent articulés avec force, discutés avec sagacité, envisagés avec profondeur par MM. de Chateaubriand, de Ségur, Villemain, Andrieux, Lemercier, Lacretelle, Parceval de Grandmaison, Duval et Jouy, qui appartenaient cependant à des nuances d'opinions bien différentes.

M. Michaud, l'auteur de l'*Histoire des Croisades,* vota dans le même sens, quoique son zèle monarchique fût attesté par la rédaction de *la Quotidienne,* et mieux encore par de nombreuses persécutions essuyées sous le gouvernement de l'empereur. Bref, ce projet de loi ne trouva que des apologistes timides, embarrassés, qui bientôt en abandonnèrent la défense, pour se borner à représenter l'inconvenance et même l'inconstitutionnalité de la supplique. Elle n'en fut pas moins adoptée, à la majorité de dix-sept voix contre neuf. MM. de Châteaubriand, Villemain et Lacretelle en furent nommés rédacteurs.

Montrouge fut instruit de ce qui se passait. Les révérends pères cherchèrent de quels coups ils pouvaient frapper les académiciens. Chateaubriand était invulnérable, ayant été dépouillé l'un après l'autre de tous ses emplois. Mais Villemain et Lacretelle étaient professeurs à la faculté des lettres.

Le 18 janvier, parut au *Moniteur* une ordonnance qui révoquait de leurs fonctions, Villemain, maître des requêtes au conseil d'État, Michaud, lecteur du roi, et Lacretelle, censeur dramatique. Ce coup d'Etat en miniature n'avait étonné personne. On s'attendit dès-lors à voir Villemain et Lacretelle, révoqués des fonctions qu'ils occupaient dans l'Université, aller grossir le cortége de ces illustres disgraciés qu'on appelait Royer-Collard, Guizot, Cousin, Poinsot.

Le roi, ce pauvre roi chasseur et dévot, était tellement aveuglé par ces étranges éblouisseurs, qu'il oubliait que tous ces royalistes disgraciés n'élevaient la voix contre les descendants de Ravaillac, que par amour pour Henri IV. Mais en échange de la disgrâce accomplie, en prévision de celle qui les attendait, les trois académiciens reçurent, dans la séance même, les félicitations et les embrassements de toute l'illustre compagnie.

M. Villemain fut particulièrement l'objet d'une ovation méritée; sans autre patrimoine que son talent, il n'avait pas encore été ministre, et peut-être même depuis qu'il l'a été n'a-t-il plus de patrimoine, sans autre patrimoine que son talent, les yeux tellement affaiblis qu'on le tenait déjà pour aveugle, et qu'il en était réduit à dicter, Villemain perdait plus que les autres en perdant sa place, il perdait son pain, celui de sa femme et de ses enfants.

Mais il est vrai qu'il commençait cette grande réputation d'honnête homme, de cœur loyal et d'esprit élevé qui lui est restée et lui restera fidèle jusqu'à la mort. A son entrée, tout le monde se souvint de La Mothe-Houdart aveugle, frappé brutalement par un homme qu'il avait heurté en passant.

— Ah ! Monsieur, lui avait dit le poëte, vous allez bien vous repentir de votre vivacité, je suis aveugle.

Le gouvernement avait frappé aussi brutalement que le passant, seulement il ne se repentait pas. Ces destitutions n'arrêtèrent pas le projet de supplique; en revanche, le projet de supplique n'arrêta point le projet de loi.

M. de Peyronnet fit défendre ou défendit lui-même son projet de loi dans le *Moniteur*; il appela cette œuvre, qu'aurait pu revendiquer un tribunal d'inquisition, une loi d'amour, nom qui resta et restera à cette loi. C'était parfois un esprit des plus folâtres que celui des collègues de M. de Villèle.

La supplique de l'Académie ne fut pas le seul acte de protestation contre la loi d'amour. Tous les imprimeurs de France se réunirent pour pétitionner. Royer-Collard, ancien directeur de la librairie, déposa à la chambre des députés leur pétition. Elle était couverte de deux cent vingt-trois signatures. Mais cette loi, loi de colère et de vengeance, commençait à porter ses fruits.

Dès les premiers jours de la discussion, les travaux étaient arrêtés dans les imprimeries, dans les papeteries, dans les fonderies de caractères ; toute commande avait cessé, la librairie était aux abois. Le nombre des imprimeries avait été limité, pour Paris, à quatre-vingts ; mais, outre celles qui manquaient d'ouvrage continu, plusieurs brevets venaient d'être retirés par le ministère. En vain les imprimeurs annonçaient de tous côtés la vente de leurs brevets, nul ne se présentait, personne n'osait plus s'aventurer dans une profession réduite désormais à craindre les faillites, les pertes, les amendes, les spoliations, les violences, les emprisonnements.

Jamais haine plus féroce, jamais colère plus vengeresse n'avait éclaté depuis ce grand incendiaire que l'on appelait Omar. Encore, celui-ci avait-il pour excuse de ne brûler que les livres passés, les Omars de 1827 prétendaient à la destruction des livres à venir. Les hommes le plus dévoués à la restauration, ceux qui avaient donné le plus de gages à la cause royale, qui avaient montré le plus de dévouement à la famille des Bourbons, exprimaient hautement et avec tristesse leur désappointement de la conduite du ministère, et déploraient les conséquences fatales de ce système d'oppression.

Beaucoup de familles, alarmées de ce système d'éducation soumis d'une façon absolue à l'influence monacale, frissonnant de crainte à ce vent qui soufflait de Saint-Acheul et de Montrouge, retiraient leurs enfants des pensions et des colléges, et, autant que la chose leur était possible, les faisaient élever près d'eux, au risque d'une instruction moins étendue mais plus morale.

Il se demandait, ce malheureux pays, qui payait annuellement plus d'un milliard d'impôts, qui se saignait pour fournir à tous les services publics, qui ne désirait que de se livrer en paix au développement de son industrie et de son intelligence, il se demandait ce qu'il avait fait pour être traité ainsi, menacé dans ses droits, blessé dans ses intérêts, humilié dans sa fierté ; et cela, par quelques hommes sortis à peine et avec peine de leur obscurité native, qui ne justifiaient leurs prétentions par aucuns talents, par aucunes vertus, par aucune capacité, et qui n'avaient absolument de force que celle qu'ils empruntaient d'une faction odieuse à la France, tyrannique en Espagne, ridicule partout ailleurs.

Et ce qu'il y avait d'étrange et surtout d'injuste en tout cela, c'est que le ministère, unique auteur des agitations et des mécontentements qui se manifestaient, en prenait prétexte pour solliciter des lois faites bien plus pour irriter que pour calmer les esprits; c'était la presse que le ministère accusait d'un état de choses dont lui seul était coupable, et les ministres n'avaient d'autres arguments à adresser à leurs adversaires que celui qu'ils avaient opposé aux trois académiciens destitués.

— Vous êtes les ennemis du gouvernement.

Au reste, l'armée, du moins l'ancienne, la vraie, celle qui avait combattu, vaincu, conquis le monde, l'armée n'était pas mieux traitée que la littérature, et le bon plaisir des ligueurs de Montrouge et de Saint-Acheul ne se contentait pas de destituer les académiciens : il dépouillait les maréchaux de France des titres que l'empereur leur avait donnés, et, dans le salon de l'ambassadeur d'Autriche, M. le comte d'Apponi, malgré l'article 71 de la Charte qui disait : « La noblesse ancienne reprend ses titres, la noblesse nouvelle conserve les siens ; »

Malgré cet article, dans le salon de M. d'Apponi, d'illustres capitaines s'étaient entendu refuser leurs titres de ducs et de princes par les laquais chargés de les annoncer. Cette insulte avait produit deux effets pareils, l'un sur un jurisconsulte, l'autre sur un poëte.

Le jurisconsulte, M. Dupin s'était dans une lettre adressée au *Constitutionnel*, vivement élevé contre cette mesure. Le journal de M. Corbière donnait pleine raison à l'Autriche, proclamant que les généraux français étaient légitimement destitués de leurs titres, et que l'ambassadeur de M. de Metternich avait parfaitement le droit de les leur refuser.

Le poëte, M. Victor Hugo, fils, comme il l'a dit lui-même, d'un père lorrain et d'une mère vendéenne, avait jusque-là compté dans les phalanges royalistes; mais à l'injure faite à cette noble armée dont il était un des enfants, il s'avança comme les héros antiques, qui sortaient du front de bataille pour accepter ou proposer un défi, et jeta son gant aux provocateurs; trois jours après la soirée de l'ambassadeur d'Autriche, parut l'*Ode à la Colonne*.

C'était donc une guerre à mort déclarée sous toutes les formes à l'intelligence, à l'esprit humain, aux lois, aux sciences, aux lettres, aux industries. Étrange époque que celle où Rousseau n'aurait pas pu être électeur, et où Cuvier ne pouvait pas être juré.

Enfin tout ce qui tendait à améliorer les hommes, à former le goût, à favoriser le progrès, à encourager l'art, à développer la science, en un mot, tout ce qui avait pour but de faire faire un pas de plus à la civilisation, était défendu, méprisé, honni. L'art d'aveugler les peuples était, pour ces noirs législateurs, le secret de gouverner.

Mais si le gouvernement défendait la lecture, en revanche, il encourageait les tripots, les loteries, les maisons de jeu; et, quand un journal lui criait : « Vous favorisez le mal; vous donnez à l'ouvrier, non-seulement la faculté, mais la tentation de dilapider le prix de son travail, » le gouvernement répondait :

« Vous me calomniez : je suis la moralité même ; et la preuve, c'est que les règlements de ma police interdisent l'entrée des maisons de jeu aux jeunes gens âgés de moins de vingt et un ans ; c'est qu'il est défendu de jouer moins de deux francs à la fois. C'est qu'il n'est permis d'entrer ni en blouse, ni en veste. Donc les ouvriers et les artisans sont préservés.

« Lisez-donc mes règlements si vous ne les avez pas lus, et si vous les avez mal lus, relisez-les. »

C'était parfaitement vrai, et ces règlements de police existaient effectivement. Mais le gouvernement ne disait pas que lui-même avait trouvé le moyen d'éluder ces règlements protecteurs.

On défendait d'entrer avant l'âge de vingt ans, il est vrai ; mais à quel signe reconnaissait-on l'âge ? A la barbe. Le perruquier voisin posait des moustaches et des favoris, qui faisaient à l'instant même d'un enfant de seize ans un jeune homme majeur.

Il était défendu de jouer moins de deux francs. Mais quatre malheureux se cotisaient pour avoir le droit de perdre chacun les pauvres dix sous qui eussent, pendant tout un jour du moins, donné du pain à leur famille.

Il n'était point permis d'entrer en blouse ni en veste dans les maisons de jeu et dans les tripots. Mais les administrateurs des jeux avaient établi un vestiaire, où l'artisan changeait sa veste contre un habit, et l'ouvrier sa blouse contre une redingote.

Que dites-vous de ce gouvernement moral, vous qui relisez avec étonnement toutes ces choses oubliées ? Vous dites comme nous, que jamais n'avait été poussé plus loin l'embauchage de la démoralisation.

IV

JOURNAUX, THÉATRES, GRANDS HOMMES, PUBLICISTES, ARTISTES, PEINTRES, STATUAIRES, COMEDIENS, BANQUISTES.

Puis, les miracles recommençaient de tous côtés. A Alençon, on distribuait, moyennant un sou, la relation du grand miracle arrivé pendant l'été de 1826, dans l'arrondissement de Domfront, à Saint-Jean des Bois, le 26 juillet. Le même miracle se produisait, en même temps à peu près, dans d'autres villes : à Cherbourg, par exemple. Des témoins dignes de foi, de la véracité desquels il n'était pas permis de douter, avaient vu sortir cinq gouttes de sang du corps de Notre-Seigneur Jésus-Christ.

Un fait qui s'était passé à Annecy, en Savoie, faisait le scandale de la quinzaine pendant laquelle s'ouvre notre récit. M. Sace, vieillard universellement estimé dans le pays, était mort dans le mois de janvier, sans avoir reçu les secours de la religion.

L'évêque lui refusa la sépulture, et, par précaution, ferma dès le matin les portes de l'église et du cimetière. Tous les habitants protestèrent contre cet outrage fait à leur concitoyen, en suivant le convoi. On enterra le corps dans un endroit écarté. Quelques jours après, le sénat de Chambéry intima l'ordre à l'évêque de faire, sans délai, exhumer le corps du vieillard, et de l'inhumer en terre sainte, avec toutes les cérémonies usitées.

Quelque temps auparavant, ce même évêque, qui ne voulait pas ouvrir le cimetière, avait fait fermer le théâtre; mais l'intendant de la province, qui n'avait pas les mêmes raisons que Sa Grandeur de redouter la comédie, l'avait fait rouvrir au grand désappointement du prélat, et la troupe de Genève y était venue donner des représentations aux grandes acclamations de la ville. On était loin d'être aussi libre en France qu'en Savoie.

Le directeur du théâtre d'Amiens venait d'en avoir la preuve. Georges, qui était à cette époque dans tout l'éclat de sa beauté et de son talent, après de glorieuses représentations dans la Flandre française, devait jouer encore une fois à Amiens, et partir de là pour le Midi. Mais il se débattait, entre Saint-Acheul et le directeur du théâtre d'Amiens, un procès qui empêchait Georges de quitter la ville.

Elle devait jouer, avant son départ, le *Léonidas* de Pichat, qui, à cette époque, se jouait par toute la France; mais les jésuites n'admettaient pas qu'on célébrât la victoire des Grecs qui combattaient pour la croix. Seulement, en même temps que pour la croix, ils avaient le tort de combattre pour la liberté. On marchait à la terreur, à la terreur blanche, c'est vrai, mais c'était toujours la terreur. Les donjons d'Italie, de Bohême et d'Espagne, pleins de prisonniers, attestaient de cette exécrable tendance.

Nous savons aujourd'hui quels étaient les combattants qui devaient prendre part à cette lutte qui se préparait; on les connaît tous : militaires, avocats, banquiers, savants, industriels, artistes, étudiants. Dès cette époque, on voyait vaguement se dessiner dans l'ombre les silhouettes des héritiers des grands hommes de 1789, et, malgré la divergence d'opinions, tous se réunissaient pour lutter contre l'ennemi commun : le gouvernement.

Ces grands hommes, nous allons revenir à eux tout à l'heure; mais disons d'abord un mot des journaux qui les louaient ou les attaquaient, selon que ces journaux étaient royalistes ou libéraux; puis nous rentrerons dans notre livre, c'est-à-dire dans l'histoire morale de cette société dont nous faisons en ce moment l'histoire politique, pour y reprendre la suite des événements que nous nous avons entrepris de raconter.

Les journaux, c'étaient d'abord : *le Moniteur*, vieux baromètre usé, pour lequel les gouvernements, quels qu'ils soient, sont toujours au beau fixe. *L'Étoile*, journal du soir, rédigé par M. de Villèle, M. de Peyronnet, et les révérends pères Godineau, Ronsin et compagnie. On l'appelait la *mauvaise étoile* du roi. *Le Drapeau blanc*, journal également ministériel, mort en combattant : honneur au courage malheureux ! *La Quotidienne*, comme *le Drapeau blanc*, morte au champ d'honneur. *La Gazette de France*, la seule des feuilles royalistes de cette époque qui ait survécu.

Le ministère avait fait suer plus de trois millions aux bons habitants de Paris pour acheter les journaux à vendre, et en créer de nouveaux qu'on ne lisait pas. On savait depuis longtemps, au reste, que le gouvernement avait l'intention de restreindre, autant que possible, et de réduire les siens au chiffre de deux, en supprimant *l'Aristarque* et *le Drapeau blanc*.

Les autres journaux, nous demandons pardon à ceux que nous oublions, les autres journaux étaient *les Débats*, rédigés par les frères Bertin, *le Constitu-*

tionnel, rédigé par Étienne et Jay, *le Globe*, par Pierre Leroux, *la Gazette des tribunaux*, *l'Écho du soir*, le *Journal de Paris*, la *Pandore*, la *Revue protestante*, la *Revue encyclopédique*, *britannique*, *américaine*, *le Mercure*.

Les grands hommes s'appelaient Chateaubriand, Béranger, Lamartine, Victor Hugo, Cousin, Guizot, Villemain, Thiers, Augustin Thierry, Michelet, Nodier, Lemercier, Benjamin Constant, Royer-Collard, de Ségur, Azaïs, Casimir Delavigne, Arnault, Méry, Barthélemy, Michaud, Duval, Picard, Andrieux, Jouy, Scribe, Viennet, qui venait de faire paraître son *Épître aux chiffonniers*, sur les crimes de la presse ; Dulaure, qui publiait son *Histoire de Paris*; Cauchois-Lemaire, qui adressait à M. Peyronnet des Lettres historiques, dans lesquelles il demandait à la chambre s'il n'y avait pas lieu de mettre les ministres en accusation.

Les savants, c'étaient Arago, Cuvier, Broussais, Geoffroy Saint-Hilaire, Chomel, Devergie, Poinsot, Thénard, Orfila, Duval, Richard, Laplace, Brongniart, Magendie, Fourier, Champollion.

Les peintres, c'étaient Delacroix, Ingres, Decamps, Vernet, Delaroche, Léopold Robert, Boulanger, les deux Johannot, qui étaient en train de dessiner et même de peindre ces admirables vignettes des œuvres de Walter Scott que publiait Gosselin.

Les statuaires, c'étaient David, Pradier, Foyatier, Étex, qui venait de débuter par son *Caïn*.

Les musiciens, c'étaient Rossini, Hérold, Spontini, Meyerbeer, Boïeldieu, Auber, Halévy.

Les chanteurs, c'était Nourrit, Dabadie, Levasseur, Chollet, Ponchard, Alexis Dupond, mesdames Dabadie, Cinti, Rigaud, Pasta, Malibran.

Les exécutants, c'étaient Paganini, Baillot, Brod, Liszt, Tulou, Vogt, Stockausen, Gallay, Dommange, Renaud, Kalkbrenner, Henri Hertz, Lafont, mesdames Stockausen, Martinville, Labat.

Voulez-vous aller jusqu'au bout et relire les affiches des spectacles ? Soit ; pour nous, l'année 1827, c'est hier, ou plutôt c'est aujourd'hui.

A l'Opéra : *Le Siége de Corinthe*, *la Vestale*, *le Rossignol*, le ballet d'*Astolphe et Joconde*, *le Carnaval de Venise*. On annonçait l'oratorio de *Moïse* pour les jours suivants.

Aux Français : *l'Orphelin de la Chine*, *le Jeune Mari*, *le Jaloux malgré lui*, *le Tasse*, *les deux Gendres*, *la Suite d'un bal masqué*, quelquefois le second acte du *Mariage de Figaro*, les quatre autres étaient interdits et ne furent rendus que sous le ministère Martignac, à la sollicitation du baron Taylor. On venait de jouer *Louis XI à Péronne*, drame en cinq actes de Mely-Janin, qui venait d'ouvrir triomphalement à l'école romantique les portes du théâtre de la rue Richelieu. On annonçait la reprise d'*Artaxerce* ; il fallait un contre-poids à Walter Scott.

Aux Italiens : *Il Turco in Italia*, *il Barbiere*, *la Dona del Lago*, *Tancredi*, *la Gazza ladra*, *Semiramide*, rien que de Rossini. Au reste, l'affiche de 1854 est encore la même à peu près que celle de 1827.

A l'Opéra-Comique : *L'Artisan*, *la Vieille*, *Richard Cœur de Lion*, *la Dame blanche*, *Gulistan*.

A l'Odéon : Là, le nombre des pièces est si grand qu'on ne saurait les enregistrer, on en change toutes les semai·es. Disons au hasard : *Les Vêpres*

Siciliennes, les Comédiens, Robin des Bois, Marguerite d'Anjou, Louise, le Barbier de Séville, dans lequel Duprez, oui, notre grand Duprez, chantait derrière le châssis la chanson que Bocage mimait en scène. On jouait en outre : *L'Héritage et le Mariage de l'actrice, la Fée Valence, Manlius, Othello, Ivanhoé, le Tyran Domestique, les Deux Anglais, l'Enfant trouvé, le Voyage à Dieppe, Thomas Morus, Emmeline, Euphrosine et Conradin*, etc., etc.

Enfin, on venait de représenter, et c'était le succès du jour, *l'Homme habile, ou tout pour parvenir*, pièce qui avait dû son succès : d'abord, disons-le, à l'excellent jeu de Bocage, qui représentait un jésuite à robe courte; ensuite, aux allusions dont la pièce foisonnait.

Le Théâtre de Madame jouait Scribe, toujours Scribe, rien que Scribe ; et il avait deux fois raison, car en agissant ainsi, il faisait la fortune d'un homme d'esprit et d'un homme de talent : de M. Poirson et de M. Scribe.

Lisez les journaux du temps, et vous trouverez, comme pour la messe dans la chapelle et la chasse du roi, cette affiche invariable : *La Demoiselle à marier*, de M. Eugène Scribe; *le Mariage de raison*, de M. Eugène Scribe; *Simple Histoire*, de M. Eugène Scribe ; *les Premières amours*, de M. Eugène Scribe ; *Michel et Christine*, de M. Eugène Scribe; *le Nouveau Pourceaugnac*, de M. Eugène Scribe ; *la Mansarde des Artistes*, de M. Eugène Scribe; etc., etc., etc., de M. Eugène Scribe.

Au Vaudeville, Minette et Lepeintre faisaient les délices des habitués; Minette, morte millionaire, Lepeintre retrouvé dans le canal Saint-Martin.

Aux Variétés, Potier, Vernet, Odry, Brunet, Cazot, Lefèvre. Bon et charmant théâtre; le théâtre des Variétés de 1827, bien entendu.

On venait, quelques jours auparavant, d'ouvrir le théâtre des Nouveautés, Déjazet, madame Albert, Volnys.

La Porte Saint-Martin jouait : *Norma, le Contumace, le Ménage du Savetier; Polichinelle, la Visite à Bedlam*, Jocko-Mazurier pour le ballet, Dorval pour le drame.

A l'Ambigu-Comique, *Cartouche*, avec Frédérick.

A la Gaîté, *Poulailler*.

La censure laissait volontiers représenter *les Aventures de brigands célèbres*. A propos de censure, on criait fort contre elle ; la chose n'est pas nouvelle, me direz-vous. On criait contre elle, non pas d'avoir empêché de jouer, mais d'avoir laissé jouer. La censure avait laissé jouer, à la Gaîté, une pièce ou la garde nationale était honnie, bafouée, conspuée.

Le *Journal de Paris*, fait par de très-honnêtes gens, et entre autres par M. Pillet, s'était naïvement étonné que la censure eût laissé jouer une pareille pièce, et avait crié au scandale. Le *Journal de Paris* avait tout simplement oublié que la garde nationale, datant de 1789, et ayant pour père Lafayette, portait sur ses drapeaux une date et un nom qui agaçaient horriblement les nerfs des révérends de Montrouge et de Saint-Acheul. Aussi la garde nationale fut-elle dissoute à la première occasion.

Enfin nous aurons terminé cette revue, peut-être un peu longue, mais nécessaire au développement de notre drame, quand nous aurons dit que l'encien théâtre de la foire était représenté sur des tréteaux dressés entre la Gaîté et madame Saqui, tréteaux appartenant au sieur Galilée Copernic, ainsi nommé parce qu'il faisait voir aux spectateurs des étoiles en plein midi.

Ajoutons, pour donner à ce personnage toute l'importance qu'il mérite et qu'il a conquise par des représentations données avec le plus grand succès, c'est son affiche qui le dit, devant les principaux souverains de l'Europe, qu'il est beau-frère du célèbre Zozo du Nord, dont nous avons parlé dans la biographie de notre ami Mélingue, et qu'il a, pour amuser le public aux bagatelles de la porte, l'illustre Fafiou, le roi des pitres de son époque.

Nous espérons dire quelques mots de ces augustes baladins dans nos premiers chapitres. Ils font partie de cette illustre classe que l'on appelait alors *les Mohicans de Paris*, en honneur du beau roman de Cooper qui venait de paraître. Maintenant que le théâtre et les décorations sont connues, que le spectateur s'accommode de son mieux dans sa stale. On va commencer.

V

LE COMMISSIONNAIRE DE LA RUE AUX FERS.

La rue aux Fers, qui se nommait encore au quatorzième siècle *rue aux Fèvres,* était située et est encore située en partie, puisqu'on n'a pas achevé de l'abattre entièrement, entre la rue Saint-Denis, où elle avait son commencement, et le marché aux Poirées et la rue de la Lingerie, où elle avait sa fin, longeant le côté nord du marché des Innocents, parallèlement à la rue de la Ferronnerie.

La rue aux Fers, passant comme une rivière qui charrie des fruits, des fleurs et des légumes, entre les cent cabarets qui étaient à sa droite, et les mille petites boutiques du marché qui étaient à sa gauche ; la rue aux fers ne manquait pas, à l'époque où commence ce chapitre, c'est-à-dire vers le milieu du mois de mars, d'une certaine couleur, d'un certain pittoresque qu'on ne retrouvera plus dans notre Paris aligné, blanchi, cosmétiqué et correct qui menace de devenir, comme Turin, un vaste damier, c'est-à-dire une ville à l'usage des Philidor et des Labourdonnais de l'avenir.

La foule aux costumes bariolés, qui se ruait en bourdonnant dans cette rue dès les premières lueurs du matin, comme un essaim d'abeilles se dirigeant, à travers le chemin transparent de l'air, vers sa ruche maternelle, présentait, ombrée ainsi d'un côté par les murs noirs des cabarets, et éclaircie ainsi de l'autre par les boutiques à jour, un cachet tout particulier, tout original qui lui donnait une grande ressemblance avec les foules peintes dans les tableaux des vieux maîtres flamands.

Il était dix heures du matin environ ; c'était une de ces premières matinées de mars, où le printemps commence à transparaître, montrant son visage rose à travers les dernières brumes de l'hiver. Le soleil, qui ne faisait point à cette époque, pour réchauffer le pauvre monde, toutes les façons qu'il fait de nos jours ; le soleil, glissant à travers des couches d'atmosphère imbibées de ses jeunes rayons, éclairait, dans toute leur beauté naïve, les naïades de la fontaine de Jean Goujon.

De haut en bas, le marché ruisselait de lumière ; et la foule, instinctivement, sans le savoir, en même temps que le troisième dimanche du mois de mars, célébrait la fête du printemps par des cris bruyants et des éclats de rire joyeux comme des chansons. Et il y avait bien de quoi crier, sourire et chanter tout à la fois; ce marché gris et noir, d'ordinaire si sombre et si triste pendant six mois et depuis six mois, avait revêtu pendant la nuit sa couronne de roses, sa robe de primevères, et son bouquet de violettes. On eût dit le marché aux fleurs.

Acheteurs, marchandes, passants, chacun voulait avoir, les femmes à leur ceinture, les hommes à leur boutonnière, celui-ci un œillet, celle-là une giroflée, quelques-unes, enfin, de ces cassolettes de parfums que la nature, en se réveillant, dispense aux habitants de la campagne avec son infatigable profusion, avec son inépuisable prodigalité!

Un de ceux qui paraissaient jouir le plus voluptueusement, sinon le plus bruyamment, de ce réveil de la nature, c'était un jeune homme étendu tout de son long, les deux bras croisés sur sa tête, sur un crochet de commissionnaire adossé à la muraille, entre la porte et la fenêtre d'un des cabarets dont la rue aux Fers est émaillée, et les yeux tournés du côté de la fontaine des Innocents.

A voir ce jeune homme, habillé de velours de la tête aux pieds, ainsi nonchalamment étendu et paraissant aspirer par tous les pores les premiers rayons du soleil, avec ses grands yeux de velours noir, ses longs cheveux noirs, sa barbe noire, on l'eût pris pour un de ces voluptueux lazzaroni couchés au soleil qui dorent le quai de Mergelline ou de Santa-Lucia.

Et cependant, en le regardant de plus près ou plus attentivement, celui qui aurait, à première vue, pris cette opinion de lui, eût bien vite reconnu son erreur, et se fût repenti de l'avoir confondu, ne fût-ce qu'une seconde, avec ces insouciants Napolitains, dont le visage n'exprime que la paresse et la bestialité.

Il suffisait, en effet, de jeter un coup d'œil sur la figure de ce beau jeune homme, pour comprendre que ce n'était point là un commissionnaire pareil à ceux qui l'entouraient, un portefaix vulgaire, une bête de somme, enfin. Non; la beauté mâle de ce visage, l'intelligence de cette physionomie, la distinction de l'air, l'originalité du costume, tout révélait au premier coup d'œil le personnage que nos lecteurs ont déjà reconnu, sans doute, pour le mystérieux Salvator, le héros principal de notre livre.

Salvator avait déjà fait, depuis sept heures du matin, ses deux ou trois commissions, car les commissions ne lui manquaient pas; et, il faut le dire, il recevait les ordres et les recommandations relatifs à son état avec la même politesse, nous dirons presque la même humilité, qu'aurait pu le faire tout autre commissionnaire n'ayant point les mêmes qualités que lui : il est vrai qu'il accomplissait les missions dont il était chargé avec une bien autre intelligence qu'aucun de ses camarades.

Était-ce pour cette raison toute intellectuelle, ou pour une autre un peu plus physique, que la clientèle de Salvator se composait tout particulièrement des femmes? Nous ne saurions le dire, et nous laissons à nos lecteurs toute liberté, au lieu d'accepter notre opinion toute faite, de s'en faire une là-dessus. Pour les passants et les gens à qui il importait peu de savoir ce qui s'agitait dans l'esprit ou dans le cœur de Salvator, Salvator regardait les détails de cette charmante fontaine, qu'on ne songe plus même à regarder, tant ils nous sont familiers depuis notre enfance; ou bien encore, Salvator se laissait aller à quelques-unes de ces rêveries qui isolent le rêveur, de telle façon qu'il en arrive à être, au milieu de la foule, si considérable que soit cette foule, parfaitement seul avec sa pensée.

Mais, pour nous qui le connaissons de vieille date, Salvator ne regardait pas la fontaine, Salvator ne rêvait pas; non, Salvator observait et écoutait; Salvator, en attendant quelque message qui le tirât de son immobilité, Salvator se faisait, de tout ce qui se passait à la portée de ses yeux et de ses oreilles, un butin dans lequel, à un moment donné, il n'avait qu'à puiser pour en tirer l'escarboucle magique qui éblouissait tous les yeux, et le faisait passer pour un enchanteur.

Et cependant, au milieu de tout cela, Salvator était plus encore l'homme du fait que l'homme de l'idée : d'habitude, et nous avons pu le voir procéder ainsi, il agissait au lieu de rêver, et quand il semblait rêver au lieu d'agir, c'est que, comme un machiniste habile, il préparait quelque changement de décoration, quelque truc inconnu, dans l'espèce de féerie qui s'échafaudait au fond de sa pensée.

D'un autre côté, quoiqu'inactif pour le moment, il lui eût cependant été bien difficile de se livrer à la rêverie, même en supposant qu'il en eût eu le désir. En effet, il ne se passait pas cinq minutes sans que quelqu'un vînt l'accoster.

— Vous êtes embarrassé? — Oui. — Adressez-vous à monsieur Salvator. — Où est-il? Je le cherche. — Le voilà. — Ah! monsieur Salvator!

Et alors la personne embarrassée contait à Salvator la cause de son embarras; et soit en droit, soit en médecine, soit en morale, soit en politique, M. Salvator avait toujours un conseil pour le procès, une recette pour la maladie, un avis pour la droiture, une lumière pour l'opinion, qui faisait que la personne qui était venue consulter M. Salvator s'en allait éclairée ou soulagée, espérant ou croyant.

Il était à la fois, pour les habitants du quartier, pour les marchands et les marchandes de la halle, et même pour les simples passants, une sorte de conseil, un juge de paix, un expert, un prud'homme, un médecin du corps et de l'esprit, un redresseur de torts, un conseiller. M. Salvator, c'était le Salomon de la halle; et il ne se faisait point une affaire un peu importante qu'on ne consultât, une discussion un peu sérieuse qu'on ne le prît pour arbitre.

On n'entendait donc, à tous propos, retentir que ces deux mots : « M. Salvator! M. Salvator! » Et si un passant curieux, faisant comme Jean Robert au garçon du cabaret, demandait :

— Qu'est-ce que M. Salvator?

On lui répondait comme le garçon avait répondu à Jean Robert :

— M. Salvator? Pardieu c'est... c'est M. Salvator!

Rien de plus, il fallait qu'il se contentât de cette réponse. Seulement, s'il insistait pour voir M. Salvator, et que M. Salvator ne fût pas en course, on lui montrait M. Salvator; et presque toujours le regard du questionneur surprenait le jeune homme pacifiant une querelle, conciliant un procès, ou faisant l'aumône à quelque mendiant estropié ou à quelque pauvre veuve portant un enfant dans ses bras et en traînant trois ou quatre autres pendus à sa robe.

Il en résultait qu'acheteur ou marchand, malade ou plaideur, bourgeois ou homme du peuple, chacun lui devait quelque chose : celui-ci un conseil, celui là une aumône, cet autre une leçon. Et son avis était toujours si franc, son conseil si bon, son jugement si droit, que plus d'une fois le commissaire du quartier, empêtré dans les démêlés indémêlables de ses administrés, était venu sournoisement consulter M. Salvator, ou l'avait fait venir, ou avait tout simplement renvoyé les parties devant lui.

Au moment où nous reprenons ce récit, c'est-à-dire le 23 mars 1827, à dix heures du matin, Salvator était seul, comme nous l'avons dit, mais pas pour longtemps, comme nous allons le dire. En effet, de la porte du cabaret, à la muraille duquel il était adossé, sortit un couple aux joues roses et fraîches, aux yeux brillants, aux lèvres entr'ouvertes, aux dents d'émail ; deux jeunes gens, ou plutôt un jeune homme et une jeune fille, lumineux, étincelants tous deux comme le rayon de soleil qui les inonda au moment où ils parurent dans l'encadrement de la porte.

Les yeux du jeune homme tombèrent sur Salvator qui ne pouvait le voir, tournant la tête de l'autre côté.

— Tiens! c'est monsieur Salvator, dit le jeune homme avec un étonnement mêlé de joie. — Monsieur Salvator? demanda la jeune fille, il me semble que j'ai entendu ce nom-là. — Et tu peux même dire que tu as vu sa figure, princesse, vu ou entrevu. Il est vrai, pauvre enfant, que tu étais bien occupée, ce jour-là, et qu'on voit mal avec des yeux baignés de larmes. — Ah! oui, à Meudon, n'est-ce pas? dit la jeune fille.—Juste, à Meudon. — Eh bien! mais, demanda la jeune fille étonnée et à voix basse, qu'est-ce que monsieur Salvator? — C'est un commissionnaire, comme tu vois. — Sais-tu qu'il a l'air très-bien, ton commissionnaire? dit la jeune fille. — Sans compter qu'il est encore mieux qu'il n'en a l'air, répondit le jeune homme.

Et faisant un demi-tour à droite, de manière à se placer devant le commissionnaire :

— Bonjour, monsieur Salvator, dit-il en lui tendant la main.

Salvator se souleva à demi, comme un pacha qui donne audience, regarda celui qui le saluait, prit la main qu'on lui présentait sans hésitation et comme un homme qui croit que son intelligence le fait l'égal de qui que ce soit au monde, et la serra en disant :

— Bonjour, monsieur Ludovic, je suis heureux de vous revoir.

C'était Ludovic en effet qui, sur la demande de la personne qui lui donnait le bras, était venu manger quelques douzaines d'huîtres dans le cabaret de la Coquille-d'Or, qui avait la réputation d'ouvrir les huîtres les plus fraîches et de déboucher le meilleur chablis de toute la halle.

— Pardieu, monsieur Salvator, reprit Ludovic, je ne suis point fâché de vous voir dans l'exercice de vos fonctions. Il ne me faut rien moins que cela, je vous le proteste, pour que je ne persiste pas à vous croire un prince déguisé. — Et moi aussi, reprit Salvator éludant le compliment, je suis aise de vous voir, d'abord parce que je vous vois et que cela me fait plaisir de serrer la main à un homme de cœur et de talent, ensuite parce que vous me donnerez des nouvelles sérieuses de la pauvre Carmélite. Comment va-t-elle?

Ludovic fit un mouvement imperceptible d'épaule.

— Mieux, dit-il. — Mieux ne veut pas dire bien, reprit Salvator.

Ludovic étendit sa main dans le rayon de soleil qui éclairait la charmante tête de sa compagne.

— Voilà, j'espère, qui achèvera de la remettre, dit-il. — Physiquement, oui, dit Salvator; mais moralement, combien d'années faudra-t-il à la pauvre enfant? — Pour oublier? — Oh! je ne dis pas cela, je n'ai eu besoin que de la voir pour me dire qu'elle n'oublierait jamais. — Pour se consoler, alors? — Vous savez, dit Salvator, que les malheurs dont on se console le plus vite, sont les malheurs irréparables. — Oui, je le sais bien, un poëte l'a dit:

Et rien n'est éternel, pas même la douleur!

— C'est l'avis du poëte; maintenant, quel est l'avis du médecin? — L'avis du médecin, mon cher monsieur Salvator, est qu'il ne faut pas que les esprits élevés méprisent et déprécient la douleur, comme font les organisations vulgaires. La douleur est un des éléments de la nature, un des moyens de perfectionnement à l'usage de Dieu. Combien d'hommes, de poëtes, d'artistes seraient restés inconnus, sans une grande douleur ou une grande infirmité? Byron a eu le bonheur de naître boiteux et d'épouser une femme acariâtre; Byron doit, non pas son génie, le génie vient directement du ciel, mais la mise au jour, le développement, l'efflorescence de ce génie, à ses malheurs. Carmélite sera comme Byron, non pas un grand poëte, mais une grande artiste, une Malibran, une Pasta; quelque chose de plus puissant, peut-être, car elle aura souffert entre les femmes. Eût-elle été heureuse avec Colomban? Voilà ce que nul ne peut dire; elle sera célèbre sans lui, voilà ce que j'affirme. — Mais en attendant? — En attendant, elle a près d'elle un médecin plus habile que moi. — Plus habile que vous? Permettez-moi de douter, docteur. Et quel est ce médecin? — Une jeune fille qui ne connaît pas un mot de médecine, fort heureusement, mais qui connaît toutes ces angéliques paroles d'abnégation et de dévouement qui guérissent le cœur: une de ses amies, élève de Saint-Denis comme elle, et qu'on appelle Fragola.

Salvator sourit et rougit à la fois, en entendant faire cet éloge de sa maîtresse bien-aimée. Quant à la jeune fille que Ludovic avait au bras, elle fit, en entendant faire cet éloge pompeux d'une autre femme, une moue qu'elle accompagna d'un pincement si solide que le médecin ne put retenir un cri.

— Eh! dit-il, qu'y a-t-il donc, Chante-Lilas?

A ce nom, Salvator, qui n'avait fait jusque-là qu'une médiocre attention à la compagne du jeune docteur, moitié par indifférence, moitié par discrétion, tourna la tête de son côté, et la regardant avec un œil curieux, quoique bienveillant.

— Ah! dit-il, c'est vous qui êtes mademoiselle Chante-Lilas? — Oui, Monsieur, dit la jeune fille avec un certain orgueil de ce que son nom était connu du beau commissionnaire; vous me connaissez? — Je connais votre nom et vos titres, du moins. — Ah! ah! tu entends, princesse. Vous connaissez son nom et ses titres, et comment les connaissez-vous? — Pour les avoir entendu célébrer par les vassaux de la principauté de Vanves. — Oui, dit Ludovic, c'est Camille qui l'avait baptisée ainsi. — Vous n'avez pas eu de ses nouvelles, princesse? demanda Salvator. — Par ma foi non, dit la jeune fille, je n'en ai pas eu, et j'espère bien n'en pas avoir. — Et pourquoi cela? demanda Ludovic. Crois-tu, par hasard, que je sois jaloux de lui? — Oh! monsieur le docteur, je sais bien que vous ne me faites point un pareil honneur. Oh! la cemtesse du Battoir avait bien raison. — Que disait la comtesse du Battoir? demanda

Salvator. — Elle disait : « Ne te fie jamais aux Anglais, ils sont tous mauvais; ne te fie jamais aux Américains, ils sont tous... » — Eh bien, eh bien, princesse, vous allez brouiller la France avec les États de l'Union? — Ah! tu as raison; et moi qui oubliais la comtesse du Battoir. — Où est-elle? — Elle m'attend ou doit m'attendre à la barrière Saint-Jacques, où elle vient de panser les blessures de son oncle. Allons, prenons un fiacre, et conduis-moi là où tu m'as promis de me conduire en fiacre. — Ah! oui. Mais, princesse, vous croyez donc que j'ai, comme vous, un apanage. — Bon, quand on guérit des millionnaires, on doit rouler sur l'or. — En effet, monsieur Ludovic, il paraît que les habitants de Vanves et du Bas-Meudon sont en train d'édifier un temple à Esculape sauveur. — Eh bien! vous me croirez si vous voulez, cher monsieur Salvator, j'ai peur d'avoir rendu un mauvais service à l'humanité en tirant ce digne M. Gérard d'affaire; il a un visage qui ne me revient pas du tout, et quand il y aurait, de ce côté-là, un abominable brigand caché sous la peau d'un honnête homme, cela ne m'étonnerait pas. — Mais enfin, honnête homme ou non, il est sauvé? — Hélas! oui; c'est parfois un vilain métier que celui de médecin. — Voyons, sois franc, combien t'a-t-il payé tes trois visites? — Princesse, comme j'ai, à dessein, oublié de laisser mon adresse, et que je n'y suis pas retourné depuis qu'il m'a été démontré qu'il était sauvé, c'est encore un compte à faire. — Eh bien, donne-moi ta procuration, et je m'en charge. — Soit, plus tard. — Quand cela? — Quand nous nous séparerons, ce sera mon cadeau d'adieu. — C'est dit; mais en attendant, voilà un fiacre qui passe. Holà! cocher!

Le cocher arrêta court, fit un à gauche, et amena le véhicule à quatre pas du groupe.

— Allons, dit Ludovic, il faut bien faire ce que tu veux, princesse. — Au revoir, seigneur commissionnaire, comme on dit dans les *Mille et une Nuits*, car j'en reviens à ma première idée : Décidément, vous êtes un prince déguisé.

Salvator sourit, les deux jeunes gens se serrèrent la main, Chante-Lilas lança, par-dessus son épaule, une œillade meurtrière à Salvator.

Ludovic l'intercepta au passage.

— Eh bien! princesse, dit-il, avec une feinte colère. — Ah! ma foi, dit Chante-Lilas, je ne sais pas ce que c'est que de mentir. Je le trouve très-joli, ce commissionnaire-là, et si je ne t'avais pas juré fidélité pour trois semaines, je sais bien quelle commission je lui donnerais. — Où faut-il vous conduire, notre bourgeois? demanda le cocher. — Donnez vos ordres, princesse, fit Ludovic. — Porte Saint-Jacques! cria Chante-Lilas.

Et le cocher partit dans la direction indiquée.

VI

QUELS ÉTAIENT LES ATOMES CROCHUS QUI AVAIENT SOUDÉ LA GIBELOTTE A CROC-EN-JAMBE, ET RIVÉ CROC-EN-JAMBE A LA GIBELOTTE.

Au moment où le fiacre qui emportait Ludovic et Chante-Lilas disparaissait à l'angle de la rue Saint-Denis, Salvator vit, des profondeurs d'une de ces voûtes sous lesquelles le soleil semblait avoir honte de pénétrer, venir à lui, pareilles à deux ombres sortant, non pas du poétique enfer de Virgile ou du sombre enfer de Dante, mais d'un simple égout ; sortir, disons-nous, les silhouettes accouplées de deux hommes, qu'à l'odeur d'alcool, de tabac, d'ail et de valériane qu'ils exhalaient autour d'eux, au lieu de ces parfums de jeunesse, de printemps et de violette qu'avaient emportés les deux amoureux, il eût reconnus, les yeux fermés, pour le père la Gibelotte, le pourvoyeur de chats de garenne des cabarets des alentours, et son féal serviteur et ami Croc-en-Jambe, le chiffonnier ravageur, à plus forte raison les reconnut-il les yeux ouverts. Pour les personnes qui, comme Rétif de la Brétonne et Mercier, font une étude particulière des goûts, des mœurs, des habitudes des classes inférieures ; des couches infimes de la société, il y aura, certes, un profond sujet d'étonnement à voir un chiffonnier avoir un ami.

Nous sommes parfaitement de l'avis de ces personnes-là, et nous serions étonné comme elles, et nous douterions comme elles, si notre état de romancier, vilain métier parfois, comme disait tout à l'heure notre ami Ludovic, et comme on va le voir, puisqu'il nous force à nous traîner dans de pareilles sentines ; si notre qualité de romancier ne nous donnait le privilége de tout savoir.

En effet, le chiffonnier qui, né avec un tempérament vagabond, nous sommes de l'avis de ceux qui prétendent que l'homme est l'esclave de son tempérament ; en effet, le chiffonnier qui, avec un tempérament vagabond, a déserté la maison paternelle dès l'âge le plus tendre afin de *chiffonner*, verbe actif et neutre en même temps, menant une vie nomade, presque sauvage, nocturne presque toujours ; devenu, au bout de quelques années, tellement étranger à sa famille, qu'il oublie le nom de son père, le sien même, pour le sobriquet qu'on lui donne ou qu'il s'est donné ; oubliant tout, jusqu'à son âge, nous disons que le chiffonnier est à peu près incapable d'amitié.

C'est qu'avant tout, l'amitié est un sentiment généreux, et que les sentiments généreux, que l'on rencontre bien plus souvent qu'on ne le dit dans les classes inférieures de la société, n'existent pas dans le chiffonnier, ce paria des sociétés occidentales. Couvert des haillons les plus repoussants, il affecte une sorte de cynisme, s'isole des masses, parce qu'instinctivement il comprend que les masses s'isolent de lui ; devient peu à peu misanthrope, chagrin, méchant parfois, âpre et dur toujours.

Disons en passant que, parmi les chiffonniers, il y a toujours quelques repris de justice, et, parmi les chiffonnières, bon nombre de prostituées de bas étage.

Ce qui contribue à assombrir le chiffonnier et à augmenter cette tendance à l'insociabilité, c'est l'abus des liqueurs fortes, dont il use au delà de toute expression. L'eau-de-vie a pour le chiffonnier, mais surtout pour la chiffonnière, car cet étrange animal possède sa femelle, un attrait incroyable, qu'aucun autre ne saurait balancer ; l'un et l'autre consomment le moins qu'ils peuvent en aliments, afin de se livrer le plus souvent et le plus abondamment possible à leur passion favorite. Ils s'imaginent que le breuvage de flamme les soutient à l'égal des substances solides, prenant la force artificielle que leur procure l'alcool pour une marque de force réelle, tandis que cette surexcitation n'est autre chose que l'irritation, qui brûle l'estomac au lieu de le fortifier.

Aussi règne-t-il dans la classe des chiffonniers une mortalité double de celle qui atteint les autres classes, même les plus malheureuses.

CROC-EN-JAMBE ET LA GIBELOTTE.

 TYP. J. CLAYE.

Cet abus de l'alcool leur fait paraître fade l'abus du vin ordinaire; aussi, dans les grandes occasions, le chiffonnier qui abandonne un instant l'eau-de-vie se livre-t-il en échange au vin chaud épicé de poivre, et aromatisé de citron et de cannelle, au grand désespoir des cabaretiers, qui, tout en recevant l'argent de leurs pratiques, s'indignent de voir à la fois tant de misère et de sensualité.

On comprend donc qu'il est difficile à un sentiment quelconque, en dehors des instincts brutaux de la nature, d'entrer dans le cœur d'un de ces malheureux réprouvés; et l'on peut s'étonner avec quelque raison, par conséquent, de voir un chiffonnier fraterniser avec un autre homme, cet homme-là fût-il le tueur de chats, comme était notre ancienne connaissance, le père la Gibelotte.

Aussi, le père la Gibelotte n'était-il pas, au fond, comme il le semblait à la surface, lié avec son compagnon Croc-en-Jambe.

Le père la Gibelotte était l'ami du chiffonnier-ravageur, à peu près comme l'ours est l'ami de son gardien, comme le chat est l'ami de la souris, comme le loup est l'ami de l'agneau, comme le gendarme est l'ami du prisonnier, comme le garde du commerce est l'ami du débiteur.

Croc-en-Jambe, pour tout dire, était le débiteur de la Gibelotte, et débiteur d'une somme exorbitante, si l'on songe que la moyenne des journées de Croc-en-Jambe n'était pas de vingt sous par jour, ou, pour parler plus correctement, de vingt sous par nuit. La dette de Croc-en-Jambe envers la Gibelotte s'élevait, à cette époque, à la somme fantastique de cent soixante-quinze francs quatorze centimes, capital et intérêts compris.

Il est vrai que Croc-en-Jambe prétendait n'avoir reçu en réalité que soixante-quinze livres dix sous; Croc-en-Jambe protestait contre le système décimal, et se refusait absolument à l'adopter. Encore disait-il que, dans cette somme, il avait rencontré trois pièces de trente sous en plomb et deux de quinze en fer-blanc.

Maintenant, même en adoptant le chiffre avoué par Croc-en-Jambe, on se demandera comment le nommé la Gibelotte pouvait être créancier d'une somme aussi fabuleuse vis-à-vis de son compagnon, eu égard à la situation précaire de ces deux industriels. D'abord, nous dirons que sur les deux industriels, il y en avait un dont l'industrie était de beaucoup supérieure à celle de l'autre, c'était celle du tueur de chats.

Chaque chat tué rapportait vingt à vingt-cinq sous à la Gibelotte, trente et quarante si le chat était angora. Dans le chat, rien n'est perdu, la chair devient lapin, la peau devient hermine. En portant la moyenne des chats tués par la Gibelotte à quatre, nous avons un revenu quotidien de cinq francs par jour, soit de cent cinquante francs par mois, soit de dix-huit cents francs par an.

Or, sur cette somme annuelle de dix-huit cents francs, la Gibelotte, pouvait facilement mettre mille francs de côté, ayant à peine à s'occuper de sa nourriture, les gargotiers dont il était le fournisseur gardant toujours pour lui quelques reliefs de bœuf ou de veau; et la Gibelotte, comme les grands chasseurs, ne mangeant jamais de son gibier, n'ayant pas du tout à s'occuper de son habillement, ses fourrures de déchet suffisaient et bien au delà à le vêtir, été comme hiver.

La Gibelotte était donc riche, si riche, que le bruit courait qu'il avait un agent de change et qu'il jouait à la rente. Mais, dans sa pauvreté, Croc-en-Jambe avait une chose que lui enviait la Gibelotte dans sa richesse : Croc-en-Jambe avait une naine.

Comment mademoiselle Bébé la Rousse, échappée à un des tréteaux du boulevard, s'était-elle unie à Croc-en-Jambe ? voilà ce qu'il importe peu à nos lecteurs de savoir, mais voilà ce qui était. Croc-en-Jambe était donc l'amant de mademoiselle Bébé la Rousse, dont le portrait avait figuré longtemps sur le boulevard du Temple, entre le lion de Numidie et le tigre du Bengale, lesquels y figuraient encore, à la grande satisfaction des curieux et au grand profit de la reine Tamatave, qui, devançant les Martin et les Van-Hamburgh dans l'art de charmer les animaux, entrait dans leur cage trois fois par soirée, au risque d'être dévorée une fois sur trois.

Seulement, depuis que mademoiselle Bébé-la-Rousse avait disparu de la ménagerie, son portrait avait disparu de l'affiche. Maintenant, pourquoi mademoiselle Bébé la Rousse avait-elle disparu de la ménagerie? Il y avait sur cet événement plusieurs versions. La plus accréditée au boulevard du Temple était que mademoiselle Bébé la Rousse s'était un soir trompée de sac, et, au lieu de mettre la main dans son sac à ouvrage, avait mis la main dans le sac à la recette. Après quoi elle s'était glissée par une ouverture quelconque de la baraque et avait disparu.

La reine Tamatave avait fait grand bruit du larcin ; elle avait voulu dénoncer au préfet de police mademoiselle Bébé la Rousse, et ce n'eût pas été chose difficile, la fugitive eût-elle adopté les souliers à talons de madame Du Barry, de mettre la main dessus ; mais il y avait, dans la baraque même du boulevard du Temple, une providence qui veillait sur l'imprudente naine.

C'était un certain M. Flageolet, qu'on voyait se promener dans Paris les bras croisés, vêtu comme un charretier endimanché, à qui on ne connaissait aucune rente, aucun patrimoine, aucune inscription sur le grand livre, aucune maison au soleil, et qui faisait galamment sonner, soir ou matin, trois ou quatre pièces de cinq francs dans son gousset. Qu'était donc M. Flageolet?

M. Flageolet était l'intendant, le confident de la reine Tamatave ; son comte d'Essex, si nous la comparons à Élisabeth, son Rizzio, si nous la comparons à Marie-Stuart. Il y avait même une héritière présomptive de la susdite majesté dont on eût bien certainement retrouvé la filiation, si la recherche de la paternité n'eût pas été interdite par le code ; et qu'en souvenir, sans doute, de l'air sur lequel elle était née, on appelait mademoiselle Musette.

Eh bien, M. Flageolet s'était complétement opposé à ce qu'il fût fait aucune dénonciation contre mademoiselle Bébé la Rousse, et la reine Tamatave, voyant la magnanimité de son conseiller intime, s'était écriée, confirmée dans certains soupçons jaloux :

— Soit, qu'elle aille se faire pendre ailleurs! Je suis trop heureuse, moyennant quelques pièces de cinq francs, d'être débarrassée d'une pareille drôlesse.

Mais comme mademoiselle Bébé ignorait la générosité dont on usait boulevard du Temple, à son égard, elle crut prudent de se cacher, pendant quelque temps du moins ; et le bruit se répandit bientôt, dans le quartier Saint-Jacques, que Croc-en-Jambe avait chez lui une maîtresse que, jaloux comme un bey d'Afrique ou un sultan de Turquie, il cachait à tous les yeux. Il n'y avait pas moyen de vérifier le fait, le taudis de Croc-en-Jambe donnant sur une cour.

Mademoiselle Bébé la Rousse, qui n'avait pas même, pour se distraire, *la vue sur une rue*, comme on dit à Paris, s'ennuyait donc fort, et, n'osant sortir le jour, de peur d'être rencontrée par une autre *rousse* qui aurait pu mettre la main sur elle, elle se tenait une partie de la nuit à la fenêtre, écoutant chanter le rossignol et comptant les étoiles, pendant que Croc-en-Jambe chiffonnait.

Or, la Gibelotte, qui avait remarqué un passage de chats sous la porte de la cour de la maison qu'habitait Croc-en-Jambe, se plaça à l'affût contre cette porte. Il vit la naine à sa fenêtre.

Mettez Roméo à la place de la Gibelotte, mettez Juliette à la place de mademoiselle Bébé, et vous aurez une scène ravissante d'amour et de poésie, que je vous raconterai si vous l'exigez, chers lecteurs, même après Shakspeare; tandis que je vous prie de ne pas me demander la scène qui se passa entre mademoiselle Bébé et la Gibelotte.

Le résultat de la scène fut purement et simplement que le lendemain, en déjeunant avec Croc-en-Jambe, la Gibelotte proposa au chiffonnier de lui céder, moyennant cinq francs par mois et en garni, une des deux chambres qu'il habitait. Comme c'était juste en garni ce que Croc-en-Jambe payait en dégarni, le chiffonnier accepta avec reconnaissance l'offre du tueur de chats, et transporta, chez son généreux propriétaire, ses pénates et ceux de mademoiselle Bébé.

Au bout du mois, Croc-en-Jambe, qui se trouvait on ne peut mieux dans son nouveau domicile, manifesta quelque inquiétude; mademoiselle Bébé, en compagne compatissante, s'informa des causes de son ennui. Croc-en-Jambe lui exposa ses craintes de ne pas être en mesure de payer son loyer. Mademoiselle Bébé réfléchit, et le résultat de ses réflexions furent ces paroles, qui donnèrent beaucoup à penser à Croc-en-Jambe.

— J'arrangerai la chose avec la Gibelotte.

Mais comme, en effet, la chose fut arrangée, que la Gibelotte ne parla plus de loyer à Croc-en-Jambe, Croc-en-Jambe n'y pensa plus. Comme il avait pris la bienheureuse habitude de ne pas penser au loyer de son premier mois, il ne jugea pas utile de perdre cette habitude à propos des autres; et comme un mois, deux mois, trois mois, passèrent sans réclamation de la part de la Gibelotte, il s'habitua doucement à cette idée, qu'il avait trouvé ce qu'il était si rare de trouver, excepté à Sainte-Pélagie, un logement gratis.

Il y avait plus. Quand la nuit avait été mauvaise, c'est-à dire pluvieuse, froide ou stérile, et que Croc-en-Jambe rentrait ou mouillé, ou gelé, ou la hotte vide, toutes circonstances dans lesquelles mademoiselle Bébé n'avait pas à se louer du compagnon de sa vie, il arrivait souvent qu'aux premières paroles sonores qu'il entendait dans la chambre de ses locataires, la Gibelotte frappait à la porte, entrait, et, voyant l'assombrissement des visages, il mettait la main à sa poche :

— De quoi? de quoi? des pleurs et des grincements de dents, parce que la récolte a été mauvaise? La cueillette des peaux de lapins a été bonne, et les amis ne sont pas des Turcs! — Et à quoi voit-on cela, qu'il ne sont pas des Turcs? demandait Croc-en-Jambe, sceptique comme un chiffonnier. — Voyons, cela fera-t-il ton bonheur, si je te prête trente sous? — Cela y contribuera du moins infiniment, répondait Croc-en-Jambe. — Eh bien! sois heureux, en voilà quinze. — Mais, pour quinze sous, je ne serai qu'à moitié heureux. —

Va toujours, mange ceux-là, et, si tu n'es heureux qu'à moitié, nous verrons après.

Croc-en-Jambe partait alors, achetait pour quinze sous de bonheur liquide, au lieu d'acheter pour quinze sous de bonheur solide, buvait la félicité au lieu de la manger, et revenait, en général, si heureux à la maison, que, ne pouvant pas porter le poids de son bonheur, on le retrouvait tantôt au pied d'une borne, tantôt à la porte de la rue, tantôt sur la première marche de l'escalier.

Le chiffonnier trouvait l'existence telle que la lui faisait son ami la Gibelotte assez douce, lorsqu'une catastrophe inattendue vint renverser, comme un château de cartes, le bonheur qu'il croyait cimenté sur le roc. L'homme propose, le diable dispose!

Il y avait trois ou quatre mois que les choses se passaient ainsi, quand, en rentrant éclopés de leur lutte avec nos jeunes gens, pendant la nuit du mardi gras, le tueur de chats et le chiffonnier, en rentrant au domicile commun, furent tout étonnés d'apercevoir, au milieu de gendarmes qui lui faisaient l'honneur de l'accompagner, mademoiselle Bébé la Rousse, dont on avait trouvé la paillasse enrichie de deux couverts d'argent qui avaient disparu de chez le bijoutier voisin, où la naine était entrée dans la journée pour faire raccommoder une montre d'argent qu'elle tenait de la libéralité de la Gibelotte.

La naine, en apercevant les deux amis, leur fit un clignement d'yeux expressif. Tous deux la suivirent de loin, l'oreille basse et les bras pendants, et la virent entrer dans la caserne de Lourcine, où les gendarmes la firent entrer la première, sans doute par déférence pour ses charmes.

A cette vue, Croc-en-Jambe, au comble du désespoir, demanda à son ami de lui prêter une pièce de quinze sous, doutant, tant sa douleur était grande, que cette somme de soixante-quinze centimes, comme disaient les novateurs, suffit à sa consolation, mais voulant au moins, dans sa résignation aux ordres de la Providence, essayer de se consoler.

Malheureusement mademoiselle Bébé la Rousse n'était plus là pour servir d'intermédiaire entre Croc-en-Jambe et la Gibelotte; il en résulta que non-seulement La Gibelotte refusa à Croc-en-Jambe les soixante-quinze centimes qu'il lui demandait, mais lui déclara que, la somme dont il était en avance avec lui lui faisant défaut, il l'invitait à lui solder cette somme dans le plus court délai possible.

Or, comme nous l'avons dit, cette somme, loyer de la chambre et intérêt de l'argent à dix pour cent compris, montait au chiffre exorbitant de cent soixante-quinze francs quatorze centimes. La réclamation avait amené du froid entre les deux amis, du froid ils avaient passé à la brouille, de la brouille ils allaient passer à un procès dans lequel la liberté de Croc-en-Jambe se trouvait menacée, lorsqu'ayant rencontré la veille, chacun séparément, Barthélemy Lelong, sorti depuis huit jours de l'hôpital Cochin, complétement guéri de son coup de sang, celui-ci leur avait à la fois donné un conseil et fait une invitation.

Le conseil était de prendre Salvator pour arbitre du différend qui les divisait. L'invitation était de vider avec lui, en glorification de son heureux rétablissement, quelques bouteilles de bourgogne au cabaret de la *Coquille-d'Or*, rue aux Fers.

Et voilà pourquoi Croc-en-Jambe et la Gibelotte, ennemis la veille pour la même cause qui avait perdu Troie et brouillé les deux coqs de La Fontaine; voilà pourquoi Croc-en-Jambe et la Gibelotte, disons-nous, ennemis la veille, s'avançaient vers Salvator et le cabaret, appuyés au bras l'un de l'autre, aussi fermement que si aucun intérêt humain ou aucune passion humaine ne les pouvait séparer.

VII

LE DOUZE POUR CENT DU PÈRE LA GIBELOTTE.

Les deux amis passèrent devant Salvator, et comme s'ils eussent oublié que Salvator devait être leur arbitre dans une affaire du plus grand intérêt, ils se contentèrent de le saluer respectueusement.

Salvator, qui ignorait quelle discussion les divisait, et quel honneur ils comptaient lui faire, Salvator leur rendit leur salut par une légère inclinaison de tête. Tous deux entrèrent au cabaret et cherchèrent des yeux Barthélemy Lelong; mais Barthélemy Lelong n'était pas encore arrivé.

— Eh bien! dit Croc-en-Jambe, si nous profitions de cela pour exposer notre affaire à M. Salvator? — Je veux bien, dit la Gibelotte, qui, au contraire, avait l'air de ne pas vouloir du tout, mais il me semble qu'en attendant on pourrait consommer un petit verre de trois-six. — Alors tu payes, car *tant* qu'à moi, la nuit a été mauvaise. — Certainement, dit la Gibelotte. Deux petits verres d'eau-de-vie et *le Constitutionnel!*

Le garçon apporta les deux petits verres, les remplit avec bain de pied, donna *le Constitutionnel* à la Gibelotte et s'éloigna, emportant le carafon.

— Eh bien! dit La Gibelotte, que fais-tu donc là-bas? — Moi? demanda le garçon. — Oui, toi. — Eh bien! je vous sers ce que vous avez demandé; vous avez demandé deux petits verres et *le Constitutionnel*, je vous donne *le Constitutionnel* et deux petits verres. — Et tu emportes le carafon? — Sans doute. — Eh bien! laisse-moi te dire, blanc-bec, que ce n'est pas ainsi qu'on agit avec des pratiques. — Blanc-bec? — J'ai dit blanc-bec. — Il a dit blanc-bec, dit Croc-en-Jambe. — Et comment agit-on avec des pratiques? demanda le garçon, qui n'eût insisté que si la Gibelotte eût nié. — On laisse le carafon, quitte à faire une marque à la hauteur du breuvage, et quand on s'en ira, ce qui sera bu sera bu. — Parbleu, répéta Croc-en-Jambe, ce qui sera bu sera bu. C'est clair, ça. — Et lequel des deux est celui qui paye? demanda le garçon. — C'est moi, dit la Gibelotte. — En ce cas, c'est autre chose.

Et il posa le carafon entre les deux amis.

— Dis donc, marmouset, fit Croc-en-Jambe. — C'est à moi que vous parlez? demanda le garçon. — Et à qui donc, s'il vous plaît? — Eh bien! que vouliez-vous dire? — Je voulais dire que ton observation n'était pas polie. — Quelle observation? — Tu as dit: En ce cas, c'est autre chose. — Eh bien! oui; après? — Eh bien! après, ça n'est pas poli. On est aussi bon que *M. la Gibelotte* pour te répondre de ton carafon d'eau-de-vie. — C'est possible, dit le garçon; mais j'ai des ordres. — Des ordres de qui? — Des ordres du patron. — De M. Robinet? — De M. Robinet. — Il t'a défendu de me faire crédit, M. Robinet? —

Non; mais il m'a ordonné de ne vous vendre qu'au comptant. — A la bonne heure. — Cela vous contente ? — Oui. L'honneur est satisfait. — Alors, vous n'êtes pas difficile. — A ta santé, Croc-en-Jambe! dit la Gibelotte. — A ta santé, la Gibelotte! dit Croc-en-Jambe.

Et tous deux attaquèrent leur verre d'eau-de-vie, chacun avec son caractère. Croc-en-Jambe en le jetant dans son gosier comme il eût jeté une lettre à la poste. La Gibelotte en le sirotant.

— As-tu vu le bulletin de la bourse d'hier? demanda la Gibelotte; je ne l'ai pas vu, moi. — Tu sais bien que je ne sais pas lire, répondit Croc-en-Jambe. — Ah! c'est vrai, dit, la Gibelotte avec une expression de mépris. — Le cinq pour cent a fait 100 fr. 75 c., dit un voisin à l'habit noir, à la cravate crasseuse, à la chaîne de chrysocale, à l'air douteux, enfin. — Merci, monsieur Guy-d'Amour, dit la Gibelotte.

Et versant un second verre d'eau-de-vie à Croc-en-Jambe :

— Alors, c'est de la baisse pour aujourd'hui, dit-il. — J'en mettrais la main au feu, répondit Croc-en-Jambe en mettant la main à son verre. — Alors, j'ai envie d'en acheter, dit la Gibelotte avec l'aplomb d'un vieil agent de change. — Moi, j'achèterais, répondit fastueusement le chiffonnier.

Et il envoya le second verre d'eau-de-vie rejoindre le premier. La Gibelotte en versa un troisième.

— As-tu vu de quelle façon ce fat de Salvator nous a salués? dit la Gibelotte. — Non, je n'ai pas vu, dit Croc-en-Jambe. — C'est-à-dire que c'est à faire suer. Ah çà! mais, il se croit donc le roi des commissionnaires? — Je crois qu'il se croit mieux que cela, dit Croc-en-Jambe. — Si tu étais de mon avis, dit la Gibelotte en versant un quatrième petit verre à Croc-en-Jambe, nous réglerions nos comptes comme deux vrais amis que nous sommes, sans immiscer un tiers dans nos affaires d'intérêt. — Je ne demande pas mieux, mais je te préviens que ça m'altère horriblement, de parler affaires. — Alors, buvons!

Et la Gibelotte versa un cinquième verre d'eau-de-vie à Croc-en-Jambe, qui commença à voir voltiger des flammes bleues devant ses yeux.

— Je disais donc, reprit la Gibelotte, que tu me devais la somme de cent soixante-quinze francs quatorze centimes. — Et moi, je disais, reprit Croc-en-Jambe, qui n'avait pas encore perdu la mémoire des chiffres, je disais que je ne te devais que la somme de soixante-quinze livres dix sous. — Parce que tu t'obstines à ne compter que le capital. — C'est vrai, dit Croc-en-Jambe en tendant son verre, je m'obstine à ne compter que le capital.

La Gibelotte remplit le verre de Croc-en-Jambe.

— Mais avec les intérêts combinés, ça fait juste cent soixante-quinze francs quatorze centimes. — Comment une somme de soixante-quinze francs dix sous peut-elle produire, en sept mois... — En huit mois! — En huit mois, soit, un intérêt de cent francs quatorze centimes? — Tu vas voir cela. Il y a huit mois que tu es venu demeurer chez moi. — J'étais heureux alors, dit mélancoliquement Croc-en-Jambe, en pensant avec quelle facilité la Gibelotte lâchait, à cette époque, les pièces de quinze sous. — Et moi aussi, dit la Gibelotte, en songeant qu'en même temps que Croc-en-Jambe, mademoiselle Bébé la Rousse était venue demeurer chez lui; que veux-tu, mon pauvre ami, on vieillit et l'on décline tous les jours. — C'est vrai, dit Croc-en-Jambe, c'est le contraire des dettes, qui ne font que s'accroître en vieillissant. — A cause des intérêts combinés, répéta la Gibelotte. Je disais donc qu'il y avait huit mois que tu étais venu loger chez moi; je t'avais loué moyennant cinq francs par mois? — Je ne dis pas non. — C'est bien heureux. A partir du premier mois, tu as commencé à ne pas me payer. — C'était pour ne pas prendre une mauvaise habitude. — Cinq fois huit font quarante. — Seulement, depuis un mois, je ne loge plus chez toi; ça ne fait donc que cinq fois sept, trente-cinq. — Tu as laissé une vieille hotte dans la chambre, ce qui m'a empêché de la louer, dit la Gibelotte. — Tu n'avais qu'à la jeter par la fenêtre. — Oui, pour que tu dises qu'il y avait cent mille francs dedans. — Allons donc, dit Croc-en-Jambe, mettons huit mois, mais dès demain je vais rechercher ma hotte. — Non pas, c'est mon gage. — Mais alors, mon loyer va donc continuer de courir? — Paye-moi mes cent soixante-quinze francs quatorze centimes et il ne courra plus. — Mais tu sais bien : je n'en ai pas le premier sou de tes cent soixante-quinze francs quatorze centimes. — Alors, ne t'oppose pas à un règlement de compte. — Règle, mais verse.

La Gibelotte versa un septième ou huitième verre d'eau-de-vie. Croc-en-Jambe ne comptait plus, et le lecteur nous permettra de faire comme lui.

— Nous disons donc, huit mois à cinq francs, quarante francs, plus trente-cinq francs cinquante centimes, prêtés en différentes fois. — En plus de soixante fois. — Mais prêtés, tu ne le nies pas. — Non, je reconnais être ton débiteur de soixante-quinze francs dix sous, je le dis à qui veut l'entendre, je le crie sur les toits. — Eh bien! les intérêts de soixante-quinze francs cinquante centimes, à douze pour cent... — A douze pour cent! le taux légal est de cinq, six par tolérance. — Mon cher Croc-en-Jambe, tu oublies les risques. — C'est vrai, dit Croc-en-Jambe avec un geste d'assentiment, j'oubliais les risques. — Tu admets donc les douze du cent, dit la Gibelotte, en remplissant de nouveau le verre de Croc-en-Jambe. — Je les admets, dit celui-ci dont la langue commençait à s'épaissir. — Eh bien! dit la Gibelotte, un premier mois à douze du cent ça fait neuf francs deux centimes et demi, à ajouter à soixante-quinze francs cinquante, c'est-à-dire quatre-vingt-quatre francs cinquante-deux centimes et demi. — Ah! c'est donc au mois! — Quoi? — Tes douze du cent. — Sans doute. — Mais alors, ça fait à cent quarante-quatre du cent par an. — Dame, il y a les risques. — C'est vrai, dit Croc-en-Jambe de plus en plus ivre, il y a les risques. — Eh bien, alors tu comprends très-bien, maintenant, que tu me doives cent soixante-quinze francs quatorze centimes. — Oh! à cent quarante-quatre du cent par an, ce qui m'étonne, c'est de ne pas te devoir davantage. — Non, dit la Gibelotte, tu ne me dois pas davantage. — C'est étonnant, dit Croc-en-Jambe. — Alors, tu es donc prêt à reconnaître que tu me dois cent soixante-quinze francs quatorze centimes? — Oh! dit Croc-en-Jambe, ce n'est pas assez de cent soixante-quinze francs? — Eh bien, soit, je supprime les quatorze centimes, dit généreusement la Gibelotte. — Non, dit Croc-en-Jambe d'un air hautain; non, Monsieur, je ne veux pas de grâce; laissez-les. — Tu ne me tutoies plus, Croc-en-Jambe? dit la Gibelotte. — Non; je vois que j'ai agi légèrement en vous donnant le titre d'ami. — Puisque je te dis que je supprime les quatorze centimes. — Non, non, non; je ne veux pas qu'on les supprime, moi. — Nous allons les manger. — Je n'ai pas faim, j'ai soif. — Alors, nous allons les boire. — Ça, je veux bien. — Tu n'es donc plus fâché contre moi? dit la Gibelotte en remplissant le verre de son débiteur. — Non, c'était pour rire. — Allons donc! et la preuve? — Voici... — Non, dit la Gibelotte, je ne veux pas de preuve. — Mais si je veux t'en donner une, moi? — Eh bien! reconnais d'abord les cent soixante-quinze francs, dit la Gibelotte en tirant un papier de sa poche. — Tu sais bien que je ne sais pas écrire. — Fais ta croix. — Et la preuve, reprit Croc-en-Jambe, c'est que, si tu veux me donner seulement dix francs, je les reconnais, tes cent soixante-quinze francs. — Bon! je suis déjà trop en avance. — Cent sous! — Impossible. — Trois francs! — Réglons d'abord les vieux comptes. — Quarante sous! — Voilà la plume, fais ta croix. — Vingt sous! On n'est pas digne d'avoir un ami quand on risque de perdre son ami pour vingt sous. — Eh bien! les voilà, tes vingt sous, dit la Gibelotte en tirant de sa poche une pièce de quinze sous. — Ah! je savais bien que tu y viendrais, dit Croc-en-Jambe en trempant sa plume dans l'encre. — Et toi aussi, dit la Gibelotte en lui avançant le papier.

Croc-en-Jambe allongea la main pour faire sa croix; mais une ombre s'interposa entre le jour lui. Cette ombre, c'était celle de Salvator.

Il allongea la main par la fenêtre, prit l'obligation que Croc-en-Jambe était prêt à certifier de ce symbole qui, chez les gens du peuple, a plus de valeur qu'une signature, le déchira en mille morceaux, et jetant soixante-quinze francs dix sous sur la table :

— Voici la somme qui vous est due, la Gibelotte, dit-il; c'est moi qui suis désormais le créancier de Croc-en-Jambe. — Ah! monsieur Salvator, dit Croc-en-Jambe en s'épatant sur la table, vous avez là un débiteur dont, ma parole d'honneur, je ne voudrais pas.

En ce moment une jolie petite voix se fit entendre, comme pour faire contraste avec la voix avinée du chiffonnier.

— Monsieur Salvator, disait la voix qui appartenait évidemment à une jeune fille, voulez-vous porter cette lettre-là rue de Varenne, 42. — Au troisième clerc de M. Baratteau, toujours? — Oui, monsieur Salvator; il y a réponse; voilà cinquante centimes. — Merci, ma belle enfant; votre commission va être faite, et lestement; soyez tranquille.

Et Salvator, effectivement, partit de son pied le plus léger, laissant la Gibelotte dans le plus profond étonnement, étonnement qui n'avait d'égal que la satisfaction qu'éprouvait le tueur de chats d'être rentré dans ses soixante-quinze francs.

VIII

OU L'AUTEUR A L'HONNEUR DE PRÉSENTER M. FAFIOU SES LECTEURS.

Au moment où la Gibelotte mettait les soixante-quinze francs cinquante centimes dans sa poche, où Croc-en-Jambe, complétement ivre, poussait son premier ronflement, où Salvator, qui venait de jeter sur la table une somme considérable pour un homme de son état, consentait, sur l'invitation de sa petite voix douce, à faire pour dix sous une course d'une demi-lieue, Barthélemy-Lelong apparut sur la porte du cabaret de la Coquille-d'Or, tenant à son bras mademoiselle Fifine, c'est-à-dire cette femme qui, s'il fallait en croire Salvator, avait une si puissante influence sur la vie de l'ouvrier charpentier.

Mademoiselle Fifine n'avait rien, au premier abord, qui justifiât cette puissance inouïe, si ce n'est que c'est une des lois d'équilibre de la nature que la force soit parfois soumise à la faiblesse. C'était une grande fille de vingt à vingt-cinq ans, rien n'est difficile comme de dire l'âge précis d'une femme du peuple de Paris, vieillie avant l'âge par la misère ou la débauche; sa tête pâle, aux yeux bistrés, était nue, avec des cheveux blonds qui eussent été superbes aux tempes d'une femme du monde, mais qui perdaient la moitié de leur valeur à être mal soignés; le cou était maigre, mais bien attaché et assez gracieux dans sa faiblesse même; les mains étaient belles, plus pâles que blanches; une élégante en eût fait disparaître les défauts, en eût doublé les qualités, et serait arrivée, avec ces mains-là, à être citée pour ses mains; tout le corps, ondoyant sous son grand châle de laine et sous sa robe de soie un peu passée, avait le flexible balancement du serpent et de la sirène; on eût dit qu'en le laissant sans appui il se fût courbé comme un jeune peuplier sous le vent; ce qui dominait enfin dans tout cet ensemble, c'était une espèce de luxure paresseuse, qui n'était pas sans charme, et qui, on le voit du moins par l'influence prise sur Jean Taureau, n'avait pas été sans résultat.

Lui avait la joie et la fierté peintes sur le front. Soit caprice, soit indifférence, mademoiselle Fifine ne consentait pas souvent à sortir avec lui, excepté quand il lui offrait de la conduire au spectacle; mademoiselle Fifine adorait le spectacle, mais ne voulait aller qu'à l'orchestre ou aux premières galeries, ce qui emportait tout de suite une journée du travail de Jean Taureau et l'empêchait de faire jouir aussi souvent qu'il l'eût voulu mademoiselle Fifine de cette aristocratique récréation.

Mademoiselle Fifine avait toujours eu une ambition, c'était de se mettre au *théiâhtre*. C'est ainsi qu'elle prononçait le mot qui représentait l'objet de son ambition. Malheureusement elle n'avait pas les protections nécessaires, puis aussi le vice de prononcation que nous venons de signaler lui avait-il peut-être nui dès les débuts de sa carrière.

A défaut de premier rôle, à défaut de rôle secondaire, même à défaut de bouts de rôle, mademoiselle Fifine se fût contentée de figurer, et peut-être cette ambition moins élevée que l'autre eût-elle été satisfaite, si Jean Taureau ne lui avait pas signifié qu'il ne voulait pas d'une baladine pour sa maîtresse, et qu'il lui casserait les reins si elle montait sur les planches.

Mademoiselle Fifine se moquait fort de la menace de Jean Taureau; elle savait que Jean Taureau ne lui casserait rien du tout, et que c'était elle, au contraire, qui, lorsqu'elle le voudrait, plierait Jean Taureau comme un jonc. Dix fois, dans ses moments de rage, la main du charpentier s'était levée sur sa maîtresse, prête à l'anéantir en retombant; mais elle s'était contentée de dire :

— C'est ça, battez une femme! c'est du beau, allez!

Et la main était retombée inerte comme celle d'un enfant. Jean Taureau avait la fierté de sa force, à moins d'être horriblement monté, soit par la jalousie, soit par l'ivresse, et il ne se heurtait qu'aux vrais obstacles, méprisant de renverser ce qui ne résistait pas.

Jean Taureau, outre ses moments d'ivresse ou de jalousie, avait encore d'autres moments pendant lesquels il faisait assez mauvais de se frotter à lui. C'étaient ses moments de remords. De remords et non de repentir, entendons-nous bien.

Jean Taureau, sous son nom de Barthélemy Lelong, avait, dix ans auparavant, épousé en légitime mariage une femme douce, honnête, travailleuse dont il avait commencé par avoir trois enfants. Au bout de six ans de bonheur, il avait rencontré mademoiselle Fifine, et dès ce jour avait daté la vie orageuse qu'il menait, laquelle, sans le rendre heureux lui-même, faisait le malheur de sa femme et de ses enfants, qui n'avaient du mari et du père que les heures maussades ou fatiguées.

Le charpentier sentait bien que sa femme l'aimait véritablement, tandis que mademoiselle Fifine ne se donnait pas même la peine de faire semblant de l'aimer. Non, ce que mademoiselle Fifine eût aimé, eût adoré, l'*être* pour lequel elle eût fait des folies, c'eût été un acteur.

Comment Barthélemy Lelong tenait-il tant à une femme qui tenait si peu à lui, et comment mademoiselle Fifine, tenant si peu à lui, restait-elle avec Barthélemy Lelong? C'est ce que Descartes seul, l'inventeur des atomes crochus, pourrait nous expliquer, ce que chacun de nous a éprouvé une fois dans sa vie, ce qui se résume par ce mot d'un de mes amis à qui je demandais, à propos de lui et de sa maîtresse :

— Mais, ne vous aimant pas davantage, pourquoi restez-vous ensemble? — Que veux-tu, nous nous détestons trop pour nous séparer.

Mademoiselle Fifine avait un enfant de Barthélemy Lelong, Barthélemy Lelong adorait cet enfant; c'était avec cet enfant surtout qu'elle pliait le colosse, qu'elle le faisait aller et venir, comme, avec l'appât, le pêcheur fait aller et venir le poisson. Dans ses jours de méchanceté, quand elle avait besoin, on ne sait pourquoi, du désespoir de ce malheureux, elle lui disait de sa voix traînante :

— Ta fille? Qu'est-ce que tu dis, ta fille? T'as pas le droit de l'appeler ta fille, pisque t'es marié et que tu ne peux pas la reconnaître; d'ailleurs, qui te dit que c'est de toi c't enfant-là; elle ne te ressemble pas.

Et alors cet homme, ce lion, ce rhinocéros se roulait, se tordait, mordait le plancher avec des hurlements de rage, criant :

— Oh! la malheureuse! oh! la déhontée! elle dit que mon enfant n'est pas de moi!

Mademoiselle Fifine regardait le dogue râlant, avec cet œil vitreux des femmes sans cœur; un méchant sourire retroussait ses lèvres, montrant ses dents pointues comme celle de la hyène.

— Eh bien! non, disait-elle, elle n'est pas de toi, pisque tu veux le savoir.

Alors Barthélemy Lelong redevenait Jean Taureau; il se relevait rugissant; il bondissait sur cette femme aux membres grêles comme ceux d'une araignée; il levait sur elle son poing lourd comme le marteau d'un cyclope. Elle, alors, se contentait de dire :

— C'est ça, battez une femme; c'est du beau, allez.

Alors Jean Taureau enfonçait ses mains dans ses cheveux, et délirant, hurlant, rugissant, ouvrait la porte d'un coup de pied, se précipitait par les escaliers, et malheur à l'Hercule du Nord, à l'Alcide du Midi qu'il eût rencontré;

il n'y avait que la faiblesse qui pût trouver grâce devant lui. C'était un de ces soirs-là qu'il avait rencontré les trois amis au tapis-franc de Bordier.

Nous savons comment les choses s'étaient passées et comment le drame eût fini, pour Barthélemy Lelong, par une apoplexie, si Salvator ne fût arrivé à temps pour le saigner, et, la saignée faite, pour l'envoyer à l'hôpital Cochin. Il en était sorti, comme nous l'avons dit, depuis huit jours, et, ayant rencontré Croc-en-Jambe et la Gibelotte au milieu de leur discussion d'intérêt, il leur avait donné le conseil de prendre Salvator pour arbitre, et les avait invités à déjeuner avec lui à la Coquille-d'Or.

A l'entrée de Barthélemy Lelong, un de ses deux convives était déjà hors de combat : c'était Croc-en-Jambe. Restait la Gibelotte. Barthélemy Lelong fit mettre trois couverts, étendit la main sur Croc-en-Jambe, qui ronflait comme un basson, et prononça solennellement ces paroles bien connues :

— Honneur au courage malheureux !

Après quoi, les huîtres étant ouvertes, on se mit à table, au milieu des mille observations de mademoiselle Fifine, qui ne trouvait rien de bon.

— Oh ! comme vous êtes difficile, ma belle enfant, dit la Gibelotte. — Tenez, ne m'en parlez pas, dit Barthélemy Lelong en appuyant le plat de sa main derrière sa tête et en serrant les dents ; c'est parce que c'est avec moi ; un chat lui semblerait meilleur à la barrière avec son cabotin, son pitre, son paillasse de Fafiou, qu'un faisan truffé avec moi, au Rocher de Cancale ou aux Frères Provençaux. — Allons, bon ! dit mademoiselle Fifine avec sa voix traînante, encore une nouvelle visée ; il y a plus de huit jours que je n'ai seulement passé sur le boulevard du Temple. — C'est vrai, pas depuis que je suis sorti de l'hôpital ; mais avant, on m'a dit que tu y allais tous les jours, et que la baraque du sieur Copernic n'avait pas de spectatrice plus assidue que toi. — C'est bien possible, dit mademoiselle Fifine avec cet air insoucieux qui faisait damner Jean Taureau. — Oh ! si je croyais cela, dit celui-ci en tordant sa fourchette de fer entre ses mains comme il eût fait d'un cure-dent...

Puis, se tournant du côté de La Gibelotte :

— Ce qui m'écœure, vois-tu, c'est qu'elle s'amourache toujours de créatures qui ne sont pas des hommes, de blancs-becs que je mangerais sur le pouce si je n'avais pas honte de m'attaquer à de pareils marmousets, de gens à qui je n'ose pas toucher, parce qu'en les touchant je les casserais. Parole d'honneur ! La Gibelotte, je voudrais que vous le vissiez, ce Fafiou, et vous diriez comme moi : « Ça, qu'est-ce que ça ? ça n'est pas un homme. » — Dame ! il y a des goûts de toutes sortes, dit mademoiselle Fifine de sa voix traînante. — Alors, tu avoues donc que tu l'aimes ! s'écria Jean Taureau. — Je ne dis pas que je l'aime, je dis qu'il y a des goûts de toutes sortes.

Jean Taureau poussa une espèce de rugissement, et brisant son verre contre les dalles du cabaret :

— Qu'est-ce que c'est que ces verres-là, garçon ? dit-il, crois-tu que Jean Taureau a l'habitude de boire dans des dés à coudre ? Apporte-moi une choppe.

Le garçon était habitué aux manières de Jean Taureau, qui était une pratique : il déposa sur la table l'objet demandé, qui pouvait contenir une demi-bouteille, et se mit à ramasser les fragments du verre brisé. Jean Taureau emplit son nouveau verre bord à bord et le vida d'un seul coup.

— Bon ! dit Fifine, ça commence bien ; je connais cela : dans vingt minutes, on sera obligé de vous rapporter à la maison ivre-mort ; vous en avez pour dix ou douze heures à dormir. Moi, pendant ce temps-là, j'irai faire un tour au boulevard du Temple. — Est-elle sans cœur ! demanda Barthélemy Lelong à la Gibelotte avec une voix pleine de larmes. C'est qu'elle le ferait comme elle le dit, au moins. — Pourquoi donc pas ? répondit mademoiselle Fifine. — Si vous aviez une femme pareille, père la Gibelotte, dit Barthélemy Lelong, soyez franc, qu'en diriez-vous ? — Moi, dit la Gibelotte, je la prendrais par les pattes de derrière, et vlan ! je lui donnerais le coup du lapin. — Oui, c'est le chat ! murmura mademoiselle Fifine, je vous conseillerais de venir vous y frotter, à vous et à lui. — Garçon, du vin ! dit Jean Taureau.

Au moment où ces premiers symptômes d'irritation commençaient à se manifester à la *Coquille-d'Or* entre Barthélemy Lelong et mademoiselle Fifine, un grand garçon maigre, effilé, osseux, au cou long comme celui d'une guitare, aux joues blêmes comme de la pâte de guimauve, au nez retroussé comme un cor de chasse, aux yeux bêtes et ternes et à fleur de tête comme des yeux de veau, à la chevelure couleur de moutarde, au masque bouffon enfin, qui attirait le rire de tous les passants ; malgré l'imperturbable gravité du personnage qui en était l'objet, débouchait sur la place des Halles par cette grande artère chargée de l'alimenter, et qu'on appelle la rue Saint-Denis.

Ce qui contribuait encore à rendre cette figure plus grotesque, c'était le chapeau étrange qui lui servait de cadre, en même temps qu'il projetait son ombre sur elle. Ce chapeau était un de ces tricornes que la génération qui a suivi la nôtre n'a plus vu qu'en souvenir, ou par tradition, sur la tête de Jeannot.

Aussi, quand le nouvel acteur que nous poussons sur notre scène s'aventura au milieu de la population gouailleuse de la halle, ce fut, pendant tout le temps qu'il mit à franchir la distance qui le séparait de la *Coquille-d'Or*, un éclat de rire immense qui parcourut à l'instant même tout le marché, comme eût fait la commotion de l'étincelle électrique.

Mais lui, comme un croque-mort qui ne se croit pas obligé d'être triste parce que les autres le sont, lui ne se croyait pas obligé d'être gai parce que les autres l'étaient ; il passa donc, lui, le dernier tricorne, au milieu de cette rangée de rieurs, avec le flegme d'un homme civilisé qui passe au milieu d'une tribu sauvage, et il arriva à son but en une douzaine d'enjambées.

Ce but, c'était incontestablement Salvator ; car, arrivé à la porte de la *Coquille-d'Or*, il s'arrêta en face du crochet qui représentait le commissionnaire absent, et avec un geste du plus haut comique, découvrant sa tête d'une main, tandis que de l'autre il prenait à poignée ses cheveux jaunes.

— Là, justement, dit-il, il n'y est pas !

Il monta sur une borne et regarda autour de lui ; pas de Salvator. Il s'informa aux groupes qui l'entouraient, et qui, en le voyant monter sur une borne, s'étaient immédiatement formés en cercle comme s'ils eussent espéré assister à une parade ; nul des spectateurs ne put précisément lui dire où était celui qu'il cherchait. Alors il eut une idée, c'est que Salvator était peut-être au cabaret de la *Coquille-d'Or*.

— Tiens, que je suis bête, dit-il tout haut.

Et, descendant de sa borne, piédestal admirablement adapté à la statue qu'elle avait portée un instant, il s'avança vers le cabaret de la *Coquille-d'Or*.

FAFIOU.

TYP. J. CLAYE.

A l'ombre qu'il projeta en passant devant la fenêtre, Barthélemy Lelong se retourna vivement comme si un scorpion l'eût piqué, en s'écriant :

— Oh ! mais je ne me trompe pas.

Et ses yeux, à l'instant même, se reportèrent de la fenêtre à la porte de la rue, à laquelle ils semblèrent rivés, tandis qu'il murmurait tout bas :

— Mais qu'il vienne ! mais qu'il vienne donc ! je ne vais pas le chercher, mais s'il vient !..

En ce moment, le personnage que nous venons de suivre dans sa course, qui avait éveillé une si grande hilarité dans la halle, et qui paraissait exciter une si violente colère chez Barthélemy Lelong, parut dans l'encadrement de la porte, et, comme s'il eût eu la faculté de la tortue, tout en laissant son corps dans le cabaret même, il allongea sa tête dans la salle du fond, cherchant de ses yeux hébétés un homme que nous savons être Salvator, tandis que Jean Taureau, croyant qu'il cherchait une femme, et que cette femme était mademoiselle Fifine, s'écria d'une voix terrible, et devenant pâle comme un mort :

— M. Fafiou !

Puis, se retournant vers sa compagne :

— Ah ! c'est donc parce que vous lui aviez donné rendez-vous ici que vous avez consenti de sortir avec moi, mademoiselle Fifine ? — Tiens, peut-être, répondit mademoiselle Fifine de sa voix traînante.

Jean Taureau ne poussa qu'un cri et ne fit qu'un bond ; en une seconde il fut sur le malheureux Fafiou, qu'il prit au collet, et qu'il secoua absolument comme, au mois de mai, un écolier secoue un jeune hêtre pour en faire tomber les hannetons. Quant à Fafiou, il n'avait pas eu le temps de se reconnaître, et se trouvait aux mains de son terrible ennemi avant même de se douter du danger qu'il courait. Le danger était grand ; aussi poussa-t-il des cris lamentables.

— Monsieur Barthélemy ! monsieur Barthélemy ! disait le malheureux Fafiou d'une voix étranglée, je vous jure que je ne venais pas pour elle ; je vous jure que je ne savais point qu'elle fût ici. — Et pour qui donc venais-tu, misérable ? — Mais vous ne me laissez pas le temps de vous le dire. — Pour qui venais-tu ? — Pour M. Salvator. — Ce n'est pas vrai. — Ah ! vous m'étranglez. A la garde ! — Pour qui venais-tu ? — Pour M. Salvator. Au secours ! —Je te demande pour qui tu venais. —Il venait pour moi, dit derrière le malheureux Fafiou une voix grave et douce, quoiqu'en même temps pleine de fermeté. Lâchez donc cet homme, Jean Taureau. — Bien vrai, demanda Jean Taureau, bien vrai, monsieur Salvator ? — Vous savez bien que je ne mens jamais. Lâchez cet homme, je vous dis. — Ma foi il était temps que vous arrivassiez, monsieur Salvator, dit Barthélemy Lelong en lâchant sa victime et en respirant avec le bruit que fait, en accomplissant le même acte, l'animal dont il avait emprunté le nom. M. Fafiou allait perdre le goût du pain, et M. Galilée-Copernic, beau-frère de M. Zozo du Nord, aurait été obligé, ce soir, de jouer sa parade sans paillasse.

Et, tournant dédaigneusement le dos à celui qu'il regardait comme son rival préféré dans le cœur de mademoiselle Fifine, il laissa M. Fafiou sortir tranquillement du cabaret à la suite de Salvator.

IX

OÙ IL EST TRAITÉ DE FAFIOU ET DE MAITRE COPERNIC, ET OU L'AUTEUR ÉTABLIT LES RELATIONS QUI EXISTAIENT ENTRE EUX.

Salvator revint prendre sa place habituelle contre la muraille, Fafiou le suivait, élargissant sa cravate pour donner de l'air à son gosier.

— Ah ! monsieur Salvator, lui dit-il, je vous dois une belle chandelle, c'est la seconde fois que vous me sauvez la vie, parole d'honneur. Aussi, si je puis vous rendre un service à mon tour, je ne me lasse pas de vous le dire, disposez absolument de moi. — Peut-être vais-je te prendre au mot, Fafiou, dit Salvator. — Oh ! en vérité du bon Dieu, vous ferez dans ce cas un homme heureux. Là, c'est moi, Fafiou, qui vous le dis ! — Je t'attendais, Fafiou. — Vraiment ? — Et, désespérant presque de te voir, j'allais t'écrire. — Çà, monsieur Salvator, que je suis en retard ! Mais dame ! j'ai trouvé Musette seule ; et quand je trouve Musette seule, dame ! je m'en donne à lui dire que je l'aime. — Mais tu aimes donc toutes les femmes, libertin ? — Oh ! non, monsieur Salvator, je n'aime que Musette, aussi vrai que je m'appelle Fafiou. — Et mademoiselle Fifine ? — Je ne l'aime pas, elle, c'est elle qui m'aime, c'est elle qui court après moi ; mais moi, quand je la vois d'un côté, je me sauve de l'autre. — Je te conseille d'en faire autant quand tu verras Jean Taureau, car je ne serai pas toujours là, à point nommé, pour te tirer de ses mains. — En voilà un brutal ! Mais je lui pardonne, quand on est jaloux ! — Ah ! tu es jaloux aussi ? — Comme le tigre de la reine Tamatave. — Alors, c'est Musette que tu aimes ? — A en mourir de consomption. Voyez l'état où je suis, c'est l'amour qui mange toute ma graisse, parole d'honneur. — Si tu es si amoureux de Musette, pourquoi ne l'épouses-tu pas ? — Sa mère s'y refuse. — Alors, il faut en prendre bravement son parti, mon garçon, et y renoncer. — Pas du tout ! Y renoncer, ah ! bien oui. J'ai de la patience, j'attendrai. — Qu'attendras-tu ? — J'attendrai qu'elle soit mangée, ça ne peut pas lui manquer un jour ou l'autre.

Salvator sourit imperceptiblement de la féroce résignation avec laquelle Fafiou attendait le trépas de sa belle-mère, pour épouser la bien-aimée de son cœur.

Que les lecteurs ombrageux ne prennent cependant pas sur ce programme une trop mauvaise opinion de Fafiou. C'était un bon et brave garçon, que ce malheureux paillasse, lequel faisait partie de la troupe ordinaire des comédiens de M. Galilée-Copernic. Engagé pour la modique somme de quinze francs par mois, qu'on lui payait un mois sur quatre, il jouait l'emploi des pitres, des Jeannots, des Gilles, des Jocrisses, tous les rôles de queues-rouges, enfin, qui convenaient si bien à sa physionomie.

Mais là ne se bornait pas son emploi ; il était en même temps barbier, perruquier, coiffeur de toute la troupe, qui se composait en tout de huit personnes, y compris le directeur, M. Galilée-Copernic, qui jouait les Cassandre ; mademoiselle Musette, qui jouait les Isabelle, et lui Fafiou, qui jouait les paillasses et les Gilles en rivalité avec le beau Léandre. Ce qui était un véritable martyre pour lui, puisque, démesurément amoureux de Musette (Isabelle), il entendait sans cesse sa maîtresse dire des tendresses aux autres et des injures à lui.

Il est vrai que, lorsque les deux jeunes gens étaient seuls, ils se rattrapaient. C'était alors Fafiou qui avait toutes les tendresses, et le beau Léandre qui recevait de loin toutes les rebuffades que Fafiou avait reçues de près.

Et il avait grand besoin de cet amour, qui faisait à la fois sa joie et son tourment, le pauvre Fafiou. Il était seul au monde, ne connaissant ni père ni mère, ni oncle ni tante, ni frère de lait ni père nourricier; toute famille, directe ou indirecte, lui avait manqué depuis sa première jeunesse. Le père Galilée-Copernic, passant un jour près de la montagne Sainte-Geneviève, l'avait trouvé faisant ses culbutes dans la rue, et il l'avait ramassé, se promettant de cultiver ces dispositions naturelles.

Il l'avait emmené chez lui, lui avait, pour l'allécher, donné un souper dont l'enfant, dans ses rêves de gastronomie, n'avait jamais eu l'idée. En voyant ce tableau enchanteur de sa vie future, Fafiou s'était fait une idée peut-être un peu exagérée de la vie de saltimbanque, et s'était laissé rompre les vertèbres et désarticuler les os de façon à pouvoir faire la carpe, le crapaud, le lézard, enfin tous les exercices gymnastiques des clowns.

On avait donc d'abord fait des tours de force sur les différentes places de Paris; puis, Paris brûlé, on avait passé à la province, de la province à l'étranger. L'on avait visité les premières capitales de l'Europe en arrachant les dents aux militaires de passage; on avait avalé des sabres, on avait ingurgité des couleuvres et mangé des étoupes enflammées; mais l'appétit vient en mangeant, même en mangeant des étoupes. On songea donc, au lieu de courir le monde, à revenir à Paris, à y monter un théâtre, et, vers 1824 ou 25, on avait obtenu de la police la permission d'élever des tréteaux sur le boulevard du Temple.

Depuis cette époque, on jouait des parades pendant toute l'année, parades faites, pour la plupart du temps, avec des bribes du Théâtre-Italien ou du théâtre de la Foire. Seulement il se faisait à ces représentations grotesques deux interruptions annuelles. On jouait pendant le carême des mystères pour les dévots, et, pendant les vacances, des féeries pour les enfants.

Mais nous ne parlons que de ce qui se passait à l'avant-scène, c'est-à-dire de ce qu'en termes de banque, haute ou petite, on appelle les bagatelles de la porte; en effet, la pièce jouée gratuitement en plein air, sur des tréteaux, n'était qu'un prétexte pour attirer le public dans l'intérieur; et, en effet, il y eût eu mauvaise grâce au public que l'on divertissait gratuitement, de ne pas reconnaître cette attention en refusant de voir les merveilles que le père Copernic réservait à ses spectateurs. Et nous osons le dire, nous qui, à cette époque, y avons assisté plus d'une fois, c'était un spectacle qui valait bien les deux sous que l'on payait en sortant.

L'intérieur de cette baraque était un vrai monde en raccourci : géants et nains, albinos et femmes à barbe, Esquimaux et bayadères, anthropophages et invalides à tête de bois, singes et chauves-souris, ânes et chevaux, boas constrictors et veaux marins, éléphants sans trompe et dromadaires sans bosses, orangs-outangs et sirènes, la carapace d'une tortue gigantesque, le squelette d'un mandarin chinois, l'épée avec laquelle Fernand Cortèz avait conquis le Pérou, la lunette avec laquelle Christophe Colomb avait découvert l'Amérique, un bouton de la fameuse culotte du roi Dagobert, la tabatière du grand Frédéric, la canne de M. de Voltaire, enfin, un crapaud fossile vivant, trouvé dans les couches antédiluviennes de Montmartre, par le célèbre Cuvier.

En un mot, c'était un abrégé de tous les règnes de la nature et de toutes les merveilles du monde. Il eût fallu un grand mois à une commission de savants pour faire le catalogue des mille bibelots dont l'intérieur de la baraque du père Galilée-Copernic était émaillée du haut en bas.

Aussi la reine Tamatave, qui montrait dans une baraque à côté le tigre du Bengale et le lion de Numidie, n'avait-elle point, malgré sa couronne de papier doré et sa ceinture de coquillages, repoussé les avances du père Galilée-Copernic quand celui-ci lui avait offert d'engager dans sa troupe mademoiselle Musette, héritière présomptive d'une des Iles sous le Vent.

Mademoiselle Musette, moyennant la somme de trente francs par mois, avait donc été cédée par sa mère au père Galilée-Copernic pour jouer les Isabelle dans la parade, et représenter à l'intérieur la chaste Suzanne entre les deux vieillards. M. Flageolet, pour donner une plus grande valeur à l'engagement, avait signé immédiatement au-dessous de la reine Tamatave en prenant dans l'acte le modeste titre de tuteur.

Avec les huit comédiens, lui compris, qui composaient sa troupe, maître Galilée-Copernic arrivait à montrer au public cent ou cent cinquante personnages vivants, les uns après les autres : des aveugles qui y voyaient depuis dix minutes ; des muets à qui l'on venait de rendre miraculeusement la parole; des sourds qu'on avait opérés et qui entendaient maintenant comme tout le monde; un sergent de la garde impériale que l'on voyait gelé au milieu d'un immense glaçon, et qui avait été rapporté de la retraite de Russie par son propre frère; un homme chauve, du crâne duquel, grâce à une pommade composée par le maître de l'établissement, on voyait à l'œil nu sourdre des cheveux rouges; un marin traversé à jour d'un boulet à la bataille de Trafalgar, et qu'on devait se hâter de visiter, les médecins ne lui donnant plus que trois ans deux mois et huit jours à vivre; un naufragé de *la Méduse* miraculeusement sauvé par un requin, pour lequel il sollicitait du gouvernement une pension alimentaire. Enfin tout, hommes célèbres, femmes célèbres, enfants célèbres, chiens célèbres, chevaux célèbres, ânes célèbres, tout, on trouvait tout dans soixante pieds carrés, et, au milieu de ces célébrités, maître Galilée-Copernic, joueur de gobelets, diseur de bonne aventure, danseur de corde, arracheur de dents, bateleur, jongleur, même comédien, présidant à tout, montrant lui-même aux spectateurs les merveilles de son établissement, tour à tour, selon les visites qu'il recevait : gentilshommes, soldats, manouvriers, capitaines, petits-maîtres et mendiants. Habile à tous les métiers, ayant visité tous les pays, connaissant toutes les sciences, parlant toutes les langues, baragouinant tous les idiomes ; pris tour à tour par les artisans, les magistrats, les hommes d'épée, les hommes d'église, les hommes de lettres, et les hommes des champs, pour un confrère; par les Allemands, les Anglais, les Italiens, les Espagnols, les Russes et les Turcs, pour un de leurs compatriotes, le père Galilée-Copernic n'était pas la célébrité la moins curieuse au milieu de toutes ces célébrités.

C'était, pour nous résumer, un impudent, un insouciant, un aventureux, un fantasque bohémien, dans lequel mille aptitudes diverses étaient unies, qui, bien dirigées, eussent fait de lui un homme de génie, et qui, laissées à elles-mêmes, vagabondes et capricieuses, n'étaient parvenues à faire qu'un empirique et un saltimbanque.

Fafiou, on le comprend bien, dut profiter des leçons de cet illustre maître; seulement, moins heureusement doué que lui, il arriva à une limite d'art, d'intelligence, d'éducation, qu'il ne put jamais franchir.

Copernic s'était longtemps entêté à son éducation, mais il avait fini par renoncer à faire de lui, sinon son second, du moins son suppléant; seulement, comme il n'était pas homme à nourrir un sujet quelconque sans l'utiliser, il avait songé à mettre à profit sa niaiserie, sa naïveté, et, mieux encore que tout cela, sa tête bête, et il en avait fait un jocrisse, un pierrot, un paillasse, un pitre, une queue-rouge, une sorte de Debureau parlant, enfin, et des plus accomplis.

Plusieurs artistes venaient des quartiers les plus éloignés : de la barrière du Trône, du faubourg du Temple, de l'Odéon, pour l'entendre improviser ses bêtises, qui passaient par douzaines dans les oreilles des spectateurs, comme, les jours de réjouissances publiques, partent dans les jambes les pétards par paquets.

Quand Copernic et Fafiou, Cassandre et Gille étaient en scène, c'était un feu roulant de calembourgs, de balourdises, de coqs-à-l'âne, de jeux de mots, de pointes, de questions grotesques, de réponses absurdes, en un mot de ces lazzis qu'en termes de coulisse on appelle des balançoires, à faire mourir de rire un Anglais attaqué du spleen ; aussi voyait-on se tordre, dans les convulsions les plus désordonnées, les spectateurs de ces parades, où les deux comédiens, le maître et l'élève, déployaient comme en rivalité l'un de l'autre un talent merveilleux.

Et, ce qu'il y avait de plus curieux, c'est que notre pitre n'avait pas le moins du monde la conscience de son mérite. Non, Fafiou ignorait Fafiou. Il avait du talent comme les gens spirituels ont de l'esprit, sans le savoir. Une fois sur les planches, il n'était plus Fafiou, il était Gille, il parlait à Cassandre comme un véritable valet eût parlé à son maître, sans chercher ses intonations, sans changer sa façon de s'exprimer, humblement, naturellement, insolemment, timidement, selon la situation, en un mot ; et voilà pourquoi c'était un grand comédien.

Disons maintenant comment Fafiou avait connu Salvator et était devenu son obligé.

X

QUEL GENRE DE SERVICE SALVATOR AVAIT RENDU A FAFIOU, ET QUEL GENRE DE SERVICE SALVATOR PRIE FAFIOU DE LUI RENDRE.

Si l'esprit de Fafiou était naïf, si naïf qu'il arrivait parfois jusqu'aux dernières limites de la bêtise, son cœur était excellent, et il était aimé sincèrement de tous ses camarades, quoiqu'il leur servît de plastron, et souvent même de souffre-douleur. Il était surtout capable d'amour, comme on l'a vu, et de reconnaissance, comme on va le voir.

Pendant le rigoureux hiver que l'on venait de traverser, les malheureux comédiens, ensevelis près d'un mois, comme les Lapons, sous la neige, n'avaient pas fait, pendant tout ce mois, dix sous de recette par jour. Alors Salvator, par des moyens inconnus de ceux-là même qu'il secourait, était venu à leur aide; et depuis ce temps, le plus reconnaissant de tous, le meilleur, le plus naïf de la troupe, notre pitre Fafiou, venait tous les jours, après sa visite à Musette, qui demeurait au coin de la place Saint-André-des-Arts, présenter ses hommages à Salvator, et lui demander quel service il pourrait lui rendre dans sa petite spécialité.

Depuis trois mois la chose durait ainsi : tous les matins, de midi à une heure, Salvator, s'il était à sa place accoutumée, recevait la visite de Fafiou, ce qui explique comment la présence de Fafiou à la halle produisit l'effet que nous avons dit, et comment Fafiou, habitué à l'effet produit, n'y attachait plus aucune attention; et tous les jours, Fafiou renouvelait à son bienfaiteur des offres de service que celui à qui elles étaient faites avait constamment refusé d'accepter.

Fafiou n'en persistait pas moins à faire régulièrement sa visite et ses offres de service à Salvator; cet acte de dévouement quotidien était devenu une habitude chez lui. La rue aux Fers était sur son chemin, dira-t-on, ou a peu près, pour aller de la place Saint-André-des-Arts au boulevard du Temple, mais nous qui connaissons Fafiou, nous répondrons qu'il ne tenait qu'à Salvator de transporter son domicile à la barrière du Trône, et qu'alors, l'honnête et reconnaissant Fafiou eût passé par la barrière du Trône pour revenir de la rue Saint-André-des-Arts au boulevard du Temple.

Mais alors, comment ce cœur honnête et droit avait-il pu nourrir cette espérance, de voir dévorer la reine Tamatave par le tigre du Bengale ou le lion de Numidie, et cela, à cette seule fin d'épouser mademoiselle Musette?

Nous ne répondrons qu'une chose, c'est que l'amour est une passion qui rend fou, aveugle et féroce, et que Fafiou, étant passionnément amoureux, était devenu fou, aveugle et féroce vis-à-vis de la femme qui, tenant sa destinée dans sa main, lui fermait, de cette main impitoyable, la porte du bonheur, en mettant pour condition à ce bonheur que Fafiou n'épouserait Musette que lorsqu'il gagnerait, et d'une façon bien assurée, la somme de trente francs par mois. Or, Fafiou, qui depuis cinq ans ne gagnait que quinze francs par mois, lesquels encore lui étaient payés avec une irrégularité si régulière que la moyenne de ses appointements n'était pas de cinq francs par mois, Fafiou, même à l'horizon le plus lointain, ne voyait pas naître la possibilité d'une pareille augmentation d'appointements.

Le mariage de Fafiou était donc remis, comme le disait scientifiquement M. Galilée-Copernic, aux calendes grecques, ce qui rendait Fafiou fou, aveugle et féroce, et ce qui, dans ses heures de folie, d'aveuglement et de férocité, lui faisait désirer la mort de la reine Tamatave.

Nos lecteurs comprennent donc, maintenant que nous avons expliqué les rapports qui existaient de Fafiou à Salvator, cette phrase que le pitre, au commencement du chapitre précédent, avait dite au commissionnaire :

— Monsieur Salvator, si je puis vous rendre un service à mon tour, je ne me lasse pas de vous le dire, vous pouvez absolument disposer de moi.

Aussi Fafiou, qui avait constamment vu ses offres repoussées, fut-il dans la joie de son âme lorsque, pour la première fois depuis trois mois, il entendit Salvator lui répondre :

— Peut-être vais-je te prendre au mot, Fafiou.

A laquelle réponse Fafiou s'écria :

— Ah! en vérité du bon Dieu, vous ferez dans ce cas un homme heureux; là, c'est moi qui vous le dis. — J'y comptais bien, Fafiou, répondit Salvator en souriant imperceptiblement; aussi, j'ai disposé de toi sans te consulter. — Ah! parlez, monsieur Salvator, parlez, s'écria de nouveau Fafiou, profondément attendri de la marque de confiance que lui donnait Salvator; quant à ça, vous savez que je vous suis dévoué corps et âme. — Je le sais, Fafiou; écoute-moi donc.

Une des facultés de Fafiou était de remuer son nez de quarante-deux manières et les oreilles de vingt-trois. Il ouvrit donc ses oreilles outre mesure en disant :

— J'écoute, monsieur Salvator. — A quelle heure a lieu ta parade, Fafiou? — Il y en a deux, monsieur Salvator. — Alors, à quelle heure ont lieu tes parades? — La première a lieu à quatre heures et la seconde à huit heures du soir. — Quatre heures est trop tôt, huit heures est trop tard. — Ah! diable! on ne peut pourtant pas les changer; c'est l'heure. — Fafiou, il faut que la première parade ne commence ce soir qu'à six heures; plusieurs de mes amis, qui désirent assister à ton triomphe et qui ne sont libres que de cinq à sept, m'ont chargé de te présenter cette demande. — Diable! monsieur Salvator, diable! — Vas-tu me dire que c'est impossible, Fafiou? — Je ne vous dirai jamais ça, monsieur Salvator, vous le savez bien. — Alors? — Alors, monsieur Salvator, que vous dirai-je? puisque vous désirez que la parade n'ait lieu qu'à six heures, il faudra bien que la parade ait lieu à six heures. — Tu as tes moyens? — Non, je les trouverai. — Je puis donc être tranquille? — Vous pouvez être tranquille. Quand on me couperait en morceaux, monsieur Salvator, on ne me ferait pas paraître avant six heures. — Bien, Fafiou; mais ce n'est là que la moitié du service que j'ai à te demander. — Tant mieux, car alors ça ne serait pas la peine. — Tu es donc disposé à tout faire pour moi? — Tout, monsieur Salvator... Tenez, quand il me faudrait pour vous... avaler ma belle-mère comme j'ai avalé des étoupes enflammées, je l'avalerais. — Non, cela te ferait une trop mauvaise affaire avec le tigre du Bengale et le lion de Numidie auxquels tu l'as vouée; une parole est sacrée, à plus forte raison un vœu. — Eh bien! voyons, de quoi s'agit-il, monsieur Salvator? — Voilà. Il s'agit tout simplement de rendre à ton patron ce soir ce qu'il te donne tous les jours. — A monsieur Copernic? — Oui. — Ce qu'il me donne tous les jours? — Oui. — Il ne me donne jamais rien, monsieur Salvator. — Je te demande pardon, il te donne, à la fin de la parade, le même coup de pied au même endroit, si je ne m'abuse. — Au derrière. Oui, c'est vrai cela, monsieur Salvator. — Eh bien! quand il te donnera ce soir le coup de pied quotidien, il s'agit d'attendre sournoisement qu'il se retourne, et alors de le lui rendre. — Hein?... cria Fafiou, qui crut avoir mal compris. — De le lui rendre, répéta Salvator. — Le coup de pied au..? — Oui. — A monsieur Copernic? —

A lui-même. — Oh ! quant à cela, c'est impossible, monsieur Salvator, répondit le malheureux Fafiou en pâlissant. — Et pourquoi, impossible ? — Mais, monsieur, parce qu'à la ville il est mon directeur, et que sur la scène il est mon maître, puisqu'il joue toujours les rôles de Cassandre et moi ceux de Gille ; d'ailleurs le cas est prévu. — Comment, demanda Salvator tout étonné, le cas est prévu ? — Oui. Il y a dans mes engagements que je m'engage pour être le barbier-perruquier-coiffeur de la troupe, pour jouer les Gilles, les Jeannots, les paillasses, les niais, les queues-rouges, pour recevoir les coups de pied au derrière, *sans jamais les rendre*. — Sans jamais les rendre ? dit Salvator. — Sans jamais les rendre. Je vais vous le montrer, d'ailleurs, j'ai mon engagement sur moi.

Et Fafiou tira de sa poche un engagement crasseux qu'il présenta à Salvator, et que celui-ci prit et ouvrit du bout des doigts.

— C'est vrai, dit Salvator ; il y a : *Sans jamais les rendre*. — *Sans jamais les rendre*. Oh ! cela y est. Ainsi, monsieur Salvator, demandez-moi ma vie, si vous voulez ; mais ne me demandez pas de manquer à mon engagement. — Mais, dit Salvator, je vois aussi, sur ton engagement, que tu es tenu à faire toutes ces choses moyennant quinze francs par mois que te payera Galilée-Copernic. — Que me payera M. Galilée-Copernic, oui, monsieur Salvator. — Eh bien ! je croyais que tu m'avais dit qu'il ne te les payait pas. — Ça, c'est vrai, malheureusement vrai. Je ne touche pas un mois sur quatre. — Tandis que tous les soirs, régulièrement, tu reçois un coup de pied. — Deux, monsieur : un à la parade de quatre heures, un à la parade de huit. — Eh bien ! mais il me semble, mon cher Fafiou, que du moment où M. Galilée-Copernic manque à ses engagements, tu peux bien manquer aux tiens.

Fafiou ouvrit de grands yeux.

— Je n'avais jamais pensé à cela, dit-il.

Puis, secouant la tête :

— N'importe, ajouta-t-il ; demandez-moi ma vie ; mais ne me demandez pas de rendre un coup de pied au... non, c'est impossible. — Et pourquoi cela, puisqu'il ne te paye pas pour le recevoir ? — Croyez-vous que cela me donne le droit de...? — Je le crois. — Mais non, mais non ! Il manque à ses engagements en moins, moi je manquerais aux miens en plus. Impossible, monsieur Salvator, impossible ; demandez-moi ma vie. — Voyons, raisonnons, Fafiou. — Je ne demande pas mieux, monsieur Salvator. — Vous improvisez, ou à peu près, toutes ces parades, dans lesquelles tu déploies, à mon avis, un talent miraculeux.

Les joues du paillasse se couvrirent des roses de la modestie.

— Vous êtes bien bon, monsieur Salvator ; comme vous dites, nous les improvisons, ou à peu près. — Eh bien ! qui t'empêche d'improviser un coup de pied comme tu improvises un coq-à-l'âne ; tu verras quel succès aura ton coup de pied. — Mais, monsieur Salvator, ça ne se sera jamais vu que Gille rende un coup de pied à Cassandre. — Cela n'en sera que plus inattendu, et par conséquent n'en aura que plus de succès. — Oh ! parbleu, dit Fafiou, qui entendait déjà éclater les rires et les applaudissements, et qui se laissait prendre par le côté artiste ; pardieu, je n'en doute pas. — Eh bien ! alors. Comment, Fafiou, un grand succès t'attend, et tu hésites ? — Mais si le père Copernic se fâche ? — Ne t'inquiète pas de cela. — S'il me met à la porte pour avoir manqué à une des clauses fondamentales de mon engagement? — Je t'engage, moi. — Vous? — Oui, moi. — Vous allez donc être directeur de spectacle? — Peut-être. — Vous m'engagez? — Oui. Et je te garantis 30 fr. par mois, et, s'il le faut, je dépose une année de tes appointements d'avance. — Mais alors, si j'ai 30 fr. par mois, s'écria Fafiou dans le vertige du bonheur: mais... — Quoi? — Ah! mon Dieu! — Eh bien? — Mais je pourrai donc... mais je pourrai donc épouser Musette? — Sans doute. Mais sois tranquille; il ne te renverra pas, car c'est toi, mon garçon, qui es le meilleur comédien de sa troupe; et non-seulement il ne te renverra pas, mais demande-lui le lendemain de doubler tes appointements, il te les doublera. — S'il ne les double pas? — Je serai là, moi, avec mes 30 fr. par mois, mes 365 fr. par an. — Mais c'est une fortune que vous m'offrez là, Monsieur! C'est plus qu'une fortune, c'est le bonheur. — Refuses-tu ton bonheur, Fafiou? — Non, ma foi! Monsieur; c'est convenu, dit joyeusement le pitre; et, s'il faut vous dire toute la vérité, tenez, je ne suis pas fâché de trouver une occasion de lui rendre la monnaie de ses pièces au père Copernic. Aussi, ce soir, je vous en réponds, il recevra les deux plus jolis coups de pied au... — Non pas deux, interrompit vivement Salvator, ne te laisse pas emporter par la situation, Fafiou; un seul. — Eh bien, un seul, mais qui en vaudra deux, je vous en réponds.

Et Fafiou fit le geste d'un homme qui allonge un coup de pied terrible.

— Cela te regarde, répondit Salvator, mais un seul. — Oui, un seul, c'est dit, vous n'en avez besoin que d'un seul? — Je n'en ai besoin que d'un seul. — Que diable voulez-vous en faire? — C'est mon secret, Fafiou. — Eh bien, donc, il n'en recevra qu'un seul, vlan! Et il renouvela son geste agressif. — C'est cela. — Oh! je vois d'ici la figure du patron. Dites donc, je puis sauter immédiatement au bas des tréteaux. — Je n'y vois pas d'inconvénient. — C'est que je connais le père Copernic, le premier moment sera terrible. — Oui, mais trente francs par mois et la main de Musette. — Cela vaut bien qu'on risque quelque chose. — Eh bien, va repasser ton rôle, mon garçon, et fais en sorte que ton coup de pied final arrive de six heures et demie à sept heures moins un quart. — Monsieur Salvator, à six heures trente-cinq minutes, je serai à la riposte. — Bien, Fafiou, et merci. — Adieu, monsieur Salvator! — Adieu, Fafiou!

Et le pitre, après avoir fait un respectueux salut à Salvator, s'éloigna du mystérieux commissionnaire en chantant un vieux refrain du théâtre de la Foire, l'esprit gai et le cœur joyeux, comme s'il venait d'apprendre que la reine Tamatave était définitivement mangée par le tigre royal du Bengale ou le grand lion de Numidie.

Salvator, de son côté, le regarda s'éloigner avec un regard bien différent de celui qu'il avait jeté, deux heures auparavant, sur la Gibelotte et son flegmatique débiteur.

Mais abandonnons Salvator pour suivre Fafiou, et allons, si vous le voulez, chers lecteurs, assister, sur le boulevard du Temple, à la parade que la foule enthousiaste attend impatiemment, à cent lieues cependant qu'elle est de prévoir, nous le croyons du moins, le dénoûment inaccoutumé dont Salvator est l'auteur.

XI

PROFIL DE GALILÉE-COPERNIC.

Les tréteaux du sieur Galilée-Copernic étaient situés, comme nous l'avons dit, sur l'emplacement qui s'étendait alors, et s'étend encore aujourd'hui, du théâtre de madame Saqui, aujourd'hui le théâtre des Funambules, au théâtre du Cirque-Impérial, appelé autrefois Cirque-Olympique, ou plus populairement Cirque-Franconi.

Ces tréteaux, élevés à une hauteur de cinq ou six pieds, avaient pour horizon une immense toile peinte, divisée en plusieurs compartiments, représentant des femmes colosses, des nègres blancs, des géants, des nains, des phoques, des sirènes, des combats de coqs, des scorpions avalant des buffles, un squelette jouant du théorbe, Latude s'évadant de la Bastille, Ravaillac assassinant Henri IV rue de la Ferronnerie, enfin, le maréchal de Saxe remportant la victoire de Fontenoy.

Les batailles du temps de la république et de l'empire étaient expressément défendues.

Enfin une collection de toutes les toiles passées et présentes des foires connues était appendue aux vergues des tréteaux, et se balançait au vent comme des voiles latines. Si bien que l'établissement de M. Galilée-Copernic ressemblait à une jonque chinoise, naviguant dans l'océan de la foule.

Ces tréteaux, il y a nécessité de revenir à eux, ces tréteaux, qui présentaient une superficie praticable de six ou huit pieds de large, sur une vingtaine de pieds de long, ces tréteaux étaient splendidement éclairés par une rampe de quatorze lampions, dégageant une fumée épaisse qui s'élevait, comme un péristyle de ce temple consacré au Dieu de l'art.

On les avait, après une heure d'attente, allumés à cinq heures, et la vue de cette illumination avait un peu calmé la foule, qui attendait déjà depuis quatre heures; mais comme, depuis vingt minutes, les lampions étaient allumés, brûlaient et fumaient; que, malgré l'affiche qui annonçait positivement pour quatre heures précises, *grande parade entre* M. PHÉNIX FAFIOU *et* M. GALILÉE-COPERNIC, personne ne paraissait, la foule, quoiqu'elle ne payât aucunement, poussait des cris d'indignation et des hourras de fureur.

Au reste, une chose que j'ai remarquée depuis que je fais du théâtre, et que je soumets bien humblement à l'appréciation des philosophes et à l'analyse des savants, c'est que moins un spectateur a payé, plus il est exigeant, et qu'aux premières représentations, les critiques les plus amères et les sifflets les plus acharnés viennent presque toujours de ceux qui n'ont pas eu la peine de mettre, pour entrer, la main à la poche de leur gilet.

La foule, qui attendait depuis une heure vingt minutes, et qui était, ce soir-là, on ne sait pourquoi, trois fois plus nombreuse qu'elle n'était d'ordinaire, la foule se croyait donc en droit de protester contre ce crime de *lèse-foule* par des vociférations menaçantes et des jurons empruntés aux différents catéchismes poissards ayant cours à cette époque, et publiés à l'usage des jeunes gens de bonne famille.

Enfin, vers cinq heures et demie, le sieur Galilée-Copernic lui-même, entendant les cris d'indignation poussés par les spectateurs qui ne voyaient rien, par les auditeurs qui n'entendaient rien, M. Galilée-Copernic jugeant, au balancement imprimé à sa baraque, que l'orage était sérieux et que la multitude commençait à devenir houleuse, M. Galilée-Copernic, disons-nous, apparut enfin sur les tréteaux, vêtu de son costume de Cassandre.

Mais cette vue, que l'on eût cru devoir calmer l'agitation, sembla au contraire l'augmenter; malgré la majesté avec laquelle le sieur Galilée-Copernic se présentait à la foule, cette foule éclata en huées et en sifflets, huées si violentes, sifflets si aigus, que le malheureux saltimbanque ne put, pendant cinq minutes, articuler une seule parole.

Ce que voyant, il réunit ses deux mains en entonnoir devant sa bouche, demandant à l'intérieur un objet quelconque, que lui passa la main blanche de mademoiselle Musette.

Cet objet était une clef de porte cochère, dont le son domina bientôt d'une façon si triomphante les sifflets de la foule, que la foule émerveillée se tut, laissant maître Galilée-Copernic siffler tout seul. On eût dit un solo de boa au milieu d'un concert de serpents à sonnettes.

Enfin, comme on se lasse de tout, même de siffler, le sieur Galilée-Copernic éloigna la clef de sa bouche, et comme lui seul troublait le silence, le silence régna de nouveau. Il en profita pour s'avancer jusque sur la rampe, et après avoir salué avec une suprême dignité :

— Milords et Messieurs, dit-il, j'imagine que ce n'est pas à moi que ces sifflets sont adressés? — A toi et à Fafiou, crièrent cent voix. — Oui, oui, oui, à tous les deux, répéta la foule. A bas Copernic! à bas Fafiou! — Milords et Messieurs, reprit Copernic dès que le silence fut rétabli, il y aurait injustice à me faire supporter ce retard qui vous blesse, car à quatre heures précises, revêtu de mon costume de Cassandre, j'étais prêt à avoir l'honneur de paraître devant vous. — Eh bien, alors, pourquoi n'y avez-vous point paru? crièrent les mêmes voix. Où étiez-vous? que faisiez-vous? — Où j'étais et ce que je faisais, Milords et Messieurs? — Oui, oui, oui, où étiez-vous? d'où vient le retard? Vous manquez au public. Des excuses! des excuses! — D'où vient ce retard mystérieux? d'où vient-il, Miords et Messieurs? faut-il vous le dire?... Oui, je crois qu'il faut vous donner cette marque de déférence. — Parlez, parlez, parlez. — Eh bien, puisqu'il faut vous le dire, ce retard vient d'un malheur immense, épouvantable, inouï, arrivé, il n'y a qu'un instant, à votre artiste de prédilection, à notre camarade, à notre ami Phénix Fafiou, qui, comme chacun sait, devait remplir le rôle de valet, rôle indispensable, dans une pièce à deux personnages seulement, et dans laquelle le valet joue le premier rôle.

Un grand mouvement se fit dans la foule, qui prouva qu'elle n'était pas insensible au malheur, quel qu'il fût, arrivé à Fafiou. Copernic fit signe qu'il désirait continuer, et les spectateurs, ayant hâte d'être tirés de leurs angoisses, s'empressèrent de faire silence. Cassandre reprit :

— Mais quel malheur est donc arrivé à Phénix Fafiou? allez-vous me demander d'une seule voix... Milords et Messieurs, il lui est arrivé un malheur comme il peut en arriver un à vous, à moi, à Monsieur, à Madame, à nos amis, à nos ennemis, car nous sommes tous mortels, comme me le disait un jour confidentiellement M. le prince de Metternich.

Nouveau tumulte dans la foule.

— Oui, Milords et Messieurs, s'écria Copernic profitant de la sensation produite par ses paroles pour s'emparer complétement de la foule. Oui, Fafiou, votre artiste chéri, a failli mourir tout à l'heure.

A cette nouvelle, plusieurs spectateurs et un grand nombre de spectatrices poussèrent un long et lugubre gémissement. Copernic remercia la foule de la main et du regard et continua.

— Voici le fait, Milords et Messieurs, le fait dépouillé de tout artifice et mis sous vos yeux dans toute sa terrible simplicité. « Depuis quelque temps on avait remarqué avec inquiétude que Fafiou se retirait dans des coins, que Fafiou devenait triste, que Fafiou maigrissait; l'œil se cernait visiblement, les pommettes devenaient de jour en jour plus rouges et plus saillantes, les dents se décharnaient, et le menton se rapprochait insensiblement du nez, qui, pareil à celui du malheureux père Aubry, que j'ai connu sur les bords du Mississipi, s'inclinait tristement vers la tombe.

« Qu'avait Fafiou? Quelle douleur poignante ravageait sourdement cet artiste de choix? Son estomac se détériorait-il? Sa poitrine s'affaiblissait-elle? Non, la croissance de Phénix Fafiou était achevée.

« Était-ce la misère, la simple misère qui le poursuivait? était-il obligé d'aller dans les rues nu-tête faute de chapeau, de marcher pieds nus faute de souliers, d'aller en bras de chemise faute d'habit? Non, vous avez pu vous en convaincre par vous-mêmes: Fafiou a un tricorne neuf, des souliers neufs, une veste neuve, que je l'ai autorisé à prendre parmi mes vieux habits.

« Fafiou avait-il à pleurer un parent chéri, menait-il au fond du cœur le convoi de son père ou de sa mère; son oncle était-il décédé sans rien lui laisser, ou son neveu était-il mort en lui laissant des dettes? Non, Messieurs, Fafiou n'avait ni père ni mère, Fafiou n'avait pas d'oncle, Fafiou n'avait pas de neveu, Fafiou n'avait pas de famille. »

— Mais alors, demanderez-vous, Milords et Messieurs, alors qu'avait donc Fafiou? Ce qu'il avait, Messieurs, ce qu'il avait... — Oui, oui, qu'avait-il? cria la foule.

— « Il avait ce que nous sommes tous exposés à avoir, grands comme petits, riches comme pauvres: Fafiou avait des peines de cœur. Fafiou était amoureux. J'entends quelques militaires murmurer: ce n'est pas vrai, Fafiou a le nez en trompette, et l'on n'est pas amoureux avec un nez en trompette.

« Je me permettrai de dire à messieurs les militaires de tous grades, depuis les caporaux jusqu'aux maréchaux de France, qu'ils me paraissent injustes, et pour le nez de Fafiou, et pour l'instrument sur lequel ce nez est modelé. Par quelle injustice l'homme qui aurait le nez en trompette demeurerait-il étranger aux félicités de ce monde, et quelle est la loi, divine ou humaine, qui concède le privilége exclusif de la volupté à ceux qui ont le nez en perroquet, au détriment de ceux qui ont le nez en cor de chasse? Fafiou, du côté du nez, est bâti incomplétement, je vous l'accorde, mais Fafiou est, au nez près, bâti comme les autres hommes. Et pour un nez plus ou moins aquilin, plus ou moins retroussé, vous lui dites: va-t'en, vous lui lâchez le mot: *Raca!*

« Fi! Messieurs, vous n'y songez pas sérieusement, Fafiou peut être impropre, mais Fafiou n'est pas insensible à l'amour. Et ce qui le prouve, Milords et Messieurs, c'est que, comme j'ai eu l'honneur de vous le dire, Fafiou est amoureux, amoureux à lier, amoureux fou.

« Tel était, Milords et Messieurs, le secret de la maigreur et de la mélancolie de Fafiou. Que fit-il ? qu'imagina-t-il, le malheureux? Je n'y songe pas sans frémir et ne vous le dis pas sans frissonner. Il pensa à se détruire par l'eau, par la poudre, par le feu, par la corde ou par le poison.

« Les moyens d'accomplir son sinistre projet ne manquaient donc pas à Fafiou; il n'avait, au contraire, que l'embarras du choix. Mais il y a moyen et moyen, comme me le disait confidentiellement M. le comte de Nesselrode. Il y avait d'abord, nous l'avons dit, le moyen de la rivière; la rivière coule pour tout le monde, et Fafiou pouvait se jeter à l'eau du haut du pont Notre-Dame. Mais, songeant avec terreur qu'il savait nager, et qu'il faisait dix degrés de froid, il comprit qu'il ne se noyerait pas et qu'il s'enrhumerait. Il dut donc renoncer au mode de trépas ouvert à tout autre, fermé pour lui.

« Il avait le moyen de l'arme à feu, il pouvait se brûler la cervelle; mais Fafiou réfléchit qu'il avait tellement peur de la détonation, qu'au moment où le coup se ferait entendre, il s'enfuirait à toutes jambes, si bien que la balle partirait en l'air, et retomberait sans l'avoir atteint.

« Il avait le moyen de la flamme; il pouvait, comme Sardanapale, se coucher sur un bûcher, s'y faire apporter son déjeuner, son dîner ou son souper, mettre le feu au bûcher, et se faire consumer en consommant; mais se rappelant d'une part qu'il s'appelait Phénix Fafiou, ayant d'une autre part lu dans Pline et dans Hérodote que le phénix renaissait de ses cendres, il lui sembla complétement inutile de décéder le dimanche pour renaître le lundi ou le mardi.

« Il y avait le moyen de la corde; autrement dit, il pouvait se pendre; mais, songeant tout à coup à la foule de gens dont il allait faire le bonheur, en leur laissant ce talisman infaillible que l'on appelle de la corde de pendu, un sourire de misanthropie vint effleurer ses lèvres, et il renonça à ce philanthropique moyen.

« Restait donc le poison, le poison fatal, le poison sombre; car, Messieurs, que ce soit le poison de Mithridate, le poison d'Annibal, le poison de Locuste, le poison des Borgia, le poison de Médicis ou le poison de la marquise de Brinvilliers, le poison est toujours du poison, ainsi que me le disait un jour, en confidence, M. le prince de Talleyrand. Il s'arrêta donc à ce dernier moyen, au poison fatal, au sombre poison; et, quand je le vis arriver tout à l'heure, pâle, défiguré, pantelant, hideux à voir, je tremblai de tous mes membres, et devinai, à la première vue, qu'il venait de se suicider. Je lui demandai en conséquence avec affection :

« — Qu'as-tu donc, drôle, pour nous faire attendre ainsi, le public et moi, depuis une heure? — Monsieur Copernic, me répondit Fafiou, j'ai mis fin à mes jours. »

« Cette franchise me toucha. Mais en même temps une chose m'étonna, je dois l'avouer : ce fut d'apprendre de sa propre bouche la déplorable nouvelle de sa mort. Mais, comme j'ai vu des choses cent fois plus surprenantes encore que celle-là, je continuai mes investigations.

« — Et de quelle façon, lui demandai-je d'une voix très-émue pour mon âge et pour ma position, de quelle façon as-tu mis fin à tes jours ? — En m'empoisonnant, me répondit Fafiou. — Avec quoi ? — Avec du poison. »

« J'avoue que cette réponse me parut, comme sublimité, lancer bien loin derrière elle le QU'IL MOURUT du vieil Horace, et le MOI de Médée.

« — Et où as-tu trouvé du poison ? lui demandai-je avec le calme d'un homme qui connaît cent trente-deux sortes de contre-poison. — Dans l'armoire de votre chambre à coucher, me répondit Fafiou d'une voix caverneuse. »

« En entendant ces mots, ma perruque se dressa sur ma tête, et ma barbe, que je venais de faire, repoussa subitement; je pâlis de la tête aux pieds, et j'oscillai sur ma base.

« — Mal-heu-reux ! m'écriai-je en entrecoupant mes paroles, je t'avais défendu d'ouvrir cette armoire. « — C'est vrai, monsieur Copernic, me répondit Fafiou d'un air désespéré, mais je vous avais vu y enfermer les deux pots. — Mais ne t'avais-je pas prévenu, misérable, que ces deux pots contenaient de la marmelade d'arsenic que le grand chah de Perse, dont je suis le premier médecin, m'avait fait demander pour le débarrasser des rats qui infestent son palais ? — Je le savais ! répondit Fafiou avec une sauvage énergie. — Et tu en as mangé un ? — J'ai mangé les deux. — Même les pots ? — Non, Monsieur, mais leur contenu. — Tout entier ? — Tout entier. — Malheureux ! m'écriai-je. »

« Et je répétai trois fois cet adjectif, qui me paraissait caractériser à merveille la situation de Fafiou. Si bien, Milords et Messieurs, que cet empoisonnement, la cause qui l'a amené, les incidents de différente nature qui en ont été la suite, les larmes que le suicide de Fafiou a fait jaillir comme le coco d'une fontaine des yeux de tous ses camarades, ces choses, et beaucoup d'autres encore, Messieurs, qu'il est inutile de porter à votre connaissance, ont momentanément retardé, à mon grand regret, la représentation.

« Si vous n'êtes pas impitoyables, comme j'aime à me l'imaginer, si une certaine émotion, soulevée par ce déplorable récit, fait tressaillir vos cœurs au fond de vos poitrines, vous pardonnerez aisément ce retard pour cause de décès, et vous nous permettrez de reprendre tranquillement le cours de nos représentations, et de vous jouer ce soir, comme l'affiche l'annonce, la pièce intitulée :

DEUX LETTRES TRÈS-PRESSÉES,

comédie pochade en un acte,

Dans laquelle Phénix Fafiou remplira le rôle de Gille, et votre serviteur celui de Cassandre.

— Mais, me direz-vous, les foules sont pleines de ces questions inattendues : mais, me direz-vous, comment se fait-il, d'une part, que Fafiou soit moissonné et que, d'autre part et nonobstant, il remplisse le rôle de Gille ? La réponse est facile, Milords et Messieurs, et j'ai résolu dans plusieurs cours de l'Europe et particulièrement dans la cour des Fontaines, des questions bien autrement insolubles que celle que vous me faites l'honneur de m'adresser.

« En effet, Milords et Messieurs, peu de mots me suffiront pour vous expliquer ce problème. Quelques-uns de vous ont probablement entendu parler de la gourmandise proverbiale de Fafiou ? Personne de la société qui ne l'ait rencontré dans les carrefours de la capitale, grignotant, selon la saison, des pruneaux, des marrons, des nèfles, des noix ou des châtaignes?

« L'influence désastreuse que cette incessante absorption de chatteries a dû nécessairement avoir sur le tube intestinal de notre malheureux ami, je ne veux pas la sonder, je ne m'en informe à personne, je ne désire pas la connaître. Mais l'influence de cette gourmandise immodérée sur mon garde-manger, voilà ce que je ne saurais passer sous silence ; voilà ce que je n'ai besoin de demander à personne ; voilà ce que je connais parfaitement par moi-même.

« Or, ayant cru comprendre que l'heure était arrivée de tendre un piége à la gloutonnerie ruineuse de Fafiou, je me mis à réfléchir sur la façon dont le piége devait être tendu. Vous comprenez bien que l'on n'a pas pris le vin blanc avec les diplomates les plus distingués du continent, sans avoir conservé un reflet de leur astucieuse perspicacité et de leur merveilleuse imagination.

« Or, une princesse étrangère à laquelle j'avais eu le bonheur de sauver la vie dans une maladie où elle était restée abandonnée de tous les médecins, m'avait envoyé, à la fin de l'automne dernier, deux pots de confitures de poires, confitures pour lesquelles, dans un moment d'abandon, je lui avais avoué ma faiblesse. Mais me rappelant instantanément que le nommé Fafiou, qui raffole de toutes choses, raffolait encore plus particulièrement que moi des confitures de poires, je résolus de tendre un piége à la crédulité de ce pitre, et je lui confiai, sous le sceau du secret, que ces deux pots étaient remplis d'une gelée d'arsenic que j'avais spécialement composée pour le grand chah de Perse, et dans le but que je vous ai dit.

« Fafiou n'avait point alors de projets sinistres sur sa personne, et il frissonna rien qu'en voyant les pots. Mais depuis, étant tombé dans le désespoir que je vous ai dit, il songea à ces deux pots, d'abord avec une terreur moins grande, puis, au fur et à mesure qu'il se familiarisait avec l'idée de la mort, sans terreur ; puis enfin, lorsqu'il fut tout à fait familiarisé avec cette idée, avec joie.

Vous comprenez tout maintenant, Milords et Messieurs. Arrivé au comble du désespoir, décidé à se suicider, Fafiou mangea les deux pots, qui contenaient chacun une livre de marmelade. Les premiers symptômes furent ceux de l'empoisonnement. Mais, grâce aux prompts remèdes que j'ai apportés à sa situation, je crois pouvoir vous répondre que la vie de notre camarade Phénix Fafiou ne court plus aucun danger.

« Nous allons donc, dans quelques secondes, avoir l'honneur de commencer la représentation. Alllllez la musique ! »

A cette invitation, on entendit partir de l'intérieur de la baraque des sons de trombone, de clarinette, de grosse caisse et de tambour, assez semblables au bruit qui part d'un atelier de chaudronnier. Sur cette harmonie initiative, M. Galilée-Copernic salua profondément le public et disparut, aux applaudissements et aux cris joyeux de la foule, que ce récit de son Cassandre bien-aimé avait remise en bonne humeur, car il y a trois choses changeantes sous le ciel, dit l'Ecclésiastique : la foule, les femmes et les flots.

Au moment où la musique faisait rage, annonçant que la parade tant attendue allait commencer, arrivèrent des deux côtés du boulevard, c'est-à-dire dans la direction de la Bastille et de la porte Saint-Martin, plusieurs personnages vêtus de longs manteaux bruns comme on les portait à cette époque, lesquels personnages se mêlèrent à la foule et se confondirent bientôt avec elle.

Pour un passant inattentif, ces différents personnages pouvaient paraître étrangers les uns aux autres; mais, pour un observateur intelligent, il était évident que ces hommes à manteaux se connaissaient à un titre quelconque, car chacun, à son arrivée, échangea de loin, avec ceux qui étaient déjà là, un imperceptible signe de reconnaissance; puis bientôt, comme nous l'avons dit, s'enfonçant dans cette masse compacte, s'isolant les uns des autres, chacun parut être venu là pour assister à la représentation de la parade, et personne ne fit attention à cette partie hétérogène de spectateurs qui venait se mêler au public ordinaire du sieur Galilée-Copernic.

La symphonie discordante achevée derrière le rideau du fond, Gille et Cassandre, c'est-à-dire Fafiou et Copernic, apparurent sur les tréteaux. Ce fut pendant dix minutes un immense éclat de rire mêlé de tonnerres d'applaudissements. Chacun d'eux s'avança jusque sur la rampe, fit trois saluts en s'inclinant respectueusement à chaque salut; puis Fafiou alla s'adosser à la toile de fond, tandis que Cassandre, qui ouvrait la pièce, étant demeuré sur la rampe, commença le monologue suivant :

Nous sommes heureux de pouvoir mettre sous les yeux de nos lecteurs cet échantillon de la littérature en plein air en vogue en l'an de grâce 1827, lequel a été sténographié par un de nos amis, et fera, sans qu'il y soit changé un seul mot, l'objet du chapitre suivant.

X

OU LE LECTEUR QUI N'AIME PAS LES PARADES, QUELQUES CONSÉQUENCES QU'ELLES PUISSENT AVOIR EN POLITIQUE, EST PRIÉ D'ALLER FAIRE UN TOUR AU FOYER.

SCÈNE PREMIÈRE

CASSANDRE, *rêveur, sur le devant de la scène;* GILLE, *au fond du théâtre.*

CASSANDRE.

Que le diable m'emporte si je sais où trouver un domestique doué en même temps d'esprit, de probité et d'un mauvais estomac, c'est-à-dire possédant les trois vertus théologales des bons serviteurs. C'est que plus nous allons, plus le monde va, et va de mal en pis; les bons domestiques se font rares. Où diable peuvent-ils être allés? Dans quelque pays où il n'y a pas de maîtres; c'est au point que j'ai souvent songé à une chose : c'est de me prendre à mon service, mais j'ai réfléchi : je suis d'une avarice si crasse, que jamais je ne consentirais à me donner les gages que je mérite; et comme ma première condition, quand un domestique entre chez moi, c'est de n'être point obligé de le nourrir, je mourrais incontestablement de faim. Renonçons donc à ce projet insensé, et cherchons un serviteur moins exigeant que moi. (*Regardant autour de lui.*) Que vois-je donc là-bas? Eh! c'est justement un valet. (*Il court *comme un dératé en regardant en l'air.*) Eh ! l'ami! il ne m'entend pas et regarde toujours en l'air. Eh! l'ami! Espérons qu'il rencontrera quelque pavé et qu'il tombera. Patatras! le voilà à terre. (*Allant à Gille et le relevant.*) Mon ami, après quoi cours-tu ?

GILLE.

Monsieur, je ne cours plus, vous le voyez bien.

CASSANDRE.

C'est juste ; ce garçon est plein de sens, et c'est moi qui suis dans mon tort, Excuse-moi, j'ai pris un temps pour un autre. Après quoi courais-tu ?

GILLE.

Je courais après un oiseau.

CASSANDRE.

Cela m'explique pourquoi ce garçon regardait en l'air. Et comment cet oiseau s'était-il échappé ?

GILLE.

Parce que j'avais ouvert la porte de sa cage.

CASSANDRE.

Et pourquoi avais-tu ouvert la porte de sa cage?

GILLE.

Parce que sa cage sentait mauvais à cette pauvre petite bête

CASSANDRE.

D'après ce que je vois, tu es en service?

GILLE.

Ah! Monsieur, bien certainement, après le malheur qui vient de m'arriver, je peux me regarder comme libre.

CASSANDRE.

Bigre! Mais il faut d'abord que je sache d'où tu sors.

GILLE.

Je sors d'une maison.

CASSANDRE.

Je m'en doute bien, mais à qui était la maison?

GILLE.

A un archevêque.

CASSANDRE.

Et quelles fonctions remplissais-tu chez ton archevêque?

GILLE.

J'étais maître d'hôtel.

CASSANDRE.

Bigre! tu dois cuisiner proprement, alors. Et que me prendras-tu?

GILLE.

Pour quoi faire ?

CASSANDRE.

Pour être à mon service?

GILLE.

Oh! soyez tranquille, Monsieur, je vous prendrai tout ce que je pourrai.

CASSANDRE.

Je te demande sur quel pied tu comptes entrer à mon service.

GILLE.

Sur mes deux pieds, Monsieur.

CASSANDRE.

Alors, voilà qui est bien, et je crois que nous nous conviendrons parfaitement.

GILLE.

Et moi j'en suis sûr, Monsieur.

CASSANDRE, *le regardant.*

Eh! eh!

GILLE, *regardant Cassandre.*

Eh! eh!

CASSANDRE.

Ta physionomie me plaît, la nuance de tes cheveux est de mon goût, ton nez me séduit; maintenant, voyons un peu si ton ramage ressemble à ton plumage.

GILLE, *chantant.*

Un Suiss' revenant de campagne
De son pays de l'Allemagne...

CASSANDRE.

Que fais-tu?

GILLE.

Dame! vous avez demandé à voir mon ramage, je chante.

CASSANDRE.

Ce garçon m'est de plus en plus sympathique. Ce n'est pas cela que je voulais dire, je voulais t'adresser quelques questions, pour voir si tu n'es pas entièrement dénué de bon sens.

GILLE.

Oh! si ce n'est que cela, parlez, Monsieur, demandez, questionnez. Il n'y a personne qui puisse mieux vous répondre que votre serviteur.

CASSANDRE.

C'est vrai, car tu parles beaucoup. Explique-moi-z-un peu, par exemple.... J'ai oublié de te demander comment tu t'appelais.

GILLE.

Je m'appelle Gille, pour vous servir.

CASSANDRE.

Ce garçon est on ne peut plus insinuant. Eh bien, alors, mon cher Gille, explique-moi-z-un peu comment il se fait que les poissons aillent au fond de la rivière sans se noyer.

GILLE.

Et qui vous dit, Monsieur, qu'ils ne se noient pas?

CASSANDRE.

Mais puisqu'après avoir été au fond, ils reviennent à la surface de l'eau.

GILLE.

Ce ne sont pas ceux qui sont noyés qui reviennent, Monsieur, c'en sont d'autres.

CASSANDRE, *après un moment de profonde réflexion.*

Bigre! Tu pourrais bien, en effet, avoir raison.

GILLE.

Monsieur a-t-il d'autres questions à m'adresser?

CASSANDRE.

Certainement. Comment se fait-il que la lune se couche précisément quand le soleil se lève?

GILLE.

Monsieur, ce n'est pas la lune qui se couche quand le soleil se lève, c'est le soleil qui se lève quand la lune se couche.

CASSANDRE, *étonné.*

Par ma foi, je n'y avais jamais songé. Tu es donc astronome, Gille?

GILLE.

Oui, Monsieur.

CASSANDRE.

Et sous qui as-tu étudié?

GILLE.

Sous M. Galilée-Copernic.

CASSANDRE.

Un grand homme!... Eh bien, alors, si tu as étudié sous cet illustre savant, tu pourras probablement répondre à la question que je vais te faire. Crois-tu que la Providence ait été juste envers moi en ne me donnant que deux mains, quand j'ai cinq pieds quatre pouces.

GILLE.

Elle a été bien plus injuste envers l'âne, Monsieur, qui n'a que quatre pieds et pas de mains du tout.

CASSANDRE, *stupéfait.*

Ce garçon-là a réponse à tout. (*A lui-même et en se rapprochant du public.*) Décidément, je crois que j'ai rencontré-z-un garçon plein de bon sens, qui sera un domestique dévoué, et dont je pourrai peut-être, un jour, faire aussi un bon gendre, s'il a quelques écus de côté. Voyons, réponds-moi, Gille.

GILLE.

Je ne fais que cela, Monsieur.

CASSANDRE.

C'est vrai. Es-tu garçon, Gille?

GILLE.

Dame! à moins qu'on ne se soit trompé en me déclarant à la mairie.

CASSANDRE.

Le drôle ne me comprend pas. Je te demande si tu es célibataire?

GILLE.

Célibataire comme Jeanne d'Arc.

CASSANDRE.

Que veux-tu-dire?

GILLE, *mystérieusement.*

Je veux dire que je pourrais chasser les Anglais.

CASSANDRE.

Cela pourra te servir dans l'occasion, mais ne parlons pas politique.

GILLE.

C'est cela, Monsieur, parlons philosophie, botanique, anatomie, littérature, science, pyrotechnie. (*S'interrompant.*) A propos de pyrotechnie, qu'est-ce que j'aperçois donc là-bas?

CASSANDRE, *suivant la direction du doigt de Gille.*

C'est une bouteille de vin que je viens de faire monter dans l'intention de me rafraîchir.

GILLE.

Êtes-vous comme moi, Monsieur.

CASSANDRE.

Peut-être; comment es-tu ?

GILLE.

Je suis altéré.

CASSANDRE.

Oh! moi, je le suis toujours.

GILLE.

J'étranglerais volontiers une chopine.

CASSANDRE, *à part.*

Le drôle est plein d'adresse. (*Haut.*) Eh bien, cela y est, Gille, et nous allons jaser en gobelottant, ou gobelotter en jasant, comme tu voudras. Tu m'as l'air d'un garçon rangé.

GILLE.

Eh bien, c'est ce qui vous trompe, Monsieur, depuis les vendanges dernières, je suis tout...

CASSANDRE, *interrompant et à part.*

Le drôle ne me comprend pas. (*Haut.*) Je voulais dire que tu ne me parais pas avoir de vices.

GILLE.

Non, Monsieur, je n'ai que des clous, et ils me font bien souffrir.

CASSANDRE.

Je veux dire que tu sais te conduire.

GILLE.

J'ai été cocher de fiacre.

CASSANDRE.

Changeons de conversation; il y a certains points sur lesquels le drôle me paraît avoir l'esprit complétement bouché. As-tu beaucoup servi, Gille ?

GILLE.

Oui, Monsieur, ce qui ne m'empêche pas d'être complétement neuf.

CASSANDRE.

Et qui as-tu servi.

GILLE.

Ma patrie d'abord.

CASSANDRE.

Comment, tu as été soldat, mon brave?

GILLE.

Comme conscrit, oui, Monsieur, pendant trois mois.

CASSANDRE.

Aurais-tu eu le malheur d'être blessé ?

GILLE.

Je l'ai été.

CASSANDRE.

Où cela, mon garçon ?

GILLE.

Au cœur. J'ai été blessé de la conduite de mon général.

CASSANDRE.

Qu'est-il donc arrivé ?

GILLE.

Il est arrivé que le général nous a fait traverser la plaine en tous sens.

CASSANDRE.

Dame ! il était peut-être enrhumé.

GILLE.

Ce qui fait, comme nous n'avions pas rencontré un seul ennemi, que je me suis permis de dire que le général avait remporté une grande victoire.

CASSANDRE.

Laquelle ?

GILLE.

Qu'il avait *battu* la campagne. De façon que le général m'a envoyé en prison.

CASSANDRE.

Il ne t'aura pas compris. Et combien de temps es-tu resté en prison ?

GILLE.

Trois ans, Monsieur.

CASSANDRE.

Et dans quel site s'élevait ton cachot ?

GILLE.

Il ne s'élevait pas, Monsieur, il s'enfonçait.

CASSANDRE.

Je comprends, de sorte que tu te trouvas...

GILLE.

Enfoncé, oui, Monsieur.

CASSANDRE.

Je voulais demander dans quel lieu il était situé.

GILLE.

Près de la mer.

CASSANDRE.

De quelle mer ?

GILLE.

De la Méditerranée.

CASSANDRE.

Je connais, près de la Méditerranée, une ville où j'ai été.

GILLE.

Moi aussi, Monsieur.

CASSANDRE, *cherchant*.

Elle s'appelait Tou... Tou.. Tou...

GILLE, *achevant*.

Lon, lon, lon.

CASSANDRE.

C'est cela, Toulon. Ah ! mon pauvre garçon, et toi aussi, tu as été aux galères.

GILLE.

Il n'y a pas de sot métier, Monsieur.

CASSANDRE.

C'est parfaitement vrai. Et qui as-tu servi encore, outre ta patrie ?

GILLE.

J'ai servi de jouet à une de mes payses.

CASSANDRE.

Qui t'a fait voir du pays?

GILLE.

Justement, Monsieur, et j'ai compris que les voyages que vous font faire les filles sont bien plus fatigants que ceux qu'on fait sur la mer.

CASSANDRE.

Tu as dû économiser quelque chose pendant tes longs services, Gille?

GILLE.

Oui, Monsieur, j'ai économisé bien des peines.

CASSANDRE.

D'accord ! mais des espèces ?

GILLE.

Toute espèce de peines.

CASSANDRE.

Le drôle ne me comprend pas. Je te demande si tu as quelques pièces.

GILLE.

J'en ai plein mon habit, Monsieur.

CASSANDRE.

Des fonds ?

GILLE.

Plein ma culotte.

CASSANDRE.

Non, c'est pas cela. Tu dois avoir quelque argent comptant?

GILLE.

Je serais encore plus content d'avoir quelque argent.

CASSANDRE.

Le drôle ne me comprend pas. As-tu mis quelque chose de côté?

GILLE.

J'ai mis de côté les folies de la jeunesse. Que voulez-vous, Monsieur, on vieillit.

CASSANDRE.

A qui le dis-tu, Gille. Toutefois, tu n'a pas encore répondu à ma question.

GILLE.

Oh ! bah !

CASSANDRE.

Je te demandais si tu avais quelque argent placé ?

GILLE.

Que ne vous expliquiez-vous tout de suite, Monsieur ; j'ai cinquante écus de rente viagère après le décès de ma tante.

CASSANDRE, *émerveillé.*

Cent cinquante livres de rente ! mais sais-tu que c'est une somme ?

GILLE.

Certainement que je le sais.

CASSANDRE.

Mais je veux dire une belle et bonne somme.

GILLE.

Sans doute, j'entends bien; vous voulez dire que ce n'est pas une bête de somme?

CASSANDRE.

Gille!

GILLE.

Monsieur!

CASSANDRE.

Je te propose une chose.

GILLE.

Laquelle?

CASSANDRE.

Accepteras-tu?

GILLE.

J'accepterai, si je ne refuse pas.

CASSANDRE.

J'ai une fille.

GILLE.

Vraiment?

CASSANDRE.

Parole d'honneur.

GILLE.

A vous tout seul, Monsieur?

CASSANDRE.

Je l'a-z-ue de feu ma femme.

GILLE.

Alors, elle est de votre femme, et pas de vous?

CASSANDRE.

Je te demande pardon, Gille; elle est de nous deux. Ce garçon est si innocent qu'il ne comprend pas. Je disais donc que j'avais une fille belle, vertueuse, chaste, et d'un caractère très-joyeux.

GILLE.

Alors, Monsieur, c'est une fille de joie.

CASSANDRE.

Je cherche depuis quelque temps un parti sortable pour elle. Je te trouve là par hasard, et je te fais cette proposition: Gille, veux-tu-z-être mon gendre?

GILLE.

Eh bien! je ne dis pas non, Monsieur.

CASSANDRE.

Q'est-ce que cela me fait, si tu ne dis pas oui?

GILLE.

Encore faudrait-il voir l'objet, Monsieur.

CASSANDRE.

Je vais te le montrer.

GILLE.

Oui, mais pour rien?

CASSANDRE.

Pour rien, sans doute. (*A part.*) Décidément, c'est un garcon économe

GILLE.

Et de quelle dot comptez-vous la parer ?

CASSANDRE.

Une dot égale à celle que tu apportes toi-même : cinquante bons de mille.

GILLE.

Eh bien ! là, c'est dit.

CASSANDRE.

Alors je puis appeler ma fille ?

GILLE.

Appelez-la.

CASSANDRE, *appelant.*

Zirzabelle ! Je crois que tu seras content.

GILLE.

Vous dites qu'elle est belle ?

CASSANDRE.

C'est mon portrait tout craché.

GILLE.

Jarnombille ! Il n'y a rien de fait.

CASSANDRE.

Embelli, bien entendu.

GILLE.

A la bonne heure.

CASSANDRE, *appelant plus fort.*

Zirzabelle ! Holà ! Zirzabelle. Il faut toujours s'égosiller quand on a besoin de cette péronnelle-là. Zirzabelle !

SCÈNE II

LES MÊMES, ISABELLE.

ISABELLE *arrive tout doucement, approche sa bouche de l'oreille de son père et crie.*

Me voilà !

CASSANDRE.

Peste soit de la carogne, qui a pensé me faire crever de peur.

ISABELLE.

Dame ! aussi, mon père, vous criez comme un bâton qui a perdu son aveugle.

CASSANDRE.

Pourquoi ne viens-tu pas toutes les fois que je t'appelle ?

ISABELLE.

Parce que si j'allais toutes les fois qu'on m'appelle, j'irais trop souvent, et surtout j'irais trop loin. Qu'y a-t-il pour votre service, mon père ?

CASSANDRE.

Regarde.

ISABELLE.

Quoi ?

CASSANDRE, *montrant Gille.*

Ce joli garçon.

ISABELLE.

Ce mitron-là ?

CASSANDRE.

Comment le trouves-tu ?

ISABELLE.

Oh ! le vilain masque !

CASSANDRE.

C'est ton futur mari.

ISABELLE.

Comment, mon futur mari ?

CASSANDRE.

Oui, je viens de lui donner ma parole.

ISABELLE.

Eh bien, vous pouvez la lui retirer.

CASSANDRE.

Plait-il ?

ISABELLE.

Moi, épouser ce carême-prenant-là, jamais !

GILLE.

Je suis maigre, Mademoiselle, mais avec de la bonne volonté, on arrive à out.

ISABELLE.

Avec cette figure-là on n'arrive qu'à l'hôpital, entendez-vous, mon bel ami ?

CASSANDRE, *à Gille.*

Comment la trouves-tu ?

GILLE.

Adorable.

CASSANDRE.

Eh bien, cornes de bouc ! elle sera ta femme. Je te laisse avec elle, entretiens-la.

GILLE.

Mais, alors, quand elle m'aura quitté, ce sera une fille entretenue.

CASSANDRE, *sortant.*

Le drôle ne me comprend pas.

SCÈNE III.

GILLE, ISABELLE.

ISABELLE.

Oh ! que je suis infortunée dans mon infortune, et comment ma mère, qui avait pour sa fille le choix d'un père, a-t-elle pu me choisir ce père-là ?

GILLE.

Vous avez tort, mademoiselle Zirzabelle, de dégoiser de pareilles injures contre le citoyen qui est l'auteur de vos jours. Est-ce donc vous mettre à mal et vous écorcher que de vous offrir un galant homme pour époux ?

ISABELLE.

Moi votre époux ! C'est-à-dire vous ma femme !

GILLE.

Pardon, je crois que vous vous trompez, mademoiselle Zirzabelle.

ISABELLE.

Oui, mais vous me comprenez tout de même. Jamais!

GILLE.

Cependant si, entre les deux yeux, la main droite sur mon cœur, la main gauche à la couture de mon pantalon, je vous avouais que je suis tombé subitement amoureux ?

ISABELLE.

Et de qui ça?

GILLE.

De vous. Tenez, me voilà-z-en position, la main droite sur le cœur, la main gauche sur la couture du pantalon, je vous regarde entre les deux yeux, je vous aime à la rage; ma chère, qu'avez-vous à répondre?

ISABELLE.

Je répondrai-z-à cet aveu flatteur par un aveu exactement semblable, excepté que ce sera tout le contraire. Je vous crois issu d'une noble race, et je pense parler à un chevalier français. Je vais donc vous lâcher une confidence.

GILLE.

Je vous écoute avec intérêt. Z'allez.

ISABELLE.

Faut-il que je sois franche?

GILLE.

Soyez-le.

ISABELLE.

Dès que je vous ai vu, je vous ai pris en exécration.

GILLE.

Oh! ciel! oh! double ciel!

ISABELLE.

Cessez un moment de jurer, et laissez-moi vous défiler le reste de mon chapelez, seigneur. D'un côté, je ne vous aime pas, puisque je vous exècre, et, d'un autre côté, je suis amoureuse à la fureur d'un gentilhomme de bonne maison.

GILLE.

Et quel est le nom de mon affreux rival?

ISABELLE.

M. Léandre.

GILLE.

Je le connais, à telles enseignes que je lui ai donné des soufflets qu'il ne m'a jamais rendus.

ISABELLE, *souflettant Gille.*

Eh bien! je vous les rends pour lui, moi; vous pouvez lui donner quittance.

GILLE, *se redressant.*

Jarnombille! mademoiselle Zirza, savez-vous que je ne me laisse pas marcher sur le pied?

ISABELLE.

Vous avez donc un œil de perdrix?

GILLE.

Non, mais c'est une façon de dire.

ISABELLE.

Oh! ne faites pas tant de façons avec moi. Je vous disais donc avant le souft, et je le répète après coup, que j'aime...

GILLE.

Qui?

ISABELLE.

Un autre que vous.

GILLE.

Qui se nomme?

ISABELLE.

M. Léandre. Vous voyez donc bien qu'il n'y a pas place pour deux dans mon ɔur.

GILLE.

Ah! ouiche!

ISABELLE.

Comment! mais apprenez que ce que je dis là est très-sérieux, et que si vous ntinuez à me vouloir épouser.... enfin, il suffit. Mon parti est pris et je 'en flûte. (*Elle sort.*)

SCÈNE IV.

GILLE, *seul.*

Qui pourrait jamais croire que cette fille-là est la propre fille... quand je is propre!... de l'honorable vieillard qui s'avance. Représentons-lui nos com-liments respectueux.

SCÈNE V.

CASSANDRE, GILLE.

CASSANDRE.

Eh bien! Gille?

GILLE.

Eh bien! Monsieur?

CASSANDRE.

Que dis-tu de mon fruit?

GILLE.

A parler franchement, je le crois un peu mûr.

CASSANDRE.

Mûr?

GILLE.

Pour ne pas dire gâté.

CASSANDRE.

Que signifie cela, monsieur Gille?

GILLE.

J'en suis pour ce que j'ai dit.

CASSANDRE.

Oserais-tu calomnier la vertu même ?

GILLE.

Connaissez-vous un certain Léandre ?

CASSANDRE.

Certainement que je le connais.

GILLE.

Eh bien! il a cultivé, à ce qu'il paraît, votre fruit avant moi.

CASSANDRE.

Je sais cela. Mais, comme c'est un propre à rien, je l'ai envoyé très-loin, et il y a été.

GILLE.

C'est-à-dire qu'il vous a fait croire qu'il y allait.

CASSANDRE.

N'importe ; tu es l'homme que j'ai rêvé, et il faut que tu épouses ma fille.

GILLE.

Je ne demande pas mieux.

CASSANDRE.

Jure-moi donc de l'épouser ! et je te jure, moi, par les cinq cents diables et par leurs mille cornes, de ne la donner qu'à toi seul au monde, directement ou indirectement.

GILLE.

Je vais jurer comme un charretier. Ah démon ! ah fichtre ! ah bigre ! sabre de bois ! nom d'un pistolet ! je vous promets de ne jamais épouser d'autre personne, de quelque sexe que ce soit, que mademoiselle Zirzabelle, votre fille putative.

CASSANDRE.

Bien juré ! corbleu ! morbleu ! sacrebleu ! Ton serment m'a fait venir la chair de poule. Je te jure donc, à mon tour, que ma fille Zirzabelle ne sera jamais, directement ou indirectement, la femme d'un autre que toi. Je vais l'appeler de nouveau et lui dicter mes dernières volontés.

GILLE.

Vous allez donc décéder, beau-père ?

CASSANDRE.

Je veux dire ma volonté suprême. (*Apercevant le facteur.*) Eh ! eh ! qui nous arrive là ?

GILLE, *se bouchant le nez.*

Ce n'est pas le parfumeur, dans tous les cas.

CASSANDRE.

Non, c'est le facteur.

SCÈNE VI.

LES MÊMES, LE FACTEUR, *entrant.*

LE FACTEUR, *le nez en l'air.*

Eh ! monsieur Cassandre !

GILLE.

Cet homme a l'air de vous chercher.

CASSANDRE.

Tu crois ?

LE FACTEUR, *toujours regardant en l'air*

Eh ! monsieur Cassandre !

GILLE.

Vous voyez bien, puisqu'il vous appelle.

LE FACTEUR, *toujours regardant en l'air.*

Eh ! monsieur Cassandre !

CASSANDRE.

Vous appelez monsieur Cassandre, mon ami ?

LE FACTEUR.

La peste ! si vous en doutez, c'est que vous êtes sourd.

CASSANDRE.

La peste vous-même ! c'est moi.

LE FACTEUR.

La peste ?

CASSANDRE.

Le drôle ne me comprend pas, non ; c'est moi qui suis monsieur Cassandre.

LE FACTEUR.

Impossible !

CASSANDRE.

Pourquoi cela ?

LE FACTEUR.

Parce qu'il y a sur la lettre : Monsieur Cassandre, rue de la Lune.

CASSANDRE.

Eh bien ! ne sommes-nous pas rue de la Lune ?

LE FACTEUR.

Mais il y a rue de la Lune, au cinquième, et vous êtes dans la rue.

CASSANDRE.

Ça ne fait rien, je suis monsieur Cassandre, rue de la Lune, au cinquième, ci présent dans la rue.

LE FACTEUR.

Vous ne serez monsieur Cassandre que lorsque vous serez au cinquième.

CASSANDRE.

Alors je vais y monter ; restez là pour voir si j'y suis.

LE FACTEUR.

C'est bien.

CASSANDRE, *sortant.*

Le drôle ne me comprend pas.

SCÈNE VII.

LE FACTEUR, GILLE.

LE FACTEUR.

Mon ami, ne connaîtriez-vous pas dans le quartier un nommé Gille ?

GILLE.

Oui, un beau garçon, l'air noble, la figure distinguée.

LE FACTEUR.

C'est possible.

GILLE.

Le voilà.

LE FACTEUR.

Où?

GILLE.

Devant vos yeux.

LE FACTEUR.

Ouais!

GILLE.

Plaît-il?

LE FACTEUR.

C'est vous qui vous nommez Gille?

GILLE.

Vous en doutez?

LE FACTEUR.

Au portrait que vous en faites.

GILLE.

Par bonheur, j'ai sur moi mes états de service.

LE FACTEUR.

A quoi bon vos états de service?

GILLE.

Mon signalement y est.

LE FACTEUR.

Voyons le signalement.

GILLE, *tirant un papier de sa poche et lisant :*

Port de Toulon. Hum... hum... Moi, soussigné, argousin en chef, hum... certifie, hum... hum... que le nommé Gille, c'est cela, âgé de 22 ans...

LE FACTEUR.

Bien.

GILLE.

Taille de cinq pieds un pouce.

LE FACTEUR.

Bien.

GILLE.

Nez en trompette.

LE FACTEUR.

Bien.

GILLE.

Teint blême.

LE FACTEUR.

Très-bien!

GILLE.

Cheveux moutarde.

LE FACTEUR.

C'est cela. Allons, vous êtes bien Gille.

CASSANDRE, *au cinquième.*

Eh! facteur!

LE FACTEUR.

On y va. (*A Gille.*) Donnez-moi dix sous.

GILLE.

Dix sous, pourquoi faire?

LE FACTEUR.

C'est le prix de votre lettre.

GILLE.

Le prix de ma lettre! Comment, il faut que je paye parce que l'on m'écrit?

LE FACTEUR.

Sans doute.

GILLE.

Mais il me semble que c'est celui qui a l'honneur de m'écrire qui devrait payer.

CASSANDRE, *à la fenêtre du cinquième.*

Eh! facteur!

LE FACTEUR.

On y va. (*A Gille*). Allons, allongez vos cinquante centimes.

GILLE.

Je m'en défie de votre lettre.

LE FACTEUR.

Comment, vous vous en défiez ?..

GILLE.

On a vu des machines infernales cachées dans des lettres.

LE FACTEUR.

Vous refusez une lettre chargée?

GILLE.

Je crois bien : raison de plus pour qu'elle parte, si elle est chargée.

LE FACTEUR.

Vous comprenez, tant pis pour vous; ce sont des nouvelles d'argent.

GILLE.

Comment, une lettre chargée veut dire des nouvelles d'argent?

LE FACTEUR.

Oui.

GILLE.

Je croyais que c'était le huit de trèfle qui signifiait argent.

CASSANDRE, *à sa fenêtre.*

Eh! facteur.

LE FACTEUR.

On y va.

GILLE.

Tenez, voilà vos cinquante centimes.

LE FACTEUR.

Merci.

GILLE.

Comment, elle a huit jours de date, votre lettre!

LE FACTEUR.

Huit jours pour venir de Pantin, ça n'est pas trop.

GILLE,

Mais il y a dessus : *Pressée.*

LE FACTEUR.

C'est celui qui l'écrit qui est pressé, jamais celui qui la porte.

GILLE.

C'est bien, retire-toi, car ta boîte dégage des miasmes fétides.

LE FACTEUR.

C'est qu'elle renferme un cervelas à l'ail, que j'y ai introduit pour mon déjeuner.

CASSANDRE, *une longue ficelle à la main.*

Eh! facteur.

LE FACTEUR, *allant au-dessous de la fenêtre.*

Me voilà !

CASSANDRE.

Eh bien ! suis-je bien monsieur Cassandre, rue de la Lune, au cinquième, maintenant ?

LE FACTEUR.

Je ne dis pas non.

CASSANDRE.

Envoyez-moi ma lettre, alors.

LE FACTEUR.

Et vous, d'abord, envoyez-moi trois sous.

CASSANDRE.

Les voilà. (*Il les lui jette.*)

LE FACTEUR.

Merci. (*Il attache la lettre au bout de la ficelle.*) Tirez!

CASSANDRE.

Bien. (*Il tire. La fenêtre du premier s'ouvre, une main passe et prend la lettre.*) Eh! facteur

LE FACTEUR.

Eh bien ?

CASSANDRE.

Vous ne voyez pas ?

LE FACTEUR.

Si fait.

CASSANDRE.

On me vole ma lettre.

LE FACTEUR.

Votre lettre volait bien, elle ; un voleur qui en vole un autre, le diable n'en fait que rire. (*Il s'en va.*)

CASSANDRE.

Le drôle ne me comprend pas. Je descends au premier, et réclame ma lettre. (*Il referme la fenêtre. — Gille seul en scène.*)

SCÈNE VIII.

GILLE, *seul.*

Ah! maintenant que me voilà seul, étudions en paix ce que l'on m'annonce dans cette épître. (*Il ouvre la lettre et it.*)

« J'ai l'honneur de vous annoncer que la santé de Benjamin, votre troisième petit-fils, est entièrement rétablie. Il se porte maintenant comme l'arbre appelé *charme*. Je ne saurais mieux vous exprimer ma pensée. »

(*S'interrompant.*) C'est particulier! je ne croyais pas avoir jamais été père de ma vie; comment se fait-il que je sois grand-papa? N'importe; ceci s'éclaircira peut-être; continuons.

« Ne serait-il pas temps de donner enfin votre consentement à un mariage accompli depuis sept ans à votre insu? Je dois vous l'avouer, dût cet aveu faire tomber vos cheveux blancs. »

Bon! voilà que j'ai des cheveux blancs, à présent. Bleus, verts, noirs, jaunes ou rouges, de toutes les nuances qu'il voudra; mais blancs, je proteste. Ne nous décourageons pas. Continuons.

« N'est-il pas déplorable, quand vous savez mademoiselle votre fille mère de trois enfants, que vous songiez à la marier à cet imbécile de Gille! »

De qui parle-t-il donc?

« J'attends votre réponse, vous annonçant que je viens de faire un petit héri tage de deux cents livres de rente, qui nous permet de vivre, Zirzabelle et moi, côte à côte, dans une modeste aisance.

« Répondez-moi courrier par courrier... Votre tout dévoué,

« LÉANDRE. »

GILLE, *réfléchissant.*

Mais non, mais non; il n'est pas possible, si j'étais réellement le père de ma fille, et que conséquemment je fusse le grand-père de ses trois jeunes enfants, il n'est pas possible que je songeasse à la marier à un autre qu'au père de ces trois infortunés. De quel droit donc ce Léandre se permet-il de dire que je suis père? et, du moment qu'il le dit, de quel droit met-il en doute ma tendresse paternelle? (*Réfléchissant et se frappant le front.*) Mais je songe à une chose : si le facteur m'avait donné une lettre qui ne me fût pas adressée? (*Il regarde l'enveloppe.*) Jarnombille! la dépêche n'était pas pour moi.

« A monsieur Cassandre, rue de la Lune, au cinquième étage. »

A M. Cassandre! Ah! ah!... Ainsi, ce vieux pandour voulait me faire épouser sa chaste fille, mère de trois enfants, dont le dernier s'appelle Benjamin! Mais ce vieillard est tout simplement un escroc! Le voilà. Ne laissons rien transpirer de notre indignation, et voyons, en l'interrogeant, jusqu'où il poussera la fourberie.

SCÈNE IX.

GILLE, CASSANDRE.

CASSANDRE *sort, lisant.*

« J'ai l'honneur de vous faire part de la perte douloureuse que vous venez de faire dans la personne d'Aménaïde Lamponisse, votre tante bien-aimée, morte hier, à l'âge de soixante-seize ans. »

(*S'interrompant.*) C'est particulier! je n'ai jamais eu de tante; comment se fait-il qu'elle soit morte, et à la fleur de l'âge? Enfin, il se passe des choses si extraordinaires. Continuons :

« Je vous annonce en même temps qu'il ne faut pas compter sur les cent cinquante livres de rente de votre susdite tante; elle a trouvé plaisant de vous déshériter au profit du maître clerc d'un charcutier de Sainte-Menehould. »

C'est extraordinaire : il paraît que cette tante, que je n'ai jamais eue et que cependant j'avais, m'a déshérité au profit de..... Quel pied-de-nez! Ne nous décourageons pas.

« Il va cependant sans dire que, s'il vous était plus agréable de payer les dettes de mademoiselle votre tante, qui se montent à la faible somme de cent cinquante mille livres quinze sous dix deniers, le maître clerc du charcutier de Sainte-Menehould vous laisserait jouir sans discussion des cent cinquante livres de rente dont il hérite en votre lieu et place.

« Veuillez donc, au reçu de la présente, m'envoyer votre acquiescement ou votre désistement.

« Votre tout dévoué serviteur,

« BOUDIN DE LA MARNE.

« A Sainte-Menehould, San-Giacomo street, ancien nº 9, maintenant 11. »

Je ne comprends pas bien : ancien nº 9, oui, autrement dit, le vieux numéro est le 9, et le neuf est maintenant le 11. Ah çà! mais, qu'est-ce que me chante donc ce notaire-là? j'hérite et je n'hérite pas; le numéro vieux est un numéro neuf, et le numéro neuf est un vieux numéro; où peut-il prendre tout ce qu'il dit, et de quel droit se permet-il de traiter un bourgeois de Paris à la façon de Sainte-Menehould? Certainement, je ne manquerai pas de lui répondre, quoique sa familiarité ne mérite que mon mépris. (*Réfléchissant.*) Mais, je songe à une chose; si ce farceur m'avait donné une lettre qui ne me fût pas adressée? (*Il regarde l'adresse.*)

« A monsieur Gille, boulevard du Temple, sous la grande aiguille du Cadran bleu. »

Ainsi le drôle s'était flatté d'une rente viagère qu'il ne devait jamais posséder. Mais ce drôle est un intrigant de haute futaie! Contenons-nous cependant, et adressons-lui quelques questions adroites, pour savoir jusqu'où il poussera la dissimulation. (*A Gille, qui attend qu'il ait fini.*) Eh bien, cher Gille?

GILLE.

Eh bien, cher beau-père?

CASSANDRE.

Es-tu content des nouvelles qu'on te mande dans la lettre que tu viens de recevoir?

GILLE.

Vous annonce-t-on quelque heureux événement dans la dépêche qui vient de vous être remise?

CASSANDRE.

Oui, je suis assez satisfait.

GILLE.

Ah! tant mieux, et que vous mande-t-on?

CASSANDRE.

On me mande de Vaugirard que la récolte du vin sera belle, car il pleut puis huit jours; il paraît que la terre avait besoin d'eau.

GILLE.

C'est étonnant! on me mande la même chose de Montmartre; il paraît que récolte des pommes de terre sera bonne, parce qu'il fait sec depuis huit urs; il paraît que la terre avait besoin de soleil.

CASSANDRE.

Gille?

GILLE.

Monsieur?

CASSANDRE.

Peux-tu m'expliquer ce phénomène atmosphérique? Comment se fait-il que soleil, favorable aux coteaux de Montmartre, soit hostile aux plaines de augirard?

GILLE.

Rien de plus simple, Monsieur; c'est que Vaugirard est au midi, et que ontmartre est au nord. Les plaines de Vaugirard, desséchées par le soleil opical, ont besoin d'humidité pour être fertiles, tandis que les plateaux neieux qui avoisinent le pic de Montmartre ont besoin de soleil pour être féconds. out est logique dans la nature.

CASSANDRE.

Ordre admirable!

GILLE.

Vaste univers!

CASSANDRE.

Bonté divine!

GILLE.

Mystère profond!

CASSANDRE.

Tout se coordonne.

GILLE.

Tout s'enchaîne.

CASSANDRE.

Harmonie merveilleuse!

GILLE.

Création sublime!

CASSANDRE.

Lis Thalès...

GILLE.

Talis pater talis filius!

CASSANDRE.

Lis Eudoxe.

GILLE.

Oui, mais parlons d'autre chose.

CASSANDRE.

De quoi veux-tu parler, Gille?

GILLE.

Parlons de vous, beau-père.

CASSANDRE.

Parlons de toi, mon gendre. Es-tu sûr d'hériter de ta tante Aménaïde Lamponisse?

GILLE.

Tiens, vous connaissez le grand nom de ma petite tante? Non, je veux dire le petit nom de ma grande tante?

CASSANDRE.

Oui, je le sais.

GILLE.

Et comment le savez-vous?

CASSANDRE, *solennellement.*

Je te le dirai dans une couple de minutes, mais réponds préalablement à ma question. Tu comptes sur cent cinquante livres de rente?

GILLE.

Et vous, beau-père, vous comptez me faire épouser votre chaste fille.

CASSANDRE.

Douterais-tu de la chasteté de mon unique enfant..?

GILLE.

Peste! je suis loin d'en douter..

CASSANDRE.

Ce qui signifie?

GILLE.

Que je sais tout, vieux drôle.

CASSANDRE.

Eh bien, moi aussi, jeune intrigant, je sais tout.

GILLE.

Comment le savez-vous?

CASSANDRE.

Il ne s'agit point ici de jouer à la cligne-musette, votre tante Lamponisse vous a complétement dépouillé.

GILLE.

Votre fille Zirzabelle est la mère de trois garçons mâles, dont le plus jeune, M. Benjamin, va beaucoup mieux.

CASSANDRE.

Il va mieux?

GILLE.

Beaucoup mieux, Monsieur, et je suis heureux de vous en apprendre la nouvelle.

CASSANDRE.

Qui t'a appris le rétablissement de mon petit-fils?

GILLE.

Cette lettre... Qui vous a appris le décès de ma tante Aménaïde?

CASSANDRE.

Cette lettre.

GILLE.

Rendez-moi la mienne, et je vous rendrai la vôtre.

CASSANDRE.

C'est trop juste, la voici.

GILLE.

La voilà. (*Chacun d'eux échange sa lettre et lit.*)

. . . .

A ce moment de la parade, comme si l'on eût été à la fin d'un quatrième te plein d'intérêt, il se fit un tel silence dans la foule, que l'on entendait à ine la respiration des spectateurs. On touchait au dénoûment, et les pernnages en manteaux que nous avons vus arriver les derniers, les yeux fixés r le pitre, semblaient attendre ce dénoûment avec la plus vive impatience.

Pendant ce temps, les deux personnages lisaient en se jetant l'un à l'autre s regards furibonds. Les lettres lues, Cassandre reprit :

CASSANDRE.

As-tu fini de lire?

GILLE.

Oui, Monsieur, z-et vous?

CASSANDRE.

Moi-z-aussi.

GILLE.

Alors vous devez vous expliquer pourquoi je ne serai jamais votre gendre.

CASSANDRE.

Alors tu dois t'expliquer pourquoi je ne continue pas à t'offrir la main de a fille.

GILLE.

Alors vous devenez un père sérieux, et je n'ai plus aucun motif de rester à otre service.

CASSANDRE.

Oui, mais comme je compte me retirer sous les lambris de mon gendre, et u'il a déjà un domestique, tu comprends que je ne puis pas lui en conduire n second. Je ne te chasse donc pas, Gille, seulement je te renvoie.

GILLE.

Sans rien me donner?

CASSANDRE.

Veux-tu une larme de regret?

GILLE.

Quand on renvoie les gens, Monsieur, on les renvoie avec quelque chose.

CASSANDRE.

Aussi je te renvoie avec tous les égards dus à ton rang.

GILLE.

Et vous n'avez pas honte de m'avoir fait perdre une partie de ma journée à écouter vos bêtises, vieux pénard!

CASSANDRE.

Tu as raison, Gille, et ce mot de pénard me rappelle un proverbe.

GILLE.

Lequel, Monsieur?

CASSANDRE.

C'est que toute peine mérite salaire. (*Il met la main à sa poche. Gille tend la main.*)

GILLE.

A la bonne heure.

CASSANDRE.

As-tu de la monnaie, Gille?

GILLE.

Non, Monsieur.

CASSANDRE, *lui allongeant un coup de pied au derrière.*

Alors, garde tout.

La parade devait finir là, et déjà Cassandre saluait respectueusement le public, lorsque Gille, qui semblait méditer une grande résolution, en voyant Cassandre incliné, prit tout à coup son parti et répondit en envoyant à Cassandre un coup de pied qui l'envoya au milieu des spectateurs.

— Ma foi, non, Monsieur, les bons comptes font les bons amis.

Cassandre, au comble de l'étonnement, se releva et chercha Gille des yeux, mais Gille avait déjà disparu. En ce moment il se fit un grand mouvement dans la foule; les hommes à manteaux se murmurèrent à l'oreille les uns des autres :

— Il le lui a rendu, il le lui a rendu, il le lui a rendu.

Puis, sortant de la foule, ils passèrent près de différents groupes en disant :

— C'est pour ce soir.

Et le mot, « c'est pour ce soir, » circula comme un murmure presqu'inintelligible le long du boulevard. Puis on vit les hommes à manteaux entrant, les uns dans la rue du Temple, les autres dans la rue Saint-Martin, ceux-ci dans la rue Saint-Denis, ceux-là dans la rue Poissonnière, tous enfin se dirigeant du côté de la Seine par différents chemins, mais comme des hommes qui ne doivent point tarder à se retrouver dans le même endroit.

XIII

LA MAISON MYSTÉRIEUSE.

Un homme qui n'aurait eu rien de mieux à faire que d'observer ce qui se passait dans la rue des Postes de huit à neuf heures du soir, c'est-à-dire deux heures après la représentation que nous avons eu le tort de raconter trop longuement à nos lecteurs, n'aurait certes pas perdu son temps, pour peu qu'il fût amateur d'aventures nocturnes et fantastiques.

Comme nous supposons que le lecteur, du moment où il s'attache à nous, n'est point ennemi de ces mêmes aventures, nous allons le prier de nous accompagner sur le lieu où nous transportons notre chambre noire, et nous allons faire défiler devant lui une foule de personnages non moins mystérieux que les ombres chinoises des lanternes magiques.

Le théâtre, nous l'avons dit, est situé rue des Postes, tout près de l'impasse des Vignes, à quelques pas du *Puits-qui-Parle*. Le décor représente une petite maison à un seul étage, avec une seule porte et une seule fenêtre donnant sur la rue. Peut-être avait-elle d'autres portes et d'autres fenêtres, mais ces portes et ces fenêtres donnaient sans doute sur une cour ou sur un jardin.

Il était huit heures et demie du soir, et les étoiles, ces violettes de la nuit, élébraient, en reparaissant aux regards des hommes plus brillantes que ja-ıais, comme les violettes, ces étoiles du jour, les premières heures du prin-ımps. C'était, en vérité, une belle nuit claire et lumineuse, sereine et douce omme une nuit d'été, une nuit de printemps aussi, une nuit de poëte ou d'a-ıoureux.

On éprouvait une sorte de volupté à se promener par cette première nuit ttiédie, et c'était sans doute pour s'abandonner à ce sentiment, plein tout à la ıis de voluptés idéales et sensuelles, qu'un homme, enveloppé dans une grande edingote brune, se promenait depuis une heure environ du haut en bas de la ue des Postes, s'effaçant dans l'angle des maisons ou dans les rentrants des ortes lorsque quelqu'un venait à passer.

Pourtant, en y songeant bien, on s'expliquait difficilement que cet amant e la nature eût choisi, pour se réjouir des premières brises printanières, une ue aussi déserte et surtout aussi boueuse que l'était à cette époque la rue des 'ostes; car, bien qu'il n'eût pas plu depuis une semaine, la rue des Postes, omme ces rues dont il est parlé dans le livre intitulé *Naples sans soleil*, semble voir obtenu, sans doute par l'intercession des jésuites qui l'habitaient et qui habitent encore, le privilége d'une ombre éternelle et d'une tutélaire obscurité.

En passant devant la maison que nous avons décrite, le personnage s'arrêta n espace de temps inappréciable, mais suffisant sans doute à l'observation u'il voulait faire; car, retournant en arrière, c'est-à-dire du côté du collége ıollin, il alla droit devant lui et rencontra un second individu, amateur sans oute comme lui des beautés nocturnes de la nature, et lui dit ce seul mot :

— Rien.

L'individu auquel ce monosyllabe venait d'être adressé remonta la rue des 'ostes, tandis que son interlocuteur la descendait. Puis ce second personnage, près avoir fait le même manége que le premier, c'est-à-dire après avoir jeté n rapide coup d'œil sur la maison, remonta quelques pas devant lui, entra ans la rue du Puits-qui-Parle, et rencontra là un troisième amateur de la ıature qui semblait se promener aussi innocemment que lui et son compa-non; il lui adressa à demi voix ce même monosyllabe qui venait de lui être dressé :

— Rien.

Et il continua sa route, tandis que le troisième individu, le croisant et pas-ant devant lui, s'achemina vers la maison, la regarda comme avaient fait les leux autres, et remonta la rue des Postes jusqu'à la pointe de la rue d'Ulm, et à, se trouvant face à face avec un quatrième personnage, il lui répéta le mot ue nous avons déjà entendu deux fois :

— Rien.

Et ce quatrième personnage, à son tour, passant devant le troisième, des-endit la rue des Postes, passa devant la maison, la regarda comme avaient 'ait ses devanciers, et continua de descendre la rue des Postes jusqu'au collége Rollin, où il rencontra le premier amant de la nature, que nous avons fait re-marquer à nos lecteurs se promenant vêtu d'une redingote brune.

Après lui avoir dit le même mot, que nous jugeons inutile de répéter, il passa devant lui, et le premier personnage, l'homme à la redingote brune, celui qui semblait l'auteur du monosyllabe mystérieux, celui-là continua pendant une demi-heure le même manége, jusqu'au moment où, apercevant deux hommes ensemble, il descendit la rue des Postes en sifflant la cavatine de *Joconde : J'ai longtemps parcouru le monde.*

L'air était fort à la mode à cette époque-là ; aussi fut-il répété successivement, mais à demi voix toujours, par les quatre individus qui s'étaient successivement redit les uns aux autres le mot RIEN.

Quant aux deux hommes qui avaient donné naissance à ce nocturne à cinq voix, ils s'arrêtèrent, comme tous ceux que nous avons vus passer jusque-là, devant la petite maison ; seulement, différant en cela des autres, ils firent une longue station devant la porte, en causant si bas que l'homme à la redingote brune, qui passa sans affectation près d'eux en continuant de gazouiller sa cavatine, ne put surprendre une seule syllabe de ce qu'ils disaient.

Au bout de dix minutes, trois autres personnages, suivis d'un quatrième, enveloppés tous quatre de manteaux bruns, vinrent accoster les deux individus qui stationnaient devant la maison. Le plus grand des deux premiers venus prit tour à tour la main des trois nouveaux venus, puis, prononçant à l'oreille de chacun d'eux la première moitié du mot samaritain *Lamma,* dont chacun dit la seconde, il tira une petite clef de sa poche, la mit dans la serrure, entr'ouvrit doucement la porte, fit entrer les cinq compagnons, regarda tout autour de lui et entra lui-même à son tour.

Il fermait la porte en dedans au moment où le premier et le second promeneur reparurent chacun à un bout de la rue, et marchant du même pas, se rencontrèrent devant la maison et échangèrent ce nouveau monosyllabe :

— Six !

Après quoi ils tirèrent chacun de son côté, allant répéter le mot SIX aux autres amateurs de la nature qui avaient déjà entendu et répété le mot RIEN. Ils n'avaient pas fait vingt pas dans la rue, l'un remontant, l'autre descendant, qu'ils rencontrèrent, celui qui descendait, un individu, et celui qui remontait, trois personnages qui, quoique venant de deux côtés, s'arrêtèrent en se rejoignant devant la maison mystérieuse.

Quand les quatre nouveaux arrivés furent entrés dans la maison comme les six autres, deux promeneurs se mirent de nouveau en mouvement, se rencontrèrent, et échangèrent ce nouveau monosyllable :

— DIX !

Enfin pendant deux heures, c'est-à-dire de huit heures et demie à dix heures et demie, les cinq laconiques promeneurs virent entrer dans la maison soixante individus par groupes de deux, de quatre, de cinq, mais jamais de plus de six. Il était onze heures moins un quart, lorsque le dilettante qui avait fredonné la cavatine de *Joconde* fredonna pour la seconde fois, mais cette fois le grand air du *Déserteur :*

Ah! je respire enfin, je puis reprendre haleine.

L'Elleviou en était à peine à son quatrième vers, qu'il vit venir à lui, des deux côtés de la rue des Postes, de l'impasse des Vignes et de la rue du Puits-qui-Parle, sept autres individus qui, interrogés chacun à son tour, répondirent sans hésiter à cette question :

— Combien étaient-ils? — Soixante. — C'est bien cela, répondit le dilettante.

Puis, comme un général d'armée qui donne ses ordres :

— Attention! vous autres, dit-il.

Ceux à qui cette recommandation était adressée se pressèrent sans répondre. continua :

— Que Papillon aille se poster derrière la maison; que Carmagnole garde ıile droite; que Vol-au-Vent garde l'aile gauche. Longue-Avoine et ses autres ımpagnons resteront près de moi. Vous avez bien exploré les terrains envi-ınnants, n'est-ce pas? — Oui, fut-il répondu d'une commune voix. — Vous es bien armés? — Bien armés. — Pas fainéants? — Pas *feignants*. — Tu sais que tu as à faire, Carmagnole ? — Oui, répondit une voix provençale. — Tu tes instructions, Vol-au-Vent? — Oui, répondit une voix normande. — Tu ta pioche, Carmagnole? — Je l'ai. — Tu as tes crampons, Vol-au-Vent? - Je les ai. — Alors, débarrassons le pavé du roi; à la besogne, et vivement.

Les trois individus désignés sous le nom de Papillon, de Carmagnole et de 'ol-au-Vent disparurent avec une vitesse qui prouvait que si Vol-au-Vent et apillon étaient dignes de leur sobriquet, et que si Carmagnole n'en prenait as un analogue au leur, c'est qu'il avait l'orgueil de son nom de famille.

— Maintenant, Longue-Avoine, dit le commandant de la petite escouade, romenons-nous comme de bons bourgeois et causons comme de bons amis.

Puis ayant pris une prise de tabac dans une tabatière rococo, ayant essuyé verre de ses lunettes avec son foulard, les ayant délicatement reposées sur on nez, l'amant de la nature, le dilettante, l'homme qui voulait causer comme n bon bourgeois, enfonça ses deux mains dans les poches de sa castorine, et e mit en marche avec sa patrouille.

La promenade ne fut pas longue. Le chef d'escouade entra dans la rue du 'uits-qui-Parle, se plaça de façon à ne point perdre de vue la maison mysté-ieuse, fit signe à ses acolytes de se dissimuler dans les profondeurs de la rue, le manière cependant à demeurer à sa portée, ne retenant près de lui qu'un eul de ses compagnons, grand argousin long, maigre, efflanqué, blême, aux 'eux louches, une vraie carcasse de putois, surmontée d'une tête de Basile.

— Là, maintenant, dit-il, à nous deux, Longue-Avoine. — À vos ordres, nonsieur Jackal, répondit l'agent.

XVI

LA BARBETTE.

— Voyons, c'est toi qui as découvert le pot aux roses, continua M. Jackal, il est donc juste que je m'adresse à toi pour en respirer tout le parfum. Comment is-tu flairé cette aventure? Sois bref. — Voici la chose, monsieur Jackal. Vous savez que j'ai toujours eu des principes religieux. — Non, je ne le savais pas. — Oh! Monsieur, j'ai donc perdu mon temps, alors? — Non, puisque tu as découvert quelque chose; quoi? je n'en sais encore rien; mais enfin, il est évident que soixante personnes ne se réunissent pas rue des Postes et n'entrent pas toutes dans la même maison pour enfiler des perles! — Je serais cependant bien désespéré que vous ne crussiez pas à mes principes religieux, monsieur l'inspecteur. — Va-t'en au diable avec tes principes religieux. — Cependant, monsieur Jackal... — Et qu'ont à faire tes principes religieux, je te le demande, avec l'affaire qui nous occupe?

Et M. Jackal leva ses lunettes pour regarder son interlocuteur entre les deux yeux.

— Dame! monsieur Jackal, reprit Longue-Avoine, c'est que ce sont mes principes religieux qui m'ont mis sur la voie de cette affaire. — Eh bien! voyons, dis un mot de tes principes; mais, s'il est possible, n'en dis pas deux. — Vous saurez d'abord, monsieur Jackal, que je tâche, autant que possible, de n'avoir que de bonnes connaissances? — C'est difficile, dans l'état que tu exerces; mais passons. — Je me suis donc lié d'amitié avec une loueuse de chaises de Saint-Jacques du Haut-Pas. — Par religion, toujours? — Par religion, oui, monsieur Jackal.

M. Jackal se bourra le nez de tabac, avec la rage d'un homme obligé par sa position de faire semblant de croire à des choses auxquelles il ne croit pas.

— Or, cette loueuse de chaises demeure impasse des Vignes, dans la maison justement où vient d'entrer Carmagnole. — Au premier, je sais cela. — Ah! vous savez cela, monsieur Jackal? — Cela et bien autre chose. Tu dis donc que la Barbette occupe une chambre du premier? — Vous savez le nom de ma loueuse de chaises, monsieur Jackal? — Je sais le nom de toutes les loueuses de chaises de Paris, qu'elles louent des chaises au boulevard de Gand, aux Champs-Élysées ou dans les églises. Va toujours. — Eh bien, un jour, ou plutôt une nuit qu'elle était en train de réciter ses prières, elle entendit derrière le mur de son alcôve, comme venant de la maison à côté, un bruit de voix confuses et de pas pressés. Ce bruit dura de huit heures et demie à dix heures et demie, et quand j'arrivai, vers onze heures, elle me dit qu'il lui semblait avoir entendu, de l'autre côté de la muraille, manœuvrer un régiment tout entier. Je n'en voulus rien croire, attribuant ce récit à une de ces rêveries extatiques auxquelles elle est sujette à certains jours de l'année. — Passons, passons, fit dédaigneusement M. Jackal. — Mais un soir, continua Longue-Avoine, il fallut bien me rendre à l'évidence. — Voyons cela. — J'étais venu plus tôt que d'habitude, n'étant point de service ce jour-là, et je disais mes prières avec elle, lorsque j'entendis ce bruit étrange qu'elle caractérisait assez justement, en le comparant à une manœuvre de régiment. Alors, sans lui rien dire, nos prières étant terminées, je descendis pour inspecter la maison dont le mur était mitoyen avec celui de la chambre de la Barbette. Je regardai à la fenêtre, pas trace de lumière; je collai mon oreille à la porte, pas soupçon de bruit; je revins le lendemain m'embusquer où nous sommes, j'y restai de huit à dix heures, je ne vis rien. Je revins le lendemain, rien encore; rien le surlendemain; le quatrième soir, rien toujours. Enfin, quinze jours après, il y a aujourd'hui quinze jours, je vis entrer, comme j'ai eu l'honneur de vous le dire, soixante hommes, par groupes de deux, quatre, six, et cela dans l'espace de deux heures environ; la représentation exacte, enfin, de ce que nous venons de voir. — Et quelle est ton opinion sur cette aventure, Longue-Avoine? — A moi? — Oui, il est impossible que tu n'aies pas une opinion, si fausse et si absurde qu'elle soit, sur ce qui se passe dans cette maison. — Je vous jure, monsieur Jackal...

M. Jackal releva ses lunettes, et regarda Longue-Avoine avec ses propres yeux.

— Voyons, Longue-Avoine, dit le chef de la police, explique-moi pourquoi, la semaine passée, tu m'exposais ta découverte avec tant d'enthousiasme, et pourquoi, depuis trois jours, tu fais tant d'opposition à la poursuite, que c'est Carmagnole et non pas toi que j'ai chargé d'occuper la maison de la Barbette? — Il faut donc tout vous dire, monsieur Jackal ? — Pourquoi donc crois-tu que le préfet de police te paye, marouffle? — Eh bien, monsieur Jackal, c'est qu'il y a huit jours, je prenais nos hommes pour des conspirateurs. — Tandis qu'aujourd'hui?...— Aujourd'hui, c'est autre chose. —De sorte qu'aujourd'hui tu crois ?... — Je crois, sauf votre respect, que c'est une assemblée de révérends pères jésuites. — Et qui te fait croire cela? — C'est que, d'abord, j'en ai entendu plusieurs jurer le saint nom de Dieu. — Je crois que tu fais de l'esprit, Longue-Avoine. — Dieu m'en préserve, monsieur Jackal. — Voyons la seconde raison. — La seconde raison, c'est qu'ils prononcent des mots latins. — Tu n'es qu'un sot, Longue-Avoine. — C'est possible, monsieur Jackal, mais pourquoi ne suis-je qu'un sot? — Parce que les jésuites n'ont pas besoin d'une maison secrète pour tenir leurs conciliabules. — Et pourquoi donc, monsieur Jackal ? — Parce qu'ils ont les Tuileries, idiot! — Mais enfin, quels peuvent être ces hommes ? — Je pense que nous allons le savoir, car je vois venir Carmagnole.

Et en effet, le personnage désigné sous le nom de Carmagnole arrivait vers M. Jackal, sans que ses pas fissent plus de bruit sur le pavé que si ses souliers eussent eu des semelles de velours.

C'était un petit homme maigre, au teint vert d'olive, aux yeux ardents, au parler gras, à l'accent provençal, un de ces êtres bizarres qu'on rencontre sur les bords de la Méditerranée, et qui parlent toutes les langues, ne connaissant pas leur langue maternelle.

— Eh bien, Carmagnole, demanda M. Jackal, quelle nouvelle apportez-vous? — La nouvell' que j'apporte, répondit Carmagnole, fidèle à la riposte, en chantant à moitié l'air de *Marlborough*, c'est que le trou est fait; encore un dernier coup de pioche, et l'on pourra entrer.

Longue-Avoine écoutait avec la plus vive attention, car, à son avis, c'était lui qui eût dû être chargé de cette expédition, dont le théâtre était la maison de la Barbette.

— Et le trou, demanda M. Jackal, est assez grand pour qu'un homme puisse y passer? — Bon, je crois bien, dit Carmagnole, un trou grand comme une porte; la loueuse de chaises et moi l'avons déjà appelé la porte Barbette. — Ah! murmura Longue-Avoine, c'est dans sa chambre même; quelle humiliation pour moi, je n'ai plus la confiance de mon chef. — Et, demanda M. Jackal, vous avez fait cette percée sans bruit? — J'entendais respirer les mouches. — C'est bien; retourne chez la Barbette, ne bouge pas, et attends-moi.

Carmagnole disparut comme il était venu, c'est-à-dire rapidement et silencieux comme une étoile filante. Il était à peine rentré dans l'impasse des Vignes, qu'un sifflement aigu parut venir du toit même de la maison suspecte.

M. Jackal sortit de sa cachette, fit quelques pas dans la rue, et aperçut un homme à cheval sur l'arête du toit. Il joignit les deux mains pour s'en faire un porte-voix et demanda :

— Est-ce toi, Vol-au-Vent? — Moi-même, en personne. — Crois-tu pouvoir entrer? — J'en suis sûr. — Par où ? — Il y a une tabatière au toit; je sante dans le grenier et j'attends. — Tu n'attendras pas longtemps. — Combien de temps, à peu près? — Dix minutes. — Va pour dix minutes; quand l'église Saint-Jacques sonnera onze heures, je ferai le saut.

Et il disparut.

— Bon, dit M. Jackal; Carmagnole les surveille à gauche, Papillon par derrière, Vol-au-Vent va pénétrer dans la maison elle-même. Je crois que c'est le moment d'entrer.

Et de l'endroit où il était, M. Jackal, enfonçant dans sa bouche le doigt du milieu de chacune de ses mains, fit entendre un coup de sifflet, auquel répondirent huit ou dix coups de sifflet semblables. Puis de toutes les rues adjacentes à la rue des Postes accoururent des hommes qui, réunis au premier noyau, atteignirent le nombre de quinze.

Quatre de ces hommes étaient armés de gourdins qu'ils tenaient à la main, quatre autres avaient des pistolets à la ceinture, quatre autres tenaient des épées nues sous leurs manteaux, deux avaient des torches.

Ces quinze hommes se rangèrent dans l'ordre suivant : les deux porteurs de torche, tout prêts à allumer leurs fanaux, se placèrent l'un à droite, l'autre à gauche de M. Jackal; les huit hommes armés, placés deux par deux, venaient derrière lui; Longue-Avoine commandait les quatre qui formaient l'arrière-garde. Ces préparatifs de siége ne se firent pas sans un peu de bruit. Mais M. Jackal se retournant, et voyant chacun à son poste :

— Silence, maintenant, dit-il, et que ceux qui ont des sentiments religieux, comme Longue-Avoine, fassent leur prière s'ils ont peur.

Puis à ces mots, tirant un casse-tête de sa poche, il s'approcha de la porte, et frappa trois coups avec un des pommeaux de plomb qui garnissaient les deux extrémités, en disant :

— Ouvrez, au nom de la loi!

Puis il colla son oreille à la serrure. Pas un souffle humain n'empêchait M. Jackal d'entendre le bruit de l'intérieur; les quinze alguazils semblaient changés en quinze statues. Mais rien ne troubla le silence qui succéda au retentissement de ces trois coups. Au bout de ces cinq minutes d'auscultation inutile, M. Jackal releva la tête, frappa encore trois coups à égale distance, et répéta la formule sacramentelle :

— Ouvrez, au nom de la loi!

Et il colla de nouveau son oreille contre la porte. Mais n'entendant rien, pas plus cette seconde fois que la première, il frappa une troisième fois. Il n'obtint pas plus de réponse qu'à ses deux appels précédents.

— Allons, Messieurs, dit-il, puisque l'on s'obstine à ne pas nous ouvrir, ouvrons nous-mêmes.

Et tirant une clef de sa poche, il l'introduisit dans la serrure, qui céda à l'instant. La porte s'ouvrit.

LA MAISON MYSTÉRIEUSE.

TYP. J. CLAYE.

XV

PARTEZ, MUSCADE.

Deux hommes restèrent dans la rue, le pistolet au poing, tandis que M. Jackal, passant la main dans la double corde roulée autour de son casse-tête, poussait violemment la porte et entrait le premier. Les deux porteurs de torches le suivirent, et le reste de l'escouade entra dans le même ordre que nous avons dit.

La pièce dans laquelle nous avons pénétré ainsi, du premier coup, était une espèce d'antichambre de trois ou quatre mètres de longueur, et de six pieds de large environ. C'était, comme on le voit, un long couloir blanchi de haut en bas à la chaux et aboutissant à une porte de chêne si épaisse et si solide, que les trois coups qu'y frappa M. Jackal ne retentirent pas plus que s'ils eussent été frappés sur un mur de granit.

Aussi, M. Jackal parut-il remplir la triple formalité pour l'acquit de sa conscience; puis, cette formalité remplie, il tenta à nouveau d'ébranler la porte, mais inutilement. La porte était sourde, muette, insensible; on eût dit la porte de l'enfer.

— Inutile, dit M. Jackal, il faudrait le bélier de Duillius ou les catapultes de Godefroy de Bouillon. Où sont les rossignols, Brin-d'Acier?

Un homme s'avança, et remit à M. Jackal un trousseau de clefs et de crochets. Mais la porte ne se laissa pas plus crocheter qu'elle ne se laissa enfoncer. Il était clair que la porte était barricadée en dedans. Un moment M. Jackal crut que cette porte n'en était pas une, et qu'un artiste du plus grand talent avait tout simplement, dans un moment de caprice, peint une porte de chêne sur une muraille.

— Allumez des torches, dit M. Jackal.

On alluma toutes les torches; c'était bien véritablement une porte. Un autre eût poussé des exclamations ou eût fait une grimace de désappointement, ou tout au moins se fût gratté le nez; mais les lèvres minces de M. Jackal ne remuèrent pas, son œil fauve ne changea point d'expression, son visage affecta au contraire la plus béate quiétude; il rendit clefs et rossignols à Brin-d'Acier, tira de la poche droite de son gilet sa tabatière, prit une prise de tabac qu'il sembla tamiser et raffiner entre le pouce et l'index, puis, la portant à son nez, il la huma avec volupté.

Il fut interrompu, au beau milieu de cette occupation, par un cri qui semblait poussé dans les combles de la maison, et par un bruit étrange qui retentit de l'autre côté de la porte. On eût dit celui de la chute d'un corps tombant d'un cinquième étage, et celui d'un crâne éclatant sur une dalle. Puis, rien; aucun son perceptible, un silence effrayant, le silence de la mort.

— Diable! murmura M. Jackal, en faisant cette fois une grimace qu'il eût été impossible d'analyser, tant elle était complexe, c'est-à-dire mélangée d'ennui, de pitié, de dégoût et de surprise. Diable, diable, répéta-t-il sur deux ou trois tons différents. — Qu'y a-t-il donc? demanda en blêmissant le sensible Longue-Avoine, qui étudiait la figure du patron, mais sans pouvoir la comprendre. — Il y a, répondit M. Jackal, que le pauvre garçon est probablement mort. — Qui cela, mort? demanda Longue-Avoine en louchant en dedans, au lieu de loucher en dehors. — Qui donc? Vol-au-Vent, pardieu! — Vol-au-Vent mort! murmurèrent en chœur les argousins. — J'en ai grandement peur, fit M. Jackal. — Et pourquoi Vol-au-Vent serait-il mort? — D'abord, j'ai cru reconnaître sa voix dans le cri que nous avons entendu; et s'il est tombé d'une soixantaine de pieds, comme je le suppose, car on peut mesurer la hauteur d'une chute par le fracas qu'elle produit, eh bien, s'il est tombé d'une soixantaine de pieds, il y a au moins soixante chances sur cent qu'il soit mort du coup, ou que nous le retrouvions bien malade.

Ce silence sinistre qui avait suivi le bruit de la chute suivit les paroles de M. Jackal. Puis on entendit le bruit d'une seconde chute, mais chute plus légère; on eût dit que quelqu'un venait de sauter à pieds joints d'une hauteur d'une douzaine de pieds sur le parquet de la salle. Du moins, ce fut l'opinion de M. Jackal, et il persista, malgré les arguments de Longue-Avoine, dans cette opinion qui était, on va le voir, d'une justesse admirable. Cinq secondes après, on entendit derrière la porte le murmure d'une voix qui disait :

— Est-ce vous, monsieur Jackal? — Oui. Est-ce toi, Carmagnole? — Oui. — Peux-tu nous ouvrir? — Je le crois. Seulement, il fait sombre comme dans un four, je vais allumer. — Allume. As-tu les rossignols? — Je ne marche jamais sans mes oiseaux, monsieur Jackal.

Et l'on entendit le bruit d'une serrure que l'on crochetait. Mais la porte sembla redoubler de résistance.

— Eh bien? demanda M. Jackal. — Attendez, j'y suis, dit Carmagnole, il y a d'abord deux verrous.

Il tira les deux verrous.

— Puis une barre. Ah! diable, la barre est tenue par un cadenas. — As-tu une lime? — Non. — Je vais t'en passer une par-dessous la porte.

Et M. Jackal passa en effet, par-dessous la porte, une lime fine et mince comme une feuille de papier. On entendit pendant une minute le bruit de l'acier qui mordait le fer. Puis la voix de Carmagnole qui disait :

— C'est fait.

Puis le bruit de la lourde barre de fer qui retombait sur la dalle. En même temps, la porte s'ouvrit.

— Ah! dit Carmagnole en s'effaçant pour donner passage à son patron, nous en sommes venus à bout, troun de l'air! Ce n'est pas sans peine.

M. Jackal, à la lueur du rat-de-cave de Carmagnole et de ses deux torches, jeta un coup d'œil rapide dans l'intérieur de la salle. Elle était vide.

— Seulement, vers le milieu, gisait une masse informe et sans mouvement.

M. Jackal fit un mouvement de la tête et de la bouche qui signifiait :

— Je l'avais bien dit! — Ah! oui, dit Carmagnole, vous regardez. — Oui. C'est lui, n'est-ce pas? — Je l'ai reconnu à son cri, c'est ce qui m'a fait me presser. Tiens, ai-je dit à la Barbette, voilà Vol-au-Vent qui nous dit bonsoir. — Il est mort? — Tout ce qu'il y a de plus mort. — On fera deux cents francs de pension à sa veuve, dit solennellement M. Jackal; maintenant revenons à l'essentiel, examinons le terrain.

Et les agents, précédés de M. Jackal, entrèrent à sa suite dans une chambre, ou plutôt dans une salle qui mérite une description toute particulière. Qu'on imagine, en effet, une immense salle circulaire, bâtie dans toute la longueur et toute la hauteur de la maison, c'est-à-dire de soixante pieds de large en tous sens, sur soixante pieds de haut, comme l'avait, d'après le bruit produit par la chute du corps de Vol-au-Vent, si judicieusement estimé M. Jackal; pavée en dalles, avec des murs blanchis à la chaux, s'élevant des fondations au toit bâti en coupole, et éclairée par une fenêtre à tabatière. C'était immédiatement au-dessous de cette fenêtre que gisait le corps de Vol-au-Vent.

D'un côté, du côté qui donnait chez la Barbette, la muraille était éventrée à une hauteur de douze ou quinze pieds; une vieille femme, sa chandelle à la main, regardait curieusement par l'ouverture en faisant force signes de croix.

L'ensemble du décor avait quelque analogie avec le temple de Vénus qui s'élève au bord du golfe de Baïa; ou plus exactement encore, avec notre Halle aux Blés, entièrement veuve de ses sacs de farine.

Ce qui complétait cette ressemblance, c'était l'absence totale de tous meubles, ustensiles, objets quelconques. Aucun vestige d'habitants, une nudité absolue, une solitude complète; on se fût cru dans les ruines de quelque habitation cyclopéenne, habitée autrefois par des Titans.

M. Jackal fit le tour de la salle, et en accomplissant le périple il sentit la sueur de l'amour-propre blessé perler sur son front. M. Jackal était évidemment mystifié. Il regarda autour de lui, en haut et en bas. Rien au plafond que la fenêtre par laquelle était tombé Vol-au-Vent. Rien aux parois, que l'ouverture par laquelle avait sauté Carmagnole. Ce point principal vérifié, on en revint à la chose secondaire, c'est-à-dire au cadavre de Vol-au-Vent, lequel, comme nous avons dit, gisait au-dessous de la fenêtre, nageant dans une mare de sang, les membres disloqués, le crâne ouvert.

— Le malheureux! murmura M. Jackal, moins par pitié que pour prononcer, d'une façon quelconque, l'oraison funèbre d'un brave mort au champ d'honneur. — Mais comment cela s'est-il fait, demanda Longue-Avoine, et quelle idée a eue Vol-au-Vent de faire un saut de soixante pieds?

M. Jackal haussa les épaules sans daigner répondre à Longue-Avoine. Mais Carmagnole prenant la parole dont son chef dédaignait d'user :

— Quelle idée? dit-il; il est clair que Vol-au-Vent n'a pas eu d'idée du tout: il a cru sauter du toit dans une mansarde, et il a sauté du toit à un rez-de-chaussée. Ce n'est pas moi qui ferais une boulette comme celle-là. — Et comment as-tu fait, toi? demanda M. Jackal; car je présume que tu n'as pas eu l'imprudence de faire ce que fait la Barbette en ce moment, de regarder avec une chandelle avant de sauter. — Ah! bien, oui. — Voyons, j'écoute, dit M. Jackal qui n'écoutait pas du tout, mais qui n'était pas fâché de cacher son désappointement sous le voile de l'attention. — Eh bien, vous savez une chose, c'est que nous sommes presque tous pêcheurs ou matelots, dans les villes du littoral de la Méditerranée, depuis les Martigues jusqu'à Alexandrie, et depuis Alexandrie jusqu'à Cette. — Après? fit M. Jackal, furetant des yeux de tous côtés, et ne laissant causer son acolyte que pour gagner du temps. — Eh bien, continua Carmagnole, qu'est-ce que nous faisons, quand nous voulons pêcher ou entrer sûrement dans le port? Nous sondons le fond. Qu'ai-je fait? J'ai descendu mon fil à plomb, et quand j'ai vu qu'il n'y avait que trois brasses de vide et fond de dalle, j'ai sauté en pliant les jambes, ayant fait un peu de gymnastique avec un pompier de mes amis. — Mon cher Carmagnole, reprit M. Jackal, si bon pêcheur que tu sois, j'ai peur, cette fois-ci, que nous ne nous en revenions sans le moindre goujon. — En effet, dit Carmagnole, je voudrais bien savoir ce que sont devenus les soixante gaillards que nous avons vus entrer dans la maison. — Nous les avons bien vus, n'est-ce pas ? demanda M. Jackal. — Parbleu ! — Eh bien, évanouis, envolés, disparus ; partez, muscade, le tour est fait ! — Oh ! oh ! dit Carmagnole, soixante hommes ne disparaissent pas commme une bague ou comme une montre, ou comme Jean de Vire, quand le diable y serait ! — Le diable y est, fit M. Jackal, mais ils n'y sont pas. — Je sais bien que cette grande coquine de voûte a l'air d'un gobelet d'escamoteur, mais soixante hommes ! Il doit y avoir quelque double fond. — Où peuvent-ils être, M. Jackal ? demanda Longue-Avoine à son chef, confiant qu'il était dans l'infaillible perspicacité de celui-ci.

Mais cette fois, M. Jackal avait parfaitement perdu la piste.

— Morbleu ! dit-il, tu comprends bien, imbécile, que puisque je ne puis m'expliquer la chose à moi-même, je ne vais pas même essayer de te l'expliquer à toi.

Puis, se retournant vers ses acolytes :

— Voyons, que faites-vous là, à me regarder comme des imbéciles, vous autres ? Sondez les murailles avec le bout de vos bâtons, avec la pointe de vos épées, avec les crosses de vos pistolets.

Les porte-gourdins, les porte-épées, les porte-pistolets obéirent immédiatement, et se mirent à frapper avec acharnement contre la muraille. Mais la muraille, questionnée aussi brutalement, répondit d'une voix mâle, mais non creuse, comme l'avait vaguement espéré M. Jackal.

— Décidément, mes enfants, dit-il, nous avons affaire à plus fins que nous. — Ou, comme on dit vulgairement, fit Carmagnole, nous sommes refaits. — Voyons, une dernière tournée avec les porte-torches.

Comme l'avait dit M. Jackal, les porte-torches alors éclairèrent la marche : M. Jackal venant derrière avec son casse-tête, puis les porte-gourdins, les porte-épées et les porte-pistolets. Quiconque fût entré en ce moment et eût vu ces hommes ainsi acharnés contre les murailles, les eût pris, à coup sûr, pour des insensés.

Lorsque les murailles eurent partout répondu non, on passa des murailles aux dalles, et l'on exécuta sur les susdites dalles le même travail de martelage qu'on avait exécuté sur la muraille. Peine perdue ; on ne sentait pas le moindre vide, on ne voyait pas la moindre gerçure.

Au bout d'une heure de cet exercice inutile, il fallut y renoncer comme on avait renoncé au premier ; et, à défaut d'autres matières, se frapper le front pour en tirer quelque chose de plus utile que ce que l'on avait tiré et des murs et du parquet.

On entra donc en grande conférence, mais comme il fut prouvé, d'après les renseignements précédemment et présentement recueillis, que cette maison n'avait pas de caves, et qu'elle n'était composée que de l'antichambre et de la salle, tous les agents, à l'exception de leur chef, donnèrent leur langue aux chiens, et trouvèrent plus simple de dire qu'il y avait là-dessous quelque mystère ou quelque magie, que de chercher plus longtemps le mot de ce mystère, le secret de cette magie. Seul, M. Jackal ne désespérait pas.

XVI

LE PUITS-QUI-PARLE.

Deux hommes enlevèrent le cadavre disloqué de Vol-au-Vent et le transportèrent de l'intérieur à l'extérieur. Six hommes restèrent dans la salle. Puis on éteignit les torches, et M. Jackal sortit de la maison, suivi de Carmagnole et de Longue-Avoine, que suivait le reste de la troupe.

On laissa dans la rue les deux hommes qui étaient restés dehors ; ils devaient se promener jusqu'au jour du haut en bas de la rue des Postes.

M. Jackal se dirigea, aussi morne, aussi silencieux qu'Hippolyte, la tête aussi basse que celle de ses chevaux, occupé d'une pensée non moins triste que celle qui occupait l'esprit de ces nobles animaux, vers la rue du Puits-qui-Parle. Immédiatement derrière M. Jackal, venaient Carmagnole et Longue-Avoine.

Derrière Carmagnole et Longue-Avoine, marchait à pas mesurés sur ceux du chef et des deux agents principaux le reste de la brigade. Mais au moment d'entrer dans la rue du Puits-qui-Parle, M. Jackal s'arrêta. Carmagnole et Longue-Avoine, voyant leur chef s'arrêter, s'arrêtèrent à leur tour.

Le reste de la troupe suivit l'exemple et fit halte. Des gémissements semblaient sortir de dessous les pavés. C'étaient ces gémissements qui avaient frappé l'oreille exercée de M. Jackal, et il s'était arrêté pour tâcher de découvrir d'où ils venaient.

— Aux écoutes, dit M. Jackal.

Aussitôt chacun tendit l'oreille, les uns demeurant debout et immobiles à l'endroit où ils étaient, les autres en collant leur orifice auditif le long de la muraille, les autres en appliquant, comme les sauvages de l'Amérique, le même orifice auditif contre les pavés. Le résultat de l'auscultation fut qu'un homme poussait d'effroyables gémissements, et que ces gémissements paraissaient sortir du centre de la terre. Mais à quel endroit précis ces gémissements étaient-ils poussés? c'est ce que personne ne pouvait dire.

— Décidément, dit M. Jackal, je commence à croire que j'étais le jouet de quelqu'habile enchanteur. Soixante hommes évaporés comme autant de bulles de savon, les pavés qui appellent au secours, les gémissements qui viennent on ne sait d'où, comme dans la *Jérusalem délivrée* du Tasse, tout cela, mes enfants, donne à notre recherche l'importance d'un combat avec une puissance occulte. Ne nous décourageons pas, néanmoins, et cherchons la clef de ces fantastiques accidents.

Après ce speech destiné à remonter le moral de ses hommes, que la mort de Vol-au-Vent et la disparition des conspirateurs avait quelque peu abattus, M. Jackal tendit de nouveau l'oreille, et chaque homme retenant son souffle, on entendit distinctement les plaintes d'une créature humaine qui semblait enfouie à cent pieds sous terre. M. Jackal se dirigea vers un point de la rue, et frappant du poing un volet élevé à trois ou quatre pieds de terre :

— Le bruit vient d'ici, dit-il.

Carmagnole approcha.

— En effet, dit-il, la voix semble sortir de ce puits, et j'ajouterai que ce n'est pas étonnant, pour moi du moins, puisque nous avons affaire au Puits-qui-Parle.

Plusieurs de nos lecteurs ignorent sans doute jusqu'au nom de la rue et jusqu'à l'existence du Puits-qui-Parle. Hâtons-nous donc de leur dire que cette rue est située entre la rue des Postes et la rue Neuve-Sainte-Geneviève, et qu'à la base de l'angle de cette rue, en retour sur la rue des Postes, est un puits fermé au-dessus de la margelle par un volet.

Ce puits, c'est celui qui a donné son nom à la rue. Pendant le moyen âge, les habitants de ce quartier ne passaient point sans frémir, une fois la nuit venue, dans cette rue, terminée par un puits béant.

En effet, plusieurs bourgeois des plus braves, plusieurs écoliers des moins timorés, déclaraient avoir entendu sortir du gouffre des bruits étranges, des éclats de voix bizarres, des chants proférés dans une langue inconnue; d'autres fois, c'était le son de marteaux gigantesques retentissant sur d'immenses enclumes; tantôt le retentissement de chaînes de fer dont on semblait, pendant des heures entières, égrener les anneaux sur des dalles de marbre.

De plus, l'ouïe n'était pas le seul sens qui fût désagréablement affecté lorsqu'on passait dans la rue ou lorsqu'on demeurait aux environs de ce soupirail de l'enfer; il en sortait mille odeurs infectes, mille miasmes délétères, des émanations de soufre et de charbon, toutes causes suffisantes aux pestes, aux fièvres qui désolèrent particulièrement le quatorzième et le quinzième siècle.

Qui causait ce bruit? qui répandait ces miasmes putrides? nous l'ignorons. La légende se contente de constater le fait, sans remonter ou plutôt descendre à la source ; seulement, ainsi qu'on fait lorsqu'on ignore la cause d'un bruit souterrain, on accusait une bande de faux-monnayeurs d'habiter les cavernes avec lesquelles le puits était en communication.

De leur côté, les âmes religieuses voyaient là, tout à la fois, une menace terrible et un avertissement charitable du Seigneur, qui permettait que le bruit des gémissements des damnés montât jusqu'à la terre par ce formidable puits, qui leur servait de conducteur.

Il est certain qu'un puits d'où jaillissaient de pareilles rumeurs et qui répandait de pareilles exhalaisons, pouvait être, avec raison, nommé le Puits-qui-Parle, et, comme venait de le faire judicieusement observer Carmagnole, un puits qui, au quatorzième et au quinzième siècle, avait jeté de si grands cris, pouvait, au dix-neuvième, pousser quelques gémissements!

Disons que, depuis quelques années déjà, en 1827, le puits était fermé aux habitants du quartier, soit parce qu'il était à sec, soit parce que le préfet de police avait cru devoir déférer aux réclamations de quelques voisins timorés.

— Enlevez-moi cette porte-là, dit M. Jackal à un de ses hommes.

Celui auquel l'ordre était donné s'avança avec une pince: mais au premier effort qu'il fit, il s'aperçut que le cadenas était brisé. La porte céda donc sans résistance. M. Jackal passa sa tête par l'ouverture, prêta l'oreille et entendit sortir des entrailles de la terre ces mots prononcés par une voix caverneuse :

— Seigneur! Seigneur! faites un miracle pour votre tout dévoué serviteur.

— C'est une personne religieuse, dit Longue-Avoine en se signant. — Seigneur! Seigneur! continua la voix, je confesse tous mes péchés, et je m'en repens. Seigneur! Seigneur! faites-moi la grâce de revoir la lumière du ciel, et je passerai le reste des jours que je vous devrai à bénir votre nom. — C'est particulier, dit M. Jackal; il me semble que je connais cette voix-là.

Et il écouta plus attentivement encore. La voix reprit :

— J'abjure mes erreurs, je confesse mes crimes. J'avoue avoir été toute ma vie un abominable scélérat, mais je crie grâce des profondeurs de l'abîme. — *De profundis clamavi ad te*, psalmodia Longue-Avoine, en priant pour le pécheur inconnu. — Bien certainement j'ai déjà entendu cette voix-là, murmura M. Jackal, qui avait au plus haut degré la mémoire des sons. — Moi aussi, dit Carmagnole. — Si Gibassier n'était pas en ce moment au bagne de Toulon où il doit se trouver plus chaudement qu'ici, reprit M. Jackal, je dirais que c'est lui qui est *in extremis*, et qui fait son examen de conscience.

Le personnage qui était au fond du puits entendit sans doute cet échange de paroles au-dessus de sa tête, car, changeant subitement d'intonation, il hurla plutôt qu'il ne cria :

— A l'aide! au secours! à l'assassin!

M. Jackal secoua la tête.

— Il crie à l'assassin, dit-il; ce ne peut être Gibassier, à moins qu'il n'appelle du secours contre lui-même. — Au secours! sauvez-moi! répéta la voix. — Tu demeures dans le quartier, Longue-Avoine? demanda M. Jackal. — A deux pas d'ici. — Tu dois avoir un puits? — Oui, Monsieur. — Alors, à ton puits il y a une corde? — De cent cinquante pieds. — Va chercher ta corde. — Pardon, monsieur Jackal...? demanda Longue-Avoine. — Il reste une poulie; rien de plus facile que de descendre.

Longue-Avoine fit une moue qui signifiait : Facile pour vous peut-être, mais pas pour moi.

— Eh bien? fit M. Jackal. — On y va, Monsieur, dit Longue-Avoine; et il disparut du côté de l'impasse des Vignes.

Cependant la voix continuait toujours, et sur le plus haut ton de la gamme, non plus cette fois en pécheur repentant, mais en blasphémateur, jurant de la plus épouvantable façon.

— Sauvez-moi, mille dieux! au secours! sacré nom! on m'assassine, cré tonnerre! enfin tous les jurons que Galilée-Copernic avait exigés de Fafiou pour donner plus de solennité à ses engagements.

Toutefois, les jurons que peut se permettre un pitre sur les tréteaux ne sont point excusables de la part d'un homme enterré provisoirement à cent pieds sous terre. M. Jackal pencha la tête du côté du puits, et criant au patient impatienté :

— Eh! mille noms d'un diable! attends, on y va. — Dieu vous le rende, répondit l'inconnu, complétement calmé par cette promesse.

Sur ces entrefaites, Longue-Avoine reparut, portant entre ses bras la corde de son puits roulée en forme de 8.

— Bon, fit M. Jackal, passe ta corde dans la poulie; maintenant tu as une ceinture solide, n'est-ce pas? — Oh! quant à cela, oui, monsieur Jackal. — Eh bien, nous allons t'accrocher par ta ceinture, et tu vas descendre au fond de cela.

Longue-Avoine recula de trois pas.

— Eh bien, qu'est-ce qui te prend? demanda M. Jackal; est-ce que tu refuses de descendre dans ce puits? — Non, monsieur Jackal, répondit Longue-Avoine, je ne refuse pas positivement, mais je ne veux pas accepter non plus. — Et pourquoi cela? — Il m'est formellement interdit par mon médecin de séjourner dans les endroits humides, à cause de la disposition que j'ai aux rhumatismes, et j'ose dire que je crois le fonds de ce puits rempli d'humidité. — Je te savais bien poltron, Longue-Avoine, dit M. Jackal, mais pas encore à ce point-là. Allons, défais ta ceinture et donne-la-moi. C'est moi qui descendrai. — Mais ne suis-je pas là, monsieur Jackal, moi? dit Carmagnole. — Je sais que tu es brave, Carmagnole. Mais j'ai réfléchi ; je préfère descendre. Je ne sais pas pourquoi, mais j'ai bonne opinion de ce que j'apprendrai au fond de ce puits. — Naturellement, dit Carmagnole ; ne dit-on pas que c'est là qu'on rencontre la vérité ? — On le dit, en effet, spirituel Carmagnole, dit M. Jackal en fixant autour de ses reins la ceinture de Longue-Avoine, ceinture semblable à celle de nos pompiers, c'est-à-dire large de quatre pouces environ et au centre de laquelle était fixé un anneau. Et maintenant, continua M. Jackal, deux hommes vigoureux pour maintenir cette corde. — Me voilà, se hâta de dire Carmagnole. — Non, pas toi, dit M. Jackal, refusant aussi vivement que Carmagnole avait offert. J'ai grande confiance en tes forces morales, mais aucune foi dans tes forces physiques.

Deux des porteurs de torches, deux hommes courts, trapus, carrés, robustes et noueux comme des chênes, s'emparèrent d'une des extrémités de la corde ; l'un d'eux l'attacha solidement autour de la taille de son camarade et fit lui-même un nœud autour de son poignet, après l'avoir préalablement passée dans la poulie. Après quoi M. Jackal ayant fait entrer l'anneau dans le crampon de fer attaché à l'autre bout de la corde, monta sur la margelle du puits et dit à ses hommes d'une voix dans laquelle il était impossible de remarquer la moindre altération :

— Attention, enfants.

XVII

OU IL EST PROUVÉ QU'IL N'Y A QUE LES MONTAGNES QUI NE SE RENCONTRENT PAS.

Les deux hommes, le genou gauche contre la margelle du puits, le pied droit un peu en arrière, attendaient un dernier ordre. M. Jackal les regarda en relevant ses lunettes, quoique, de la position élevée où il était, il pût parfaitement les voir sans prendre cette peine. Puis, passant momentanément sa canne sous son bras.

— Ah ! fit-il.

Et comme un homme qui, à l'heure du voyage, oublie quelque chose d'important, il fouilla à sa poche, en tira sa tabatière, l'ouvrit avec convoitise, y fourra le pouce et l'index, et se bourra le nez d'une énorme prise de tabac. Après quoi il reprit sa canne, meuble qui n'était pas sans importance dans la descente qu'il allait tenter.

— Et maintenant, y êtes-vous? demanda-t-il. — Oui, monsieur Jackal, répondirent les deux hommes. — En avant, alors, et lentement, sans secousses, les parois de ce puits n'étant pas précisément capitonnées.

Et d'une main saisissant la corde à un pied au-dessus de sa tête, tandis que de l'autre, à l'aide de sa canne, il comptait toujours se tenir à une distance convenable de la muraille, il se laissa aller, le corps se tenant en parfait équilibre au milieu de l'espace, au centre du puits.

— Lâchez doucement, et de temps en temps un temps d'arrêt, allez !

Les deux hommes lâchèrent la corde pouce à pouce, et M. Jackal disparut peu à peu dans le puits.

— Très-bien, très-bien, dit-il d'une voix qui, grâce à l'immense porte-voix qui lui servait de conducteur, commençait à devenir aussi lugubre que celle de l'inconnu.

Celui-ci, qui sentait venir à son secours, avait cessé ses lamentations.

— Oh ! ne craignez rien, cria-t-il à M. Jackal, ce n'est pas très-profond : une centaine de pieds, à peine.

M. Jackal ne répondait rien, l'idée qu'il avait encore une vingtaine de mètres à parcourir pour arriver jusqu'en bas, lui donnait des préoccupations. Inutilement son regard eût voulu plonger dans l'obscurité, il était dans un gouffre plein de ténèbres.

— Allez toujours, dit-il, un peu plus vite, seulement.

Et il ferma les yeux. Sa descente devint alors plus rapide, et au bout de huit ou dix brasses de corde, il mettait le pied sur ce sol, dont l'humidité avait tant effrayé Longue-Avoine.

— Eh! dit-il à l'inconnu, vous ne me prévenez pas que vous êtes dans l'eau jusqu'au derrière. — J'en suis bien heureux, Monsieur, répondit l'inconnu, c'est cette eau qui m'a sauvé ; sans cette eau, je me rompais le cou ; mais là, tenez, en face de moi, il y a une espèce de promontoire où vous serez à pied sec ou à peu près ; d'ailleurs, vous ne comptez pas séjourner ici, n'est-ce pas? — Non pas indéfiniment, répondit M. Jackal ; mais cependant peut-être bien pendant quelques minutes.

M. Jackal, à l'aide de sa canne, dévia de la ligne droite et atteignit le promontoire indiqué. A peine son pied s'y était-il posé, qu'il sentit ses jambes étreintes par les bras de l'inconnu, qui, l'enlaçant de toutes les forces qui lui restaient, lui baisait les pieds en signe de reconnaissance, lui répétant sur tous les tons de la joie et du bonheur :

— Vous me sauvez la vie, vous me délivrez de la mort! A partir de cette minute, je vous suis dévoué corps et âme.—C'est bien, c'est bien, dit M. Jackal, qui sentait que les mains reconnaissantes de l'inconnu s'égaraient du côté de sa montre. Dites-moi d'abord comment vous vous trouvez ici, mon ami. — J'ai été volé, assassiné, mon cher Monsieur, et jeté dans ce puits. — C'est bien, dit M. Jackal ; lâchez-moi. Et depuis combien de temps êtes-vous dans ce puits? — Oh ! Monsieur, le temps paraît bien long dans une pareille situation, et ils m'avaient pris ma montre. D'ailleurs, ajouta l'inconnu, me l'eussent-ils laissée, que je n'y verrais pas assez pour reconnaître l'heure. — C'est plein de sens, ce que vous dites là, reprit M. Jackal. Mais comme vous ne verriez pas plus à la mienne qu'à la vôtre, je vous prie de la laisser tranquille où elle est, ou plutôt où elle n'est plus, attendu que je vous préviens que je viens de la mettre en sûreté. — Eh bien! Monsieur, répondit l'inconnu sans se blesser le moins du monde des soupçons injurieux de M. Jackal, il doit y avoir une heure et demie à peu près que j'ai été assassiné. — Et connaissez-vous vos assassins? — Je les connais, oui, Monsieur. — Alors, vous pourrez les livrer à la justice? — Non, c'est impossible, au contraire. — Pourquoi cela ? — Ce sont des amis. — Très-bien ; je vous connais maintenant. — Vous me connaissez? — Oui : et vous êtes une de mes plus vieilles connaissances. — Moi? — Et quoique vous refusiez de me dire le nom de vos amis, je vous demande la permission de vous dire le vôtre. — Vous êtes mon sauveur, je n'ai rien à vous refuser. — Vous êtes Gibassier. — Vous n'étiez pas encore dans le puits que je vous avais reconnu, moi, monsieur Jackal. Comme on se retrouve, hein? — C'est vrai. Et depuis combien de temps sorti de Toulon, cher monsieur Gibassier? — Depuis un mois à peu près, mon bon monsieur Jackal. — Sans accident, j'imagine? — Sans accident, en effet. — Et depuis lors, vous vous êtes toujours bien porté? — Assez bien, je vous remercie; jusqu'à cette nuit, du moins, où j'ai été volé, assassiné, jeté dans ce puits, et pendant laquelle j'ai failli être rompu mille fois avant d'arriver jusqu'ici. — Et comment se fait-il, cher monsieur Gibassier, qu'étant tombé de si haut, je ne vous retrouve pas plus bas, car vous avez l'air de vous porter merveilleusement? — A deux ou trois coups de couteau près, oui, Monsieur, en effet, cela ne va pas mal ; et il faut, pour que je ne sois pas mort dix fois après une pareille chute, qu'il y ait vraiment un dieu pour les honnêtes gens. — Je commence, en effet, à le croire aussi, dit M. Jackal. Voyons, maintenant, vous plaît-il de me conter en quelques mots comment vous vous trouvez ici? — Avec le plus grand plaisir, mais pourquoi pas là-haut? — Là-haut, nous ne serions pas si libres que nous le sommes ici ; il y aurait des oreilles qui nous écouteraient, et puis, comme le disait judicieusement Carmagnole... — Je le connais. — Oui, je sais. — Et que disait Carmagnole, mon bon monsieur Jackal? — Il disait que la vérité était au fond du puits ; et vous comprenez, cher monsieur Gibassier, si ce n'était pas la vérité qui y est... — Eh bien ? — Eh bien, nous l'y laisserions. — Oh ! monsieur Jackal, je vous dirai tout, tout, tout! — Commencez, alors. — Par où? — Par le récit de votre évasion ; je vous connais pour un homme d'imagination, ce récit doit être rempli d'incidents nouveaux, romanesques et... — Oh! sous ce rapport, monsieur Jackal, dit Gibassier de l'air d'un artiste sûr de son effet, vous en serez content. Seulement, je regrette de ne pouvoir mieux vous faire les honneurs de la maison, et de n'avoir pas seulement un siége à vous offrir. — Que cela ne vous inquiète pas, j'en ai un, moi.

Et M. Jackal poussa un ressort de sa canne, qui aussitôt, comme dans les féeries, se développa en pliant. Relevant alors la tête.

— Eh! là-haut, dit-il. — Plaît-il, monsieur Jackal? répondirent les agents. — Causez de vos petites affaires et ne vous inquiétez pas de moi, j'ai les miennes. Puis s'asseyant : Commencez, cher monsieur Gibassier, j'écoute. Les aventures arrivées à un personnage de votre importance intéressent la société tout entière. — Vous me flattez, monsieur Jackal. — Non, je vous le jure, je proclame seulement la vérité. — Alors, je commence. — Je vous attends déjà depuis plusieurs secondes.

Et l'on entendit le bruit que faisait M. Jackal en prenant une énorme prise de tabac.

XVIII

LE LIERRE ET L'ORMEAU.

Cette permission donnée par M. Jackal, Gibassier commença en effet.

— Vous me permettez de donner un titre à cette romanesque aventure, n'est-ce pas, mon bon monsieur Jackal? Les titres ont cela de bon qu'ils résument en quelques mots l'idée prédominante du poëme, du roman ou du drame. — Vous parlez de la chose en écrivain consommé, dit M. Jackal. — Monsieur, j'étais né pour être homme de lettres. — Mais vous n'avez point raté votre vocation, il me semble. N'avez-vous point été condamné une fois pour fausse lettre de change? — Deux fois, monsieur Jackal. — Donnez donc un titre à votre aventure. Mais faites vite, le plancher de notre parloir n'étant pas des plus secs. — Je l'appellerai donc *le Lierre et l'Ormeau!* Titre emprunté, si je ne m'abuse, au bon La Fontaine, ou à tout autre fabuliste. — Il n'importe.

— « Je m'ennuyais au bagne: que voulez-vous, je n'aime pas le bagne, je ne puis pas m'y faire; soit que la société qu'on y rencontre ne me convienne en aucune façon, soit que la vue de mes frères souffrants me remplisse de tristesse et de commisération; enfin, tant il y a que le séjour du bagne ne saurait me convenir. Je ne suis plus de la première jeunesse, et les illusions dont je me berçais naguère en songeant que j'habitais Toulon, ce Chanaan des forçats, ces illusions se sont depuis longtemps envolées. Je n'entre plus au bagne qu'avec fatigue, avec ennui, avec dégoût, comme un homme blasé. Le bagne n'a plus rien de séduisant pour mon imagination. La première fois qu'on y va, c'est une maîtresse inconnue; la seconde fois, c'est votre légitime, c'est-à-dire une femme dont les charmes n'ont plus aucun secret pour vous, et que la satiété est toute prête à vous faire prendre en exécration.

« J'arrivai donc cette fois à Toulon plein de mélancolie, morose, presque spleenétique. Encore si l'on m'eût envoyé à Brest: je ne connais pas Brest; le séjour de Brest m'eût rajeuni, reconforté, peut-être. Mais point. J'eus beau adresser pétition sur pétition au ministre de la justice, sous prétexte d'hygiène, le ministre fut inexorable.

« Je repris donc ma chaîne; et il est probable que je l'eusse apathiquement traînée jusqu'à ma dernière heure, si la société d'un camarade, jeune, naïf et bon, comme je l'ai été moi-même autrefois, ne m'eût rendu tout à coup à mes premiers enthousiasmes d'amour de la liberté. »

M. Jackal, qui avait légèrement toussé, quand Gibassier avait rappelé sa naïveté et sa bonté primitives, profita de la halte qu'en orateur habile faisait son interlocuteur.

— Gibassier, lui dit-il, si l'Amérique perdait son indépendance, je suis sûr que c'est vous qui la retrouveriez. — Je n'en doute pas plus que vous, monsieur Jackal, répondit Gibassier. « Je disais donc que le jeune homme auquel j'étais accouplé, avec lequel j'allais à la fatigue, mon compagnon de chaîne, en un mot, était un enfant de vingt-trois à vingt-quatre ans; il était blond, frais et rose comme une paysanne normande : la limpidité de ses yeux, la sénérité de son front, la pureté virginale de son visage, tout, jusqu'à son nom de *Gabriel*, faisait de lui une sorte de martyr, lui donnait enfin je ne sais quel air solenne qui l'avait à l'unanimité fait appeler *l'ange du bagne.*

« Ce n'était pas le tout : sa voix était en harmonie avec son visage, on eût dit le son d'une flûte ; c'est au point que moi, qui adore la musique, ne pouvant pas me donner là-bas le luxe d'un concert, je le faisais parler rien que pour écouter sa voix. »

— En un mot, dit M. Jackal, une attraction indicible vous attirait vers votre compagnon. — Attraction, c'est le mot. « D'abord, j'étais attiré vers lui par ma chaîne ; mais ce n'est pas la chaîne, il s'en faut, qui fait l'amitié. Il y avait, outre cela, une sympathie mystérieuse qui est restée une énigme pour moi. Il parlait peu ; mais, bien différent en cela des autres, chaque fois qu'il parlait, c'était pour dire quelque chose : un jour, c'était pour laisser tomber une sentence morale : il savait son Platon par cœur, et il en tirait des adages qui le consolaient sur la terre d'exil ; un autre jour, il se livrait à des outrages et à des diffamations envers les femmes, outrages et diffamations dont je vous prie de croire que je le reprenais, monsieur Jackal ; d'autres fois, au contraire, il s'enthousiasmait hautement pour le sexe tout entier, à l'exception d'une seule créature, qui, disait-il, était la cause première de sa fausse position ; aussi la maudissait-il à cœur joie. » — Et quel était son crime ? — Un crime de rien, une bêtise de jeune homme : un mauvais faux. — A combien d'années était-il condamné ? — A cinq ans. — Et il songeait à faire son temps ? — En entrant au bagne, ce fut d'abord son idée : il appelait cela une expiation ; mais précisément parce qu'on l'appelait l'ange du bagne, un jour il se rappela qu'il avait des ailes, et songea à les déployer et à s'envoler. — Vous êtes tout à fait poëte, Gibassier. — J'étais président de l'académie de Toulon, monsieur Jackal. — Continuez.

« Une fois l'idée de recouvrer sa liberté éclose en lui, il changea tout à coup de visage et d'allure. De tranquille, il devint grave ; de mélancolique, il devint sombre. Il ne m'adressait plus la parole qu'une ou deux fois par jour, et ne répondait à mes questions qu'avec le laconisme d'un Spartiate. » — Et vous ne deviniez pas la cause de ce changement, avec un esprit aussi profond que l'est le vôtre, cher monsieur Gibassier ? — Oh que si fait ! « De sorte qu'un soir, en rentrant de la fatigue, j'échangeai avec lui les paroles suivantes :

« — Jeune homme, je suis un vieux de la vieille ; je connais les bagnes comme maître Galilée-Copernic connaît les principales cours d'Europe. J'ai vécu avec des bandits de toutes les nuances, des forçats de toutes les encolures ; j'ai expérimenté la matière, et je puis dire, à première vue : voilà un confrère qui pèse trois, quatre, cinq, six, dix, vingt ans de travaux forcés. — Eh bien ! me dit-il avec sa voix douce, où voulez-vous en venir, Monsieur ? Il m'appelait *Monsieur* et ne me tutoyait jamais. — Appelez-moi milord, tout de suite, j'aime mieux cela, lui répondis-je. Eh bien ! voilà où j'en veux venir, *Monsieur,* à ceci tout simplement : je suis un physionomiste de seconde force ; » et en ne m'attribuant que le second rang, je pensais à vous, monsieur Jackal, et vous faisais hommage du premier.

— Vous êtes bien bon, mon cher Gibassier ; mais je vous avoue que pour le quart d'heure j'aimerais mieux une chaufferette que vos compliments. —

LE LIERRE ET L'ORMEAU.

TYP. J. CLAYE.

Croyez, mon bon monsieur Jackal, que si je possédais ce meuble, je m'en dessaisirais en votre faveur. — Je n'en doute pas; allez toujours.

Et M. Jackal prit une prise de tabac, afin de se réchauffer le nez à défaut des pieds.

— « Je suis donc, continua Gibassier, un physionomiste de première force, et je vais donc vous dire tout simplement, mon jeune ami, quelles pensées vous agitent.

« Il écouta attentivement.

« — Quand vous êtes arrivé ici, la nouveauté, le pittoresque, le côté original du bagne vous a séduit comme l'aspect d'un site nouveau, et vous vous êtes dit : Eh bien! avec un peu de philosophie et mes souvenirs de Platon et de saint Augustin, peut-être m'accommoderai-je peu à peu à cette vie simple, frugale, naïve, à cette existence de pasteurs. Peut-être, avec un tempérament lymphatique, vous y seriez-vous fait comme un autre; mais vif, ardent, passionné comme vous êtes, vous avez besoin d'espace et de grand air, et vous songez que cinq années, dont une bissextile, à passer ici, sont cinq de vos plus belles années perdues sans retour. Or, par une déduction toute logique de cette pensée, vous désirez vous soustraire plus vite à la destinée à laquelle une justice marâtre vous a condamné. Ou je suis un faux Gibassier, ou voilà le sujet de vos méditations. — C'est la vérité, Monsieur, répondit franchement Gabriel. — Je ne trouve rien de blâmable dans une pareille méditation, mon jeune ami; seulement, permettez-moi de vous dire qu'elle dure depuis un mois, que depuis un mois vous êtes fort maussade, et cela m'ennuie d'avoir un disciple de Pythagore à l'autre bout de ma chaîne, et que je trouve que le moment est arrivé de *festinare ad eventum*, comme dit Horace. Dites-moi donc quels sont vos projets et vos moyens? — Mon projet est de recouvrer ma liberté, répondit Gabriel; quant aux moyens, je les attends de la Providence. — Allons, vous êtes encore plus jeune que je ne pensais, jeune homme! — Que voulez-vous dire? — Je veux dire que la Providence est une vieille usurière qui ne prête qu'aux riches. — Monsieur, dit Gabriel, ne blasphémez pas. — Dieu m'en garde. Si cela me rapportait quelque chose, je ne dis pas. Mais où diable avez-vous vu que la Providence s'occupât des malheureux. Le mot de notre destinée est en nous, et il y a un vieux proverbe qui dit : *Aide-toi et le ciel t'aidera;* ce vieux proverbe, mon cher monsieur Gabriel, est d'une justesse parfaite; donc, présentement, la Providence n'a rien à voir ici, et c'est en nous-mêmes qu'il faut chercher les moyens d'évasion; car il va sans dire, jeune homme, que vous ne vous en allez pas sans moi : vous m'intéressez à ce point que je ne vous quitte pas d'une semelle, morbleu; ne songez donc pas à limer un de vos anneaux sans que je m'en aperçoive, car je ne dors jamais que d'un œil. D'ailleurs, vous avez le cœur bien placé, et vous comprenez qu'il serait trop ingrat d'abandonner un vieux compagnon. Ne tentez donc rien seul, attendu que nous sommes enchaînés l'un à l'autre comme le lierre et l'ormeau, ou, je vous en préviens, mon cher ami, au premier demi-tour à droite ou à gauche que je vous vois faire sans m'en prévenir, je ne suis pas cafard, moi, je vous dénonce. — Vous avez tort de me dire cela, Monsieur, je comptais vous proposer de fuir ensemble. — Bien, jeune homme, ce point arrêté, procédons méthodiquement : en premier lieu, votre franchise me plaît, et je vais vous donner une preuve d'affection que je pourrais dire paternelle, en vous confiant mes plans et en vous emmenant avec moi au lieu d'être emmené par vous. — Je ne vous comprends pas, Monsieur. — Naturellement, jeune homme, car si vous me compreniez, je ne me donnerais pas la peine de m'expliquer. Savez-vous d'abord, je vais voir du premier coup où vous en êtes, savez-vous d'abord quel est le premier élément d'une évasion ? — Non, Monsieur. — C'est cependant l'alpha du métier. — Faites-moi la grâce de me l'apprendre, alors. — Eh bien, c'est une *bastringue*. — Qu'est-ce que c'est que cela, une bastringue? » Il ne savait pas ce que c'est qu'une *bastringue*, monsieur Jackal! — J'espère, Gibassier, que vous ne l'avez pas laissé dans une pareille ignorance. — « Une *bastringue*, jeune homme, c'est un étui de fer-blanc, de sapin ou d'ivoire, la matière n'y fait rien, de six pouces de long et de dix ou douze lignes d'épaisseur, pouvant contenir à la fois un passe-port et une scie faite avec un ressort de montre. — Et où cela se trouve-t-il ? demanda Gabriel. — Cela se trouve... enfin, n'importe, voici le mien.

« Et, à son grand ébahissement, je lui montrai l'objet en question.

« — Alors, nous pouvons fuir, s'écria-t-il naïvement. — Nous pouvons fuir, lui dis-je, de même que vous pouvez, de vos pieds légers, aller vous promener jusqu'à l'endroit où la sentinelle fera feu sur vous. — Mais alors, demanda Gabriel découragé, à quoi vous sert cet ustensile? — Patience, jeune homme, chaque chose viendra à son tour. J'ai l'intention d'aller passer le carnaval à Paris, ensuite j'ai reçu une lettre d'intérêt qui me force à aller faire un tour dans la capitale, et cela d'ici à une quinzaine de jours. Je vous offre de m'accompagner. — Alors, nous allons donc fuir? — Sans doute, mais avec les précautions nécessaires, trop ardent jeune homme. Vous avez du courage et de la résolution, n'est-ce pas? — Oui. — Un ou deux hommes à laisser derrière nous, sur notre chemin, ne vous effrayeront pas?

« L'ange Gabriel fronça le sourcil.

« — Dame ! on ne fait pas une omelette sans casser des œufs, comme disait la cuisinière de Lucullus, c'est à prendre ou à laisser; s'il y a un ou deux hommes à renverser en passant, il faut me dire: Monsieur Gibassier, ou milord Gibassier, ou signor comte Gibassiero, je les renverserai. — Eh bien, soit, je les renverserai, dit résolûment mon compagnon. — Bien, dis-je, vous êtes digne de la liberté, et je vous la rendrai. — Comptez sur ma reconnaissance, Monsieur. — Appelez-moi mon général, et n'en parlons plus; quant à la reconnaissance, nous en reparlerons sur des bords plus fortunés. En attendant, voici ce dont il s'agit. Vous voyez bien cette herbe? — Oui. — Je la tiens de la main d'une amie, je vais la partager avec vous.

« Et je lui en offris la moitié, en lui disant solennellement: Qu'ainsi mon âme soit séparée de mon corps, si je ne vous rends pas à votre liberté native.

« — Qu'est-ce que c'est que cette herbe? demanda Gabriel. — C'est une herbe merveilleuse avec laquelle vous allez vous frotter le corps. A peine votre chair sentira-t-elle le contact de cette graminée bienfaisante, que vous verrez sourdre de toutes parts des centaines de boutons de la nuance des roses du Bengale. Cela vous démangera d'abord un peu, puis beaucoup, puis enfin d'une façon insupportable, et que cependant il faudra supporter. — Mais quel est le but de cette friction? — C'est, mon cher ami, de vous donner l'apparence d'une des maladies dites *urticaires*, érysipèle, ou autres dont les noms scientifiques ne me reviennent pas, afin d'être envoyé à l'hôpital. Une fois là, vous êtes sauvé, mon bonhomme. — Sauvé! — Oui, je suis étroitement lié avec un des infirmiers de l'hôpital; rapportez-vous-en à moi et attendez patiemment. »

— Je sais bien des choses, mon cher Gibassier, interrompit M. Jackal, mais je ne sais pas encore comment, même à l'aide d'un infirmier, on s'échappe de l'infirmerie gardée par tout un poste. — Vous êtes aussi impatient que l'ange Gabriel, monsieur Jackal, reprit Gibassier. Mettez-y un peu de patience, et dans cinq minutes vous saurez le dénoûment. — C'est ce que je fais, dit M. Jackal en bourrant son nez de tabac, et, vous le voyez, avec cette patience que vous me recommandez et dont il me semble que je fais preuve, dans la conviction qu'il y a toujours quelque chose à apprendre avec vous, cher monsieur Gibassier. — Vous êtes bien bon, monsieur Jackal, dit le narrateur.

Et il continua.

XIX

« Gabriel se frictionna tant et si bien, qu'au bout de deux heures il était couvert de boutons de la tête aux pieds. On l'envoya à l'hôpital. C'était justement à l'heure de la visite : le médecin le déclara atteint d'un érysipèle de la plus belle venue.

« Le lendemain du jour où Gabriel avait fait son entrée à l'hôpital, je subis de mon côté une attaque d'épilepsie si effrayante, que les carabins me déclarèrent d'abord hydrophobe, et m'envoyèrent de mon côté à l'hôpital. En vain je protestai, en vain j'invoquai le témoignage de mes camarades, constatant que je n'avais jamais essayé de les mordre, je fus traîné de force à l'hôpital, et frictionné comme cataleptique. J'avais l'air furieux, j'étais enchanté.

« Mon ami l'infirmier était prévenu de longue main : comme il était déferré, il allait et venait à sa convenance. Cela veut dire qu'il allait de mon lit au lit de Gabriel, et venait du lit de Gabriel au mien. Le tout pour nous porter des paroles d'encouragement.

« Un matin, le brave homme vint m'annoncer que tout était prêt, et que, dès le même soir, nous pourrions fuir. La journée se passa à convenir sans affectation de nos faits et gestes.

« Vous connaissez, au moins par ouï-dire, la distribution des salles de l'hôpital. A l'extrémité de celle où l'on nous avait placés, Gabriel et moi, se trouvait une petite pièce qui servait de salle des morts. Mon infirmier était le dépositaire de la clef de cette salle, qui ne s'ouvrait jamais que pour donner entrée aux corps des forçats décédés.

« Nous pouvions donc, l'obscurité venue, nous introduire dans cette salle. Les seuls meubles qui l'ornaient et la rendaient semblable à un amphithéâtre de dissection étaient des tables de marbre noir sur lesquelles on couchait les cadavres; sous une de ces tables, l'infirmier et moi nous avions creusé un trou par lequel, avec les draps de nos lits, nous pouvions descendre dans des magasins souterrains appartenant à la marine.

« L'heure arrivée, et pendant le sommeil de nos camarades de chambre, Gabriel, qui se trouvait le plus près de la porte, descendit de son lit le premier, et, semblable à une ombre, se dirigea lentement et vaporeusement vers la salle des morts. Je le suivis de près.

« Par malheur, ce jour-là, on avait déposé sur une des tables le corps d'un des vétérans du bagne; le malheureux Gabriel, qui prenait encore les morts au sérieux, eut la mauvaise chance de poser, en tâtonnant, la main sur le cadavre au lieu de la poser sur le marbre. Une venette épouvantable s'empara de lui, de sorte qu'il faillit tout faire découvrir; heureusement, au cri qu'il poussa, je devinai ce qui se passait, et, tâtonnant à mon tour, après l'avoir inutilement appelé, je le découvris adossé contre la muraille et grelottant de terreur.

« — En route, mon gentilhomme, lui dis-je; tout est prêt, partons. — Oh! c'est horrible, s'écria-t-il. — Quoi? lui demandai-je.

« Il me raconta ce qui venait de se passer.

« — Allons, pas d'attendrissement poétique, lui dis-je; nous n'avons pas une minute à perdre, filons. — Impossible, les jambes me manquent. — Mille tonnerres! c'est fâcheux, car il est presque impossible de s'en passer pour fuir. — Partez seul, mon cher monsieur Gibassier. — Jamais, mon cher monsieur Gabriel.

« Et, allant à lui, je le forçai de s'approcher du trou, de s'accrocher au drap, et je le descendis comme vous êtes vous-même descendu ici tout à l'heure. Lui descendu, j'accrochai un des coins du drap au pied de fer de la table, et je descendis à mon tour. Nous étions, comme je l'ai dit, dans les magasins de la marine, situés au rez-de-chaussée du bâtiment dont l'hôpital occupe le premier étage.

« J'allumai un rat-de-cave et je me mis à la recherche d'une dalle sur laquelle mon infirmier avait tracé une lettre à la craie, et sous laquelle il avait dû cacher deux déguisements complets. Je trouvai la dalle marquée à la craie de la lettre G. Cette attention délicate de mon infirmier me fit verser une larme d'attendrissement, qui tomba comme un hommage à la reconnaissance sur la première lettre de mon nom. Je la soulevai et j'aperçus un uniforme de gendarme complet, armement, équipement et perruque. »

— Un seul? demanda M. Jackal. — Un seul.

« C'était là où je me réservais de tâter mon camarade. J'eus l'air désespéré: Un seul habit? m'écriai-je, un seul? Gabriel fut sublime.

« — Endossez-le, me dit-il, et partez. — Partir? et vous? — Moi, je resterai ici pour expier mon crime. — Allons, dis-je, vous êtes un brave compagnon. Je n'avais, pour l'accomplissement de mon plan, besoin que d'un costume de voyage, deux m'eussent fort embarrassé; mais je voulais voir jusqu'à quel point un ami pouvait compter sur vous; aidez-moi à m'habiller, si cela ne vous humilie pas trop d'être le valet de chambre d'un gendarme. — Et moi? — Vous, vous restez comme vous êtes. — Avec ce costume? — Oui. Vous ne comprenez donc pas? — Non. — Laissez-moi vous lier les mains, alors. — Je comprends de moins en moins. — Je suis gendarme, vous êtes un forçat que l'on transfère des bagnes dans une prison quelconque; nous trouverons bien le nom d'une prison, que diable! les prisons ne manquent pas en France; au point du jour nous sortons, l'un conduisant l'autre. — Ah! fit-il.

« Il avait compris. Nous restâmes cachés dans les magasins, et le lendemain au point du jour, dès que le canon annonça l'ouverture du port, nous nous dirigeâmes, mon prisonnier et moi, vers la grille de l'arsenal. Elle venait d'être ouverte; les ouvriers de la marine arrivaient en foule. Je me frayai, pour Gabriel et pour moi, un passage au milieu d'eux, et nous franchîmes la grille sans obstacle. Le pauvre Gabriel tremblait de tous ses membres.

« En moins de dix minutes, nous avions traversé la ville et nous prenions la route du Beausset. A quelques portées de fusil de Toulon, nous entrâmes dans un bois. A peine y avions-nous fait quelques pas, que trois coups de canon, tirés à intervalles égaux, annoncèrent aux habitants de Toulon et des villages voisins qu'une évasion venait d'avoir lieu.

« Nous nous jetâmes dans le plus épais du fourré. Nous nous couvrîmes de branches et de fougère, et nous demeurâmes immobiles, attendant la nuit pour traverser le bourg du Beausset. Par bonheur une pluie torrentielle vint à tomber juste au moment où les gendarmes commençaient à fouiller le bois. Arrivés à vingt pas de nous, ils commencèrent à pester si cruellement contre l'intempérie de l'atmosphère, qu'il nous parut à peu près sûr qu'ils allaient abandonner la recherche à laquelle ils se livraient pour se réfugier dans le plus prochain cabaret.

« En effet, nous n'en entendîmes plus reparler de toute la journée. Vers les huit heures du soir, nous reprîmes notre route; nous franchîmes le Beausset, et le matin, à quatre heures, nous avions atteint l'inextricable forêt de Cuges. Nous étions sauvés.

« Je n'ai pas besoin de vous dire, mon bon monsieur Jackal, les divers incidents dont fut émaillée notre route du bois de Cuges jusqu'ici. Vous avez trop d'expérience pour vous figurer que nous cheminions par des sentiers de fleurs. Nous sommes arrivés sains et saufs, ce qui est le principal, et vous voyez qu'à quelques coups de couteau et une chute de cent pieds près dans un puits, je me porte à merveille. »

— C'est merveilleux, cher monsieur Gibassier. — N'est-ce pas ? — C'est-à-dire que si j'étais préfet de police, je vous donnerais un brevet d'évasion et une récompense honnête; par malheur je ne le suis pas; et si mes sympathies d'artiste sont flattées, mon opinion d'inspecteur de la sûreté publique les combat avec tant d'énergie, que je vous avoue que je ne sais encore à qui demeurera la victoire. Cela tiendra probablement à la sincérité dont vous ferez preuve. Permettez-moi donc de continuer mon interrogatoire, ne fût-ce que pour faire l'expérience de ce que disait Carmagnole, et pour voir si, comme le prétend le proverbe, la vérité est au fond du puits. Donc, veuillez commencer par me dire, cher monsieur Gibassier, comment vous vous trouvez ici. — Je m'y trouve fort mal, monsieur Jackal, dit Gibassier se méprenant au sens des paroles de M. Jackal; et si ce n'était l'honneur de votre compagnie... — Ce n'est pas cela. Je vous demande par quelle cause vous êtes ici. — Ah ! oui, je comprends. Eh bien ! mon bon monsieur Jackal, je venais d'hériter d'une somme de cinq mille francs. — C'est-à-dire que vous veniez de voler cinq mille francs. — Aussi vrai que vous êtes mon sauveur, monsieur Jackal, je ne les avais pas volés; je les avais au contraire gagnés loyalement, laborieusement, à la sueur de mon front. — Alors c'est vous qui avez travaillé dans l'affaire de Versailles. Je vous avais reconnu à la façon habile avec laquelle la porte avait été refermée. — Qu'appelez-vous l'affaire de Versailles ? demanda Gibassier, appelant à son secours l'air le plus innocent qu'il pût prendre. —

Quel jour êtes-vous arrivé à Paris? — Le dimanche gras, monsieur Jackal, juste pour voir passer le bœuf, qui était magnifique cette année. On dit qu'il a été nourri dans les gras pâturages de la vallée d'Auge. Cela ne m'étonne point : la vallée d'Auge est dans une magnifique situation, abritée d'un côté par... — Laissons la vallée d'Auge, si cela vous est égal. — Volontiers. — Voyons maintenant ; comment avez-vous passé le dimanche gras ? — Assez gaiement, monsieur Jackal : nous avons fait, avec quelques amis que nous avons retrouvés à Paris, quelques bonnes folies. — Et le lundi? — Le lundi, je l'ai passé en visites. — En visites? — Oui, monsieur Jackal, quelques visites officielles et une visite de digestion. — Vous parlez de la journée? — Oui, monsieur Jackal, je parle de la journée. — Mais le soir? — Le soir! — Oui. — Diable! — Qu'y a-t-il? — Il est vrai, dit Gibassier, comme s'il se parlait à lui-même, que je ne puis rien refuser à mon sauveur. — Que voulez-vous dire? — Vous me demandez de lever pour vous le voile épais de ma vie privée, je vais le lever. Le lundi, à onze heures... — Inutile. Passons sur les mystères de votre vie privée, et continuons. — Je ne demande pas mieux. — Qu'avez-vous fait le lendemain, jour du mardi gras? — Oh! je me suis livré à un plaisir bien innocent; je me suis promené sur la place de l'Observatoire avec un faux nez. — Mais vous aviez une raison pour vous promener sur la place de l'Observatoire avec un faux nez? — Dédain! mépris! misanthropie! pas autre chose. J'avais été le matin regarder passer les masques sur les boulevards. Je les ai trouvés pitoyables. Hélas! encore un de nos vieux us qui va disparaître, monsieur Jackal. Je ne suis pas ambitieux, mais si j'étais seulement préfet de police... — Passons là-dessus, et venons vite au soir du mardi-gras. — Au soir du mardi gras?.. Ah! monsieur Jackal, vous voulez que de nouveau je lève le voile de ma vie privée. — Vous êtes allé à Versailles, Gibassier? — Je ne m'en cache pas.

M. Jackal laissa errer sur ses lèvres un indéfinissable sourire.

— Qu'alliez-vous faire à Versailles? — Me promener. — Vous promener à Versailles, vous! — Que voulez-vous, monsieur Jackal, j'aime cette ville, toute pleine des souvenirs du grand roi : ici, c'est une fontaine ; là, un groupe. — Vous n'étiez pas seul, à Versailles? — Eh! qui donc est absolument seul sur la terre, bon monsieur Jackal? — Je n'ai pas de temps à perdre à écouter vos sottises, Gibassier; c'est vous qui avez dirigé l'enlèvement de la jeune fille du pensionnat de madame Desmarest? — C'est la vérité, monsieur Jackal. — Et, en récompense, vous avez reçu les cinq mille francs en question. — Vous voyez bien que je ne les ai pas volés; car, enfin, si je n'étais pas condamné aux galères à perpétuité, j'en avais au moins pour vingt ans de plus. — Qu'est devenue cette jeune fille, une fois aux mains de monsieur Lorédan de Valgeneuse? — Ah! vous savez donc? — Je vous demande ce qu'est devenue cette jeune fille, après que mademoiselle Suzanne vous l'eût livrée. — Ah! monsieur Jackal! si M. Delaveau vous perdait, quelle perte pour lui et pour la France! — Je vous demande ce qu'est devenue cette jeune fille, Gibassier? — Quant à cela, je l'ignore entièrement. — Faites attention à ce que vous dites. — Monsieur Jackal, foi de Gibassier, nous l'avons mise en voiture, la voiture est partie et nous n'en avons plus jamais entendu parler. J'espère que ces jeunes gens sont heureux, et par conséquent j'aurai, pour ma part, contribué au bonheur de deux de mes semblables. — Et vous, qu'êtes-vous devenu depuis ce jour? l'ignorez-vous aussi ?... — Je suis devenu économe, bon monsieur Jackal, et j'ai cherché, sachant que la clef d'or ouvrait toutes les portes, à me créer un état honorable au milieu de cette intelligente et laborieuse cité de Paris. Or, j'ai passé en revue toutes les professions et n'en ai trouvé qu'une à mon goût. — Peut-on savoir laquelle ? — Celle d'agent de change. Malheureusement je n'avais pas les capitaux nécessaires pour acheter, soit un quart, soit un demi ; mais, pour être prêt à tout événement, dans le cas où la Providence, comme dit le pauvre Gabriel, jetterait les yeux sur moi, j'allai chaque jour à la Bourse m'initier aux mystères du grand œuvre. Je compris l'agiotage. Je fis donc la connaissance de plusieurs agioteurs distingués qui, reconnaissant en moi une perspicacité peu commune, me firent bientôt l'honneur de me consulter sur la hausse et la baisse, en me donnant une petite part dans leurs bénéfices. — Et ces consultations vous réussirent ? — C'est-à-dire, bon monsieur Jackal, qu'en un mois je réalisai trente mille francs, le double, le triple, le quadruple de tout ce que j'avais gagné dans toute ma laborieuse vie, et, une fois à la tête de cette petite fortune, je devins honnête homme. — Alors, vous devez être méconnaissable, dit M. Jackal en tirant un briquet phosphorique de sa poche et en allumant un petit rat-de-cave qu'il avait toujours sur lui, et qui éclaira le fond du puits, de manière à ce qu'il pût en effet reconnaître le pénitent Gibassier, tout souillé de fange, tout couvert de sang.

XX

OU ÉTAIENT PASSÉ LES SOIXANTE HOMMES QUE CHERCHAIT M. JACKAL.

M. Jackal demeura un instant en contemplation devant le forçat. Il éprouvait une satisfaction visible, une satisfaction d'artiste, à se retrouver avec les quatre as dans la main en face de cet habile joueur.

— C'est bien en effet, dit-il, votre noble visage, Gibassier ; les années ont passé sur votre front comme des ombres légères, ne laissant nulle trace ; et à propos d'ombres, faites-moi donc le plaisir de prendre cette lumière et de m'éclairer, j'ai un mot pressé à écrire.

Gibassier prit le rat-de-cave, M. Jackal tira un carnet de sa poche inépuisable, déchira une feuille de papier, et se mit à écrire sur son genou, à l'aide d'un crayon, tout en disant à Gibassier de continuer son récit.

— La suite de mon histoire est lugubre, dit le forçat. Étant riche, j'ai eu des amis ; ayant des amis, j'ai eu des ennemis. Cette fortune, amassée au prix de mes sueurs, m'a rendu le point de mire de tous les déshérités ; de sorte qu'hier soir, au moment où je revenais de chez mon banquier, j'ai été pris au collet, terrassé, assassiné, dépouillé, et finalement précipité dans le puits où je viens d'avoir l'honneur de vous rencontrer.

M. Jackal se releva, attacha avec une épingle le papier sur lequel il venait d'écrire ses instructions au bout de la corde, et cria à ses argousins :

— Tirez !

Le papier s'envola comme un papillon de nuit du fond du puits sur la terre, et la corde, veuve de son léger fardeau, redescendit rapidement. Un des argousins s'en alla sous un réverbère et lut :

« Je vais vous envoyer un individu que vous garderez précieusement; il vaut son pesant d'or. L'individu aux mains de quatre d'entre vous qui le conduiront à l'hôpital et le garderont à vue, vous me redescendrez la corde. »

— Votre histoire est fort touchante, cher monsieur Gibassier, dit M. Jackal en voyant redescendre la corde, mais après les heures orageuses que vous avez passées, vous devez avoir besoin de repos. Les nuits sont encore fraîches en cette saison, permettez-moi de vous offrir un abri plus sûr, un logement plus hygiénique. — Vous êtes mille fois bon, monsieur Jackal. — Point du tout, entre vieilles connaissances. — Alors c'est à charge de revanche. — La reconnaissance vous pèse-t-elle déjà ? — Peut-être, dit philosophiquement Gibassier, est-il plus difficile de recevoir un service que de le rendre. — Les anciens ont écrit de fort belles choses là-dessus, Gibassier; mais en attendant que nous reprenions ailleurs cette intéressante conversation, arrangez-vous pour vous attacher le plus solidement possible à cette corde; vous savez où le bât vous blesse, c'est à vous de vous accommoder de votre mieux.

Gibassier fit un nœud coulant au bas de la corde, passa ses deux pieds dans l'œillet, s'accrocha des mains à la corde et cria :

— Tirez ! — Bon voyage, mon cher Gibassier, dit M. Jackal en suivant avec un vif intérêt une ascension que dans peu d'instants il allait faire, lui. Bien, fit-il en le voyant disparaître à fleur d'air.

Puis, haussant la voix.

— Renvoyez vivement la corde, cria-t-il, je commence à trouver le plancher humide.

La corde redescendit, M. Jackal passa le porte-mousqueton dans sa ceinture, s'assura que les ardillons étaient bien bouclés, cria pour la troisième fois : Tirez ! et commença l'ascension à son tour. Mais à peine s'était-il élevé à la hauteur de dix mètres, qu'il cria :

— Halte!

La corde obéissante s'arrêta.

— Ouf ! fit M. Jackal, que diable vois-je donc là ?

En effet, il était difficile de se rendre compte de ce qu'il voyait, tant ce qu'il voyait se présentait à lui sous un aspect fantastique. A travers une énorme éraillure pratiquée à une des parois du puits, le regard de M. Jackal plongeait sous des voûtes sombres comme celles d'une carrière, coupées par de grandes portions d'ombre et de lumière.

Cette lumière venait d'une dizaine de torches attachées aux piliers d'une espèce de carrefour, et éclairant une réunion d'une soixantaine d'hommes. L'assemblée avait lieu à deux cents pas à peu près de M. Jackal.

Ces hommes paraissaient réunis pour une affaire de la plus haute importance, car ils se pressaient autour d'un orateur qui parlait avec feu et gesticulait avec véhémence.

— Tiens, tiens, tiens, fit M. Jackal.

Puis après quelques secondes de contemplation :

— Où diable sont ces hommes, et que font-ils là ? se demanda le chef de la police.

Et, en effet, ainsi éclairés par le reflet des torches, n'eût été le costume moderne, on les eût pris pour les sorciers de la ballade arrivant au sabbat. M. Jackal tira de sa poche une lunette, chef-d'œuvre de l'ingénieur Chevalier, laquelle, dans son plus grand développement, atteignait six ou huit pouces de long et qu'il portait sur lui, la braqua sur le singulier spectacle qu'il avait devant les yeux, et chercha à deviner ce dont il était question.

Grâce au reflet des torches et à la perfection de son instrument, M. Jackal put voir que la physionomie de chacun des individus qui composaient le nocturne conciliabule exprimait le ravissement le plus complet. Tous étaient dans l'attitude où sont les membres d'une assemblée quand un orateur célèbre fait un discours sympathique : les oreilles tendues, les yeux fixés vers le personnage qui discourait, les lèvres entr'ouvertes, chaque personnage exprimait l'attention la plus soutenue, et cette attention, comme nous venons de le dire, semblait s'élever par degrés jusqu'au plus complet ravissement.

Soit que la voix de l'orateur fût faible, soit qu'il parlât doucement avec intention, soit que la distance à laquelle M. Jackal se trouvait du groupe fût trop grande, M. Jackal, quelque attention qu'il prêtât, et si fin et si exercé que fût chez lui le sens de l'ouïe, n'avait pas encore, au bout de cinq minutes d'attention, pu entendre un traître mot de ce qui se disait dans le groupe mystérieux.

Au reste, une partie de ces personnages semblait à M. Jackal ne lui être pas complétement inconnue; néanmoins, il eût été bien embarrassé de mettre un nom sur les figures, ou même d'assigner une profession quelconque à aucun de ceux qu'il avait sous les yeux.

Vêtus à peu près uniformément de grandes redingotes brunes ou bleues boutonnées jusqu'au menton, la lèvre supérieure presque généralement ombragée d'une moustache longue, épaisse et grisonnante, il n'était pas difficile, pour un physionomiste comme M. Jackal, de reconnaître là de vieux militaires.

Ceux qui n'avaient pas de moustaches, le nombre en était inférieur, ceux qui n'avaient pas de moustaches, bien qu'ils affectassent les mêmes dehors que leurs compagnons, étaient tout simplement des bourgeois paisibles, et la placidité de leurs figures, que ne pouvait rébarbativer l'enthousiasme dont ils étaient atteints, témoignait suffisamment de leurs professions peu belliqueuses.

M. Jackal avait certainement vu celui-ci, honnête boutiquier de la rue Saint-Denis, sur le pas de sa porte, souriant aux passants, essayant d'attirer la pratique dans son magasin par un regard affable, par une mine engageante.

Il avait vu cet autre dans une antichambre quelconque, soit la chaîne au cou comme huissier, soit la chaîne au pied comme solliciteur; enfin aucun d'eux ne lui était entièrement étranger, quoique nul ne lui fût particulièrement connu.

Mais ce qu'il connaissait encore moins que les personnages, c'était le décor du théâtre. Accrochons-nous à la corde de M. Jackal ; elle est assez solide pour nous porter tous deux, et même tous trois, cher lecteur, et tâchons de reconnaître la mystérieuse et funèbre localité où se passe la scène qu'il nous reste à vous raconter.

Êtes-vous passé quelquefois, chers lecteurs, dans la Halle aux Vins, et avez-vous eu la curiosité d'inspecter un de ces longs tunnels qu'on appelle des caves ? En regardant d'une porte à l'autre, et en apercevant le jour à l'autre bout de ces voûtes gigantesques, il semble que l'on doive mettre des heures à parcourir cette immense et ténébreuse avenue qui vous sépare du point lumineux que vous apercevez; eh bien! le décor que M. Jackal avait sous les yeux représentait un de ces immenses souterrains aboutissant à une sorte de carrefour, éclairé, comme nous l'avons dit, par les torches des personnages qui le peuplaient momentanément.

— Ah! morbleu! j'y suis, s'écria tout à coup M. Jackal en se frappant le front d'un mouvement si brusque et si inconsidéré, qu'il faillit perdre l'équilibre, et que le mouvement qu'il donna à la corde lui fit faire pendant quelques secondes un mouvement de rotation semblable à celui d'un poulet qui rôtit au bout d'une ficelle.

Le mouvement finit par se calmer, et M. Jackal en fut quitte pour la perte de ses lunettes qui tombèrent au fonds du puits. Mais M. Jackal fouilla dans cette poche fantastique que nous avons déjà dite, en tira un étui, et de cet étui une seconde paire de lunettes qu'il s'ajusta, non pas sur le nez, mais sur le front; seulement les verres de ces lunettes, au lieu d'être teintés de bleu, étaient teintés de vert.

— J'y suis, continua M. Jackal, voilà mes soixante gaillards, et je sais maintenant où ils sont passés. Nous sommes dans les Catacombes. Ah! ah! ah! et M. le préfet de police qui prétend en connaître toutes les issues.

Et en effet M. Jackal était dans le vrai; cette voûte qui se déroulait sous ses yeux, ce carrefour qui bornait sa perspective, c'était un coin de l'immense et funèbre souterrain qui s'étend de Montrouge à la Seine et du Jardin des Plantes à Grenelle.

Quant à M. le préfet de police, comme le faisait judicieusement observer M. Jackal, il avait bien tort lorsqu'il prétendait connaître toutes les issues de l'immense ossuaire. Les issues des Catacombes dépendent numériquement du caprice du premier habitant de la rive gauche, puisque, pour ajouter une issue nouvelle aux mille issues qu'elles ont déjà, il suffit, comme dans le faubourg Saint-Marcel, de creuser un trou de vingt-cinq à trente pieds.

Au moment où M. Jackal venait de faire, à sa grande joie, bien qu'un peu tardivement, cette importante découverte, il entendit le bruit éclatant de bravos et d'applaudissements, suivis de ce cri quelque peu séditieux à cette époque :

— Vive l'empereur! — Vive l'empereur! répéta M. Jackal, se mêlant innocemment à la sédition. Ah çà! mais, ils sont stupides; il y a six ans qu'il est mort, l'empereur.

Et, comme pour éclaircir ses idées, avec une difficulté inouïe dans sa position, M. Jackal fouilla à sa poche, en tira sa tabatière et se fourra avec rage une prise de tabac dans le nez. Le même cri fut poussé une seconde fois, mais avec plus d'enthousiasme encore que le premier.

— Volontiers, dit M. Jackal, mais je vous répète que l'empereur est mort. M. de Béranger a fait une chanson là-dessus.

Et il se mit à fredonner :

Des Espagnols m'ont pris sur leur navire...

M. Jackal savait toutes les chansons de Béranger. M. Jackal fut interrompu dans son fredonnement par un troisième cri de : Vive l'empereur ! Puis tous les personnages, un instant agités et confus, reprirent leur place, à l'exception d'un seul qui resta debout et qui sembla vouloir faire un discours comme le premier orateur.

— Après tout, dit M. Jackal, qui continuait de rêver à ce que pouvait être cet étrange conciliabule, ces braves gens sont peut-être de vieux militaires inoffensifs qui vivent là depuis 1815, et qui ne savent pas encore la mort de leur empereur; il y aurait vraiment charité à leur apprendre cette nouvelle; quel malheur de ne pouvoir assister de plus près à leurs ébats et d'être privé du plaisir de leur conversation, qui doit être aussi pittoresque que celle d'Épiménide, si, comme je le présume, ils vivent depuis douze ans dans ce pays-ci.

Tout à coup une idée vint à M. Jackal.

— Mais, dit-il, pourquoi donc n'entendrais-je pas ce que va dire l'orateur? il ne dépend que de moi, il me semble.

Puis, relevant la tête vers l'orifice du puits :

— Tenez-vous toujours ferme, là-haut? cria-t-il. — Oh! n'ayez pas peur, monsieur Jackal. — Alors, descendez-moi d'un pied ou deux.

L'ordre fut aussitôt exécuté que donné. Alors, grâce à sa canne, avec laquelle il pouvait toucher les parois du puits, M. Jackal donna à la corde un mouvement d'oscillation pareil à celui du balancier d'une pendule, mouvement qui, arrivé à un certain point, lui permit de passer à travers l'ouverture du puits, de s'accrocher à une pierre et de prendre pied sur le même terrain que ceux dont il voulait surprendre les secrets; une fois sur la terre ferme, il décrocha le porte-mousqueton de sa ceinture, et se penchant vers le puits où pendait de nouveau la corde.

— Tenez-vous là, enfants, cria-t-il aux argousins, et ne bougez pas que je ne vous le dise.

M. Jackal, à pas aussi légers que l'animal dont il portait le nom, s'avança vers le carrefour où se tenait la réunion napoléonienne.

XXI

LES CATACOMBES.

(Chapitre qui, à la volonté du lecteur, fait ou ne fait point partie des *Mohicans*.)

Que nos lecteurs nous permettent, arrivés où nous en sommes, c'est-à-dire au moment où M. Jackal, complétement caché dans l'ombre que projette un des piliers massifs qui soutiennent la voûte colossale, s'apprête à écouter les paroles qui vont sortir de la bouche du nouvel orateur, que nos lecteurs nous permettent de jeter un regard sur ces Catacombes, où nous aurons plus d'une fois, dans le cours de ce livre, occasion de descendre à la suite des conspirateurs. Nous retrouverons M. Jackal au même endroit, et nous tâcherons que notre excursion soit assez courte pour qu'à notre retour l'orateur n'ait pas encore commencé son discours.

Vers la fin de l'hiver dernier, sachant que nous aurions à décrire les Catacombes, nous avions manifesté le désir de les visiter. Alors, sur la demande d'un de nos plus célèbres mathématiciens, M. Bertrand, qui était déjà, il y a peu d'années, au reste, un de nos savants les plus célèbres à l'âge où l'on bégaye d'ordinaire les premières lettres du livre de la science, monsieur l'ingénieur des mines nous envoya un permis de visite et de circulation dans les Catacombes.

Le jour de la visite arriva, et, comme toujours ou presque toujours, il me fut impossible de profiter de la permission de M. l'ingénieur des mines. Ce travail éternel qui me cloue à mon bureau refusait de contre-signer ce congé de quelques heures. J'appelai Paul Bocage, mon premier aide de camp; je lui tendis la permission, et je lui dis :

— Allez, cher ami, je verrai par vos yeux, aussi bien et peut-être mieux que par les miens.

Le même soir, Paul Bocage revint. Il voulut me raconter ce qu'il avait vu.

— Je n'ai pas le temps de vous écouter, lui dis-je, mettez-vous là et faites-moi votre rapport.

Voici le rapport de Paul Bocage; nous le mettons textuellement sous les yeux de nos lecteurs :

RAPPORT AU MAESTRO SUR LES CATACOMBES.

Aujourd'hui, 12 octobre 1853, à une heure de l'après-midi, nous partîmes pour la barrière d'Enfer, par une de ces belles journées de soleil dont l'hiver semble avoir accaparé le privilége. Avec nous était une jeune, grande et belle personne, aux yeux bleus, qui s'en venait gaiement visiter cette souterraine nécropole, avec l'insouciance des roses qui fleurissent autour des tombeaux, avec cet audacieux sourire du défi de la jeunesse à la mort.

En arrivant au pavillon de la barrière d'Enfer, on nous donna à chacun, il y avait une soixantaine de personnes environ, on nous donna à chacun une bougie et un avis. La bougie, c'était pour voir clair dans les souterrains; l'avis, c'était de ne pas allumer la bougie. Ces deux dons contradictoires nous surprirent momentanément, mais nous furent bientôt expliqués.

Nous attendions là depuis une heure environ, quand la porte de l'escalier qui conduit aux Catacombes s'ouvrit tout à coup et donna passage à une centaine d'ombres qui semblaient avoir forcé les portes de leur tombe pour revoir la lumière du jour. Les visages de toutes les personnes qui firent tout à coup irruption dans la cour où nous attendions étaient pâles, verts, violets, décomposés, du ton livide que peut produire sur la chair les dix premières heures de la mort.

Ces ombres, ou plutôt ces visiteurs qui nous avaient précédés, et au nombre desquels était un bel Égyptien, que les gens qui savent tout appelaient autour de nous, je ne sais pas pourquoi, Reschid-Pacha, ces visiteurs pâles et hâves avaient passé deux heures à fouler des ossements, à côtoyer des crânes, des tibias, des fémurs, des squelettes entiers, et, comme s'il n'était pas permis de toucher impunément aux dépouilles des êtres, ils avaient gardé quelque chose de la teinte cadavéreuse des os de leurs sinistres hôtes.

Je regardai ma compagne. Ses yeux bleus ne se rembrunirent pas, l'incarnat de ses joues ne s'affaiblit pas, elle était enjouée, pleine de vie et de force; elle s'appuya sur mon bras, et me dit gaiement, en voyant que nos compagnons commençaient à entrer, comme si nous allions assister à la représentation de quelque pièce de la foire :

— Suivez le monde !..

Et nous entrâmes... Je serais bien tenté de faire un rapide historique des Catacombes, mais je préfère procéder comme vous avez fait tout le cours de ce roman : montrer l'effet avant de dire la cause. Je vais donc décrire d'abord les Catacombes telles que je les ai vues, empruntant la description locale à l'excellent livre de M. Héricart de Thury, ingénieur des mines et inspecteur des travaux souterrains, livre publié vers 1815.

A quelques ouvrages de consolidation faits depuis cette époque, elles sont en ce moment dans l'état à peu près où M. Héricart de Thury les a décrites. Disons, en passant, qu'en entrant dans ce souterrain, nous avions le cœur serré et le cerveau rempli de l'histoire de toutes les catacombes du passé *, depuis celles du pays de Chanaan, où Abraham, étranger dans Hébron, demande aux habitants la permission de déposer Sara dans les tombeaux de leurs ancêtres :

Advena sum et peregrinus apud vobis. Date mihi jus sepulcri vobiscum, ut sepeliam mortuum meum (Genès., chap. XXIII); depuis, disons-nous, les catacombes de Chanaan jusqu'aux cavernes souterraines des Indiens de Mayras, près de la rivière des Amazones.

Trois escaliers communiquent de la surface de la terre dans les Catacombes : le premier est situé dans la cour du pavillon occidental de la barrière d'Enfer ou d'Orléans : c'est celui par lequel nous sommes descendus; le second à la Tombe-Issoire : il fut fait lors de l'établissement, et condamné vers l'année 1794, époque de la vente du domaine de la Tombe-Issoire; le troisième, enfin, dans la plaine de Montsouris, sur le bord de la Voie-Creuse ou ancienne route d'Orléans, à peu de distance de l'aqueduc souterrain d'Arcueil.

Trois portes ferment l'enceinte des Catacombes : l'une à l'ouest, connue sous ce nom, et par laquelle on arrive communément; la seconde à l'est, appelée la Porte du Port-Mahon : elle n'est point ouverte au public, elle n'est destinée que pour le service du monument; la troisième au sud, près de la Tombe-Issoire, dont elle a pris le nom.

C'est par l'escalier de la barrière d'Enfer que l'on descend le plus généralement; c'est donc de ce point que nous allons tracer l'itinéraire du touriste aux Catacombes, en lui faisant observer en passant les objets et les curiosités les plus remarquables de la route.

Le pied de l'escalier est appuyé sur la masse de pierres qu'on peut reconnaître avant de descendre les dernières marches. La hauteur totale, de la surface au sol de la galerie, est de dix-neuf mètres quatorze centimètres, qu'on descend au moyen de quatre-vingt-dix marches.

A sept ou huit mètres de l'escalier on trouve la galerie de l'Ouest, qui est

* Catacombes d'Égypte, de la Phénicie, de la Paphlagonie et de la Cappadoce, de la Crimée de la Perse, de la Grèce, de l'Asie Mineure, des Guanches, de l'intérieur de l'Afrique, de la Scythie et de la Tartarie, des deux Boukaries, de l'Étrurie, de Rome, de Toscane, de Naples, de Sicile, de Malte, de Gozo, de l'île Lipari, d'Espagne, des Gaules, de France, d'Angleterre, d'Allemagne, de Suède, de l'Amérique septentrionale et méridionale.

à l'aplomb de la rangée occidentale des arbres de la route d'Orléans. Cette route était entièrement excavée ; l'inspection en a fait remblayer exactement les excavations, et, suivant son système de consolidation, elle s'est ménagé de gauche et de droite, à l'aplomb des deux rangées des arbres, une grande galerie de service avec des traverses qui recoupent le massif de dessous de la chaussé de distance en distance.

Dans la galerie de l'est de la route d'Orléans, on reconnaît les exploitations où les travaux des anciens. En suivant cette galerie vers le nord, on voit, dans la partie inférieure du banc d'appareil qui lui sert de ciel, un échantillon remarquable du criblage ou du forage des couches.

L'extrémité nord, qu'on suit dans une longueur de cinquante ou soixante mètres, à cause des éboulements et des fontis qui se trouvent sur la ligne directe de l'escalier aux Catacombes, ramène sous la demi-lune intérieure, du côté du pavillon oriental de la barrière d'Enfer, près des murs et contre-murs qui ont été construits pour former la communication des vides de l'intérieur et de l'extérieur de Paris, à l'effet d'empêcher la contrebande qui se faisait anciennement par-dessous terre, pour éviter les droits d'octroi.

Après avoir suivi, environ pendant cent mètres, la galerie pratiquée sous la contre-allée du boulevard Saint-Jacques, du côté du midi, sous un ciel fracturé, fendu, lézardé, diversement incliné, ruisselant de gouttes d'eau, qui étincellent comme des diamants à la lueur des torches, on trouve les grands ouvrages de consolidation de l'aqueduc d'Arcueil.

On laisse à sa gauche les murs et contre-murs faits contre la fraude des droits d'octroi, on suit l'aqueduc d'Arcueil, un des ouvrages dus à la passion de Marie de Médicis pour l'architecture. Cet aqueduc, construit par Jean Loing, maître maçon, par traité passé le 18 octobre 1612, pour la somme de 460,000 livres, fut commencé le 11 juillet 1613, et achevé en 1624. Il avait pour but de recueillir les sources situées dans le plateau de Rungis et de Cachant, et que l'empereur Julien avait anciennement fait conduire à son palais des Thermes, rue de La Harpe, par un aqueduc dont on voit encore des restes remarquables à Arcueil, derrière les constructions de Marie de Médicis. Ce premier aqueduc, dont l'ancien cours a été en grande partie reconnu dans la plaine de Montsouris et de la Glacière, cette prairie connue de tous les patineurs de Paris, avait été ruiné par le fait de l'exploitation des carrières.

Le nouvel aqueduc d'Arcueil fut construit avec une magnificence vraiment digne des Romains, comme nous l'avons dit, par Marie de Médicis, qui en posa la première pierre avec Louis XIII, en présence des principaux seigneurs de sa cour, du gouverneur, du prévôt et des échevins de la ville de Paris, le 15 juillet 1613.

Depuis Arcueil jusqu'à Paris, l'aqueduc forme une grande galerie souterraine qui fut établie dans quelques parties de la plaine de Montsouris, sur des carrières très-anciennes et alors inconnues ; les infiltrations, les pertes d'eau, les tassements et les affaissements qui en furent la suite, l'éboulement d'une partie de l'aqueduc, l'inondation de toutes les carrières et l'interruption du service des fontaines de Paris, que les eaux de Rungis alimentent, obligèrent à faire de très-grands travaux de restauration.

Les premiers ouvrages de consolidation datent de 1777. Ils furent faits en grandes pierres d'appareil, auxquelles on a depuis substitué une maçonnerie en moellon de roche, à mortier de chaux et de sable, comme moins dispendieuse et plus facile à exécuter dans les souterrains, et d'ailleurs plus que suffisante pour le but qu'on se proposait.

L'endroit le plus favorable pour bien juger et reconnaître ces opérations sur le chemin des Catacombes, est à 90 mètres sud du boulevard Saint-Jacques. Dans cet endroit, on voit à découvert le massif fait sous le cours de l'aqueduc, les deux galeries longitudinales de l'est à l'ouest, et leurs murs de contreforts. Une ligne rouge au ciel de la galerie indique le milieu du chenal.

Le chemin le plus court pour se rendre de cet endroit aux Catacombes est de suivre tout le cours de l'aqueduc dans l'une ou l'autre de ces galeries inférieures, sur une longueur de deux cent cinquante mètres ; mais on fait ordinairement prendre le chemin des doubles carrières, dit du Port-Mahon, pour faire voir les grandes excavations faites par les anciens. C'est donc celui que nous allons décrire.

On se dirige au sud-ouest par une galerie irrégulière de deux cents mètres environ de longueur, pratiquée dans les vides et remblais des anciens. Cette galerie, après quelques sinuosités, va aboutir à l'aplomb de l'ancienne route d'Orléans, près du boulevard extérieur de la barrière Saint-Jacques ou d'Arcueil, en passant sous l'aqueduc de l'empereur Julien.

Malgré les piliers de pierre et les remblais de terre, les tassements ont fait éprouver leur puissance avec tant de force sur cette partie, que la grande construction n'a pu résister et que tous les piliers voisins sont également écrasés. Plus loin, on voit une longue suite de piliers en pierre sèche, grossièrement ébauchés, élevés de gauche et de droite sur deux lignes de remblai, travaux exécutés en 1790, par l'ordre de Louis XVI.

Après plusieurs sinuosités dans les remblais des anciennes carrières, on trouve un escalier pratiqué dans les tailles d'un atelier intérieur. Un des ouvriers de l'inspection des carrières, le nommé Decare, dit Beauséjour, ancien militaire vétéran, reconnut cette carrière en 1777, par un éboulement de couches de pierres qui la séparaient de la carrière supérieure. L'étendue du local et sa disposition naturelle l'engagèrent à y former un petit atelier particulier, où il venait prendre ses repas, tandis que les autres ouvriers remontaient à la surface de la terre.

Peu après son établissement dans cette double carrière, Decare, se rappelant sa longue captivité dans les casemates des forts du Port-Mahon, résolut d'en faire un plan en relief dans les couches des plans de lambourde, qui, d'ailleurs assez tendres, sont effectivement susceptibles d'être sculptées. (Sous le nom de lambourde, on comprend les bancs de pierre calcaire grenue, tendre et de même qualité, ou ne différant les uns des autres que par un léger degré de dureté. On ne peut guère les distinguer que par les nuances, et quelquefois par une petite veinule de marne qui se perd même souvent dans la masse. Les lambourdes sont d'un blanc jaunâtre et composées d'une pâte grossière, qui n'est, à proprement parler, que l'agrégat d'une multitude de coquilles brisées.)

Decare se mit donc à l'œuvre. Il travailla sans relâche à son relief du Port-Mahon pendant cinq années consécutives, de 1777 à 1782. Quand il l'eut terminé, il fit un vestibule orné d'une grande mosaïque en silex noir.

Au bout de ces cinq années de travaux exécutés dans l'ombre, le silence et la solitude, l'entrée de son atelier étant à peu près impraticable pour tout autre que pour lui, Decare voulut compléter ses travaux par la construction d'un escalier commode, taillé dans la masse. Une fois le projet conçu, il se mit à l'œuvre. L'escalier avançait ; malheureusement, en élevant le dernier pilier, il se fit un terrible éboulement, et le courageux Decare, dangereusement blessé, périt peu de temps après.

Pour conserver la mémoire de ce grand ouvrier, de cet artiste inconnu, on fit graver l'inscription suivante sur une table de pierre près du **Port-Mahon**, avec la plaque d'honneur des vétérans.

Cet ouvrage fut commencé en 1777
par Decare, *dit* Beauséjour, *vétéran de Sa Majesté,*
et fini en 1782.

On avait conservé sa table et ses bancs de pierre dans un endroit, qu'en termes de carrière on appelle taille, chambre ou atelier, et que le malheureux Decare appelait son salon. En 1787, le comte d'Artois et plusieurs dames de la cour, qui visitaient le Port-Mahon, déjeunèrent dans ce salon, sur la table de Decare.

Depuis, le relief a disparu à peu près, mutilé par la main des hommes, ou noyé sous les larmes des voûtes. Il en restait pourtant encore assez de vestiges pour juger de la patience, de la mémoire et du talent naturel de cet ouvrier, qui fut peut-être devenu au soleil un de nos plus grands sculpteurs.

Le Port-Mahon n'est pas la seule curiosité que cette carrière offre aux visiteurs; on voit encore les traces d'un éboulement du plus grand effet dans les bancs de pierre qui séparaient les deux carrières.

Les rochers sont rompus, fracassés, isolés les uns des autres, épars çà et là, comme si la tempête avait passé dans ces souterrains, entassés confusément, pêle-mêle, les uns au-dessus des autres, prêts à s'abîmer ; une faible pierre, un moellon, saisi dans sa chute au milieu de sa course, a été saisi au passage et étreint par deux blocs énormes lors du grand éboulement. Il semble la clef de voûte de cet édifice étrange. Vu à distance, cet ensemble de rochers rappelle les récifs les plus sauvages des côtes de Bretagne. Si votre conducteur vous abandonnait tout à coup au milieu de ces ruines, les terreurs de l'inconnu vous monteraient au cœur, car nulle part le mot du chaos n'est écrit en caractères plus terribles et plus ineffaçables.

A cent mètres environ de l'escalier de Decare, à la rencontre de deux chemins, on voit un grand pilier taillé dans la masse par les anciens, et sur le bord du chemin un autre pilier revêtu d'incrustations d'albâtre calcaire, gris et jaunâtre.

A quatre-vingts mètres de là, on trouve le vestibule des Catacombes, construit en 1811. Ce vestibule, dans lequel on arrive par un corridor de six mètres de longueur, est de forme octogone. Deux bancs de pierre ont été placés sur les grands côtés, et, de gauche et de droite de la porte, sont deux piliers qui portent l'inscription du cimetière Saint-Sulpice ;

Has ultrà metas requiescunt
Beatam spem expectantes.

Sur le linteau de la porte d'entrée des Catacombes, taillé dans la roche même, on lit cette phrase en douze syllabes, de l'abbé Delille :

Arrête! c'est ici l'empire de la mort!

et on entre dans les Catacombes.

Je regardai ma belle compagne; j'espérais vaguement que ce vers de l'abbé Delille produirait sur elle un certain effet. Soit qu'elle ne prît pas la mort au sérieux ou qu'elle prît le vers de l'abbé Delille au plaisant, je ne la vis point sourciller. Et j'entrai avec elle dans les Catacombes, enviant et admirant cette puissance de la beauté, de la force et de la jeunesse qui ne doute de rien...

Je me rappelai que, quelques mois avant, j'avais vu deux Anglaises déjeuner sur le vieux gazon de la rue des Tombeaux, à Pompéi. Après avoir examiné la collection minéralogique, la collection pathologique et la crypte de Saint-Laurent, on voit l'autel des obélisques, copié sur un tombeau antique, découvert entre Vienne et Valence sur les bords du Rhône.

A droite et à gauche de l'autel, sont deux piédestaux construits en ossements. Plus loin on aperçoit un monument sépulcral appelé le sarcophage du Lacrymatoire, ou tombeau de Gilbert, à cause des vers qui servent d'inscription :

Au banquet de la vie, infortuné convive,
J'apparus un jour, et je meurs;
Je meurs, et, sur la tombe où lentement j'arrive,
Nul ne viendra verser des pleurs.

A quelques pas de là, on fait remarquer une lampe sépulcrale, lampe en forme de coupe antique, portée sur un piédestal; à droite de la lampe, un grand pilier cruciforme, ou la croix triangulaire, appelée le pilier du *Memento*, parce que, sur ses trois faces, il présente ces paroles vraies, quoique peu consolantes :

Memento quia pulvis es,
Et in pulverem reverteris.

A quoi bon s'escrimer à sortir de la poussière pour y rentrer?.... Enfin!.... Derrière le pilier du *Memento* est celui de l'*Imitation*, qui a reçu ce nom de ses quatres inscriptions tirées de l'*Imitation de Jésus-Christ*. On arrive à un endroit dit la Fontaine de la Samaritaine. On a donné ce nom à une source découverte dans le sol des Catacombes, par les ouvriers, qui y avaient établi un réservoir pour recueillir l'eau nécessaire à leur usage.

Cette fontaine a été désignée d'abord sous le nom de Source du *Léthé ou de l'Oubli*, à cause de ces vers de Virgile :

. . . . . *Animæ, quibus altera fato*
Corpora debentur, Lethæi ad fluminis undam,
Securos latices et longa oblivia potant.

que l'abbé Delille (déjà nommé) a traduit de cette malplaisante façon :

Tu vois ici paraître
Ceux qui, dans d'autres corps, un jour doivent renaître;
Mais, avant l'autre vie, avant ses durs travaux,
Ils cherchent du Léthé les impassibles eaux;
Et dans le long sommeil des passions humaines,
Boivent l'heureux oubli de leurs premières peines.

M. Héricart de Thury, dans le livre duquel je prends, comme je vous l'ai dit, tous ces détails, n'a probablement pas été ravi de ce madrigal funèbre de l'abbé Delille, car il a fait substituer ces paroles de Jésus-Christ à la femme Samaritaine, au puits de Jacob, près de la ville de Sichar.

Omnis qui bibit ex aqua hac sitiet iterum. Qui autem biberit ex aqua quam ego dabo ei non sitiet in æternum, sed aqua quam ego dabo ei fiet in eo fons aquæ salientis in vitam æternam (Évang. selon saint Jean, ch. IV, vers. 13-14).

« Quiconque boit de cette eau aura encore soif, au lieu que celui qui boira de l'eau que je lui donnerai n'aura jamais soif, et l'eau que je lui donnerai deviendra en lui une fontaine d'eau qui rejaillira jusque dans l'autre vie. »

Quatre poissons rouges, cyprins dorés ou dorades chinoises, ont été jetés dans le bassin de la fontaine de la Samaritaine, le 25 novembre 1813. Depuis ce temps, ces dorades se sont parfaitement apprivoisées. Elles répondent aux signes et à la voix du conservateur; elles paraissent avoir fait quelques progrès, mais elles n'ont jusqu'à ce jour donné aucun signe de reproduction. (Je le crois bien!) Leur belle couleur s'est conservée; elle est aussi vive que le premier jour sur trois d'entre elles, mais la quatrième présente quelques nuances qui la distinguent des autres.

Les ouvriers de l'inspection croient avoir remarqué que ces dorades indiquent d'avance les changements de temps, et qu'elles restent à la surface de l'eau ou qu'elles occupent le fond du bassin, suivant que le temps se met à la pluie ou au beau, au froid ou au chaud. C'est possible, après tout, et on aurait mauvaise grâce à contester à ces malheureux poissons ce dédommagement hygrométrique.

On voit enfin les tombeaux de la Révolution, l'escalier des catacombes basses, le pilier des nuits Clémentines, ainsi nommé à cause des quatre strophes tirées du poëme sur la mort de Ganganelli, Clément XIV, et on sort des Catacombes par la porte de l'est, ou de la Tombe-Issoire, au-dessus de laquelle on lit ce vers de Caton :

Non metuit mortem, qui scit contemnere vitam.

Vers célèbre, qui m'a toujours semblé une naïveté, celui qui n'aime pas la vie n'ayant pas d'autre parti à prendre que d'aimer la mort. Tel est l'itinéraire qu'on parcourt maintenant; à quelques travaux et quelques éboulements près, les Catacombes sont dans le même état pittoresque que du temps du bon Héricart de Thury.

Peu de Parisiens les ont visitées, et pas un Parisien, cependant, le Guide du voyageur à la main, ne quitterait Naples sans avoir vu Pompéi et Herculanum. Pourquoi? je ne saurais le dire, sinon que le Parisien ressemble aux hommes mariés qui ne visitent que la femme des autres. Parlez de tous les pays à un

Parisien, de l'Italie, de la Suisse, de l'Allemagne, de l'Europe entière, mais ne lui parlez pas de Paris; sur sa ville natale, il est d'une ignorance crasse; je puis le dire, je suis de Paris. Il ne connaît dans sa ville que son quartier, dans son quartier sa rue, dans sa rue sa maison, et dans sa maison son étage. Sortez-le de là, rien... J'ai demeuré rue Saint-Jacques pendant sept ans, sur le même palier qu'un individu dont je n'ai su le nom qu'en lisant *le Siècle*, à l'article des décès.

Il n'est donc pas étonnant que les Parisiens n'aient jamais visité les Catacombes, et que plus des deux tiers ignorent jusqu'à leur existence! Quoi qu'il en soit, c'est un des plus beaux décors que je connaisse, et je l'ai visité comme un pays connu depuis longtemps.

Dans ce quartier Saint-Jacques, où fleurissaient autrefois aux fenêtres des mansardes ces belles demoiselles qu'on appelait des grisettes, les Catacombes étaient connues au moins par ouï-dire. Il n'est pas un propriétaire qui, en faisant un trou dans son puits, ne puisse, comme M. Jackal, pénétrer dans ces souterrains.

Du temps que j'étais enfant, je voyais, le dimanche, venant du côté de la porte Saint-Jacques, près du Panthéon, et se rendant à la barrière, des groupes de jeunes gens et de jeunes filles amoureusement enlacés. Où allaient-ils ainsi, joyeux, jeunes, chantant, vivaces?... Pendant longtemps, je l'ai ignoré. Le soir, quand on oubliait de me coucher, je les voyais revenir, non plus gais ni souriants, mais pensifs, les jeunes filles languissantes..... les jeunes gens songeurs.

J'appris, quelque temps après, qu'ils revenaient des Catacombes. Eh quoi! ces beaux jeunes gens, si étroitement enlacés qu'ils me semblaient des frères et des sœurs; eh quoi! ils avaient fait de ces souterrains funèbres des retraites d'amour, de ces tombeaux des lits de joyeux hyménée!

Oui... pour une pièce de trente ou quarante sous, le gardien de l'escalier ouvrait la porte... et ils entraient là joyeusement, n'écoutant aucune des recommandations du gardien, et ils s'enfonçaient, chacun dans un de ces immenses souterrains, grands comme des villes, songeant bien à mourir, vraiment, eux jeunes, forts, amoureux... et la vue de ces millions d'ossements ne les arrêtait pas...

Sur un des piliers de l'entrée de la crypte de Legouvé, ils lisaient ce vers de Ducis :

> Nos jours sont un instant, c'est la feuille qui tombe...

Et ils effeuillaient cette fleur de la vie qu'on appelle le premier amour, sans respect du passé, sans souci de l'avenir : le présent des amoureux n'est-il pas éternel!...

Un soir, le gardien attendit vainement le dernier groupe... En vain, il appela; en vain, il descendit; en vain, il parcourut les mille souterrains de cette nécropole... rien...

Descendez encore aujourd'hui dans les Catacombes, marchez plus de temps que la durée de votre torche, et en vain vous aurez pris mille points de repère, vous ne vous retrouverez pas, vous ne reviendrez pas plus de là qu'un caillou jeté dans un gouffre. C'est ainsi que les Catacombes engloutirent les deux amoureux. Le gardien pleura amèrement; mais c'est la mère de la fillette qui fut à plaindre... Son chagrin traversa toute notre rue... ses sanglots arrivaient jusqu'à ma fenêtre... Un jour, je vous conterai ce drame en détail, maëstro, et vous frémirez...

Les plaintes de cette mère et de beaucoup d'autres obligèrent le gouvernement à fermer l'entrée des Catacombes au public, et il fallut des permissions extraordinaires pour les visiter. Je les ai visitées cinq ou six fois, et, comme je vous l'ai dit, c'est un pays connu pour moi. Seulement, il diffère pour moi des pays connus en ceci, que je l'ai trouvé plus grand chaque fois que je l'ai revu.

Un récit écrit (celui-ci est déjà trop long) ne vous donnerait pas une idée nette des impressions que produit sur le visiteur le pays des Catacombes. Je préfère vous les raconter de vive voix. Comme vous le dites si justement, le récit écrit est mort, le récit parlé est vivant. Je finirai en vous faisant un historique rapide des Catacombes.

On ne saurait déterminer précisément à quelle époque remonte l'origine des Catacombes, autrement dit des carrières, qui ont reçu au dix-huitième siècle le nom de Catacombes. On retrouve les premiers vestiges d'extractions de pierre au bas de la montagne Sainte-Geneviève, sur les rives de l'ancien lit de la Bièvre, dans l'emplacement de l'abbaye Saint-Victor, du Jardin des Plantes et du faubourg Saint-Marcel.

Jusqu'au douzième siècle, les palais, les temples et autres monuments publics de Paris, furent construits en pierres extraites des carrières de ce faubourg et de celles qui furent ensuite ouvertes au midi des remparts de Paris, vers les places Saint-Michel, de l'Odéon, du Panthéon, des Chartreux, des barrières d'Enfer et de Saint-Jacques.

En 1774, plusieurs éboulements et graves accidents attirèrent l'attention du gouvernement, et firent connaître l'étendue et l'imminence d'un péril inconnu jusque-là. La rive gauche était tout simplement menacée d'être engloutie un jour ou l'autre à une centaine de mètres dans ces souterrains. Du reste, la légende à peu près historique que j'ai entendu raconter autrefois dans le quartier Saint-Jacques, vous donnera l'idée de ces accidents.

Le jour même où le conseil d'État, ayant pris connaissance de l'alarme générale, venait de se faire rendre compte de l'état des carrières par MM. Soufflot et Brebion, membres de l'Académie de l'architecture, et avait créé l'administration générale des carrières, dont M. Charles Axel Guillaumot avait été nommé le premier inspecteur général; ce jour-là même, son installation fut signalée par un événement qui jeta la consternation dans Paris.

On était au mois de mai de l'année 1777. Un homme d'un certain âge et une femme d'un âge certain respiraient à leur fenêtre de la rue d'Enfer, à peu près où demeure notre ami Bertrand (faisons des vœux pour qu'il ne lui arrive rien de semblable). Un couple respirait donc à sa fenêtre les premières délices du printemps. L'homme dit :

— Une belle matinée.

La femme répond :

— Pas si belle que cela.

Le mari reprend :

— Tu n'es jamais de mon avis. — C'est vrai, dit la femme, e ce n'est pas au bout de vingt-huit ans de mariage que je t'approuverai en quoi que ce soit. — Il y a donc vingt-huit ans que nous sommes mariés? — Vingt-huit ans juste, celà t'a paru court? »

Le mari haussa les épaules, baissa les yeux vers les pavés, semblant ainsi les prendre pour témoins des infortunes dont il avait été victime depuis ces vingt-huit ans de mariage. La femme reprit :

— Avoue que tu serais bien heureux d'être débarrassé de moi. — C'est vrai, dit franchement le mari. — Que tu donnerais beaucoup de livres pour me voir à cent pieds sous terre, continua aigrement la femme. — C'est-à-dire, répondit l'homme marié, que je donnerais ma fortune entière, ma vie même, pour que la terre t'engloutisse à trois fois autant de pieds que nous avons vécu d'années ensemble.

Comme il disait ces mots, l'ange du mariage plana au-dessus de ces deux compagnons, il déploya ses ailes d'un brun fauve, et, décrivant au-dessus de leurs têtes des cercles gigantesques, d'un coup d'aile il effleura la maison, qui s'engloutit bruyamment à vingt-huit mètres de profondeur au-dessous du sol de la cour, c'est-à-dire à trois fois autant de pieds que leur mariage avait duré d'années.

Et ainsi allèrent se dénouer dans la mort ces deux âmes indissolublement nouées dans la vie. Ce drame intime, quoique bourgeois, éveilla de plus belle, quoique tardivement, l'attention du gouvernement, et on commença un travail de réparation, d'après un système qui est encore à peu près celui que l'on suit aujourd'hui.

L'idée de faire une nécropole de ces carrières est due à M. Lenoir, lieutenant général de la police. Ce fut lui qui en provoqua la mesure, en demandant la suppression de l'église des Innocents et l'exhumation de son cimetière, dont les cadavres envoyaient des miasmes mortels aux habitants de ce quartier. On comprend en effet les odeurs fétides que devait dégager ce cimetière, qui contenait les dépouilles de millions d'individus, cimetière que Philippe-Auguste avait déjà songé à entourer de murs.

En 1780, c'est-à-dire après deux ou trois cents ans de réclamations, car déjà, en 1554, des médecins de la Faculté en avaient réclamé la suppression ; en 1780, on songea à faire droit à cette requête séculaire, considérant *que le nombre des corps, excédant toute mesure et ne pouvant se calculer, avait exhaussé le sol de plus de huit pieds au-dessus des rues et des habitations voisines.*

La quantité des corps déposés annuellement était si effrayante, que le dernier fossoyeur, François Poutrain, en avait déposé, pour son seul compte, plus de quatre-vingt-dix mille. On s'attendrit pendant cinq ans encore sur les malheurs qu'occasionnait cette pourriture, et le 9 novembre 1785, le conseil d'État prononça la suppression du cimetière des Innocents.

Les anciennes carrières situées sous la plaine de Montsouris, au lieu de la Tombe-Issoire ou Isouard, ainsi appelé du nom d'un fameux brigand qui régnait dans les environs, semblèrent, par leur proximité de la ville, leur étendue, leur silence mystérieux, un endroit favorable pour l'établissement d'un cimetière souterrain.

Cette opération eut lieu en trois époques différentes, du mois de décembre 1785 au mois de mai 1786, du mois de décembre 1786 au mois de février 1787, du mois d'août 1787 à janvier 1788. C'est donc à une mesure de salubrité qu'on doit l'établissement de cette merveilleuse ville souterraine qu'on appelle les Catacombes, élevée à la mémoire des ancêtres, *Memoriæ majorum*.

. . . .

En sortant de là, ma compagne et moi, nous avons béni le soleil comme des Indiens. Je regardais le visage de cette belle personne ; il me paraissait impossible qu'une émotion quelconque ne se trahît pas en sortant de cet intérieur des tombeaux. Rien, absolument rien : le front avait toute sa splendeur, l'œil toute sa sérénité, la bouche seule exprimait quelque chose.

Un certain pli qui n'était pas coutumier, une contraction de la lèvre inférieure décelait clairement cette pensée :

— Pouah ! c'est très-laid ce que nous avons vu là, et je ne comprends pas que des amoureux aient choisi un pareil autel pour leur sacrifice.

. . . .

Tel est le rapport de Paul Bocage, rapport fidèle : j'en mettrais ma main au feu, Paul Bocage ayant des yeux pour voir et des oreilles pour entendre. Maintenant qu'on connaît le décor, nous allons faire mouvoir les personnages...

XXII

OU M. JACKAL COMMENCE A COMPRENDRE QUE C'EST LUI QUI SE TROMPE ET QUE L'EMPEREUR N'EST PAS MORT.

L'aspect de ces lieux, dont nous venons de donner, nous en sommes certain, une description exacte à nos lecteurs, n'avait pas été sans faire éprouver à M. Jackal une certaine sensation nerveuse dont il n'avait pas été le maître. M. Jackal était brave, nous l'avons dit, et dans plus d'une circonstance le lecteur a déjà pu apprécier sa bravoure, mais il y a certaines conditions de localités, de ténèbres, d'atmosphère qui font passer un frisson dans le cœur des plus courageux.

Le frisson passa dans le cœur de M. Jackal ; mais c'était un homme qui mettait dans l'exercice de son état cet amour-propre d'exécution et cet orgueil de réussite qui fait d'un métier un art. Puis M. Jackal était curieux : il voulait absolument savoir quels étaient ces hommes qui se réunissaient à cent pieds sous terre pour crier : Vive l'empereur !

Cependant, comme M. Jackal ne poussait pas le courage jusqu'à la témérité, il acheva de prendre toutes les précautions nécessaires à sa sûreté, gagna un enfoncement qui parut lui offrir un abri plus sûr encore que l'ombre de ce pilier derrière lequel il était blotti d'abord, fit jouer à tout hasard dans sa gaîne le poignard qu'il portait toujours sur lui, et, voyant au geste de l'orateur qu'il allait parler, et aux gestes des spectateurs qu'ils allaient écouter, il ouvrit ses oreilles et ses yeux aussi grand qu'il les put ouvrir.

Des chuts prolongés se firent entendre, et l'orateur commença d'une voix grave et sonore, qui fit que M. Jackal comprit dès les premières paroles qu'il ne perdrait pas un mot de son discours.

« Frères, dit-il, je viens vous rendre compte de mon voyage à Vienne. »

LES CATACOMBES.

TYP. J. CLAYE.

— A Vienne? murmura M. Jackal; à Vienne en Autriche, ou en Dauphiné?

« Je suis arrivé la nuit dernière, continua l'orateur, et c'est pour vous communiquer une nouvelle de la plus haute importance que je vous ai fait convoquer pour ce soir, par le ministère de notre chef, à une assemblée extraordinaire. »

— Une assemblée extraordinaire! fit M. Jackal. En effet, l'assemblée que j'ai sous les yeux ne ressemble à aucune de celles que j'ai vues jusqu'à présent.

« Deux hommes, dont il suffit de prononcer les noms pour éveiller en vous des souvenirs de gloire et de dévouement, M. le général Lebastard de Prémont et M. Sarranti, sont arrivés à Vienne il y a deux mois. »

— Voyons, voyons un peu, dit M. Jackal, il me semble que je connais aussi ces deux noms-là, moi? Sarranti, Lebastard de Prémont. Ah! oui, Sarranti. Il est revenu des Grandes-Indes. Si l'honnête M. Gérard n'est pas mort, il va être bien heureux d'apprendre des nouvelles de l'assassin de ses neveux. Écoutons, écoutons. Diable! ceci devient intéressant.

Et, au risque de se trahir par le bruit de l'aspiration, M. Jackal se fourra une énorme prise de tabac dans le nez. L'orateur continuait. Mais, tout en se livrant à sa voluptueuse occupation, M. Jackal ne perdait pas un mot de ce qui se disait.

« Ils ont tous deux traversé les mers pour venir nous aider dans nos projets. Le général Lebastard de Prémont met à la disposition de la cause toute sa fortune, c'est-à-dire des millions, et M. Sarranti, investi de toute la confiance du roi de Rome, est chargé par lui d'organiser sa fuite. »

Un murmure de joie se répandit dans toute l'assemblée.

— Diable! diable! fit M. Jackal, écoutons.

« Or, voici ce qui a été arrêté et dont je suis chargé de donner communication à la vente suprême. »

— Ah! fit M. Jackal, qui ne pouvait s'empêcher de faire, ne fût-ce que pour lui-même, de l'esprit à sa manière, je m'explique maintenant pourquoi il fait si noir. Nous sommes en pleine charbonnerie. Je croyais cette mine éventée depuis l'affaire de la Rochelle. Suivons le filon.

« Notre projet, continua l'orateur, est d'enlever le prince, de l'emmener à Paris, de combiner son arrivée avec une émeute, de jeter tout à coup par les places et par les carrefours son nom si puissamment populaire, et, à l'aide de ce nom, de soulever tous les cœurs restés fidèles à la vieille gloire française. »

— Ouf! dit M. Jackal, ces gens n'étaient donc pas si fous que je le croyais quand ils criaient : Vive l'empereur!

« Le prince, vous le savez, demeure dans le château de Schœnbrunn, où il est exposé à toutes sortes de vexations de la part de la police autrichienne. »

Un murmure d'indignation se fit entendre dans le groupe bonapartiste.

— Bon! fit M. Jackal, voilà qu'ils injurient la police de M. de Metternich, à présent. Mais ces gens-là ne respectent rien.

« Il habite la partie droite du château appelée l'aile de Meidling. Toute approche nocturne du château est expressément défendue, et empêchée d'ailleurs; une sentinelle est placée au-dessous des fenêtres du duc, non pas pour faire honneur au fils de Napoléon, mais pour garder le prisonnier de l'Autriche. »

Quelque chose comme un rugissement de colère s'éleva du groupe des soixante conspirateurs.

« De ce côté, il était donc impossible de parvenir jusqu'auprès de lui. Vous connaissez, mes frères, toutes nos tentatives infructueuses jusqu'aujourd'hui. Il a donc fallu, en quelque sorte, que l'ombre de notre grand empereur planât au-dessus de cette prison pour nous ouvrir les portes du cachot de son fils. »

De bruyants éclats d'approbation se firent entendre.

— Écoutez-moi, reprit l'orateur. — Chut! silence! fit-on de tous côtés.

« C'est donc muni d'un plan, conçu et tracé par l'empereur lui-même, que M. Sarranti a pu pénétrer jusqu'à l'héritier du grand homme.

« Or, après avoir cherché pendant près d'un mois tous les moyens de fuite, on s'est arrêté à celui-ci :

« Le duc a la permission de se promener chaque jour à cheval pendant quelques heures; il lui est arrivé une ou deux fois de ne rentrer qu'à la nuit; il a été décidé avec M. Sarranti qu'il sortirait une après-midi pour faire sa promenade ordinaire, et que cette fois, au lieu de rentrer, il viendrait rejoindre M. Lebastard de Prémont, qui l'attendrait avec des voitures, des chevaux et vingt hommes bien armés au pied du mont Vert.

« Des relais seront préparés sur toute la route pour l'envoyé de Rindjit-Singh; l'or donnera des ailes aux chevaux.

« Le jour de la fuite est soumis à la volonté de la vente suprême; M. Lebastard de Prémont recevra l'avis et le fera passer au duc; la veille du jour de la fuite, M. Sarranti partira, afin de précéder à Paris le prince de vingt-quatre heures.

« La présence de M. Sarranti sera donc le signal d'un soulèvement à Paris et dans les principales villes de France, parmi le peuple et dans l'armée. Voici de quelle façon le signal doit être transmis au prince. »

— Oh! mais, murmura M. Jackal, si préoccupé qu'il ne songeait même plus à tirer sa tabatière de sa poche, voici qui devient de plus en plus intéressant.

— Écoutez, écoutez, firent les conspirateurs.

L'orateur continua :

« Entre la porte grillée de Meidling et le mont Vert, est une villa qui porte inscrit à son fronton le mot grec χαῖρε. Il est convenu que le jour où la dernière lettre de ce mot manquera sera le jour de la fuite.

« Une fois le premier relai franchi, vous n'aurez plus à vous inquiéter de rien; des relais sont établis sur toute la route, depuis Beaumgarten jusqu'à la frontière. N'ayons donc nulle inquiétude de ce côté. Seulement, prenons un parti au plus vite.

« Encore quelques mois, et le royal enfant aura peut-être perdu les forces nécessaires pour accomplir ce projet. Quoique jouissant à cette heure d'une excellente santé, il porte sur son front les traces du martyre qu'il subit depuis tant d'années. »

Les conspirateurs parurent redoubler d'attention; quant à M. Jackal, il ne respirait pas.

« Dans un des carrefours de ces souterrains, continua l'orateur, est réunie une vente centrale. Je vous prie, séance tenante, de déléguer un député auprès d'elle, afin de l'instruire de nos projets. Un jour, une heure, une minute de retard peut tout faire avorter : avant huit jours, selon toute probabilité, M. Sarranti sera ici. Veuillez donc prendre une décision rapide : l'avenir de la France, celui du monde dépendent de votre décision, puisque chacun de nous représente une vente, et que chaque vente représente des milliers d'hommes. »

Tous les membres de l'assemblée se pressent autour de l'orateur, comme des officiers qui s'avancent à l'ordre.

— Diable, diable! fit M. Jackal, mais c'est donc une mine de charbon que ces Catacombes. J'avoue que j'aimerais à ouïr ce qui va se débiter dans la vente centrale, mais comment faire?

M. Jackal jeta un regard autour de lui.

— Le pays est vaste, sinon aéré. Ma foi, ils ont choisi là un joli endroit, bien tranquille, bien retiré; et moi qui les prenais pour des fous. Ah! l'on se rassied. Ils ont pris un parti, à ce qu'il me semble.

Et M. Jackal prêta une attention si profonde, qu'il parut aussi immobile que le pilier de granit auquel il était appuyé.

Celui qui avait parler le premier, celui que M. Jackal n'avait pas entendu, et qui, assis sur une pierre élevée, semblait le président du groupe que le hasard avait placé sous les yeux de l'inspecteur de la police, celui-là seul resta debout, et faisant signe à l'orateur, qui s'était rassis avec les autres, de venir à lui, il lui dit à demi voix quelques mots qu'à son grand regret M. Jackal ne put entendre. Mais le mouvement qui s'exécuta aussitôt dans l'assemblée lui fit comprendre le sens de ces paroles.

En effet, l'orateur, après avoir remercié l'assemblée par un signe de tête, ce qui prouvait qu'on venait de lui accorder quelque chose d'important, l'orateur prit une torche et se dirigea vers une espèce de grotte où il disparut au bout de quelques instants, au désespoir croissant de M. Jackal. Toutefois, ce départ était bien facile à expliquer, et M. Jackal connaissait trop bien la charbonnerie, pour ne pas comprendre que l'orateur venait d'être nommé député, et en cette qualité délégué auprès de la vente centrale.

Mais comme nos lecteurs ne sont peut-être pas aussi bien renseignés que M. Jackal, qu'ils nous permettent de leur dire en quelques mots quelle était l'organisation de la charbonnerie.

XXIII

LA CHARBONNERIE.

Les républicains du royaume de Naples, sous le règne de Murat, animés d'une haine égale contre les Français et contre Ferdinand, s'étaient réfugiés dans les gorges profondes des Abruzzes, et avaient formé une alliance sous le nom de carbonari.

En 1819, le carbonarisme italien prit un grand développement par des affiliations avec les patriotes de France. Cet accroissement éveilla l'attention et les soupçons du gouvernement de la restauration.

Un fait surtout l'étonna. Le carbonaro Querini fut poursuivi criminellement par les autorités de la cour pour tentative d'homicide. Dans l'instruction, on découvrit qu'il n'avait fait qu'exécuter un jugement de HALTA VENDITA, en frappant un carbonaro accusé d'avoir révélé le secret de l'association.

Informé de ce fait par les magistrats de la cour, le ministère avait fait arrêter le cours des poursuites : Une enquête et des mesures trop sévères décèleraient, écrivait-il, une crainte que de pareilles sociétés ne peuvent inspirer, sous une forme de gouvernement où les droits du peuple sont reconnus et assurés. Le ministère dissimulait sa propre pensée : la charbonnerie, au contraire, était alors l'objet des plus opiniâtres investigations ; mais il craignait que des poursuites exécutées avec trop d'éclat ne fussent un avis, aux nombreuses ventes de Paris et des départements, de se tenir plus que jamais sur leurs gardes.

Le berceau de la charbonnerie française était un café de la rue Copeau, et ses fondateurs, Joubert et Dugier, qui, après l'avortement du complot du 19 août, à la suite duquel M. Sarranti avait quitté la France, Joubert et Dugier, de leur côté, avaient été chercher en Italie un refuge contre la poursuite des chambres. Reçus alors carbonari durant leur séjour à Naples, ils avaient, après leur retour, fait connaître, à plusieurs de leurs amis, l'organisation de la charbonnerie napolitaine.

Dans une réunion qui se tint rue Copeau, dans la chambre d'un étudiant en médecine nommé Buchez, dont la maison formait le coin de la rue de la Clef, réunion à laquelle assistaient M. Rouen aîné, avocat, les étudiants en droit Limperani, Guinard, Sautelet et Cariol, l'étudiant en médecine Sigond, et les deux employés Bazard et Flottard ; dans cette réunion, Dugier communiqua les statuts et règlemnts de la charbonnerie.

Les dix jeunes gens réunis ce jour-là convinrent de rallier tous les membres épars des diverses conjurations formées jusque-là, et de les soumettre à une même direction, en constituant une société française de carbonari. Trois d'entre eux, Bazard, le grand organisateur de la charbonnerie, Buchez et Flottard, se chargèrent d'introduire dans les statuts de la charbonnerie italienne les dernières modifications que nécessitaient les mœurs des différents pays.

On se mit sur-le-champ à l'œuvre, et voici quelles furent les principales dispositions de l'organisation de la charbonnerie en France.

La société entière se composait de trois ventes : la haute vente ; la vente centrale ; la vente particulière. La haute vente, autorité suprême, absolue, souveraine, invisible, inconnue, était unique. Le nombre des ventes centrales et particulières était illimité.

Chaque réunion de vingt carbonari formait une vente particulière. Trois ventes particulières étaient réunies sous les yeux de M. Jackal. Chacune de ces ventes isolées élisait dans son sein un président, un censeur, un secrétaire-caissier recevant les cotisations, et un député.

Le but de toute vente particulière était le renversement de la monarchie, but commun dans lequel la charbonnerie avait été instituée. On s'occupait peu de reconstruire, de reconstituer. Chasser les jésuites, chasser le roi, briser le joug, tel était le but que se proposait d'atteindre tout carbonaro, quelque sympathie qu'il eût pour telle ou telle forme de gouvernement.

Bonapartistes, orléanistes, républicains étaient donc confondus, et si M. Jackal avait eu les cent yeux d'Argus, il eût vu sans doute rayonner au fond des Catacombes, dans quelque angle opposé à celui des bonapartistes, les torches des orléanistes et des républicains.

Chaque vente particulière, comme nous l'avons dit, avait un député. C'était ce député, délégué par elle, qui formait la vente centrale. La vente centrale, comme la vente particulière, se composait de vingt membres, lesquels membres n'étaient autres que les vingt députés élus par les vingt ventes particulières. La vente centrale était organisée comme la vente particulière : à son tour elle élisait un président, un censeur et un député.

Le député de cette vente était délégué près de la haute vente, laquelle se composait de toutes les notabilités militaires et parlementaires de l'époque. Elle ne formait pas de réunion, et le député de la vente centrale n'était jamais délégué qu'auprès d'un de ses membres. Aussi les affiliés eux-mêmes ne savaient-ils à peu près aucun des noms des membres de la vente suprême; et à peine, aujourd'hui, est-on certain d'en connaître la moitié.

Les principaux étaient : Lafayette, Voyer-d'Argenson, Laffitte, Manuel, Buonarotti, Dupont (de l'Eure), de Schonen, Mérilhou, Barthe, Teste, Baptiste Rouer, Boinvilliers, les deux Scheffer, Bazard, Cauchois-Lemaire, de Corcelles, Jacques Kœcklin, etc., etc.

Finissons en répétant que les éléments dont se composait le carbonarisme étaient loin d'appartenir aux mêmes doctrines politiques, et que bourgeois, étudiants, artistes, militaires, avocats, quoique marchant dans des voies différentes, étaient dirigés par la même cause, c'est-à-dire par une haine ardente contre les Bourbons de la branche aînée.

Au reste, nous tâcherons de les montrer à l'œuvre.

Et maintenant que nos lecteurs savent aussi bien que M. Jackal que l'orateur vient d'être délégué à la vente centrale comme député, reprenons notre récit. Après le départ du député, ce fut un brouhaha effroyable; chacun des membres voulut parler sans attendre son tour, les uns, cherchant à se faire entendre, poussaient des cris féroces; les autres agitaient leurs torches comme si elles eussent été des sabres et des épées; enfin, ce fut une confusion terrible, et les rayons des torches agitées, en se dirigeant en mille sens divers, devinrent l'image des pensées confuses et divergentes de tous les membres de cette mystérieuse assemblée.

— Oh! oh! murmura M. Jackal, on dirait qu'ils sont déjà à la tête du gouvernement; ils ne s'entendent plus.

Au bout d'une demi-heure de ce tumulte, on vit, au fond de la grotte derrière le président, sourdre la lumière d'une torche, et l'orateur ou plutôt le député à la vente centrale reparut. Il ne prononça qu'un mot; mais ce mot, comme le *quos ego* de Neptune, suffit pour rendre le calme aux flots tumultueux.

— Convenu! dit-il.

Tout le monde applaudit, et trois fois fut poussé de nouveau ce cri de : Vive l'empereur! que M. Jackal avait entendu dès son entrée dans les Catacombes. Puis la séance fut levée.

Alors les uns après les autres montèrent sur la pierre qui avait servi de fauteuil au président, et s'enfoncèrent dans la grotte où nous avons vu entrer l'orateur. Cinq minutes après, le silence et l'obscurité de la mort régnaient seuls sous ces épaisses voûtes.

— Je crois que je n'ai plus rien à faire ici, dit M. Jackal, que ce silence et cette obscurité ne remplissaient pas précisément d'enjouement. Remontons sur la terre ferme; il ne serait pas de bon goût de faire attendre plus longtemps notre féal Gibassier.

Et M. Jackal, s'assurant qu'il était bien seul, alluma son rat-de-cave, et se dirigea vers cette gerçure du puits, qui était venue si inopinément trahir aux yeux exercés du chef de police ce rassemblement séditieux, composé d'hommes qu'il croyait évaporés, volatilisés, évanouis.

— Eh! fit M. Jackal, sommes-nous toujours là-haut? — Ah! c'est vous, M. Jackal, s'écria Longue-Avoine, nous commencions à être inquiets. — Merci, prudent Ulysse, dit M. Jackal, la corde est-elle solide? — Oui, oui, répondirent en chœur les voix des cinq ou six agents qui gardaient l'entrée du puits. — Alors, enlevez, dit M. Jackal, qui, pendant ce temps, avait passé le porte-mousqueton dans l'anneau de sa ceinture.

Aussitôt ce dernier mot prononcé, M. Jackal se sentit enlever de terre avec une force et une volonté qui indiquaient à la fois et le désir que les argousins avaient de ramener leur chef à eux, et le désir qu'ils avaient de l'y ramener sans accident.

— Ah! il était temps, dit M. Jackal en remettant le pied sur le pavé de Sa Majesté Charles X; un quart d'heure plus tard, j'étais rongé par les rats qui émaillent ce charmant endroit.

Les argousins s'empressèrent autour de M. Jackal.

— C'est bien, c'est bien, dit celui-ci; je suis sensible à votre empressement, mes amis, mais nous n'avons pas de temps à perdre. Où est Gibassier? — A l'Hôtel-Dieu, avec Carmagnole, qui est chargé de ne pas le perdre de vue. — Bien, dit M. Jackal, reporte la corde chez toi, Longue-Avoine; referme avec soin la porte du puits, Mal-d'Aplomb; et vous autres, en marche s'il vous plaît; dans une demi-heure, rendez-vous tout le monde à la préfecture.

Et la petite troupe se mit silencieusement en chemin par la rue des Postes et la rue Saint-Jacques, se dirigeant vers l'Hôtel-Dieu. On arriva sur le seuil de l'hôpital juste au moment où M. Jackal, aspirant bruyamment une prise de tabac, se livrait à ces réflexions humoristiques :

— Quand je pense que si moi, Jackal, il ne me plaisait pas d'y mettre bon ordre, nous aurions probablement l'empire la semaine prochaine. Et ces jésuites, qui se croient maîtres absolus du royaume! Et cet honnête homme de roi, qui chasse dessus la terre, tandis qu'on est en train de le chasser dessous!

Pendant ce temps, la porte de l'Hôtel-Dieu s'était ouverte au bruit de la sonnette tirée par un des agents.

— C'est bien, dit M. Jackal en abaissant ses lunettes sur son nez, allez m'attendre à la Préfecture.

Et le chef de la police de sûreté entra dans l'hôpital, dont la porte se referma lourdement derrière lui. Quatre heures sonnaient à Notre-Dame.

XXIV

OU IL EST PROUVÉ QUE LA FORTUNE VIENT ENCORE EN DORMANT.

Au fond d'un des grands dortoirs de l'Hôtel-Dieu, à côté de la petite chambre de la sœur de garde, dans un cabinet faisant pendant à cette petite chambre et servant de succursale à l'infirmerie, reposait, depuis deux heures à peu près, ce forçat blasé que nous avons présenté à nos lecteurs sous le nom de Gibassier.

Ses blessures pansées, et, hâtons-nous de le dire pour rassurer nos lecteurs, ses blessures n'étaient pas dangereuses, il s'était endormi, écrasé par la fatigue et cédant à ce besoin de sommeil que l'homme éprouve à la suite d'une certaine quantité de sang perdu. Toutefois, son front était loin d'exprimer cette quiétude et cette sérénité qui sont les anges gardiens du sommeil des honnêtes gens.

Il était facile de lire sur le visage de Gibassier les effets d'une lutte intérieure; le souci de son avenir était écrit en lettres majuscules sur son front haut, vaste, lumineux, et dont les proportions eussent déconcerté les naturalistes et les phrénologues. Couvrez le visage d'un masque pour en cacher l'expression bassement cupide, et ce front pourra appartenir à un Goëthe ou à un Cuvier inconnu.

Il était tourné de face, par rapport à la porte d'entrée, et de dos, par rapport au compagnon qui, assis dans l'angle de la chambre et dans la ruelle de son lit, faisait la lecture dans un livre relié en veau, et semblait marmotter des prières pour le salut éternel ou tout au moins pour le repos momentané du forçat endormi. Ce n'étaient cependant pas des prières que murmurait ce garde-malade, qui n'était autre, nos lecteurs sans doute l'ont déjà reconnu, que le méridional Carmagnole.

M. Jackal, on se le rappelle, avait recommandé tout particulièrement Gibassier, et Carmagnole, chargé de sa garde, l'avait, il faut lui rendre justice, veillé avant son sommeil, et même depuis qu'il dormait, avec la tendresse dévouée d'un frère ou avec la sollicitude non moins attentive d'un garde de commerce.

Cette surveillance n'avait pas, au reste, été difficile à exercer, puisque Gibassier dormait déjà depuis plus de deux heures, et paraissait devoir dormir encore pendant un certain temps; au reste, c'était sans doute contre les probabilités d'un long sommeil qu'il avait tiré de sa poche un petit volume à tranches rouges relié en veau, et intitulé : *Les Sept Merveilles de l'amour*.

Nous ignorons ce que pouvait contenir ce livre écrit en langue provençale : disons cependant qu'il semblait faire sur le poétique Carmagnole une agréable impression. Sa lèvre inférieure pendait comme celle d'un satyre, son œil étincelait de désir, et son visage, du crâne au menton, rayonnait de félicité.

En ce moment, la sœur de garde entr'ouvrit la porte du cabinet, passa doucement la tête, regarda son malade avec une expression de charité toute chrétienne, et se retira en voyant que son malade dormait encore. Quelque minutieuse précaution qu'eût prise la bonne religieuse, le bruit qu'elle fit en refermant la porte réveilla Gibassier qui avait le sommeil du lièvre, et qui, ouvrant l'œil gauche, regarda d'abord du côté droit, et qui, enfin, ouvrit l'œil droit et regarda du côté gauche ; alors, se croyant seul :

— Ouf! fit-il en se frottant les deux yeux et en se mettant sur son séant, j'étais en train de rêver que j'étais écrasé par la roue de la Fortune. Que peut signifier ce rêve? — Je vais vous le dire, maître Gibassier, répondit derrière lui Carmagnole.

Gibassier se retourna vivement et aperçut le Provençal.

— Ah ! dit-il, je crois, autant que me permet de me le rappeler le trouble de mes idées, que j'ai eu le plaisir de faire route, cette nuit, avec votre excellence. — Justement, répondit celui-ci avec un accent qui ne permettait pas de se tromper à son origine. — C'est à un compatriote que j'ai l'honneur de parler ? demanda Gibassier. — Je croyais que votre seigneurie était du Nord, repartit Carmagnole. — Oh ! dit philosophiquement Gibassier, la patrie n'est-elle pas le coin de terre où sont nos amis? Je suis du Nord, c'est vrai, mais mon pays de prédilection, c'est le Midi. Toulon est, en réalité, ma patrie adoptive. — Eh ! pourquoi l'avez-vous quittée, alors? — Que voulez-vous, reprit mélancoliquement Gibassier, c'est toujours la vieille histoire de l'enfant prodigue. J'ai voulu revoir le monde, jouir de la vie. Je me suis donné quelques mois de récréation, en un mot. — Votre début, cependant, ne me semble pas des plus récréatifs. — J'ai été victime de ma loyauté : j'ai cru à l'amitié. On ne m'y reprendra plus. Mais vous prétendiez tout à l'heure m'expliquer mon songe ; seriez-vous parent ou allié de quelque magicienne? — Non ; mais quelques études sérieuses que j'ai faites moi-même avec un académicien de Montmartre, qui s'est fort occupé de chiromancie, de géomancie et autres sciences exactes, une disposition naturelle au somnambulisme et un tempérament nerveux, m'ont mis à même d'expliquer les songes. — Alors parlez, cher ami, et expliquez-moi le mien. Je voyais venir la Fortune à moi avec une telle rapidité que je ne pus me ranger. En me heurtant, elle me renversa, et allait me passer sur le corps et m'écraser, quand la bonne sœur sainte Barnabée ouvrit la porte et me réveilla. Qu'est-ce que cela signifie? — Rien de plus simple, dit Carmagnole, et un enfant expliquerait la chose aussi bien que moi. Cela signifie purement et simplement qu'à partir d'aujourd'hui, votre fortune va devenir écrasante. — Oh ! oh ! fit Gibassier, dois-je vous croire? — Comme Pharaon crut Joseph, comme l'impératrice Joséphine crut mademoiselle Lenormand. — Mais, s'il en est ainsi, dit Gibassier, permettez-moi de vous offrir une part dans les bénéfices. — Ce n'est pas de refus, dit Carmagnole. — Eh bien, quand commençons-nous à partager? — Quand la Fortune vous prouvera que j'ai raison. — Mais quand me prouvera-t-elle cela? — Demain, ce soir, dans une heure peut-être; qui sait?.. — Pourquoi pas tout de suite, cher ami, et si la Fortune est à notre disposition, nous serions bien fous de perdre une heure. — Ne la perdons pas, alors. — Bon, et qu'y a-t-il à faire? — Appelez la Fortune, et vous allez la voir entrer. — Vraiment? — Parole d'honneur. — Elle est donc là? — C'est-à-dire qu'elle est à la porte. — Ah ! mon cher Monsieur, je suis si moulu de ma chute, que je ne saurais aller lui ouvrir moi-même, rendez-moi le service d'y aller pour moi. — Volontiers.

Et Carmagnole, se levant avec le plus grand sérieux, quitta sa place, remit dans sa poche *les Sept Merveilles de l'amour*, et, entr'ouvrant la porte par laquelle la sœur de charité avait passé sa tête, prononça quelques mots que Gibassier n'entendit point et qu'il prit pour des paroles cabalistiques. Après quoi, Carmagnole rentra dans la chambre.

— Eh bien? demanda Gibassier. — C'est fait, votre honneur, répondit Carmagnole en reprenant sa place. — La Fortune est convoquée? — Elle va venir en personne. — Oh ! que je regrette donc de ne pouvoir aller au-devant d'elle. — La Fortune est sans façon, et il est inutile de se déranger pour elle

— De sorte que nous allons l'attendre... patiemment, dit Gibassier, qui, voyant le sérieux de Carmagnole, commençait à croire que son interlocuteur sortait de la fantaisie. — Vous ne l'attendrez pas longtemps, je reconnais son pas. — Oh! oh! il me semble qu'elle a des bottes fortes? — C'est qu'elle a du chemin à faire pour venir jusqu'à vous.

La porte s'ouvrit sur ces derniers mots de Carmagnole, et Gibassier vit entrer M. Jackal en costume de voyage, c'est-à-dire vêtu d'une polonaise et chaussé de bottes fourrées. Gibassier regarda Carmagnole d'un air qui voulait dire :

— Ah! c'est cela que tu appelles la Fortune, toi?

Carmagnole comprit, car il répondit avec un aplomb qui commença à faire douter Gibassier.

— La Fortune même.

M. Jackal fit signe à Carmagnole de se retirer, et Carmagnole, obéissant à ce signe, opéra sa retraite après avoir lancé un regard affectueux à son associé. Une fois seul avec Gibassier, M. Jackal regarda autour de lui pour s'assurer s'il n'y avait pas dans la chambre d'autres habitants que Gibassier, et, prenant une chaise, il vint s'asseoir au chevet du lit du malade, et entama la conversation en ces termes :

— Vous vous attendiez sans doute à ma visite, cher monsieur Gibassier? — Le nier serait mentir effrontément, mon bon monsieur Jackal; d'ailleurs, vous me l'aviez promis, et quand vous promettez une chose, je sais que vous n'oubliez pas. — Oublier un ami serait un crime, répondit sérieusement M. Jackal.

Gibassier ne répondit point, mais s'inclina en signe d'assentiment. Il était évident qu'il regardait M. Jackal et se tenait sur la défensive. De son côté, M. Jackal avait cet air paterne qu'il savait si bien prendre lorsqu'il s'agissait de confesser ou d'engeôler ce qu'il appelait une pratique. Ce fut M. Jackal qui prit le premier la parole.

— Comment vous trouvez-vous depuis que nous ne nous sommes vus? — Assez mal; merci. — N'aurait-on pas eu pour vous tous les soins que j'avais recommandés? — Au contraire. Je n'ai qu'à me louer de tout ce qui m'entoure, et de vous le premier, mon bon monsieur Jackal. — Et ayant à vous louer de tout ce qui vous entoure, vous trouvant dans un bon cabinet, bien sec, dans un bon lit, bien chaud; et cela en sortant du fond d'un puits humide et malsain, vous avez l'ingratitude d'accuser la fortune! — Nous y voilà, dit Gibassier.

XXV

CLINIQUE.

— Ah! mon cher monsieur Gibassier, continua le chef de police, que faut-il donc faire pour vous prouver qu'on est votre ami? — M. Jackal, dit Gibassier, je serais indigne de l'intérêt que vous me témoignez si je ne vous donnais pas à l'instant même l'explication de mes paroles. — Donnez-la-moi donc, reprit M. Jackal en prenant avec bruit et volupté une énorme prise de tabac ; j'écoute.

— Quand j'ai dit que je me trouvais mal, je savais parfaitement ce que je disais. — Communiquez-moi votre pensée. — Je me trouve bien pour l'heure présente, mon bon monsieur Jackal. — Alors, que vous faut-il de plus? — J'aimerais à avoir un peu de sécurité pour l'avenir. — Eh! mon cher Gibassier, qui est sûr de l'avenir? La seconde qui vient de s'écouler ne nous appartient plus; celle qui va venir ne nous appartient pas encore. — Eh bien! c'est cette seconde qui va venir dont je suis inquiet; je ne vous le cacherai pas. — Et que craignez-vous? — Je trouve l'endroit où je suis délicieux. Relativement à l'endroit d'où je sors, c'est un paradis terrestre; mais vous connaissez mon caractère capricieux. — Dites blasé, Gibassier. — Blasé si vous voulez. Si bien que je sois ici, je ne pourrai pas plus tôt me bouger, que l'envie me prendra d'en sortir. — Eh bien? — Eh bien! je crains, au moment où me prendra cette fantaisie, de trouver quelque obstacle inattendu qui me forcera de rester ici, ou quelque volonté brutale qui me contraindra d'aller tout autre part que serait mon intention. — Je pourrais vous répondre que, puisque vous vous trouvez bien ici, le mieux sera d'y rester; mais je connais votre humeur changeante, et je ne veux pas disputer de vos goûts. Je préfère donc vous répondre franchement.. — Oh! mon bon monsieur Jackal, vous n'avez pas idée avec quel intérêt je vous écoute. — Alors laissez-moi vous dire une chose : c'est que vous êtes libre, cher monsieur Gibassier. — Hein? fit Gibassier en se soulevant sur son coude. — Libre comme l'oiseau dans l'air, libre comme le poisson dans l'eau, libre comme l'homme marié quand sa femme est morte. — Monsieur Jackal! — Libre comme le vent, comme le nuage, comme tout ce qui est libre, enfin.

Gibassier secoua la tête.

— Comment, dit M. Jackal, vous n'êtes pas encore content? Ah! par ma foi, vous êtes difficile, alors. — Je suis libre, je suis libre, répéta Gibassier. — Vous êtes libre. — J'entends bien, mais... — Mais quoi? — A quelles conditions, mon bon monsieur Jackal? — A quelles conditions? — Oui. — Des conditions à vous! cher monsieur Gibassier. — Pourquoi pas? — Moi, vous vendre la liberté à vil prix! — Le fait est que ce serait abuser de la position. — Trafiquer de l'indépendance d'un ami de vingt ans, moi, moi Jackal, qui vous ai jusqu'ici porté tant d'intérêt, que mon intention était de ne jamais vous perdre de vue, de sorte que, quand je vous eus perdu de vue, voilà un mois, je fus désespéré, moi qui ai tout fait pour adoucir vos différentes captivités, moi qui vous ai sauvé depuis. — Du puits, vous voulez dire, cher monsieur Jackal. — Moi qui ai fait veiller sur vous avec une sollicitude toute fraternelle, continua l'homme de police sans s'arrêter au coq-à-l'âne de Gibassier; moi abuser de la position, vous avez dit cette phrase-là, Gibassier, de la position d'un ami dans le malheur! ah! Gibassier, Gibassier, vous me faites de la peine.

Et M. Jackal, tirant un foulard rouge de sa poche, le leva à la hauteur de son visage, non point pour essuyer ses larmes, dont les sources semblaient aussi taries que celle du Mançanarès, mais pour se moucher bruyamment.

Le ton larmoyant avec lequel M. Jackal avait reproché à Gibassier son ingratitude avait attendri celui-ci. Aussi répondit-il d'une voix dolente et avec la justesse d'intonation d'un comédien à qui l'on donne la réplique :

— Moi, douter de votre amitié, mon bon monsieur Jackal... moi, mettre en oubli les services que vous m'avez rendus! Mais si j'étais capable d'une pareille ingratitude, je serais un misérable sceptique sans cœur et sans entrailles; mais je renierais donc les choses les plus sacrées, les vertus les plus saintes! Non, Dieu merci! monsieur Jackal, elle fleurit encore dans mon sein, cette plante céleste qu'on appelle l'amitié. Ne m'accusez donc pas avant de m'avoir entendu, et, si je vous ai demandé à quelles conditions je devais recouvrer ma liberté, croyez que c'est moins par défiance de vous que par défiance de moi-même. — Voyons, essuyez vos larmes et expliquez-vous, mon cher Gibassier. — Ah! fit le forçat, je suis un grand pécheur, monsieur Jackal. — Eh! mon Dieu! l'Écriture ne dit-elle pas que le plus grand saint pèche sept fois dans un jour? — Il y a des jours où j'ai péché quatorze fois, Monsieur Jackal. — Vous ne serez canonisé qu'à moitié. — Oh! il faudrait pour cela que je n'eusse commis que des péchés. — Oui, vous avez commis des fautes. — Ah! si je n'avais commis que des fautes... — Vous êtes plus grand pécheur que je ne le supposais, Gibassier. — Hélas! — Seriez-vous bigame, par hasard? — Qui est-ce qui n'est pas un peu bigame et même polygame? — Vous avez peut-être tué monsieur votre père et épousé madame votre mère, comme Œdipe? — Tout cela peut arriver par accident, monsieur Jackal, et la preuve, c'est qu'Œdipe ne se croit pas coupable pour cela, puisque M. de Voltaire lui fait dire:

Inceste, parricide, et pourtant vertueux.

— Tandis que vous, c'est tout le contraire, vous n'êtes pas vertueux, quoique vous ne soyez ni inceste, ni parricide. — Monsieur Jackal, je vous l'ai dit, c'est moins le passé qui m'inquiète que l'avenir. — Mais d'où diable vous vient cette défiance de vous-même, mon cher Gibassier? — Eh bien! S'il faut que je vous le dise, j'ai peur d'abuser de ma liberté dès qu'elle me sera rendue. — De quelle façon? — De toutes les façons, monsieur Jackal. — Mais entre autres? — J'ai peur d'entrer dans quelque conspiration. — Ah! vraiment.... Diable! c'est sérieux ce que vous me dites là, Gibassier. — On ne peut plus sérieux. — Voyons, expliquez-vous...

Et M. Jackal s'accommoda sur sa chaise de manière à indiquer que la conférence allait durer un certain temps.

— Que voulez-vous, mon bon monsieur Jackal, continua Gibassier avec un soupir, je ne suis plus d'âge à me bercer des vagues illusions de la jeunesse. — Bon! quel âge avez-vous donc? — J'ai près de quarante ans, mon bon monsieur Jackal; mais au besoin, je saurais arranger mon visage de façon à en paraître cinquante ou soixante. — Oui, je connais votre talent sous ce rapport. Vous jouez agréablement les grimes. Ah! vous êtes un grand acteur, Gibassier. Je sais cela, et voilà pourquoi j'ai des vues sur vous. — Auriez-vous un engagement à me proposer, mon bon monsieur Jackal? hasarda Gibassier avec un sourire qui indiquait qu'à tort ou à raison il croyait avoir pénétré quelque chose des secrets de son interlocuteur. — Nous parlerons de cela tout à l'heure, Gibassier. En attendant, reprenons la conversation où nous l'avons laissée, c'est-à-dire à votre âge. — Eh bien! je disais donc que j'avais quarante ans bientôt. C'est l'âge de l'ambition chez les grandes âmes. — Oui, et vous êtes ambitieux? — Je l'avoue. — Vous voudriez bien faire fortune? — Oh! pas pour moi... — Occuper une place dans l'État? — Servir mon pays fut toujours mon plus ardent désir. — Vous avez fait votre droit, Gibassier; cela conduit à tout. — Oui, mais j'ai eu le malheur de ne pas prendre mes licences. — C'est impardonnable de la part d'un homme qui sait son code comme vous, c'est-à-dire sur le bout du doigt. — Non-seulement notre code, mon bon monsieur Jackal, mais le code de tous les pays. — Et quand avez-vous fait ces études ? — Pendant les heures de loisir que m'accordait le gouvernement. — Et le résultat de vos études? — A été qu'il y avait beaucoup à réformer en France. — Oui, la peine de mort, par exemple. — Léopold de Toscane, un duc philosophe, l'a réformée dans ses États. — Oui, et le lendemain un fils a tué son père, crime qui n'était pas arrivé depuis un quart de siècle. — Mais ce n'est pas la seule chose que j'aie étudiée. — Oui, vous avez étudié les finances aussi. — Spécialement. Eh bien ! à mon retour, j'ai trouvé celles de la France dans un état déplorable. Avant deux ans, la dette s'élèvera à un chiffre exorbitant. — Ah ! ne m'en parlez pas, cher monsieur Gibassier. — Non, car mon cœur se brise rien qu'en y songeant, et cependant... — Quoi ? — Si l'on me consultait, les caisses de l'État seraient pleines au lieu d'être vides. — Je croyais, cher monsieur Gibassier, qu'un négociant, vous ayant confié sa caisse, l'avait trouvée au contraire vide au lieu de pleine. — Mon bon monsieur Jackal, on peut être un très-mauvais caissier et être un excellent spéculateur. — Revenons aux caisses de l'État, mon cher monsieur Gibassier. — Eh bien, je connais un remède au mal cuisant qui vide les nôtres. Je sais comment arracher ce ver rongeur des nations qu'on appelle le budget, je sais comment soutirer les haines amassées comme des nuages orageux au-dessus du gouvernement. — Et ce moyen, profond Gibassier ? — Je n'ose pas trop vous le dire. — C'est de changer de ministère, n'est-ce pas ? — Non, c'est de changer le gouvernement.

XXVI

LA MISSION DE GIBASSIER.

— Oh ! fit M. Jackal, Sa Majesté serait bien heureuse si elle vous entendait parler ainsi. — Oui, et le lendemain du jour où j'aurais exprimé mon opinion avec la liberté d'un homme de conscience, on m'arrêterait nuitamment, on fouillerait ma correspondance, on plongerait dans les secrets de ma vie privée. — Bah ! fit M. Jackal. — On le ferait, et c'est pour cela que je ne m'associerai jamais à aucun complot... Cependant... — A aucun complot, mon cher monsieur Gibassier, dit M. Jackal en relevant ses lunettes et en regardant fixement Gibassier. — Non, et cependant de fameuses propositions m'ont été faites, je puis m'en vanter. — Vous êtes plein de réticences, Gibassier. — C'est que je voudrais que nous nous comprissions. — Sans nous compromettre l'un et l'autre, n'est-ce pas ? — Justement. — Eh bien, mais causons, nous avons le temps. Quand je dis nous avons le temps... — Ah ! vous êtes pressé ? — Un peu. — Ce n'est pas moi qui vous retiens, j'espère ? — Au contraire, il n'y a que vous qui me retenez. Ainsi donc, continuez... — Où en étions-nous ? — Vous en étiez à votre deuxième *cependant*. — Cependant, disais-je, j'ai peur, une fois libre... — Une fois libre?... — N'ayant pas une vieille habitude de la liberté... — Vous avez peur d'abuser de la vôtre ?

— Justement! Ainsi supposez que je me laisse entraîner, je suis un homme d'entraînement... — Je le sais, Gibassier; tout au contraire de M. de Talleyrand, votre premier mouvement est le mauvais, mais vous y cédez. — Eh bien, supposez donc que j'entre dans quelqu'un de ces complots qui se trament autour du trône du vieux roi. Or, qu'arriverait-il une fois là? Je serais entre deux écueils : garder le silence et risquer ma tête, dénoncer mes complices et risquer mon honneur.

M. Jackal semblait arracher avec ses yeux chaque parole de la bouche de Gibassier.

— De sorte, lui dit-il, mon cher Gibassier, que vous persistez à douter de l'avenir? — Ah! mon bon monsieur Jackal, insista le forçat, qui semblait craindre d'en avoir trop dit et revint sur ses pas; si vous aviez pour moi un quart de l'amitié que j'ai pour vous, savez-vous ce que vous feriez? — Dites, Gibassier, et, si cela est en mon pouvoir, je le ferai, aussi vrai que le soleil nous éclaire.

Peut-être M. Jackal employait-il cette locution par habitude, mais le fait est que, pour le moment, le soleil éclairait les îles Sandwich.

Aussi Gibassier tourna-t-il les yeux vers la fenêtre, et son regard fut-il une éloquente ironie : le soleil était absent juste au moment où M. Jackal le requérait de lui servir de témoin. Mais il ne fit pas semblant de s'en apercevoir, et eut l'air de tenir bonne l'invocation de M. Jackal.

— Eh bien! dit Gibassier, si vous êtes disposé à faire quelque chose pour moi, faites moi voyager, mon bon monsieur Jackal. Je ne serai dans mon assiette que quand je me sentirai hors de France. — Et où voudriez-vous donc aller, cher monsieur Gibassier? — Partout, excepté dans le Midi. — Ah! vous détestez donc bien Toulon? — Ou dans l'Ouest. — Oui, à cause de Brest et de Rochefort. Allons, fixez vous-même votre itinéraire. — J'aimerais l'Allemagne... Croiriez-vous que je ne connais pas l'Allemagne? — Ce qui fait qu'on ne vous y connaît pas non plus. Je conçois l'avantage que vous trouveriez à voyager dans un pays vierge. — Oui, on explore... — Voilà. — Je me fais une joie d'explorer, moi, la vieille Allemagne surtout. — L'Allemagne des châteaux? — Oui, l'Allemagne des burgraves, l'Allemagne des sorciers, l'Allemagne de Charlemagne, *Germania mater*... — Alors vous seriez heureux d'avoir une mission sur les bords du Rhin? — Le jour où je l'obtiendrai, tous mes souhaits seront accomplis. — Vous parlez à cœur ouvert? — Aussi vrai que le soleil ne nous éclaire pas, mon bon monsieur Jackal.

Cette fois, ce fut M. Jackal à son tour qui tourna la tête vers la fenêtre, et qui, remarquant l'absence de l'astre pris à témoin par son interlocuteur, put ajouter foi aux allégations de Gibassier.

— Je vous crois, Gibassier, dit M. Jackal, et je vais vous le prouver

Gibassier écouta de toutes ses oreilles.

— Ainsi vous dites, mon cher Gibassier, que l'objet de tous vos désirs serait une mission sur les bords du Rhin? — Je l'ai dit et je ne m'en dédis pas. — Eh bien! la chose n'est pas impossible. — Ah! mon bon monsieur Jackal. — Seulement, je ne vous dit pas si la mission sera en deçà ou au delà du Rhin. — Du moment où je me trouverai sous votre protection immédiate..., et cependant je ne vous cache pas que j'aimerais mieux...— De la défiance, Gibassier! — Eh bien! non, car enfin vous n'avez aucune raison de me tromper...

— Aucune, je vous connais. — De perdre votre temps avec moi si vous n'aviez rien à me dire. — Je ne perds jamais mon temps, Gibassier, et, du moment où vous me voyez en costume de voyage et prêt à partir, si je ne pars pas, c'est que je fais ou que l'on fait pour moi, pendant ce retard, quelque chose d'utile. — A mon intention? demanda Gibassier avec une certaine inquiétude. — Je ne saurais dire non. J'ai un si grand faible pour vous, mon cher Gibassier, que, depuis que je vous ai retrouvé, je ne m'occupe que d'une chose, c'est de ce que l'on peut faire de vous. — Monsieur Jackal, on peut en faire bien des choses. — Je le sais; mais tout homme a une vocation. Voyons, Gibassier, vous n'êtes pas de grande taille, mais vous êtes solidement taillé. — J'ai gagné jusqu'à dix francs par jour comme modèle. — Eh bien! voyez, vous êtes en outre d'un tempérament sanguin, d'un caractère énergique. — Trop, c'est de là que viennent tous mes malheurs. — Parce que vous étiez détourné de votre voie; engagé dans une autre route, vous eussiez atteint le but. — Je l'eusse dépassé, monsieur Jackal. — Voyez-vous, c'est mon avis. Permettez-moi donc de vous dire que vous êtes du bois dont on fait les grands capitaines, Gibassier, et, ce qui m'étonne depuis longtemps, c'est de ne pas vous voir suivre la carrière des armes. — J'en suis encore plus étonné que vous, monsieur Jackal. — Eh bien! que diriez-vous si je réparais vis-à-vis de vous les négligences de la fortune? — Je ne dirais rien, monsieur Jackal, tant que je ne saurais pas de quelle façon vous les réparez. — Si je vous faisais général? — Général! — Oui, général de brigade. — Et quelle brigade aurais-je l'honneur de commander, monsieur Jackal? — Une brigade de sûreté, mon cher Gibassier. — C'est-à-dire que vous me proposez tout simplement d'être mouchard? — Oui, tout simplement. — De renoncer à mon individualité? — La patrie vous demande de lui faire ce sacrifice. — Je ferai ce qu'exigera la patrie; mais, de son côté, que fera-t-elle pour moi? — Formulez vos désirs. — Vous me connaissez, mon cher monsieur Jackal? — J'ai cet insigne honneur. — Vous savez que j'ai de grands besoins? — On y pourvoira. — Des fantaisies démesurément coûteuses? — On les satisfera. — En un mot, je puis vous rendre de grands services. — Rendez-les, mon cher Gibassier, et on les payera. — Maintenant, laissez-moi vous dire quelques mots qui vont vous prouver ce dont je suis capable. — Oh! je vous crois capable de tout, mon général! — Et de bien d'autres choses encore, vous allez voir. — J'écoute. — De quoi dépend la grandeur et le salut d'un État.... de la police, n'est-ce pas? — C'est vrai, général! — Un pays sans police est un grand navire sans boussole et sans gouvernail. — C'est à la fois juste et poétique, Gibassier. — On peut donc regarder la mission de l'homme de police comme la plus sainte, la plus délicate et la plus utile à la fois de toutes les missions. — Ce n'est pas moi qui vous dirai le contraire. — D'où vient donc alors que, pour remplir cette mission conservatrice, on choisit d'ordinaire des idiots de la plus laide espèce? d'où vient cela? Je vais vous le dire : c'est que la police, au lieu de s'occuper des grandes questions gouvernementales, entre dans les détails les plus infimes et se laisse aller à des préoccupations tout à fait indignes d'elle; c'est que les malheureux agents que vous employez ont des yeux pour ne pas voir, des oreilles pour ne pas entendre, parce que vous avez rendu leur mission déshonorante et impopulaire, parce que vous avez ravalé le mot police en consacrant des intelligences d'élite, non pas à veiller à la sûreté de l'État, mais à arrêter des voleurs. — Il y a du vrai dans ce que vous dites, Gibassier, fit M. Jackal en prenant une prise de tabac. — Mais que vous ont-ils fait, ces malheureux voleurs? Ne pouvez-vous donc pas les laisser travailler en paix? Est-ce qu'ils vous tourmentent? est-ce qu'ils se plaignent de la loi contre la presse? est-ce qu'ils font des satires contre vous? est-ce qu'ils crient au jésuite? non; ils vous laissent faire tranquillement votre petite politique ultra. En avez-vous jamais trouvé un seul dans un complot? Au lieu de leur accorder aide et protection comme à des gens paisibles et inoffensifs, au lieu de fermer paternellement les yeux sur leurs petites frasques, vous vous acharnez à leurs trousses comme à une proie, et vous appelez cela faire de la police! Fi! monsieur Jackal, c'est de la petite taquinerie mesquine et basse, c'est l'enfance de l'art, c'est la police comme elle était faite au paradis terrestre, du temps qu'on arrêtait Adam et Ève pour une malheureuse pomme, au lieu d'appréhender au corps le serpent qui conspirait. Tenez, monsieur Jackal, pas plus tard qu'avant-hier, on a arrêté qui... je vous le demande, l'ange Gabriel. — Votre ami, oh! — Cela vous indigne... — On l'a donc reconnu? — Non pas même; il avait faim, l'honnête garçon, et il était entré, pauvre innocent, pour demander un pain, chez un boulanger. Le boulanger était de mauvaise humeur, parce qu'il venait d'être pris en flagrant délit de vente à faux poids et qu'il allait en avoir pour douze francs d'amende en police correctionnelle; il refusa brutalement le pain que le pauvre affamé lui demandait. Alors, lui, prit le pain, mordit dedans, et, malgré les cris du boulanger, il l'avait dévoré avant que vos agents arrivassent: les agents arrivèrent, et, au lieu d'arrêter le boulanger, ils arrêtèrent Gabriel. — Oui, dit M. Jackal, je sais bien qu'il y a des vices dans notre législation, mais, avec vos avis, on les combattra, honnête Gibassier. — Or, pendant que vos agents se livraient à ce méchant exercice, savez-vous ce qui se passait au-dessous d'eux, à cent pieds environ? — On conspirait, n'est-ce pas? — Et savez-vous quel était le cri de ralliement de la conspiration? — Vive l'empereur! allons, je vois bien que le Puits-qui-Parle a parlé pour vous comme pour moi, Gibassier... Et quelles conséquences avez-vous tirées de ce cri? — Qu'avant un mois, trois semaines, quinze jours peut-être, nous jouirions d'une autre forme de gouvernement. — Eh bien, cet aveu fait, je crois qu'il me reste peu de choses à vous dire. — Mais moi, il me reste à attendre vos ordres, mon maréchal, dit Gibassier en faisant le geste d'un officier qui porte la main à son chapeau devant un supérieur. — Quand pourrez-vous vous tenir sur vos jambes? — Quand il le faudra, dit Gibassier. — Je vous donne vingt-quatre heures. — C'est plus qu'il ne me faut. — Demain matin, vous partirez pour Kehl. Longue-Avoine vous remettra vos passe-ports. A Kehl, vous vous arrêterez à l'auberge de la Poste. Un homme venant de Vienne passera dans une voiture de poste. Quarante-huit ans, yeux noirs, moustaches grisonnantes, cheveux coupés en brosse, taille de cinq pieds sept pouces. Il voyagera sous un nom quelconque: son vrai nom est Sarranti. Du moment où il se sera offert à vos yeux, vous ne le perdrez plus de vue. Les moyens, c'est votre affaire. A votre retour ici, je désire savoir où il loge, ce qu'il fait, ce qu'il fera. Voilà un bon de mille écus, payable rue de Jérusalem. Il y a douze mille francs pour vous, si vous accomplissez ponctuellement mes instructions. — Ah! dit Gibassier, je savais bien, moi, que le mérite était récompensé un jour ou l'autre. — Ce que vous dites là est d'autant plus vrai, Gibassier, que si je connaissais un mérite plus grand que le vôtre, c'est à lui que je confierais la mission que je vous confie à vous; et maintenant, mon cher Gibassier, recevez tous mes souhaits de bonne santé et d'heureuse réussite. — Ah! quant à ceux de bonne santé, je suis guéri. Le désir d'être utile à Sa Majesté a fait cette cure miraculeuse. Quant à ce qui est de réussir, rapportez-vous-en à moi.

En ce moment, Longue-Avoine entra et parla bas à M. Jackal.

— Vous connaissez le mot du roi Dagobert, mon cher Gibassier, dit M. Jackal, « Il n'y a si bonne compagnie qu'il ne faille quitter; » mais le devoir avant le plaisir, la vertu avant l'amitié. Adieu et bonne chance.

Et M. Jackal quitta rapidement Gibassier. Arrivé sur le parvis Notre-Dame, il y trouva une berline de voyage, attelée de quatre chevaux montés par deux postillons.

— Es-tu là, Carmagnole? dit M. Jackal en entr'ouvrant la portière de la voiture. — Oui, Monsieur Jackal. — Alors, restes-y. — Vous m'emmenez donc à Vienne? — Non, je te laisse sur la route.

Puis, se retournant vers Longue-Avoine :

— On a arrêté avant-hier, rue Saint-Jacques, un malheureux qui avait volé un pain; qu'on me le mette à part, j'ai à lui parler à mon retour; il répond au nom de l'ange Gabriel.

S'élançant alors dans la voiture et s'établissant carrément au fond, tandis que Carmagnole se tenait modestement sur le devant :

— Route de Belgique, dit-il au postillon qui refermait la portière, et six francs de guides. — Eh! entends-tu? Jolibois, cria le postillon à son camarade, six francs de guides. — Mais on marchera vivement, dit M. Jackal en passant sa tête par la portière. — On brûlera les pavés, mon prince, dit le postillon en se mettant en selle... Hourra!

Et la voiture disparut au moment où le jour paraissait.

XXVII

MIGNON.

Nos lecteurs se rappellent probablement que nous avons laissé M. Jackal et Carmagnole emportés par le galop de quatre chevaux, brûlant le pavé sous le fouet de deux postillons.

Laissons-les courir en poste sur la route de l'Allemagne, mettons entre eux et nous la frontière de la France, et revenons à cette maison de la rue de l'Ouest, devant laquelle nous avons vu s'arrêter un matin la voiture armoriée de la princesse Régina de La Mothe-Houdan. Faisons comme elle, entrons sous la voûte de la porte cochère; mais, au lieu de nous arrêter là comme elle, montons les trois étages d'une maison nouvellement bâtie, et arrêtons-nous en face d'une porte garnie de clous et sculptée comme une porte arabe.

Maintenant, agissons en amis, tournons le bouton sans frapper, et nous nous trouverons sur le seuil de l'atelier de notre ancienne connaissance, Pétrus

Herbel. C'était un adorable atelier que celui de Pétrus, atelier de peintre d'abord, mais aussi de musicien, de poëte et de prince, car le vulgaire se trompe en pensant que les peintres seuls ont le privilége exclusif des ateliers. Dès cette époque, tout ce qui pense, tout ce qui compose, tous les manœuvres de l'esprit en un mot, se sentaient à l'étroit dans ces espèces de ratières qu'on appelle des cabinets de travail. Il semble que, pour s'élever à sa véritable hauteur, la pensée, cette esclave reine, a besoin, comme les grands aigles, d'espace et d'air. Or, un temps sera, nous l'espérons, où les propriétaires, devenus eux-mêmes des gens d'esprit, comprendront le bienfait des ateliers et forceront les locataires qui ne le comprendraient pas encore à les habiter par ton, sinon par préférence ou par besoin.

A cette époque, où l'atelier pittoresque succédait à peine à l'atelier classique, celui de Pétrus pouvait être pris pour le type du logement d'un Raphaël de la nouvelle école. Nous avons dit, d'ailleurs, que c'était un atelier qui pouvait également convenir à un peintre, à un musicien, à un poëte et à un prince.

Le lecteur nous est témoin que nous avons nommé le prince le dernier, la noblesse du génie étant à notre avis plus vieille même que celle de M. le comte de Mérode, qui prétend descendre de Mérovée, même que celle de M. le duc de Lévy, qui prétend être parent de la Vierge. Nous ne contestons pas ces deux descendances; mais la noblesse de Shakspeare et de Dante est bien autrement antique et respectable, à notre avis. L'un descend d'Homère, l'autre de Moïse.

En entrant chez Pétrus, on était étonné, surpris, charmé. Tous les sens tressaillaient, car tous les sens étaient éprouvés à la fois : l'ouïe, par les gémissements de l'orgue; l'odorat, par le parfum du benjoin et de l'aloès brûlant dans des cassolettes turques; la vue, par l'aspect des mille objets divers qui attiraient l'œil en tous sens.

C'étaient des prie-Dieu du quatorzième siècle avec des sculptures à clochetons, des peintures raides et à couleurs vives, chefs-d'œuvre des règnes de Charles IV, Louis XI et Louis XII, dont on ne connaît pas plus les auteurs qu'on ne connaît les architectes et les statuaires de nos plus belles cathédrales. C'étaient des bahuts de la renaissance, de Henri III et de Louis XIII, avec des incrustations d'écaille, de nacre et d'ivoire; c'étaient des statuettes détachées des tombeaux des ducs de Bourgogne ou de Berry, moines priant, saintes mélancoliques, saint Georges et saint Michel domptant des dragons, les uns peints comme les apôtres de la Sainte-Chapelle, les autres dorés comme les évangélistes de Mont-Réal; c'étaient, suspendues au plafond, des cages hollandaises, comme on en voit aux fenêtres de Miéris, des lampes de cuivre aux bec contournés, comme on en trouve dans les intérieurs de Gérard Dow; c'étaient des armes de toutes les espèces, de toutes les époques, de tous les pays, depuis la framée des rois chevelus jusqu'à ces belles et bonnes carabines qui, à cette époque, commençaient à sortir des ateliers de Devisme, depuis le casse-tête primitif, l'arc et les flèches empoisonnées des sauvages de la Nouvelle-Zélande, jusqu'aux sabres recourbés des pachas turcs et les pistolets à crosses d'argent ciselées des soldats arnautes; c'étaient, au milieu de tout cela, soutenus par des fils invisibles qui leur donnaient l'air de voler de leurs propres ailes, des oiseaux de mer et de terre, d'Europe et d'Afrique, d'Amérique et d'Asie, de toute taille et de toutes couleurs, depuis le gigantesque albatros qui se laisse tomber des nues sur sa proie comme un aréolithe, jusqu'à l'oiseau-mouche qui semble une escarboucle ou un saphir emporté par le vent; puis, des plâtres, reproduction des chefs-d'œuvre de Phidias et de Michel-Ange, de Praxitèle et de Jean Goujon, des torses moulés sur nature, des bustes d'Homère et de Chateaubriand, de Sophocle et de Victor Hugo, de Virgile et de Lamartine; enfin, sur tous les murs, des études d'après le Poussin, Rubens, Velasquez, Rembrandt, Vatteau, Greuse, des esquisses de Scheffer, de Delacroix, de Boulanger et d'Horace Vernet.

Quand l'œil étonné, inquiet même à l'aspect de tant d'objets divers, se laissait guider par l'oreille, et cherchait l'instrument et le musicien dont les sons mélodieux et les doigts savants emplissaient l'appartement de flots d'harmonie, le regard, pénétrant dans l'enfoncement d'une fenêtre aux vitraux de couleur dont l'embrasure servait de cadre à un orgue, s'arrêtait sur un jeune homme de vingt-huit à trente ans, au visage pâle, aux traits mélancoliques, qui laissait errer ses doigts sur le clavier en improvisant des accords d'un sentiment exquis, mais d'une tristesse profonde, ce mucisien, cette espèce de maître Volfrang, c'est notre ami Justin. Depuis plus d'un mois il a demandé à tout le monde des nouvelles de Mina, et, malgré les promesses de Salvator, il n'a rien appris.

Il semble attendre, pour en faire la musique, des vers qu'un autre jeune homme compose ou plutôt traduit. Cet autre jeune homme, au teint basané, aux cheveux crépus, à l'œil intelligent, aux lèvres charnues et sensuelles, c'est notre poëte Jean Robert. Il pose et traduit tout à la fois. Il pose pour un tableau de Pétrus et traduit des vers de Goëthe.

En face de lui est une adorable enfant de quatorze ans à peine, avec un de ces costumes de fantaisie qu'elle aime tant à porter, des sequins d'or au cou et sur le front, une écharpe rouge autour de la taille, une robe à fleurs d'or et de charmants petits pieds nus, des yeux de velours, des dents de perle, et des cheveux d'ébène tombant jusqu'à terre.

C'est Rose de Noël dans le costume de Mignon. Elle danse pour son ami Wilhelm Meister la danse des œufs qu'elle a refusé de danser dans la rue pour son premier maître. Wilhelm Meister compose pendant qu'elle danse, la regarde, sourit, et en revient à ses vers. Nous avons dit que Wilhelm Meister, c'était notre poëte.

A côté de Rose de Noël, couché à terre, et expliquant le sourire mélancolique de l'enfant, est cet autre petit Mohican du bon Dieu que nous avons vu chez le maître d'école et chez la Brocante, Babolin, vêtu d'un costume de baladin espagnol. Il complète le merveilleux tableau de genre que Pétrus est en train de fixer sur la toile, et qui tient comme art le milieu entre un Isabey et un Decamps.

Pétrus est toujours ce jeune homme moitié artiste, moitié aristocrate, à la belle et noble figure que nous connaissons. Seulement cette figure est couverte d'un voile de tristesse profonde, qu'attriste encore, au lieu de l'égayer, le sourire amer qui passe de temps en temps sur ses lèvres.

Ce sourire amer, c'est la pensée intérieure et inconnue qui éclate; elle n'a rien de commun avec ce qu'il fait ni avec ce qu'il dit. Ce qu'il fait, nous le répétons, c'est un tableau représentant Mignon dansant, devant Wilhelm Meister, la danse des œufs. Ce qu'il dit, c'est :

— Eh bien! Jean Robert, cette chanson de Mignon est-elle achevée? Tu vois bien que Justin attend.

Ce à quoi il pense, ce qui fait qu'un sourire amer se dessine sur ses lèvres, c'est qu'à cette heure même où il achève son tableau, auquel il travaille depuis trois semaines, où il demande à Jean Robert : As-tu fini? où il essuie avec un mouchoir de batiste son front où perle la sueur, c'est qu'à cette heure même, disons-nous, la belle Régina de La Mothe-Houdan épouse le comte Rappt à l'église de Saint-Germain des Prés.

Maintenant, vous le voyez, il y a cependant une certaine analogie entre ce qui se passe et le tableau que fait Pétrus.

Rose de Noël, qui pose pour Mignon, c'est un souvenir de cette belle Régina qu'il aime d'un si profond amour, et qui lui échappe en ce moment même pour jamais. Un instant, la vie sombre de la pauvre petite bohémienne s'est éclairée au reflet éclatant de la vie de Régina. Pour avoir un prétexte de s'occuper, ne fût-ce qu'indirectement, de la fille du maréchal, de la femme du comte de Rappt, car Régina va être la femme de son rival, Pétrus a cherché cette Rose de Noël dont il avait déjà esquissé le portrait sans la connaître, l'a trouvée, et, avec l'aide de Salvator, l'a décidée à venir poser chez lui.

Et, vous le voyez, Rose de Noël pose, enchantée du beau costume que lui a fait faire Pétrus, et regardant avec ses grands yeux étonnés et ravis cette magique reproduction de sa personne sur la toile. Il faut le dire aussi, aucun peintre, aucun poëte, ni Pétrus, qui voulait reproduire son image, ni Gœthe qui l'avait rêvée, personne n'eût pu imaginer, et encore moins formuler une Mignon semblable à celle que Pétrus avait là sous les yeux.

Imaginez la misère enfant, ou plutôt l'enfance misérable, avec sa beauté naïve, son insouciance d'or, et cependant, à travers cette beauté et cette insouciance, je ne sais quoi de mélancolique et de songeur. Vous rappelez-vous cette fiévreuse beauté, cette grelottante jeune fille assise dans la barque de ce beau tableau d'Hébert qu'on appelle *la Malaria?* Non, n'imaginez rien, ne supposez rien, voyez avec les yeux de votre imagination, et vous verrez mieux qu'il ne nous est donné de vous faire voir.

Maintenant, à quoi ressemblait cette Mignon de Pétrus? C'était difficile à dire. Si Rose de Noël eût été consultée, elle eût dit certainement, en voyant la petite bohémienne du tableau, que la Mignon de Pétrus ressemblait à la fée Carita, ou plutôt à mademoiselle de La Mothe-Houdan. Tandis que, expliquez la chose comme vous voudrez, lecteurs, si Régina eût été interrogée, elle eût trouvé incontestablement que cette Mignon ressemblait à Rose de Noël.

D'où vient cela? C'est que Pétrus regardait Rose de Noël et pensait à Régina. Or, c'était en regardant Rose de Noël et en pensant à Régina qu'il venait de dire à Jean Robert :

— Eh bien! Jean Robert, cette chanson de Mignon est-elle achevée, tu vois bien que Justin attend. — La voici, dit Jean Robert.

Justin se tourna à moitié sur son tabouret, Pétrus abaissa son appuie-main et sa palette sur son genou, Rose de Noël alla regarder par-dessus l'épaule de Jean Robert les pattes de mouches raturées qui représentaient les trois couplets de la chanson de Mignon, si populaire en Allemagne, et Babolin se souleva sur ses coudes.

— Lis, nous écoutons, dit Pétrus.

Jean Robert lut :

Connais-tu le pays où les citrons fleurissent,
Où l'orange jaunit sous son feuillage vert,
Où les jours sont de flamme, où les nuits s'attiédissent,
Où règne le printemps en exilant l'hiver?
Ce doux pays où croît le myrte solitaire,
Où le laurier grandit dans un air embaumé,
Dis-moi, le connais-tu? Non. Eh bien! c'est la terre
Où je veux retourner avec toi, bien-aimé!

Connais-tu la maison où s'ouvrit ma paupière,
Où ces dieux de granit qui faisaient mon effroi,
En me voyant rentrer, de leurs lèvres de pierre
Murmureront : « Enfant qu'avait-on fait de toi? »
Chaque nuit, comme un phare, en mon rêve étincelle
Sa vitre, qui s'allume au couchant enflammé.
Cette maison, dis-moi, la connais-tu ? C'est celle
Où j'aurais voulu vivre avec toi, bien-aimé!

Connais-tu la montagne où l'avalanche brille,
Où la mule chemine en un sentier brumeux,
Où l'antique dragon rampe avec sa famille,
Où bondit sur les rocs le torrent écumeux?
Cette montagne, il faut la franchir dans la nue,
Car c'est de son sommet que le regard charmé
Découvre à l'horizon la terre bien connue
Où je voudrais mourir avec toi, bien-aimé!

A ce dernier vers, Justin poussa un soupir, Rose de Noël essuya une larme, et Pétrus tendit la main à Jean Robert.

— Ah! donnez-moi ces vers bien vite, dit Justin; je crois que je ferai sur eux de la bonne musique. — Et vous m'apprendrez à les chanter, n'est-ce pas? dit Rose de Noël. — Sans doute.

Pétrus allait dire aussi quelque chose, lorsque l'on frappa à la porte trois coups espacés d'une certaine façon.

— Ah! dit Pétrus en pâlissant, c'est Salvator.

Puis, d'une voix à laquelle il essayait de rendre sa fermeté :

— Entrez, dit-il.

On entendit alors la voix de Salvator qui disait :

— Couche là, Roland.

Puis la porte s'ouvrit, et Salvator parut avec son costume de commissionnaire. Roland resta couché sur le palier, en dehors de la porte.

XXVIII

LE RENDEZ-VOUS.

Salvator s'avança lentement, et, à mesure qu'il s'avançait, Pétrus se levait comme malgré lui.

— Eh bien! demanda Pétrus, est-ce fini? — Oui, répondit Salvator.

Pétrus chancela. Salvator s'avança rapidement comme pour le soutenir; Pétrus vit l'intention et s'efforça de sourire.

— Inutile, je savais que cela devait arriver, dit-il.

Et il passa encore une fois son mouchoir de batiste sur son front humide.

— J'ai quelque chose à vous dire, continua Salvator à voix basse. — A moi? demanda Pétrus. — A vous seul. — Venez dans ma chambre, alors. — Te gênons-nous? Pétrus, demanda Jean Robert. — Allons donc. J'ai à causer avec M. Salvator, je passe dans ma chambre; restez ici, vous autres : Justin a sa musique à faire.

Et il entra le premier dans sa chambre, en faisant signe à Salvator de le suivre et en lui laissant le soin de refermer la porte. Puis là, comme s'il était arrivé à la fin de ses forces, Pétrus se laissa tomber sur un fauteuil en s'écriant :

— Oh! elle, elle, cet ange! la femme de ce misérable! il n'y a donc pas de Providence en ce monde!

Salvator regarda un instant le jeune homme qui, la tête entre ses mains, retenant ses sanglots à peine, tressaillait convulsivement. Il se tenait debout devant lui, et son œil exprimait une profonde pitié.

Cet homme devait connaître la mesure de toutes les souffrances pour les avoir épuisées. Alors il tira lentement de sa poche une lettre finement pliée dans une enveloppe de papier satiné, et la présentant à Pétrus avec une certaine hésitation :

— Tenez, dit-il.

Pétrus écarta ses mains de son visage, secoua la tête, et ramena sur Salvator ses yeux un instant hagards.

— Qu'est-ce que cela? demanda-t-il. — Vous le voyez, une lettre. — Une lettre de qui? — Je l'ignore. — Mais enfin, où vous l'a-t-on remise? — En face de l'hôtel de La Mothe-Houdan. — Qui vous l'a remise? — Une femme de chambre qui cherchait un commissionnaire et qui m'a trouvé là. — Cette lettre est pour moi? — Voyez : « A M. Pétrus Herbel, rue de l'Ouest. — Donnez.

Pétrus prit vivement la lettre des mains de Salvator, jeta un regard sur l'adresse, et, devenant pâle comme un mort :

— Son écriture! s'écria-t-il, une lettre d'elle à moi, aujourd'hui? — Je m'en doutais, dit Salvator. — Oh mon Dieu! que peut-elle donc m'écrire?

Salvator indiqua la lettre avec un geste qui voulait dire :

— Lisez.

Pétrus décacheta la lettre en tremblant, elle ne contenait que deux lignes; ces deux lignes, il essaya à plusieurs reprises de les lire, mais un nuage de sang voilait ses yeux.

Enfin avec un violent effort, en se rapprochant de la fenêtre pour concentrer sur le papier les derniers rayons du jour qui commençait à s'éteindre, il parvint à lire ces deux lignes. Sans doute elles contenaient quelque chose de bien étrange, car à deux fois différentes il reprit :

— Mais non, mais non, impossible, cela n'y est pas, c'est une hallucination.

Enfin, saisissant Salvator par le bras.

— Écoutez, lui dit-il : tout à l'heure je vous donnerai cette lettre à lire, afin que vous me disiez si je suis fou ou si j'ai mon bon sens; mais, en attendant, dites-moi la vérité, quelque incident imprévu que vous ne connaissez pas vous-même a fait manquer le mariage? — Non, dit Salvator. — Ils sont mariés? — Oui. — Vous les avez vus? — Je les ai vus. — A l'autel? — A l'autel. — Vous avez entendu le prêtre les bénir? — J'ai entendu le prêtre les bénir. Ne m'avez-vous pas dit d'aller là et de ne perdre aucun détail de la cérémonie, de les suivre jusqu'à l'hôtel de La Mothe-Houdan et de ne revenir qu'à la nuit et de vous rendre compte de tout? — C'est vrai, mon ami, et avec votre admirable bonté vous avez consenti. — Si je vous raconte un jour mon histoire, dit Salvator avec un doux et triste sourire, vous comprendrez que tout homme qui souffre peut disposer de moi comme d'un frère. — Merci, alors, vous l'avez vue? — Oui. — Toujours bien belle, n'est-ce pas? — Mais bien pâle; plus pâle encore que vous, peut-être. — Pauvre Régina. — Lorsqu'elle est descendue de voiture à la porte de l'église, ses genoux ont plié sous elle, et j'ai cru qu'elle allait tomber; son père le crut aussi, car il s'est avancé pour la soutenir. — Et M. Rappt? — Il s'est avancé de son côté, mais elle s'est éloignée de lui en se jetant pour ainsi dire au bras du maréchal. M. Rappt a donné le bras à la princesse. — Alors vous avez vu sa mère? — Oui, une étrange créature, allez; belle encore et qui a dû être magnifique; une pâleur singulière, comme si du lait, au lieu de sang, coulait dans ses veines, pliant sous elle-même, inhabile à marcher comme les femmes chinoises dont on a brisé les pieds, inquiète et clignotant des yeux à la vue du soleil comme un oiseau de nuit. — Mais elle, Régina? — Eh bien! cette marque de faiblesse est la seule que je lui aie vu donner. Par un effort suprême de sa volonté, elle est redevenue à l'instant même cette jeune fille maîtresse d'elle-même que vous connaissez; elle s'est avancée d'un pas assez ferme jusqu'au chœur, où deux fauteuils et deux coussins de velours rouge aux armes de La Mothe-Houdan attendaient les deux futurs époux. Tout le faubourg Saint-Germain était là. Et, au milieu de tout cela, ses trois amies de Saint-Denis priant pour celle qui avait tant besoin de prières.

Pétrus prit ses cheveux à pleines mains :

— Oh! la pauvre créature! dit-il, sera-t-elle malheureuse!

Puis, faisant un effort :

— Après? demanda-t-il. — Après, la messe a commencé : c'était une messe solennelle. Le prêtre a fait un long discours, pendant lequel deux ou trois fois Régina a regardé autour d'elle ; on eût dit qu'elle avait à la fois la crainte et l'espérance que vous fussiez là. — Qu'aurais-je été y faire? demanda Pétrus avec un soupir. Un instant, comme les hommes qui ont fumé de l'opium ou mangé du hatchis, j'ai fait un rêve, un rêve délicieux; je suis réveillé, et vous voyez la réalité, mon ami.

Pétrus se leva, fit quelques tours dans sa chambre, et revenant s'arrêter en face de Salvator :

— Mais cette lettre? dit-il, par grâce, mon cher Salvator, revenons à cette lettre. — Pendant le discours du prêtre, j'ai regagné le boulevard des Invalides, et j'ai attendu le retour des époux ; à deux heures ils sont rentrés. Là encore, en descendant de voiture, Régina a regardé autour d'elle. C'était vous qu'elle cherchait encore des yeux, j'en suis sûr. C'est moi que ses yeux ont rencontré. M'a-t-elle reconnu? C'est probable ; mais il m'a semblé qu'elle me faisait signe. Peut-être me trompai-je... — Vous croyez que c'est moi qu'elle s'attendait à voir? — C'était vous. Alors j'ai attendu... j'ai attendu pendant une heure, pendant deux heures. Quatre heures ont sonné aux Invalides. Alors la petite porte placée à côté de la grille s'est ouverte, une femme de chambre est sortie et a regardé autour d'elle. J'étais caché derrière un arbre, j'ai deviné que c'était moi qu'elle cherchait, et je me suis montré. Je ne me trompais pas : elle a tiré une lettre de sa poche, et vivement : « Cette lettre à son adresse, » a-t-elle dit. Et elle est rentrée. J'ai lu votre nom et suis accouru. — Eh bien ! dit Pétrus, maintenant, voulez-vous voir ce que contient cette lettre? — Si vous me jugez digne de partager votre secret, et si vous me croyez capable de vous rendre un service, oui. — Eh bien! dit Pétrus en présentant la lettre à Salvator, lisez, mon ami, et dites-moi si j'ai mal vu ou si je suis fou.

Salvator s'approcha à son tour de la fenêtre, car le jour baissait de plus en plus, et lut à demi voix :

« Promenez-vous ce soir de dix à onze heures devant l'hôtel, quelqu'un ira « vous prendre et vous introduira chez moi. Je vous attendrai.

« RÉGINA. »

— Il y a donc bien cela? répéta Pétrus, qui avait écouté avec plus d'attention que le condamné qui écoute la lecture de sa grâce. — Il y a mot à mot ce que je viens de vous lire, Pétrus. — Eh bien! que pensez-vous de ce rendez-vous? — Je pense qu'il s'est passé quelque chose de terrible dans cette maison, que Régina a besoin d'un défenseur, et que, vous tenant pour un brave cœur et pour un honnête homme, elle a jeté les yeux sur vous. — C'est bien, dit Pétrus, ce soir, à dix heures, je serai devant l'hôtel. — Avez-vous besoin de moi? — Merci, Salvator. — Eh bien! allez, mais faites-moi une promesse. — Laquelle? — C'est de ne prendre aucune arme.

Pétrus réfléchit un instant.

— Vous avez raison, dit-il, j'irai complétement désarmé. — Bien! du calme, de la prudence, du sang-froid. — J'en aurai, mais faites-moi un plaisir. — Lequel? — Emmenez Jean Robert et Justin, mettez en voiture Babolin et la petite Rose-de-Noël ; j'ai besoin d'être seul. — Soyez tranquille, je me charge de tout. — Vous reverrai-je demain matin? — Le désirez-vous? — Oui, ardemment, bien entendu, cependant, que je ne vous dirai du secret que la partie dont je pourrai disposer. — Mon ami, un secret vaut toujours mieux dans un seul cœur que dans deux, gardez donc le vôtre si vous pouvez ; un proverbe arabe dit :

« La parole est d'argent, mais le silence est d'or. »

Et, serrant la main de Pétrus, Salvator rentra dans l'atelier juste au moment où Roland, qui s'ennuyait probablement de l'absence de son maître et qui le sentait se rapprocher de lui, poussait une espèce de tendre gémissement, et grattait à la porte de l'atelier avec la même délicatesse qu'un courtisan du dix-septième siècle eût gratté à la porte de Louis XIV.

XXIX

OU JEAN ROBERT DONNE SA LANGUE AU CHIEN.

Au moment où Salvator rentrait dans l'atelier, Justin venait de trouver la dernière note du chant de Mignon : on avait allumé les candélabres de l'orgue, et, prêt à chanter, le compositeur appuyait ses doigts sur le clavier et son pied sur la pédale.

Mais aux premiers accords que le musicien tira de l'instrument, aux premières notes que sa voix fit entendre, Roland, soit qu'il aimât, soit qu'il détestât la musique, commença un accompagnement de cris plaintifs et de grattements acharnés qui rendaient impossible d'entendre une seule mesure.

— Mais, dit Jean Robert, n'est-ce donc pas Roland qui est à la porte? — Si fait, dit Salvator. — Faites-le entrer. — Ah! oui, faites-le entrer, je veux le voir, dit Rose de Noël; Babolin, va ouvrir à Roland.

Babolin, enchanté de faire la connaissance du chien de Salvator, courut à la porte et ouvrit en disant :

— Viens, Roland.

Roland n'avait pas besoin de cette invitation; en deux bonds il fut près de Salvator. Mais tout à coup, au lieu de caresser son maître, comme il semblait s'y apprêter, il s'arrêta et tourna ses regards vers Rose de Noël.

— Eh bien! Roland, demanda Salvator, qu'y a-t-il donc, et toi, qu'as-tu Rose de Noël?

Cette demande était faite, comme on le voit, de compte à demi au chien et à l'enfant. En effet, le regard du chien était devenu extraordinaire, flamboyant, magique en quelque sorte; celle sur laquelle le regard de Roland s'arrêtait, fixait à son tour sur le chien deux yeux étonnés, étranges, hagards pour ainsi dire, et dont le rayon se croisait avec celui qui jaillissait des yeux de l'animal.

Deux ennemis prêts à s'élancer l'un sur l'autre ne se regardent pas d'un œil plus fixe et plus enflammé, et cependant ce n'était point la colère, mais l'étonnement qui brillait dans les yeux du chien; ce n'était point la haine, mais une sorte de crainte joyeuse qui brillait dans les yeux de la petite fille. Les yeux de la petite fille semblaient dire :

— Oh! mon bon chien, est-ce bien toi?

Les yeux du chien disaient :

— Est-ce bien toi, petite fille?

Puis tout à coup, comme si la reconnaissance était suffisamment faite, et comme si Roland ne doutait plus, au moment où Rose de Noël tendait les bras vers lui, il bondit vers Rose de Noël. Le chien et l'enfant se recontrèrent

ROSE DE NOEL ET BRÉSIL.

TYP. J. CLAYE.

et roulèrent à terre, l'enfant ayant les bras passés autour du cou du chien.

Quoique Salvator connût bien le doux caractère de Roland, il crut à une folie comme les chiens en ont parfois, et poussa un cri en même temps que frappant du pied il disait d'une voix impérative :

— Ici, Roland!

On sait si Roland comprenait et aimait son maître, on sait s'il lui obéissait aveuglément, à lui, qui était non-seulement son maître, mais son sauveur.

Eh bien, Roland n'entendit rien, ne comprit rien : il ouvrit sa gueule énorme comme pour dévorer l'enfant.

Pétrus et Jean Robert crurent le chien enragé; chacun d'eux sauta sur une arme et se précipita vers le chien. Mais Rose de Noël devina leur intention.

— Oh! s'écria-t-elle, ne faites pas de mal à *Brésil.*

Personne ne pouvait comprendre ce cri, mais chacun pouvait voir que la petite fille ne courait aucun danger.

D'ailleurs, le chien venait de se coucher près d'elle, et se roulait sur ses pieds avec des cris de joie qui firent sortir Pétrus de sa chambre.

— Qu'y a-t-il donc? demanda-t-il. — Quelque chose d'étrange, dit Salvator, mais sans aucun danger. — Mais voyez donc votre chien, Salvator. — Oui, je le vois.

Il fit signe à Pétrus de se taire et à Jean Robert et à Justin de s'éloigner. Babolin battit en retraite de son côté. L'enfant et le chien restèrent seuls au milieu de l'atelier. C'était à qui des deux pousseraient de plus joyeux cris.

— Oh! mon beau, mon bon, mon cher Brésil, disait la petite fille, c'est donc toi, te voilà donc, tu m'as donc reconnue... moi aussi je te reconnaissais!

Et le chien de son côté répondait par des cris, des hurlements, des culbutes qui indiquaient que sa joie n'était pas moindre que celle de l'enfant. Il y avait à la fois quelque chose de touchant et de terrible dans cette scène.

Tout à coup Salvator, qui avait inutilement appelé le chien du nom de Roland, eut l'idée de l'appeler Brésil, comme avait fait la petite fille. Brésil se retourna.

— Brésil! répéta Salvator.

Brésil, d'un bond, fut près de son maître, se dressant sur ses pattes de derrière, lui appuyant ses pattes de devant sur les épaules, et secouant sa tête avec une expression de bonheur qu'on n'eût jamais cru que pouvait rendre la physionomie d'un chien. Puis prenant Salvator à belles dents par sa veste de velours, il le tira du côté de Rose de Noël.

— Brésil! Brésil! répétait l'enfant en frappant ses mains l'une dans l'autre. — Mais tu te trompes, Rose de Noël, dit Salvator avec intention. *Mon* chien ne s'appelle pas *Brésil,* mais Roland. — C'est-à-dire qu'il ne s'appelle pas *Roland,* mais *Brésil.* Voyez plutôt : Viens ici, Brésil.

Et de nouveau le chien quitta son maître et bondit vers l'enfant. Il n'y avait pas à demeurer dans le doute. Rose de Noël et Brésil s'étaient vus, Rose de Noël et Brésil s'étaient connus. Mais quand? Sans doute dans cette époque que Rose de Noël ne se rappelait jamais sans épouvante et dont les événements avaient produit sur elle une si profonde impression, que ces événements, même à Salvator, son meilleur ami, elle n'avait jamais voulu les raconter.

La curiosité de tous ceux qui assistaient à cette scène et même celle de Pétrus, si préoccupé qu'il fût de sa propre situation, était vivement excitée. Jean Robert voulait adresser quelques questions à Rose de Noël, mais Salvator lui saisit la main et lui fit signe de se taire. Il se rappelait cette exclamation échappée à Rose de Noël dans son délire :

— Oh! ne me tuez pas, madame Gérard.

Il se rappelait que la Brocante lui avait dit avoir trouvé un soir Rose de Noël fuyant à travers champs à la hauteur du village de Juvisy. Elle était vêtue d'une robe blanche couverte du sang qui coulait d'une blessure qu'un instrument tranchant lui avait faite au cou. Il se rappelait enfin, en rapprochant les époques, que, le même jour ou le lendemain, il avait, en chassant dans la plaine de Viry, trouvé sur le bord d'un fossé un chien percé d'une balle, qu'il avait pansé ce chien, l'avait guéri, et, ne sachant quel nom lui donner après sa guérison, l'avait baptisé du nom de Roland.

Or, voilà que Roland s'appelait Brésil de son vrai nom, et que Brésil connaissait Rose de Noël. Restait à savoir s'il y avait quelque rapport entre Brésil et cette madame Gérard, qui, si l'on en croyait les cris de délire de l'enfant, avait voulu tuer Rose de Noël. Toutes ces réflexions passèrent rapides comme la pensée dans l'esprit de Salvator.

— Eh bien, soit, dit-il à Rose de Noël, Roland ne s'appelle plus Roland, il s'appelle Brésil. — Mais certainement qu'il s'appelle Brésil. — Je le crois. Seulement peux-tu me dire où tu as connu Brésil? — Où j'ai connu Brésil? demanda Rose de Noël en pâlissant. — Oui, peux-tu me le dire? — Non, non, fit l'enfant en pâlissant de plus en plus, non, je ne le peux pas. — Eh bien, dit Salvator, je le sais, moi! — Vous le savez, fit Rose de Noël en ouvrant ses yeux d'une grandeur double de leur grandeur ordinaire. — Oui, c'est chez... — Ne le dites pas, mon bon ami Salvator, ne le dites pas, s'écria l'enfant. — C'est chez madame Gérard. — Rose de Noël jeta un cri, chancela, et se laissa aller presque évanouie dans les bras de Salvator.

Brésil jeta un hurlement lugubre... Si lugubre, que ceux qui étaient là sentirent un frisson passer dans leurs veines. Quant à Rose de Noël, son front s'était couvert de sueur, et ses lèvres étaient devenues violettes. Salvator s'effraya lui-même de l'effet qu'il avait produit.

— Allons, dit-il, il faut mettre cette petite dans un fiacre avec Babolin, et la reconduire chez elle. Qui s'en charge? — Moi! dirent à la fois Jean Robert et Justin; mais pourquoi pas vous? — Moi, j'ai autre chose à faire. — Puis-je aller avec vous? demanda Jean Robert à Salvator. — Où cela? — Où vous allez? — Non. — Je crois cependant qu'il y a quelque chose comme un roman dans ce qui vient de se passer là? — Quelque chose de mieux qu'un roman, mon poëte. Il y a une histoire, et qui m'a l'air d'une terrible histoire. — La saurons-nous, cette histoire? — C'est probable, puisque vous y jouez un rôle. — Mon cher Salvator, dit Justin, n'oubliez point que le cœur d'un de vos amis souffre, et si, au milieu de tout cela, vous apprenez quelque nouvelle de ma pauvre chère Mina... — Soyez tranquille, Justin, vous êtes, vous et Mina, dans ce coin de ma pensée où je mets mes plus chers amis.

Et donnant la main à Pétrus en même temps qu'il échangeait avec lui un signe d'intelligence, il prit Rose de Noël dans ses bras, car, quoique revenue à moitié à elle, l'enfant était incapable de marcher, descendit avec elle les trois étages, la mit dans un fiacre qu'alla chercher Jean Robert, et, sous la garde de Babolin et des deux jeunes gens, la renvoya chez elle.

— Comprenez-vous quelque chose à ce qui vient de se passer, Justin? demanda Jean Robert. — Non, et vous? — Absolument rien. Aussi, comme il est dit dans les jeux innocents: je donne ma langue au chien, bonne affaire pour Brésil.

Brésil avait voulu d'abord monter dans la voiture avec la petite Rose de Noël, puis il avait voulu la suivre. Mais, chaque fois, Salvator l'avait retenu, et, chose singulière, plutôt avec le raisonnement, comme s'il eût retenu un homme, qu'avec un ordre, un commandement, un juron comme on retient un chien. Puis, la voiture qui emportait Rose de Noël disparue, il avait redescendu l'allée de l'Observatoire en murmurant :

— Allons, viens, Brésil, viens avec moi. Il faut bien que tu m'aides à retrouver l'assassin de cet enfant.

Et, comme si Brésil avait compris, il n'avait plus fait mine de suivre la voiture de sa petite amie, se contentant de tourner deux ou trois fois la tête du côté où elle avait disparu, et de lui adresser à chaque fois un hurlement plus tendre que douloureux.

XXX

L'HOMME QUI CONNAÎT SON CHIEN, L'HOMME QUI CONNAÎT SON CHEVAL.

Au bout de dix minutes Salvator était rue Mâcon, et il ouvrait la porte de cette petite salle à manger dont les fresques pompéiennes avaient tant émerveillé Jean Robert la première fois qu'il les avait vues.

Au bruit qu'il fit en entrant, à sa manière d'ouvrir la porte de la salle à manger, sans doute Fragola reconnut son bien-aimé Salvator, car, en même temps que la porte de la salle à manger, la porte de la chambre à coucher s'ouvrit, et les deux beaux jeunes gens se trouvèrent dans les bras l'un de l'autre. Il était six heures, le dîner attendait.

— Nous allons dîner vite, dit Salvator, j'ai un petit voyage à faire.

Fragola laissa glisser le long du corps du jeune homme les deux bras dont elle avait enveloppé son cou.

— Un voyage? dit-elle avec tristesse mais avec résignation. — Oh! sois tranquille, ma bien chérie, il ne sera pas long. Demain au jour je serai ici. — Maintenant reste à savoir s'il n'est pas dangereux, demanda Fragola. — Je crois pouvoir te répondre que non. — Bien sûr? — Bien sûr. — Eh bien, alors, me donnes-tu congé? — Sans doute. — Carmélite est justement revenue à Paris aujourd'hui. Nous lui avons loué, avec Lydie et Régina, un petit appartement, afin qu'elle n'ait à s'occuper de rien. Nous y avons fait transporter tous les meubles du pavillon de Colomban. Madame de Marande donne un grand bal ce soir. Régina se marie, ou plutôt s'est mariée ce matin. Ce sera une triste soirée pour Carmélite si elle la passe seule, et avec ta permission...

Salvator coupa la parole sur les lèvres de Fragola.

— J'irai lui tenir compagnie, ajouta-t-elle en souriant. — Va, mon enfant, va!

Malgré cette permission, les bras de Fragola, qui s'étaient renoués autour du cou de Salvator, resserraient leur chaîne au lieu de s'élargir.

— Tu as encore quelque chose à me demander? dit le jeune homme en souriant. — Oui, répondit Fragola, en faisant de haut en bas un signe de sa charmante tête. — Eh bien! dis. — Carmélite est toujours horriblement triste, et il me semble que si je lui racontais une histoire presque aussi triste que la sienne, plus triste même dans les commencements, et qui a néanmoins fini par une grande joie, cela la consolerait. — Et quelle histoire voudrais-tu donc lui raconter, à ta pauvre amie, ma bonne Fragola? — La mienne. — Raconte, mon enfant, dit Salvator, et, pendant que tu parleras, les anges écouteront. — Merci! — Et où loge Carmélite? — Rue de Tournon. — Que va-t-elle faire? pauvre créature! — Tu sais, elle a une voix magnifique. — Eh bien? — Eh bien, elle dit qu'une seule chose peut, sinon la consoler, du moins lui faire supporter la vie. — Oui, elle veut chanter, elle a raison. C'est des cœurs brisés que sortent les chants sublimes. Dis-lui que je me charge de son maître de chant, Fragola. Je sais l'homme qu'il lui faut, et je l'ai sous la main. — Oh! toi, tu es comme ce Fortunatus dont tu me racontais un jour l'histoire, et qui avait une bourse dont il tirait les uns après les autres tous les objets qu'il désirait. — Alors, désire quelque chose, Fragola. — Oh! tu sais bien que je ne veux que ton amour. — Et comme tu l'as tout entier... — Je désire une seule chose, le conserver.

Et la jeune fille, se souvenant que Salvator lui avait recommandé de se hâter, l'embrassa une dernière fois et entra dans la cuisine, tandis que lui entrait dans la chambre à coucher.

Dix minutes après, tous deux rentraient dans la salle à manger : Fragola ayant mis la table en état de recevoir des convives, Salvator ayant revêtu un costume complet de chasseur, veste, gilet, pantalon à grandes guêtres et casquette de velours. Fragola regarda Salvator avec étonnement.

— Tu vas à la chasse? demanda-t-elle. — Oui. — Je croyais la chasse fermée. — Elle l'est en effet, mais je vais à une chasse ouverte en tout temps, à la chasse de la vérité. — Salvator, dit Fragola en pâlissant légèrement, si je ne regardais pas comme un crime de la Providence qu'il t'arrivât un malheur, je n'aurais pas un instant de tranquillité en voyant la singulière vie que tu mènes. — Tu as raison, dit Salvator avec cette solennité que l'on remarquait parfois en lui, je suis sous la protection du Seigneur; tu n'as donc rien à craindre.

Et il tendit la main à Fragola. De cette main Fragola essuya une larme.

Eh bien? demanda Salvator. — Oui, oui, je suis folle, mon bien-aimé. D'ailleurs, il y a une chose qui me rassure, c'est que tu sors en chasseur et par conséquent avec ton fusil... — Et avec Roland. — Oh! alors, je suis tout à fait tranquille, et la preuve, tiens.

Et l'enfant sourit de ce charmant sourire aux lèvres roses et aux blanches dents, qui n'appartient qu'à l'adolescence. Tous deux se mirent à table en face l'un de l'autre. A défaut de leurs mains leurs pieds se touchaient, à défaut de paroles ils échangeaient des sourires. Pendant ce dîner, Salvator eut un soin tout particulier de Roland. Seulement il lui échappa de l'appeler Brésil, ce qui fit bondir le chien de joie.

— Brésil? répéta Flagola avec un accent interrogateur. — Oui, j'ai eu des nouvelles de la jeunesse de notre ami, dit en riant Salvator. Avant de s'appeler Roland, il s'est appelé Brésil. Ne prétends-tu pas quelquefois qu'avant de m'appeler Salvator j'ai porté un autre nom, et qu'avant d'être commissionnaire j'ai été autre chose? Il en est de Roland comme de moi, chère Fragola. Tel maître, tel chien. — Tu es mystérieux comme un roman de M. d'Arlincourt. — Et toi, tu es belle et charmante comme une héroïne de Walter-Scott. — Saurai-je l'histoire de Roland? — Dame! s'il me la raconte. — Comment, s'il te la raconte? — Oui, tu sais que je cause quelquefois avec Roland. — Et moi aussi, il m'entend et me répond. — Belle malice! toi, n'est-ce pas moi? — Et il t'a déjà dit quelque chose de son histoire? demanda Fragola, qui mourait de curiosité. — Il m'a dit qu'il s'appelait Brésil. N'est-ce pas, Roland, que tu m'as dit que tu t'appelais Brésil?

Roland fit un ou deux tours sur lui-même comme s'il courait après sa queue et aboya joyeusement.

— Devines-tu où nous allons, Brésil? demanda Salvator.

Le chien grommela.

— Oui, tu le devines. — Trouverons-nous ce que nous cherchons, Brésil?

Brésil grommela de nouveau.

— Alors, tu es prêt à me conduire?...

Pour toute réponse, le chien se dirigea vers la porte, se dressa sur ses pattes de derrière et se mit à gratter le panneau. Il eût répondu à Salvator: *suis-moi*, que ces deux mots n'eussent pas été plus expressifs.

— Tu vois, dit Salvator, Brésil n'attend plus que moi. A demain matin, ma belle chérie. Remplis ta mission de consolatrice. Peut-être vais-je faire mon devoir de vengeur.

Ce dernier mot fit pâlir pour la seconde fois Fragola, mais Salvator ne reconnut sa crainte qu'à un embrassement plus tendre et à un serrement de main plus expressif. Au moment où Salvator mettait le pied dans la rue, sept heures sonnaient à Notre-Dame. Salvator se dirigea vers le pont Saint-Michel, Brésil marchant fièrement à vingt pas devant lui.

A cette époque, si rapprochée qu'elle soit de nous, il n'y avait encore que trois façons de faire un voyage de cinq lieues: à pied, à cheval ou en voiture. On n'apercevait que dans le lointain de la civilisation la fumée des chemins de fer.

Aller à pied à Juvisy, c'eût été certainement pour un employé un exercice salutaire, mais pour un homme comme Salvator, c'est-à-dire ayant l'habitude de la marche, cet exercice n'offrait absolument rien de récréatif. Restait le cheval ou la voiture.

Un chasseur, avec ses guêtres, son carnier et son fusil a toujours une étrange tournure à cheval, et surtout sur son cheval de louage. Salvator n'eut donc pas un instant l'idée d'aller à cheval. Restait la voiture.

Sur la place du Palais-de-Justice, vis-à-vis le poteau où l'on exposait les condamnés à la marque, stationnait une espèce de caisse, ou coucou, ou voiture à volonté, nommée de ce dernier nom sans doute parce qu'elle n'allait qu'à l'endroit où la volonté de son conducteur était de la faire aller.

La destination habituelle de celle-là était Cour-de-France, et plus d'une fois le passant, en voyant affichés sur les vitres d'une des boutiques devant laquelle stationnait le susdit coucou ces trois mots: *Fromage de Viry*, le passant, quel qu'il fût, avait été tenté de prendre une voiture qui conduisait à un pays qui fait de si bons fromages.

En effet, les fromages de Viry, crême double, ont joui et jouissent encore, auprès des véritables amateurs, d'une réputation incontestable et incontestée, comme il appert des cartes des trois ou quatre restaurateurs célèbres de Paris.

Salvator connaissait donc bien la voiture qui menait au pays fortuné. De son côté, le conducteur connaissait parfaitement Salvator. Il en résulta que le prix fut bien vite fait, et que, moyennant la somme de cinq francs, Salvator eut le droit de disposer, pour lui et son chien, de la voiture pendant toute la nuit. Cet arrangement terminé, Salvator fit signe à Roland qui, sans faire de cérémonies, s'élança d'un seul bond dans la voiture, et, en chien bien élevé, s'allongea immédiatement sous la banquette.

Salvator monta derrière lui, s'accouda dans un des angles, étendit ses jambes sur la première traverse, accommoda son fusil du mieux qu'il put pour épargner les secousses à deux excellents canons de Reynette, et, ces précautions prises, donna congé au conducteur en disant :

— Quand vous voudrez.

Mais ce n'était point le tout que le conducteur voulût : il fallait à la volonté du conducteur ajouter celle du cheval. Or, jamais cheval ne parut moins disposé à obéir aux injonctions de son conducteur que ne l'était l'animal efflanqué qui venait de recevoir de la Providence la mission de conduire Salvator à la recherche d'un crime mystérieux dont la reconnaissance de Rose de Noël avec Brésil lui avait donné le soupçon. Enfin, après dix minutes de lutte, l'animal vaincu se décida à se mettre en route.

— Ah! dit le conducteur avec l'assurance d'un homme qui connaissait son cheval à fond, en voilà un qui, s'il a jamais douze mille livres de rente, n'achètera pas un coucou.

XXXI

A TRAVERS CHAMPS.

Nous aurions grand plaisir à raconter la conversation de Salvator, du conducteur et du chien. Le récit de cette conversation montrerait une fois de plus au lecteur la réputation universelle de Salvator. Mais nous aurons tant d'occasions de faire ressortir les qualités éminentes de notre héros que nous négligerons les détails. On arriva à Juvisy, il était dix heures du soir à peu près. Salvator sauta en bas de la voiture, Roland sauta après lui.

— Passez-vous la nuit ici, monsieur Salvator? demanda le conducteur. — Probablement, mon ami. — Faut-il que je vous attende? — Jusqu'à quelle heure comptes-tu rester toi-même? — Mais cela dépendra. Si j'avais l'espoir de vous ramener, j'attendrais bien jusqu'à quatre heures du matin. — Eh bien! alors, si tu te contentes de la même somme pour me reconduire que pour m'amener... — Oh! vous savez bien, monsieur Salvator, que je vous reconduirais pour le seul plaisir de vous rendre service. — Eh bien! alors, c'est dit, attends jusqu'à quatre heures, et que je sois ou non revenu à quatre heures, voici dix francs, cinq francs pour l'aller, cinq francs pour le retour.—Mais si cependant je ne vous ramène pas?—Eh bien! les cinq francs seront pour m'avoir attendu. —Va, comme il vous fait plaisir! et l'on boira à votre santé par-dessus le marché, monsieur Salvator.

Salvator fit un signe de tête en manière de remerciement et disparut par une petite ruelle qui donnait sur la plaine, en appelant Roland. Roland ou Brésil, comme on voudra l'appeler, car nous lui donnerons indifféremment ces deux noms, était une bête d'une admirable intelligence. Depuis le moment du départ, il semblait avoir compris où l'on allait et dans quel but on y allait: aussi Salvator se laissait-il en quelque sorte conduire par lui.

Au bout de cinq minutes, il était aux fontaines de Cour-de-France. Il traversa la route et s'engagea dans la plaine. Salvator continuait de le suivre. Roland coupa à travers champs et conduisit Salvator au fossé où, sept ans auparavant, Salvator l'avait trouvé blessé, sanglant, et le corps traversé d'une balle.

Arrivé là, le chien se coucha et poussa un sourd gémissement, comme pour dire: Je me souviens de ma blessure; puis, se levant, il vint lécher la main de Salvator, comme pour dire: Je me souviens de mon sauveur.

Maintenant veut-on connaître exactement la localité où nous conduisons notre drame, veut-on voir d'avance le terrain que nous allons parcourir? Rien de plus facile.

Le village de Juvisy, ou Cour-de-France, qui en est distante d'une centaine de pas seulement, forme juste le sommet de l'angle des deux lignes du chemin de fer de Corbeil et d'Orléans: c'est-à-dire qu'en allant de Paris à Essonne, et en s'arrêtant à Fontainebleau, on a à sa gauche la ligne du chemin de fer qui conduit à Corbeil, et à sa droite la ligne du chemin de fer qui conduit à Étampes et à Orléans.

Là, le pays est peu pittoresque; mais avancez de cent pas à gauche, c'est-à-dire du côté de la Seine, vers ce petit bourg de Châtillon qui, de loin, fait l'effet d'une seule cabane de pêcheur assise sur la berge de la rivière, alors vous découvrirez d'immenses horizons de monticules et de forêts; alors, s'il vous prend la fantaisie de détacher un bateau du rivage et de côtoyer la Seine au clair de la lune, il vous arrivera, à travers la forêt de Sénart qui semble lever ses mille bras au ciel, des bruits tristes comme des plaintes, des murmures mélancoliques comme des prières.

La forêt de Sénart prépare aux grès de Fontainebleau, comme les grès de Fontainebleau préparent aux rochers de la Suisse. La forêt de Sénart est le Fontainebleau de Paris, et Fontainebleau est la Suisse de la France.

Maintenant, si au lieu de prendre à gauche vous prenez à droite, c'est-à-dire du côté d'Étampes et d'Orléans, le pays est tout différemment accidenté. Alors vous rencontrerez Savigny, célèbre par son magnifique château bâti du temps de Charles VII; Mortan, célèbre par son beurre; Viry, célèbre par ses fromages; dix petits bourgs juchés au sommet de verdoyants monticules ou perdus au fond d'une petite vallée, au milieu de groupes d'arbres qui semblent se serrer les uns près des autres pour leur faire rempart.

Puis, dominant tout le paysage, la tour de Montlhéry, qui, de loin, comme une sentinelle attentive, veille jour et nuit, l'arme au bras, l'œil ouvert, au point le plus élevé de l'horizon; une petite rivière, la rivière d'Orge, jetée à travers tous ces petits villages comme une écharpe moirée, bariolée, changeante, où, tout le jour, le battoir des jeunes filles des villages voisins retentit sur la rive, comme à minuit le battoir des lavandières des légendes.

Enfin mille accidents de terrain inattendus : des saules qui trempent leurs cheveux blonds dans les ruisseaux, et qui font, quand le vent les balance, jaillir au soleil des gouttes étincelantes comme des diamants; des maisons blanches, des sentiers verts, un air pur, une brise fraîche, qui semble l'haleine d'un pays vierge; tout donne à ce charmant coin de terre un parfum de douceur et de sérénité que l'on chercherait vainement ailleurs.

Un dernier mot, une dernière coïncidence : les deux petits villages de Viry et de Savigny ressemblent, à s'y tromper, à leurs deux homonymes, c'est-à-dire aux deux villages de Viry et de Savigny situés à deux lieues de Genève.

C'est entre ces deux premiers bourgs, c'est-à-dire à droite du sommet de l'angle que forme aujourd'hui la bifurcation du chemin de fer, absent à cette époque, que se trouvait le fossé que Roland venait de reconnaître d'une façon si intelligente pour lui avoir servi de lit de douleur.

— Ah ! fit Salvator, c'est donc là, mon bon chien. — Oui, fit Brésil en poussant un gémissement. — Mais nous ne sommes pas venus seulement pour reconnaître cette place, n'est-ce pas, mon pauvre Brésil ?

Le chien releva la tête et regarda son maître, ses yeux brillèrent dans la nuit comme deux escarboucles et il s'élança en avant.

— Oui, oui, murmura Salvator, tu as compris, mon brave compagnon. Ah ! combien d'hommes qui te méprisent comme une brute sont cependant moins intelligents que toi. Viens, ou plutôt, allons... je te suis.

Brésil semblait s'éloigner du fossé avec joie. L'animal conservait-il, comme eût fait l'homme, le sentiment de la douleur passée au fond de sa mémoire ? Tant il y a qu'il suivit pendant quatre ou cinq cents pas la route de Juvisy; puis, arrivé à une petite butte, il s'arrêta et flaira la terre autour de lui. Cette butte était côtoyée par un sentier qui conduisait à un pont. Arrivé devant cette butte, Roland semblait hésiter.

— Cherche, Roland, cherche ! dit Salvator.

Roland s'arrêta comme découragé.

— Allons, Brésil, reprit Salvator, allons, mon bon chien.

Ce nom de Brésil sembla lui rendre son courage.

— Cherche ! continua Salvator, cherche ! — Un moment, maître, sembla répondre le chien, il faut que moi aussi je me souvienne.

Salvator s'approcha de lui avec de douces paroles, le caressant tout ensemble de la voix et de la main. Mais Brésil, comme un chien absorbé par une grande pensée et comprenant l'importance de la résolution qu'il allait prendre, semblait indifférent à cette voix et à ces caresses qui le rendaient si heureux d'ordinaire. Tout à coup il releva la tête comme illuminé, regarda Salvator et sembla lui dire :

— J'y suis, maître. — Va, mon bon Brésil, va, dit Salvator.

Le chien s'élança de la butte et descendit rapidement le sentier en pente qui conduit au petit pont dont nous avons parlé. C'est un petit pont de deux arches, et qui a nom : *le Pont-Godeau*. Salvator le suivait avec la rapidité du chasseur qui sent son chien sur une voie.

Arrivé là, le chien entra dans une allée de pommiers en fleurs. L'obscurité empêchait qu'on ne vît ces beaux arbres tout empanachés de leur neige rosée, mais l'atmosphère était toute parfumée de leur odeur. Salvator suivit Brésil dans ce nouveau chemin, véritable chemin normand, verdoyant et frais.

Brésil marchait précipitamment, sans s'arrêter une seconde, sans regarder en arrière. On eût dit qu'il se sentait suivi de près par son maître. Il est vrai que, tout en le suivant, Salvator lui disait bas, mais avec cette voix stridente qui excite si bien la recherche des chiens:

— Cherche, Brésil, cherche!

Le chien allait toujours. En ce moment, il se fit une éclaircie au ciel. La lune sortit d'un profond océan de nuages noirs, et l'on arriva devant la grille d'un parc. Alors, chose étrange, au moment où la lune se montrait, la lune claire, large et haute, le chien se retourna, regarda le ciel et hurla lamentablement.

Il fallait avoir le calme courage de Salvator pour ne pas se sentir pris du frisson de la terreur au milieu de cette nuit silencieuse, à cette heure où la lune donne à chaque objet des aspects fantastiques et où l'on entendait d'autre bruit que les aboiements lointains des chiens qui veillent dans les fermes et le murmure des branches sèches qui se froissent les unes les autres avec un cliquetis pareil à celui des squelettes qui se balancent à des gibets. Salvator comprit la pensée du chien.

— Oui, dit-il, mon bon Brésil, oui, c'est par une pareille nuit, n'est-ce pas, que tu as quitté cette maison? Cherche, Brésil, cherche, c'est pour ta petite maîtresse que nous travaillons.

Le chien demeura immobile devant la grille.

— Eh bien, oui, je vois bien, dit Salvator, c'est derrière cette grille qu'était la maison où tu fus élevé avec ta petite maîtresse, n'est-ce pas?

Le chien semblait comprendre. Il longeait la grille, tantôt allant de gauche à droite, tantôt allant de droite à gauche, agitant bruyamment sa longue queue et frôlant avec elle chaque barreau. On eût dit un de ces beaux lions du Jardin des Plantes, sillonnant avec majesté le plancher de sa cage.

— Allons, Brésil, allons! dit Salvator, nous ne pouvons passer la nuit ici. N'y a-t-il pas une autre entrée? cherche, mon bon chien, cherche!

Alors Brésil parut prendre un parti. On eût dit qu'il reconnaissait lui-même que de ce côté l'entrée était impossible. Il se mit donc à longer rapidement le mur pendant l'espace de cent cinquante pas, puis il s'arrêta et se dressa, appuyant son museau contre la pierre.

— Oh! oh! dit Salvator, il y a quelque chose ici, à ce qu'il paraît.

Il s'approcha du mur, regarda avec attention, et, malgré le frisonnement des branches d'un arbre dont l'ombre s'interposait entre lui et la clarté de la lune, il vit se dessiner au milieu de la teinte grise et uniforme du mur une plaque irrégulière de plâtre dessinant un cercle de quatre ou cinq pieds de tour à peu près.

— Bon ceci, ami Brésil, bon! dit Salvator, il y avait là une brèche que tu es étonné de ne plus retrouver; elle a été fermée depuis, mon bon chien. Tu es sorti par cette brèche; tu comptais rentrer par le même chemin, mais le propriétaire y a mis bon ordre. C'est bien cela, n'est-ce pas?

Le chien regarda Salvator comme pour lui dire:

— C'est bien cela, en effet. Maintenant, comment allons-nous faire? — Oui, comment allons-nous faire? répéta Salvator. Outre que je ne possède aucun des outils dont on se sert pour perforer un mur, on ne manquerait pas de m'accuser d'effraction, et j'en aurais pour mes cinq ans de travaux forcés, ce qui ne peut être ton intention, mon bon Brésil... Et cependant, mon brave ami, oui, je suis aussi curieux que toi de visiter ce parc : d'abord, parce qu'il me paraît beau; ensuite, parce que je m'imagine, je ne sais pourquoi, qu'il renferme quelque secret important.

Le grognement de Roland, ou plutôt de Brésil, sembla corroborer ces paroles.

— Eh bien, Brésil, je ne demande pas mieux, moi, dit Salvator, s'amusant en artiste et en observateur de l'impatience de son chien, voyons! trouve le moyen, toi, puisque tu te fâches. J'attends, mon bon Brésil, j'attends!

Brésil semblait ne pas perdre un mot de ce que disait son maître. Aussi, ne pouvant à lui tout seul appliquer le moyen, se contenta-t-il de l'indiquer: il plia sur ses jarrets de derrière et s'élança avec tant de force, que l'extrémité de ses pattes arriva au chaperon du mur.

— Tu es la suprême sagesse, mon cher Brésil, dit Salvator, et tu as parfaitement raison. Il est inutile d'enfoncer un mur quand on peut passer par-dessus. Ce n'est plus de l'effraction ce n'est que de l'escalade. Escaladons, mon bon chien, escaladons, et passe le premier; tu es chez toi ici, à ce qu'il me semble du moins, c'est à toi de me faire les honneurs. Allons, haup!

Et avec ces deux bras dont nous avons vu Salvator si vaillamment se servir à l'endroit de Barthélemy Lelong, dit Jean Taureau, dans l'un des premiers chapitres de cette histoire, avec ces deux bras aux muscles d'acier, il enleva le chien géant à la hauteur du mur avec la même facilité qu'une marquise ou une duchesse élève un king-charles jusqu'à ses lèvres.

Le chien, élevé ainsi, touchait avec ses deux pattes de devant sur l'arête du mur, mais il lui fallait un point d'appui pour s'élancer.

Salvator baissa la tête en arc-boutant, l'appuya contre la muraille, posa chacune des pattes de derrière du chien sur chacune de ses épaules, et posant Brésil bien en équilibre sur cette base qui semblait un socle de granit.

— Allons! saute, Brésil, dit-il.

Et Brésil sauta.

— Maintenant, dit-il, à mon tour!

Et, assurant solidement son fusil sur son épaule, il atteignit en sautant le chaperon du mur, y resta suspendu par les mains, puis à la force des poignets et avec l'aide des genoux il arriva, avec une facilité qui indiquait son habitude de la gymnastique, à se mettre à califourchon sur la muraille.

Il en était là, lorsqu'il entendit le trot d'un cheval et qu'il vit s'approcher rapidement un cavalier enveloppé d'un manteau. Le cavalier suivait lui-même le chemin qui longeait le mur.

Salvator se hâta de rejeter tout son corps dans le parc, soutenu par l'admirable vigueur de ses bras; sa tête seule dépassa le mur. Un arbre projetait son ombre sur lui, et, à moins d'une attention toute particulière, empêchait le cavalier de le voir.

Au moment où le cavalier passa à quatre pas de Salvator, la lune brillait de tout son éclat, de sorte que Salvator put distinguer les traits d'un jeune homme de vingt-neuf à trente ans. Ces traits le frappèrent sans doute d'un grand étonnement, car, d'un mouvement calculé des mains et des genoux, il se rejeta en arrière, et, lâchant le haut du mur, il tomba à côté de Brésil, en disant:

— Lorédan de Valgeneuse!

Puis, après un moment de silence et d'immobilité, auquel l'impatient Brésil semblait ne rien comprendre :

— Que diable, ajouta-t-il, mon cher cousin vient-il faire ici!

XXXII

LE PARC OU LE ROSSIGNOL CHANTAIT.

Salvator écouta jusqu'à ce que le bruit du trot du cheval se fût éteint, et alors il regarda autour de lui. Il était dans un immense parc et dans la partie la plus boisée de ce parc.

Brésil semblait n'attendre qu'un ordre pour se remettre en chemin. Il était assis : mais le frisonnement de son corps trahissait son impatience, et ses yeux brillaient dans l'obscurité comme deux feux follets.

La lune glissait dans un ciel nuageux, tantôt éclairait vivement la terre, et tantôt, en disparaissant derrière une vague de vapeur sombre, replongeait la terre dans l'obscurité.

Salvator, ne sachant pas où le chien allait le conduire, attendit un de ces moments de ténèbres qui lui permettaient de se risquer dans les éclaircies. Ce moment ne tarda point à arriver.

Ce serait mentir, peut-être, que de dire que le cœur ne battait point au jeune homme. Mais comme la conscience du motif qui l'amenait le faisait calme, il eût été impossible de voir sur son visage le reflet des pensées qui l'agitaient. Seulement il détacha son fusil de son épaule, passa la baguette dans chacun des canons pour s'assurer que les bourres adhéraient aux balles, souleva les batteries pour inspecter l'amorce, mit le fusil dans son bras au lieu de le garder en bandoulière, et, profitant d'un moment où le ciel et la terre étaient redevenus sombres :

— Allons, mon bon chien, allons, dit-il, en route!

Le chien s'élança en avant, et Salvator suivit le chien. Mais ce n'était pas chose facile, les broussailles et les jeunes plants avaient poussé de tous côtés et faisaient des fourrés où le gibier devait demeurer avec délices, mais où l'homme manœuvrait difficilement.

A tout instant un bruit rapide et brusque s'élevait dans les broussailles, à la droite, à la gauche de Salvator, devant et derrière lui : c'était quelque lièvre ou quelque lapin qui détalait, tout étonné d'être troublé dans son gîte.

On arriva à une allée où l'herbe avait poussé à un pied et demi de hauteur. Cette allée conduisait à une espèce de prairie. Au fond de cette prairie, on voyait une surface noire, qui tout à coup étincela comme un miroir d'argent : la lune sortait des nuages et éclairait l'eau calme et profonde d'un étang.

Autour de cet étang, et de place en place, comme des fantômes immobiles, se détachaient des statues mythologiques.

Brésil semblait avoir hâte d'arriver à cet étang. Mais Salvator, ne sachant pas si la maison à laquelle devait attenir ce parc était habitée ou non, longea le bois de manière à rentrer rapidement dans le fourré au premier sujet de crainte, et retint l'ardeur de son chien, qui, obéissant à sa parole, marchait à dix pas devant lui, sans s'écarter davantage que s'il eût été maintenu par un collier de force. Il y avait quelque chose de profondément funèbre dans l'aspect de tous les objets qui frappaient les yeux de Salvator.

— Je serais bien surpris, murmura-t-il, s'il ne s'était pas commis dans cet endroit quelque crime épouvantable. L'ombre y est plus noire qu'autre part, la lumière y est plus blafarde qu'ailleurs, les arbres ont un air affligé qui serre le cœur. N'importe! puisque nous y sommes, allons toujours.

Et un nuage plus épais que les autres ayant de nouveau passé sur la lune, Salvator résolut de profiter des ténèbres que ce voile aérien répandait sur la terre pour se hasarder à traverser l'intervalle découvert qui séparait la lisière du bois du bord de l'étang.

Cependant, à l'extrémité du bois, Salvator s'arrêta et retint Brésil. Devant lui, de l'autre côté de l'étang, s'élevait comme une masse sombre et gigantesque trouée par une seule lumière brillant derrière la vitre d'un petit cabinet, le château de Viry.

Le château était donc habité, malgré l'état du parc qui semblait une forêt vierge, malgré l'état des chemins qui semblaient des prairies abandonnées, puisqu'une lumière brillait à une fenêtre. C'était une double précaution à prendre.

Salvator plongea tout autour de lui ce regard du chasseur habitué à voir dans les ténèbres, et se résolut de pousser l'investigation jusqu'au bout. Et cependant il n'avait aucune certitude : de vagues soupçons inspirés par les terreurs muettes de Rose de Noël, voilà tout. Pourquoi cette persistance? pourquoi volontairement s'en aller ainsi à la recherche de l'inconnu? Parce qu'il lui semblait que cet inconnu, c'était quelque crime horrible, et qu'il n'allait pas à sa recherche volontairement, comme nous l'avons dit, mais fatalement poussé par cette Providence qu'on appelle le hasard, et qui donne aux gens de bien une faculté supérieure, une puissance de divination extraordinaire.

Un massif d'arbres verts s'élevait à quelques pas de l'étang; le massif d'arbres offrait un abri. C'était vers l'étang que semblait tendre le but de la course de Brésil. Salvator laissa la lune briller et s'éteindre de nouveau ; puis, profitant du moment où elle se cachait, il gagna le massif, suivi pas à pas de Brésil, à qui il avait ordonné de se tenir derrière. Une fois caché dans le massif de sapins, Salvator caressa de la main le cou de Brésil et lui dit ce seul mot :

— Cherche!

Aussitôt Brésil s'élança vers l'étang, disparut dans les roseaux qui faisaient une ceinture à sa rive, puis reparut derrière cette ceinture de roseaux, nageant la tête hors de l'eau. Il nagea ainsi pendant une vingtaine de pas environ; puis s'arrêta, nagea en cercle au lieu de nager diagonalement, puis il plongea.

Salvator ne perdait pas de vue un seul des mouvements du chien ; on eût dit qu'il devinait ses intentions avec la même intelligence, disons mieux, avec le même instinct que Brésil devinait les siennes. Salvator se dressa sur la pointe des pieds pour mieux voir.

Au bout de quelques secondes, Brésil reparut; puis, il replongea; mais, comme la première fois, il reparut sans rien ramener à la surface. Alors il nagea vers le bord, en traçant une ligne qui faisait l'angle en la comparant à celle qu'il avait suivie pour atteindre le milieu de l'étang. Arrivé au bord, Brésil, comme s'il suivait une piste, fit cinq ou six pas le nez sur le gazon.

Puis il leva la tête, poussa un hurlement sourd et lamentable, et reprit sa course vers le bois. Il passait à vingt pas du massif où était caché Salvator.

Salvator comprit que ce n'était pas sans raison que Brésil revenait sur ses pas et rentrait dans le bois. Il fit entendre un simple sifflement entre les dents serrées. Le chien s'arrêta pliant sur ses jarrets, comme fait un cheval dont son cavalier serre les mors.

Salvator ne voulait pas perdre de vue Brésil, pour n'avoir pas besoin de l'appeler. Il regarda donc de nouveau autour de lui, et, reconnaissant que tout était silencieux et solitaire, il franchit l'intervalle qui séparait le massif du bois avec autant de bonheur qu'il avait franchi celui qui séparait le bois du massif.

Brésil se remit en marche. Salvator le suivit et disparut bientôt avec lui dans le taillis. Il savait que tous ces mouvements de son chien, si contradictoires qu'ils parussent, avaient une raison d'être.

Je ne sais qui a dit qu'à la chasse c'était le chien qui était le chasseur, et le chasseur qui était le chien. C'est peut-être moi, c'est peut-être aussi mon ami Léon Bertrand, ce grand chasseur devant l'Éternel, qui sait depuis le vieux temps tous les mystères de la vénerie et toutes les ruses de la race canine. Répétons cette vérité, antique ou nouvelle, la vérité ne saurait trop être dite.

En rentrant dans le bois, chien et maître traversèrent une plate-bande où commençaient à renaître les premières plantes du printemps, comme si, malgré la sombre fatalité qui pesait sur cette maison maudite, la nature, bonne et miséricordieuse, lui pardonnait en fleurissant.

On arriva à une allée qui bifurquait à son extrémité. Là, le chien s'arrêta encore et parut hésiter. Un des chemins conduisait au jardin potager; l'autre, à un sentier qui s'enfonçait dans le bois. Après quelques secondes d'hésitation, ou plutôt de réflexion, Brésil se décida pour le sentier qui conduisait dans le bois.

Salvator s'engagea dans le sentier derrière le chien. Ils marchèrent ainsi pendant une ou deux minutes. Au bout de ce temps, le chien s'arrêta encore; puis, au lieu de continuer à suivre le sentier, il entra dans un massif que dominait un grand arbre, et à la lisière duquel s'élevait un banc qui paraissait, de ce côté, le but d'une promenade. Salvator entra dans le massif derrière Brésil.

Là, le chien fureta un instant à travers les branches et les feuilles mortes qui couvraient la terre; puis, il appuya ses naseaux contre le sol, aspirant bruyamment les émanations qui s'en échappaient; enfin, arrivé au centre d'un cercle décrit par lui-même, il s'arrêta immobile, fixe et dans l'attitude de la contemplation. On eût dit qu'il essayait de voir dans la terre.

— Eh bien, demanda Salvator, qu'y a-t-il donc là, mon bon Brésil?

Le chien courba la tête jusqu'au sol, y appuya son museau et resta aussi immobile que s'il n'eût point entendu la question de son maître.

— C'est ici, n'est-ce pas? c'est ici! demanda Salvator mettant un genou en terre et touchant du bout du doigt la place indiquée par le chien.

Le chien se retourna vivement, regarda son maître avec ses grands yeux intelligents, poussa un faible gémissement et se remit à flairer.

— Cherche! dit Salvator.

Roland, en grognant sourdement, posa ses deux pattes rapprochées l'une de l'autre à l'endroit où Salvator avait posé le doigt; puis il flaira de nouveau. Le cri d'Archimède se présenta au souvenir du jeune homme.

— Euréka, dit-il, comme le mathématicien de Syracuse.

Puis, pour encourager le chien:

— Cherche! dit Salvator, cherche!

Alors Brésil se mit à gratter la terre avec une fureur telle, qu'on eût dit que le bout de toute cette course dans les ténèbres, de cette chasse nocturne, c'était là et non autre part.

Cherche! répéta Salvator, cherche!

Et avec la même furie, le chien continua de fouiller la terre. Après dix minutes de ce travail, qui semblèrent un siècle à Salvator, Brésil recula précipitamment. Tout son corps semblait agité d'un tremblement de terreur.

— Qu'y a-t-il donc, mon bon chien? demanda Salvator toujours incliné sur un genou.

Le chien le regarda et sembla dire:

— Mais vois donc toi-même!

Salvator essaya en effet d'y voir, mais la lune était cachée, et ses yeux cherchaient vainement à percer l'obscurité plus profonde encore dans le trou creusé par le chien qu'à la surface de la terre. Il allongea la main et atteignit le fond du trou; il essayait de voir avec la main, ne pouvant voir avec les yeux. Ses doigts se retirèrent crispés: il venait de toucher quelque chose de doux, de fin, de soyeux. Il trembla à son tour comme avait tremblé le chien, plus fiévreusement, plus terriblement que s'il avait rencontré la dent d'une vipère. Cependant il fit un effort sur lui-même; il remit la main sur l'objet terrible.

— Oh! murmura-t-il, il n'y a pas à s'y tromper, ce sont des cheveux!...

Le chien accroupi gémissait, l'homme, la sueur au front, hésitait à tirer cette chevelure à lui. La lune, qui venait de sortir de son nuage, donnait à l'un et à l'autre un aspect fantastique. En ce moment le chien se rapprocha du trou, y fourra la tête tout entière, et Salvator sentit qu'il léchait tendrement ces cheveux entre ses doigts.

— Oh! murmura-t-il, qu'est-ce que cela, mon pauvre Brésil?

Mais Brésil releva la tête et, au lieu d'écouter son maître, au lieu de continuer à lécher ces cheveux au-dessous desquels Salvator sentait se modeler un crâne, il dirigea son regard vers le chemin, en faisant claquer ses dents les unes contre les autres.

Salvator tourna la tête comme lui, mais il ne vit rien.

Alors il appuya son oreille contre la terre et entendit un bruit de pas qui s'approchait. Puis il releva la tête, et, cette fois, il lui sembla voir comme un fantôme suivant l'allée et s'approchant de son côté. Brésil voulait s'élancer en grondant, mais Salvator le saisit par la peau du cou, et l'aplatissant sur le sol·

— A terre! Brésil! dit-il, à terre!

Et il se coucha lui-même, côte à côte du chien, tout en ayant soin de placer son fusil à la portée de sa main. Alors, quel que fût le silence, l'oreille d'Argus elle-même n'aurait pu entendre ni l'haleine de l'homme, ni le souffle du chien.

Minuit sonna à l'horloge du clocher de Viry, et les tintements du bronze passèrent en frémissant dans l'air.

LE PARC DE VANVES.

TYP. J. CLAYE.

XXXIII

POURQUOI LE ROSSIGNOL NE CHANTAIT PAS.

Le fantôme continuait de s'approcher. Il passa à trois pas de Salvator et vint s'asseoir sur le banc. Un instant, Salvator put croire que c'était l'ombre de ce corps que quelque crime inconnu tenait couché à ses pieds.

Cependant, il avait entendu un bruit de pas, et une ombre n'eût point assez pesé pour briser les branches sèches, pour faire résonner les feuilles mortes. Ce n'était donc pas un fantôme, mais une jeune fille. Seulement, comment une jeune fille errait-elle à minuit dans un parc, et venait-elle ainsi seule s'asseoir sur un banc?

Un rayon de la lune descendit sur son visage, et sur ce rayon son regard sembla monter au ciel. Salvator put voir son visage. Ce visage lui était complétement inconnu. C'était celui d'une enfant de seize ans, aux yeux d'azur, aux cheveux blonds, au teint plein de jeunesse et de fraîcheur. Ses yeux, dirigés vers le ciel, avaient la fixité de l'extase. Il sembla seulement à Salvator que des larmes silencieuses coulaient sur ses joues.

En effet, à cette heure-là, les heureux dorment. Roland, qui comprenait que ce n'était point là un ennemi bien à craindre, s'était adouci. Salvator regardait avec plus d'étonnement que d'inquiétude.

Tout à coup un nom prononcé dans le lointain passa dans l'air. La jeune fille tressaillit et pencha la tête du côté du château. Salvator sentit un frisson passer sous la peau de Roland. Il comprit que le chien allait faire entendre un grondement. Il se rapprocha de lui, et, à son oreille :

— Silence! Roland, dit-il.

Un second appel fit dresser la jeune fille sur ses pieds. Salvator ne put s'empêcher de se soulever de terre. Il lui avait semblé entendre prononcer le nom de Mina.

Au bout de cinq minutes, pendant lesquelles la jeune fille, Salvator et le chien demeurèrent tous trois aussi immobiles que des statues, on entendit distinctement le nom de Mina jeté au vent par une voix d'homme.

Salvator porta sa main à son front en laissant, malgré lui, échapper une exclamation de surprise. Roland releva ses lèvres d'une façon menaçante. Mais Salvator, lui appuyant la main sur la tête, le força d'allonger son cou sur ses deux pattes, lui répétant le mot *silence!* avec cette intonation prolongée et sifflante que les animaux comprennent si bien. Sans doute que si toute l'attention de la jeune fille n'avait pas été portée sur un autre point, elle eût compris qu'il se passait quelque chose d'étrange à dix pas d'elle.

Un instant la jeune fille parut avoir l'intention de s'élancer dans le bois pour s'y cacher ou fuir, mais elle secoua la tête comme si elle se disait à elle-même :

— Inutile!

Et elle se rassit. Une exclamation annonça qu'elle était découverte. Alors, d'un pas rapide, un jeune homme passa dans l'allée, et Salvator reconnut le cavalier qu'il avait reconnu au moment où il enjambait le mur.

— Oh! Providence, murmura-t-il; si c'était-elle! — Mina! Ah! c'est vous enfin, dit le jeune homme. Comment êtes-vous dehors à cette heure, seule au milieu du bois, à l'endroit le plus épais, le plus sauvage du parc? — Et vous-même, Monsieur, comment êtes-vous à cette heure dans cette maison, demanda la jeune fille, lorsqu'il était convenu que vous ne viendriez jamais la nuit? — Mina, pardonnez-moi. Je n'ai pu résister au plaisir de vous voir : si vous saviez comme je vous aime!

La jeune fille ne répondit point.

— Dites-moi, Mina, n'aurez-vous pas pitié de moi? Cet amour insensé, j'en conviens, mais invincible, ne trouvera-t-il pas grâce à vos yeux? Sans m'aimer encore, ne me haïssez-vous pas moins?

La jeune fille garda le silence.

— Est-il possible que deux cœurs battent près l'un de l'autre, Mina, l'un d'un si grand amour, l'autre d'une si grande haine?

Le jeune homme voulut prendre la main de Mina.

— Vous savez qu'il est convenu encore, monsieur Lorédan, que vous ne me toucherez jamais, dit-elle en retirant sa main, et en reculant sur le banc où le jeune homme n'osa pas s'asseoir. — Mais enfin, reprit-il, visiblement dominé par cette glaciale dignité, dites-moi pourquoi je vous trouve ici? — Vous voulez que je vous le dise? — Je vous en supplie. — Eh bien! écoutez, et vous verrez que je n'ai rien à craindre de vous, puisque, quand vous manquez à votre promesse, le ciel m'envoie ses avertissements. — Je vous écoute, Mina. — J'étais couchée, je dormais... Aussi vrai que je vous vois dans ce moment-ci debout devant moi, je vous vis ouvrir la porte de ma chambre avec une double clef et entrer; je me réveillai, j'étais seule; mais je me dis que vous alliez venir. Je me levai, je m'habillai, je sortis dans le parc et je suis venue m'asseoir sur ce banc. — Mina, impossible... — Est-il vrai, dites-moi, que vous soyez entré dans ma chambre avec une double clef? — Mina, pardonnez-moi. — Je n'ai rien à vous pardonner. Vous me retenez ici malgré moi, j'y reste parce que, si je fuyais, vous me l'avez dit, la liberté et la vie de Justin sont menacées. Mais vous savez aussi à quelles conditions je reste. Eh bien! vous avez manqué à ces conditions, Monsieur! — Mina, il est impossible que vous ayez pu deviner que j'étais en route pour venir ici... prévoir que j'allais entrer... — Je l'ai cependant deviné, Monsieur, je l'ai cependant prévu, et cela vous a épargné un remords éternel, si tant est que vous puissiez avoir un remords. — Que voulez-vous dire? — Qu'en vous voyant entrer dans ma chambre, je me serais tuée avec ce couteau.

Et elle tira de sa poitrine une lame fine et aiguë, cachée dans une gaîne de ciseaux. Le jeune homme frappa du pied avec impatience.

— Ah! oui, dit Mina, je comprends, il est cruel, n'est-ce pas, d'être riche, tout-puissant, de plier le Code à son caprice, de pouvoir disposer de la liberté et de la vie d'un innocent, quand on est criminel, soi, et de se dire : Je peux tout cela et je ne peux pas empêcher cette petite fille de se tuer si je la déshonore. — Oh! je vous en empêcherai bien, cependant. — Vous m'en empêcherez, vous? — Oui, moi!

Et le jeune homme, d'un mouvement rapide, saisit la main dont Mina tenait le couteau.

— En m'arrachant cette arme, dit Mina; eh bien! mais cette arme n'est qu'un moyen de mort : ce moyen ôté, il m'en restera dix autres. N'y a-t-il pas l'étang qui est en face du château? ne serais-je pas toujours libre de monter au second étage et de me jeter par la fenêtre sur les dalles du perron? Oh! mon honneur est bien gardé, je vous jure, car il est sous la garde de la mort. — Mina, vous ne ferez pas ce que vous dites! — Aussi vrai que je vous hais, aussi vrai que je vous déteste, aussi vrai que je vous méprise, aussi vrai que j'aime Justin, aussi vrai que je n'aimerai jamais que lui, je me tuerai, Monsieur, au jour, à l'heure, à la minute où je ne serai plus digne de reparaître devant lui. Après cela, vous êtes libre de me garder ici tant qu'il vous plaira. — Soit! dit le jeune homme, dont Salvator entendit les dents grincer les unes contre les autres, nous verrons qui se lassera le premier. — Ce sera à coup sûr celui avec lequel Dieu n'est pas, répondit la jeune fille. — Dieu! murmura le jeune homme. Dieu! toujours Dieu! — Oui, je sais qu'il y a des gens qui n'y croient pas ou qui font semblant de ne pas y croire, à Dieu, et si vous aviez le malheur d'être un de ces hommes-là, Monsieur, je vous dirais, à ce rayon de lune qui nous éclaire tous deux, regardez-moi, moi l'opprimée, moi la prisonnière, moi l'esclave, eh bien! c'est moi qui suis calme et croyante, et c'est vous qui êtes plein de doute et de colère. Il y a donc un Dieu, puisque ce Dieu permet que je sois tranquille et que vous soyez agité. — Mina, dit le jeune homme en se jetant à ses genoux, vous avez raison, il faut croire au Dieu qui vous a faite. Il ne me manque qu'une chose pour y croire, c'est votre amour. Aimez-moi et j'y croirai.

La jeune fille se leva et fit un pas en arrière pour s'éloigner de Lorédan.

— Le jour où je vous aimerais, dit-elle, c'est que je n'y croirais plus, puisque je préférerais à l'honneur et à la loyauté la trahison et le crime. — Mina, dit le jeune homme en se relevant et en affectant un calme qui était évidemment loin de lui, je vois bien qu'il faut que je sois le plus raisonnable des deux; prenez mon bras et rentrons. — Tant que vous serez dans ce château, je ne rentrerai pas, Monsieur. — Mina, je vous jure qu'aussitôt que vous serez rentrée je partirai. — Partez d'abord, je rentrerai ensuite. — Vous serez cause que je me porterai à quelque extrémité! s'écria le jeune homme. — Ici, à la face de Dieu, dit Mina en montrant le ciel, vous n'oserez pas. — Eh bien! je m'en vais, puisque vous me chassez; mais c'est vous qui me rappellerez, Mina!

Mina sourit dédaigneusement.

— Adieu, Mina. Ah! si Justin est perdu, ne vous en prenez qu'à vous! — Justin est comme moi, sous la garde de Dieu, et les méchants ne peuvent pas plus contre lui qu'ils ne peuvent contre moi. — C'est ce que nous verrons. Adieu, Mina.

Et le jeune homme s'éloigna rapidement, en poussant une espèce de rugissement de colère. Au bout de dix pas, il s'arrêta et se retourna pour voir si Mina ne le rappellerait point.

Mina, debout, immobile, n'avait même pas daigné répondre à son adieu. Il fit un geste de menace et disparut. Le fort venait de se briser contre le faible.

Mina le regarda s'éloigner sans faire un mouvement; mais quand elle l'eut perdu de vue, quand le bruit de ses pas se fut éteint dans l'éloignement, quand elle se crut bien seule et abandonnée à sa faiblesse, sans doute le sentiment de cette faiblesse se présenta à son esprit, car elle se laissa retomber sur le banc comme anéantie, et ses larmes, contenues pendant toute cette scène par le sentiment de sa dignité, jaillirent impétueusement.

— Mon Dieu! s'écria-t-elle en élevant d'un mouvement désespéré ses deux bras au ciel, mon Dieu! n'étendrez-vous pas la main sur moi, votre main miséricordieuse? Ah! mon Dieu! vous le savez, ce n'est point pour moi, ce n'est point pour ma vie que je vous implore, mais c'est pour celui que j'aime. Disposez de votre humble servante, mais grâce pour Justin; la mort ou une existence de douleurs pour moi, mais sauvez Justin. Seigneur! Seigneur! ajouta-t-elle en se laissant glisser de son banc et en tombant à genoux, Seigneur! écoutez-moi, Seigneur! répondez-moi.

Puis avec un sanglot déchirant :

— Hélas! hélas! vous êtes trop loin pour m'entendre? — Non, Mina, dit Salvator d'une voix douce et vibrante à la fois, il vous a entendue et m'envoie à votre secours. — Grand Dieu! s'écria Mina en se relevant épouvantée et prête à fuir, qui est là et qui me parle? — Un ami de Justin, n'ayez pas peur, Mina!

Mais, malgré les paroles rassurantes qu'elle venait d'entendre, Mina poussa un cri d'effroi en voyant sortir du massif cet homme, accompagné d'un chien de la grandeur démesurée des animaux de l'Apocalypse, et qui se prétendait l'envoyé de Dieu et l'ami de Justin.

C'était véritablement une apparition fantastique, et la jeune fille, cherchant vainement à se l'expliquer, jeta ses deux mains sur ses yeux et courba la tête en murmurant :

— Oh! qui que vous soyez, soyez le bienvenu. Tout, tout, tout, plutôt que d'appartenir à cet infâme.

Et maintenant le lecteur s'explique pourquoi le rossignol ne chantait pas dans le parc où se passaient de si terribles choses.

XXXIV

EXPLICATIONS.

Le premier mouvement de Mina, on l'a vu, et la chose est facile à comprendre, avait été tout à l'effroi. Mais en entendant la voix douce et sympathique de Salvator, en comprenant qu'il s'était arrêté à trois pas d'elle et demeurait là, n'osant avancer, de peur de redoubler sa terreur, elle laissa doucement tomber ses mains dont elle s'était voilé le visage, et ses yeux ayant échangé un regard avec ceux de Salvator, elle comprit qu'ainsi que l'avait dit le jeune homme, là était le salut.

Certaine alors d'avoir affaire à un ami, ce fut elle qui franchit la distance qui les séparait encore.

— Ne craignez rien, Mademoiselle, dit Salvator. — Vous voyez bien que je ne crains rien, Monsieur, puisque c'est moi qui viens à vous. — Et vous avez raison, car vous n'avez jamais eu d'ami meilleur, plus tendre, plus dévoué que moi. — Un ami! voilà la seconde fois que vous prononcez ce nom, Monsieur, et cependant je ne vous connais pas. — C'est vrai, Mademoiselle, mais dans un instant vous me connaîtrez. — D'abord, dit Mina en interrompant Salvator, y a-t-il longtemps que vous êtes là? — J'y étais déjà lorsque vous vîntes vous asseoir sur ce banc. — Alors! vous avez entendu? — Tout! C'est ce que vous désirez savoir avant de me répondre, n'est-ce pas? — Oui! — Eh bien! croyez que je n'ai pas perdu un mot de ce que vous a dit M. Lorédan de Valgeneuse, pas un mot de ce que vous avez répondu, et que mon admiration pour vous et mon mépris pour lui ont grandi en mesure égale. — Maintenant, Monsieur, encore une question. — Vous désirez savoir comment je me trouve ici, n'est-ce pas? — Non, Monsieur, j'ai foi en ce Dieu que j'invoquais quand vous m'êtes apparu, et je crois que c'est la Providence qui vous a placé sur mon chemin. Non, la jeune fille jeta un regard de curiosité sur son costume de chasseur qui n'accusait aucun rang social, non, je voulais vous demander seulement à qui j'ai l'honneur de parler. — A quoi bon vous dire qui je suis. Je suis une énigme dont le mot est aux mains de la Providence. Quant à mon nom, je vous dirai celui sous lequel on me connaît. Je m'appelle Salvator; acceptez ce nom comme de bon augure, il veut dire *Sauveur*. — Salvator! répéta la jeune fille. Un beau nom dans lequel je me fie. — Il y en a un autre auquel vous vous fieriez bien davantage. — Vous l'avez déjà prononcé une fois, n'est-ce pas? celui de Justin? — Oui! — Vous connaissez donc Justin, Monsieur? — A quatre heures de l'après-midi, j'étais encore près de lui. — Oh! Monsieur, il m'aime toujours, j'espère? — Il vous adore! — Pauvre Justin, et il est bien malheureux, sans doute? — Il est au désespoir. — Oui, mais vous lui direz que vous m'avez vue, n'est-ce pas? vous lui direz que je l'aime toujours, que je n'aime que lui, que je n'aimerai jamais que lui, et que je mourrai plutôt que d'appartenir à un autre. — Je lui dirai ce que j'ai vu et entendu; mais écoutez, nous devons profiter de cette étrange combinaison d'événements qui, à l'heure même où je poursuis la trace d'un crime, me conduit à un autre, comme si se croisaient les réseaux infâmes du meurtre et du rapt. Il n'y a pas un instant à perdre, la nuit s'avance. Vous avez mille choses à me dire, à me raconter, qu'il est important que je sache, qu'il est important que Justin sache lui-même.

Mina fit un mouvement.

— Or, je commencerai, moi, pour que vous ne conserviez aucun doute, et vous ne parlerez que quand vous saurez à qui s'adressent vos paroles. — Monsieur, c'est inutile! — J'ai à vous parler de Justin. — Oh! alors, je vous écoute.

Et Mina s'assit sur le banc, faisant près d'elle à Salvator cette place que Lorédan avait tant ambitionnée et n'avait pu obtenir.

Brésil eût bien voulu retourner vers le massif, mais un ordre impérieux de Salvator le fit coucher à ses pieds et à ceux de Mina.

— Soyez le bienvenu, Monsieur, qui venez de la part de cet ange de bonté qu'on appelle Justin. Répétez-moi bien, n'est-ce pas, tout ce qu'il a dit, tout ce qu'il a fait quand il ne m'a plus trouvée à Versailles. — Tout, vous saurez tout, répondit Salvator en serrant doucement et fraternellement la main que Mina lui tendait et qu'elle ne songea pas plus à tirer de ses mains qu'il ne songea, lui, à la lui rendre.

Alors Salvator lui raconta mot à mot le drame au dénoûment duquel nous avons assisté; comment, conduits par les sons du violoncelle, lui et Jean Robert, chez le maître d'école, ils lui avaient offert leur dévouement; comment, en sortant de chez lui, ils avaient rencontré Babolin; comment celui-ci apportait une lettre; comment cette lettre annonçait l'enlèvement de Mina; comment alors Justin et Jean Robert s'étaient rendus chez la Brocante, tandis que lui Salvator courait à la police et emmenait M. Jackal à Versailles. Il détailla à Mina, de manière à ce que celle-ci ne conservât aucun doute sur la part qu'avait prise le narrateur à cette expédition, et la distribution du pensionnat de madame Desmarest, et l'intérieur de la chambre de la jeune fille, et le plan du jardin par lequel elle avait été enlevée, et plus d'une fois il sentit frissonner d'effroi la main de Mina, qui, plus d'une fois aussi, trembla de pudeur à ses secrets dévoilés.

Puis, lorsque Salvator fut entré dans les moindres détails des démarches qu'il avait faites pour retrouver Mina, démarches jusqu'alors inutiles; lorsqu'il lui eut dit la tristesse et l'obscurité de cet intérieur, dont la joie et la lumière s'étaient envolées, et qui était réduit à la mère, au frère et à la sœur, il écouta à son tour, car c'était à Mina à parler et à rendre à Salvator narration pour narration.

Au moment où Mina ouvrait la bouche pour commencer, Salvator l'arrêta par une dernière recommandation.

— Surtout, lui dit-il, chère fiancée de mon Justin, chère sœur de mon âme, n'oubliez aucun des détails de votre enlèvement; tout est important à savoir, vous le comprenez bien. Nous luttons contre un ennemi qui a pour lui les deux choses qui font l'impunité ici-bas, la richesse et la puissance. — Oh! soyez tranquille, répondit Mina, je vivrais cent ans que je me souviendrais des moindres épisodes de cette terrible nuit, comme je m'en souvenais le lendemain matin, comme je m'en souviens aujourd'hui. — J'écoute.

« J'avais passé toute la soirée avec Suzanne de Valgeneuse, elle assise dans un fauteuil au pied de mon lit, moi un peu souffrante et couchée sur mon lit, enveloppée dans un grand peignoir. Nous parlions de Justin; le temps passait vite. Nous entendîmes sonner onze heures. Je fis l'observation à Suzanne qu'il était déjà bien tard, et qu'il serait temps de nous séparer.

« — Es-tu donc si pressée de dormir? me dit-elle. Quant à moi, je n'en ai aucune envie. Causons. »

« En effet, elle paraissait agitée, fiévreuse, elle écoutait prêtant l'oreille au moindre bruit; elle regardait du côté de la fenêtre, comme si son regard eût voulu voir dans le jardin ou à travers le double rideau. Deux ou trois fois je lui demandai :

« — Qu'as-tu donc? — Moi? rien, répondit-elle chaque fois. »

— Je ne m'étais donc pas trompé? interrompit Salvator. — Qu'aviez-vous pensé, mon ami? — Qu'elle était du complot. — A force de penser à son agitation, j'ai fini par le croire aussi, dit Mina.

« Enfin, à minuit moins un quart, elle se leva en me disant:

« — Ne ferme point la porte, Mina. Si je ne puis dormir, ce qui est probable, je reviendrai. »

« Elle m'embrassa et sortit. Je sentis ses lèvres frissonner au moment où elles touchèrent mon front. »

— Baiser de trahison, lèvres de Judas, murmura Salvator. — Je n'avais pas envie de dormir non plus, mais je désirais être seule. — Pour relire les lettres de Justin, n'est-ce pas? dit Salvator. — Oui! Qui vous a dit cela? demanda

Mina en rougissant. — Nous les avons trouvées éparses sur votre lit et à terre. — O mes lettres, mes chères lettres, dit Mina, que sont-elles devenues? — Soyez tranquille, c'est Justin qui les a. — Oh! que je voudrais les avoir, moi, et combien elles me manquent ici! — Vous les aurez. — Merci, mon frère, dit Mina en serrant la main de Salvator.

Elle continua:

« Je lisais donc ces chères lettres lorsque minuit sonna. Je songeai qu'il était temps de me déshabiller et de me coucher. Mais, au moment même où je faisais cette réflexion, il me sembla entendre des pas dans le corridor qui va de l'escalier au jardin. Je pensai que c'était Suzanne qui revenait. Les pas dépassèrent ma porte, leur bruit s'éteignit.

« — Est-ce toi? Suzanne, demandai-je.

« Personne ne me répondit. Il me sembla alors que j'entendais tirer les verrous de la porte du jardin et cette porte tourner sur ses gonds! Jamais personne n'allait, la nuit venue, dans ce jardin sombre, immense et donnant sur une ruelle déserte. Le chuchotement de plusieurs voix arriva jusqu'à moi.

« Je me soulevai sur mon lit et tendis l'oreille, toute frémissante. J'entendais mon cœur battre violemment. En ce moment, la bougie pétilla et s'assombrit, comme on dit qu'il arrive parfois lorsqu'elle va éclairer un malheur. Mes yeux étaient fixés sur la porte. Je n'avais qu'un pas à faire pour tourner la clef et pousser le verrou.

« Je laissai glisser une de mes jambes à terre. Il me semblait qu'extérieurement une main cherchait le bouton de ma porte. Je m'élançai; mais au moment où, du bout des doigts, j'allais pousser le verrou, la porte s'ouvrit violemment, rejetant ma main en arrière, et, dans la pénombre du corridor, j'aperçus deux hommes masqués.

« Plus loin, derrière eux, il me sembla, comme un fantôme, voir se glisser une femme. Je jetai un cri, un seul. Je me sentis prise à bras le corps, une main s'appuya sur ma bouche. J'entendis que l'on refermait ma porte en dedans, et que l'on repoussait les verrous.

« Puis, au lieu de la main, ce fut un mouchoir que l'on étendit sur mes lèvres, et que l'on serra si fortement qu'il m'était devenu impossible de respirer. Je fis ma prière. Je crus que j'allais mourir étouffée. »

— Pauvre enfant! murmura Salvador.

« Je battis l'air de mes bras, mais une main vigoureuse les saisit, les ramena derrière mon dos et me lia les poignets avec un mouchoir. Dès le premier choc, soit par hasard, soit à dessein, la bougie avait été éteinte. J'entendis qu'on tirait les rideaux et qu'on ouvrait la fenêtre.

Une sensation de fraîcheur vint jusqu'à moi, l'obscurité de ma chambre s'éclaircit un peu; j'aperçus à travers le cadre de la croisée les arbres noirs et le ciel brumeux. Un troisième homme masqué attendait près de la fenêtre, en dehors, dans le jardin. Je sentis qu'un des hommes me soulevait entre ses bras et me passait de l'intérieur à l'extérieur.

« — La voilà, dit-il. — Il me semble qu'elle a crié? dit la voix du jardin. — Oui, mais personne n'a entendu, ou si l'on a entendu et si l'on vient, *la demoiselle* est sur l'escalier, elle dira qu'elle a fait un faux pas, que le pied lui a tourné et que la douleur lui a arraché un cri. »

« Ce mot *la demoiselle* me rappela cette femme que j'avais cru voir. Alors le premier soupçon que Suzanne était complice de mon enlèvement et qu'un des hommes masqués était son frère passa comme un éclair dans mon esprit. Si cela était, je n'avais plus rien à craindre pour ma vie; mais gagnerai-je quelque chose à sauver ma vie?

« Pendant ce temps-là, je me sentais emportée à travers le jardin. Celui qui m'emportait s'arrêta au pied d'un mur au sommet duquel était appuyée une échelle. Je me sentis enlevée par-dessus ce mur, et il me sembla que trois personnes réunies opéraient cette dangereuse translation. Une échelle attendait de l'autre côté du mur. Une voiture stationnait au bas de l'échelle.

« Je reconnus cette ruelle déserte qui longeait le jardin. On me descendit avec les mêmes précautions qu'on m'avait montée. Un des hommes entra dans la voiture avant moi, les deux autres m'y poussèrent; mon compagnon de voyage me fit asseoir sur la banquette du fond en me disant:

« — Ne craignez rien, on ne vous veut pas de mal. »

« Un des deux hommes restés en dehors referma la portière. L'autre dit au cocher:

« — Où vous savez. »

« La voiture partit au galop. Dans ces quelques mots: *Ne craignez rien, on ne vous fera pas de mal,* j'avais reconnu la voix du frère de Suzanne, du comte Lorédan de Valgeneuse. »

— Oui, dit Salvator, de celui qui était là tout à l'heure, à qui j'aurais pu si facilement loger une balle dans la tête. Mais je ne suis pas un assassin, moi!... Continuez, Mina.

XXXV

LA ROUTE.

« Aussitôt que nous fûmes hors de Versailles, le comte de Valgeneuse dénoua le mouchoir qui me couvrait la bouche et celui qui nouait mes mains. J'avais les lèvres en sang, et, pendant plus de quinze jours, je gardai sur mes mains la marque bleuâtre du nœud. »

— Le misérable! murmura Salvator.

« — Mademoiselle, me dit-il, vous voyez que je vous rends tout ce que je puis de liberté; ne criez pas, n'appelez pas. Je vous préviens que je tiens entre mes mains l'honneur de M. Justin, sa vie même. Un mot de vous le déshonore, un cri le tue. — Vous! m'écriai-je avec dédain. — Je vous donnerai la preuve de ce que je dis. En attendant, je vous donne ma parole d'honneur que je vous dis la vérité. — Votre parole d'honneur! répétai-je, jurez sur autre chose, Monsieur, si vous voulez que je vous croie. — En attendant, réfléchissez à mes paroles. — Oui, Monsieur, et je vous préviens que mes réflexions m'empêcheront de vous répondre. Il est donc inutile que vous me parliez. »

« Sans doute le comte se tint pour averti, car pendant tout le chemin il ne prononça point une seule parole. A la barrière, la voiture s'arrêta et l'on ouvrit en même temps les deux portières. J'étais prête à m'élancer. Le comte n'essaya point de me retenir, mais il me dit ce seul mot:

« — Vous savez que vous tuez Justin ! »

« Je ne savais pas comment je le tuais, mais j'appréciais mon ravisseur et je le croyais capable de tout. Je me blottis silencieuse dans le coin de la voiture.

« Nous entrâmes dans Paris. La voiture gagna les Champs-Élysées, suivit le bord de l'eau, traversa un pont, fit quelques pas dans la rue et s'arrêta. Le cocher cria : « La porte ! »

« La porte s'ouvrit lourdement, la voiture entra dans une cour, je descendis. La cour était fermée de tous côtés par des bâtiments, excepté sur une de ces faces, celle du mur donnant sur la rue. »

— Oui, c'est cela ! murmura Salvator. — Je montai un perron. — Cinq marches? — Oui, je les ai comptées. D'où savez-vous cela? — Continuez, mon enfant, continuez, je vous suis pas à pas.

« Nous entrâmes dans un vaste vestibule. Une petite porte s'ouvrit devant moi, un escalier sembla de lui-même se présenter à mes pieds ; je montai dix-huit marches... »

— Plus une qui faisait le seuil de la chambre où l'on vous conduisit. — C'est cela ! c'est cela ! J'ignorais complétement où j'étais. — Je le sais, moi ! Vous étiez rue du Bac, dans l'hôtel que le marquis de Valgeneuse, père du comte, a hérité de son frère aîné, *mort sans enfants*, ajouta Salvator en donnant une étrange expression à ces trois mots. — Oui, maintenant que j'y songe, c'est probable.

« Une porte s'ouvrit devant moi presque aussi magiquement que les autres. J'étais dans une grande chambre toute tendue de tapisserie, toute meublée de meubles de chêne, et qui semblait une bibliothèque, à cause de la grande quantité de livres rangés contre la muraille, entassés sur les chaises, sur les tables et même jetés à terre. — Oui, dit Salvator, l'atelier.

« — Veuillez attendre ici un instant, Mademoiselle, me dit le comte, et ne craignez rien, vous êtes ici chez moi. C'est vous dire que vous ne courez aucun danger. Dans un instant, j'aurai l'honneur de vous revoir ; j'ai quelques dispositions à prendre, et nous repartirons immédiatement. Si vous avez besoin de quelque chose, vous n'avez qu'à sonner ; il y a dans la pièce voisine une femme de chambre à votre service. »

« Et il se retira sans attendre ma réponse, certain qu'il était que je ne lui répondrais pas. A peine fus-je seule que la pensée me vint de me jeter par la fenêtre et de me briser la tête sur le pavé ; mais la seule ouverture qu'il y eût à cette chambre, à part les portes, était placée au plafond, c'est-à-dire à plus de quinze pieds de haut.

« Je me jetai à genoux et j'invoquai Dieu. Par malheur sans doute je n'étais pas encore éprouvée. Dieu ne me répondit point comme il a fait tout à l'heure par votre voix, et je n'eus d'autre consolation que de pleurer toutes les larmes de mes yeux. En ce moment, une idée me traversa l'esprit... Écrire à Justin...

« Je trouvai du papier, mais on avait enlevé les plumes et l'encre. Par bonheur, sur la table se trouvait un portefeuille oublié. Ce portefeuille contenait un crayon. Je le tirai vivement de son fourreau, et j'écrivis à la hâte deux lignes. Je n'avais qu'une crainte. J'avais si peu dit à Justin que je l'aimais, qu'il pouvait me croire coupable. Que lui écrivis-je? je n'en sais plus rien. »

— Je le sais, moi ! dit Salvator. — Vous le savez? — Oui, puisque j'étais là quand il reçut la lettre. Vous lui écrivîtes ces quelques mots :

« On m'enlève de force, on m'entraîne... je ne sais pas où! A mon secours,
« Justin! Sauve-moi, mon frère! Ou venge-moi, mon époux!

« MINA. »

Seulement, quels moyens avez-vous employés pour la lui faire parvenir? cela nous est toujours demeuré obscur, et je crois que, sur ce point, la Brocante a eu quelque chose à nous cacher. — En deux mots je vais vous le dire, reprit Mina.

« A peine avais-je écrit l'adresse que j'entendis un bruit de pas dans le couloir. Je cachai la lettre dans ma poitrine et j'attendis. Une femme de chambre parut et se mit à ma disposition. Je refusai ses services et elle se retira.

« La lettre était écrite, mais comment la faire parvenir. Je mis l'attrait d'une forte récompense sur la suscription et je comptai sur la Providence. J'entendis de nouveau du bruit dans le corridor et cette fois le comte reparut.

« — Êtes-vous prête à m'accompagner, me demanda-t-il? — Vous savez bien que je ne puis faire autrement, lui répondis-je. »

« Et je me levai.

« — Alors, venez, me dit-il froidement. »

« Je le suivis. Nous descendîmes par le même escalier étroit, et je me retrouvai dans cette même cour que j'avais déjà franchie en venant. Au bas de l'escalier, était une voiture d'une autre forme et d'une autre couleur que celle qui nous avait amenés. Le comte me fit monter la première et monta ensuite. La porte s'ouvrit de nouveau et la voiture repartit.

« Je ne connais point Paris, de sorte que je ne puis dire par quelle rue nous passâmes. D'ailleurs je ne songeai qu'à une chose, je n'avais qu'une idée fixe: faire parvenir ma lettre à Justin. Je pouvais bien prétexter la chaleur, ouvrir la glace de la voiture et jeter ma lettre dans la rue; mais il faisait de la boue, et les passants eussent pu marcher dessus sans la voir. Que faire?

« J'aperçus de loin des lumières, quelque chose comme des torches que l'on agitait. C'étaient des masques, à ce qu'il me sembla. Je demandai à abaisser la glace, mais le comte, craignant probablement que je n'appelasse au secours, refusa formellement.

« — Mais j'étouffe! lui dis-je. — Dans un instant, me répondit-il, vous aurez de l'air. »

« Nous passâmes au milieu d'une espèce de marché, nous entrâmes dans une longue file de rues étroites et mal pavées, dans lesquelles les chevaux bronchaient à chaque instant. J'aperçus de loin une petite lumière tremblante et qui semblait fixée sur une borne. Puis, à la lueur de cette lumière, il me sembla que se mouvait une forme humaine.

« Une idée traversa mon esprit. Cette forme humaine, c'était probablement quelque chiffonnier; quel qu'il fût, si cet individu entendait tomber près de lui un objet quelconque, il ne manquerait pas de ramasser cet objet, et, en voyant quelle récompense était promise, il porterait la lettre à son adresse. Comment faire pour qu'il entendît tomber la lettre? Cependant la voiture marchait rapidement; nous approchions de la lumière, j'entrevis clairement une femme.

« Bon, me dis-je, cette femme va cherchant de pavé en pavé, elle trouvera ma lettre.

« Je tirai ma lettre, mais en portant la main à ma poitrine je sentis une chaîne ; cette chaîne soutenait une petite montre que Justin m'avait donnée. Pauvre petite montre! C'était tout ce que j'avais de Justin...

« Tout ce que j'avais de Justin, je me trompais : je n'avais, au contraire, rien qui ne vînt de Justin. N'était-ce pas lui qui, depuis neuf ans, me donnait tout ce dont j'avais besoin? Pauvre petite montre! Elle m'avait tant de fois dit l'heure où Justin allait arriver ; elle ne m'avait jamais quittée ni le jour ni la nuit, et j'allais m'en séparer! Oui, mais n'était-ce pas dans l'espoir de revoir Justin que je faisais ce sacrifice?

« Je l'ôtai de mon cou et je l'embrassai en pleurant amèrement. J'enveloppai la lettre autour d'elle et la chaîne autour de la lettre. En ce moment, la voiture s'arrêta. Nous étions arrivés près de la borne sur laquelle était posée la lanterne. Le comte ouvrit la glace de devant, et s'adressant au cocher :

« — Pourquoi t'arrêtes-tu, misérable? lui cria-t-il. — Monsieur le comte, répondit le cocher, c'est cette femme qui me prévient qu'on ne peut pas passer, attendu qu'on repave. — Retourne-t'en sur tes pas, alors, et prends une autre rue. — C'est ce que je fais, monsieur le comte. »

« C'était une grâce du ciel qui m'était accordée. Tandis que le comte s'était penché en avant, j'allongeai le bras à travers l'ouverture de la glace baissée, et je jetai mon petit paquet aussi lestement que je pus.

« Il alla frapper contre le mur le long duquel était adossée la borne, et je sentis mon cœur se briser en entendant le bruit de l'éclat du verre de ma montre. Pauvre petite montre! J'avais eu le temps de la jeter, et de retirer le bras avant que le comte se retournât. Il ne s'aperçut de rien.

« La voiture pivota sur elle-même, et, dans le mouvement qu'elle fit, j'eus encore le temps de voir la chiffonnière prendre sa lanterne, éclairer le pavé et ramasser le paquet. Dès ce moment, je me crus sauvée, et je résolus de m'armer de patience. Deux heures après, nous entrions dans ce château inhabité depuis sept ou huit ans, et que le comte avait loué un mois auparavant, dans le but de m'y conduire.

« — Mademoiselle, me dit-il, vous êtes chez vous. Voici votre chambre : on n'y entrera point que vous n'appeliez. Réfléchissez bien au sort qui vous attendait avec ce misérable maître d'école, dans son taudis de la rue Saint-Jacques, luttant chaque jour contre les besoins de la journée, et comparez-le à celui que vous offre un homme de mon rang, maître de deux cent mille livres de rente, qui fait du monde entier votre royaume. Une femme de chambre va venir se mettre à votre disposition. » Et il sortit.

« Derrière lui, en effet, une femme de chambre entra. Elle m'offrit à souper. Je lui répondis de dresser le souper dans ma chambre, et que si j'avais faim dans la nuit je mangerais. Je n'avais ni le besoin ni le désir de toucher au souper, j'avais une espérance. Cette espérance fut réalisée. Avec le dessert on me servit des couteaux à couper des fruits. J'en pris un à la lame fine et aiguë ; j'étais déjà à demi sauvée.

« Ignorant quelles pouvaient être les entrées secrètes de cette chambre, je ne cherchai pas même à en fermer les entrées visibles. Je résolus de ne pas me coucher, et, si je dormais, de dormir près du feu dans un grand fauteuil. Je cachai le couteau dans ma poitrine ; je me mis par une prière sainte et profonde sous la garde du Seigneur, et j'attendis.

XXXVI

LES ARTICLES 354, 355 ET 359.

« La nuit s'écoula tranquille. J'étais tellement brisée par toutes les secousses que j'avais éprouvées que, malgré mon inquiétude, je m'endormis. Il est vrai que de cinq minutes en cinq minutes je me réveillais en tressaillant.

« Le jour vint, et avec le jour le malaise qui accompagne une nuit passée hors du lit. Le feu était près de s'éteindre. J'ajoutai du bois à celui qui achevait de se consumer et je parvins à me réchauffer.

« Mes fenêtres étaient situées au soleil levant, mais le soleil semblait ne pas devoir se lever ce jour-là. J'allai à la fenêtre et tirai les rideaux. La fenêtre donnait sur une prairie, au milieu de laquelle dormaient, entourées de roseaux, les eaux tristes d'un étang; au delà de l'étang, s'étendait un parc dont une habile disposition empêchait de voir la fin.

« Tout cela, eau dormante, gazon jauni, arbres dépouillés de leurs feuilles, à l'exception d'un massif de sapins, tout cela était d'une mélancolie profonde. Au reste, j'aimais mieux la nature ainsi; elle était du moins en harmonie avec les dispositions de mon cœur.

« Au moment où j'ouvrais la fenêtre, un faible rayon de soleil, le seul qui brilla dans toute cette sombre journée, filtra à travers les nuées grises. Je m'adressai à lui comme à un messager du Seigneur. Je lui envoyai ma prière en le suppliant de la reporter aux pieds du trône de Dieu, c'est-à-dire d'où il partait. Je lui parlai de Justin, plus encore que de moi : Justin ne sachant pas ce que j'étais devenue, Justin ignorant si je l'aimais assez pour résister aux séductions comme aux menaces, me paraissait plus à plaindre que moi, sûre que j'étais de moi-même et par conséquent de rester fidèle à Justin.

« Pendant que j'achevais ma prière, il me sembla entendre ouvrir ma porte. Je me retournai... c'était le comte. Je laissai ma fenêtre telle qu'elle était, je me trouvais moins isolée ayant devant moi ce cadre ouvert sur le grand tableau du ciel. Je me cramponnai à la barre.

« — Mademoiselle, me dit le comte, je vous ai entendue ouvrir votre fenêtre, et, dès lors, pensant que vous étiez levée, je me suis permis de me présenter chez vous. — Je ne me suis pas couchée, Monsieur, comme vous pouvez voir, répondis-je. — Et vous avez eu tort, Mademoiselle. Vous êtes ici aussi en sûreté que si vous aviez été gardée par votre mère. — Si j'avais le bonheur d'avoir une mère, Monsieur, je ne serais probablement point ici. »

« Il se tut un instant.

« — Vous regardiez le paysage? dit-il. En ce moment de l'année, il doit vous paraître bien triste; mais au printemps, on assure que c'est un des plus beaux environs de Paris. — Comment, au printemps! lui dis-je. Vous pensez donc qu'au printemps je serai encore ici? — Vous serez où vous voudrez, à Rome, à Naples, en Italie, partout où il vous plaira, partout où vous permettrez à l'homme qui vous aime de vous suivre. — Vous êtes fou, Monsieur, lui dis-je. — Vous n'avez donc pas réfléchi? demanda le comte. — Si fait, Monsieur.

— Et le résultat de ces réflexions? — Est que, dans notre époque, on n'enlève pas sérieusement une jeune fille, si isolée qu'elle soit. — Je ne vous comprends pas. — Je vais me faire comprendre. Supposez même que je sois prisonnière dans cette chambre... — Vous ne l'êtes pas, Dieu merci! Cette maison tout entière est à votre disposition, appartements et parc. — Et vous comptez que, grâce aux murs trop hauts pour être escaladés, aux grilles trop solides pour être forcées, je ne pourrai pas fuir? — Vous n'aurez pas besoin, pour fuir, d'escalader les murs; les portes sont ouvertes depuis six heures du matin jusqu'à dix heures du soir. — Eh bien! alors, demandai-je étonnée, comment espérez-vous me retenir ici, Monsieur? — En faisant un simple appel à votre raison. — Expliquez-vous. — Vous aimez M. Justin? m'avez-vous dit. — Oui, Monsieur, je l'aime! — Alors vous seriez fâchée qu'il lui arrivât malheur? — Monsieur! — Or, le plus grand malheur qui pourrait lui arriver à l'heure qu'il est, c'est que vous essayassiez de fuir de ce château. — Comment cela? — Parce que M. Justin payerait pour vous. — Justin payerait pour moi! Et qu'a donc à faire Justin avec vous? — Pas avec moi, Mademoiselle, mais avec la loi. — Comment avec la loi? — Oui! Essayez de fuir, fuyez, et, dix minutes après que je suis prévenu de votre fuite, M. Justin est en prison. — En prison, Justin! et quel crime a-t-il commis, mon Dieu? Oh! vous voulez m'effrayer, mais, Dieu merci, je ne suis encore ni assez insensée, ni assez idiote pour vous croire sur parole. — Ce n'est point non plus ma prétention d'être cru ainsi; mais me croiriez-vous sur preuve? »

« Je commençais à m'effrayer en voyant son assurance.

« — Monsieur! » balbutiai-je.

« Il tira de sa poche un petit livre rayé de plusieurs couleurs.

« — Connaissez-vous ce livre? me demanda-t-il. — Mais, répondis-je, c'est un code, à ce qu'il me semble. — Oui, c'est un code. Tenez, prenez-le. »

« J'hésitais.

« — Oh! prenez, je vous en prie. Vous voulez des preuves, il faut que je vous en donne, n'est-ce pas? »

« Je le pris.

« — Très-bien! Ouvrez-le à la page 800, code pénal, livre III. — Après? — Paragraphe 2. — Paragraphe 2? — Lisez. Remarquez bien qu'il n'est pas imprimé pour vous seule, ce dont vous pourrez vous assurer en envoyant chercher son pareil chez le notaire ou chez le maire. — Que je lise? — Oui, lisez. — Je lus:

« § II. *Enlèvement de mineurs.*

« 354. Quiconque aura, par fraude ou par violence, enlevé ou fait enlever des mineurs, ou les aura entraînés, détournés ou déplacés, ou les aura fait entraîner, détourner ou déplacer des lieux où ils étaient mis par ceux à l'autorité ou à la direction desquels ils étaient soumis ou confiés, subira la peine de la réclusion. »

« Je levai les yeux sur le comte comme pour l'interroger.

« — Continuez, » dit-il.

« 355. Si la personne ainsi détournée et enlevée est une fille au-dessous de seize ans accomplis, la peine sera celle des travaux forcés à temps... »

« Je commençai de comprendre; je pâlis.

— Le misérable! murmura Salvator.

« — C'est le cas de M. Justin, dit froidement le comte. — Oui, Monsieur, repris-je, mais avec cette différence que je l'ai suivi volontairement, que je dirai tout haut qu'il m'a sauvé la vie, que je lui dois tout, que... »

« Il m'interrompit.

« —Le cas est prévu par le paragraphe suivant, dit-il. Lisez ! »

« 356. Quand la fille au-dessous de seize ans aurait consenti à son enlèvement ou suivi volontairement le ravisseur, si celui-ci était majeur de vingt et un ans et au-dessus... »

« — M. Justin, interrompit le comte, avait justement vingt-deux ans; je me suis imformé de son âge. Continuez. »

« Je repris : « De vingt et un ans et au-dessus, il sera condamné aux travaux forcés à temps. »

« Le livre me tomba des mains.

« — Mais au lieu d'être puni, m'écriai-je, Justin mériterait une récompense. — Cela, Mademoiselle, reprit froidement le comte, c'est ce que les tribunaux apprécieront. Mais je dois d'avance vous dire que, pour avoir détourné une mineure, pour l'avoir séquestrée chez lui, pour avoir voulu l'épouser sans le consentement de ses parents, sachant que cette mineure était riche, je dois vous dire que je doute que les tribunaux décernent à M. Justin le prix de vertu. — Oh ! m'écriai-je. — En tout cas, continua le comte, essayez de fuir, et la question sera bientôt décidée. »

« Il tira de sa poche un papier qu'il déplia. Ce papier était marqué du sceau de l'État.

« — Qu'est-ce encore? lui demandai-je.—Rien... un mandat d'amener délivré d'avance, portant le nom de M. Justin, comme vous voyez, et mis à ma disposition. La liberté de M. Justin est donc entre mes mains. Une heure après votre fuite, son honneur sera entre les mains des tribunaux.»

« Je sentais la sueur perler sur mon front. Les jambes me manquèrent, je tombai sur le plus proche fauteuil. Il se baissa, ramassa le Code, le mit sur mes genoux tout ouvert.

« — Tenez, dit-il, je vous laisse ce petit livre. Méditez les articles 354, 355 et 356, et ne dites plus que vous n'êtes pas libre de fuir.

« Et me saluant avec une feinte politesse, il se retira. »

Salvator à son tour essuya son front.

— Ah! dit-il, il le ferait comme il le dit, le misérable! — Oh! je l'ai bien pensé, dit Mina. Voilà pourquoi je n'ai pas fui, voilà pourquoi je n'ai pas écrit à Justin, voilà pourquoi je me suis tue comme si j'étais morte. — Et vous avez bien fait. — J'espérais, j'attendais, je priais. Vous voilà! vous êtes l'ami de Justin, vous déciderez; mais, dans tous les cas, dites-lui bien...—Je lui dirai, Mina, que vous êtes un ange, reprit Salvator, se mettant à genoux devant la jeune fille et lui baisant respectueusement la main. — Ah! mon Dieu! dit Mina, que je vous remercie de m'avoir envoyé un pareil secours. — Oui, Mina, remerciez Dieu, car c'est la Providence qui m'a conduit ici. —Mais vous aviez quelque soupçon, cependant? — Non point pour vous; j'ignorais où vous étiez, quel lieu vous habitiez; j'avais fini par vous croire hors de France. — Que veniez-vous donc chercher ici, alors? — Oh ! je poursuivais un autre crime que je ne puis vous dire, et dont je suis pour le moment obligé d'interrompre la recherche. Allons au plus pressé, c'est-à-dire à vous. Chaque chose viendra en son temps et à son tour. — Eh bien! que décidez-vous pour moi? — D'abord, il est important que le pauvre Justin ait de vos nouvelles, qu'il sache que vous vous portez bien, que vous l'aimez toujours. — Vous vous chargerez de le lui dire, n'est-ce pas? — Soyez tranquille. — Mais à moi, à moi, dit Mina, qui me donnera de ses nouvelles? — Ce banc, et si je ne pouvais vous les faire parvenir demain, ce serait pour après-demain, à la même place. — Merci, mille fois merci! Monsieur; mais retirez-vous ou du moins cachez-vous: j'entends un bruit de pas sur le sable et votre chien paraît inquiet. — Tout beau! Brésil, dit tout bas Salvator au chien en lui montrant le fourré.

Brésil rentra dans le bois. Salvator le suivit et y était déjà rentré à mi-corps quand la jeune fille, se penchant de son côté, lui tendit le front en lui disant :

— Embrassez-le pour moi comme vous m'embrassez pour lui.

Salvator déposa sur le front de la jeune fille un baiser aussi chaste que le rayon de lune qui l'éclairait. Puis il rentra vivement dans le fourré.

La jeune fille n'attendit point que les pas se rapprochassent davantage; elle s'élança rapidement vers la maison.

Au bout de quelques secondes, il entendit une voix de femme qui disait :

— Ah! c'est vous, Mademoiselle. M. le comte, en partant, m'a ordonné de venir vous dire que l'air de la nuit était froid, et que vous pourriez prendre mal en vous y exposant plus longtemps. — Me voici! dit Mina.

Et les deux femmes s'éloignèrent.

Salvator écouta le bruit des pas qui allait s'affaiblissant et qui finit par s'éteindre tout à fait. Alors il se pencha, cherchant de nouveau le trou fait par Roland, qui s'était remis à lécher cette chose étrange qui avait produit sur Salvator un si terrible effet.

— Ce sont les cheveux d'un enfant, murmura-t-il. Il faut que je m'informe si Rose de Noël avait un frère.

Puis, écartant Roland, il ramena la terre avec son pied, combla le trou, et piétina dessus pour remettre les choses dans l'état où elles étaient avant la découverte qu'il venait de faire. Puis, l'opération terminée :

— Allons, Roland, dit-il, partons! Mais, sois tranquille, mon bon chien, nous reviendrons ici... un jour... ou une nuit.

XXXVII

LA MAISON DE LA FÉE.

On se souvient de la menace faite à la Brocante par Salvator à l'endroit de ce bouge malsain de la rue Triperet où nous avons vu pour la première fois la cartomancienne.

Salvator avait prononcé quelques paroles qui avaient effrayé la Brocante, et celle-ci s'était engagée à quitter au plus vite cette infecte habitation. Mais si la menace de l'enlèvement de Rose de Noël l'avait effrayée, le calcul d'une dépense folle à ses yeux l'avait bien autrement effrayée encore et l'avait empêchée de tenir sa promesse. Puis, il en est des misérables comme des riches :

ils quittent difficilement, plus difficilement que les riches peut-être, la maison où ils ont vécu, et, peut-être mise en demeure de s'exécuter, la vieille avare, qui tenait à son affreuse soupente, eût-elle préféré donner l'argent nécessaire à son déménagement et rester dans son bouge. Mais, au milieu de son doute pour savoir si elle obéirait ou désobéirait à Salvator, la Brocante avait reçu une visite qui avait décidé sa détermination.

Un jour, un beau jeune homme, d'une parfaite élégance, s'était présenté chez elle, au nom de la fée Carita. Il y avait deux noms qui caressaient doucement le cœur de cette belle et chétive enfant qu'on appelait Rose de Noël : l'un était celui de mademoiselle de La Mothe-Houdan, l'autre celui de Salvator.

Ce beau jeune homme, qui un jour était apparu sur le seuil de ce pandœmonium dont nous avons risqué la description, n'était autre que Pétrus. Alors, en répétant à la vieille bohémienne, au milieu des aboiements des chiens et des coassements de la corneille, à peu près les mêmes paroles que Salvator avait déjà dites, il avait fait comprendre à la Brocante que l'heure était venue de déloger.

Mais ce qui avait surtout déterminé la vieille, c'était la façon dont Pétrus s'y était pris.

— Voilà la clef de votre nouvel appartement, avait-il dit. Vous n'avez qu'à vous présenter rue d'Ulm, n° 10; vous entrerez sous une grande porte, vous regarderez à gauche, vous verrez trois marches, vous monterez ces trois marches, vous introduirez cette clef dans la serrure de la porte qui sera devant vous, vous tournerez deux tours, la porte s'ouvrira, et vous serez dans votre appartement.

La Brocante avait, à ces mots, ouvert les yeux et les oreilles. En effet, si d'un côté elle regrettait par habitude le bouge coutumier, de l'autre, comme elle n'avait pas un sou parisis à dépenser, au lieu de le mettre à la porte elle avait offert un siége au nouveau venu, et menacé les chiens et la corneille en l'honneur de son hôte.

Peut-être malgré la menace de la Brocante les chiens n'en eussent-ils aboyé et la corneille n'en eût-elle coassé que plus fort, mais Rose de Noël les avait priés de se taire, et ils obéissaient bien mieux aux prières de Rose de Noël qu'aux ordres de la Brocante. Une fois assis, Pétrus avait ajouté :

— Seulement, il faut quitter votre grenier dès demain. — Oh ! avait dit la Brocante, et le temps de déménager? — Il ne s'agit pas de déménager, il s'agit de vendre ou de donner tout ce que vous avez ici. Le logement que l'on vous offre par ma voix est meublé à neuf. Quant au loyer, il est payé pour un an. Voici la quittance.

La Brocante ne savait si elle rêvait ou veillait. Aussi, derrière Pétrus, la clef à la main, avait-elle couru de la rue Triperet à la rue d'Ulm. Tout s'était passé comme l'avait dit Pétrus : au n° 10, la Brocante avait trouvé une grande porte, sous la grande porte les trois marches, la clef avait tourné dans la serrure, la porte s'était ouverte, et la vieille bohémienne avait pénétré dans l'appartement.

Cet appartement était situé au rez-de-chaussée; les fenêtres donnaient sur un jardin de six pieds de long, c'est-à-dire de la grandeur d'une tombe si la personne qui le regardait était triste, de la grandeur d'une caisse d'oranger si la personne qui le regardait était gaie. Ce rez-de-chaussée était composé de quatre pièces et d'une charmante petite chambre à l'entresol. Relativement au grenier qu'habitait la Brocante c'était, comme on voit, un palais.

Ces quatre pièces du rez-de-chaussée étaient une antichambre, une petite salle à manger, une chambre à coucher pour la vieille, un cabinet pour Babolin. Il va sans dire que la chambre de l'entresol était pour Rose de Noël.

L'antichambre était tendue du haut en bas, plafond compris, d'un petit coutil blanc et bleu, avec des torsades et des glands de laine rouge, une jardinière en bois rustique placée devant la fenêtre renfermait quelques fleurs d'hiver. Quatre chaises en cannes en formaient avec elles l'ameublement.

De l'antichambre, on passait dans la salle à manger. La salle à manger était peinte en bois de chêne, avec une table de chêne et six chaises de chêne. Les rideaux étaient de mérinos vert, croisant sur des rideaux de mousseline. Aux murailles étaient pendus un coucou pour indiquer l'heure, et six gravures villageoises pour récréer les yeux. Un beau poêle chauffait à la fois la salle à manger et l'antichambre.

La chambre d'après était la chambre à coucher de la Brocante. C'était la pièce originale de l'appartement : un véritable musée, un cabinet d'histoire naturelle et surtout d'histoire surnaturelle. Bien que cette chambre eût été meublée à peu de frais; l'ornementation en était d'un goût si sympathique à la Brocante, qu'elle poussa, en le voyant, un cri d'étonnement et de joie.

En effet, aux quatre côtés de la muraille étaient pendus mille objets, insignifiants pour toute autre, mais précieux, mais merveilleux pour elle : des cornues en croix, surmontées par un crâne couvert d'un voile noir ; une jambe décharnée jusqu'au fémur, qui semblait du bout du pied repousser dédaigneusement ce crâne ; une chauve-souris gigantesque, aux ailes étendues et riant à gorge déployée en voyant un mannequin provoquer une chimère de faïence; un grand cerf-volant, orné de toutes sortes de figures cabalistiques, pendu au plafond et se balançant dans l'espace en face d'un crocodile qui, la gueule ouverte, semblait vouloir l'avaler ; un as de pique gigantesque combattant avec un as de carreau nain; un serpent empaillé enveloppant de ses replis l'arbre de la science du bien et du mal; un capucin de carton indiquant le changement de temps; un sablier mesurant l'heure; une trompette immense qui semblait n'attendre que la dernière minute pour sonner d'elle-même le jugement dernier.

Enfin tout un mobilier de sorcellerie, c'est-à-dire la matérialisation du rêve que la Brocante avait fait toute sa vie, le monde d'une chiromancienne réalisé par l'imagination d'un peintre. Il n'y avait pas jusqu'à la corneille, qui avait son clocher dans un coin de la chambre, et les chiens, qui avaient leur niche dans des tonneaux. Un lit à colonnes torses complétait l'ameublement de la chambre.

Le cabinet de Babolin était une petite pièce tapissée d'un papier gris avec un lit de fer bien blanc, bien propre, bien neuf, deux chaises, une table, une étagère formant armoire dans la partie inférieure, et supportant une quarantaine de volumes dans la partie supérieure.

Quant à la petite pièce de l'entresol, c'est-à-dire quant à la chambre de Rose de Noël, c'était un chef-d'œuvre tout simplement, chef-d'œuvre de simplicité surtout : c'était une pièce grande comme une chambre de poupée, toute tendue de perse rose, avec des cordonnets bleu de ciel, rideaux et meubles pareils. Les porcelaines de la cheminée et de la toilette étaient bleues avec des bouquets semblables à ceux de la perse. Le tapis était bleu tout uni. Le seul tableau de cette chambre était un grand médaillon doré renfermant un pastel

Ce pastel était le portrait de la fée Carita, ressemblante à faire pousser un cri de surprise à ceux qui la connaissaient. La fée revêtait son costume de fée pour aller aux soirées du ciel. En sortant de la chambre fantastique de la Brocante et en entrant dans cette petite chambre, on était émerveillé et réjoui comme lorsqu'on revoit le soleil en sortant des Catacombes.

La Brocante revint comme elle était allée, c'est-à-dire tout courant. Elle annonça la bonne nouvelle à Rose de Noël et à Babolin, et il fut décidé que ce ne serait pas le lendemain, mais le jour même, que l'on irait habiter *la maison de la fée*. Ce fut ainsi que l'on appela le nouvel appartement.

On prit un fiacre, dans lequel on mit les objets dont on tenait à ne pas se séparer. Rose de Noël voulait emporter toute sa petite soupente, quoi que pût lui dire la Brocante de l'élégance de son nouveau domicile : elle prit tout ce qu'elle pouvait prendre, et l'on partit.

On comprend l'ébahissement de Babolin et de Rose de Noël. Mais la joie de cette dernière fut près d'aller jusqu'à la folie quand elle vit, dans une armoire que la Brocante n'avait pas aperçue, attendu qu'elle était prise dans la muraille, toutes sortes d'écharpes grecques et arabes, toutes sortes de résilles et de ceintures espagnoles, toutes sortes de colliers et d'épingles à cheveux.

C'était pour Rose de Noël, avec ses instincts pittoresques, le trésor des trésors, une véritable cachette des *Mille et une Nuits;* et ce tapis, ce tapis si doux et si veloûté, où elle pourrait tout à son aise marcher avec ses jolis pieds nus. On s'installa dans l'appartement dès le même jour, et nul, pas même la Brocante, ne regretta le taudis de la rue Triperet.

Le lendemain, on eût la visite de Pétrus. Il venait voir comment se trouvaient les nouveaux emménagés. Tout le monde était dans la jubilation, y compris les chiens dans leurs niches et la corneille sur son clocher.

Cependant on n'était pas sans inquiétude sur ce que demanderait Pétrus en échange de tout ce bien-être donné au nom de la fée Carita. Car enfin il était probable que Pétrus demanderait quelque chose.

Pétrus demanda purement et simplement que Rose de Noël vînt poser dans son atelier, soit avec la Brocante, soit avec Babolin, soit même avec tous deux.

Rose de Noël, sans trop savoir ce qu'on lui demandait, acceptait de premier bond. La Brocante demanda jusqu'au lendemain pour prendre conseil de quelqu'un sur ce qu'elle devait faire. Pétrus lui laissa toute liberté.

Ce quelqu'un qu'elle désirait consulter c'était Salvator. Aussi, derrière Pétrus, Babolin se mettait-il en course pour relancer Salvator dans la rue aux Fers, et le prier, quand il aurait un instant, de venir voir *la maison de la fée*.

XXXVIII

LA MAISON DE LA FÉE.

Salvator vint le même jour. Son avis fut que Rose de Noël pouvait parfaitement accorder à Pétrus la faveur qu'il demandait.

Rose de Noël avait toujours paru à Salvator une nature fine et distinguée; il y avait une espèce d'instinct de l'art dans ce sentiment du pittoresque qu'elle déployait à tout propos. Elle ne pouvait que gagner à être mise en contact avec ces organisations d'élite que l'on appelait Pétrus, Jean Robert, Ludovic et Justin, c'est-à-dire avec la peinture, la poésie, la science et la musique.

Quant à la façon dont on agirait avec elle, la Brocante pouvait être tranquille, Rose de Noël serait traitée en sœur. Salvator invita donc la Brocante à ne pas attendre que Pétrus se donnât la peine de revenir, mais à aller chez lui la première.

Le lendemain à dix heures, l'enfant et la vieille frappaient à la porte de Pétrus. La porte ouverte, et à la vue de cet atelier merveilleux, Rose de Noël poussa bien d'autres cris de joie et d'étonnement que ceux qu'elle avait poussés en voyant la chambre de la Brocante et même la sienne.

D'abord, de tous côtés et sous toutes sortes de costumes le portrait de la fée Carita. Puis, à côté de cela, mille objets dont elle ignorait non-seulement l'usage, mais encore les noms.

Il fallut lui dire comment s'appelait chaque chose et à quoi chaque chose servait. Cependant elle parut reconnaître le piano. Ses doigts se posèrent sur les touches; elle en tira quelques accords qui prouvaient qu'autrefois elle avait étudié les premiers éléments de la musique. Mais presque aussitôt, comme épouvantée par quelque souvenir terrible, elle referma le piano et s'éloigna de lui. Puis elle voulut voir travailler Pétrus.

Pétrus travailla. L'enfant jetait des cris de joyeux étonnement en voyant les objets, qu'il plaisait à Pétrus de reproduire, naître sous son pinceau. Pétrus alors lui expliqua plus clairement ce qu'il désirait d'elle.

Pétrus ne lui eût pas demandé son portrait, que Rose de Noël l'eût supplié de le faire. Tout fut donc bien vite convenu. Dès le jour même, Rose de Noël poserait.

Le lendemain et les jours suivants, Pétrus l'enverrait chercher et la ferait reconduire en voiture, et Rose de Noël viendrait, soit avec la Brocante, soit avec Babolin.

Dès le même jour, elle renouvela connaissance avec Jean Robert et Justin. Elle les avait déjà vus chez la Brocante, on se le rappelle, le jour de la catastrophe.

Le lendemain, ce fut le tour de Ludovic. Ludovic, sur la prière de Salvator, examina l'enfant avec la plus grande attention. Ses membres étaient grêles, faibles, délicats, mais aucun organe n'était menacé. Ludovic traça une hygiène à laquelle Salvator ordonna à la Brocante de se conformer.

Au bout de huit jours, sous la direction de Justin, Rose de Noël connaissait toutes les notes et commençait à jouer sur le piano les airs les plus faciles. Il est vrai qu'en musique elle avait plutôt l'air de se souvenir que d'apprendre.

En outre, elle savait par cœur quelques-uns des plus beaux vers de Lamartine et de Hugo que lui avait appris Jean Robert, et qu'elle récitait avec une justesse et une expression étonnantes.

Enfin, elle faisait à tout moment promettre à Pétrus de lui apprendre à peindre.

Le jour où nous l'avons vue posant dans l'atelier, Rose de Noël en était à sa dixième séance. Salvator venait presque tous les jours. Le hasard fit que, ce jour-là, pour la première fois, il vint avec son chien, Pétrus l'ayant prié d'amener Roland pour remplir un coin vide de son tableau de Mignon. On a vu ce qui s'était suivi de la rencontre de Roland et de Rose de Noël.

Le lendemain de ce jour-là, vers huit heures du matin, au moment où Rose de Noël venait de se lever, on frappa trois coups à la porte, et Babolin, qui avait été chargé d'introduire les visiteurs comme étant le plus jeune et le voisin le plus proche de la porte d'entrée, Babolin alla ouvrir cette porte. On entendit aussitôt retentir ces mots :

— Ah! c'est notre bon ami monsieur Salvator.

Le nom de Salvator était magique dans la maison. Il fut à l'instant même répété, avec une joyeuse intonation, par la Brocante et par Rose de Noël.

— Oui, gamin, c'est moi, répondit Salvator.

Salvator entra et Rose de Noël lui sauta au cou.

— Bonjour, bon ami, dit-elle. — Bonjour, mon enfant, fit Salvator en regardant avec attention si les tons rosés de ses joues étaient dus à un retour de bonne santé ou à la présence de la fièvre. — Et Brésil? demanda la petite fille. — Brésil est fatigué ce matin, il a couru toute la nuit. Je te l'amènerai un autre jour. — Bonjour, monsieur Salvator, dit en dernier la Brocante, qui s'était aperçue qu'il y avait une glace dans sa chambre, et qui avait jugé à propos de se peigner depuis quelques jours. Eh! quel bon vent nous procure le plaisir de votre visite? — Je vais te le dire, répondit Salvator en regardant autour de lui. Mais d'abord, comment te trouves-tu dans ton nouveau logement, Brocante? — Comme dans un vrai paradis, monsieur Salvator. — Avec cette exception qu'il est habité par le diable. Enfin, c'est un compte à régler entre Dieu et toi. Moi je ne m'en mêle pas. Et toi, Rose de Noël, comment te trouves-tu ici? — Si bien que je ne puis pas croire que j'y suis, quoiqu'il me semble que j'y aie toujours été. — Alors, tu ne désires rien? — Non, monsieur Salvator, rien que votre bonheur et celui de la princesse Régina, répondit Rose de Noël. — Hélas! mon enfant, dit Salvator, Dieu ne t'accorde, j'en ai bien peur, que la moitié de ton désir. — Il ne vous est rien arrivé de malheureux? demanda l'enfant avec inquiétude. — Non! dit Salvator, je suis moi le côté souriant et joyeux de ton souhait. — Alors, demanda Rose de Noël, c'est la princesse qui est malheureuse? — J'en ai peur. — Ah! mon Dieu! dit Rose de Noël les larmes aux yeux. — Bah! dit Babolin, puisqu'elle est fée, cela ne durera pas. — Comment peut-on être malheureuse avec deux cent mille livres de rente? demanda la Brocante. — Tu ne comprends pas cela, n'est-ce pas, Brocante? — Ah! ma foi, non, dit celle-ci. — Dis donc, la mère, dit Babolin, une idée. — Laquelle? — Si la fée Carita est malheureuse, c'est qu'elle désire quelque chose qui n'arrive pas? — C'est probable! — Eh bien! fais donc ta grande réussite à son intention. — Je ne demande pas mieux, nous lui devons bien cela. Rose, donne-moi le jeu magique.

Rose fit un mouvement pour obéir. Salvator l'arrêta.

— Plus tard, dit-il, je suis venu pour tout autre chose.

Puis, se retournant du côté de la vieille :

— Holà! Brocante, dit-il, à nous deux. — Qu'y a-t-il, monsieur Salvator? demanda la bohémienne avec une certaine inquiétude dont elle ne paraissait jamais tout à fait exempte, et qui pouvait bien avoir sa source dans les ordonnances de la police sur les sorcières modernes. — Te souvient-il de la nuit du mardi gras au mercredi des cendres? — Oui! monsieur Salvator. — Te souviens-tu de ma visite à sept heures du matin? — Parfaitement. — Te souviens-tu de ce qui a précédé cette visite? — Avant votre arrivée, je venais d'envoyer Babolin chez le maître d'école du faubourg Saint-Jacques. — C'est cela même; maintenant, voyons, rappelle bien tous tes souvenirs, pourquoi avais-tu envoyé Babolin chez le maître d'école? — Je l'avais envoyé pour lui faire porter une lettre que j'avais trouvée dans le ruisseau de la place Maubert. — Tu es bien sûre de ce que tu dis? — Très-sûre, monsieur Salvator. — Silence! tu mens... — Je vous jure, monsieur Salvator... — Tu mens, te dis-je. Toi-même tu m'as dit, mais tu ne t'en souviens plus, que cette lettre avait été jetée par la portière d'une voiture qui passait. — Ah! c'est vrai, monsieur Salvator, mais je ne croyais pas qu'il y eût quelque importance à cela. — La lettre a frappé contre le mur et est tombée contre la borne où était posée ta lanterne. Tu as entendu le bruit de quelque chose qui se brisait contre le mur, tu as pris ta lanterne et tu as cherché. — Vous étiez donc là, monsieur Salvator? — Tu sais que je suis toujours là. Maintenant, pour que cette lettre fît, en frappant contre la muraille, un bruit que tu pusses entendre, il fallait qu'il y eût quelque chose dans la lettre. — Dans la lettre? répéta la Brocante, qui commençait à voir vers quel but l'interrogatoire marchait. — Oui, je te demande ce qu'il y avait. — Il y avait quelque chose effectivement, répondit la Brocante, mais je ne me rappelle plus quoi. — Bon! par malheur je me le rappelle, moi. Il y avait une montre. — C'est vrai, monsieur Salvator, une toute petite montre, mais si petite, si petite. — Oui, tu l'avais oubliée. Qu'as-tu fait de cette montre, voyons? — Ce que j'en ai fait?... je ne sais, dit la Brocante en passant devant Rose de Noël, comme pour dérober à Salvator la vue de la chaîne qui entourait le cou de l'enfant.

Salvator prit la main de la vieille et lui fit faire volte-face.

— Ote-toi de là! dit-il. Qu'a donc Rose de Noël autour du cou? — Monsieur Salvator, dit la Brocante en hésitant, c'est... — C'est, s'écria l'enfant en tirant la montre de sa poitrine, c'est la montre qui était dans la lettre.

Et elle tendit la montre à Salvator.

— Veux-tu me la donner, Rosette? dit le jeune homme. — Vous voulez dire vous la rendre, mon bon ami. Puisqu'elle n'est point à moi, je ne pouvais la garder que tant qu'on ne la réclamait pas. Tenez, monsieur Salvator, dit la petite fille avec une larme dans les yeux, car au fond elle éprouvait quelque peine à se séparer du charmant bijou, j'en ai eu bien soin, allez! — Merci, petite. Je tiens à te reprendre cette montre pour des raisons à moi connues. — Oh! je ne vous les demande pas, mon bon ami, s'écria Rose de Noël. — Mais c'est une montre qui vaut au moins soixante francs, s'écria la Brocante, et, puisque je l'ai trouvée... — J'en donnerai une autre à Rose de Noël et tu l'aimeras autant que celle-ci, n'est-ce pas, mon enfant? — Oh! bien mieux, monsieur Salvator, puisque c'est vous qui me l'aurez donnée. — En outre, voilà cinq louis, et tu lui achèteras une jolie robe de demi-saison et un petit chapeau. Au premier beau jour, je veux l'emmener à la promenade; l'enfant a besoin d'air. — Oh oui! oh oui! dit Rose de Noël, en sautant et en battant des mains.

La Brocante grondait, mais Salvator la regarda fixement et elle se tut. Salvator, maître de la montre qu'il était venu chercher, fit un pas pour sortir, alors Rose de Noël s'attacha à lui.

— Mais non, mais non, dit Babolin jaloux de ses fonctions; c'est à moi de reconduire monsieur Salvator. — Cède-moi la place pour cette fois-ci, demanda Rose de Noël. — Oh! dit Babolin, et moi donc...

Salvator lui mit une petite pièce de monnaie dans la main.

— Toi, reste ici, dit-il.

Il comprenait que Rose de Noël avait quelque chose à lui dire en particulier.

— Viens, dit-il, et il emmena Rose de Noël.

Quand ils furent tous deux dans l'antichambre, l'enfant lui sauta au cou et l'embrassa.

— Oh! monsieur Salvator, dit-elle, que vous êtes bon et que je vous aime!

Salvator la regarda et sourit.

— N'avais-tu rien autre chose à me dire, Rosette? demanda-t-il. — Non, dit l'enfant en le regardant tout étonnée, je voulais vous embrasser, voilà tout.

Salvator l'embrassa à son tour et sourit une seconde fois. Seulement, dans ce second sourire, il y avait une suprême félicité. Cette tendresse de l'enfant faisait sur le cœur endurci de l'homme l'effet des premiers rayons du soleil sur la terre engourdie. Il caressa doucement avec sa main la joue brune de l'enfant.

— Merci, petite, dit-il, tu ne sais pas le bien que tu m'as fait.

Puis, s'arrêtant et la regardant, il se demanda à lui-même s'il devait profiter de ce moment pour lui demander si elle n'avait point un frère. Mais, après une seconde de réflexion.

— Oh! non! dit-il, elle est trop heureuse maintenant; plus tard.

Et l'ayant embrassée encore une fois, il sortit.

XXXIX

STABAT MATER DOLOROSA.

Salvator, en quittant la rue d'Ulm, prit la rue des Ursulines, la rue Saint-Jacques et gagna le faubourg. Le lecteur a deviné où il allait.

Arrivé à la porte du maître d'école, il sonna. La sonnette correspondait au premier, pour que les visiteurs ne dérangeassent point Justin dans ses classes.

Ce fut sœur Céleste qui vint ouvrir. Le pâle visage de la jeune fille se teinta de rose en voyant Salvator.

— M. Justin est-il ici? demanda le jeune homme. — Oui! répondit sœur Céleste. — Dans sa classe, ou chez lui? — Chez ma mère; montez. Nous parlions de vous quand vous avez sonné.

Cela arrivait souvent à la pauvre famille, de parler de Salvator. Ils montèrent l'escalier, laissèrent à gauche la chambre vide de Mina, et entrèrent chez madame Corbie.

Autour du poêle qui servait de point de réunion à la famille étaient la vieille aveugle, le bonhomme Muller et Justin. Rien n'était changé, si ce n'est que tous les visages avaient vieilli de dix ans en six semaines.

La mère Corbie surtout était effrayante à voir: sa figure était jaune comme de l'ivoire, ses cheveux étaient d'un blanc d'argent. Elle se tenait courbée vers la terre et ne semblait pas seulement chercher à reconnaître celui qui venait d'arriver. C'était l'incarnation de la douleur muette, immobile et sourde, de la douleur chrétienne, avec son expression sublime de patience et d'abnégation. Elle inclina si faiblement la tête en voyant entrer Salvator et en reconnaissant sa voix, que Salvator eût pu la prendre pour une statue en pierre de la Vierge au pied de la croix.

Le bonhomme Muller, lui aussi, ressemblait à une pétrification du chagrin. Le brave homme, qui avait eu le premier l'idée du pensionnat et qui avait donné l'adresse de madame Desmarest, persistait à se croire le seul auteur du mal, et il venait recevoir les consolations de Justin au lieu de lui en donner.

Lui, Justin, n'était point aussi abattu qu'on eût pu le croire. Les premiers jours, pendant tout le temps qu'il n'avait point donné à ses classes, il était resté dans sa chambre entièrement anéanti. Mais, après avoir désespéré, après avoir eu conscience de l'immensité de sa douleur, sa douleur même le régénéra pour ainsi dire; il s'y retrempa comme dans un bain de plantes amères, et lui, qui au premier abord semblait le plus impressionnable de la famille, ce fût lui qui, par une vigoureuse réaction sur lui-même, reprit de la force et en donna à chacun. En voyant entrer Salvator, il se leva et alla à lui.

Le jeune homme lui tendit la main et pressa la sienne fraternellement. Le bonhomme Muller lui tira un siége près de lui, en lui adressant, plutôt pour l'acquit de sa conscience que dans l'espérance de recevoir une réponse favorable, la question sacramentelle:

— Avez-vous des nouvelles?

Au reste, depuis le départ de Mina, c'était le mot avec lequel chacun s'abordait. Céleste faisait-elle un tour dans le quartier, Justin et sa mère lui demandaient:

— Quelle nouvelle?

Était-ce Justin qui rentrait, après une sortie, si courte qu'elle fût, c'étaient alors la mère et Céleste qui faisaient à Justin la même question. Et il en était chaque jour de même pour Muller, quand Muller venait faire sa visite quotidienne.

Les familles qui demeurent à cent pas des champs de bataille et qui tremblent pour les êtres qui leur sont les plus chers, ne demandent pas des nouvelles de la guerre avec une plus fiévreuse anxiété.

Ce jour-là, comme nous avons dit, ce fut Muller qui adressa la question sacramentelle à Salvator.

— Oui! répondit laconiquement celui-ci.

Céleste s'appuya contre la muraille, la mère se leva debout comme par un ressort, Justin tomba sur une chaise, Muller trembla de tous ses membres.

— Mais de bonnes nouvelles? demanda en bégayant Muller.

Aucun des autres n'avait la force de parler.

— Oui! répondit encore le jeune homme. — Dites! dites! firent ensemble toutes les voix. — Oh! ne vous attendez pas, dit Salvator, à trop de bonheur, de peur d'être déçus. Ce que j'ai à vous apprendre est presque aussi triste que joyeux, presque aussi amer que doux. N'importe, je ne veux pas vous priver d'une joie, cette joie fût-elle accompagnée d'un chagrin. — Parlez! s'écria Justin. — Parlez! répétèrent les autres.

Salvator tira de sa poche la petite montre, et, la présentant à Justin :

— D'abord, mon ami, dit-il, reconnaissez-vous cela?

Justin s'élança sur la montre avec un cri de joie.

— La montre de Mina, s'écria-t-il en la couvrant de baisers, la montre que je lui ai donnée au dernier anniversaire de sa naissance, la montre qu'elle aimait tant, me disait-elle, qu'elle ne la quitterait ni jour ni nuit; elle l'a quittée! Oh! dites, dites!... comment l'a-t-elle quittée?

La mère s'était rassise. Elle fit un signe de tête équivalant à ce cri qui échappa à Jacob à la vue de la robe ensanglée de Joseph : « Une bête féroce a dévoré mon fils. »

— Non! non! dit vivement Salvator qui comprit ce geste; non, soyez tranquille, non! votre enfant n'est pas morte; non! Mina est vivante.

Ce fut un cri de joie parmi tous les assistants.

— Je l'ai vue! continua Salvator. — Vous! s'écria Justin en sautant au cou du jeune homme et en l'enlaçant de ses bras, vous avez vu Mina? — Oui, mon cher Justin. — Où?... Quand?... M'aime-t-elle encore? — Elle vous aime toujours, elle vous aime plus que jamais, répondit le jeune homme, essayant de contenir Justin et de garder son sang-froid. — Elle vous l'a dit? — Elle me l'a dit, répété, affirmé. — Quand? — Cette nuit. — Mais dites-moi donc bien vite où vous l'avez vue! — Et vous, mon cher Justin, laissez-moi le temps de vous le dire. — C'est vrai! dit le bonhomme Muller en tirant de sa poche un foulard pour essuyer les larmes qui jaillissaient de ses yeux, c'est vrai! Tu veux qu'il parle, Justin, et tu ne lui donnes pas le temps de parler. — Il aurait déjà parlé s'il pouvait le faire, dit madame Corbie en secouant la tête. — Eh bien! dit Justin en se rasseyant, je ne vous interroge plus, mon cher Salvator, j'écoute. — Écoutez donc et patiemment, mon cher Justin. Dans un but qu'il est inutile de vous faire connaître, je suis allé me promener hier soir à quelques lieues de Paris, entre onze heures et minuit. J'étais dans un parc. Là, au clair de la lune, j'ai vu à travers les arbres s'avancer une jeune fille qui est venue s'asseoir sur un banc, à quatre pas de la place où j'étais caché. — C'était Mina?... s'écria Justin, incapable de se modérer. — C'était Mina. — Et vous ne lui avez pas parlé? — Je lui ai parlé, puisqu'elle m'a répondu qu'elle vous aimait toujours. — C'est juste. — Mais laissez donc dire, fit Muller impatienté. — Mon frère! pria sœur Céleste.

La mère était retombée dans son immobilité et dans son mutisme.

— Un instant après, continua Salvator, un jeune homme parut et vint s'asseoir près d'elle. — Oh! fit Justin. — Je me trompe, il ne s'assit point, dit

Salvator. Mina le tint debout et respectueux devant elle. — Et ce jeune homme, n'est-ce pas, c'était le comte Lorédan de Valgeneuse ? — C'était le comte Lorédan de Valgeneuse, répéta Salvator. — Oh! le misérable! dit Justin grinçant des dents; si jamais celui-là me tombe entre les mains... — Silence! Justin, fit M. Muller. — Si vous ne m'écoutez pas tranquillement, Justin, dit Salvator, je m'arrête. — Oh! non, non, mon ami, je vous en supplie. — J'entendis leur conversation d'un bout à l'autre, et il résulta pour moi de cette conversation, dont je ne veux pas vous rapporter les détails, que M. Lorédan de Valgeneuse a obtenu contre vous un mandat d'amener. — Un mandat d'amener! s'écrièrent tous les assistants.

Seule, madame Corbie resta muette.

— Mais de quoi l'accuse-t-on ? demanda M. Muller. — Oui! de quoi m'accuse-t-on ? reprit Justin. — Du crime de détournement et séquestration de mineure, crime prévu par les articles 354, 355 et 356 du Code pénal. — Oh! le misérable! ne put s'empêcher de s'écrier à son tour le bon M. Muller.

Justin garda le silence ; la mère, immobile, nous l'avons dit, n'avait pas prononcé une parole, n'avait pas changé de visage.

— Oui, c'est un grand misérable, dit Salvator, mais c'est un misérable tout-puissant et placé si haut que nous ne pouvons l'atteindre. — Et cependant... reprit énergiquement Justin. — Oui, et cependant il faut l'atteindre, n'est-ce pas? continua Salvator; c'est votre pensée et c'est la mienne aussi. — Si j'allais trouver cet homme? s'écria Justin en se levant, comme prêt à partir. — Si vous alliez le trouver, Justin, dit Salvator, il vous ferait arrêter par son suisse et conduire à la Conciergerie. — Mais, si j'y allais, moi, un vieillard? dit Muller. — Vous, monsieur Muller, il vous ferait prendre par ses domestiques et conduire à Bicêtre. — Mais, qu'y a-t-il donc à faire? s'écria Justin. — Faire ce que fait notre mère, prier... dit sœur Céleste.

En effet, la mère priait à voix basse.

— Mais enfin, dit Justin, vous lui avez parlé, vous avez donc encore quelque chose à nous dire. — Oui, j'ai à vous achever mon récit. Mina fut admirable de pudeur et de dignité: Justin, c'est une sainte fille, aimez-la de toute votre âme. — Oh! s'écria le jeune homme, je l'aime, je l'aime!... — M. Lorédan s'éloigna, laissant Mina seule. Ce fut alors que je pensai qu'il était temps de me montrer. Je m'approchai de la pauvre enfant qui, agenouillée sur le sable, demandait conseil et secours à Dieu. Il me suffit de prononcer votre nom pour me faire connaître. Elle me demanda, comme vous, qu'y a-t-il à faire, et, comme à vous, je répondis: Attendre et espérer. Alors elle me raconta dans tous ses détails l'enlèvement et ses suites; comment, emportée dans une voiture à travers les rues de Paris, elle fut forcée, pour vous faire parvenir la lettre, d'en faire l'enveloppe de sa montre. La montre devait être chez celle qui vous a envoyé la lettre ; j'y allai, je la réclamai. La Brocante niait, Rose de Noël me la rendit.

Justin baisa de nouveau la petite montre.

— Vous savez le reste, dit Salvator, et très-prochainement je vous dirai ce qu'il me semble convenable de faire.

Et, ayant dit ces mots, il salua, faisant, tout en saluant, à Justin signe de le reconduire. Justin comprit ce signe et le suivit. Madame Corbie demeura aussi immobile à la sortie de Salvator qu'elle était restée immobile à son entrée.

XL

INITIATION.

Les deux jeunes gens descendirent dans la chambre à coucher de Justin, c'est-à-dire dans la salle où se faisait la classe. Or, la classe était vide, les enfants ayant congé, vu la solennité du jour qui était un dimanche.

Ce fut Salvator qui fit signe à Justin de s'asseoir. Justin prit une chaise, Salvator s'assit sur une table.

— Maintenant, dit Salvator en passant la main sur l'épaule de Justin, maintenant, mon cher ami, prêtez-moi toute votre attention, et ne perdez pas un mot de ce que je vais vous dire. — J'écoute, car je me suis bien douté que vous n'aviez pas tout dit devant ma mère et ma sœur. — Et vous aviez raison. Il y a de ces choses qu'on ne dit pas devant une mère et devant une sœur. — Parlez, j'écoute ! — Justin, vous ne retrouverez pas Mina par les moyens ordinaires. — Oui, mais par votre intermédiaire je la reverrai, n'est-ce pas ? — Soit ! seulement il faut que tout soit bien arrêté entre nous. — Que je la revoie, que je sache où elle est, et le reste me regarde. — Vous vous trompez, Justin. A partir de ce moment, c'est moi que tout regarde. Oui, vous la reverrez puisque je vous le promets ; oui, vous l'enlèverez, c'est possible, facile même ; oui, vous la cacherez de manière à ce qu'on ne la retrouve pas, elle ; mais on vous retrouvera, vous ! — Eh bien, après ? — Vous retrouvé, vous êtes arrêté, emprisonné. — Que m'importe ! il y a une justice en France ; on reconnaîtra mon innocence tôt au tard, et Mina sera sauvée. — Tôt ou tard, avez-vous dit ? J'admets le *tôt ou tard*, quoique sur ce point je ne sois pas de votre avis ; seulement, je suis obligé de caver au pis. Mettons que votre innocence sera reconnue, mais tard, croyez que je vous fais une grande concession, au bout d'un an, par exemple. Eh bien, pendant cette année, qu'arrivera-t-il de votre famille ? La misère entrera par la porte que votre sortie aura laissée ouverte ; votre mère et votre sœur mourront de faim. — Non ! car les bons cœurs leur viendront en aide. — Ah ! comme vous vous trompez, mon pauvre Justin. Les Valgeneuse ont les cent bras de Briarée. De même qu'il leur aura suffi d'étendre un de ces bras pour vous ouvrir la porte d'un cachot, de même des quatre-vingt-dix-neuf autres qui leur resteront, ils traceront autour de votre famille un cercle que la pitié n'osera franchir. Les bons cœurs viendront en aide à votre mère et à votre sœur ?.. Qu'entendez-vous par bon cœur ? Jean Robert, un poëte, qui est riche aujourd'hui comme M. Laffite, qui demain est plus pauvre que vous. Pétrus, un peintre, homme de fantaisie, qui fait des tableaux pour lui et non pour le public, qui vit, non pas de son pinceau, mais en mangeant son pauvre petit patrimoine. Ludovic, un médecin de talent, de mérite, de génie même, si vous voulez, mais un médecin sans clientèle. Moi, un pauvre commissionnaire, qui vis au jour le jour, et qui ne puis jamais répondre du lendemain. Votre mère et votre sœur sont bonnes chrétiennes, et il leur restera l'Église ?.. Un des cardinaux les plus influents de l'époque est parent des Valgeneuse. Le bureau de bienfaisance ? Le président du bureau est lui-même un

Valgeneuse. Elles auront recours au préfet de la Seine, au ministre de l'intérieur ? Elles recevront vingt francs une fois donnés, et encore les recevront-elles, quand on saura qu'elles sont la mère et la sœur d'un homme arrêté sous la prévention d'un crime entraînant peine de galères ? — Mais que me reste-t-il donc à faire ? s'écria Justin, tout frémissant de rage.

Salvator appuya plus fortement sa main sur l'épaule de Justin, et, fixant son regard sur le sien :

— Que feriez-vous, Justin, demanda-t-il, si un arbre menaçait de tomber sur votre tête ? — J'abattrais l'arbre, répondit Justin, qui commençait à comprendre la métaphore de son ami. — Que feriez-vous si quelque bête féroce échappée d'une ménagerie parcourait la ville ? — Je prendrais un fusil et je tuerais la bête féroce. — Alors, dit gravement Salvator, vous êtes celui que j'espérais : écoutez-moi donc. — Je crois vous comprendre, Salvator, dit Justin, appuyant à son tour la main sur la cuisse de son ami. — Certes, reprit Salvator, celui-là qui, pour venger une injure personnelle, apporterait le désordre dans la cité, celui-là qui, parce que sa maison brûle, tenterait d'incendier la ville, celui-là serait un sot, un méchant ou un fou ; mais celui-là, Justin, qui aurait sondé les plaies de la société et qui se dirait : « Je connais à fond le mal, cherchons le remède, » celui-là ferait œuvre de bon citoyen ; celui-là serait un honnête homme. Justin, je suis un des membres désolés de cette grande famille humaine opprimée par quelques intrigants. Jeune, j'ai plongé à fond dans cet océan que l'on nomme le monde, et, comme le pêcheur de Schiller, j'en suis revenu plein d'épouvante. Alors je suis rentré en moi-même, et j'ai médité sur les misères de mes semblables. Je les ai tous vus défiler devant moi, les uns comme des bêtes de somme pliant sous un fardeau qui dépassait leurs forces, les autres comme des moutons que le boucher conduit à l'abattoir. A cet aspect, j'ai eu honte de mes semblables, j'ai eu honte de moi-même, je me suis fait l'effet d'un homme qui verrait dans un bois un autre homme attaqué par des voleurs, et qui, caché derrière un arbre, le laisserait dévaliser, meurtrir, poignarder sans lui porter secours. Tout en gémissant sourdement, je me suis dit qu'à tout, excepté à la mort, il y avait remède, et encore que la mort n'était qu'un mal individuel, sans même être un accident pour l'espèce. Un jour qu'un mourant me montrait ses blessures, je lui ai demandé : Qui te les a faites ? et il m'a répondu : « C'est la société, ce sont tes semblables. » Alors j'ai arrêté la parole sur ses lèvres, et je lui ai dit : Non, ce n'est point la société, non, ce ne sont point mes semblables qui t'ont frappé. Ils ne sont pas mes semblables, ceux qui t'attendent au fond d'un bois et te dérobent ta bourse ; ils ne sont pas mes semblables, ceux qui te lient les mains et qui t'égorgent : ceux-là, ce sont les méchants qu'il faut combattre, les herbes empoisonnées de la plaine qu'il faut arracher. — Le puis-je, me répondit le blessé, je suis seul. — Non ! répondis-je en lui tendant la main, nous sommes deux. — Nous sommes trois, dit Justin en saisissant la main de Salvator. — Tu te trompes, Justin, nous sommes cinq cent mille. — Bien ! dit Justin, dont les yeux rayonnèrent de joie, et que Dieu qui m'a entendu me renonce pour un des siens, le jour où j'oublierai ou renierai les paroles que je dis. — Bravo, Justin ! — A bas ce misérable gouvernement d'idiots, d'intrigants et de jésuites qu'on a impudemment nommé la Restauration et qui n'est que le souffle de l'étranger répandu sur la France.

— Assez, dit Salvator, soyez à cinq heures chez moi et prévenez que vous ne rentrerez point chez vous de la nuit. — Où allons-nous ? — Je vous le dirai à cinq heures. — Faut-il prendre des armes ? — C'est inutile ! — A cinq heures ? — A cinq heures !

Les deux jeunes gens se quittèrent. Il ne leur avait fallu qu'un instant, comme on voit, à l'un pour faire, à l'autre pour accepter une proposition dans laquelle tous deux risquaient leur tête.

Mais il en était ainsi de l'état des esprits à cette époque. Il y avait un souvenir qui rendait braves les plus timides, féroces les plus doux. Ce souvenir, c'était celui de l'ennemi envahissant deux fois la France. Cette odieuse et terrible invasion, qui n'est qu'un fait historique pour la génération de 1850, était une apparition enflammée et sanglante pour celle de 1827. Chacun de nous se rappelait, en province, les blessés de Montmirail, de Champ-Aubert et de Waterloo ; à Paris, ceux de la butte Saint-Chaumont et de la barrière de Clichy. La haine était une œuvre nationale, et le mot de Lafayette : « L'insurrection est le plus saint des devoirs, » était devenu la devise de la France.

Le jour où nous raconterons cette époque au point de vue de l'histoire générale, nous serons plus juste envers elle, comme philosophe, que nous ne le sommes aujourd'hui comme romancier. A cinq heures, Justin était chez Salvator.

Salvator présenta Justin à Fragola.

— Je t'ai promis, dit-il, un accompagnateur et un maître de chant pour Carmélite. Voilà déjà la moitié de ce que j'ai promis. Justin, rappelez-vous cette belle jeune fille que nous avons vue expirante, à Meudon, sur son lit de douleur ; elle souffre : c'est notre sœur. Je lui ai promis, par la bouche de Fragola, votre aide et celle de M. Muller.

Justin répondit par un sourire qui mettait sa vie à la disposition de Salvator.

— Et maintenant, dit celui-ci, partons !

Et, se retournant vers Fragola et l'embrassant comme un père embrasse son enfant, car, tout jeune qu'il fût, Salvator avait pris à la douleur quelque chose de grave et de paternel, l'embrassant, disons-nous, comme un père embrasse son enfant, bien plus que comme un amant embrasse sa maîtresse, il descendit l'escalier le premier, en commandant à Brésil tout désolé de rester avec Fragola.

Justin le suivit silencieux. On traversa, sans échanger une parole, toute cette portion de Paris qui s'étend de la place Saint-André des Arts à la barrière Fontainebleau.

Arrivé là, et voyant que Salvator s'engageait sur la route, Justin rompit le silence.

— Où allons-nous ? demanda-t-il. — A Viry-sur-Orge, dit Salvator. — Qu'est-ce que c'est que Viry-sur-Orge ? — Vous ne devinez pas ? — Non ! — C'est le village où j'ai vu Mina hier.

Justin s'arrêta court et tout frissonnant.

— Et vous allez me la faire voir ? s'écria-t-il. — Oui, répondit Salvator souriant à l'aspect de cette pâleur qui envahissait les joues de Justin, signe de joie qu'il eût été difficile de distinguer d'un signe de terreur. — Et quand me la ferez-vous voir ? — Ce soir même.

Justin porta ses deux mains à ses yeux et chancela. Salvator le soutint en passant son bras autour de son corps.

— Oh ! mon cher Salvator, dit Justin, vous allez me prendre pour une femme, et vous n'aurez plus confiance en moi. — Vous vous trompez, Justin, car si je vous vois faible dans la joie, je vous ai vu fort dans la douleur. — Oh ! murmura Justin, et ma mère, ma pauvre mère qui ne sait pas combien je vais être heureux. — Demain, vous lui direz tout, et elle n'aura rien perdu pour attendre.

Dans son désir d'arriver promptement à Viry-sur-Orge, Justin proposa de prendre une voiture, mais Salvator lui fit observer qu'il ne pouvait voir Mina que de onze heures à minuit et que par conséquent il était inutile d'arriver à Juvisy trois ou quatre heures d'avance. Sa présence réitérée à *Cour-de-France* pouvait d'ailleurs donner des soupçons.

Justin se rendit à l'observation de Salvator. Il fut résolu que non-seulement on irait à pied, mais encore que l'on s'arrangerait de manière à n'arriver au parc du château qu'à onze heures du soir.

Une fois en plaine, les deux voyageurs rompirent le silence qu'ils avaient gardé en traversant Paris. La conversation, contenue jusque-là, prit un tour plus libre, une allure plus vive. Il semble que les pensées intimes ont besoin, comme les plantes, du grand air pour s'exhaler.

Salvator reprit l'initiation au point où il l'avait laissée dans la chambre du maître d'école : il expliqua à Justin dans ses détails les plus cachés les secrets du carbonarisme ; il lui en révéla l'organisation, il lui en dit le but, il lui montra la franc-maçonnerie prenant sa source mille ans avant le Christ dans le temple de Salomon, d'abord ruisseau, puis torrent, puis rivière, puis fleuve, puis lac, puis océan.

Justin, en entendant un homme de l'âge et de la condition de Salvator faire de la société une histoire aussi complète et aussi rapide en même temps, écoutait les paroles du jeune homme avec le même respect qu'il eût écouté celles d'un apôtre.

Et en effet, Salvator, doué de la faculté si rare de généraliser, Salvator, en peu de temps et en peu de mots, avait, comme Cuvier fit pour le monde physique, retrouvé, décomposé et recomposé l'histoire morale de la société.

XLI

L'ENTREVUE.

La théorie de Salvator était bien simple : c'était une tendresse profonde pour l'humanité sans distinction de caste ni de race, une abolition complète des frontières pour réunir le genre humain dans une seule et même famille, l'accomplissement des paroles du Christ, qui, ayant déjà donné la liberté et l'égalité, avaient encore à donner la fraternité.

Pour lui, et dans sa vaste appréciation sociale, tous les hommes étaient fils d'un même père et d'une même mère, tous frères par conséquent, par conséquent tous libres. L'esclavage donc, sous quelque forme qu'il se cachât, était le monstre qu'il voulait terrasser comme la cause primordiale du mal. Il y avait en lui un reste de la noblesse et de la loyauté des anciens preux qui s'en allaient combattre en Palestine. Il eût volontiers, comme eux, donné sa vie pour le triomphe de sa foi, et il parlait de l'avenir des nations avec cette même élévation et dans ce même langage dont l'abbé Dominique semblait seul avoir le secret.

Au reste les deux jeunes gens, dont l'un avait eu, sans qu'il s'en doutât, sur la vie de l'autre une si grande influence, les deux jeunes gens, le prêtre et le commissionnaire, avaient entre eux plus d'une ressemblance. C'étaient le même amour de l'humanité, la même fraternité universelle, le même but enfin vers lequel ils tendaient tous deux, quoique marchant dans deux voies différentes et partis de deux points opposés.

Ainsi, l'abbé Dominique partait de Dieu et descendait de Dieu à l'humanité. Salvator cherchait le secret de Dieu dans l'humanité, et montait de l'homme à Dieu. L'humanité, pour l'abbé Dominique, était de création divine. Dieu, pour Salvator, était de création humaine. L'humanité, pour l'abbé Dominique, n'avait de raison d'être que créée, soutenue, dirigée par une puissance supérieure. L'humanité, pour Salvator, n'avait aucune raison d'être si elle n'était entièrement libre, si elle n'était elle-même sa force dirigeante.

Il y avait, en un mot, entre leurs deux théologies religieuses, la même différence qu'il y a en politique entre l'aristocratie et la démocratie, entre la monarchie et la république. Et cependant, nous le répétons, partant de ces deux principes opposés, tous deux tendaient vers le même but, l'indépendance de l'homme, la fraternité universelle.

Pour Justin, pauvre martyr, en lutte depuis son enfance avec les besoins de la vie matérielle, et qui n'avait jamais eu le temps de plonger son regard dans l'abîme des abstractions sociales, cette théorie de Salvator fut un long éblouissement, allant presque jusqu'au vertige. Cette révélation fit jaillir autour de lui mille étincelles comme elles jaillissent d'un foyer dont on attaque la flamme prête à s'éteindre. Son cœur, endormi dans les bras de la Résignation, cette berceuse céleste qui depuis dix-huit siècles endort l'humanité, tressaillit et se réveilla tout à coup aux mots de fraternité et d'indépendance, et, au bout de deux heures de marche et de causerie, il avait grandi de dix coudées.

On marche vite, on fait beaucoup de chemin sans s'en apercevoir, lorsqu'on marche poussé par le souffle d'une puissante préoccupation ou d'une grande idée. On arriva à Cour-de-France vers neuf heures du soir.

Il restait deux heures à attendre. Salvator se rappela une petite cabane de pêcheurs où il avait dîné il y avait sept ans, le jour où il avait trouvé Brésil. On gagna le bord de la rivière, on reconnut la cabane, on entra, et, moyennant une bouteille de vin et une matelote, on obtint l'hospitalité.

Les yeux de Justin ne s'écartaient du coucou qui marquait l'heure que pour s'y reporter un instant après plus ardemment; sans le bruit que faisait son mouvement, bruit auquel il n'y avait pas à se méprendre, Justin eût juré que les aiguilles étaient arrêtées. Cependant, dix heures, puis onze heures sonnèrent. Salvator vit l'impatience de son compagnon et en eut pitié!

— Partons! dit-il.

Justin respira, bondit de sa chaise à son chapeau, et se trouva du même coup sur le seuil de la porte. Salvator le rejoignit en souriant.

Ce fut à Salvator à lui montrer le chemin. En effet, il marcha le premier dans la direction du château de Viry; on retrouva le pont Godeau, l'allée de tilleuls, la grille du parc.

— Est-ce là? demanda tout bas Justin.

Salvator fit signe de la tête que oui. Puis, en recommandation de silence, il appuya son doigt sur ses lèvres. Salvator et Justin longèrent le mur, légers et silencieux comme deux ombres; puis, au même endroit où, la veille, Salvator l'avait escaladé, il s'arrêta.

— C'est ici, murmura-t-il.

Justin mesura des yeux la hauteur de la muraille. Moins habitué que son compagnon aux exercices gymnastiques, il se demandait comment il franchirait l'obstacle. Salvator s'appuya contre le mur, et présenta à Justin ses deux mains comme premier échelon.

— Nous allons donc escalader cela? demanda Justin. — Ne craignez rien, nous ne rencontrerons personne, dit Salvator. — Oh! ce n'est pas pour moi que je crains, c'est pour vous.

Salvator fit un mouvement d'épaules dont nous n'essayerons pas de donner la traduction.

— Montez, dit-il.

Justin mit ses pieds dans les mains, puis sur les épaules de Salvator, puis il enjamba le faîte du mur.

— Et vous? demanda-t-il. — Sautez de l'autre côté, et ne vous inquiétez pas de moi.

Justin obéit comme un enfant. Au lieu de lui dire de sauter sur le sol, Salvator lui eût dit de sauter dans le feu, qu'il eût obéi de même.

Il sauta, et Salvator entendit le retentissement de ses pieds sur la terre. Quant à lui, il s'élança avec sa légèreté ordinaire, se hissa à la force du poignet sur le chaperon du mur, et, en une seconde, se trouva dans le parc, près de Justin.

Il s'agissait de s'orienter, afin de n'avoir pas besoin de faire les détours que Salvator avait faits la première fois en suivant Roland. Le jeune homme s'arrêta un instant, rappela ses souvenirs, et coupa droit à travers le parc. Au bout de cinq minutes de marche, il s'arrêta, s'orienta de nouveau et appuya un peu à gauche.

— Nous y sommes, dit Salvator, voici l'arbre.

Sans doute en lui-même ajoutait-il :

— Et voici la tombe.

Tous deux pénétrèrent dans le fourré et attendirent. Au bout de quelques secondes, Salvator appuya la main sur l'épaule de son ami.

— Silence! dit-il, j'entends le frôlement d'une robe de soie. — C'est elle alors? dit Justin tout frissonnant. — Oui, selon toute probabilité. Seulement, laissez-moi me montrer le premier. Vous comprenez l'effet que votre apparition inattendue pourrait produire sur la pauvre enfant. Elle approche, elle est seule. Cachez-vous là, et ne paraissez que quand je vous dirai de paraître. La voici!

C'était Mina, elle était seule en effet.

— Oh! mon Dieu! murmura Justin, et il voulut s'élancer. — Vous voulez donc la tuer? dit Salvator en le retenant.

Il s'était fait un mouvement dans le massif qui avait attiré l'attention de Mina. Elle s'arrêta, regardant avec inquiétude et toute prête à fuir comme une gazelle effarouchée!

— C'est moi, Mademoiselle, dit Salvator; ne craignez rien.

Et, écartant les branches, il apparut aux yeux de Mina.

— Ah! c'est vous, dit Mina. Que je suis heureuse de vous voir, mon ami! — Et moi aussi, d'autant plus que je vous apporte des nouvelles. — De Justin? — De Justin, de sa mère, de sa sœur, du bon M. Muller. — Ingrate que je suis, j'oubliais tout ce qui n'est pas lui. Voyons! qu'avez-vous fait depuis hier? contez-moi cela. — D'abord, j'ai retrouvé votre montre. — Oh! tant mieux... — J'ai été voir toute votre chère famille, porter à Justin l'assurance de votre amour et recevoir la sienne. — Oh! que vous êtes bon!... Et a-t-il été bien heureux? — Vous demandez cela? Il a pensé devenir fou. — Merci! cent fois merci! Lui avez-vous dit où j'étais? — Oui! — Et alors? — Alors, vous comprenez bien qu'il m'a demandé à venir. — Oh oui! je comprends cela. — Oui, mais vous comprenez aussi que ma première pensée a été de lui refuser cette satisfaction. — Oh! non, non, cela, Monsieur, je ne le comprends plus. — Je vous dis ma première pensée, Mademoiselle. — Et... et la seconde? demanda Mina en hésitant. — La seconde a été l'opposée de la première. — De façon... demanda Mina toute tremblante. — De façon que, sur la promesse d'être raisonnable... — Eh bien? — Je suis convenu avec Justin de l'amener. — Et quand cela devez-vous l'amener? — Je voulais l'amener un de ces soirs. — Un de ces soirs! dit la jeune fille en poussant un soupir, et il a consenti à attendre? — Non! — Comment! non? — Il a voulu venir tout de suite, vous comprenez encore cela? — Oh! certes, je le comprends. J'aurais fait comme lui, moi! — Ma première pensée a encore été de refuser, dit Salvator en riant. — Mais la seconde? fit Mina, la seconde? — La seconde... a été de vous l'amener ce soir même. — De sorte?... demanda la jeune fille toute palpitante. — De sorte que je l'ai amené. — Monsieur, il m'a semblé entendre parler tout à l'heure. C'est à lui que vous parliez, n'est-ce pas? — Oui, Mademoiselle, il voulait se jeter au-devant de vous, et je l'en empêchais. — Oh! si je l'avais revu ainsi, je serais morte de joie. — Vous entendez? Justin, dit Salvator. — Oh! oui, oui, s'écria le jeune homme en s'élançant hors du massif.

Salvator se rangea pour faire place à son ami. Les deux jeunes gens se jetèrent dans les bras l'un de l'autre, étouffant entre leurs lèvres les deux noms de Justin et de Mina. Puis en même temps deux mains s'étendirent du côté de Salvator, et deux voix pleines de larmes joyeuses murmurèrent en même temps :

— Mon ami, Dieu vous le rende!

Salvator les regarda un instant de son doux et puissant regard qui, semblable à celui d'un dieu, semblait prendre la responsabilité de l'avenir; puis, serrant la main de Justin et baisant Mina au front :

— Et maintenant, dit-il, vous êtes sous le regard du Seigneur. Que Dieu qui m'a conduit jusqu'ici me mène jusqu'au bout! — Vous nous quittez, Salvator? dit Justin. — Justin, répondit Salvator, vous savez que c'est par hasard que j'ai rencontré Mina; vous savez que ce n'était point elle que je cherchais quand je suis venu dans ce parc. Laissez-moi poursuivre mon œuvre et soyez heureux. Le bonheur est un hymne à Dieu. Dans une heure je serai près de vous.

Et le jeune homme, prenant congé d'eux de la main et de la tête, disparut au tournant de l'allée qui conduisait au château.

Ce que se dirent pendant cette heure les deux jeunes gens demeurés seuls, je n'essayerai pas de vous le raconter. Supposez, chers lecteurs, que vous avez l'oreille appuyée à la porte du ciel, et que vous écoutez parler les anges.

XLII

INVESTIGATION.

Le lendemain, à huit heures du matin, Justin, comme d'habitude, ouvrait sa classe, mais d'un visage si joyeux, que les aînés de ses bambins, accoutumés à son visage triste ou plutôt grave, se demandèrent entre eux : « Tiens! qu'à donc le maître ce matin? est-ce qu'il lui serait arrivé, par hasard, un héritage de vingt mille livres de rente? »

Vers la même heure, Salvator, le visage un peu plus soucieux, entrait dans la rue principale, ou plutôt dans la seule rue du village de Viry ; il regardait à droite et à gauche, et apercevant, sur le seuil d'une porte, une belle jeune fille qui semblait rentrer chez elle, tenant à la main une mesure de lait, il s'approcha d'elle avec une intention si visible de lui parler, que celle-ci s'arrêta sur le seuil de la porte et attendit.

— Mademoiselle, dit Salvator, seriez-vous assez bonne pour m'indiquer la maison de M. le maire? — C'est bien la maison de M. le maire que vous demandez? dit la jeune fille. — Sans doute. — C'est qu'il y a la maison de M. le maire et la mairie, reprit la jolie fille avec un sourire qui semblait demander pardon au jeune homme de la leçon de topographie qu'elle lui donnait. — C'est juste, dit Salvator, j'eusse dû m'expliquer plus clairement. Je désire parler à M. le maire, Mademoiselle. — Alors, vous pouvez entrer, Monsieur, ajouta la jeune fille, car vous êtes justement à sa porte.

Et, passant la première, elle indiqua le chemin à Salvator.

A la porte de la salle à manger, elle rencontra une espèce de servante, à laquelle elle remit la petite mesure de lait, qui paraissait être destiné à devenir son déjeuner et celui de sa famille; puis, se retournant vers Salvator :

— Si monsieur le *voyageur* veut me suivre? dit-elle.

A cette époque, où l'on ne connaissait ni les chemins de fer ni les trains de plaisir, on donnait généralement au visiteur étranger le titre de *voyageur*, comme on le donne encore aujourd'hui au touriste dans les montagnes du Jura et dans celles du Dauphiné.

Salvator sourit et suivit la belle enfant. On monta au premier étage; la jeune fille ouvrit la porte d'une espèce de cabinet, où un homme était assis à un bureau, et elle dit à cet homme :

— Papa, voilà un *monsieur* qui veut te parler.

Et en effet, sous son costume de chasse, Salvator pouvait très-bien passer pour un *monsieur*.

Le maire fit un signe de la tête, et continua d'écrire sans regarder le survenant; peut-être craignait-il de perdre le fil de sa phrase s'il l'interrompait.

Par hasard le maire de Viry était encore, à cette époque, le même brave homme auquel l'honnête M. Gérard avait eu affaire il y avait sept ou huit ans, lors de l'horrible catastrophe dont ce dernier avait été victime.

C'était, comme nous l'avons dit en son lieu et place, un bon et digne maire, participant à la fois du bourgeois et du paysan, homme loyal et naïf autant que Salvator le pouvait désirer. Sa phrase finie, il se retourna, repoussa en arrière son bonnet grec, releva ses lunettes sur son front, et, apercevant le jeune homme resté debout près de la porte :

—C'est vous qui désirez me parler? demanda-t-il. — Oui, Monsieur, répondit Salvator. — Alors, donnez-vous la peine de vous asseoir, fit le maire avec un geste qui rappelait vaguement celui d'Auguste faisant la même invitation à Cinna.

Et, en même temps, il lui désignait une espèce de fauteuil romain. Salvator avança son siége aussi près qu'il put de celui de M. le maire. Après les premières politesses échangées :

— Que désirez-vous, Monsieur? demanda le maire à Salvator. — Un renseignement que vous avez le droit de me refuser, Monsieur, j'en conviens, dit Salvator, mais que vous aurez cependant, j'espère, la complaisance de me donner. — Parlez, Monsieur, et, si la chose n'est pas contraire à mes doubles devoirs et de citoyen et de magistrat... — J'ose croire que vous en jugerez ainsi, Monsieur... Mais, d'abord, sans indiscrétion, depuis combien de temps êtes-vous maire? — Depuis quatorze ans, Monsieur, répondit le brave homme en se rengorgeant. — Bon! dit Salvator. Eh bien! je désirerais savoir de vous le nom de la personne qui habitait le château de Viry vers l'année 1820. — Oh! Monsieur, le propriétaire se nommait alors M. Gérard Tardieu. — Gérard Tardieu! répéta Salvator, songeant à ce cri échappé si souvent à Rose de Noël pendant sa fièvre : « Oh! ne me tuez pas, madame Gérard! » — Un bien honnête et bien excellent homme, continua le maire, et qui, à notre grand regret à tous, quitta le pays à la suite d'une épouvantable catastrophe. — Arrivée ici? — Ici même. — Alors, Monsieur, c'est précisément de cette aventure que je désirais vous entretenir, dit Salvator. Vous plairait-il de me la raconter?

Ceux de nos lecteurs qui ont habité ou qui habitent encore la province savent avec quel empressement tout habitant d'une petite ville accepte le moindre incident qui peut rompre la monotonie de sa vie; ils ne s'étonneront donc pas du rayon de plaisir qui illumina les yeux du maire de Viry lorsque celui-ci flaira la distraction quelconque que venait lui offrir cet étranger providentiel. La joie qui éclata sur le visage du brave homme était une injure adressée à la lenteur du temps, et exprimait clairement cette moqueuse pensée : « Autant de pris sur l'ennemi. »

Il raconta à Salvator l'histoire de M. Gérard, d'Orsola, de M. Sarranti et des deux enfants dans ses moindres détails; il n'omit rien de ce qui pouvait intéresser son auditeur et surtout allonger le récit : il eût voulu, le cher homme, multiplier à l'infini les épisodes de cette sanglante aventure, afin de retenir le plus longtemps possible un hôte si précieux. Malheureusement, c'était une imagination médiocre que celle du maire de Viry, et il raconta donc dans son

effroyable simplicité toute l'horrible histoire que nos lecteurs connaissent.
En outre, il la raconta à son point de vue, à lui; de sorte que le personnage intéressant de ce drame fut M. Gérard, qui, dans le récit du digne maire, devenait, d'assassin, victime. Le narrateur s'étendit sur le désespoir de ce même M. Gérard, dont il fit une longue et douloureuse description.

La perte des deux enfants, surtout, avait été, au dire de M. le maire, si terrible pour son ancien administré, à cause de la grande affection que celui-ci portait à son frère, qu'il ne parlait jamais ni de l'un ni de l'autre sans éclater en sanglots.

Salvator écouta le brave homme avec une attention qui lui conquit toute sa bienveillance. Puis, quand il eut fini :

— Mais, demanda Salvator, vous m'avez parlé d'un M. Gérard, d'une Orsola, d'un M. Sarranti et de deux enfants... — Oui, dit le maire. — N'existait-il pas une madame Gérard? — Je n'ai pas connu de femme à M. Gérard. — Vous n'avez connu personne du nom de *madame Gérard?* Réfléchissez bien. — Non... à moins que... attendez donc!

Et le maire se mit à rire avec finesse.

— Attendez donc, continua-il; si fait, si fait; il y avait, en réalité, une madame Gérard : c'était la pauvre Orsola, que les gens qui voulaient se mettre bien avec elle appelaient *madame Gérard;* car, Monsieur, ajouta sentencieusement le maire, vous savez que c'est la faiblesse habituelle des concubines de désirer que les inférieurs, ou ceux qui dépendent d'elles, leur donnent le nom qu'elles n'ont pas le droit de porter... Aussi, savaient-ils cela, les pauvres petits enfants, et, quand ils voulaient obtenir quelque chose de leur gouvernante, ne manquaient-ils pas de l'appeler *madame Gérard.* — Merci, Monsieur, fit Salvator.

Puis, après une pause :

— Et vous dites, Monsieur, demanda-t-il, que jamais, quelques recherches que l'on ait faites, on n'a pu retrouver ni le petit Victor, ni la petite Léonie? — Jamais, Monsieur! et, cependant, on a bien cherché. — Vous rappelez-vous ces malheureux enfants, monsieur le maire? reprit Salvator. — Parfaitement. — Je parle de leur signalement. — Comme si je les voyais encore, Monsieur! Le garçon avait entre huit et neuf ans, il était beau, frais, blond... — De grands cheveux? demanda Salvator en frissonnant malgré lui. — De grands cheveux bouclés qui tombaient jusque sur ses épaules. — Et la petite fille? — La petite fille pouvait avoir de six à sept ans. — Blonde comme son frère? — Oh! non, Monsieur; c'était une nature tout opposée : mince et brune, elle, avec de grands yeux noirs, magnifiques, qui, à cause de sa maigreur, semblaient tenir tout le visage... Il faut que ce M. Sarranti ait été un fier misérable pour voler ainsi cent mille écus à son bienfaiteur et lui tuer ses deux enfants. — Mais, demanda Salvator, vous m'avez dit, je crois, que le complice de M. Sarranti, dans cet assassinat, avait été un grand chien que l'on tenait toujours à l'attache, et qu'on redoutait à l'égal d'un tigre. — Oui, dit le maire, un chien que le frère de M. Gérard avait rapporté du Nouveau Monde. — Et, ce chien, qu'est-il devenu? — Il me semblait vous avoir dit, Monsieur, que, dans un moment de désespoir, M. Gérard avait pris sa carabine et l'avait déchargée sur lui. — De sorte qu'il l'a tué? — On ne sait s'il est mort; mais, comme c'était un chien terrible, il a emporté le coup. — Vous rappelleriezvous, par hasard, le nom de ce chien? — Attendez donc... je vais me le rappeler... il avait un singulier nom... un nom de... comment dirais-je?... il s'appelait Brésil! — Ah! fit en lui-même Salvator. Brésil! vous êtes sûr? — Oui, oui, très-sûr! — Et ce chien si féroce n'a jamais mordu les enfants? — Au contraire, il les adorait, et particulièrement la petite Léonie. — Maintenant, monsieur le maire, dit Salvator, il me reste à vous demander une grâce. — Laquelle? Monsieur, laquelle? s'écria le maire, trop heureux de faire quelque chose pour un homme qui interrogeait avec tant de courtoisie, et écoutait avec tant d'attention. — Je ne saurais demander à visiter le château, qui est habité par des personnes inconnues, continua Salvator, et, cependant...

Il hésita.

— Dites, Monsieur, dites! fit le maire, et, si le renseignement que vous désirez est à ma disposition... — J'eusse voulu un plan des appartements inférieurs, de la cuisine, du cellier, de la serre. — Oh! Monsieur, dit le maire, c'est chose facile; lors de l'instruction de l'affaire, instruction interrompue par l'absence de M. Sarranti, un plan a été fait en double... — Et ces deux plans, demanda Salvator, que sont-ils devenus, s'il vous plaît? — L'un est joint au dossier qui se trouve entre les mains du procureur du roi, l'autre doit être encore dans mes cartons. — Me serait-il permis, Monsieur, demanda Salvator, de prendre une copie de celui qui vous est resté? — Certainement, Monsieur.

Le maire ouvrit inutilement deux ou trois cartons, puis enfin tomba sur l'objet qu'il cherchait.

— Voilà ce que vous demandez, Monsieur, dit-il. Maintenant, si vous désirez une règle, un crayon, un compas, je puis vous procurer cela. — Merci; je n'ai aucunement besoin d'établir une échelle de proportion : il me suffira de prendre un aperçu général des localités.

Salvator copia le plan avec la certitude de main d'un géomètre exercé, et, son dessin fini :

— Monsieur, dit-il en pliant le papier et en le mettant dans sa poche, il ne me reste plus qu'à vous remercier et à vous faire mes excuses de tout le dérangement que je vous ai causé.

Le maire protesta que Salvator ne l'avait nullement dérangé, et essaya même de le retenir à déjeuner avec son *épouse* et ses deux *demoiselles*; mais, si tentante que fût l'offre, Salvator crut devoir refuser.

Le maire, qui ne voulait se séparer de son hôte que le plus tard possible, le reconduisit jusqu'à la porte, et, avant de prendre congé de lui, se mit à la disposition du jeune homme pour tout nouveau renseignement qui serait de sa compétence.

Le même jour, Salvator présentait Justin à la loge des Amis de la Vérité, où il le faisait recevoir maçon. Il va sans dire que Justin accomplit sans sourciller toutes les épreuves : il eût traversé le feu, il eût franchi le pont, aigu comme le tranchant d'un rasoir, qui conduit du purgatoire au paradis de Mahomet! Mina n'était-elle pas au bout du rude et dangereux chemin?

Le lendemain, Justin fut présenté et reçu dans une vente. A partir de cette seconde réception, Salvator n'eut plus rien de caché pour son ami, et il lui révéla jusqu'aux derniers secrets de cette vaste conspiration qui, commencée en 1815, ne devait donner ses fruits qu'en 1830.

Laissons-les poursuivre cette grande œuvre de l'insurrection, dans laquelle notre histoire trouvera son dénoûment, et, poursuivant cette histoire à travers les sinuosités qu'elle trace, revenons à Pétrus et à mademoiselle de La Mothe-Houdan.

XLIII

LE SOIR DES NOCES.

Dans cette serre embaumée où nous avons vu Pétrus faire avec tant d'amour un portrait détruit avec tant de colère, couchée sur une chaise longue, vêtue de l'habit blanc des mariées, pâle comme la statue du Désespoir, mademoiselle Régina de La Mothe-Houdan, ou plutôt la comtesse Rappt, regardait, avec des yeux où se peignait la stupeur, une centaine de lettres éparses autour d'elle.

Celui qui fût entré dans cette chambre ou qui simplement, eût jeté un regard par la porte entre-bâillée, eût compris, en voyant le visage épouvanté de la jeune femme, que la cause de cette terreur muette, c'était la lecture qu'elle venait de faire d'une ou de plusieurs de ces lettres, qu'elle avait laissées tomber à terre avec horreur et dégoût.

Elle resta un instant silencieuse et immobile, tandis que deux larmes coulaient lentement de ses yeux sur sa poitrine. Puis, d'un mouvement presque automatique, elle fit remonter jusqu'à ses genoux sa main pendante, y prit une lettre encore pliée, la déplia, la porta à la hauteur de ses yeux; mais, à la troisième ou quatrième ligne, comme si elle n'avait pas la force d'aller plus loin, elle laissa tomber la lettre sur le tapis où gisaient déjà les autres.

Alors, elle plongea sa tête entre ses deux mains et médita quelques instants. Onze heures sonnèrent dans une chambre voisine. Elle écarta ses mains de son visage et écouta, comptant des lèvres et silencieusement les vibrations du timbre.

Quand le onzième coup eut retenti et se fut éteint, elle se leva, ramassa toutes les lettres, en fit un paquet, et les serra dans une chiffonnière dont elle cacha la clef derrière le pied d'un strélitzia; puis, allant à une sonnette, elle en tira le cordon d'un mouvement rapide et nerveux. Une vieille femme de chambre parut.

— Nanon, dit la jeune fille, il est l'heure; allez à la petite porte du jardin qui donne sur le boulevard des Invalides, et amenez ici le jeune homme que vous trouverez attendant devant la grille.

Nanon traversa le corridor, descendit les quelques marches qui conduisaient au jardin, coupa diagonalement gazons et massifs, et, ayant ouvert la petite porte qui donnait sur le boulevard des Invalides, passa la tête par l'entre-bâillement de cette porte, et chercha des yeux celui qu'elle devait conduire près de sa maîtresse.

Pétrus, bien qu'à trois pas d'elle, lui, demeurait invisible, effacé qu'il était par un grand orme contre lequel il s'était appuyé, et d'où il regardait les fenêtres de Régina.

Chose étrange! le pavillon qu'habitait la jeune fille n'était point éclairé; le pavillon qui lui faisait face ne l'était pas davantage; un voile de deuil semblait jeté du haut en bas sur l'hôtel entier. La seule fenêtre illuminée d'une faible lueur, d'une lueur pareille à celle qu'une lampe mortuaire fait trembler dans un caveau funèbre, était la fenêtre de l'atelier de Régina.

Que s'était-il donc passé? Pourquoi donc toute cette vaste maison n'avait-elle pas un air de fête? Pourquoi n'entendait-on pas la musique d'un bal? Pourquoi ce silence? En voyant s'ouvrir la petite porte et apparaître la vieille femme de chambre, Pétrus, qui comme Régina venait de compter les onze coups du timbre, se détacha de l'arbre auquel il semblait cloué et demanda :

— N'est-ce pas moi que vous cherchez, Nanon? — C'est vous, monsieur Pétrus, je viens de la part... — De la princesse Régina, je sais cela, dit le jeune homme impatient. — De la part de la comtesse Raptt, reprit Nanon.

Pétrus sentit passer un frisson dans ses veines; une sueur froide perla sur son front. Il appuya sa main à l'arbre pour se donner un soutien. A ces mots: « De la part de la comtesse Raptt, » il croyait à un contre-ordre. Heureusement, Nanon ajouta:

— Suivez-moi.

Et, démasquant la porte qu'elle referma derrière lui, elle fit entrer Pétrus dans le jardin. Quelques secondes après, elle ouvrait la porte de l'atelier, et, dans la pénombre, le jeune homme apercevait sa bien-aimée Régina, ou plutôt, lui sembla-t-il d'abord, le spectre de celle qu'il avait connue.

— Voici M. Pétrus, dit la vieille femme de chambre en introduisant le jeune homme, qui demeura près de la porte. — C'est bien, dit Régina; laissez-nous, et restez dans l'antichambre.

Nanon obéit, et Pétrus et Régina se trouvèrent seuls. Régina fit signe de la main à Pétrus de s'approcher; mais le jeune homme, sans bouger de place:

— Vous m'avez fait l'honneur de m'écrire, Madame, dit-il en appuyant sur ce dernier mot, avec la dureté impitoyable des amants désespérés. — Oui, Monsieur, dit Régina d'une voix douce, car elle comprenait tout ce qu'il devait souffrir; oui, j'ai à vous parler. — A moi, Madame? Vous avez à me parler, le soir d'un jour où j'ai failli mourir de douleur en apprenant que s'était accompli ce mariage qui vous lie à tout jamais à l'homme que je hais le plus au monde?

Régina sourit tristement, et l'on pouvait lire dans ce sourire: « Et moi donc, croyez-vous que je le haïsse moins que vous? » Puis, tout haut, et avant que ce sourire fût effacé de ses lèvres:

— Prenez le tabouret d'Abeille, dit-elle, et asseyez-vous près de moi.

Dominé par la voix en même temps douce et grave de Régina, Pétrus obéit.

— Plus près, dit la jeune fille, plus près encore... là! regardez-moi bien maintenant... oui, ainsi. — Mon Dieu! murmura Pétrus, mon Dieu! que vous êtes pâle!

Régina secoua la tête.

— Ce ne sont point là les fraîches couleurs d'une fiancée, n'est-ce pas, mon ami?

Pétrus frissonna, comme si ces deux mots: *mon ami*, étaient un fer aigu pénétrant dans sa poitrine.

— Vous souffrez, Madame? dit-il.

Le sourire de Régina prit une teinte de douleur inexprimable.

— Oui, je souffre, répondit-elle, horriblement ! — Qu'avez-vous, Madame?.. Dites-moi ce que vous avez... Je suis venu ici dans l'intention de vous maudire, et me voilà prêt à vous plaindre !

La jeune femme regarda fixement Pétrus.

— Vous m'aimez ? demanda-t-elle.

Pétrus tressaillit, et, tout balbutiant, tout frissonnant :

— Madame... dit-il. — Je vous demande si vous m'aimez, Pétrus, répéta la jeune femme d'une voix grave jusqu'à la solennité. — Le jour où, pour la première fois, je suis entré dans cet atelier, et il y a de cela trois mois, Madame, je vous aimais déjà, dit Pétrus ; aujourd'hui, comme il y a trois mois, je vous aime, avec cette différence que, vous connaissant davantage, je vous aime mieux ! — Ainsi, je ne m'abusais pas, reprit Régina, lorsque je m'étais dit à moi-même que vous m'aimiez tendrement et profondément. Les femmes ne se trompent point à cela, mon ami ! Mais aimer tendrement et profondément, ce n'est qu'aimer un peu plus et un peu mieux qu'on n'aime d'habitude ; moi, je veux être pour vous quelque chose de grave et de sacré, de respecté et de cher ! Depuis deux heures, mon ami, je n'ai que vous au monde sur qui m'appuyer, et si vous ne m'aimiez pas à la fois comme l'amant aime l'amante, comme le frère aime sa sœur, et comme le père aime sa fille, je ne sais plus qui m'aimerait ici-bas ! — Le jour où je cesserai de vous aimer, Régina, répondit le jeune homme avec la même tristesse solennelle, ce jour-là sera mon dernier jour ; car mon amour et ma vie sont animés du même souffle ! C'est vous qui m'avez sauvé du désespoir dans lequel m'avait plongé cette époque de doute où nous vivons ! Penchant déjà vers l'abîme du néant dont la profondeur vertigineuse attire notre jeunesse, je croyais l'art perdu pour mon pays, et je menais cette vie inintelligente des jeunes gens de mon âge; j'avais renoncé au travail, j'étais prêt à jeter par la fenêtre palette et pinceaux, et à laisser cette force que Dieu m'avait donnée, cette énergie que je sentais en moi se consumer, s'anéantir dans une activité dangereuse ou dans une apathique résignation !.. Un jour, je vous rencontrai, Madame, et, de ce jour, je revins à la vie, j'eus foi dans mon art ; ce jour-là, je crus à l'avenir, au bonheur, à la gloire, à l'amour, car votre indulgente bonté me relevait à mes propres yeux et m'ouvrait toutes les routes enchantées de l'existence ; ne me demandez donc pas, Madame, si je vous dois tout mon amour, car je vous répondrai : « Non-seulement tout mon amour, Régina, mais aussi toute ma vie ! » — Dieu me préserve de douter jamais de vous, mon ami ! répondit Régina, dont le visage se couvrit de la rougeur d'une orgueilleuse joie; je suis aussi sûre de votre affection que vous pouvez être assuré de la mienne. — De la vôtre ! moi, Madame ? s'écria Pétrus. — Oui, Pétrus, reprit tranquillement la jeune femme, et je ne pense pas vous rien apprendre de nouveau en vous disant que je vous aime ; si je vous ai interrogé, c'était moins, croyez-moi, pour entendre un serment que je savais m'être fait au fond de votre cœur, que pour écouter quelques paroles d'amour dont j'ai, aujourd'hui surtout, un immense besoin, je vous jure !

Pétrus se laissa glisser de son tabouret à genoux, et, incliné, non pas comme devant une femme qu'on aime, mais comme devant une sainte que l'on adore :

— Écoutez, Madame, dit-il à son tour ; vous êtes non-seulement la personne que j'aime le mieux, mais encore celle que j'estime, que je respecte, que je vénère le plus au monde! — Merci, mon ami, dit Régina en laissant tomber sa main dans celle de Pétrus. — Et cependant, dit le jeune homme, pour vous aimer ainsi, convenez qu'il faut que je sois bien insensé! — Pourquoi cela, Pétrus? — Parce que vous n'avez pas eu en moi la confiance que j'ai eue en vous.

Régina sourit tristement.

— Je vous ai caché mon mariage, dit-elle.

Pétrus se tut ou plutôt ne répondit que par un soupir.

— Hélas! continua Régina, ce mariage, je voulais le cacher à moi-même! J'espérais toujours que quelque catastrophe imprévue, quelqu'un de ces événements sur lesquels comptent les désespoirs, arriverait, qui l'empêcherait de s'accomplir. Alors, je vous eusse dit, pâle et tremblante, comme le voyageur qui vient d'échapper à un danger de mort, je vous eusse dit: « Ami! mais voyez comme je suis pâle et tremblante! C'est que j'ai manqué vous perdre pour toujours, c'est que nous avons failli être séparés à jamais! Mais me voilà, rassurez-vous, aucun péril ne me menace plus, et je suis à vous, bien à vous! » Les choses n'ont point été ainsi: les jours ont marché de leur pas ordinaire, sans événement imprévu, sans catastrophe bienfaisante; les heures ont succédé aux heures, les minutes aux minutes, les secondes aux secondes; l'instant fatal est arrivé comme il arrive pour le condamné: après le rejet du pourvoi en cassation, le rejet du pourvoi en grâce, puis le prêtre, puis le bourreau! — Régina! Régina! et que suis-je, moi? Pourquoi m'appelez-vous? Que viens-je faire ici? — Vous le saurez tout à l'heure.

Pétrus chercha des yeux une pendule: en ce moment, celle qui était dans la chambre voisine sonna la demie.

— Oh! dites-le-moi vite, Madame, reprit Pétrus; car, selon toute probabilité, je n'ai plus longtemps à rester près de vous! — Qu'en savez-vous, Pétrus, et pourquoi répondre à ma tristesse par un mot amer? — Mais enfin, Madame, vous êtes mariée, mariée d'aujourd'hui! Votre mari est dans le même hôtel que vous, et il est onze heures et demie du soir... — Écoutez-moi, Pétrus, reprit Régina, vous êtes un grand cœur, le noble enfant d'une généreuse terre; on dirait que vous êtes né et que vous avez vécu dans un autre siècle que le nôtre. Vous avez la bravoure et la candeur, la hauteur et la loyauté des anciens preux qui s'en allaient mourir en Terre Sainte; votre candeur n'admet pas la ruse, votre loyauté ne soupçonne pas le mensonge; incapable de faire le mal, à moins que vous ne soyez aveuglé par une passion quelconque, vous ne croyez qu'au bien. Le monde où je vis en réalité, mon ami, est fait de tout autre sorte que celui où vous vivez en imagination: ce qui lui paraît tout simple, à lui, vous semblerait indigne, à vous; ce qu'il croit naturel vous paraîtrait haïssable: voilà pourquoi j'ai attendu aujourd'hui pour vous dire mon chagrin; voilà pourquoi j'ai attendu ce soir pour vous faire assister à quelque chose comme à la révélation d'un crime. — D'un crime! balbutia Pétrus. Que voulez-vous dire, Madame? — D'un crime, oui, Pétrus. — Oh! murmura le jeune homme, ce que je soupçonne était donc vrai? — Que soupçonnez-vous? Voyons, dites-moi cela, mon ami. — Eh bien, Madame, je soupçonne d'abord que l'on vous a mariée contre votre volonté; que de votre mariage dépendait la fortune ou l'honneur de l'un des membres de votre famille. Je crois, enfin, que vous êtes victime d'une de ces spéculations atroces permises par la loi, parce qu'elles sont mystérieusement abritées sous le toit discret de la famille... J'approche de la vérité, n'est-ce pas? — Oui, dit Régina d'une voix sombre, oui, Pétrus, c'est cela! — Eh bien, me voici, Régina, continua Pétrus en serrant les mains de la jeune femme; vous avez besoin de moi, sans doute? vous avez besoin d'un cœur et d'un bras de frère, et vous m'avez choisi pour quelque œuvre de dévouement et de protection? Vous avez bien fait, et je vous rends grâce! Maintenant, ma sœur bien-aimée, dites-moi tout ce que vous avez à me dire... Parlez, je vous écoute à deux genoux!

En ce moment la porte de l'atelier s'ouvrit brusquement, et la vieille femme de chambre, qui dix-neuf ans auparavant avait reçu Régina entre ses bras, parut dans l'encadrement de la porte.

Pétrus voulut se relever et se rejeter sur son tabouret; mais Régina, au contraire, le maintint à sa place en lui appuyant la main sur l'épaule.

— Non, restez! dit-elle.

Puis, se retournant vers Nanon :

— Eh bien, qu'y a-t-il, ma bonne chérie? dit Régina. — Pardonnez-moi d'entrer ainsi, Madame, dit la vieille femme, mais c'est M. Rappt... — Il est là? demanda Régina avec un accent de suprême hauteur. — Non, mais il fait demander par son valet de chambre si madame la comtesse est prête à le recevoir. — Il a dit *madame la comtesse?* — Je répète les propres paroles de Baptiste. — C'est bien, Nanon; dans cinq minutes, je le recevrai. — Mais, dit Nanon en indiquant Pétrus du geste, mais Monsieur?... — Monsieur reste ici, Nanon, dit Régina. — Mon Dieu! murmura Pétrus. — Monsieur?... demanda Nanon. — Va porter ma réponse à M. Rappt, et ne t'inquiète de rien, ma bonne Nanon; je sais ce que je fais.

Nanon se retira.

— Pardonnez-moi, Madame, s'écria Pétrus en se dressant tout debout, aussitôt que la vieille femme de chambre eut refermé la porte; mais votre mari?... — Ne doit pas vous voir, et ne vous verra point ici.

Et elle alla fermer la porte et pousser le verrou, afin que le comte Rappt ne pût point entrer sans frapper.

— Mais moi? — Vous, vous devez voir et entendre ce qui va se passer, afin que vous puissiez rendre témoignage, un jour, de ce qu'a été la nuit de noces du comte et de la comtesse Rappt. — Oh! tenez, Régina, dit Pétrus, je deviens fou, car je ne vous comprends pas, car je ne devine point ce que vous voulez dire. — Mon ami, reprit Régina, fiez-vous à moi pour ménager votre cœur, en même temps que j'en appelle à votre loyauté. Entrez dans ce boudoir, c'est là que j'enferme mes fleurs les plus précieuses.

Le jeune homme hésitait encore.

— Entrez, insista Régina. L'obscurité dont mes paroles sont couvertes, le mystère dont ma vie à venir sera enveloppée, l'insupportable contrainte où nous serions forcés de vivre vis-à-vis l'un de l'autre, si vous ne portiez pas la moitié de mon terrible secret, tout m'impose à titre de devoir ce que je fais en ce moment... Oh! c'est une horrible histoire que celle qui va vous être révélée, Pétrus. Mais ne jugez pas légèrement, mon ami; ne condamnez pas avant d'avoir entendu, ne haïssez pas avant d'avoir apprécié. — Non, Régina, je ne veux rien entendre ; non, j'ai foi en vous, je vous aime, je vous respecte... Non, je n'entrerai pas là ! — Il le faut, mon ami ; d'ailleurs, il est trop tard maintenant pour vous retirer : vous le rencontreriez sur votre chemin ; je ne serais pas justifiée près de vous, et je serais soupçonnée par lui. — Vous le voulez, Régina ? — Je vous en supplie, Pétrus, et au besoin je l'exige ! — Que votre volonté soit faite, ma belle madone ! ma douce reine ! — Merci, mon ami, dit Régina en lui tendant la main. Et maintenant entrez dans ma petite orangerie. Pétrus, elle a reçu mes plus secrètes pensées, c'est vous dire qu'elle vous reconnaîtra. C'est mon confessionnal embaumé !

Elle souleva la tapisserie.

— Asseyez-vous là, au milieu de mes camélias, près de la porte, pour tout entendre. C'est ma place favorite quand je veux rêver. Les camélias sont à la fois de brillantes et de modestes fleurs du Japon, qui ne vivent bien que dans le demi-jour ; j'aurais voulu naître, vivre et mourir comme elles ! J'entends des pas ; entrez, mon ami. Écoutez, et pardonnez à qui a souffert !

Pétrus ne résista pas davantage : il entra dans la petite orangerie, et Régina laissa retomber sur lui la portière. En ce moment, les pas s'arrêtèrent devant la porte, et, après quelques secondes d'hésitation, on frappa. Puis la voix du comte Rappt demanda :

— Peut-on entrer, Madame ?

Régina devint pâle comme si elle allait mourir, et cependant la sueur perla sur son front. Elle essuya son visage avec un mouchoir de fine batiste, respira, puis, d'un pas ferme, allant à la porte et l'ouvrant :

— Entrez, mon père, dit-elle à haute voix.

XLIV

LA NUIT DE NOCES DE M. LE COMTE ET DE MADAME LA COMTESSE RAPPT.

Pétrus frissonna. Quant au comte Rappt, il pâlit et recula de trois pas, en entendant cette foudroyante appellation.

— Que dites-vous, Régina ? s'écria-t-il d'une voix dans laquelle se manifestait un étonnement qui allait jusqu'à la terreur. — Je vous dis que vous pouvez entrer, *mon père*, répéta la jeune fille d'une voix assurée. — Oh ! murmura Pétrus, c'était donc vrai ce que me disait mon oncle !

M. Rappt entra la tête courbée. Il ne se sentait pas l'audace d'affronter le coup d'œil de la jeune fille.

— Je sais tout, Monsieur, continua froidement Régina. Comment je l'ai providentiellement appris, je n'ai pas besoin de vous le dire. Dieu sans doute a voulu nous épargner à tous deux un crime terrible, en mettant entre mes mains une preuve irrécusable de votre liaison avec ma...

Régina s'arrêta, n'osant pas dire :

— Avec ma mère... — Je venais, balbutia le misérable que Régina tenait palpitant sous son regard, vous demander une entrevue et pas autre chose. Je vous eusse expliqué mes doutes, mes craintes, que rien ne justifie cependant.

Régina tira de sa poitrine une lettre prise au hasard dans cette correspondance que nous avons vue éparse à ses pieds, et qu'elle avait mise à part avant de serrer le reste dans la chiffonnière.

— Reconnaissez-vous cette lettre? dit-elle. C'est celle où vous recommandez à la femme de votre ami, de votre protecteur, presque de votre père, de veiller sur votre enfant!... Au lieu de faire cette recommandation impie à une mère, vous eussiez bien dû demander à Dieu de rappeler cette enfant à lui. — Madame, dit le comte plus atterré que jamais, je vous l'ai dit, je venais pour avoir une explication avec vous; mais vous êtes trop émue en ce moment et je me retire. — Oh! non, Monsieur, dit Régina, de pareilles explications, puisque vous appelez cela ainsi, ne se reprennent pas à deux fois. Restez et asseyez-vous.

Le comte Rappt, entièrement dominé par la fermeté de Régina, se laissa tomber sur un canapé.

— Mais que comptez-vous faire, Madame? demanda-t-il. — Oh! je vais vous le dire, Monsieur. Vous m'avez épousée, non point par amour, heureusement, ce qui serait une action atroce, mais par cupidité, ce qui est un calcul infâme, voilà tout. Vous m'avez épousée pour que mon immense fortune ne passât point entre des mains étrangères. Vous n'eussiez pas été plus loin, je le sais, je l'espère, du moins; souillé d'un crime puni par les hommes, mais qui peut rester ignoré des hommes, vous n'eussiez point osé vous souiller d'un crime impardonnable devant ce Dieu à la justice duquel on ne cache rien. Pour tout dire, c'est l'héritière de la comtesse de La Mothe-Houdan et non votre fille que vous avez épousée. — Régina! Régina! murmura sourdement le comte, la tête basse, les yeux fixés sur la terre. —Vous êtes à la fois ambitieux et dissipateur, continua la jeune femme. Vous avez de grands besoins, et ces grands besoins vous mettent en face de grands crimes. Devant ces crimes, un autre reculerait peut-être; vous, point. Vous épousez votre fille pour deux millions, vous vendriez votre femme pour être ministre. — Régina! répéta le comte du même ton. — Demander notre divorce est impossible, le divorce est aboli. Demander notre séparation est un scandale. Il faudrait en dire la cause; ma mère en mourrait de honte, mon père de douleur. Nous devons donc rester indissolublement liés l'un à l'autre, mais devant la société seulement, car devant Dieu, Monsieur, je suis libre et je veux rester libre. — Qu'entendez-vous par là, Madame? demanda le comte en essayant de relever la tête. — En effet, il faut que nous nous comprenions bien l'un et l'autre, et je vais m'expliquer aussi clairement que possible. Pour prix de mon silence, pour prix de la vie étrange et stérile à laquelle vous m'avez condamnée, je vous demande la liberté la plus illimitée dont puisse jouir une femme : une liberté de veuve! car vous comprenez bien qu'à partir de ce jour, vous êtes mort pour moi comme mari. Quant au titre de père, vous n'aurez pas l'audace de le réclamer, je le présume. D'ailleurs mon père, mon vrai, mon seul père, celui que je peux aimer, respecter, vénérer, chérir, c'est le comte de La Mothe-Houdan. Vous me donnerez cette liberté, et, je vous en préviens, si vous ne me la donnez pas, je la prends. En retour, je vous abandonne la moitié de ma fortune à venir, deux millions. Vous ferez dresser l'acte par mon notaire, et, quand vous voudrez, j'y apposerai ma signature. Trouvez-vous quelque chose à redire à cela?

Le silence du comte Rappt commençait à devenir de la méditation. Il leva lentement les yeux sur Régina; mais, rencontrant le regard fier et assuré de la jeune fille, il se sentit terrassé de nouveau et les abaissa une seconde fois.

La contraction musculaire du bas de son visage indiquait seule la lutte intérieure qu'il soutenait. Enfin, au bout de quelques instants, il reprit la parole et d'une voix basse encore et pesant chacune de ces paroles :

— Avant d'accepter ou de refuser les propositions que vous me faites, Régina, dit-il, laissez-moi causer un instant avec vous, et permettez-moi de vous donner un bon conseil. — Un bon conseil, vous! Monsieur. Un bon fruit sur un mauvais arbre!

Et la jeune femme secoua dédaigneusement la tête.

— Laissez-moi toujours vous le donner. Vous serez libre de le suivre ou de le repousser. — Parlez, Monsieur, dit Régina, je vous écoute! — Je ne tenterai pas d'excuser ce que ma conduite peut avoir d'étrange à vos yeux. — A mes yeux! fit dédaigneusement Régina. — Aux yeux du monde, si vous voulez. Je connais mon crime dans toute son étendue. Par bonheur, en le commettant, comme vous l'avez dit, j'ai cédé, non pas à un entraînement, mais à un calcul. Permettez-moi toutefois de vous dire qu'il n'y a de crime réel que l'action qui blesse la société ou qui offense Dieu. En vous épousant, je n'ai pas offensé Dieu, je n'ai pas blessé la société. La société n'est blessée que de ce qu'elle sait, et elle ne saura jamais que je suis votre père. Au contraire, si quelques soupçons ont jamais plané sur la maréchale, ces soupçons se dissiperont en vous voyant devenir ma femme. Je n'ai point offensé Dieu, car si j'ai voulu, dans un but dont la grandeur m'excuse, vous épouser aux yeux des hommes, comme vous l'avez fort bien dit, je vous eusse toujours respectée devant Dieu. Mais je ne prétends pas, je vous le répète, me justifier. Non! j'en veux simplement venir à ce conseil que je croyais de mon devoir de vous donner. — Je vous laisse dire, Monsieur, car à la difficulté de votre élocution, à la construction embrouillée de vos phrases, je comprends que vous avez besoin d'un certain temps pour vous remettre. — M'y voici! Madame, dit le comte Rappt avec une voix qui, en effet, s'affermissait de plus en plus. Vous me demandez votre liberté illimitée! Il va sans dire que je vous la donne, et qu'en tout état de choses je vous l'eusse donnée, mais dans la situation où nous sommes à bien plus forte raison, car je n'ai le droit d'exiger ni votre affection ni votre indulgence; seulement rappelez-vous, Madame, qu'il est des respects et des devoirs sociaux auxquels les lois condamnent la femme mariée. — Continuez, Monsieur, je n'ai pas encore saisi toute votre pensée. — Je dis donc, Madame, que je reconnais assez la grandeur de mon crime pour ne point réclamer de vous la moindre affection. Mais j'ai vécu assez pour savoir que la femme, malgré la justesse de ses répugnances, est tenue, aux yeux du monde, à certaines convenances dont dépendent la position sociale d'un mari. Ainsi, permettez-moi de vous le dire, Madame, depuis quelques jours, il court sur votre compte certains bruits qui, s'ils étaient fondés, exciteraient en moi la plus profonde tristesse. Un petit journal, ce matin, en annonçant notre mariage, se permet de faire des allusions fort transparentes à une histoire amoureuse dont vous seriez l'héroïne. Il va même jusqu'à désigner, par des lettres initiales, le nom d'un jeune homme qui en est le héros. Eh bien! Régina, je crois devoir vous en donner l'avis paternel. Pardonnez-moi de prendre à l'endroit de ces bruits vos intérêts plus que vous ne le faites vous-même, et d'entrer si brutalement dans vos secrets. — Je n'ai pas de secrets, Monsieur! s'écria impétueusement la jeune fille. — Oh! je sais, en effet, Régina, si vous avez éprouvé un sentiment quelconque pour ce jeune homme, que ce sentiment n'avait rien de sérieux, que c'était un simple caprice, ou, mieux encore, que vous avez voulu, voilà tout, vous amuser aux dépens de sa vanité. — En vérité, Monsieur, vous m'offensez, s'écria la jeune femme, et je ne vous reconnais pas le droit de m'adresser de semblables paroles. — Écoutez-moi, Régina, reprit le comte, retrouvant ou feignant de retrouver peu à peu son sang-froid habituel. Je ne vous parle ici ni en mari ni en père; je vous parle en précepteur; car, n'oubliez pas que j'eus l'honneur de vous avoir pour élève; c'est sur ce double titre que je fonde mon droit de vous avertir, de vous conseiller, de vous prémunir quand le hasard m'en donne l'occasion. A peine étiez-vous femme, Régina, que vous étiez déjà un esprit en rapport avec le mien.

Un regard dédaigneux de Régina essaya d'interrompre le comte.

—Un esprit supérieur, si vous l'aimez mieux, reprit celui-ci, un esprit fort au-dessus de votre âge et de votre sexe. Chargé par votre tante et par votre père de veiller sur vous et de faire autant que possible entrer dans votre cœur la virilité qui était dans votre esprit, j'ai fécondé par une étude patiente, par une éducation de toutes les heures, les germes que la nature avait déposés en vous, et, grâce à ces soins minutieux, vous possédez maintenant toute la fermeté, toute l'indomptable énergie d'un homme. Eh bien! c'est au moment de recueillir les fruits de ces incessants labeurs, c'est au moment où j'ai cru avoir fait de vous un être intelligent, une âme d'élite, une femme forte, c'est en ce moment que vous m'abandonnez. Mon action de m'unir à vous à tout jamais vous effraye, vous épouvante. Je vais vous dire quel était mon projet. Notre union n'était point un mariage, Régina; c'était une indissoluble association, qui, au lieu du plat bonheur conjugal réservé aux époux, devait nous donner les trois grands biens de ce monde, l'ambition réalisée de tous les cœurs puissants : la richesse, le pouvoir, la liberté. Quoi! nous avons jusqu'ici, je dis *nous*, car vous pouvez revendiquer une large part dans mes actes, nous avons jusqu'ici, sans que je possède aucun titre apparent dans l'État, aucune influence visible dans les affaires, nous avons jusqu'ici à peu près gouverné ce beau, ce bon, ce docile pays qu'on appelle la France, et nous nous arrêterions là! Je suis à la veille d'être ministre, car vous comprenez bien que ce ministère, qui dure depuis cinq ans, ébranlé qu'il est de toutes parts, est près de céder la place à un autre ministère qui durera cinq autres années peut-être; cinq années, comprenez-vous, Régina? le temps que dure la présidence d'un Washington ou d'un Adams. Il ne me faut pour arriver là qu'une fortune visible, une position assurée, et alors je fais asseoir près de moi votre père, et nous commandons à trente-cinq millions d'hommes, car sous un gouvernement constitutionnel, le chef du conseil est le véritable roi. Pour seconder ce désir ardent de ma vie, pour m'aider dans cette merveilleuse entreprise, à qui est-ce que je m'adresse? quelle est la femme que je veux faire, non pas la compagne asservie de mon existence, non pas l'esclave de mes caprices et de ma volonté, mais l'associée de mon pouvoir? vous, Régina. Et voilà qu'au moment où nous touchons à ce but splendide, au lieu de planer avec moi au-dessus des préjugés du monde, au-dessus des faiblesses de l'humanité, voilà que vous débutez d'abord par ne pas comprendre qu'on n'arrive pas à de pareilles hauteurs sans fouler aux pieds quelques préjugés; mais ce n'est pas tout: voilà que vous mettez sous mon pied le ridicule, ce caillou stupide qui parfois fait rouler jusqu'au fond de l'abîme le voyageur qui allait toucher le faîte de la fortune. Régina! Régina! je vous le déclare, je pensais mieux de vous.

La jeune femme avait écouté le comte, non pas avec un dégoût moins grand, mais avec une attention plus réelle. Elle était étonnée que l'on pût trouver une excuse, si mauvaise qu'elle fût, à une pareille action, et je ne sais si l'on nous comprendra, ou plutôt si l'on comprendra, chez une femme surtout, la largeur d'horizon que pouvait embrasser un pareil caractère : elle était en quelque sorte curieuse, au point de vue de la philosophie, de voir jusqu'où l'homme détourné, soit par un méchant esprit, soit par une fausse éducation, de la bonne voie, pouvait pénétrer dans la mauvaise.

Elle répondit donc avec plus de calme que l'on n'aurait dû s'y attendre.

— Oui, vous avez raison, Monsieur, je suis votre élève et, dès mon extrême jeunesse, je reconnais avoir reçu de vous les plus pernicieux conseils. Vous avez réprimé toutes les aspirations de mon âme vers le beau, tous les élans de mon cœur vers le bon, toutes les sympathies de mon imagination vers le grand, voulant faire de moi, et je vous comprends maintenant que votre projet m'est révélé, voulant faire de moi votre confidente, votre associée, votre complice, une sorte de marchepied de votre ambition; votre scepticisme, au contraire du laboureur de l'Évangile, qui arrache l'ivraie au profit du bon grain, votre scepticisme s'est attaché à arracher les meilleurs sentiments au profit des moins bons, les moins bons au profit des pires. Vous m'avez enseigné la ruse, la dissimulation, la fausseté, et vous avez mis à me faire faire cette étude un soin munitieux, je vous l'accorde; vous m'avez appris comment, en obliquant les yeux, on peut voir les gens sans les regarder en face, comment on peut paraître calme quand on est agitée, joyeuse quand on est triste. Vous m'avez initiée à tous ces mystères du mensonge, auxquels vous avait initié madame de La Tournelle, qui les tenait directement des jésuites, ces grands maîtres dans l'art de tromper. Votre inépuisable sollicitude, je le reconnais, ne s'est pas une fois démentie pendant les huit ou dix années où vous aviez entrepris la laborieuse tâche de mon éducation, et quand vous m'avez enfin crue votre égale, c'est-à-dire sans noblesse, sans franchise, sans générosité, vous avez essayé de développer en moi les désirs ambitieux et le goût de l'intrigue. Est-ce cela, Monsieur? — Appelons les choses par leur nom, Madame, dit le comte Rappt en essayant de sourire, le goût de la diplomatie. — De la diplomatie si vous voulez, Monsieur. Je hais autant l'une que l'autre, et ces deux sœurs jumelles de l'ambition me sont également et parfaitement odieuses. Oui, vous m'avez appris tout ce que je devais ignorer; oui, vous m'avez laissé ignorer tout ce que je devais savoir; oui, vous m'avez, en un mot, enseigné la terrible science du bien et du mal. J'en rougis, Monsieur, je le reconnais; j'avoue même, à ma honte et à votre gloire, que j'ai éprouvé une sorte de curiosité, un semblant d'intérêt à faire avec vous autour du cœur humain le désolant voyage de la désillusion et du désenchantement. Mais de ce voyage, Monsieur, je suis revenue pleine d'épouvante. A force de vous voir mettre à nu devant moi, comme des plaies hideuses, tous les vices enfoncés dans le cœur de l'humanité, car votre scalpel ne respectait personne, j'ai acquis, jeune encore, au prix peut-être du bonheur de ma vie tout entière, cette vieillesse prématurée, cette précoce décrépitude du cœur qu'on appelle l'expérience, et qui n'est autre chose que l'ensevelissement et la mise au tombeau de tout ce qu'il y a de doux, de noble et de pur en nous. Et vous ne voudriez pas, Monsieur, continua Régina avec une énergie croissante, et vous ne voudriez pas, quand je suis morte à toute chose, quand vous m'assassinez civilement, vous ne voudriez pas, moi à qui vous avez tout ôté, père, mère, famille; vous ne voudriez pas que j'acceptasse la main loyale qu'un ami me tend pour me relever! Eh bien! sachez une chose, Monsieur, et qu'elle soit votre remords, c'est que malgré vous, malgré votre éducation empoisonnée, Dieu m'a donné une vertu qui repose sur des principes arrêtés, fixes, inébranlables. Je saurai vivre irréprochable, Monsieur!... mais laissez-moi vivre!

Le comte Rappt regarda un instant Régina, et secouant la tête :

— Au point où vous en êtes, Régina, dit-il, et pour vous dire la vérité, je vous crois incapable de ressentir une passion sérieuse, d'aimer franchement, véritablement.

Régina fit un mouvement.

— Oh! ce n'est point un reproche que je vous fais, c'est un éloge que je vous donne. L'amour n'est que la passion des gens qui n'en ont pas d'autre. C'est un détail dans la vie, ce n'est pas son but. C'est un accident riant ou terrible du grand voyage que l'homme fait en ce monde; il faut le supporter mais non courir au-devant, le dompter et non s'y soumettre. Vous avez un discernement supérieur, une raison suprême... appelez-les à votre aide, interrogez-les, et vous verrez que ces sortes de liaisons, que je vous invite à ne pas faire ou à ne faire que le plus rarement et le plus scrupuleusement possible, finissent toujours mal. Et cela est logique : l'adultère porte en soi sa propre condamnation, car l'homme qui aime une femme mariée, s'il est un honnête homme, ne peut estimer celle qui trompe un mari et risque de déshonorer ses enfants. Ajoutez à ceci, Régina, que cet homme sera infailliblement votre inférieur, inférieur en nom, en fortune, en intelligence, car je connais peu d'hommes d'une valeur égale à la vôtre; étant plus forte que lui, vous le protégerez. Eh bien! ce que vous nommez aujourd'hui son amour, vous l'appellerez demain sa faiblesse; dès lors vous mépriserez cet homme. Quant à lui, un jour ou l'autre, il reconnaîtra votre supériorité, il rougira du rôle d'amant servile que vous lui aurez fait accepter, et il vous haïra. — Si l'homme que j'aime, entendez-vous bien, Monsieur? s'écria Régina d'une voix éclatante, je dis que *j'aime*, et non pas que j'aimerai, si l'homme que j'aime a jamais de la haine pour moi, c'est que je serai mauvaise; c'est que vos odieux principes, votre éducation empoisonnée, malgré tous les efforts que j'ai faits pour leur échapper, auront porté leurs fruits. Alors sa haine, jointe à la mienne, retombera sur vous, la cause, le principe, l'auteur du mal. Mais non! cela n'arrivera point, je continuerai l'œuvre commencée; tout ce que vous avez semé de mauvais en moi je l'arracherai, et, en supposant que mon âme, ce miroir de Dieu, ait été ternie un instant, je retrouverai l'âme de mon enfance, ou je me ferai une âme nouvelle. — Oh! quant à cela, dit le comte Rappt en souriant, il est trop tard. — Non! Dieu clément, dit Régina avec exaltation, non! il n'est pas trop tard, et, si cet homme m'entendait, il saurait que j'ai déjà noyé toutes les misères de ma vie dans l'océan de tendresse que Dieu avait mis dans son cœur.

Le comte regarda Régina avec un certain étonnement.

— Puisque votre haute raison veut être sourde aujourd'hui, Régina, dit-il, redescendons des hauteurs de la philosophie sociale dans ce qu'il vous plaît d'appeler les bas-fonds des intérêts matériels. Je vais donc vous parler de mon plus cher désir, de mon unique ambition. Régina, vous le savez, je veux être ministre.

Régina inclina la tête, signe qui équivalait à cette réponse : Je sais que c'est votre désir.

— J'ai beaucoup d'ennemis, Régina, continua le comte Rappt, tous mes amis d'abord. Je me soucie fort peu du ridicule qu'on peut jeter sur ma vie politique : on sait ce que valent de pareilles attaques, mais je ne veux pas, vous entendez, Régina, je ne veux pas que ma vie privée en soit atteinte. Vous savez le mot de cet autre ambitieux que l'antiquité nous a légué comme le type de l'espèce :

« La femme de César ne doit pas même être soupçonnée. »

— Je suppose d'abord, répondit ironiquement Régina, que vous n'avez point la prétention d'être le César des temps modernes. En outre, faites attention que cette maxime, à laquelle j'applaudis de tout mon cœur quand elle s'applique aux circonstances ordinaires de la vie, dit : *La femme* de César, vous entendez, Monsieur, *la femme!* — Eh ! Madame, quelque chose que vous me soyez ou que vous ne me soyez pas, aux yeux du monde vous êtes toujours ma femme. — Oui, Monsieur, mais aux yeux de Dieu je suis votre victime, et laissez-moi partir de ce point de vue-là. — Par grâce, Madame, redescendons sur la terre ! — Vous m'y forcez? — Je vous en prie. — Soit ! Monsieur, dit Régina toute fiévreuse, c'est à regret, je vous l'avoue, que j'entre dans de pareils détails. Vous avez une maîtresse... — C'est faux ! Madame, s'écria le comte Rappt.

Et il bondissait à cette blessure comme le taureau sous l'aiguillon du bandillero.

— Reprenez votre sang-froid, Monsieur. Devant moi, je ne vous permets pas la colère. Vous avez une maîtresse : elle est petite, elle est blonde, elle a trente ans, elle est l'amie de madame de Marande, elle s'appelle la comtesse de Gasc, elle demeure rue du Bac, n° 18. — Je ne sais si votre police vous coûte cher, Madame, mais ce que je sais, c'est que, si mal payée qu'elle soit, elle vous vole votre argent. — Elle demeure rue du Bac, n° 18, continua froidement Régina. Vous allez chez elle les lundi, mercredi et vendredi. Vous vous compariez tout à l'heure à César, qui était le courage; il ne vous en coûtera pas plus de vous comparer à Numa, qui était la sagesse : c'est votre seconde Égérie. La première, c'est madame la marquise de La Tournelle, votre mère. Je n'ai pas besoin de payer mal ou bien une police pour savoir ces choses, elles sont de notoriété publique. Il n'y a pas une feuille libérale qui n'ai dit cela depuis deux ans. — C'est une calomnie absurde, Madame, et, en vérité, j'ai peine à comprendre comment vous vous faites l'écho de misérables pamphlétaires. — Merci, Monsieur, je ne suis point fâchée de connaître votre opinion sur les journaux. Lorsque vous viendrez désormais me dire qu'ils me font l'honneur de s'occuper de moi, je vous répondrai par vos propres paroles.

Le comte Rappt se mordit les lèvres, puis, vivement et comme un homme qui a trouvé un argument sans réplique :

— La différence qu'il y a entre vous et moi, Régina, dit-il, c'est que moi je nie formellement les sottises qu'on me prête, tandis que vous n'hésitez pas, vous, à avouer les torts dont on vous accuse. — Que voulez-vous? Monsieur, vous m'avez fait une position exceptionnelle, ne vous étonnez donc pas que je devienne une exception. Oui, il y a une différence entre nous, une grande, Monsieur. Je suis franche; vous, vous vous abaissez au mensonge; seulement, vous mentez inutilement. Depuis longtemps, excepté la chose terrible que j'ai apprise trop tard, malheureusement, car, si je l'eusse sue, aucun pouvoir humain ne m'eût forcée de dire *oui* devant l'autel, depuis longtemps, je sais à quoi m'en tenir sur tous les détails de votre existence. Je pourrais vous dire, à mille francs près, non-seulement ce que cette femme reçoit de vous, je ne tiens pas à l'argent, ne m'interrompez donc point, mais ce qu'elle touche de la police, car l'honnête créature qui vous vend son corps, à vous, a vendu son âme à vos amis. Mais vous voilà riche et je vous autorise à prendre ce que vous voudrez sur ma dot pour acheter madame de Gasc tout entière. — Madame! — Oui, je suis de votre avis, je m'éloignais de la question ; je l'ai fait avec dégoût, mais loyalement. Plus un mot sur ce sujet. Je vous remercie de me le demander, car cette demande prouve que vous, qui respectez si peu de choses, vous avez cependant conservé quelque respect pour moi. — Ce respect, Madame, il ne tient qu'à vous de l'avoir tout entier. — Et que faut-il faire pour cela, Monsieur? — Renoncer à l'homme qui vous aime. — Renoncer à lui! vous me dites de renoncer à lui, je crois. Eh! Monsieur, sans l'horrible secret qui m'a été révélé, c'était déjà fait, et je ne l'eusse jamais revu, car, à tout prendre, vous étiez mon mari, et du moment que je vous avais accepté comme tel devant Dieu et devant les hommes, je vous fusse restée fidèle. Oh! vous me connaissez et vous n'en doutez pas. Mais voilà que, par un crime inouï, par un de ces crimes qu'on ne retrouve que dans les sociétés antiques, échappé des mains de la fatalité, voilà que vous renversez toute mon existence, et vous croyez que je subirai l'arrêt de votre calcul comme je subirais celui de la fatalité, en victime résignée; que, renversée par vous, je ne me relèverai pas! Oh! vous êtes fou, vraiment! Voilà un homme qui m'est envoyé par le Seigneur pour être mon appui au moment où tout appui me manque, qui devient, par la toute-puissance divine, ma pensée unique, mon seul avenir, ma vie enfin, et vous venez me dire froidement, vous coupable, vous criminel, vous indigne, vous incestueux, vous venez me dire de renoncer à lui; mais je ne vous ai donc pas encore dit combien je l'aimais, cet homme!

M. Rappt hésita un instant avant de savoir s'il le prendrait sur le ton de la colère ou de l'ironie.

La colère lui avait mal réussi, il essaya de l'ironie.

— Bravo! Madame, bravo! dit-il en applaudissant des mains. — Monsieur! s'écria Régina avec un mouvement de lionne blessée, je ne suis pas une comédienne pour que vous vous permettiez de m'applaudir, et si je joue un rôle, c'est dans le drame de ma pauvre vie, auquel Dieu, je l'espère, fera le dénoûment que méritent le crime et l'innocence. — Pardon, Madame, reprit le comte avec une obéissance feinte, cela tient sans doute à l'habitude que vous avez de fréquenter des artistes. Mais vous avez dit ces derniers mots si dramatiquement, que je me suis cru au théâtre. — Vous vous trompiez, *mon père*, répondit Régina avec une implacable fermeté, vous êtes dans la chambre *de votre fille*, et si l'un de nous deux joue une odieuse comédie, c'est vous, vous qui avez un masque au lieu d'un visage, vous qui avez de vos mains dressé les tréteaux où depuis quinze ans vous jouez tous les rôles. Ah! vous parlez de théâtre et de comédie, et que faites-vous donc, vous, si ce n'est jouer la comédie? La duchesse d'Herefort est toute-puissante à la cour d'Angleterre, où vous espérez être envoyé un jour comme ambassadeur, et il n'est pas de tendresse que vous ne fassiez aux enfants de lady Herefort. Comédie! car vous haïssez les enfants. Que ne haïssez-vous pas, d'ailleurs! Quand vous vous rendez en voiture, soit à la cour, soit au ministère, soit à la chambre, vous avez toujours un livre à la main. Comédie! car vous ne lisez pas, à moins que vous ne lisiez Machiavel. Quand la première chanteuse des Italiens chante, vous l'applaudissez et vous criez bravo, comme vous faisiez tout à l'heure, et, une fois rentré, vous lui écrivez des pages sur la musique. Comédie! car vous ne pouvez souffrir la musique. Mais la première chanteuse est la maîtresse du baron de Straashausen, un des plus puissants diplomates de la cour de Vienne. Pour racheter toutes ces hypocrisies, vous allez le dimanche, il est vrai, à Saint-Thomas d'Aquin. Comédie toujours, comédie infâme, plus infâme que les autres; car, tandis que votre voiture armoriée stationne à la grande porte, vous, vous sortez par la petite pour aller où? Dieu le sait; peut-être rejoindre madame de Gasc dans le cabinet du préfet de police. — Madame! rugit sourdement le comte. — Vous êtes propriétaire ostensible d'un journal qui défend la monarchie légitime, et vous êtes rédacteur secret d'une revue qui conspire contre cette monarchie en faveur du duc d'Orléans. Le journal soutient la branche aînée, la revue soutient la branche cadette; de façon que si l'une de ces deux branches casse, vous pouvez facilement vous raccrocher à l'autre. Et l'on sait cela, voyez-vous, et particuliers, et ministres, et citoyens, et gouvernement savent cela. Les uns vous saluent et les autres vous reçoivent, et vous vous dites : Puisqu'ils font cela, ils ignorent. Non, ils n'ignorent pas, Monsieur, ils savent. Mais vous pouvez devenir puissant, et on salue votre puissance à venir; mais on sait que vous serez riche, et on salue votre richesse future. — Courage! Madame, dit le comte Rappt à demi terrassé. — En vérité, Monsieur, continua Régina, n'est-ce point là une inqualifiable comédie, dites? N'êtes-vous donc pas fatigué de tromper toujours? Voyons, répondez-moi, à quoi servez-vous sur terre? Quel bien avez-vous fait, ou plutôt quel mal n'avez-vous pas fait? Qui avez-vous aimé, ou plutôt qui n'avez-vous pas haï? Tenez! Monsieur, voulez-vous savoir toute ma pensée, voulez-vous connaître une fois pour toutes ce qu'il y a pour vous au fond de mon cœur? Eh bien, il y a ce sentiment que vous éprouvez pour tout le monde, vous! et que je n'avais jamais éprouvé pour personne, moi! il y a de la haine. Je hais votre ambition, je hais votre orgueil, je hais votre lâcheté, je vous hais de la tête aux pieds, car de la tête aux pieds vous n'êtes que mensonge. — Madame, dit le comte, voilà bien des injures pour une honte que je voulais vous épargner. — M'épargner une honte, vous, Monsieur! — Oui, il court sur le compte de ce jeune homme certains bruits...

Régina frissonna, non pas de ce qu'allait dire le comte, mais de ce que Pétrus allait entendre.

— Je ne vous crois pas, dit-elle. — Je n'ai encore rien dit, et voilà d'avance que vous me démentez. — Parce que d'avance je sais que vous allez mentir. — Malgré sa parenté avec le général de Courtenay, il n'est reçu dans aucune

LA NUIT DES NOCES.

TYP. J. CLAYE.

maison du faubourg Saint-Germain. — Parce qu'il ne daigne pas se faire présenter dans un salon où il pourrait vous rencontrer. — Il mène un train de prince et on ne lui connaît aucune fortune.. — Parce que vous l'avez rencontré une fois au bois sur un cheval de manége et une fois au balcon du Théâtre-Français avec un billet que son ami Jean Robert lui avait donné. — On lui prête pour banquier une certaine princesse de théâtre. — Monsieur! s'écria Régina pâle de colère et de terreur, je vous défends d'insulter l'homme que j'aime.

Elle jeta ces derniers mots du côté de l'orangerie, afin que Pétrus comprît bien que c'était à lui qu'ils étaient adressés. Puis, s'avançant vers la sonnette qu'elle agita violemment :

— Si une chose peut me consoler de vous entendre calomnier un absent, Monsieur, ajouta-t-elle, c'est la conviction où je suis que si cet absent était devant vous, vous n'oseriez répéter une seule de vos paroles.

En ce moment la porte s'ouvrit et Nanon entra.

— Reconduisez M. le comte, dit Régina à sa femme de chambre en lui mettant un flambeau dans la main.

Puis, comme le comte, grinçant les dents de rage, semblait hésiter à se retirer.

— Sortez, monsieur le comte, dit Régina avec un geste de suprême commandement, et en lui montrant la porte ouverte.

Le comte eût voulu résister sans doute, mais il était dominé par la grandeur d'aspect de la jeune femme.

Il jeta sur elle un regard de serpent forcé de fuir, et les mâchoires serrées, les poings crispés, d'une voix sourde et menaçante :

— Eh bien, soit, Madame, dit-il, adieu!

Et il sortit suivi de Nanon, qui referma la porte derrière lui.

Mais la scène avait été trop violente; le cœur de Régina, comme un lac gonflé par une pluie d'orage, déborda tout à coup. Elle tomba sur le fauteuil en jetant un cri d'épuisement, et, pareilles à deux ruisseaux, ses larmes roulèrent sur ses joues pâles de ses yeux à demi fermés.

XLV

CAUSERIE D'AMOUR.

Au moment où Nanon refermait la porte, où Régina tombait, à demi évanouie sur un fauteuil, Pétrus sortait de la petite orangerie, et apparaissait pâle, le front inondé de sueur, mais les yeux rayonnants de plaisir.

En effet, si ce drame intime auquel il venait d'assister l'avait rempli d'effroi et de dégoût, lui, âme candide, cœur loyal, le rôle de martyre qu'avait joué Régina lui apparaissait dans toute sa grandeur, et la profonde commisération qu'il éprouvait pour la victime lui faisait presque oublier le bourreau.

Pétrus s'approcha lentement de Régina, mais elle, entendant venir le jeune homme, jeta ses deux mains sur son visage et demeura dans l'attitude du condamné qui va entendre prononcer son arrêt. On eût dit qu'elle redoutait que l'infamie de son mari et la faute de sa mère rejaillissent sur elle, et, de peur que son amant vît sa rougeur, elle se voilait le visage de ses belles mains.

Pétrus comprit le combat qui s'élevait en elle, la pudique émotion dont elle était agitée. Il mit un genou en terre, et, d'une voix douce et ferme à la fois, il lui dit ou plutôt il murmura comme il eût fait d'une chanson pour endormir un enfant :

— Oh ! ma belle Régina, je ne l'aimais que comme on aime une jeune fille; maintenant, je l'adore comme une martyre. Le crime dont tu es victime, au lieu de rejaillir sur toi et de ternir ta robe d'innocence, te fait resplendir à mes yeux dans tout l'éclat de ta beauté. Tu peux donc me regarder sans honte et sans crainte, car c'est moi qui dois rougir d'être si fort au-dessous de toi. A partir de cette heure tu me deviens sacrée, et mon amour va s'élever au-dessus du vulgaire amour des autres hommes pour arriver jusqu'à toi. O Régina ! je t'aime, je t'aime... j'ai pour toi cette adoration que j'aurais eue pour ma mère si elle avait vécu ; j'ai pour toi ces ineffables tendresses que j'aurais eues pour ma sœur, si le ciel m'avait donné une sœur; j'ai pour toi le culte que j'avais tout enfant pour la madone de granit qui, du haut de nos falaises, dominait les tempêtes de l'Océan.

Régina laissa tomber ses deux mains dans celles du jeune homme, découvrant son visage qui exprimait un profond sentiment de reconnaissance.

Pétrus continua :

— Je te disais tout à l'heure que tu m'avais rendu à la vie; que tu m'avais montré le vrai but de l'existence, que j'avais crue jusque-là une fantaisie inutile de Dieu. Eh bien ! à mon tour, chère bien-aimée, c'est moi qui, comme tu le disais à cet homme, c'est moi qui te tends la main, c'est moi qui te relève, et ainsi, la main dans la main, enchaînés l'un à l'autre, nous serons plus forts pour résister au mal, et nous braverons les hommes en nous rapprochant de Dieu.

Un pâle sourire se dessina sur les lèvres de Régina.

— Regarde-moi à ton tour, Régina, continua Pétrus, comme tu me disais il n'y a qu'un instant de te regarder. Je ne te demande pas, comme tu le faisais, si tu m'aimes! Je te dis : Tu m'aimes! Mon cœur tremble et bat à se briser devant ce mot : *Tu m'aimes!* Tout ce qu'il y avait d'obscur en moi s'éclaire et s'illumine à ce mot divin; tout ce que j'avais de bon devient meilleur ; tout ce que j'avais de triste sourit; tout ce que j'avais de mauvais s'en va. Il faisait jusqu'ici obscur dans mon cœur comme dans la nuit, et, dans cette obscurité, ton amour passait comme un rêve. Aujourd'hui, mon cœur est d'azur comme le ciel, et ton amour y rayonne comme une seule étoile.

La jeune femme le regardait tendrement et le laissait parler; car, semblable à ces plantes dont parle le poëte de Florence auxquelles le givre nocturne a fait baisser la tête et qui relèvent leurs corolles sous les rayons du soleil, elle se sentait revivre aux accents de sa parole et sous les rayons de ses yeux.

Et lui continuait :

— Je t'aime... n'écoute pas d'autre voix que la mienne, Régina; ne songe pas à autre chose qu'à moi, mon adorée; ne regarde que mon amour; laisse-moi te bercer par mes paroles comme la barque se laisse bercer par les flots, comme la fleur se laisse bercer par le vent. Abandonne-toi à moi : ta douleur n'a pas de plus sûre retraite que mon âme. Je t'aime! oublie la terre pour ce mot. Mourons au monde, et que notre amour soit une éternelle assomption : ce que les hommes nomment Dieu, c'est l'amour immortel!

Et peu à peu, tandis que Pétrus parlait, le visage de la jeune femme reprenait son expression naturelle, se colorait de toutes les teintes du bonheur, se couronnait de tous les rayons de la félicité. Les paroles harmonieuses de Pétrus retentissaient en elle comme de suaves accords, et retenue, moitié par la douleur qui grondait encore sourdement au fond de son âme comme les roulements d'un tonnerre lointain, moitié entraînée par la joie qui l'inondait comme un tiède rayon de printemps, Régina s'abaissa vers le jeune homme toujours agenouillé devant elle, l'enlaça de ses deux bras et murmura à son tour :

— Je t'aime! je t'aime!

Mais si bas que ses paroles l'effleurèrent comme un souffle, et ses yeux virent passer le doux serment aux ailes de flamme bien plus que ses oreilles ne l'entendirent; puis, quelques pleurs tombèrent avec effort des yeux de la jeune femme, puis des gouttes s'en échappèrent plus abondantes, puis enfin ses larmes coulèrent pressées comme un ruisseau.

C'était un groupe ravissant, beau, jeune, frais. On eût dit un cygne noir et un cygne blanc se caressant dans un bassin de marbre rose. Ils restèrent ainsi pendant quelques minutes enlacés silencieusement et amoureusement, la jeune femme pleurant, le jeune homme aspirant et buvant ses larmes.

Qu'auraient-ils pu se dire? N'en est-il pas de l'amour comme de ces ravissantes vallées des Alpes qu'on regarde au moment où on les découvre, appuyés l'un à l'autre, avec des larmes dans les yeux, et en se taisant, parce que l'on sent bien qu'on n'en dira jamais assez? Ils savouraient leur bonheur, comprenant qu'il n'est pas de bonheur plus grand que de se dire tout bas à soi-même : « Je suis aimé! »

Ce duo muet de leur cœur se fût prolongé à l'infini si, en se rapprochant peu à peu du jeune homme, Régina n'eût senti errer sur son visage l'haleine brûlante de Pétrus. Elle comprit que ses lèvres allaient toucher les lèvres de son amant. Elle jeta un faible cri de terreur, dénoua le nœud formé par ses deux bras autour du cou du jeune homme, posa ses mains sur ses épaules, et le repoussant doucement :

— Éloignez-vous, mon ami, lui dit-elle d'une voix dont elle ne chercha pas même à lui cacher l'émotion. Asseyez-vous près de moi, comme tout à l'heure, et causons en frère et sœur.

Le jeune homme, tout en continuant de sourire à Régina, poussa un faible soupir, avança son tabouret jusqu'à ses pieds et s'assit.

— Donnez-moi vos deux mains, dit la jeune femme.

Pétrus éleva ses deux mains jusqu'aux deux mains de Régina, et, ainsi accoudé sur ses genoux, il attendit qu'elle parlât, l'interrogeant des yeux.

— Ne devinez-vous pas de qui je voudrais vous parler, Pétrus? demanda-t-elle. — De votre mère, n'est-ce pas, Régina? dit le jeune homme de sa voix la plus caressante. — Oui, mon ami, de ma mère, reprit-elle, et, avant tout, laissez-moi appeler votre plus tendre compassion sur elle. Le récit de la vie isolée qu'elle mène ici comme dans un cachot, l'histoire de cette immense douleur qui se peint sur son visage et dont tout le monde ignorait la cause, vous ferait, si elle était là, courber le genou devant elle. — O Régina, dit le jeune homme, croyez que je la plains du plus profond de mon cœur. — Vous m'avez souvent demandé le secret de la solitude de cette pauvre princesse d'Orient étendue toute la journée sur des coussins, ne recevant le jour du ciel qu'à travers les ouvertures de ses persiennes, et roulant pour toute distraction les grains nombreux de son chapelet. Vous avez souvent désiré connaître la cause de cette sauvagerie orientale, de cet isolement, de cette oisiveté que vous compariez à l'indolence des princesses des *Mille et une Nuits*. Vous savez son secret maintenant. Je viens de lire toute sa correspondance. O mon ami, vous frémiriez à la lecture de ces lettres de M. Rappt, écrites moitié pour la perdre, moitié pour la consoler. Vous connaissez l'homme, n'est-ce pas ? Par ce que vous avez entendu sortir de sa bouche, vous devinez ce qui peut sortir de sa plume. Chacun des jours de ma mère a été un jour de ténèbres. Je vous en supplie donc, mon ami, pour l'amour de moi, soyez indulgent et miséricordieux pour elle. — Pardon et bénédiction sur elle, dit Pétrus d'une voix grave. Mais quel est le cœur perfide ou stoïque qui a eu assez de lâcheté ou de force pour vous révéler un pareil secret ? — Oh ! ne maudissez pas, Pétrus, et songez bien plutôt à ce qui serait arrivé si je n'eusse rien su. Ce n'est ni un cœur lâche ni un cœur stoïque qui m'a tout révélé. C'est un cœur innocent, qui ne savait pas ce qu'il faisait ; c'est une enfant que j'aime de toute mon âme et que vous aimez de même. C'est notre chère petite Abeille, Pétrus, qui, deux heures après notre retour de l'église, m'a apporté ces lettres. — Et comment des lettres qui contenaient un secret de cette importance ont-elles pu se trouver dans les mains de cette enfant ? — Rien n'est plus simple, mon ami, et le hasard, pardon ! je veux dire la Providence, la Providence a tout fait. — Dites-moi cela, Régina !

« — Vous savez que ma mère, du nom de ses ancêtres, s'appelait la princesse Tchouwadieski, et Rina de son nom de baptême. Or, à cause de la dignité vraiment royale de celle qui portait ce nom, mon père appelait ma mère *Régina*, au lieu de Rina. Tout au contraire, moi qui reçus au baptême le nom de Régina, comme on trouva le nom bien solennel pour une petite fille, mon père prit l'habitude de m'appeler Rina, si bien qu'Abeille s'habitua à ce changement de nom, m'appelant comme on appelait ma mère et appelant ma mère comme on m'appelait. Or, en revenant de l'église, et tandis que tout le monde se tenait au salon, Abeille, dont le défaut principal est la curiosité, Abeille se glissa dans la chambre de la princesse, et, pour la première fois de sa vie, s'y trouva seule. Alors elle entr'ouvrit le tiroir d'un chiffonnier où elle savait que ma mère enfermait ses confitures de roses et ses bonbons d'Orient.

« Il va sans dire qu'Abeille fit sa provision de chatteries. Mais, au-dessus du tiroir aux confitures, si souvent mis par ma mère à contribution pour elle, était un autre tiroir qu'elle n'avait jamais vu ouvrir. Que pouvait-il y avoir dans ce tiroir si bien fermé ? Des confitures extraordinaires, des bonbons inconnus.

« Et le double démon de la curiosité et de la gourmandise la poussant, elle

PETRUS HERBEL.

TYP. J. CLAYE.

prit la clef du tiroir ouvert, la poussa dans la serrure du tiroir fermé, tourna la clef et tira à elle. Pas le moindre bonbon, pas la plus petite sucrerie. Un paquet de lettres attaché avec un ruban noir, voilà tout! Elle le prit cependant, le tourna et le retourna dans ses mains, espérant sans doute encore que quelque mystérieuse sucrerie allait sourdre de cette enveloppe de papier. Rien!

« Elle s'apprêtait, dans son dépit, à rejeter le paquet, lorsqu'elle lut cette suscription : « A la princesse Rina! »

XLVI

CAUSERIE D'AMOUR.

« Je vous ai dit qu'Abeille avait pris, toute petite, l'habitude de m'appeler Rina. Soit qu'elle ait oublié que c'était aussi le nom de ma mère, soit qu'elle ne l'ait jamais su, sa première pensée fut que ce paquet m'appartenait, sa seconde pensée fut de me l'apporter à l'instant.

« Elle referma le tiroir, remit la clef à sa place, demanda où j'étais, apprit que j'étais dans la serre, et accourut tout en nage, comme elle était la première fois où vous l'avez vue.

« — Tiens, princesse Rina, dit l'enfant en tenant ses deux mains derrière son dos, je vais te faire un cadeau de noces. »

« L'enfant riait, moi j'étais triste.

« — Que veux-tu dire, petite folle? lui demandai-je. — Je veux te dire qu'à mon tour j'ai quelque chose à te donner. Madame la comtesse Rappt, j'ai l'honneur de vous offrir ce petit présent; s'il ne vous plaît point, ce n'est pas ma faute, attendu que je ne sais pas moi-même ce que c'est. »

« Et après avoir jeté le paquet sur mes genoux, Abeille se sauva comme elle était venue, courant de toutes ses jambes. Ce n'est que le soir que je la forçai de me dire comment ces lettres étaient tombées entre ses mains.

« Je dénouai le ruban. Une centaine de lettres tombèrent sur mes genoux. Toutes portaient pour suscription le nom qu'on avait l'habitude de me donner, écrit de la main de M. Rappt. Elles étaient écrites en allemand. J'en ouvris une au hasard. A la quatrième ligne, je n'avais plus rien à apprendre. Plaignez-moi, Pétrus, et surtout plaignez ma mère. »

Et, en disant ces mots, la jeune femme laissa tomber en pleurant sa tête sur l'épaule de son amant. Pétrus, encore une fois, murmura à son oreille de douces et consolantes paroles. Une fois encore, il recueillit avec ses lèvres les larmes de la jeune femme. Puis, cet orage encore une fois passé, Régina reprit la conversation sur ce ton grave et solennel où elle avait essayé de l'élever avant d'implorer la miséricorde de Pétrus pour sa mère.

— Mon ami, dit-elle, vous savez maintenant le secret de ma vie; vous tenez maintenant dans vos mains mon honneur et celui de ma famille. Il est tard, vous allez vous retirer.

Pétrus fit un mouvement qui pouvait se traduire par une prière muette. Régina sourit et étendit la main, en signe qu'elle avait encore quelque chose à dire au jeune homme.

— Écoutez-moi, reprit-elle, car avant de prendre congé de vous, j'ai encore quelques paroles à vous dire.

— Dites, Régina, dites!

La jeune femme regarda son amant avec une tendresse infinie.

— Je vous aime ardemment, Pétrus, dit-elle. J'ignore comment les autres femmes peuvent aimer, j'ignore jusqu'aux mots même dont on se sert pour exprimer l'amour; mais je sais une chose, mon ami, c'est que le jour où je vous ai rencontré pour la première fois, en vous voyant, il m'a semblé que je sortais des ténèbres et que je n'avais pas vécu jusque-là. Donc à partir de ce jour, Pétrus, j'ai commencé de vivre, et, en commençant de vivre, j'ai juré de vivre, et, s'il le fallait, de mourir pour vous. Devant Dieu qui m'entend, je vous jure que vous êtes l'homme que je respecte, que j'estime, que j'aime le plus au monde. Connaissez-vous une formule plus solennelle de vous exprimer mon amour? Dictez-la-moi, mon ami, et, après vous, je la répéterai mot à mot des lèvres et du cœur. — Oh! merci, ma belle Régina, s'écria le jeune homme. Non! non! le serment est inutile, ton amour est écrit sur ton front en lettres d'or. — J'ai seulement voulu vous faire comprendre, Pétrus, et cela avant tout, combien je vous aimais, afin qu'il ne nous vînt aucun doute au cœur en écoutant maintenant les paroles que je vais vous dire. — Vous m'effrayez, Régina, murmura le jeune homme en quittant une des mains de la jeune femme, en s'écartant d'elle et en pâlissant en effet.

Mais Régina lui tendit de nouveau cette main qu'il venait de quitter, et elle reprit d'une voix grave, quoique pleine de douceur et d'amour.

— Ce n'est pas seulement pour votre poétique beauté, ce n'est pas seulement pour votre haute intelligence, pour votre grand talent qui m'est si sympathique, ce n'est pas seulement pour tout cela que je vous aime. Non! Pétrus, je vous aime encore, et surtout, pour votre caractère chevaleresque, pour la noblesse de votre âme, pour l'honnêteté primitive de votre cœur, je ne dirai pas pour votre vertu, le mot est trop banal, mais pour votre loyauté. Votre loyauté comme la mienne, Pétrus, repose sur des principes arrêtés, et, comme cette blanche hermine que la Bretagne a prise pour ses armes, vous aimeriez mieux mourir qu'être souillé. C'est pour cela que je vous aime, Pétrus, c'est pour cela que je vous dis: Il ne faut plus nous voir. — Régina! murmura le jeune homme en inclinant la tête. — Oh! c'est votre pensée à vous aussi, n'est-ce pas? — Oui, certes, Régina, répondit tristement Pétrus, adhérant par cette tristesse même à la dure résolution de la jeune femme, c'était ma pensée; mais pas aussi absolue que vous la faites. — Oh! comprenons-nous bien, Pétrus. Il ne faut plus nous voir comme nous nous voyons en ce moment: seuls dans la nuit, chez moi ou chez vous, je ne sais si vous seriez sûr de vous, Pétrus? je ne sais si vous tiendriez résolûment les promesses faites; mais moi, la plus faible des deux, moi femme, je vous dis: je vous aime tant, mon ami, que je ne saurais rien vous refuser. Il est donc important que nous combattions ma propre faiblesse. La fraude, qui convient au vulgaire des cœurs, la fraude, autorisée peut-être par l'étrangeté des circonstances où nous nous trouvons, nous est interdite à nous. J'ai réclamé de cet homme le droit de vous aimer, mais non celui d'être votre maîtresse, et la première condition de notre amour, ce qui le fera profond et éternel, c'est que nous n'ayons jamais à en rougir l'un devant l'autre. Il faut donc, je vous le répète, mon bien-aimé Pétrus, cesser de nous voir comme nous nous voyons en ce moment. Croyez que tout mon être tressaille et gémit en prononçant ces paroles, mais notre bonheur à venir est dans la dure contrainte que nous impose le malheur du moment. Nous nous rencontrerons dans le monde, Pétrus; nous nous verrons au bois, dans les concerts, dans les théâtres; vous saurez partout où je vais, des lettres de moi vous raconteront mes moindres actions accomplies, mes moindres projets à venir; puis, rentrés chez nous, nous prierons Dieu de travailler à notre délivrance.

Comme pendant le récit de Francesca de Rimini c'est Paolo qui pleure, ce fut le jeune homme qui cette fois pleura pendant que Régina parlait. Quant à celle-ci, elle semblait avoir épuisé le trésor de ses larmes. Il était deux heures du matin, la pendule frappa deux coups : c'était redire deux fois aux jeunes gens qu'il était temps de se séparer.

Régina se leva tout en faisant signe à Pétrus de demeurer à la place où il était. Elle alla devant un petit stippo italien tout incrusté de nacre, d'écaille et d'argent, elle en tira une paire de ciseaux d'or, et faisant agenouiller le jeune homme sur le tabouret où il était assis :

— Baissez la tête, mon beau Van-Dick, lui dit-elle.

Pétrus obéit. Régina posa doucement les lèvres sur le front du jeune homme; puis, dans la forêt de blonds cheveux, elle choisit une mèche bouclée, la coupa à sa racine, et, la roulant autour de son doigt, elle dit au jeune homme :

— Relevez-vous maintenant.

Pétrus se releva.

— A votre tour! dit-elle en lui présentant les ciseaux et en s'agenouillant elle-même.

Pétrus prit les ciseaux, et d'une voix tremblante :

— Baissez la tête, Régina, dit-il.

La jeune femme obéit. Suivant en tout l'exemple qui lui avait été donné, Pétrus posa ses lèvres frissonnantes sur le front de la jeune femme, et passant ses mains, au lieu des ciseaux, dans les beaux cheveux de Régina.

— Oh! murmura-t-il, quel ange d'amour et de pureté vous faites, Régina! — Eh bien ? demanda celle-ci. — Oh ! je n'ose... — Coupez, Pétrus. — Non ! non! il me semble que je vois commettre un sacrilége, que chacun de ces beaux cheveux tient sa vie de vous, et, séparé de vous, me reprochera sa mort. — Coupez, dit-elle, je le veux !

Pétrus choisit une boucle, la prit entre les deux branches des ciseaux, ferma les yeux et coupa la boucle. Mais au cri que firent les cheveux sous le fer, le sang monta au visage de Pétrus, et le jeune homme crut qu'il allait se trouver mal. La boucle était coupée. Régina se releva.

— Donnez ! dit-elle.

Le jeune homme lui présenta les cheveux, après les avoir baisés ardemment. Régina les approcha de ceux de Pétrus, qu'elle déroula de son doigt; puis, les nattant ensemble comme des fils de soie, elle en fit une tresse qu'elle noua aux deux extrémités. Présentant alors un des bouts au jeune homme, et tiran l'autre à elle, elle prit le milieu de la tresse entre les ciseaux, et la coupa.

— Qu'ainsi, dit-elle, le fil de notre vie soit à jamais confondu et coupé ensemble!

Et tendant pour la dernière fois au jeune homme son front blanc, elle sonna la pauvre vieille Nanon, qui attendait dans l'antichambre.

— Reconduisez Monsieur par la petite porte du jardin, ma bonne Nanon, dit-elle à la vieille fille.

Pétrus la regarda une dernière fois avec des yeux dans lesquels passèrent toute son âme et suivit Nanon.

XLVII

STABAT PATER.

La tour de Penhoël, dernier débris d'un château féodal du treizième siècle abattu pendant les guerres de la Vendée, et qui paraissait lui-même, dans ce qu'il en restait, avoir été enté sur une construction romaine, la tour de Penhoël était située à quelques lieues de Quimper, au bord de cette partie de l'Océan que l'on appelle la *mer Sauvage*. Placée au sommet d'un rocher à pic, enfouie dans des genévriers et des fougères, elle dominait le flot atlantique comme un nid d'aigle, et semblait placée là comme une sentinelle avancée chargée de signaler les voiles qui apparaissaient à l'horizon.

Du côté opposé à l'Océan, c'est-à-dire du côté de l'est et par conséquent sur la route de Quimper, le site que l'on avait sous les yeux, bien qu'assez monotone et uniforme, ne manquait pas d'un certain pittoresque relatif dans sa monotonie et son uniformité.

En effet, que l'on imagine, dans une plaine bosselée de collines et complétement inhabitée, une longue avenue de pins maritimes aboutissant à un village invisible, situé qu'il était dans une espèce de ravin, et qui ne dénonçait sa présence que par des spirales de fumée montant au ciel comme des fantômes bleuâtres et échevelés.

Ce village, c'était celui de Penhoël, dont cette tour isolée que nous avons essayé de décrire était autrefois la suzeraine. L'ensemble du paysage ressemblait à une immense cathédrale dont le ciel eût été la voûte, la grande allée de pins les colonnes, et la tour l'autel.

Cette fumée bleuâtre qui montait au ciel, c'était l'encens que l'on brûlait sous son portique. Ce qui ajoutait un certain pittoresque à ce tableau, c'était, au sommet de la tour, appuyé au parapet, debout et immobile, un personnage que l'on eût pris pour une statue de granit, si le vent d'ouest, qui soufflait en brise aiguë, n'eût soulevé et fait flotter ses longs cheveux blancs.

Ce personnage était un beau vieillard tout vêtu de noir, tournant le dos à la mer et plongeant sur l'allée immense un regard obscurci de temps en temps par des larmes qu'il étanchait avec un mouchoir. Ce mouvement était, au reste, le seul qu'il fît. Quant aux larmes, elles étaient causées par quelque profonde tristesse qui les faisait sourdre silencieusement du cœur, ou causés seulement par cette brise aiguë comme celle qui fouettait le visage des sentinelles d'Hamlet sur la plate-forme du château d'Elseneur.

Un seul mot indiquera la source des larmes qui obscurcissaient les yeux du vieillard. Ce vieillard, c'était le père de Colomban, le comte de Penhoël.

On était à la moitié du mois de février à peu près. Trois jours auparavant, il avait reçu la lettre de Colomban, lettre qui lui annonçait la mort de son unique enfant. Le père attendait le cadavre du fils.

Voilà pourquoi ses yeux étaient si obstinément fixés sur cette allée de pins qui conduisait au village de Penhoël. C'était par cette allée de pins que devait venir le corps de Colomban. A côté du comte, brûlaient les restes d'un feu aux trois quarts consumé.

Celui qui eût vu cette grande figure triste, immobile, muette, les cheveux au vent, les larmes aux yeux, n'eût pu s'empêcher de penser à ce vieux Grec d'Argos qui, placé au sommet de la terrasse du palais d'Agamemnon, attendait depuis dix ans qu'un feu allumé sur la montagne lui indiquât que Troie était prise. Mais, cette fois, celui-là c'était le maître et non le serviteur, car bientôt le serviteur apparut.

C'était, lui aussi, un vieillard à barbe grise, aux longs cheveux, au large chapeau, portant le costume traditionnel de la Bretagne. Seulement, le costume était noir comme celui du maître. Il apporta une charge de bois de pin, avec laquelle il comptait sans doute raviver le feu.

Il s'approcha du vieux gentilhomme, le regarda un instant, mit un genou en terre, déposa sa charge de bois sur la plate-forme, releva la tête pour regarder encore son maître, jeta quelques branches sur le feu qui pétilla, puis, voyant que le comte de Penhoël, étranger à tout ce qui se passait près de lui, restait immobile comme la statue de la Douleur :

— Je vous en conjure, mon bon maître, lui dit-il, descendez, ne fût-ce qu'une heure, et je veillerai à votre place. J'ai fait un grand feu dans votre chambre, et j'ai préparé votre déjeuner. Si vous voulez ne pas dormir et rester ainsi exposé au froid, prenez au moins des forces contre la veille et la brise.

Le comte ne répondit pas.

— Monseigneur, insista le vieux serviteur en s'approchant de son maître, voici tantôt quarante-huit heures que vous n'avez pris ni repos ni nourriture, sans compter que vous ne vous inquiétez pas plus du froid que si nous étions au mois de juin.

Cette fois, le comte parut s'apercevoir que son vieux serviteur était là, car il lui adressa la parole sans répondre cependant à ce qu'il lui disait :

— N'entends-tu pas au loin le bruit d'une voiture sur la route de Paris? demanda-t-il. — Non, mon bon et cher seigneur, répondit le vieux domestique. Je n'entends que la mer qui roule et le vent d'ouest qui pleure dans les pins. Il fait mauvais à rester ainsi tête nue à ce vent du matin. Je vous en supplie donc, mon cher maître, rentrez.

Le comte laissa tomber sa tête sur sa poitrine, comme si cette tête se courbait sous le poids d'un souvenir.

— Te souviens-tu, continua-t-il poursuivant toujours sa sombre pensée, te souviens-tu de lui, Hervey? Quand il vint au monde, quand sa mère me le donna comme une bénédiction visible du ciel descendue sur ma maison, il y avait déjà cinq ans que tu étais avec nous. — Oui, Monseigneur, je me souviens! dit le vieil Hervey d'une voix étouffée.

« Un jour, l'enfant avait trois ans, on le promenait sur le sommet de la tour d'où nous regardions la *mer Sauvage;* la mer était dans un de ses jours de colère. Celle qui le promenait était son ancienne nourrice, devenue sa gouvernante. Elle avait amené l'enfant là, non pas pour le distraire, mais dans l'espérance qu'elle verrait de loin la barque de son mari, qui était pêcheur. La comtesse, qui cherchait partout son fils, monta jusqu'ici, et, voyant le vent d'orage qui soufflait dans les cheveux blonds de l'enfant :

« — Mais, nourrice, dit-elle, tu ne fais pas attention au petit. Le petit va avoir froid, songe qu'il n'a que trois ans. »

« Mais la nourrice, robuste paysanne, habituée à raccommoder par tous les temps les filets de son mari au bord de la mer, la nourrice lui répondit :

« — Et mon petit à moi, qui n'a que trois ans aussi et qui est déjà en mer avec son père, parce que je soigne le vôtre, madame la comtesse, et que je n'ai pas de domestiques pour le garder, croyez vous qu'il n'a pas froid, lui aussi? »

« Et la pauvre femme cherchait à apercevoir la barque de son mari à travers les vagues et la brume.

« Alors, toi, tu te retournas et tu lui dis :

« — Jeanne, n'avez-vous pas de honte de comparer votre enfant à celui de madame la comtesse, vous qui n'êtes qu'une malheureuse paysanne, tandis que madame la comtesse est une grande dame? »

« Mais elle répondit :

« — C'est possible, Hervey, que madame la comtesse soit une grande dame et que je ne sois qu'une pauvre paysanne, mais ce que je sais, c'est que Jennik est mon fils comme M. Colomban est le fils de madame la comtesse. Il y a peut-être une différence devant Dieu entre les rangs de deux enfants, mais il n'y en a pas entre les cœurs de deux mères. »

— Et tu vois, Hervey, continua le vieillard, le fils de la nourrice est mort et mon fils est mort aussi. Tu vois qu'il n'y avait pas de différence entre eux puisqu'ils étaient tous deux mortels. C'était la comtesse qui avait tort, c'était la nourrice qui avait raison, et la mort les a rendus égaux. — Mon pauvre maître! murmura Hervey en entendant ces paroles mélancoliques du vieux gentilhomme auquel la douleur donnait une leçon d'égalité. — Quelques années après, continua le pauvre père, en renouant dans son esprit tout ce que la localité lui rappelait de doux souvenirs autrefois, d'amers souvenirs aujourd'hui, quelques années après, te souviens-tu, il avait dix ans alors, tu étais encore là, car tu ne nous a jamais quittés, mon bon Hervey, il voulait un fusil, le pauvre enfant, et tu lui donnas le tien, ton vieux fusil des guerres civiles, dont le canon dépassait sa tête d'un demi-pied?

Hervey poussa un soupir, et leva les yeux au ciel.

— Te le rappelles-tu, Hervey, tenant ce fusil entre ses petites mains et te suppliant de lui apprendre l'exercice? Mais toi tu ne voulus pas. Il eut beau pleurer, se fâcher, s'irriter, tu le laissas pleurer ses larmes et se mettre en colère, lui disant : Monseigneur, un gentilhomme comme vous ne doit apprendre à manier que l'épée! Au lieu de manier l'épée, il a manié la plume; au lieu de l'envoyer à l'école Polytechnique, je l'ai envoyé à l'école de Droit. Ne pouvant en faire un officier puisqu'il n'y avait pas de guerre, je voulus en faire un citoyen. La guerre l'eût respecté peut-être comme elle nous a respectés, nous; la paix l'a pris et me l'a tué. — Ne vous arrêtez donc pas à tous ces tristes souvenirs, mon digne maître, dit Hervey. — Tristes souvenirs! des souvenirs qui me rappellent mon Colomban, tu appelles cela de tristes souvenirs? Au contraire, parlons de lui. Si je ne parlais de lui, de quoi parlerais-je? Si je ne parlais de lui, le silence me rongerait comme la rouille ronge aujourd'hui ce vieux fusil avec lequel il jouait alors. — Parlez donc de lui, mon cher maître, parlez-en! — Eh bien! te rappelles-tu le jour où il eut atteint sa douzième année? Nous le menions, recueillis tous deux, pleins de foi et d'espérance, à travers cette allée de pins, jonchée de roses comme elle l'est aujourd'hui de neige. Ce jour, c'était celui de sa première communion, et, là-bas, les autres enfants l'attendaient à la chapelle du village; car c'était lui qui devait prononcer les Vœux du baptême. Comme il avait grand air dans sa petite taille! Je le vois encore, tiens! là, à droite, au vingt-quatrième arbre, nous les avons comptés, il y avait un caillou qui le fit trébucher. Le cierge qu'il tenait lui échappa de la main et s'éteignit. Il se mit alors à pleurer, le pauvre enfant. Qui m'eût dit à cette époque qu'il devait ainsi trébucher dans la vie, et que le flambeau de son existence devait s'éteindre avant sa vingt-quatrième année? — Oh! maître, maître, s'écria Hervey en fondant en larmes, vous vous déchirez les entrailles de vos propres mains! — Il atteignit bien vite quinze ans, reprit le comte de Penhoël, qui, ainsi qu'il l'avait dit, rappelait ses moindres souvenirs avec une douloureuse volupté. Un jour, je lui racontai l'histoire de Milon de Crotone, je me souviens de son sourire en entendant l'histoire du chêne fendu d'abord, mais qui, en se rapprochant, prit les deux mains du terrible athlète. Il me quitta, sortit et avisa un arbre deux fois gros comme lui. C'était un saule; il sauta dans le tronc qui était creux, et, s'arc-boutant comme un autre Milon, il fit tant des pieds et des mains, qu'il fendit l'arbre en deux comme il eût fait d'une pomme. Je l'avais suivi et le regardais faire sans qu'il sût que j'étais là. En entendant l'arbre craquer, il me sembla que les os de mon enfant se brisaient. Oui, il était fort comme celui de nos ancêtres qu'on appelait Colomban le Fort. Mais à quoi sert la force, mon bon Hervey, et que sont devenus ces jarrets de fer et ces bras d'acier? La mort les a touchés et les a brisés comme un enfant brise les fils de la vierge qui volent en septembre dans nos plaines moissonnées. Mort! mort! mon enfant est mort!

Mais cette force dont le vieux gentilhomme constatait la vanité et dont lui-même était le type vivant dans cette lutte effroyable qu'il soutenait contre la douleur, cette force, elle manqua au pauvre Hervey, qui, tombant tout à coup à genoux aux pieds de son maître, s'écria :

— Mon Dieu! de quelle façon punissez-vous les méchants, si les bons reçoivent de pareilles blessures!..

Le comte de Penhoël regarda le vieux serviteur, et lui ouvrant les deux bras :

— Embrasse-moi, Hervey, lui dit-il solennellement, c'est la seule façon dont je puisse te remercier de ta douleur.

Hervey releva la tête, et comme un enfant qui, le cœur gonflé, se précipite sur la poitrine de son père, il se laissa tomber dans les bras du vieux gentilhomme et resta un instant ainsi étroitement enlacé à lui. Mais, secouant la tête, le malheureux père continuait tout en pressant Hervey dans ses bras.

— Qu'ils sont ingrats, les enfants! mon cher Hervey; un père passe la plus belle, la meilleure partie de sa vie à les soigner, à veiller sur eux, à en faire des hommes. Il a, pour cette chair de sa chair, pour ces os de ses os, les soins attentifs qu'il aurait pour une plante délicate. Il suit, comme un jardinier haletant, les progrès des bourgeons, le développement des feuilles, l'épanouissement de la fleur. A la vue de cette fleur fraîche et embaumée de l'enfance, il se réjouit dans l'espérance de ce que seront les fruits de la jeunesse... puis, un matin, arrive une lettre cachetée de noir, qui dit au père : « Père, je n'ai pas eu la force de supporter cette vie que tu m'avais donnée, et je me tue. » Vis si tu peux, toi, après cela! — Dieu nous l'avait donné, Dieu nous l'a ôté. Bénissons Dieu, mon maître, dit le vieux serviteur avec une certaine exaltation religieuse qu'on retrouve encore de nos jours dans cette population primitive de la vieille Bretagne. — Que parles-tu de Dieu! s'écria le vieux gentilhomme avec une hauteur superbe. Quand la ferme de ton père, quand tous les fruits de son cellier, quand tous les grains de ses granges, quand tous les bestiaux de ses étables et de ses écuries, quand tout ce que ton père enfin, vieillard de quatre-vingt-dix ans, avait amassé depuis cinquante ans a été consumé, il y a dix-huit mois, par un fétu de paille enflammé, crois-tu que ton père a béni Dieu, Hervey? Quand *la Marianne,* au moment de rentrer au port, a échoué là sur les rochers, il y a six mois, devant le chantier où elle a été construite, après un long et périlleux voyage dans l'Inde, engloutissant avec sa cargaison ses dix-huit matelots et ses cent-vingt passagers, crois-tu qu'ils ont béni Dieu, ceux qui descendirent dans l'abîme? Quand, il y a six semaines, la Loire a débordé, emportant avec elle les villes, les villages et les chaumières, crois-tu qu'ils ont béni Dieu, ceux qui, montés sur leurs toits, criant merci et miséricorde à Dieu, ont senti leurs maisons chanceler, se fendre et s'écrouler sous eux? Non, Hervey, non! ils ont fait comme moi, ils ont... — Prenez garde, mon maître, s'écria Hervey, vous allez blasphémer!

Mais avant même que le vieux serviteur eût prononcé ces paroles, le comte de Penhoël était tombé à genoux en s'écriant à son tour :

— Seigneur! Seigneur! pardonnez-moi. Voici venir là-bas le corps de mon enfant.

Et en effet, à l'extrémité de la grande allée de pins, du côté où nous avons dit que montaient au ciel les fumées du village de Penhoël, on voyait s'avancer entre la neige de la route et le fond gris du ciel un cortége funèbre, en tête duquel marchait un moine vêtu d'une robe de laine blanche et noire, tenant élevée entre ses deux mains une grande croix d'argent.

Derrière lui venaient une bière soutenue par quatre porteurs, et derrière les porteurs, une cinquantaine d'hommes et de femmes; les hommes tenant leur chapeau à la main, les femmes encapuchonnées dans leurs cagoules brunes.

Le gentilhomme fit une courte prière, puis, se relevant :

— Ce que Dieu fait est bien fait, dit-il au vieux serviteur; Hervey, allons recevoir le dernier descendant des Penhoël qui rentre dans le château de ses pères.

Et, d'un pas ferme, il descendit l'escalier, et s'avança, tête nue toujours, jusque sur le seuil de la grande porte de la tour qui donnait sur l'avenue de pins.

XLVIII

LE DE PROFUNDIS AU BORD DE LA MER.

Quand le comte de Penhoël, suivi de son vieux serviteur, fut arrivé sur le seuil de la porte de la tour, le cortége funèbre avait déjà parcouru les deux tiers de l'avenue, et l'on commençait à entendre les notes les plus élevées du psaume lugubre chanté par le prêtre et répété par ceux qui le suivaient.

Aux premières perceptions de ces notes, Hervey s'agenouilla, mais le comte resta debout. Il répétait tout bas le chant mortuaire, qui semblait expirer entre les lèvres de Hervey.

Lorsque le prêtre ne fut plus qu'à vingt-cinq pas du château, celui-ci fit un signe aux porteurs, qui s'arrêtèrent. Derrière les porteurs s'arrêtèrent les paysans. Le cortége resta immobile, les chants cessèrent. Le prêtre se détacha du cortége et s'avança vers le comte.

Celui-ci tenta de faire quelques pas au-devant de lui, mais il lui fut impossible de détacher les pieds du sol. Hervey vit ce qui se passait chez son maître à la pâleur qui couvrait son front. Il fit un mouvement pour l'aider à s'arracher de cette place où il semblait pétrifié, et pour le soutenir s'il était besoin. Mais son maître lui fit de la main signe de rester à sa place. Il avait déjà levé un genou, il le remit en terre.

Le moine, pendant ce temps, avait franchi la distance qui le séparait de la porte. Sur le seuil de cette porte il avait vu un homme, et à la pâleur du visage de cet homme il avait reconnu le père de Colomban.

— Monsieur, dit-il, j'ai accompagné depuis Paris jusqu'ici le corps du vicomte de Penhoël et je le ramène au château de ses ancêtres. — Que Dieu bénisse la pieuse main qui rapporte un fils à son père! répondit le vieux gentilhomme, s'inclinant devant la double majesté de la religion et de la mort.

Le prêtre fit un signe. Les quatre porteurs s'avancèrent lentement. Deux hommes portant des tréteaux les suivaient. Ils placèrent les tréteaux à terre, les porteurs déposèrent le cercueil sur les tréteaux, et tous ensemble rentrèrent dans le groupe, où ils se perdirent.

L'abbé Dominique, car c'était lui, et nos lecteurs l'ont sans doute de suite reconnu, fit un nouveau signe; le cortége s'approcha et se forma en demi-cercle autour de la bière, qu'il enveloppa en s'agenouillant. Il semblait que tous les membres de cette pieuse réunion s'entendissent pour dérober au père les douloureux détails de tout cet appareil mortuaire. Le comte et le prêtre restaient seuls debout.

Le comte, dont les yeux s'étaient d'abord fixés sur le cercueil, les en avait détournés avec peine, et semblait inspecter les uns après les autres jusqu'aux moindres personnages du cortége, comme s'il ne reconnaissait point parmi eux ceux qu'il s'attendait à y trouver.

Enfin, s'adressant à l'abbé Dominique :

— Monsieur, lui dit-il, je vous ai déjà remercié de ce que vous avez fait pour mon fils et pour moi, et je vous en remercie encore. Mais pourquoi donc le curé de Penhoël n'est-il point avec vous ?

— Je l'ai prié d'accompagner le convoi, répondit-il, mais il a refusé. — Il a refusé ? s'écria le comte étonné.

Le moine s'inclina.

— Et depuis quand le curé du village de Penhoël refuse-t-il de prier pour le repos de l'âme des comtes de Penhoël ? — Le vicomte Colomban de Penhoël, répondit l'abbé Dominique, est mort de mort violente, et a lui-même attenté à ses jours. — Oui! mon père, dit le vieux gentilhomme. Mais plus le pauvre enfant a été égaré, plus il a besoin qu'on appelle sur lui la miséricorde divine. S'il n'est pas mort en bon chrétien, il est du moins, j'en suis sûr, mort en honnête homme. — Je le sais, monsieur le comte. — Et comment le savez-vous ? — J'étais son ami, et sa volonté dernière fut que j'accomplisse la mission qui m'amène ici. — Alors c'est à titre d'ami seulement que vous venez ? — A titre d'ami et de prêtre, monsieur le comte. — Mais vous vous exposez à la colère de vos supérieurs, mon père ? — Je ne crains que la colère de Dieu, monsieur le comte. — Détournez-la donc de la tête de mon fils, Monsieur, et invoquez pour lui toute la mansuétude du Seigneur.

Le prêtre s'inclina, et, se retournant du côté du cercueil, il entonna le *De Profundis clamavi ad te* d'une voix si ferme et si éclatante à la fois que son chant dut monter jusqu'au pied du trône de l'Éternel.

— *De Profundis clamavi ad te*, répéta la foule de toute la puissance de sa voix.

— *De Profundis clamavi ad te*, murmura le comte de Penhoël.

Puis, le chant funèbre achevé, tout le monde se leva. L'abbé Dominique s'avança vers le vieux gentilhomme.

— Monsieur le comte, dit-il, où voulez-vous que nous déposions les restes mortels de votre fils ? — Ma famille n'a-t-elle pas son caveau funèbre dans le cimetière de Penhoël ? demanda le comte. — Le cimetière de Penhoël est fermé et le gardien du cimetière a refusé de l'ouvrir. — Et depuis quand, demanda le vieillard, le cimetière de Penhoël est-il fermé aux comtes de Penhoël ? — Depuis, répondit doucement l'abbé Dominique, qu'ils rendent à Dieu, avant le jour marqué pour leur mort, la vie que Dieu leur a donnée. — S'il en est ainsi, mon père, veuillez me suivre, dit le vieux gentilhomme d'une voix ferme et en se redressant fièrement, tandis qu'Hervey allait prendre sa place derrière le cercueil.

Les quatre porteurs, sur un signe de l'abbé Dominique, sortirent des rangs et reprirent leur fardeau, et le cortége funèbre, précédé par le moine et ayant en tête le comte de Penhoël, se mit lentement en marche.

On contourna la tour, on doubla les ruines du vieux château, on gravit une dernière arête du rocher, et l'on se trouva sur le versant occidental de la falaise, en face de l'immense Océan grondant et tumultueux. Les vagues étaient noires et hautes, le vent soufflait, faisant flotter les cheveux du vieillard.

Nul horizon, mieux que celui qui se déroulait aux regards de ceux qui précédaient ou qui suivaient le cercueil du jeune homme, ne pouvait donner une idée de la puissance et de la colère de Dieu. Seulement, cette puissance infinie, cette colère immense, qui pouvaient soulever les flots de l'Océan et faire heurter dans le ciel les nuages, ces chars qui portent les tempêtes, prenaient-elles pour objet ces questions misérables que débattent, en concile, quelques cardinaux désœuvrés ?

C'est ce que l'abbé Dominique, ce grand cœur et ce grand esprit, ne put admettre quand se déroula devant lui le gigantesque spectacle. Un sourire amer passa sur ses lèvres ; ses yeux se portèrent sur le cercueil où dormait ce cadavre inerte et insensible, et une seule chose lui parut aussi infinie que cette puissance, aussi immense que cette colère de Dieu : c'était la douleur de ce père.

Le comte s'arrêta en face d'un petit monticule de sable entouré de fougères et de genévriers.

— C'est ici, dit-il, que je désire que l'on dépose le corps de mon fils.

Les porteurs firent halte de nouveau, les tréteaux furent dressés comme à la porte de la tour, le cercueil y fut placé en travers.

Le gentilhomme regarda autour de lui : il cherchait le fossoyeur, mais le fossoyeur avait reçu du curé de Penhoël l'ordre de ne pas suivre le convoi.

— Hervey, dit le comte, va chercher deux bêches.

Cinq ou six paysans se précipitèrent vers le château. Le comte leva la main.

— Laissez faire Hervey, dit-il avec un geste de commandement.

Chacun s'arrêta. Hervey seul descendit aussi rapidement que le lui permettait son âge et disparut par une vieille poterne béante dans un mur encore debout. Un instant après, il reparut portant deux bêches. Les paysans voulurent s'en emparer.

— Merci, mes enfants, dit le comte. Cela nous regarde, Hervey et moi.

Il prit une bêche des mains du vieux serviteur.

— Allons, mon bon Hervey, dit-il, préparons son dernier lit au dernier des comtes de Penhoël.

Et il se mit à creuser la terre. Hervey suivit l'exemple qui lui était donné. Pas un des assistants qui pût retenir ses larmes en voyant ces deux vieillards, la barbe et les cheveux au vent, creusant la fosse d'un enfant que l'un avait engendré et l'autre bercé dans ces bras.

Dominique, les yeux perdus entre ces deux infinis, le Ciel et l'Océan, les bras en croix sur sa poitrine, immobile, sans voix, sans larmes, demeurait debout et comme en extase. Le beau moine, avec son costume étrange, semblait être là pour compléter le drame pittoresque et poétique dans lequel un Dieu clément lui avait providentiellement distribué son rôle.

La fosse se creusait rapidement dans ce sol friable, et elle mesura bientôt cinq à six pieds de profondeur. Un des porteurs avait apporté des cordes. On les passa sous le cercueil, qui fut descendu au fond de la fosse. On chercha l'eau bénite !

Dominique aperçut dans l'excavation d'un rocher voisin une flaque d'eau brillante comme un miroir. Il alla au rocher, prononça au-dessus de cette eau les paroles sacramentelles, brisa une branche de pin formant un goupillon naturel, trempa cette branche dans le réservoir, et s'approchant de la fosse, il aspergea la bière en disant :

— Au nom du Père, du Fils et du Saint-Esprit, je te bénis, mon frère, et j'appelle sur toi la bénédiction du Seigneur. — Ainsi soit-il ! répondirent les assistants. — Dieu qui connaissait ton dessein pouvait seul arrêter ton bras et briser ta volonté, continua le moine, Dieu ne l'a pas voulu. Pardon et bénédiction sur toi, mon frère ! — Ainsi soit-il ! dirent en chœur les assistants.

Le moine continua.

— Moi, je t'ai connu sur la terre. Je puis donc dire à ces enfants, du même pays que toi, que tu n'as pas démérité de leur affection : tu étais un digne fils de la Bretagne, tu avais toutes les mâles vertus que ses enfants empruntent à cette digne mère. Tu avais la noblesse, tu avais la force, tu avais la grandeur, tu avais la beauté. Tu as joué ton rôle ici-bas, et, quoique âgé de moins de vingt-quatre ans, ta vie a été un sacrifice comme ta mort a été un martyre. Je te bénis donc, mon frère, et prie Dieu de te bénir comme je le fais. — Ainsi soit-il ! dit la foule.

L'abbé secoua de nouveau la branche de pin et la passa au comte de Penhoël.

Celui-ci, debout au bord de la fosse, reçut la branche des mains du moine, jeta autour de lui un suprême regard de tristesse, d'orgueil et de dédain ; puis, d'une voix sourde d'abord, mais qui, peu à peu, monta aux notes les plus élevées :

— « O mes aïeux, dit-il, vous qui avez, dans vos luttes de géant, arrosé de votre sang généreux chaque grain de ce sable, que dites-vous de ceci, ô mes aïeux ! Était-ce la peine d'être une race de conquérants ? Était-ce la peine de prendre Jérusalem avec Godefroy de Bouillon, Constantinople avec Baudouin, Damiette avec saint Louis ? Était-ce la peine de semer vos cadavres sur tous les chemins qui conduisent au Calvaire, pour qu'une sépulture chrétienne fût refusée, par des prêtres chrétiens, à votre dernier descendant ?

« O mes aïeux ! de l'ombre de vos vertus, comme un grand chêne de l'ombre de ses rameaux immenses, vous avez couvert toute la Bretagne, et voici qu'on refuse à votre rejeton un coin de cette terre que vous ombragiez !

« O mes aïeux ! n'est-ce point une grande tristesse et une profonde pitié que de voir refuser à ce noble enfant, qui était mon fils unique et bien-aimé, l'entrée du caveau funèbre de ses pères, quand Dieu, peut-être moins sévère que les hommes, ne lui refusera pas l'entrée du ciel !

« O mes aïeux, c'est vous que j'adjure ! Décidez si ce dernier Penhoël est indigne de reposer côte à côte avec le reste de la famille. Assemblez-vous en conseil, ombres augustes et sereines ; dans le monde que vous habitez, appelez-vous par vos noms, depuis Colomban le Fort, qui fut tué dans les plaines de Poitiers en repoussant les Sarrasins, en 732, jusqu'à Colomban le Loyal, qui porta, en 1793, sa tête sur l'échafaud, et qui mourut en criant : « Gloire à Dieu dans le ciel, paix aux hommes de bonne volonté sur la terre ! » assemblez-vous et jugez-le, vous les seuls juges que je reconnaisse. Jugez celui dont je viens de creuser la fosse, celui que je viens de déposer dans cette terre, celui enfin dont j'arrose le cercueil avec l'eau du ciel, conservée par le Seigneur dans le creux d'un rocher ! Moi qui ne suis pas son juge, moi qui suis son père, je lui pardonne et je le bénis ! »

Et, en achevant ces mots, il secoua la branche de pin au-dessus de la fosse et voulut la passer à Hervey ; mais c'était plus que le pauvre père n'en pouvait supporter : son visage se couvrit d'une pâleur mortelle, sa voix expira dans sa gorge, un cri déchirant s'échappa de sa poitrine, et il tomba sur le sable comme un chêne brisé par un coup de tonnerre.

XLIX

LE REPAS MORTUAIRE.

Un quart d'heure après la scène que nous venons de raconter, sans avoir la prétention de la peindre, Hervey faisait entrer tous les personnages qui avaient suivi le convoi dans ce qui était autrefois la salle des gardes, immense pièce circulaire éclairée par des vitraux de couleur et où brillaient dans l'ombre les blasons, les écus, les armures, les bannières et les épées des anciens seigneurs de Penhoël.

Le moine manquait seul : on comprenait qu'il était resté près du vieux comte, moins peut-être pour prendre soin de lui que pour lui parler de Colomban et lui donner sur la mort de son fils unique les détails qu'il ignorait encore. Chacun se rangea contre la muraille.

La conversation eut lieu d'abord à voix basse, puis bientôt à voix un peu plus haute. Enfin le doyen de la société, vieillard à cheveux blancs, qui pouvait avoir quatre-vingt-dix ans et qui avait connu les cinq derniers comtes de Penhoël, raconta ce qu'il avait entendu raconter à ses ancêtres, et ce que ses ancêtres tenaient de leurs aïeux, c'est-à-dire les exploits des dix derniers comtes. Puis une vieille femme prit la parole à son tour, et, de même que l'homme avait raconté les exploits des comtes, elle énuméra les vertus des comtesses.

Ainsi, en attendant le maître, sur la santé duquel la présence d'Hervey rassurait les assistants, chacun faisait de son mieux pour louer grandement ce passé de dix siècles, de la grandeur duquel le présent avait hérité. Et chaque récit, comme une machine électrique, faisait jaillir une étincelle de tous les cœurs, une larme de tous les yeux.

Le vieil Hervey allait de l'un à l'autre, serrait cordialement la main des assistants, et, soudant un récit à un autre, racontait à son tour les événements qu'il avait entendu raconter et ceux dont il avait été le témoin. Mais quand il en arriva à son jeune maître, quand il essaya de raconter, depuis son premier bégayement jusqu'à son dernier soupir, l'enfance pure et sereine, la jeunesse tumultueuse et agitée du pauvre Colomban, des sanglots jaillirent de toutes les poitrines.

Il y avait si peu de temps encore qu'il était venu à Penhoël, que chacun l'avait vu, l'avait salué, lui avait serré la main, lui avait parlé ! Il est vrai qu'il avait paru triste à tout le monde. Mais comme on était loin de se douter que cette tristesse fût mortelle !

C'est une race qui s'en va que celle de ces grands comtes aux larges épaules, aux jambes arquées par l'habitude de monter à cheval, à la tête enfoncée dans les épaules grâce aux casques massifs qui pesaient sur la tête de leurs ancêtres. Mais c'est une race qui s'en va aussi que celle de ces vieux serviteurs dévoués qui naissent chez l'aïeul et qui meurent chez le petit-fils. Avec de pareils hommes, le père en suivant sa femme dans la tombe ne laissait pas son fils seul dans la maison.

Ce respect qu'on avait pour le vieillard trépassé se fondait en un pieux amour pour l'enfant orphelin. J'ai souvent entendu la génération actuelle nier ou railler cette respectueuse tendresse des vieux domestiques, ce dévouement absolu des anciens serviteurs que l'on ne voit plus, prétend-elle, qu'au théâtre. Il y a du vrai là-dedans; la société, telle que nous l'ont faite les dix révolutions à travers lesquelles nous avons passé depuis soixante ans, n'est pas conservatrice de ces sortes de vertus. Mais peut-être est-ce autant la faute des maîtres que celle des domestiques, si ces choses ont changé. Cette fidélité tenait beaucoup de celle du chien. Les anciens maîtres battaient, mais caressaient. Aujourd'hui, on ne bat plus, mais on ne caresse plus; on paye, et, bien ou mal, on est servi.

Oh! les vieux chiens et les vieux domestiques, ce sont encore les meilleurs amis des jours orageux. Quel ami vaut un chien quand on est triste, un chien qui vient s'asseoir en face de nous, qui nous regarde, qui gémit, qui nous lèche!

Supposez au milieu d'une grande douleur, à la place de ce chien qui sait si bien vous comprendre, supposez un ami, votre meilleur ami. Quelles consolations banales, quels conseils impossibles à suivre, quels raisonnements interminables, quelles discussions obstinées ne serez-vous pas forcé d'essuyer? Dans la plus loyale et la plus tendre sympathie d'un ami pour votre douleur, il se glisse toujours une nuance d'égoïsme; à votre place, il n'eût point agi comme vous, il eût patienté, temporisé, résisté, que sais-je, moi! mais, en tout cas, il se fût conduit autrement que vous ne vous êtes conduit. En un mot, il vous accuse en vous plaignant: en essayant de vous consoler, il vous blâme.

Mais les vieux chiens, mais les vieux domestiques, échos fidèles de vos peines les plus intimes, ils les répètent sans les discuter, rient et pleurent, jouissent et souffrent avec vous et comme vous, et vous ne leur redevez jamais rien sur leurs sourires et sur leurs larmes. La génération qui nous précède les nie; la génération qui nous suit n'en aura pas même entendu parler.

Les chiens de nos jours jouent aux dominos, et les domestiques de notre époque à la hausse et à la baisse. Nous insistons, comme en temps et lieu nous avons insisté sur les moulins; c'est encore un us qui s'en va et que nous voudrions retenir comme tout ce qu'il y avait de bon, de poétique ou de grand dans le passé.

Le pauvre Hervey avait non-seulement la fidélité et le dévouement de ces chiens auxquels nous faisons à quelques hommes l'honneur de les comparer, mais il en avait encore les facultés. Il entendit et reconnut le pas de son maître qui retentissait sourdement sur les marches sonores de l'escalier. Il courut à la porte et l'ouvrit.

Le comte, pâle, le visage labouré par les larmes qu'il avait versées en revenant à lui, mais ferme et calme comme s'il ne venait pas, comme Jacob, d'être vaincu par l'ange de la douleur, le comte apparut sur le seuil.

L'abbé Dominique venait derrière lui. Le vieillard salua cette assemblée de paysans comme il eût fait d'une réunion de princes.

— Derniers amis de mon fils, dit-il, vous qui venez d'accompagner à son tombeau le dernier des Penhoël, je regrette de ne pouvoir vous recevoir plus dignement dans le château de mes pères. Nous étions si chagrins, Hervey et moi, que nous n'avons peut-être pas pourvu suffisamment à vos besoins. Toutefois, veuillez entrer dans la salle à manger, et, selon l'usage de notre vieille Bretagne, accepter de bon cœur, et comme je vous l'offre, le repas mortuaire.

Alors, traversant la salle d'un pas fermé, et faisant ouvrir à deux battants par Hervey la porte qui se trouvait en face de celle par laquelle il était entré, il invita tous les assistants, depuis le métayer jusqu'au gardeur de chèvres, à passer dans la salle à manger.

Là, sur des tréteaux, étaient couchées d'immenses planches de chêne formant une table gigantesque, et supportant un repas homérique. Il n'y avait à la table ni haut bout ni bas bout. On sentait que l'égalité de la mort avait passé par là.

Le vieux comte se plaça au milieu de la table, et fit signe à l'abbé Dominique de se placer en face de lui. Les plus vieux se mirent à sa droite et à sa gauche, et, selon l'âge, chacun prit sa place mais resta debout.

L'abbé Dominique dit le *Benedicite* au milieu du plus profond silence. Le *Benedicite* fut répété en chœur par tous les assistants. Alors le comte de Penhoël prit la parole.

— Mes amis, dit-il, prenez part à ce repas en l'honneur du vicomte de Penhoël avec le même visage que si c'était lui qui vous l'offrît.

Puis, tendant son verre à Hervey qui le remplit, il l'éleva au-dessus de la tête de tous, en disant :

— Je bois au repos de l'âme du vicomte Colomban de Penhoël.

Et tous répétèrent après lui :

— Nous buvons au repos de l'âme du vicomte Colomban de Penhoël.

Et le repas commença. Pour quiconque ignore cette antique coutume, conservée non-seulement en Bretagne, mais encore dans quelques autres provinces de France, le repas mortuaire est une des scènes les plus touchantes auxquelles on puisse prendre part ou que l'on puisse entendre raconter.

La puissante résignation dont, en cette circonstance, s'arme, comme d'une cuirasse, la famille du mort, est véritablement formidable. On a peine à comprendre quand la solitude, ce refuge naturel des grandes douleurs, est à quelques pas de là, on a peine à comprendre comment la famille peut s'imposer cette cruelle torture de refouler ses larmes et de comprimer les battements de son cœur; et cependant le nombre de ces martyrs volontaires est grand, et, en Bretagne surtout, on serait mal venu à contester à ces malheureuses familles cette pratique, reste des temps barbares, inexplicable même aux jours les plus reculés.

Le repas achevé, l'abbé Dominique dit les *Grâces*, et tout le monde se leva. Le comte de Penhoël s'avança vers la porte dont Hervey, qui bien entendu avait dîné à table avec tout le monde, ouvrit les deux battants.

Puis sortant le premier, mais s'arrêtant dans l'embrasure de la porte, il s'adossa contre la muraille. Et quand le premier paysan sortit de la salle et passa devant lui, il lui dit en inclinant la tête en signe de reconnaissance :

— Je te remercie, un tel, d'avoir accompagné mon fils jusqu'à sa tombe.

Et ainsi de suite jusqu'au dernier assistant. Le dernier fut l'abbé Dominique. Le comte de Penhoël s'inclina devant lui comme il avait fait pour les autres, et, comme il avait remercié les autres, il le remercia. Mais, ce devoir accompli, il posa la main sur l'épaule du moine, fixa sur lui un regard suppliant, et prononça ces deux seuls mots :

— Mon père!

Le moine, mieux encore que ces deux mots, comprit ce regard.

— J'aurai l'honneur de rester quelque temps près de vous si vous le souhaitez, monsieur le comte, dit-il. — Merci, mon père, répondit le vieux gentilhomme qui, ayant dit un dernier adieu de la main aux assistants reconduits par Hervey, entraîna le moine vers une chambre ayant à la fois l'aspect d'un cabinet de travail et d'une chambre à coucher.

Puis, présentant un siége à l'abbé, et en prenant un autre lui-même:

— C'était, dit-il, sa chambre quand il venait ici... Ce sera la vôtre, mon père, pendant tout le temps que vous voudrez bien rester à la tour de Penhoël.

L

ET NOLUIT CONSOLARI.

Un autre que nous essayerait de donner une idée de ce qui se passa entre ce père pleurant son fils unique et ce moine qui venait lui raconter les derniers moments de ce fils dans cette chambre où nous les avons laissés. Mais, quant à nous, Dieu nous garde de tenter cette œuvre impossible, de rendre compte de la douleur d'un père qui a perdu son fils ou d'un fils qui a perdu son père.

Au bout d'une heure de sombres regards jetés sur les dernières heures de Colomban, le comte de Penhoël, malgré les instances du moine pour être placé dans toute autre partie du château, installa Dominique dans la chambre de son fils et se retira pour lui laisser prendre quelque repos.

Le lendemain, le moine, redoutant que sa vue augmentât la tristesse du malheureux père au lieu de la calmer, annonça au comte de Penhoël qu'il allait repartir le jour même.

— Vous en êtes le maître, mon père, répondit le comte, et vous avez tant fait déjà pour moi que je n'ose vous demander davantage. Mais cependant, si nul devoir pressant ne vous rappelle à Paris, je vous supplie de passer quelques jours encore auprès de moi; la vue de l'ami de mon fils, loin de m'attrister davantage, ne pourrait que me consoler, si je pouvais être consolé. — Je resterai près de vous, monsieur le comte, dit l'abbé, aussi longtemps que vous le désirerez.

Et ils passèrent ainsi ensemble tout un mois. De quelle façon chaque journée s'écoulait-elle? Comme s'était écoulée la veille: en parlant de Colomban, en regardant le ciel, en mesurant des yeux l'étendue de l'Océan, en échangeant de ces hautes paroles et de ces graves pensées comme les anges en échangent au ciel. Une de ces journées les dira toutes.

Le matin, le comte arrivait chez l'abbé, il lui tendait silencieusement la main, le saluait de la tête, ouvrait la fenêtre, s'asseyait sur un grand escabeau de chêne sculpté, et, assis, il montrait de sa longue main pâle et effilée les vagues qui se soulevaient sur la vaste plaine de l'Océan.

— C'est ici qu'il s'asseyait, murmurait le pauvre père, éternellement en proie à une seule et même pensée, et de cette même place où je suis, son regard plongeait au fond de l'horizon où plonge le mien. Il comprenait mieux la grandeur de Dieu à l'aspect du grand spectacle de la mer; souvent, il prenait sa mappemonde et la posait là, sur le rebord de la fenêtre, et passant de l'Océan à la terre, et de la terre au ciel, son regard essayait de percer le voile épais que Dieu étend, tout parsemé d'étoiles, entre la terre et lui. Tenez, mon père, continuait le comte sans quitter sa place et en désignant l'instrument du doigt, voici sa mappemonde, je vois encore sa main errante sur ces mondes inconnus; voici ses livres de droit, ses livres de médecine, de physique, de chimie, de botanique; voici son fusil, sa carabine, ses fleurets; voici ses cartons à dessin, son piano, son Virgile, son Homère, son Dante, son Shakspeare, sa Bible: car, sacré ou profane, il admirait tout ce qui était beau, vénérait tout ce qui était grand. Ne dirait-on pas, à voir cette chambre ainsi, qu'il va entrer nous sourire, s'asseoir et causer avec nous?

Le vieillard laissa tomber sa tête sur sa main; puis il ajouta, cette fois comme se parlant à lui-même:

— Une des dernières nuits qu'il a passées ici, c'était une nuit d'orage. Il faisait une chaleur étouffante; je ne pouvais respirer dans ma chambre; j'étais triste comme si quelque oiseau funèbre tournait autour de ma tête. Je remarquai de la lumière à sa fenêtre, et, surpris de le voir veillant encore à trois heures du matin, je vins le trouver. Savez-vous ce qu'il faisait, mon père? Il apprenait une langue nouvelle, il étudiait l'hébreu. C'était vraiment une organisation merveilleuse, une intelligence supérieure. Les autres hommes ont des tendances particulières, un genre spécial pour telle ou telle étude, telle ou telle science; lui, lui, il avait le désir de tout savoir, l'ambition de tout apprendre, la faculté de tout approfondir. Ce n'est pas, croyez-moi, mon amour pour lui qui m'aveugle; ce n'est pas mon orgueil de père qui me fait parler ainsi. Interrogez tous ceux qui l'ont connu, ses maîtres, ses camarades, vous-même, car j'oublie qu'il était votre ami. Et quand on pense que quelques livres de charbon, matière inerte, ont détruit toute cette image d'homme, faite à la ressemblance de Dieu. Avec un peu de fumée! est-ce possible? et cela ne ressemble-t-il pas vraiment à une dérision...

Dominique se leva, vint au comte et lui tendit silencieusement la main.

— De quoi parliez-vous, quand vous étiez ensemble? demanda le pauvre père. — De Dieu et de vous, répondit Dominique. — De moi? — Il vous aimait tant! — Il a aimé une femme plus qu'il ne m'aimait, puisque son amour pour moi ne l'a pas empêché de mourir pour cette femme.

Puis, revenant à parler avec sa propre pensée:

— Oui! dit-il, c'est ainsi; et dans l'équilibre de la nature il faut que cela soit ainsi. Il faut que le jeune homme aime mieux la femme qui donnera le jour à ses enfants, qu'il n'aime les parents qui lui ont donné le jour. Le Seigneur n'a-t-il pas dit à la femme: « Tu quitteras ton père et ta mère pour suivre ton mari. » Il nous a quittés, nous, pour suivre la femme, et la femme l'a conduit dans ce pays inconnu qu'on appelle la mort. — Vous l'y retrouverez un jour, monsieur le comte. — Le croyez-vous, mon père? demanda le comte en fixant ses yeux perçants sur ceux de Dominique. — Je l'espère, Monsieur! répondit celui-ci. — Vous l'avez absous de son crime, n'est-ce pas? — Du fond du cœur! — Votre absolution m'effraye pour les autres pères, Monsieur. Quel encouragement terrible au suicide, si les suicidés sont absous! —

Oh! monsieur le comte, la mort de votre fils n'est pas un suicide, c'est un martyre. Celui qui, pour sauver son pays, se jette volontairement dans le gouffre, je l'absous. Un jour viendra, monsieur le comte, où les sociétés, plus solidement assurées, pourront juger de sang-froid les crimes de la société comme on juge le crime de l'individu. Un jour viendra où le Code, qui vient des hommes, s'accordera avec les sympathies qui viennent de Dieu. L'enfant que nous pleurons, monsieur le comte, vous comme un père, moi comme un frère, est mort victime d'une de ces sympathies célestes entravée par les mœurs d'une société barbare. Un homme s'est dit son ami, qui l'a outrageusement trompé. Si la loi punissait le mensonge, la mort ne serait plus le refuge des honnêtes gens. — Merci, mon père, dit le comte, je vous remercie de vos bonnes paroles. Elles me donnent l'espoir que, s'il s'est séparé de moi pour un temps, je me réunirai à lui dans l'éternité.

Puis se levant :

— Allons le voir, dit-il.

Tous deux sortirent et s'acheminèrent vers le tombeau. Arrivés là, le moine s'aperçut que le comte avait choisi cette place parce qu'il pouvait la voir de la fenêtre de sa chambre. Cette fenêtre ouverte indiquait qu'avant de venir trouver Dominique, le comte avait déjà salué ce tombeau.

Tous deux s'assirent sur le rocher où Dominique avait puisé de l'eau pour en asperger la bière. Il se fit un instant de silence.

— Ainsi, demanda le comte, comme s'il reprenait une conversation interrompue, vous croyez fermement à une autre vie?

Le moine brisa une branche de chêne rabougri, en arracha un bourgeon qui semblait complétement mort, et, au cœur du bourgeon, il montra au comte le germe du bouton futur.

— Oui, je comprends, dit le comte, la mort elle-même a son germe de vie, mais là, vous ne me montrez que la mort annuelle, c'est-à-dire le sommeil. L'arbre qui vit trois cents ans a son heure suprême comme l'homme. L'hiver, ce n'est pas la mort de la nature, ce n'est que son sommeil. — Mais, répondit Dominique, l'arbre végète et ne vit point. Il ne parle pas, il ne pense pas, il n'a point d'âme.

Le comte ne répondit pas. Dans la chambre de Colomban, sa main s'était posée sur un livre, et, par distraction ou à dessein, il l'avait emporté. C'était un volume de ce grand philosophe qu'on appelle Shakspeare.

Il l'ouvrit et lut d'abord tout bas, puis tout haut. Il était tombé sur ce passage du roi Lear, et sans doute y trouvait-il avec les tristesses de son cœur des analogies douloureuses, quoique vagues et lointaines.

« Celui dont l'âme est en proie à une grande douleur est à peu près insensible à une peine légère. Qu'une bête féroce te poursuive, tu fuiras ; mais si ta fuite rencontre devant elle l'obstacle d'une mer mugissante, tu reviendras affronter la bête féroce en face. Quand l'âme est libre, le corps est délicat et sensible à la douleur. »

Et, comme pour placer l'exemple à côté du précepte, en ce moment une des plus froides brises qui soient jamais sorties de la bouche de marbre de l'ouest commençait à souffler, et, surprenant le comte et Dominique, semblait vouloir glacer les paroles à la bouche du comte et les larmes aux yeux du moine.

Le jeune homme se sentit frissonner par tout le corps, et invita le comte à rentrer au château. Mais lui semblait, avec Shakspeare, vouloir donner la preuve que, dans les grandes souffrances de l'âme, le corps est insensible à la douleur; il restait assis et immobile, continuant sa lecture d'une voix sonore.

Ainsi placé sur le rivage de la mer, qui se gonflait et venait mugissante se briser à ses pieds, le vieux comte ressemblait véritablement à ce géant des douleurs qu'on appelle le roi Lear. Ses cheveux flottants, dont le vent soulevait les boucles argentées, complétaient la ressemblance. Seulement l'un pleurait l'ingratitude de ses filles, l'autre la mort de son fils. C'est aux pères de dire s'il ne vaut pas mieux pleurer un enfant mort qu'un enfant ingrat.

Le comte en était arrivé à ces douloureuses plaintes et à ce sombre anathème que l'Eschyle anglais met aux lèvres du père de Gonerille de Regane et de Cordelia.

« Soufflez, vents! déchaînez-vous; orages, déployez toutes vos fureurs; cataractes, ouragans, tempêtes, versez vos torrents glacés sur la terre, ensevelissez sous vos eaux la cime de nos tours et de nos clochers; éclairs sulfureux, rapides comme la pensée, brûlez mes cheveux blancs; tonnerre implacable, qui ébranle l'univers sur son axe, écrase le monde; brise les moules de la nature; extermine tous les germes qui produisent l'homme ingrat!

« Épuisez vos flancs, orages; épuisez les torrents de pluies et de flammes, vents, tonnerres et tempêtes; vous n'êtes pas mes enfants, je ne vous accuse pas d'ingratitude; vous ne me devez pas obéissance, exercez donc sur moi, à votre gré, tous les caprices furieux de vos jeux cruels : me voici votre esclave soumis, un pauvre et faible vieillard accablé sous le poids des infirmités et du mépris; et cependant j'ai droit de vous appeler de lâches ministres, vous qui du haut des cieux vous liguez avec des enfants ingrats pour me déclarer la guerre, vous qui choisissez pour but à vos coups une tête vieille et couverte de cheveux blancs... Oh! c'est de votre part une honteuse lâcheté. »

Et le visage et les gestes du comte de Penhoël étaient bien d'accord avec ceux du pauvre roi Lear. Comme lui, il s'arrachait les cheveux, et le souffle qui rebondissait sur l'immense Océan les faisait, pareils à des flocons de neige, tournoyer au milieu des airs.

LI

LA RELIQUE DU PÈRE.

D'autres fois, quand la brume du matin ou la tempête de la nuit avaient rendu le sentier qui bordait la mer tout à fait impraticable, ou quand les pluies glaçantes de mars tombaient d'un ciel bas et brumeux comme des lances acérées, le comte, suivi de Dominique, montait, soit sur cette plate-forme où nous l'avons vu attendre le corps de son fils, soit dans la chambre la plus élevée de la tour qui, au temps des guerres de province à province ou de seigneur à seigneur, devait servir à placer un corps de garde.

Là, comme Priam regardant du haut des tours de Troie le cadavre de son fils traîné sept fois autour du tombeau d'Hector, il appelait son enfant et récitait les lamentations que le divin Homère met dans la bouche du vieux roi.

« Priam le Grand entra sans être aperçu, et, s'approchant d'Achille, il prit entre ses bras les genoux du héros, baisa ses mains meurtrières, ces mains terribles qui lui tuèrent tant de fils : ainsi, quand le destin a pris un homme qui dans sa patrie a tué un autre homme et l'a poussé chez un peuple étranger, quand cet homme entre dans la maison d'un homme riche où il vient chercher un refuge, tous ceux qui le voient restent frappés de stupeur; ainsi Achille fut stupéfait en voyant Priam, semblable à un dieu, et les assistants non moins stupéfaits qu'Achille se regardèrent les uns les autres.

« Alors Priam, suppliant, lui adressa ce discours :

« Achille, égal aux dieux, souviens-toi de ton père; il est du même âge que moi et sur le seuil mortel de la vieillesse. Peut-être des voisins ennemis le pressent-ils et n'a-t-il personne pour repousser loin de lui la guerre et la mort... mais, certes, celui-ci du moins entendant parler de toi, et sachant que tu vis, se réjouit dans son cœur, et en outre espère tous les jours qu'il reverra son cher fils de retour de Troie. Mais moi, moi, malheureux tout à fait, puisque j'engendrai tant de vaillants fils dans la vaste Troie et qu'aucun de ces fils ne m'a été laissé! J'en comptais cinquante lorsque vinrent les Achéens. Dix-neuf étaient sortis des mêmes entrailles, et mes femmes avaient mis au monde les autres dans mes palais ; l'impétueux Mars leur a brisé les genoux, et celui qui était seul près de moi, qui défendait la ville et nous, tu l'as tué dernièrement, au moment où il combattait pour la patrie, Hector!

« Et moi je viens à présent à cause de lui vers les vaisseaux des Achéens, afin de le racheter de toi, et j'apporte des rançons infinies. Respecte les dieux, Achille, et aie pitié de moi-même; et te souvenant de ton père, songe que je suis bien autrement à plaindre que lui, car j'ai supporté des choses telles qu'aucun autre homme vivant ne les a encore supportées sur terre, c'est de tendre la main vers la bouche de l'homme qui a tué mon fils. »

Un autre jour, c'était le dixième chant du Dante qui revenait à la pensée du pauvre père. Mais ce qu'il voyait dans ce dixième chant, ce n'était point ce Farinata des Uberti plus tourmenté par la défaite des siens que par sa couche de feu. Non! c'était la figure anxieuse de Cavalcanti, de cette ombre paternelle qui, aux côtés du Dante, cherche son fils.

Alors, dans la langue où ils avaient été composés, il redisait ces beaux vers de l'exilé florentin :

« Lors, de la partie où la tombe était découverte, surgit la tête d'une autre ombre qui semblait s'être posée sur ses genoux.

« Le fantôme regarda autour de lui comme pour chercher quelqu'un, et, quand son espoir se fut évanoui, il me dit tout en pleurs :

« — La puissance du génie t'aura ouvert cette noire prison. Où est mon fils, et pourquoi ne l'aperçois-je pas à tes côtés?

« Et moi à lui :

« — Je ne viens pas par mon seul pouvoir. Le sage qui me dirige est là près de nous. Peut-être votre Guido dédaigna-t-il trop ce maître sublime.

« Ses paroles et son genre de supplice m'avaient révélé le nom de cette ombre. Ma réponse fut donc précise. — Mais se dressant soudain, le fantôme :

« — Comment as-tu dit? *dédaigna...* A-t-il cessé de respirer, et la douce lumière du soleil ne réjouit-elle plus ses yeux?

« Et comme je tardais à répondre, il tomba renversé dans son cercueil et ne se montra plus. »

Et il avait coutume de dire, en secouant la tête, le pauvre comte, qui se connaissait en douleurs :

— C'est celui-ci qui souffrait le plus, puisqu'il souffrait silencieusement et sans se plaindre.

Et cependant, peu à peu, l'abbé, comme un père qui guide et qui dirige un enfant aveugle, guidait et dirigeait la douleur du vieillard dans le chemin de la résignation.

Nous l'avons dit, cette convalescence morale dans laquelle Dominique fit entrer le père de Colomban dura un mois environ.

On en était arrivé à la moitié de mars à peu près, lorsqu'un matin, avant l'heure où le comte avait l'habitude de se présenter chez l'abbé Dominique, l'abbé Dominique se présenta chez le comte.

Il tenait une lettre à la main, et son front, tout à la fois, paraissait joyeux et inquiet.

— Monsieur le comte, dit-il, tant que rien d'absolu ne m'a rappelé à Paris, je suis resté près de vous; mais aujourd'hui il faut que je vous quitte. — Il le faut? répéta le vieillard. — Voici une lettre de mon père qui m'annonce qu'il arrive à Paris, et, depuis près de huit ans, je n'ai pas vu mon père. — Votre père, Dominique, est un homme heureux d'avoir un tel fils. Partez, mon ami, je ne vous retiens pas.

Mais l'abbé, calculant et la date de sa lettre et l'arrivée probable de son père à Paris, donna encore vingt-quatre heures au comte, et il fut convenu que Dominique ne partirait que le lendemain. La journée fut ce qu'avaient été les autres journées, avec un redoublement de tristesse de plus.

On passa la dernière soirée dans la chambre de Colomban. La revue fut faite de tout ce qui avait été dit dans ce mois, que le pauvre père eût voulu éterniser. Le comte supplia Dominique de revenir aussitôt que ses devoirs ne le retiendraient plus à Paris. L'abbé Dominique s'y engagea de tout son cœur. Il lui promit, d'ailleurs, d'ouvrir avec lui dès son arrivée une correspondance qui devait être aussi précieuse au père qu'à l'ami.

Ils causèrent ainsi bien avant dans la nuit sans regarder l'heure et sans s'en inquiéter. Dominique raconta de nouveau au comte de Penhoël, et pour la dixième fois, dans quelles circonstances il avait connu son fils. Il lui fit un détail minutieux des moindres accidents de sa vie de Paris, puis, quand, toujours pressé par le comte d'aller en avant, il en arriva à la cause principale de la mort du jeune homme, il s'arrêta hésitant.

— Continuez! dit le comte.

Mais parler à ce père de la femme qui avait causé la mort de son fils, c'était un sujet qu'il n'avait point encore abordé jusque-là. C'était même, dans le cas où ce père l'exigerait, un terrible devoir à remplir. Il était donc tout simple que la parole s'arrêtât aux lèvres de Dominique.

— Continuez, mon ami, dit le comte avec fermeté. — Vous voulez que je vous parle d'elle? demanda le prêtre. — Oui!... Qu'est-ce que cette jeune fille qu'il aimait? — Une sainte tant qu'il a vécu, une martyre depuis qu'il est mort. — Vous l'avez connue, mon ami? — Comme j'ai connu Colomban.

Et alors il lui raconta la piété de Carmélite pour sa mère, comment, la mère morte sans confession, on l'avait envoyé chercher, lui, pour qu'on ne l'ensevelît pas sans prière; comment Colomban avait connu Carmélite pendant cette veillée funèbre. Puis il raconta l'arrivée de Camille, la vie des trois amis, le départ de Colomban, son retour, le départ de Camille, la longue attente de Carmélite, l'amour des deux jeunes gens pendant cette absence, la lettre annonçant le retour du créole, puis enfin la catastrophe terrible dans laquelle l'un succomba et l'autre survécut.

Le comte écouta tout ce récit, immobile, les mains croisées, la tête renversée en arrière, les yeux fixés au plafond. De temps en temps, une larme silencieuse sillonnait les joues du vieillard. Alors, quand Dominique eut fini :

— Ils eussent été si heureux près de moi, dans cette vieille tour de Penhoël! dit-il.

Puis, après un soupir :

— Et moi, ajouta-il, j'eusse été si heureux près d'eux! — Monsieur le comte, hasarda Dominique en voyant le vieillard dans cette disposition d'esprit ou plutôt de cœur, ne reporterai-je pas à Carmélite le pardon du père de Colomban ?

Le comte tressaillit et parut éprouver un moment d'hésitation. Puis, avec un inexprimable accent de prière :

— Que Dieu pardonne à cette jeune fille comme je lui pardonne! dit-il en levant les mains au ciel.

Puis, ayant dit ces mots, il se leva, et, de ce pas ferme et régulier qui lui était habituel, il marcha vers le secrétaire.

La chambre, où brûlait une seule lampe prête à s'éteindre, était dans l'obscurité. Il tâtonna un instant pour trouver la clef du meuble, la trouva enfin, rabattit le devant du secrétaire, ouvrit un tiroir, y plongea la main avec la certitude d'un homme qui sait où, du premier coup, il trouvera ce qu'il cherche. Il en tira un petit paquet enveloppé d'un papier de soie. Il s'approcha de l'abbé, et en même temps de la lampe. L'abbé lui tendit la main.

— Merci! d'avoir pardonné à la pauvre femme. Votre pardon, c'est sa vie.

— Ce n'est point assez, mon père, que de pardonner à cette jeune fille, répondit le vieillard, et je songe avec effroi à son désespoir de lui avoir survécu. Je la plains de toute mon âme, et je fais vœu, toutes les fois que je prierai pour *lui*, de prier en même temps pour *elle*. Enfin, comme gage de souvenir à la femme qu'avait choisie mon fils, je lui donne le seul trésor qui me reste en ce monde; c'est la boucle de cheveux blonds que sa mère a coupée sur sa tête le jour de sa naissance.

A ces mots, il ouvrit le papier, prit une plume et écrivit sur le papier ces quelques mots :

« Pardon et bénédiction à la femme que mon Colomban a aimée. »

Et il signa : « Comte de Penhoël. »

Puis il porta la boucle de cheveux à ses lèvres, la baisa longuement et tendrement, et tendit le papier au moine. Dominique pleurait et n'essayait plus de cacher ses larmes, car ce n'étaient plus des larmes de douleur, mais des larmes d'admiration qu'il répandait. Il admirait la grandeur de ce père, qui se dépouillait de sa relique la plus précieuse en faveur de la femme qui avait causé la mort de son fils.

Et le lendemain les deux amis, après avoir été faire, au soleil levant, une visite au tombeau de Colomban, les deux amis s'embrassèrent étroitement en se disant au revoir, ignorant que de si terribles événements passeraient entre eux qu'ils ne se reverraient qu'au ciel.

LII

L'ANGE DES CONSOLATIONS.

Laissons le vieux comte assis et la tête inclinée devant la tombe de son fils, et revenons à cette pauvre désespérée qu'on appelle Carmélite.

L'appartement qu'elle occupait rue de Tournon était composé de trois pièces, comme son appartement de la rue Saint-Jacques. Il avait été, ainsi que nous l'avons dit, décoré et meublé par les soins de ses trois jeunes amies : Régina, madame de Marande et Fragola. Mais celle qui avait surtout, plus avant peut-être que les autres dans la connaissance du caractère de Carmélite, donné le ton à l'ensemble et particulièrement présidé à l'arrangement de la chambre à coucher, c'était Fragola.

Dans cette chambre à coucher, au reste, étaient entrés tous les objets meublant le pavillon de Colomban : le piano où lui et Carmélite avaient chanté cette dernière symphonie, chant du cygne qui devait présager la mort des deux amants et qui n'avait présagé que la mort d'un seul.

Les deux amies de Carmélite, Régina et madame de Marande, avaient voulu s'opposer à cette translation complète des meubles de Colomban dans la chambre de Carmélite ; mais Fragola avait compris leurs craintes et avait insisté.

— Oui, sans doute, mes sœurs, avait-elle dit, s'il s'agissait d'une autre que Carmélite, ce que je vous demande de faire et ce que je ferai malgré vos observations serait une imprudence, peut-être même une cruauté. Une femme qui aurait aimé Colomban d'un amour ordinaire eût d'abord trouvé une certaine consolation à vivre au milieu des souvenirs de cet amour. Mais peu à peu, et au fur et à mesure que le temps se serait écoulé, que l'oubli aurait monté à la surface de sa douleur, ces objets, au lieu d'être pour elle un motif de consolation, seraient devenus un motif d'ennui, puis de fatigue, et un jour enfin, lorsqu'elle eût été complétement guérie de cet amour, un motif de reproche peut-être. Mais soyez tranquilles, mes sœurs, je connais Carmélite, et il n'en est point ainsi d'elle. Sa douleur sera éternelle comme son amour, et cette chambre deviendra un tabernacle où vivra, comme dans une arche sainte, le souvenir de Colomban. Faisons donc comme je vous dis, et dans dix ans, comme aujourd'hui, Carmélite vous remerciera.

Alors on avait donné carte blanche à Fragola à l'endroit de la chambre à coucher, et la jeune fille, de son côté, avait laissé toute liberté à ses deux compagnes pour les autres pièces. Alors, au lieu des rideaux, des tentures, des tapisseries bariolées de vives couleurs, dont Camille avait couvert les murs de la petite maison de Meudon, Régina avait tout drapé avec une sévère simplicité; c'était la maison aux nuances brunes et sombres d'une veuve, et non l'appartement joyeux et chantant d'une jeune fille. Aussi Carmélite, en entrant, s'était-elle sentie prise d'une indéfinissable impression de mélancolie qui avait mis son cœur aussi à l'aise que l'avait été, dans une sphère opposée, celui de Rose de Noël en quittant son chenil de la rue Triperet pour son paradis de la rue d'Ulm.

Au moment où commence ce chapitre, Carmélite, pâle toujours, elle devait garder cette pâleur jusqu'à la mort, faible encore, était étendue sur une longue causeuse et regardait, avec des yeux où se peignait une indicible mélancolie, une jeune femme qui, assise près d'elle sur un carreau assez élevé, achevait de lui conter une sombre histoire. Cette jeune fille, c'était Fragola.

On se rappelle que la charmante enfant avait demandé à Salvator la permission de n'avoir aucun secret pour Carmélite, et que, cette permission, Salvator la lui avait accordée. Voilà ce qu'elle s'était dit à elle-même avec cette intelligence du cœur qui s'élève presque jusqu'au génie.

— Carmélite guérira peut-être du corps, mais elle ne guérira certainement pas de l'âme. On dit qu'il y a une science nouvelle qu'on appelle *l'homéopathie*. Cette science est l'art de guérir par les semblables. Eh bien ! en racontant à Carmélite une histoire plus triste encore que la sienne, peut-être, il est possible que Carmélite, ce cœur d'or, cette âme d'ange, apte à tout comprendre et à tout sentir, cesse de verser des larmes quand je lui dirai : « Ma sœur, c'est assez pleurer; ma sœur, c'est assez souffrir. Si tu verses tous tes pleurs sur tes propres maux, que te restera-il pour les douleurs des autres ? Crois-tu donc, ma sœur, avoir été la seule désolée sur la terre ? Ignores-tu qu'il y a des misères si profondes que ton œil se fermerait en proie au vertige avant que de les sonder ? Et moi qui te parle, j'ai connu des visages que les larmes ont creusés comme les torrents creusent les ravines. Mais je connais aussi des âmes vaillantes dans des corps faibles, qui, au lieu de pleurer, ont séché les larmes des autres; qui, au lieu de mourir, ont combattu ! »

Et alors, pauvre enfant, si durement éprouvée à dix-huit ans, elle avait raconté à Carmélite sa propre vie, c'est-à-dire une vie de souffrances, sans repos ni trêve, qui cependant avait complétement changé le jour où elle avait abordé à ce port charmant de la rue Mâcon, sous le souffle de l'amour de Salvator.

Peut-être raconterons-nous un jour cette vie ; mais quand ? mais comment ? nous l'ignorons maintenant, engrené que nous sommes dans la série d'événements qui forme le nœud de notre livre.

Carmélite avait écouté, pleuré, frémi; puis, sous le poids d'une profonde impression :

— Oh ! chère sœur, avait-elle dit, toi aussi, tu as été rudement éprouvée par la douleur. Embrasse-moi et confondons les larmes de notre jeunesse, comme nous avons confondu les joies de notre enfance.

Alors Fragola s'était élancée dans les bras de son amie, et, toutes deux, ainsi étroitement enlacées, les cheveux noirs de Carmélite mêlés aux cheveux blonds de Fragola, les lèvres pâles de l'une collées aux lèvres de poupre de l'autre, elles avaient aspiré dans un long baiser leurs douleurs communes, et l'ange des consolations avait étendu ses ailes blanches au-dessus de leurs têtes.

Puis Carmélite, étant descendue en elle-même, reprit après un long silence :

— Tu as raison, Fragola, dit-elle, c'est le propre des âmes faibles de se laisser vaincre par la douleur. Par la douleur, au contraire, les cœurs comme le tient s'épurent et se régénèrent. Merci, ma sœur, de ta salutaire leçon. A partir de cette heure, je suivrai ton exemple, et, comme tu as été sauvée de la mort par l'amour, je veux rentrer dans la vie conduite par la main du travail. Un jour il me disait que j'étais née pour être une grande artiste. Je ne veux pas qu'il se soit trompé : la bouche de mon Colomban ne pouvait mentir. Je deviendrai cette grande artiste, Fragola. On dit qu'il faut parfois une grande douleur pour faire un grand génie : la grande douleur ne m'a pas manqué. Merci à Dieu; que sa volonté soit faite! Je demanderai à l'art ses mystérieuses et sublimes consolations. Ne t'inquiète donc plus de ma vie, chère sœur de mon âme. Je penserai à toi et je serai forte. Je penserai à lui et je serai grande. — Bien! Carmélite, dit Fragola, et sois sûre que Dieu t'accordera un jour la gloire, sinon le bonheur.

Au moment où Fragola achevait de prononcer ces paroles, un coup de sonnette retentit à la porte. A ce bruit, qui n'avait cependant rien de bien alarmant, la pâleur de Carmélite s'augmenta tellement, que Fragola, croyant que son amie allait s'évanouir, poussa un cri d'effroi.

— Qu'as-tu donc? demanda-t-elle. — Je ne sais, dit Carmélite, mais je viens d'éprouver une étrange sensation. — Où cela? — Au cœur. — Carmélite... — Écoute : ou je deviens folle, ou la personne qui vient de sonner m'apporte des nouvelles de Colomban.

La femme de chambre de Carmélite entra.

— Madame veut-elle recevoir un prêtre qui arrive de Bretagne? — L'abbé Dominique! s'écria Carmélite. — En effet, Madame, c'est lui; seulement il m'avait défendu de dire son nom, de peur que ce nom fît une pénible impression sur Madame.

Le front de Carmélite se couvrit d'une sueur froide. Elle serra convulsivement la main de Fragola.

— Eh bien, demanda-t-elle, que t'avais-je dit? — Remets-toi, Carmélite, dit la jeune fille en lui passant son mouchoir sur le front, remets-toi, ma sœur. Est-ce ainsi que tu es régénérée! Tu pâlis à la première lutte, et cependant, quelle épreuve plus douce pouvait te faire subir la Providence que celle de t'envoyer cet ami de ton passé? — Tu as raison, Fragola, dit la jeune fille; mais, tiens, regarde-moi maintenant, me voilà forte.

Puis, se retournant vers sa femme de chambre :

— Faites entrer M. Dominique, dit-elle.

L'abbé Dominique entra.

C'eût été un merveilleux tableau à faire, pour un peintre qui eût pu saisir l'expression de ces trois figures, que celui de ce prêtre sur le pas de la porte, étendant, en signe de bénédiction, sa main sur ces deux jeunes filles, au bras l'une de l'autre.

— Salut! mes sœurs, dit le moine s'adressant aux deux jeunes filles, mais s'inclinant plus particulièrement devant Carmélite avec cette déférence que l'on a pour une veuve.

Les deux jeunes filles saluèrent à leur tour, Fragola en se levant, Carmélite en inclinant la tête, car son pauvre corps était si faible qu'elle ne devait pas songer encore à se tenir debout avant quelques jours.

Fragola avança une bergère à l'abbé. Lui, à son tour, remercia Fragola de la tête; puis, se contentant d'appuyer une de ses mains au dossier, mais sans s'asseoir :

— Ma sœur, dit-il, j'arrive d'un long et douloureux pèlerinage, j'arrive du château de Penhoël.

A ces mots, les joues de Carmélite se couvrirent d'une telle pâleur que Fragola, qui était debout, tomba à genoux devant elle, et lui serrant la main entre les siennes :

— Ma sœur, dit-elle, rappelle-toi ta promesse. — Du château de Penhoël! murmura Carmélite. Alors, vous avez vu le comte ? — Oui, ma sœur. — Oh! malheureux, malheureux père! s'écria Carmélite, comprenant qu'il avait dû exister pour un autre cœur une douleur aussi grande que la sienne, sinon plus grande encore.

Le prêtre comprit tout ce qui se passait dans l'âme de la jeune fille, et à quelles angoisses cette âme était en proie.

— Le comte de Penhoël, dit-il, est un digne et noble père. Il vous plaint, ma sœur, et je vous apporte sa bénédiction.

Carmélite jeta un cri; elle retrouva la force de se soulever, et, se laissant glisser sur ses genoux, elle se trouva aux pieds de l'abbé Dominique.

— Ah! mon père! mon père! dit-elle en fondant en larmes, il ne m'a donc pas maudite!..

Elle ne put en dire davantage, ses yeux se fermèrent, son visage devint blanc comme de l'albâtre, ses deux bras s'allongèrent sur les coussins du fauteuil, elle laissa aller sa tête sur ses bras, et, avec un soupir qui semblait être le dernier, la vie parut s'envoler de cette frêle enveloppe.

— Mon Dieu! dit religieusement le moine, effrayé en voyant le visage inanimé de la jeune fille, allez-vous donc faire de votre serviteur un nouveau messager de mort?

Fragola avait sous la main tous les sels dont elle se servait en pareille circonstance; car les évanouissements de Carmélite étaient fréquents. Elle lui fit respirer des sels; puis, voyant que les sels étaient insuffisants, elle lui frotta les tempes avec du vinaigre. L'évanouissement persistait, et rien n'indiquait que Carmélite dût revenir à elle.

Fragola alla vers la table, elle prit un flacon dont elle se servait dans les cas désespérés. C'était de l'acide acétique, avec lequel elle avait l'habitude de lui frictionner la poitrine, quand ses évanouissements persistaient d'une façon inquiétante.

— Mon père, dit-elle au moine, seriez-vous assez bon pour passer dans la chambre voisine? — Je me retire, ma sœur, dit Dominique. Je suis moi-même attendu chez moi, et c'est pour accomplir un devoir que je regardais comme sacré que je suis d'abord venu ici. Tâchez qu'elle me pardonne de lui avoir, avec si peu de ménagement, apporté les paroles du père de mon ami.

Puis, lui mettant dans la main la relique qu'il avait reçue du comte de Penhoël, et dont, en quelques mots, il expliqua à Fragola toute la valeur, il sortit laissant la jeune fille à ses soins pieux. Quelques frictions suffirent pour faire rentrer la vie dans ce corps immobile et qui semblait inanimé. Carmélite revint à elle, ouvrit les yeux et chercha tout d'abord l'abbé Dominique.

— Où est-il? demanda-t-elle d'un air étonné; ou plutôt, est-ce que je n'ai fait qu'un rêve? — Non! dit Fragola, il était là. — Dominique, n'est-ce pas? — Oui! — Qu'est-il devenu? — Tu t'es évanouie, et, par discrétion, il s'est retiré. — Oh! que je voudrais le revoir, s'écria Carmélite. — Tu le reverras, dit Fragola, mais demain, plus tard, quand tu auras la force de l'écouter et de lui répondre. — Oh! je suis forte, je suis forte, s'écria Carmélite. Songe donc que j'avais mille détails à lui demander. C'est lui qui l'a quitté le dernier. Où est-il, où repose-t-il? Nous irons, n'est-ce pas, Fragola, faire un pèlerinage au tombeau? — Oui, ma sœur, oui, sois tranquille. — Ne m'avait-il point parlé de son père, ne m'avait-il pas dit que son père m'avait pardonné, que son père m'avait bénie? — Oui, tu es pardonnée; oui, tu es bénie. Tu vois donc que Dieu est avec toi. — Oh! murmura Carmélite en retombant sur sa chaise longue, que n'est-ce moi qui suis avec lui!

Et joignant les mains, elle pria tout bas, remuant les lèvres, mais sans qu'on entendît les paroles qu'elle prononçait.

— C'est cela, dit-elle, prie, pauvre chère, tout est dans la prière : le calme, la consolation, la force. Prie, ferme tes beaux yeux et tâche de sommeiller. — Eh! le pourrais-je? demanda Carmélite; tiens, prends ma main. — Elle brûle de fièvre. — Sans la fièvre, Fragola, il me semble que je ne vivrais pas.

Fragola se remit à genoux devant son amie, et reprenant ses deux mains entre les siennes :

— O ma sœur, dit-elle, où est donc cette force dont tu étais si fière tout à l'heure? Le premier mot t'a courbée comme un roseau, brisée comme une fleur. Tu ne m'as pas trompée, mais tu te trompes toi-même, ma sœur. Tu n'étais pas si forte que tu le croyais. — Je m'étais préparée à la douleur et non à la joie, Fragola. J'eusse été forte contre la douleur, j'ai été faible contre la joie. — Pauvre amie!

Carmélite serra convulsivement les mains de Fragola.

— Il a dit qu'il reviendrait, n'est-ce pas? — Oui! — Quand? — Bientôt, mais... — Mais quoi? — Pour que tu attendisses plus patiemment son retour... — Eh bien? — Il m'a laissé quelque chose pour toi.

Cette fois Fragola, comme on voit, n'avançait que pas à pas. Elle avait peur d'une seconde crise qui, dans l'état de faiblesse où était Carmélite, pouvait devenir plus grave que la première.

— Quelque chose pour moi! s'écria Carmélite. Oh! donne vite, alors. — Attends un peu, dit Fragola, en passant son bras autour du cou de Carmélite, en l'attirant à elle et en l'embrassant. — Pourquoi attendre, Fragola? — Mais, dit la jeune fille, parce que...

Et elle hésita.

— Parce que? répéta Carmélite. — Parce que c'est un bonheur, et que je veux t'y préparer. — Mon Dieu! tu me fais mourir. — Pour mieux te faire revivre, chère sœur. — Dis, dis vite, je le veux! Que t'a laissé pour moi ce bon Dominique? — Un présent. — Un présent, à moi? demanda Carmélite étonnée. — Un présent que te fait le comte de Penhoël, un don précieux..., un trésor.

Et elle souriait de son sourire d'ange entre chaque parole.

— Fragola, je t'en supplie, dit vivement, presque impatiemment Carmélite; donne-moi ce que tu as à me remettre. — Laisse-moi te traiter comme un enfant, Carmélite.

Carmélite laissa tomber sa tête sur sa poitrine.

— Fais comme tu voudras, dit-elle, seulement crains de me pousser au delà de ma force. — Te voilà abattue, tu es bien près d'être calme; de là au sang-froid, il n'y a qu'un pas. Aie la volonté, et tu seras forte. — Tiens, vois! dit Carmélite.

Et elle sourit à Fragola.

— Veux-tu mieux encore, continua-t-elle, car tu as raison, raison toujours. Je vais, pendant le temps que tu voudras, poser ma tête sur ta poitrine, et, dans un quart d'heure seulement, tu me donneras ce présent du comte de Penhoël...

Elle fit un effort, et, en souriant :

— Du père de Colomban, ajouta-t-elle. — Allons, dit Fragola en souriant à son tour, tu es une héroïne, et je ne te ferai pas attendre.

Elle se leva, et ce fut Carmélite qui la retint.

— Fragola, ma noble, ma sainte Fragola, dit-elle, qui donc t'a appris, mieux qu'aux plus célèbres médecins, cette science du cœur avec laquelle tu guéris mes blessures? Ah! la vie me paraîtra douce tant que je te tiendrai par la main. — Allons, dit Fragola, il faut récompenser l'enfant de son obéissance.

Et dégageant doucement sa main de celle de son amie, elle alla chercher derrière la causeuse, sur une petite chiffonnière en bois de rose, où elle l'avait déposée, la relique du comte, et présentant à Carmélite le papier tout ouvert :

— Sa mère, dit-elle, répétant les propres paroles du comte, les a coupés sur sa tête le jour même de sa naissance. — Dieu de bonté! s'écria Carmélite en sautant sur la boucle de cheveux avec la rage d'une lionne qui retrouverait son petit; Dieu de bonté! ce sont les cheveux de mon Colomban.

Et, pour la première fois, le cœur de la jeune fille vide et froid comme un sépulcre depuis la mort de Colomban, fut inondé d'un indicible bonheur. Elle prit la boucle de cheveux, la tourna en tous sens, la baisa mille fois, la couvrit de larmes, puis la levant jusqu'aux lèvres de Fragola :

— Tu l'aimais aussi comme un frère, dit-elle, embrasse ses beaux cheveux, ô ma sœur!

LIII

LE PORTRAIT DE SAINT HYACINTHE.

La rue du Pot-de-Fer, parallèle à la rue Férou et à la rue Cassette, est une des plus sombres rues du faubourg Saint-Germain. A l'époque vers laquelle se passent les événements que nous racontons, l'herbe y croissait dans les interstices des pavés avec cette exubérance dont la rareté des passants explique suffisamment la cause. On eût dit le clos d'un presbytère ou l'entrée d'un cimetière de village, tant cette rue, véritable retraite au fond de la ville, inspirait de quiétude profonde et de mélancolique sérénité.

Mais si elle était sombre du côté de la rue du Vieux-Colombier, où elle commence, en retour, elle était assez claire du côté de la rue de Vaugirard, où elle finit. Aboutissant par ce point au Luxembourg, elle recevait tous les rayons dont le soleil inonde le jardin du palais Médicis; et, pour un savant, pour un philosophe ou pour un poëte, habiter cette petite rue silencieuse et verdoyante, c'était un rêve enchanté.

C'est là que demeurait, nous croyons l'avoir dit déjà, fra Dominico Sarranti : il occupait le second étage d'une maison située en face l'hôtel du comte Cossé de Brissac. Les trois chambres qui composaient son appartement étaient uniformement peintes à l'huile comme les murailles d'une cellule, du ton de laine blanche de sa robe. Sept ou huit petits tableaux de maîtres espagnols, une esquisse de Le Sueur et une esquisse du Dominicain révélaient suffisamment le goût artistique du locataire.

Ce fut vers ce point de la rue du Pot-de-Fer que l'abbé Dominique se dirigea en sortant de la rue de Tournon. Au milieu des cris de joie dont elle salua son arrivée, la concierge lui remit une lettre, à la seule vue de laquelle le front austère du jeune homme s'éclaira. Il en avait reconnu l'écriture, et cette lettre était de son père. Dominique ouvrit la lettre. Elle contenait ces quelques lignes :

« Mon cher fils, je suis à Paris depuis hier soir sous le nom de Dubreuil. Ma première visite a été pour vous : on m'apprend que vous n'êtes pas encore revenu, mais que l'on vous a fait passer ma première lettre et que par conséquent vous ne pouvez tarder. Si vous arriviez cette nuit ou demain matin, trouvez-vous à midi à l'église de l'Assomption, au troisième pilier en entrant à gauche. »

Pas de signature ; mais, pour Dominique, l'écriture fiévreuse de son père était bien reconnaissable. D'ailleurs sa fuite à la suite du complot de l'année 1820 justifiait cette mesure de précaution. Il craignait sans doute d'être inquiété, et le lecteur sait déjà, grâce à la conversation de M. Jackal et de Gibassier, que ces craintes n'étaient pas tout à fait illusoires.

— Pauvre père! fit l'abbé en remontant chez lui, car le rendez-vous était pour midi seulement, il avait encore une heure à attendre. Pauvre père, bon et noble cœur, l'âge a passé sur ta tête sans enlever un battement à ton pouls, une pensée généreuse à ton esprit. Tu reviens à Paris, au milieu des dangers que tu connais et de ceux que tu ignores, pour tenter quelque nouvelle et généreuse entreprise. Que Dieu t'accorde la récompense de ton pieux dévouement et de ta courageuse et persistante résignation! Oh! mon père, moi, je t'apporte plus que la vie : je t'apporte la preuve de l'innocence d'un crime que non-seulement tu n'as pas commis, mais dont tu ne sais pas même être accusé.

Puis, tout en montant l'escalier, il passa les mains dans les plis de sa robe pour y chercher la déclaration qu'il avait reçue de M. Gérard à son lit de mort, et qu'il avait, étant parti le même jour pour la Bretagne, emportée avec lui. Il rentra dans sa chambre, abandonnée depuis près de cinq semaines, et retrouva, avec un sentiment de profonde mélancolie, ce petit appartement calme et solitaire hors duquel il venait d'être entraîné comme un oiseau emporté loin de son nid dans un tourbillon d'orage.

Un beau rayon de soleil filtrait à travers les vitres de la fenêtre, et faisait entrer la vie et la chaleur dans la chambre à coucher du jeune moine. Dominique tomba dans un grand fauteuil et se laissa aller à une méditation profonde.

La pendule, que la concierge avait remontée avec soin pendant l'absence de Dominique, sonna onze heures et demie. Dominique releva la tête, et son regard, encore empreint d'un reste de méditation, après avoir erré un instant sur les objets qui décoraient la chambre, s'arrêtèrent sur le pâle et blond visage d'un des saints faisant les sujets des tableaux pendus à la muraille. Ce visage semblait s'illuminer d'une lueur prodigieuse.

C'était le portrait de saint Hyacinthe, religieux de l'ordre de Saint-Dominique, que les historiens ecclésiastiques appellent l'apôtre du Nord. Il était de la maison des comtes d'Oldovrans, l'une des plus anciennes et des plus illustres de la Silésie, qui faisait, lors de sa naissance, c'est-à-dire vers 1183, une province de la Pologne. C'était une tradition de famille chez les Penhoël qu'un de leurs aïeux avait été frère d'armes, à l'époque de la première croisade, d'un des aïeux de saint Hyacinthe, et, par un hasard étrange, Dominique, à qui Colomban avait un jour raconté cette vieille histoire, Dominique, en passant sur les quais, avait, sous une vénérable couche de poussière, découvert ce saint Hyacinthe, et, trouvant en lui la ressemblance de Colomban, l'avait acheté; puis, rentré chez lui et l'ayant nettoyé et reverni, avait reconnu que c'était un excellent petit tableau de l'école de Murillo, sinon de Murillo lui-même.

De sorte que ce tableau lui était trois fois précieux : d'abord, en ce qu'il représentait un saint de son ordre ; en ce que ce saint ressemblait à Colomban, et enfin en ce que le tableau était, comme nous le disions, sinon un tableau de Murillo, du moins d'un de ses bons élèves.

On comprend, dans la situation d'esprit où était Dominique, après un mois passé au château de Penhoël et une heure passée près de Carmélite, on comprend l'effet que produisit sur lui, au retour, la vue inopinée de ce tableau parfaitement oublié. Il se leva lentement pour se rapprocher de lui, mais, avant de s'en approcher, il resta debout près du fauteuil, l'œil fixé sur le tableau.

C'étaient bien en effet, et jamais la ressemblance n'avait paru à Dominique si parfaite, c'étaient bien la même pureté de front, la même sérénité de visage. Les cheveux blonds du martyr polonais, complétant la presque identité, encadraient la douce figure d'Hyacinthe comme les cheveux blonds du martyr breton encadraient le suave visage de Colomban.

Tous deux avaient conservé pendant leur vie, au milieu des embûches du monde, la même innocence primitive et la même chasteté d'âme et de corps. Tous deux humbles, charitables, compatissants, simples et forts, ils avaient la même haine du mal, le même ardent amour du bien, les mêmes entrailles fraternelles pour tous les hommes.

Peu à peu, et à force de regarder le portrait, cette ressemblance avec Colomban lui apparut si réelle et si extraordinaire en même temps, que, dans une de ces extases religieuses auxquelles il était sujet, adressant la parole au portrait :

— Sois heureux, oui, bon et noble jeune homme, dit-il, et prie là-haut pour ton père, pour ton frère et pour ta sœur, comme ici-bas ta sœur, ton frère et ton père prient pour toi.

Alors, s'avançant vers le portrait, il le détacha de la muraille et, l'apportant entre ses mains près de la fenêtre, il le regarda ainsi éclairé avec une expression dans laquelle il était difficile de reconnaître s'il y avait plus de tendresse pour l'ami que de religion pour le saint.

— Oui, c'est bien toi, noble et chère créature, dit-il, et il faut que la vertu soit imprimée sur le front des hommes en sceau bien indélébile, pour qu'à huit siècles de distance, et sans que le peintre ait pu vous connaître ni l'un ni l'autre, je retrouve sur le front du saint le signe de vertu que Dieu avait placé sur le front de mon ami. Puis, tout à coup, comme éclairé d'une pensée soudaine :

— O Carmélite! murmura-t-il.

Puis, après un instant de méditation :

— Oui, dit-il, ce sera bien ainsi.

Et, déposant le portrait sur une chaise, il s'approcha de son secrétaire, prit une feuille de papier et une plume, avança un fauteuil du bureau, s'assit, laissa tomber un instant sa tête entre ses mains, et écrivit la lettre suivante :

« Permettez-moi, ma sœur, de vous offrir le portrait de saint Hyacinthe. Vous trouverez ci-jointe une histoire de la vie de ce saint, vie que j'avais tenté d'esquisser il y a déjà quelques années.

« En revenant de Bretagne, en sortant de chez vous, en rentrant chez moi, j'ai été frappé des affinités mystérieuses qui unissent dans une ressemblance commune le saint et l'ami que nous pleurons. Ce sont deux frères de bien, deux jumeaux de vertu; vous, leur sœur, acceptez ce portrait comme un héritage de famille. »

Il plia la lettre, la cacheta, écrivit l'adresse, puis, allant à sa bibliothèque, il prit sur un des rayons un petit manuscrit, à la première page duquel étaient écrits ces mots :

« Vie abrégée de saint Hyacinthe, de l'ordre de Saint-Dominique. »

Il regarda tour à tour le manuscrit et le portrait, puis, enveloppant l'un et l'autre d'une grande feuille de papier, il cacheta le tout, et, voyant qu'il était midi moins un quart à la pendule, il prit le paquet sous son bras, sa lettre à sa main et descendit rapidement.

Il retourna chez Carmélite et, après s'être informé près de la concierge des suites de l'évanouissement de la jeune fille, il lui donna la lettre et le portrait, avec prière de les lui remettre à l'instant même, et descendit vers les quais, se dirigeant, par la rue de Seine et le pont des Arts, vers l'église de l'Assomption.

L'abbé Dominique, arrivé le matin et ignorant complétement ce qui se passait à Paris, ne pouvait comprendre pourquoi son père lui avait donné rendez-vous à l'église de l'Assomption, quand, en supposant qu'il voulût absolument lui donner rendez-vous dans une église, celle de Saint-Sulpice était à cent pas de chez lui. Mais en entrant dans la rue Saint-Honoré, et en voyant la foule immense qui l'encombrait, la file des voitures qui commençait bien au delà de la rue du Coq et dont on ne découvrait pas l'extrémité, il s'informa près du premier passant de la cause qui réunissait tout ce monde.

Alors, on lui apprit que la foule était venue là pour assister au convoi du duc de La Rochefoucauld-Liancourt, mort la surveille.

LIV

LE CONVOI D'UN GENTILHOMME LIBÉRAL EN 1827.

Le duc de La Rochefoucauld-Liancourt, frappé si brutalement par M. de Corbière en 1823, venait en effet de terminer à l'âge de 80 ans une vie de charité, de loyauté et d'honneur qui avait fait qu'il était mort avec la réputation d'un des hommes les plus vertueux, les plus bienfaisants, les plus honorés et les plus honorables de France.

A quelque parti que l'on appartînt, on était forcé d'admirer l'insigne vertu du duc de La Rochefoucauld-Liancourt, et, depuis l'ouvrier le plus pauvre jusqu'au plus riche bourgeois, son nom, prononcé avec une vénération égale, signifiait, dans toutes les bouches, grandeur d'âme, bienfaisance et probité.

En apprenant la mort du noble duc, l'abbé Dominique comprit le sens de cette démonstration sympathique et reconnaissante des habitants de Paris. C'était l'époque des démonstrations.

Comme l'opposition était alors, à peu d'exceptions près, en majorité dans toutes les classes de la société, la moindre occasion était saisie au passage, et jamais la roue sur laquelle elle tourne n'avait fait de haltes plus fréquentes. Tout était une occasion à démonstration.

Touquet inventait les tabatières à la charte, et Touquet vendait cinq cent mille tabatières. Ceux qui ne prenaient pas de tabac les utilisaient en y mettant des bonbons. C'était une démonstration.

Pichat faisait représenter Léonidas mourant pour la liberté de Sparte, et l'on s'étouffait aux portes du Théâtre-Français. C'était une démonstration.

Le général Foy mourait. Cent mille hommes suivaient son convoi, et la France souscrivait un million à sa veuve. C'était une démonstration.

Enfin le duc de La Rochefoucauld-Liancourt venait de mourir. C'était un gentilhomme, c'était un royaliste, c'est vrai, mais comme en même temps c'était un libéral, on profitait de sa mort pour faire une démonstration contre les ultras et contre les jésuites.

Aussi, toutes les classes de la société étaient-elles représentées dans cette foule : le sarrau, la blouse, la veste de l'ouvrier; l'alpaga et la castorine du bourgeois; l'uniforme du garde national, l'habit du pair de France, la simarre du juge, tout était confondu. Une même douleur, attirant tout sur le même terrain, abaissait ce qui était trop haut, élevait ce qui était en bas, mêlait le pauvre au riche, le civil au militaire, l'académicien et le député, le magistrat et le médecin.

Mais ce qui s'agitait le plus convulsivement au milieu de cette foule, c'était la jeunesse des Écoles, c'étaient des centaines d'étudiants qui, enfants la veille, étaient sacrés hommes par le concours religieux qu'ils prêtaient à ce deuil public.

A cette époque-là, il y avait encore des Écoles.

Quand une émeute semblait prendre quelque consistance, le bourgeois, tout tremblant, mettait le nez à la fenêtre et regardait à droite ou à gauche, mais toujours du côté du quartier Latin, disant à sa femme :

— Rassure-toi, Minette, ce ne sera rien : je ne vois pas descendre les Écoles.

C'était ainsi qu'en 1792 on regardait du côté des faubourgs. Seulement, quand ces faubourgs descendaient, comme aux 5 et 6 octobre, comme au 20 juin, comme au 10 août, ce n'était que la force venant corroborer la force.

Tandis que quand les Écoles descendaient, comme au 28 juillet, comme au 5 juin, c'était l'intelligence qui venait au secours de la force. Aussi, quand ce même bourgeois voyait dans le lointain le vent soulever les basques des minces jaquettes des étudiants, quand on entendait leur chant lointain gronder comme un tonnerre au sommet de cette montagne que l'on appelait la rue Saint-Jacques, alors les bourgeois, perdant tout espoir de voir se rasséréner l'horizon politique, comme disait poétiquement *le Constitutionnel*, les bourgeois fermaient, calfeutraient, barricadaient leurs boutiques et leurs fenêtres, et les peureux descendaient dans leurs caves en s'écriant :

— Sauve qui peut ! mes enfants, voilà les Écoles qui descendent.

Le nom d'Écoles signifiait jeunesse, indépendance, courage et force. Mais peut-être un peu aussi turbulence et passion. Et puis, était-ce bien là la mission qu'ils avaient reçue ?

En attendant, tous ces jeunes gens de dix-huit à vingt ans, envoyés par leur mère du fond de toutes les provinces, donnaient du cœur aux plus faibles, de l'assurance aux plus timides. Ils étaient toujours prêts à combattre et à mourir pour un mot, une idée, un principe; pareils à de vieux soldats, ou plutôt semblables à de jeunes Spartiates, dont ils avaient les mâles vertus sous une forme plus légère et plus insouciante. Ils venaient à l'émeute en dansant, ils combattaient en chantant, ils mouraient en souriant.

Mais ce n'était point pour se rendre à une émeute qu'ils étaient, servons-nous du terme consacré, descendus ce jour-là. Ils ne dansaient pas, ne chantaient pas, ne souriaient même pas. Leur jeune visage, soucieux et triste, portait les marques de l'affliction que mettait dans le cœur de tout citoyen la mort de ce juste.

Parmi eux on distinguait une députation des élèves de l'école des Arts-et-Métiers de Châlons, laquelle venait assister aux funérailles de leur bienfaiteur; car, entre autres titres au respect et à l'amour de ses concitoyens, M. le duc de La Rochefoucauld-Liancourt était le fondateur de l'école des Arts-et-Métiers de Châlons.

Ce fut assez difficile à l'abbé Dominique de traverser cette foule. Arrivé cependant au milieu des Écoles, les jeunes gens, en voyant ce beau prêtre, à peine leur aîné de cinq ou six ans, que la plupart d'entre eux connaissaient, les jeunes gens s'écartèrent avec déférence pour le laisser passer.

Il parvint enfin, après une demi-heure de lutte à peu près, devant la grille de l'Assomption, au moment où les voitures de deuil, sortant de l'hôtel de La Rochefoucauld, situé rue Saint-Honoré, commençaient à apparaître dans le lointain comme une flotte funèbre pavoisée de noir fendant les flots houleux de cette foule.

En ce moment, et comme l'abbé Dominique fendait un groupe, il entendit un homme, vêtu d'un habit noir avec un crêpe au bras, dire à demi voix :

— Rien avant ni pendant la cérémonie, vous entendez bien? — Et après?

demanda l'un des deux hommes. — On leur signifiera de s'en aller. — S'ils refusent? — On les arrêtera. — S'ils se défendent? — Vous avez vos casse-têtes? — Oui, sans doute. — Eh bien, vous vous en servirez. — Et le signal? — Ils le donneront eux-mêmes.., quand ils voudront porter le corps. — Chut! dit un des deux hommes, voici un moine qui nous entend. — Bon! qu'importe, est-ce que les prêtres ne sont pas avec nous?

Dominique fit un mouvement comme pour renier l'étrange solidarité. Mais il se souvint que son père l'attendait, qu'il était sous le poids d'une double accusation, qu'il fallait en conséquence, autant que possible, écarter l'attention non-seulement de son père, mais encore de lui-même.

En conséquence il se tut. Seulement son cœur, qui s'était soulevé en entendant les paroles du chef, monta jusqu'à ses lèvres en voyant les figures des deux agents. Il reprit sa marche, forcément interrompue, et crut reconnaître dans cette foule un grand nombre d'individus qui, à son avis, lui parurent être des porteurs de casse-têtes.

Il arriva ainsi sous le portique de l'église de l'Assomption. Son costume, qui lui avait frayé un chemin à travers les étudiants, le servit mieux encore aux approches de l'église. On s'écarta devant lui et il put entrer. Du premier coup d'œil il aperçut, adossé contre le troisième pilier de gauche, immobile comme une statue, son père, dont le regard était fixé sur la porte. Il était évident qu'il attendait.

Dominique le reconnut, quoiqu'il y eût sept ans qu'il ne l'eût vu. Rien n'était changé en lui : même éclat dans les yeux, même résolution dans tous les traits du visage, même vigueur dans toute sa personne. Seulement les cheveux avaient grisonné, et son teint avait bruni au soleil de l'Inde.

Dominique marcha droit à son père avec l'intention de se jeter dans ses bras. Mais, avant qu'il eût parcouru la moitié du chemin, M. Sarranti avait mis un doigt sur sa bouche, et, par ce signe et par le regard qui l'accompagnait, lui avait recommandé la plus profonde discrétion.

L'abbé comprit qu'il lui fallait demeurer, ostensiblement du moins, tout à fait étranger à son père. Aussi, arrivé près de lui, au lieu de l'embrasser, de lui parler ou de lui tendre seulement la main, il s'agenouilla près du pilier et, après avoir adressé à Dieu une prière de remerciement, il chercha la main que son père laissa retomber, et, la baisant avec ferveur et respect, il se contenta de prononcer ces deux mots qui pouvaient aussi bien s'adresser à Dieu qu'à l'homme aux pieds duquel il était.

— Mon père!

LV

CE QUI SE PASSAIT DANS L'ÉGLISE DE L'ASSOMPTION LE 30 MARS DE L'AN DE GRACE 1827.

L'église de l'Assomption, dont la construction remonte à l'année 1670, est sans doute un des plus laids et des plus vulgaires monuments de Paris. La forme en est malheureuse : elle représente une tour couverte d'un immense dôme de soixante-deux pieds de diamètre, quelque chose de pareil à la Halle-aux-Blés; de sorte que, dit Legrand dans la *Description de Paris et de ses édifices,* de sorte que ce monument étant trop élevé pour son diamètre, l'intérieur a l'apparence d'un puits profond, plutôt que la grâce d'une coupole bien proportionnée.

Avant d'être érigée en église paroissiale, l'Assomption était un couvent de religieuses. Les sœurs qui habitaient ce couvent s'appelaient les *Haudriettes.* Elles étaient chargées, dans l'origine, de servir un hôpital de pauvres femmes. Peu à peu l'hôpital devint un couvent, et elles vécurent inutiles et constituées en communauté religieuse.

La conduite de ces religieuses était loin d'être régulière, et l'on avait plusieurs fois tenté, mais vainement, d'établir la réforme dans leur maison. Enfin le cardinal de La Rochefoucauld entreprit de les soumettre à la règle et de les transférer dans un hôtel qu'il avait possédé au faubourg Saint-Honoré, qu'en 1605 il avait vendu aux jésuites, et que ceux-ci, par contrat du 3 février 1623, revendirent aux religieuses Haudriettes. Elles y étaient déjà établies depuis six mois et en avaient déjà fait disposer l'intérieur d'une manière convenable à leur état, lorsque le titre des Haudriettes fut supprimé et les revenus réunis au nouveau monastère du faubourg Saint-Honoré, auquel on donna le nom d'*Assomption.*

Seulement, la chapelle de cette maison ne parut pas suffisante aux religieuses. Elles achetèrent l'hôtel d'un sieur Desnoyers, et firent commencer, en 1670, la construction de leur église, qui fut achevée six ans après.

Cette lourde coupole, ombrée par un ciel noir, était donc, ce jour-là comme toujours, d'un assez triste et vulgaire aspect, et il ne fallait rien moins que toute cette foule imposante pour donner au spectacle qu'on avait sous les yeux son côté poétique et solennel.

Au moment où le cortége funèbre fut prêt à quitter la maison mortuaire pour se rendre à l'église, les anciens élèves de cette École de Châlons, que M. de Liancourt avait fondée, demandèrent à porter le cercueil d'un de leurs bienfaiteurs. Un des ministres de Charles X, M. le duc de La Rochefoucauld-Doudeauville, proche parent du mort, et qui devait tenir un des coins du drap mortuaire, accorda la permission au nom de la famille.

Le cortége se mit donc en marche lentement, solennellement, et l'on arriva dans le plus grand ordre à l'église. La foule, entassée aux deux côtés de la rue, calme et silencieuse, s'écartait et se découvrait respectueusement au fur et à mesure que s'avançait le cercueil.

Il faudrait avoir l'Armorial des notabilités du temps pour donner une idée des assistants illustres que les obsèques du noble duc avaient attirés ce jour-là dans l'église de l'Assomption : c'étaient d'abord les comtes Gaëtan et Alexandre de La Rochefoucauld, fils du défunt, et toute la famille du duc; c'étaient les ducs de Brissac, de Lévis, de Richelieu; c'étaient les comtes de Portalis et de Bastard; le baron Portal, MM. de Barante, Lainé, Pasquier, Decazes, l'abbé de Montesquiou, La Bourdonnaie, de Villèle, Hyde de Neuville, de Noailles, Casimir Périer, Benjamin Constant, Royer-Collard, Béranger.

Entre deux des pilastres dont le mur circulaire de l'église est formé, un homme qui avait déjà joué en 1789 et qui devait jouer en 1830 un grand rôle dans les affaires du pays, l'illustre et bon Lafayette, échangeait de temps en temps avec un autre homme de quarante-deux à quarante-quatre ans, mais qui en paraissait à peine trente-cinq, quelques paroles accompagnées de ce ton de déférence que l'excellent vieillard avait pour tout le monde, mais qu'il savait si bien accentuer en faveur des gens qu'il honorait particulièrement de son estime.

Cet homme, dont le nom s'est déjà deux ou trois fois présenté sous notre plume, mais que nous n'avons pas encore eu l'honneur de présenter à nos lecteurs, est M. Anténor de Marande, le mari de celle des quatre sœurs de Saint-Denis que nous avons vues réunies autour du lit de Carmélite et dans l'église de Saint-Germain des Prés, et que nous n'avons fait jusqu'à présent qu'indiquer sous le nom de *Lydie*.

M. de Marande, âgé à cette époque, comme nous l'avons dit déjà, de quarante-deux à quarante-quatre ans, était un bel et élégant banquier aux cheveux blonds, à la barbe blonde, aux yeux bleus, aux dents blanches et aux joues roses. Une grande distinction, non point celle que donne la naissance, mais celle que donnent l'étude, l'éducation, l'habitude du monde, celle enfin dont les gentlemen anglais semblent avoir le privilége, était un des principaux caractères de sa personne. Il y avait en lui quelque chose de roide qui tenait à son éducation première. Destiné par son père, vieux colonel de l'empire tué à Waterloo, à la carrière militaire, il avait été élevé à l'école Polytechnique, dont il était sorti en 1816. Alors, voyant que l'avenir était à la paix, il avait tourné ses études du côté de la banque. Comme il avait étudié Polybe, Montecuculli et Jomini, il avait étudié Turgot et Necker, et comme son esprit était apte à tout comprendre, au lieu de devenir un officier illustre, il était devenu un banquier distingué.

Comme nous l'avons dit, sa tournure avait gardé quelque chose du col de soie noire et de l'habit boutonné dans lequel il avait été emprisonné pendant dix ou douze ans. Une femme pouvait le trouver beau, car, pour la femme, l'élégance et la distinction sont déjà la moitié de la beauté. Mais un homme devait le trouver guindé, gourmé, tendu, fat, en un mot.

Au reste il avait dû, à cette affectation du *comme il faut* anglais, une ou deux affaires dont il s'était tiré avec un courage et un sang-froid des plus remarquables. La première de ces affaires, qui lui était arrivée le premier du mois, avait été vidée sans retard, à l'instant même, à l'épée, et il avait grièvement blessé son adversaire.

Pour la seconde, qui devait avoir lieu au pistolet, et qui lui était arrivée le 22 du mois, il avait demandé dix jours de délai. Le but de ces dix jours de délai était de régler son 30, comme on dit en terme de banque.

Son 30 réglé, il avait écrit son testament, puis il avait fait rappeler à son adversaire que le délai demandé par lui expirant le lendemain, il se tenait à sa disposition pour le lendemain, à l'heure et au lieu qui lui conviendraient.

Les adversaires, placés à trente pas l'un de l'autre, avaient fait feu en même temps : M. de Marande avait été blessé à la cuisse, son adversaire avait été tué roide.

Tout cela sans qu'un pli de la cravate blanche qu'avait l'habitude de porter M. de Marande eût été dérangé de sa symétrie habituelle. Jamais il n'avait parlé de ces deux affaires, et paraissait fort contrarié quand on les lui rappelait.

Quant à sa force à l'épée ou à son adresse au pistolet, il n'en avait jamais donné que ces deux preuves, et sans ce double duel on eût probablement ignoré, même dans son monde le plus intime, qu'il sût toucher un pistolet ou une épée.

Seulement on disait qu'il avait chez lui une salle d'armes et un tir, un tir où n'entrait jamais que son domestique, une salle d'armes où n'entrait jamais qu'un vieil Italien, nommé Castelli, qui servait de répétiteur aux premiers maîtres d'escrime de Paris.

M. de Marande était, avec MM. de Rotschild, Laffitte et Aguado, un des banquiers les plus célèbres du continent, non pas comme un des plus riches, mais comme un des plus hasardeux. On citait de lui des opérations financières d'une incroyable audace, des actions d'éclat, de bonheur et de génie.

Aussitôt qu'il eut atteint l'âge voulu par la charte, il avait été envoyé à la chambre par son département, dans lequel il avait atteint une majorité qui touchait presque à l'unanimité, et, quelque deux années auparavant, il avait prononcé, après un silence de près de trois ans, un discours sur la liberté de la presse qui prouvait qu'il avait étudié les orateurs antiques et modernes avec non moins de conscience que les stratégistes et les économistes.

Ami intime de Benjamin Constant, de Manuel et de Lafayette, il siégeait au centre gauche, et paraissait enrôlé sous le drapeau des banquiers politiques, Casimir Perrier et Laffitte. Ce drapeau, quel était-il?

C'était une chose assez difficile à définir; cependant ceux qui se prétendaient bien instruits dans les affaires du temps disaient que ce drapeau, représentant une opinion intermédiaire entre la république et la monarchie absolue, c'était celui d'un prince qui, pour rester prudemment caché dans l'ombre, n'en travaillait pas moins au renversement de l'état de choses actuel.

On voit qu'il existait une nuance dans l'opinion du général Lafayette, qui représentait la monarchie républicaine avec la constitution de 89, et M. de Marande, qui, s'il était en effet agent du prince, n'était que l'expression d'une monarchie bourgeoise avec un remaniement de la charte de 1815. Au reste, on eût été parfaitement au courant des opinions de l'un et de l'autre, si l'on eût entendu les quelques mots que nous venons de leur voir échanger.

— Vous avez été prévenu de ce qui se passe là-bas, général? — Oui, il y a hausse dans les fonds autrichiens. — Jouerez-vous à la hausse ou à la baisse? — Non, je resterai neutre. — Est-ce votre avis seulement ou ceux des banquiers vos amis? — C'est l'avis général. — Alors, le mot d'ordre? — *Laissez faire!* Et vous, avez-vous vu le prince? — Oui! — Lui avez-vous communiqué le mouvement qui se fait? Il a des fonds dans la maison Arnstein et Eskeles, je crois? — Il y a une grande partie de sa fortune. — Jouera-t-il pour, jouera-t-il contre? — Non, comme vous, il laissera faire, dit M. de Marande. — C'est le plus prudent, répondit le général Lafayette.

Et tous deux, à partir de ce moment, tout en étudiant avec la plus profonde attention ce qui se passait autour d'eux, gardèrent le silence. A cinq ou six pas du général et du banquier, après avoir recueilli avec respect quelques paroles que leur adressait Béranger, quatre jeunes gens de belle mine avaient fait un pas en arrière et causaient à voix basse juste au moment où le cercueil entrait dans l'église.

Ces quatre jeunes gens étaient nos quatre amis, Jean Robert, Ludovic, Pétrus et Justin. Ils cherchaient des yeux au milieu de toute cette foule quelqu'un qu'ils s'attendaient à y trouver, et que, malgré leur investigation acharnée, ils n'y trouvaient pas.

Ils l'aperçurent enfin au nombre des quelques personnes qui avaient pu entrer à la suite du cercueil. C'était Salvator.

Le jeune homme les aperçut, lui, du premier regard, et fendant la foule il alla droit à eux.

Il mit cependant un assez long temps à traverser l'intervalle qui le séparait des jeunes gens, car, tout le long de la route qu'il avait à faire, les mains s'étendaient par centaines pour serrer la sienne.

Il parvint cependant jusqu'aux pilastres, à la base desquels étaient appuyés les quatre amis. Les quatre mains s'étendirent en même temps, et les jeunes gens formèrent un cercle au milieu duquel Salvator se trouva.

— Vous avez quelque chose à nous dire? demanda Jean Robert, qui avait lu une nuance d'inquiétude dans les yeux du jeune homme. — Oui, et quelque chose de très-important même, dit Salvator.

Puis, jetant autour de lui un regard de défiance :

— Quoi que vous voyiez, quoi que vous entendiez, si bonne que vous paraisse l'occasion, ne faites rien. — Que va-t-il donc arriver? demanda Ludovic. — Je l'ignore, dit Salvator, mais quelque chose comme une émeute. — Un jour d'enterrement? demanda naïvement Justin.

Salvator sourit.

— Vous connaissez le proverbe, mon cher Justin : « Qui veut la fin veut les moyens. » — Alors, pourquoi nous dites-vous de ne rien faire? — Parce qu'il y a émeute et émeute. — Sans doute, répondit Ludovic qui comprit le sens des paroles de Salvator ; il y a les émeutes que l'on fait, et les émeutes que l'on fait faire. — Autrement dit, il y a des émeutes sans émeutiers, fit Jean Robert. — Diable! fit Pétrus, celles-là sont les plus dangereuses, à ce que j'ai toujours entendu dire à mon cher oncle. — Et votre cher oncle est un homme de sens, monsieur Pétrus, fit Salvator.

Puis, se tournant vers Justin :

— Tenez-vous donc tranquille, mon cher Justin, et si l'on crie n'importe quoi à la sortie de l'église, soit *vive la liberté de la presse!* soit *à bas les ministres!* soit toute autre chose, laissez crier ; si l'on se donne quelques tapes, laissez taper; si l'on vous menace, ne vous rebiffez pas ; en un mot assistez à ce je ne sais quoi qui va s'accomplir, et que je sens dans l'air, avec le sang-froid d'un sourd, le calme d'un muet et l'impassibilité d'un aveugle. — Soit, dit Justin avec un soupir et comme un homme qui voit s'échapper à regret une première occasion de faire ses preuves.

Salvator comprit le mouvement du jeune homme, et en forme de consolation lui dit :

— Un peu de patience, cher ami, il se présentera avant peu quelque occasion plus propice. Rengaînez donc votre bonne volonté jusque-là ; provisoirement, le plus profond silence. Nous en avons déjà trop dit : voyez les mines patibulaires qui nous entourent.

En effet, dans toutes les directions, près des jeunes gens comme loin d'eux, se promenaient avec lenteur et componction, pareils à des assistants pieux qui craignent de troubler le recueillement général par le bruit de leurs pas, un nombre indéfini de ces hommes qu'aucune toilette ne déguise aux yeux exercés, et qui produisent toujours, en se mettant au milieu de la bonne compagnie, l'effet que font, dans un drame ou dans un vaudeville, en se mêlant aux acteurs, les comparses qui représentent les invités à une noce ou à un repas.

Au milieu de ces hommes, comme un centre sur lequel se rattachaient tous les regards de ces étranges invités, se promenaient deux individus que nos lecteurs ne seront peut-être point fâchés de retrouver.

L'un, vêtu d'une longue lévite bleue, portant le ruban de chevalier de la Légion d'honneur, s'appuyant sur un rotin, comme un homme qu'une ancienne blessure force à chercher cette troisième jambe dont parle le sphinx d'Œdipe, semblait un ancien militaire. L'autre, vêtu d'une redingote brune, avait l'honnête aspect d'un commerçant retiré. En se parlant, ces deux hommes se donnaient pour toute qualification le titre de *voisins*. Ces deux individus à mine placide n'étaient autres que nos vieilles connaissances, Gibassier et Carmagnole.

Maintenant, comment Carmagnole qui était parti pour Vienne avec M. Jackal, et Gibassier qui était parti tout seul pour Kehl, se trouvaient-ils réunis dans l'église de l'Assomption, prêts à donner le mot d'ordre à toute cette armée d'agents qui inquiétaient Salvator? C'est ce que nous allons dire à nos lecteurs.

LVI

STEEPLE-CHASE.

Le 27 mars, aux premières heures du matin, la petite ville de Kehl, si toutefois on peut appeler Kehl une ville, la petite ville de Kehl, disons-nous, avait été mise en rumeur par l'arrivée de deux chaises de poste qui descendaient la seule rue de la ville avec une telle rapidité, que l'on pouvait craindre qu'au moment d'enfiler le pont de bateaux qui conduit en France, le moindre manque de direction ne jetât chevaux, postillons, chaises de poste et voyageurs dans le fleuve au nom et aux légendes poétiques qui sert, à l'est, de frontière à la France.

Cependant les deux chaises de poste qui semblaient lutter de vitesse ralentirent le pas aux deux tiers de la rue, et finirent par s'arrêter devant la grande porte d'une auberge, au-dessus de laquelle grinçait une tôle représentant un homme coiffé d'un chapeau à trois cornes, chaussé de longues bottes, vêtu d'un habit bleu à revers rouges, orné d'une queue gigantesque, et sous les pieds éperonnés duquel on pouvait lire ces trois mots : *Au Grand Frédéric!*

L'aubergiste et sa femme, qui, au bruit du tonnerre lointain que faisaient les roues des deux voitures, étaient accourus sur le pas de leur porte, et qui, en voyant la rapidité des deux voitures, avaient perdu l'espoir d'héberger des voyageurs brûlant le pavé d'une si terrible façon, l'aubergiste et sa femme, en voyant au contraire, à leur inexprimable satisfaction, les deux chaises de poste s'arrêter devant leur maison, s'élancèrent, l'aubergiste à la portière de la première voiture, la femme de l'aubergiste à la portière de la seconde.

De la première voiture sortit vivement un homme d'une cinquantaine d'années, vêtu d'une redingote bleue boutonnée jusqu'au menton, d'un pantalon noir et d'un chapeau à larges bords. Il avait la moustache rude, l'œil ferme, le sourcil bien arqué, les cheveux coupés en brosse. Le sourcil était noir comme l'œil qu'il ombrageait, mais cheveux et moustaches commençaient à grisonner. Cet homme était enveloppé d'un grand manteau.

De la seconde voiture descendit avec dignité un majestueux gaillard vigoureusement bâti, autant qu'on en pouvait juger sous sa polonaise à brandebourgs d'or et sous son manteau hongrois, ou, pour dire le véritable nom du vêtement, sous sa *youba* chargée de broderies, dans laquelle il était enveloppé de la tête aux pieds.

A voir cette riche pelisse, l'aisance avec laquelle elle était portée, l'air digne de celui qui la portait, on eût offert de parier que le voyageur était quelque noble hospodar valaque, venant de Jassy ou de Boukarest, ou tout au moins quelque riche Magyar arrivant de Pesth et se rendant en France pour faire ratifier quelque note diplomatique. Mais on n'eût point tardé à voir qu'on avait perdu la gageure en dévisageant de près le noble étranger; car, malgré les favoris épais qui encadraient son visage, malgré les deux immenses moustaches retroussées qu'il tordait en croc avec une insouciance affectée, on eût bien vite reconnu, sous cette aristocratique apparence, des conditions premières de vulgarité qui eussent fait descendre l'inconnu du rang princier ou aristocratique qu'on lui avait accordé au premier abord, à celui d'intendant de grande maison ou d'officier de troisième ordre.

Et en effet, de même que le lecteur a déjà sans doute reconnu M. Sarranti dans le voyageur descendant de la première voiture, de même il a, nous n'en doutons pas, reconnu maître Gibassier dans celui qui descendait de la seconde.

On se souvient que M. Jackal, parti avec Carmagnole pour Vienne, avait chargé Gibassier d'attendre M. Sarranti à Kehl. Gibassier s'était prélassé quatre jours à l'hôtel de la Poste, puis, le soir du cinquième, il avait vu poindre à l'horizon Carmagnole, lequel passait en courrier, et en passant le prévenait de la part de M. Jackal que M. Sarranti devant arriver le lendemain, dans la matinée du 26, il eût, lui Gibassier, à remonter jusqu'à Steinbach, où il trouverait une chaise de poste qui l'attendrait à l'hôtel du Soleil, et dans cette chaise de poste tous les déguisements nécessaires à l'exécution des ordres qu'il avait reçus.

Ces ordres étaient bien simples, mais pour être bien simples n'en étaient pas plus faciles à exécuter. Ils consistaient à ne pas perdre de vue M. Sarranti, à se cramponner à lui comme son ombre pendant toute la route, et, arrivé à Paris, à s'attacher à sa personne, et tout cela si adroitement, que Sarranti ne pût prendre aucun soupçon.

M. Jackal s'en rapportait à l'habileté bien connue de Gibassier à changer de costume et de figure. Gibassier était parti à l'instant même pour Steinbach, avait trouvé l'hôtel, dans l'hôtel la voiture, et dans la voiture tout un assortiment de costumes, parmi lesquels il avait choisi, comme le plus chaud pour le voyage, celui dont nous l'avons vu affublé au moment où il a reparu à nos yeux.

Mais, à son grand étonnement, la journée du 26 s'était écoulée et une partie de la nuit avait suivi la journée sans qu'il eût vu paraître aucun voyageur dont le signalement s'accordât avec celui qui lui était donné.

Enfin, vers deux heures du matin, il avait entendu les claquements d'un fouet et les tintements des grelots. Il avait fait mettre les chevaux à sa chaise, n'était resté que le temps de s'assurer que le voyageur annoncé par le double bruit était bien M. Sarranti, et, à peu près certain qu'il tenait son homme, il avait ordonné au postillon de partir en marchant au train ordinaire.

Dix minutes après lui, M. Sarranti, qui ne s'était arrêté que le temps nécessaire à changer de chevaux et à prendre un bouillon, était parti à son tour, courant après celui qui était chargé de le suivre.

Ce qu'avait prévu Gibassier arriva. A deux lieues de Steinbach il avait été rejoint par M. Sarranti. Mais comme les règlements de la poste ne veulent pas qu'un voyageur dépasse l'autre sans la permission de celui-ci, attendu qu'il pourrait prendre au prochain relais les seuls chevaux de l'écurie, les deux voitures se suivirent pendant quelque temps sans que la seconde osât dépasser la première. Enfin M. Sarranti, impatienté, avait fait demander à Gibassier la permission de le primer. La permission avait été accordée avec une courtoisie qui avait fait que M. Sarranti était descendu lui-même de voiture pour venir remercier le gentilhomme hongrois, après quoi on s'était salué de part et d'autre; M. Sarranti était remonté dans sa voiture, et, fort de la permission, était parti comme le vent.

Gibassier l'avait suivi, mais, cette fois, en recommandant au postillon, quelque train qu'allât M. Sarranti, de marcher du même train que lui. Le postillon avait obéi, et nous avons vu les deux chaises de poste entrer au grand galop dans la ville de Kehl et s'arrêter à l'hôtel du *Grand Frédéric*.

Après s'être salués courtoisement, mais sans échanger une seule parole, les deux voyageurs étaient entrés dans l'auberge, avaient gagné la salle à manger, s'étaient assis chacun à une table et avaient demandé à déjeuner, M. Sarranti en excellent français, Gibassier avec un accent allemand très-prononcé.

Toujours silencieux, Gibassier avait dédaigneusement goûté à tous les plats qu'on lui avait servis, et, après avoir payé sa dépense, voyant M. Sarranti se lever, il s'était levé à son tour et avait lentement et silencieusement regagné la voiture. Les deux chaises de poste avaient alors repris leur course effrénée, la voiture de M. Sarranti précédant toujours celle de Gibassier, mais d'une vingtaine de pas seulement.

Au moment d'arriver vers le soir à Nancy, le postillon de M. Sarranti, qui, premier garçon de noces d'un de ses cousins, avait trouvé assez mal plaisant de quitter le dîner pour un relais de onze lieues aller et retour, le postillon de M. Sarranti, prévenu par son camarade que son voyageur désirait aller vite et payait bien, avait fait prendre à ses chevaux un galop enragé, grâce auquel il eût gagné une bonne heure et demie sur les deux postes et fût revenu à temps pour ouvrir le bal, si, au moment d'arriver le soir à Nancy, comme nous disions, chevaux, postillon et voiture n'eussent, dans une descente rapide, fait une si effrayante culbute, qu'un cri de douleur s'échappa de la poitrine du sensible Gibassier, qui s'élança de sa chaise de poste pour porter secours à M. Sarranti.

Gibassier agissait ainsi pour l'acquit de sa conscience; car après la culbute qu'il venait de voir faire à la voiture, il avait la conviction que le voyageur qu'elle renfermait avait plus besoin des consolations d'un prêtre que des secours d'un compagnon de voyage.

A son grand étonnement, il trouva M. Sarranti sain et sauf. Le postillon lui-même n'avait qu'une épaule démise et un pied foulé. Mais si la Providence, en bonne mère qu'elle était, avait sauvegardé les hommes, elle avait pris sa revanche à l'endroit des bêtes et de la voiture. Un des chevaux était tué roide, le second paraissait avoir la cuisse cassée.

Un des essieux de la voiture était brisé, et tout un côté de la caisse, celui sur lequel on avait versé, était en cannelle. On ne pouvait donc sérieusement songer à se remettre en route.

M. Sarranti poussa quelques jurons qui ne révélaient pas un caractère d'une patience angélique. Mais il fallait en prendre son parti, ce que, bien à contre-cœur, il allait faire sans doute, si le Magyar Gibassier, dans un langage moitié français, moitié allemand, mais qui, en réalité, n'était ni l'un ni l'autre, n'eût offert à son malheureux compagnon de route une place dans sa voiture.

L'offre était si opportune et en même temps semblait faite de si bon cœur, que M. Sarranti n'hésita point à accepter. On transporta le bagage de la première voiture dans la seconde, on promit au postillon de lui envoyer du secours de Nancy, dont on n'était plus qu'à une petite lieue, et l'on se remit en route avec la même vitesse.

Les premiers compliments offerts et reçus, Gibassier, qui n'était pas certain de parler le pur allemand, et qui redoutait que M. Sarranti, si Corse qu'il fût, ne connût à fond cet idiome, Gibassier avait soigneusement évité toute interrogation ; se contentant de répondre aux paroles de politesse de son compagnon par des *oui* et *non* dont l'accent se rapprochait de plus en plus de la langue française.

On arriva à Nancy. On s'arrêta à l'hôtel du *Grand Stanislas*, qui est en même temps celui de la Poste. M. Sarranti descendit de voiture, renouvela ses remerciements à son compagnon le Magyar, et voulut se retirer.

— Vous avez tort, Monsieur, dit Gibassier, vous m'avez l'air pressé d'arriver à Paris, votre voiture ne sera point raccommodée avant demain et vous perdrez un jour. — Cela me contrarierait d'autant plus, dit Sarranti, que même accident m'est déjà arrivé en sortant de Ratisbonne et que j'ai perdu 24 heures.

Gibassier s'expliqua seulement alors le retard qui l'avait tant inquiété à Steinbach.

— Mais, continua M. Sarranti, je n'attendrai pas que ma voiture soit raccommodée, j'en achèterai une autre.

Et en effet, il donna l'ordre au maître de poste de lui trouver une voiture, quelle qu'elle fût, calèche, coupé, landeau ou même cabriolet, avec laquelle il pût continuer sa route à l'instant même.

Gibassier pensa que si rapidement que la voiture fût trouvée, il aurait bien le temps de dîner pendant que son compagnon de route l'examinerait, en discuterait le prix et y ferait charger ses bagages. Il n'avait rien pris depuis le matin huit heures, à Khel, et, quoique son estomac pût, dans un cas extrême, rivaliser de frugalité avec celui du chameau, justement parce que ce cas pouvait se présenter, le prudent Gibassier ne laissait jamais, quand elle s'offrait, échapper l'occasion de le ravitailler.

Sans doute M. Sarranti, de son côté, jugea à propos de prendre les mêmes précautions que le digne Magyar, car tous deux, comme ils avaient fait le matin, s'asseyant chacun à une table différente, sonnèrent pour appeler le garçon, et, avec une intonation qui indiquait une louable unanimité d'opinions, se contentèrent de prononcer ces trois mots :

— Garçon, un dîner !

LVII

L'HOTEL DU GRAND-TURC, PLACE SAINT-ANDRÉ-DES-ARTS.

Pour ceux qui s'étonneraient de ne pas avoir vu M. Sarranti accepter l'offre si acceptable pour un homme pressé que lui faisait Gibassier, nous dirons que s'il est quelqu'un de plus fin en général que l'agent de police qui poursuit un homme, si fin que soit cet agent de police, c'est l'homme qui est poursuivi. Voyez le lévrier et le renard.

Il était donc entré dans l'esprit de M. Sarranti quelques vagues soupçons à l'endroit de ce Magyar qui parlait si mal le français, et qui cependant, lorsqu'on lui parlait français, répondait assez intelligemment à tout ce qu'on pouvait lui dire, et qui, au contraire, lorsqu'on lui parlait allemand, polonais ou valaque, trois langues que M. Sarranti parlait à merveille, répondait à tort et à travers *ia* ou *nein*, se renfermant immédiatement dans sa gouba et faisant semblant de dormir.

Il en résultait que, mal à l'aise grâce à ses soupçons, pendant la lieue et demie qu'il avait faite avec lui, à partir de l'endroit où la voiture s'était brisée jusqu'à l'hôtel où il venait de commander son dîner, M. Sarranti était résolu, coûte que coûte, à se passer du secours de son complaisant mais silencieux compagnon de route.

Voilà pourquoi il avait demandé une voiture, ne pouvant pas attendre que la sienne fût raccommodée, et ne voulant plus prendre place dans celle du noble Hongrois.

Gibassier était trop fin pour ne pas s'être aperçu de cette défiance. Aussi, tout en dînant, ordonna-t-il, vu le besoin qu'il avait d'arriver à Paris le lendemain, y étant impatiemment attendu par l'ambassadeur d'Autriche, que l'on mît les chevaux à la voiture.

Les chevaux mis à la voiture, Gibassier salua Sarranti avec un magnifique haut-le-corps, enfonça son bonnet fourré sur ses oreilles et sortit.

Pressé comme il l'était de son côté, il était probable que M. Sarranti suivrait la route directe au moins jusqu'à Ligny. Là sans doute il laisserait Bar-le-Duc sur sa droite, et, par la route d'Ancerville, gagnerait Saint-Dizier et Vitry-le-Français.

Seulement, à Vitry-le-Français il y avait doute. M. Sarranti, arrivé à Vitry-le-Français, prendrait-il par Châlons en décrivant une ligne courbe, ou filerait-il directement par La Fère-Champenoise, Coulommiers, Crécy et Lagny ? C'était une question qui ne pouvait se décider qu'à Vitry-le-Français. Gibassier indiqua donc son chemin par Toul, Ligny, Saint-Dizier.

Seulement, à une demi-lieue de Vitry, il s'arrêta et eut avec son postillon une conférence de quelques minutes, au bout de laquelle la voiture se trouva renversée sur le flanc avec son essieu de devant brisé. Il était depuis une demi-heure à peu près dans cette triste position si bien connue, et qui, par conséquent, devait être si bien appréciée de M. Sarranti, lorsque la chaise de poste de celui-ci parut au haut d'une montée.

En approchant de la voiture renversée, M. Sarranti sortit la tête de sa portière et vit sur la route son Magyar qui faisait, avec l'aide du postillon, d'inutiles efforts pour mettre sa chaise en état de continuer sa route. C'eût été, de la part de M. Sarranti, manquer à tous les devoirs de la politesse, que de laisser Gibassier dans un tel embarras quand, en une circonstance semblable, Gibassier s'était mis, lui et sa voitrue, à sa disposition.

Il lui offrit donc, à son tour, de monter près de lui, ce que Gibassier accepta avec une remarquable discrétion, fixant à Vitry-le-Français le terme de l'embarras qu'il consentait à causer à son Excellence M. de Bornis. C'était le nom sous lequel voyageait M. Sarranti.

On transporta sur la voiture de M. de Bornis la malle gigantesque du Magyar, et l'on prit la route de Vitry-le-Français, où l'on entrait vingt minutes après. On s'arrêta à la poste.

M. de Bornis demanda des chevaux, Gibassier une carriole quelconque pour continuer son chemin. Le maître de poste lui montra sous sa remise un vieux cabriolet qui, tout vieux qu'il fût, parut satisfaire aux exigences de Gibassier.

M. de Bornis, tranquillisé sur le sort de son compagnon, prit congé de lui et donna ordre, comme l'avait pensé Gibassier, de suivre la route de La Fère-Champenoise.

Gibassier termina son marché avec le maître de poste et partit, commandant au postillon de suivre la même route que venait de prendre le voyageur qui le précédait. Il y avait cinq francs pour le postillon au moment où l'on apercevrait la voiture.

Le postillon lança ses chevaux à fond de train, mais on arriva au relais sans avoir rien vu. Au relais, on interrogea maître de poste et postillon. Aucune chaise de poste n'avait passé depuis la veille. La chose était claire, Sarranti se défiait : il avait indiqué la route de La Fère-Champenoise et avait pris celle de Châlons.

Gibassier était distancé. Il n'y avait pas une minute à perdre pour arriver à Meaux avant Sarranti. Gibassier laissa là le cabriolet, tira de sa malle un costume complet de courrier de cabinet bleu et or, passa une culotte de peau, des bottes molles, jeta sur son dos le sac aux dépêches, se débarrassa de sa barbe et de ses moustaches, et demanda un bidet de poste.

En un instant le bidet de poste fut sellé, et Gibassier sur la route de Sézanne. Il comptait rejoindre Meaux par La Ferté-Gaucher et Coulommiers. Il ne s'arrêta ni pour boire ni pour manger, fit trente lieues d'une traite et arriva à la poste de Meaux. Aucune chaise de poste, ressemblant à celle que décrivait Gibassier, n'était passée.

Gibassier s'arrêta, se fit servir à dîner dans la cuisine, mangea, but et attendit. Un cheval tout sellé attendait aussi.

Au bout d'une heure, la voiture attendue avec tant d'impatience arriva. Il faisait nuit close.

M. Sarranti se fit porter un bouillon dans sa voiture et donna ordre de marcher sur Paris par Claye. C'était tout ce qu'il fallait à Gibassier. Il sortit par la porte de la cour, enfourcha son cheval, et, contournant une ruelle, il gagna la grande route de Paris.

Au bout de dix minutes il vit briller derrière lui les deux lanternes de la chaise de poste de M. Sarranti. C'était désormais tout ce qu'il lui fallait. Il voyait et n'était pas vu. Il s'agissait de ne pas être entendu non plus que vu. Il prit le bas côté du chemin, galopant toujours à un kilomètre en avant de la voiture. On arriva à Bondy.

Là, en un tour de main, le courrier de cabinet fut métamorphosé en postillon, et, moyennant cinq francs, le postillon qui devait marcher lui céda son tour avec reconnaissance. M. Sarranti arriva. Si près de Paris ce n'était point la peine de s'arrêter. Il passa la tête et demanda des chevaux.

— Voilà, notre maître, répondit Gibassier, et des fameux.

En effet, c'étaient deux de ces braves chevaux blancs du Perche, qui sont toujours hennissant et se battant.

— Vous tiendrez-vous tranquilles, charognes que vous êtes, cria Gibassier en leur faisant prendre place au timon avec l'adresse d'un postillon consommé.

Puis, les chevaux attelés :

— Où descendrez-vous, notre bourgeois? demanda le faux postillon à la portière de la voiture et le chapeau à la main. — Place Saint-André-des-Arts, hôtel du *Grand-Turc,* dit M. Sarranti. — Bon, dit Gibassier, c'est comme si vous y étiez. — Et quand y serons-nous? demanda M. Sarranti. — Oh! fit Gibassier, dans une heure un quart ça brûlera. — Allons, vite, dix francs de pourboire si nous y sommes dans une heure. — On y sera, bourgeois.

Et Gibassier enjamba le porteur et partit au galop. Cette fois il était bien sûr que Sarranti ne lui échapperait pas.

On arriva à la barrière. Les douaniers firent cette rapide visite dont ils honorent les voyageurs qui voyagent en poste, prononcèrent les paroles sacramentelles : *Allez,* et M. Sarranti qui, sept ans auparavant, était sorti de Paris par la barrière de Fontainebleau y rentra par celle de La Petite-Villette.

Un quart d'heure après, on entrait au grand trot dans la cour de l'hôtel du *Grand-Turc,* place Saint-André-des-Arts. Il n'y avait de vacant à l'hôtel que deux chambres situées en face l'une de l'autre, sur le même palier; le n° 6 et le n° 11.

Le garçon conduisit M. Sarranti, qui choisit le n° 6. Le garçon descendit.

— Dites donc, l'ami, fit Gibassier. — Qu'y a-t-il? postillon, demanda dédaigneusement le garçon. — Postillon! postillon! répéta Gibassier, certainement que je suis postillon. Après, est-ce qu'il y a du déshonneur à cela? — Mais non que je sache, seulement je vous appelle postillon parce que vous êtes postillon. — A la bonne heure! et il fit en grommelant deux pas du côté des chevaux. — Eh bien, demanda le garçon, que me vouliez-vous? — Moi?.. rien. — C'est que vous disiez tout à l'heure... — Quoi? — Dites donc, l'ami? — Ah! c'est vrai. Eh bien, voilà la chose : M. Poirier, vous le connaissez bien... — Quel M. Poirier? — M. Poirier, donc. — Je ne connais pas M. Poirier. — M. Poirier, le fermier de chez nous, vous ne le connaissez pas? M. Poirier, qui a un troupeau de quatre cents bêtes, vous ne connaissez pas M. Poirier?.. — Je vous dis que je ne le connais pas. — Tant pis; il va venir par la voiture de onze heures, la voiture du *Plat d'Étain.* Vous la connaissez bien, la voiture du *Plat-d'Étain*... — Non ! — Alors vous ne connaissez donc rien ? Qu'est-ce que vos père et mère vous ont donc appris, si vous ne connaissez ni M. Poirier, ni la voiture du *Plat-d'Étain?* Ah ! il faut convenir qu'il y a des parents qui sont bien fautifs. — Enfin, où en voulez-vous venir avec M. Poirier? — Ah ! je voulais vous donner cent sous de sa part, mais si vous ne le connaissez pas... — On peut faire connaissance. — Si vous ne le connaissez pas... — Mais enfin, pourquoi faire ces cent sous; il ne me donnerait pas cent sous pour mes beaux yeux... — Non, attendu que vous louchez, mon ami. — Mais enfin, pourquoi était-ce que M. Poirier vous avait chargé de me donner cent sous ? — Pour lui retenir une chambre dans l'hôtel, attendu qu'il a affaire pour affaires dans le faubourg Saint-Germain, et il m'a dit : Charpillon..., c'est mon nom, Charpillon, et de père en fils... — J'en suis bien aise, monsieur Charpillon, dit le garçon. — Il m'a dit : Charpillon, tu donneras cent sous à la fille de l'hôtel du *Grand-Turc*, place Saint-André-des-Arts, afin qu'elle me retienne une chambre. Où est la fille ? — C'est inutile, je lui retiendrai aussi bien la chambre qu'elle. — Eh non ! puisque vous ne le connaissez pas... — Je n'ai pas besoin de le connaître pour lui retenir une chambre. — Tiens, c'est vrai, vous n'êtes pas encore si bête que vous en avez l'air, vous ! — Merci ! — Voilà les cent sous, vous le reconnaîtrez bien quand il viendra. — M. Poirier? — Oui ! — Surtout s'il dit son nom. — Oh ! il le dira, il n'a pas de raisons de le cacher, son nom. — Alors on le conduira à la chambre n° 11. — Quand vous verrez un gros réjoui de bonne mine, avec un cache-nez qui lui couvre la moitié du visage et une redingote de castorine marron, vous pourrez dire hardiment : Voilà M. Poirier ! Et sur ce, bonne nuit, chauffez bien le n° 11, attendu que M. Poirier est très-frileux... Ah ! et puis, attendez donc, je crois que cela ne lui ferait pas de peine de trouver un bon souper dans sa chambre. — Bon ! dit le garçon. — Et moi qui oubliais, dit le faux Charpillon... — Quoi? — Le principal. Il ne boit que du vin de Bordeaux. — Bon, il trouvera une bouteille de vin de Bordeaux sur sa table. — Alors il n'aura plus rien à désirer que d'avoir des yeux comme les tiens, afin de pouvoir regarder du côté de Bondy si Charenton brûle.

Et avec un grand éclat de rire qui attestait du plaisir que lui causait cette fine plaisanterie, le faux postillon sortit de l'hôtel du *Grand-Turc*.

Un quart d'heure après, un cabriolet s'arrêtait à la porte de l'hôtel. Un homme en descendait sous le signalement indiqué par Charpillon, et, s'étant fait reconnaître pour ce même M. Poirier que l'on attendait, était conduit par le garçon, avec force révérences, à la chambre n° 11, où un bon souper était servi, et où une bouteille de vin de Bordeaux atteignait, placée à une savante distance du feu, ce degré de tiédeur que lui donnent, avant de la déguster, les véritables gourmets.

LVIII

ON N'EST JAMAIS TRAHI QUE PAR LES SIENS.

Cinq minutes après, M. Poirier était établi dans la chambre n° 11, et en connaissait tous les coins et recoins comme s'il eût habité cette chambre toute sa vie.

M. Poirier était le caractère qui faisait le plus vite connaissance avec les hommes, et le tempérament qui se familiarisait le plus vite avec les lieux. Seulement, il déclara au garçon qu'il n'avait besoin de personne pour le servir, qu'il aimait manger seul et tranquillement, sans avoir quelqu'un qui lui remplît son verre avant qu'il fût vide, ou lui enlevât son assiette tandis qu'elle était encore pleine.

Une fois seul, et lorsqu'il eut entendu s'éteindre dans l'escalier les pas du garçon, le faux Poirier, ou le vrai Gibassier, comme on voudra, rouvrit sa porte. Juste au même moment, M. Sarranti, de son côté, ouvrait la sienne.

Gibassier tint sa porte non pas fermée, mais poussée contre le chambranle. M. Sarranti donnait à la fille de chambre, qui venait de faire son lit, quelques ordres qui indiquaient que dans une heure ou deux il serait de retour.

— Oh ! oh ! dit Gibassier, il paraît que, malgré l'heure avancée, voici mon voisin qui va faire un petit tour. Voyons de quel côté il s'acheminera.

Gibassier éteignit les deux bougies qui brûlaient sur sa table, et ouvrit sa fenêtre avant que M. Sarranti eût franchi le seuil de la porte de la rue. Un instant après, il le vit sortir et prendre la rue Saint-André-des-Arts.

— Je suis bien sûr qu'il reviendra, dit-il, puisqu'il ne pouvait deviner que j'étais là à écouter les ordres qu'il donnait. Mais bah ! pas de paresse, faisons notre métier en conscience et sachons où il va.

Il descendit rapidement et le suivit à travers la rue de Bussy, le marché Saint-Germain, la place Saint-Sulpice, la rue du Pot-de-Fer, où il le vit entrer dans une maison, sans même regarder le numéro. Gibassier fut plus curieux que lui. M. Sarranti était entré au n° 28. Gibassier remonta la rue, s'effaça le long de l'hôtel Cossé-Brissac et attendit.

Il n'attendit pas longtemps. M. Sarranti ne fit qu'entrer et sortir. Mais alors, au lieu de descendre la rue du Pot-de-Fer, il la remonta, c'est-à-dire qu'il passa devant Gibassier, qui se retourna prudemment et pudiquement du côté du mur, et prit la rue de Vaugirard.

Là, après avoir suivi quelque temps cette rue, avoir longé le théâtre de l'Odéon, du côté de l'entrée des acteurs, avoir traversé la place Saint-Michel, il s'enfonça dans la rue des Postes, et arriva devant une maison dont, cette fois, il regarda le numéro.

Cette maison, nos lecteurs la connaissent déjà, ou, s'ils ne la reconnaissent pas, ils vont la reconnaître à première désignation. Située à côté de l'impasse des Vignes et en face de la rue du Puits-qui-Parle, elle n'était autre que cette espèce de gobelet magique par lequel, pareils à des muscades, avaient disparu ces carbonari cherchés si inutilement par M. Jackal dans la maison et si miraculeusement retrouvés par lui dans sa périlleuse descente, près de Gibassier.

L'ex-forçat frissonna en apercevant cette fameuse rue du Puits-qui-Parle, et dans cette rue le puits où il avait passé de si longues et si tristes heures. Un vague frisson lui passa par tout le corps et une sueur froide mouilla son front. Pour la premiere fois depuis son départ de l'Hôtel-Dieu pour Kehl, il éprouva une douloureuse impression.

La rue était solitaire. M. Sarranti, arrivé devant la maison, s'arrêta, attendant sans doute pour entrer les quatre autres compagnons nécessaires à l'introduction qui, on se le rappelle, avait lieu cinq par cinq.

Bientôt trois hommes enveloppés de manteaux apparurent, vinrent droit à M. Sarranti, et, après avoir échangé le signe de reconnaissance, tous quatre attendirent le cinquième.

Gibassier regarda autour de lui pour voir si le cinquième n'arrivait pas, et, n'en voyant pas même poindre l'ombre, il jugea que c'était le moment de faire un coup de maître. Initié par M. Jackal, aux mystères de cette maison, familier avec les signes maçonniques de toutes les sociétés secrètes, il marcha droit au groupe, prit la première main étendue vers lui, et fit le signe de reconnaissance. Ce signe consistait à tourner trois fois la main de dedans en dehors.

Alors un des hommes mit la clef dans la serrure, et ils entrèrent tous cinq. L'intérieur de la maison était réparé et repeint de manière à ne laisser aucune trace du passage de Carmagnole à travers la muraille, et de la chute de Vol-au-Vent à travers le châssis.

Cette fois il n'était pas même question de descendre dans les Catacombes. Quatre chefs inconnus les uns aux autres avaient été convoqués pour recevoir les confidences de M. Sarranti.

M. Sarranti leur annonça qu'avant trois jours le duc de Reichstadt serait à Saint-Leu-Taverny, où il resterait caché jusqu'au moment où l'on aurait besoin de montrer au peuple le drapeau au nom duquel on se soulevait.

Comme l'habitude des affiliés était de profiter, pour dérouter la police, de chaque occasion qui se présentait de se réunir, il fut convenu que, le convoi de M. le duc de La Rochefoucauld devant avoir lieu le lendemain, toutes les loges et toutes les ventes se trouveraient soit dans l'église de l'Assomption, soit dans les rues environnantes.

Là, on recevrait les dernières instructions de la haute vente. En tous cas, jusqu'à l'arrivée du duc de Reichstadt, un comité demeurerait en permanence. On se sépara à une heure du matin.

Gibassier n'avait qu'une crainte, c'était de rencontrer en sortant l'affilie dont il avait pris la place. Il n'y était pas. Sans doute était-il venu, mais, ne voyant pas arriver ses quatre compagnons, il s'était ennuyé de les attendre, et, croyant l'affaire remise, il était rentré chez lui.

M. Sarranti quitta ses quatre compagnons à la porte, et Gibassier, ne doutant point qu'il rentrât à l'hôtel du *Grand-Turc,* disparut à l'angle de la première rue, et, prenant ses jambes à son cou, le précéda de dix minutes, rentra, se mit à table et mangea avec la faim d'un voyageur qui a fait trente-cinq à quarante lieues à franc étrier, et la satisfaction d'un homme qui a consciencieusement rempli son devoir.

Aussi reçut-il la douce récompense de toutes ses peines en entendant dans l'escalier le pas de M. Sarranti, qu'il avait déjà étudié de façon à le reconnaître entre mille.

La porte du nº 6 s'ouvrit et se referma. Puis Gibassier entendit le grincement de la clef qui tournait deux fois dans la serrure : c'était un signe certain queM. Sarranti était rentré pour ne plus sortir, au moins jusqu'au lendemain matin.

— Bonne nuit, cher voisin, murmura-t-il.

Puis il sonna le garçon. Le garçon parut.

— Vous ferez entrer chez moi demain matin, ou plutôt aujourd'hui à sept heures, dit Gibassier en se reprenant, un commissionnaire. Il aura une lettre très-pressée à porter en ville. — Si Monsieur veut me donner la lettre, dit le garçon, on ne le réveillera pas pour si peu de chose. — D'abord, dit Gibassier, ma lettre n'est pas peu de chose. Puis, ajouta-t-il, je ne serais point fâché d'être réveillé de bonne heure.

Le garçon s'inclina en signe d'obéissance et enleva le couvert. Seulement Gibassier le pria de laisser dans la chambre un magnifique poulet froid et ce qui restait de sa seconde bouteille de vin de Bordeaux, disant que, comme le roi Louis XIV, il n'aimait point dormir sans avoir un *en cas* à la portée de sa main.

Le garçon posa sur la cheminée le poulet intact et la bouteille entamée; puis il se retira, promettant de faire entrer le commissionnaire à sept heures précises du matin.

Le garçon sorti, Gibassier ferma sa porte à son tour, ouvrit le secrétaire, dans lequel il s'était d'avance assuré de trouver une plume, de l'encre et du papier, et se mit, à l'intention de M. Jackal, à écrire ses impressions de voyage depuis Kehl jusqu'à Paris. Après quoi, il se coucha.

A sept heures, le commissionnaire frappait à la porte. Gibassier, déjà levé, déjà habillé, déjà prêt à entrer en campagne, cria :

— Entrez.

Le commissionnaire entra. Gibassier jeta un rapide coup d'œil sur lui et reconnut, avant même qu'il eût prononcé un seul mot, l'Auvergnat pur sang. Il pouvait en toute confiance lui remettre son message. Il lui donna douze sous au lieu de dix, lui expliqua tous les détours du palais de la rue de Jérusalem, le prévint que la personne à laquelle la lettre était adressée devait être arrivée le matin même d'un grand voyage ou arriverait dans la journée.

Si la personne était arrivée, il lui remettrait la lettre en mains propres de la part de M. Bagnères de Toulon. C'était le nom aristocratique de Gibassier. Si la personne n'était point arrivée, il laisserait la lettre à son secrétaire. L'Auvergnat partit complétement renseigné.

Une heure s'écoula. La porte de M. Sarranti restait fermée. Seulement, on l'entendait aller, venir et remuer les meubles dans sa chambre.

Gibassier, pour faire quelque chose, résolut de déjeuner. Il sonna le garçon, se fit mettre son couvert, servir son poulet et son reste de vin de Bordeaux, et renvoya le garçon. Gibassier avait déjà enfoncé sa fourchette dans la cuisse de son poulet, il avait déjà approché son couteau du joint de l'aile dans l'articulation duquel il s'apprêtait à le faire glisser, quand la porte de son voisin grinça sur ses gonds.

— Diable! fit-il en se levant, il me semble que nous sortons de bien bonne heure.

Ses yeux se portèrent sur la pendule. Elle marquait huit heures un quart.

— Eh! eh! fit-il, pas de si bonne heure déjà.

M. Sarranti descendit l'escalier. Comme la veille, Gibassier courut à sa fenêtre, mais sans l'ouvrir cette fois, écartant seulement les rideaux. Mais il attendit vainement, M. Sarranti ne parut pas sur la place.

— Oh! oh! dit Gibassier, que fait-il donc en bas? réglerait-il son compte? car il est impossible qu'il soit sorti si vite que je sois trop tard arrivé à la fenêtre... A moins, pensa-t-il, qu'il n'ait longé la muraille, en ce cas même il ne saurait être loin.

Et Gibassier, ouvrant rapidement la fenêtre, se pencha en dehors pour explorer la place en tous sens. Rien qui ressemblât à M. Sarranti.

Il attendit quatre ou cinq minutes environ, et, ne pouvant deviner pourquoi M. Sarranti ne sortait point, il s'apprêtait à descendre pour demander de ses nouvelles lorsque enfin il le vit franchir le seuil de la porte et se diriger, comme la veille, vers la rue Saint-André-des-Arts.

— Je me doute bien où tu vas, murmura Gibassier. Tu vas rue du Pot-de-Fer. Tu as trouvé visage de bois hier, et tu vas voir si tu seras plus heureux ce matin. Je pourrais bien me dispenser de te suivre, mais le devoir avant tout.

Et Gibassier, prenant son chapeau et son cache-nez, descendit, laissant son poulet intact, en reconnaissant la bonté de la Providence, qui lui imposait cette petite course matinale pour lui ouvrir l'appétit. Mais, à sa grande stupéfaction, il fut arrêté sur la dernière marche de l'escalier par un homme qu'à sa figure et à son air il reconnut à l'instant même pour un agent subalterne de la police.

— Vos papiers? lui demanda celui-ci. — Mes papiers? répéta Gibassier stupéfait. — Pardieu! répéta l'agent, vous savez bien que pour loger en hôtel garni il faut des papiers? — C'est juste, dit Gibassier, seulement je ne croyais pas que pour venir de Bondy à Paris on eût besoin de passe-port. — Si on a son appartement à Paris ou si on loge chez un ami, non; mais si on loge en hôtel garni, oui. — Oh! c'est juste, dit Gibassier, qui savait mieux que personne, par l'expérience qu'il en avait faite dans le passé, la nécessité d'un passe-port pour trouver un gîte; aussi, on va vous les montrer, ces papiers.

Et il fouilla dans toutes les poches de sa castorine. Les poches de la castorine de Gibassier étaient vides.

— Que diable ai-je donc fait de mes papiers? dit-il.

L'agent fit un geste qu'on pouvait traduire par ces mots:

— Du moment où un homme ne trouve pas ses papiers tout de suite, il ne les trouve jamais.

Et d'un geste il recommanda la surveillance à deux hommes vêtus de redingotes noires et portant de grosses cannes, qui attendaient sous la grande porte de l'auberge.

— Ah! mordieu, dit Gibassier, je sais ce que j'en ai fait de mes papiers. — — Ah! tant mieux, fit l'agent. — Je les ai laissés à l'hôtel de la poste de Bondy, quand j'ai quitté mon déguisement de courrier pour prendre mon costume de postillon. — Hein? fit l'agent. — Oui, dit Gibassier en riant, heureusement que je n'en ai pas besoin de papiers. — Comment, vous n'en avez pas besoin? — Non.

Puis, s'approchant de l'oreille de l'agent :

— Je suis des vôtres, dit-il. — Comment, vous êtes des nôtres? — Oui, laissez-moi donc passer. — Ah! ah! vous êtes pressé à ce qu'il paraît? — Je suis quelqu'un, dit Gibassier d'un air de connivence et en clignant de l'œil. — Vous suivez quelqu'un? — Je suis un conspirateur, et des plus dangereux. — Vraiment! et où est ce quelqu'un? — Parbleu! vous avez dû le voir, c'est l'homme qui vient de descendre : cinquante ans, moustaches grisonnantes, cheveux coupés en brosse, tournure militaire. Vous ne l'avez pas vu? — Si fait, je l'ai vu. — Eh bien! alors, dit Gibassier riant toujours, c'était lui qu'il fallait arrêter et non pas moi. — Oui, mais comme lui avait ses papiers, et parfaitement en règle, je l'ai laissé passer, et comme vous n'avez pas les vôtres, je vous arrête. — Comment! vous m'arrêtez. — Sans doute, est-ce que vous croyez que je vais me gêner pour cela? — Vous m'arrêtez, moi! — Oui, vous. — Moi, agent particulier de M. Jackal? — La preuve... — Bon, la preuve, je vous la donnerai, et ce ne sera pas difficile. — Donnez-la, alors. — Mais en attendant, s'écria Gibassier, mon homme se sauve peut-être... — Oui, je comprends, et vous ne seriez pas fâché d'en faire autant que lui. — Moi, me sauver! Ah! par exemple, pourquoi faire? On voit bien que vous ne me connaissez pas; me sauver! non, je trouve ma nouvelle position trop agréable... — Allons! allons! dit l'agent, assez de paroles comme cela. — Comment, assez de paroles comme... — Oui, suivez-nous, ou bien... — Ou bien quoi? — Ou bien on ira requérir la force armée. — Mais puisque je vous dis, répéta Gibassier écumant de colère, que j'appartiens à la police particulière de M. Jackal.

L'agent le regarda d'un air de mépris qui voulait dire :

— Fat que vous êtes!

Et il haussa les épaules, en faisant signe aux deux hommes en redingote de venir à son aide. Ceux-ci s'avancèrent en hommes dressés à cet exercice.

— Prenez garde, mon ami, dit Gibassier. — Je ne suis pas l'ami des gens qui n'ont pas de papiers, dit l'agent. — M. Jackal vous punira sévèrement. — Ma consigne est de conduire à la Préfecture de Police les voyageurs qui n'ont pas de passe-port; vous n'avez pas de passe-port, je vous conduis à la Préfecture de Police; rien de plus simple que cela. — Mais, sacrebleu! je vous dis... — Montrez votre œil. — Mon œil! dit Gibassier; c'est bon pour des agents subalternes comme vous d'avoir un œil, mais moi... — Oui, vous en avez deux, vous, je comprends; eh bien, cela fait que vous reconnaîtrez mieux le chemin que nous allons suivre. En route! — Vous le voulez? dit Gibassier. — Je crois bien que je le veux. — Ne vous en prenez qu'à vous du mal qui vous arrivera. — Allons, allons, assez jaspiné comme cela : suivez-moi de bonne volonté ou bien on sera obligé d'employer la force.

Et l'agent tira de sa poche une jolie petite paire de poucettes qui ne demandait que l'honneur de faire connaissance avec les mains de Gibassier.

— Soit, dit Gibassier, qui comprit la fausse position où il était, et celle plus fausse encore où il pouvait se mettre, je vous suis. — Alors, j'aurai l'honneur de vous offrir le bras, tandis que ces deux messieurs nous suivront par derrière, dit l'agent, attendu que vous m'avez l'air d'un gaillard capable de nous brûler la politesse au premier coin de rue. — J'ai fait mon devoir, dit Gibassier, en levant la main au ciel comme pour prendre Dieu à témoin qu'il avait en effet lutté juqu'au bout. — Allons, votre bras, et mieux que cela.

Gibassier savait comment le bras d'un homme qu'on arrête se pose sur le bras de l'homme qui l'arrête. Il ne se fit donc pas prier davantage, et donna toute facilité à l'agent. — Celui-ci reconnut une pratique.

— Ah! dit-il, ce n'est pas la première fois que cela vous arrive, mon bonhomme.

Gibassier regarda l'agent de l'air d'un homme qui dit en lui-même :

— Soit! mais rira bien qui rira le dernier.

Puis, tout haut :

— Marchons, dit-il résolûment.

Et Gibassier et l'agent sortirent de l'hôtel du *Grand-Turc*, bras-dessus, bras-dessous, comme deux bons et vieux amis. Les deux argousins venaient ensuite, et avaient l'attention délicate de ne pas avoir l'air d'être, comme Grippe-Soleil, de la société de Monseigneur.

LIX

LE TRIOMPHE DE GIBASSIER.

Gibassier et l'agent se dirigèrent donc, ou plutôt l'agent de police dirigea Gibassier vers la Préfecture de Police. D'après les précautions prises par le vérificateur des passe-ports, on comprend que toute fuite était impossible. Ajoutons au reste, à la gloire de Gibassier, que l'idée de fuir ne lui vint même pas.

Il y a plus : l'air narquois de sa physionomie, le sourire de compassion qui voltigeait sur ses lèvres en regardant l'agent, la façon insouciante, dégagée et hautaine dont il se laissait conduire à l'hôtel de la rue de Jérusalem, révélaient une conscience tranquille. En un mot, il paraissait en avoir pris son parti et marchait en martyr orgueilleux, bien plus qu'en victime résignée.

De temps en temps l'agent lui jetait un regard de côté. A mesure que Gibassier s'approchait de la Préfecture, au lieu de s'assombrir, son front s'éclaircissait. C'est que d'avance, il songeait à la tempête d'imprécations que la colère de M. Jackal, à son retour, ferait tomber sur la tête du malencontreux agent.

Cette sérénité qui brille comme une auréole autour des fronts purs commença d'épouvanter le conducteur de Gibassier. Pendant le premier quart du chemin, il n'avait fait aucun doute d'amener une importante capture. A moitié chemin, il doutait; aux trois quarts de la route, il était convaincu qu'il avait fait une bêtise.

Cette colère de M. Jackal, dont Gibassier l'avait menacé, commençait déjà à gronder, lui semblait-il, au-dessus de sa tête. Il en résulta que peu à peu le bras de l'agent se desserra, laissant au bras de Gibassier la liberté de ses mouvements.

Gibassier remarqua cette liberté relative qui lui était accordée; mais, comme il ne se méprenait pas à la cause qui desserrait le deltoïde et le bisseps de son compagnon, il n'y parut faire aucune attention.

L'agent, qui espérait recevoir des actions de grâces de son prisonnier, fut on ne peut plus inquiet lorsqu'il remarqua qu'au fur et à mesure que son propre bras se relâchait, celui de Gibassier se resserrait. Il avait fait un prisonnier qui ne voulait plus le lâcher.

— Diable! se dit-il à lui-même, me serais-je fourvoyé?

Il s'arrêta un moment pour réfléchir, regarda d'un air inquiet Gibassier de la tête aux pieds, et voyant que celui-ci, de son côté, le regardait des pieds à la tête avec un air goguenard qui devenait de plus en plus inquiétant :

— Monsieur, lui dit-il, vous connaissez la rigidité de nos devoirs. On nous dit : Arrête, et nous arrêtons. Il en résulte parfois que nous tombons dans des erreurs déplorables. Il est bien vrai que la plupart du temps nous mettons la main sur des criminels; mais il arrive aussi parfois que, par erreur, nous nous égarons sur d'honnêtes gens. — Vous croyez? dit Gibassier d'un air gouailleur.

— Et même sur de très-honnêtes gens, répéta l'agent.

Gibassier le regarda d'un air qui signifiait :

— J'en suis la preuve vivante.

La sérénité de ce regard acheva de démanteler l'homme de police, et ce fut sur le ton de la plus exquise politesse qu'il ajouta :

— J'ai peur, Monsieur, d'avoir fait une méprise de ce genre, et comme il est encore temps de la réparer... — Eh! que voulez-vous dire? demanda dédaigneusement Gibassier. — Je veux dire, Monsieur, que j'ai peur d'avoir arrêté un honnête homme. — Je le crois bien, parbleu! que vous devez en avoir peur, répondit le forçat en le regardant d'un œil sévère. — Je vous avais pris à la première vue pour un personnage équivoque, mais je vois maintenant qu'il n'en est rien, et, qu'au contraire, vous êtes des nôtres. — Des vôtres? dit dédaigneusement Gibassier. — Et, reprit humblement l'agent, comme je le disais tout à l'heure, puisqu'il est temps encore de réparer cette petite méprise... — Non, Monsieur, il n'est plus temps, répondit vivement Gibassier, puisque, grâce à cette méprise, l'homme sur lequel j'étais chargé de veiller s'est échappé; et quel est cet homme? Un conspirateur qui aura peut-être renversé le gouvernement dans huit jours... — Monsieur, répondit l'agent, si vous voulez, nous allons nous mettre tous les deux à sa poursuite, et c'est bien le diable si à nous deux...

Ce n'était point l'affaire de Gibassier de partager, avec qui que ce fût, l'honneur de la capture de M. Sarranti. Aussi, interrompant son confrère subalterne :

— Non, Monsieur, dit-il, et, s'il vous plaît, vous achèverez ce que vous avez commencé. — Oh! non, fit l'agent. — Oh! si, fit Gibassier. — Non, reprit l'agent, et la preuve, c'est que je m'en vais. — Vous vous en allez? — Oui! — Vous vous en allez, comment?... — Comme on s'en va. Je vous présente mes respects, et vous tourne le dos.

Et en effet, l'agent, pirouettant sur ses talons, tournait le dos à Gibassier, quand celui-ci, à son tour, le saisissant par le bras, et lui faisant décrire un demi-cercle à gauche :

— Non pas, dit-il, vous m'avez arrêté pour me conduire à la Police et vous m'y conduirez. — Je ne vous y conduirai pas. — Ah! vous m'y conduirez, morbleu! ou vous direz pourquoi. Si je perds mon homme, il faut que M. Jackal sache qui me l'a fait perdre. — Non, Monsieur, non! — Alors, dit Gibassier, c'est moi qui vous arrête et qui vous y conduis à la Police, entendez-vous? — Vous m'arrêtez, vous? — Oui, moi. — Et de quel droit? — Du droit du plus fort. — Je vais appeler mes deux hommes. — N'en faites rien, ou j'appelle les passants. Vous savez que vous n'êtes pas adorés, messieurs de la Rousse, et si je raconte qu'après m'avoir arrêté sans raison vous voulez me relâcher de peur d'être puni de votre abus d'autorité... nous sommes si près de la rivière, ma foi!

L'homme de police devint blanc comme un linge : les passants commençaient en effet à s'amasser. Il savait, par expérience, que le peuple, à cette époque, n'était pas tendre pour les mouchards. Il regarda Gibassier d'un air si suppliant qu'il fut sur le point de l'attendrir.

Mais, nourri des maximes de M. de Talleyrand, Gibassier repoussa ce premier mouvement : il fallait avant tout qu'il fût justifié auprès de M. Jackal. Il serra donc sa main en manière de tenaille autour du poignet de l'agent, et, de prisonnier devenant gendarme, il le conduisit bon gré, mal gré, à la Préfecture.

La cour de la Préfecture était pleine d'une foule inaccoutumée. Que venait faire là cette foule? Nous avons dit, dans un chapitre précédent, qu'on sentait vaguement passer dans l'air quelque chose comme les premières brises d'une émeute.

Cette foule qui remplissait la cour de la Préfecture était composée des personnes qui devaient jouer un rôle dans l'émeute, et qui venaient prendre le mot d'ordre.

Gibassier, habitué depuis sa jeunesse à entrer dans la cour de la Préfecture avec les menottes aux pouces et à en sortir dans une voiture grillée, éprouva une joie sans mélange à faire son entrée dans cette cour, conduisant au lieu d'être conduit.

L'entrée de Gibassier fut vraiment une entrée triomphale. Il se tenait tête haute et le nez au vent, tandis que son malheureux prisonnier le suivait comme la frégate désemparée suit le vaisseau de haut bord qui la remorque, toutes voiles au vent et pavillon déployé.

Il y eut un moment de doute dans cette honorable foule. On croyait Gibassier à sa bastide de Toulon, et voilà que tout à coup Gibassier apparaissait comme un chef en fonctions. Mais Gibassier, voyant le doute où l'on était à son égard, salua à droite, à gauche, les uns d'un air amical, les autres d'un air protecteur; de sorte qu'à ce salut un doux murmure s'éleva, et que plusieurs vinrent à lui avec empressement.

Il venait d'être reconnu par la plupart de ceux qui l'entouraient, et particulièrement par un grand diable à cheveux grisonnants, qui le pressa cordialement dans ses bras en affirmant au seigneur Gibassier qu'il avait eu l'honneur de connaître beaucoup monsieur son père.

— Monsieur mon père! s'écria Gibassier. — Dont vous êtes tout le portrait, sans vous flatter. — Mais au contraire, reprit le drôle, cela me flatte beaucoup, attendu que moi je n'ai jamais connu monsieur mon père. — Un homme illustre, ajouta l'autre, et mort probablement avant votre naissance. — Ce sera donc cela, dit Gibassier en regardant d'un air narquois l'agent qui l'avait amené.

Celui-ci était là tout ahuri.

— Eh bien! vous avais-je menti? lui dit Gibassier.

L'agent courba la tête.

— Voyons maintenant, lui dit Gibassier, avouez franchement que vous n'êtes qu'un âne. — Je l'avoue franchement, répondit l'homme de police, qui eût bien avoué autre chose encore si Gibassier l'en eût prié. — Eh bien! dit Gibassier, du moment où vous avouez cela, l'honneur est satisfait, et je vous promets d'être clément envers vous au retour de M. Jackal. — Au retour de M. Jackal? demanda l'agent. — Oui; au retour de M. Jackal, je me contenterai de lui présenter votre méprise comme un excès de zèle. Vous voyez que je suis bon diable. — Mais M. Jackal est revenu, dit l'agent qui, craignant de voir refroidir la bonne volonté de Gibassier, tenait à en profiter sans retard. — Comment, M. Jackal est revenu! s'écria Gibassier. — Oui, sans doute. — Et depuis quand? — Depuis ce matin six heures. — Et vous ne me le disiez pas! dit Gibassier d'une voix tonnante. — Vous ne me l'aviez pas demandé, Excellence, répondit humblement l'agent. — Vous avez raison, mon ami, dit Gibassier en s'adoucissant. — Mon ami! murmura l'agent, tu m'as appelé ton ami, ô grand homme; ordonne, que puis-je faire pour toi? — Mais, nous rendre près de M. Jackal, mordieu! et sans perdre une minute. — Marchons, dit l'agent en faisant des pas d'un mètre, quoique l'écartement normal de ses jambes ne fût que de deux pieds et demi.

Gibassier salua l'assemblée d'un dernier signe de la main, traversa la cour, s'enfonça de quelques pas sous la voûte qui fait face à la porte, prit à gauche ce même petit escalier que nous avons vu prendre à Salvator, monta deux étages, enfila un corridor sombre à droite, et arriva devant la porte du cabinet de M. Jackal. Le garçon de bureau de service reconnaissant, non pas Gibassier, mais l'agent, ouvrit immédiatement la porte de M. Jackal.

— Eh bien! que faites-vous, drôle? dit M. Jackal. Ne vous ai-je pas dit que je n'y étais que pour Gibassier? — Me voilà, cher monsieur Jackal, cria Gibassier.

Puis se retournant vers l'agent :

— Il n'y était que pour moi, vous entendez?

L'agent se retint à deux mains pour ne pas tomber à genoux.

— Allons, dit Gibassier, suivez-moi, je vous ai promis d'être clément et je tiendrai ma promesse.

Et il entra chez M. Jackal.

— Comment, c'est vous, Gibassier, dit le chef suprême, j'avais donné votre nom à tout hasard... — Et je suis on ne peut plus fier de ce souvenir, Monsieur, dit Gibassier. — Vous avez donc quitté votre homme, demanda M. Jackal. — Hélas! Monsieur, répondit Gibassier, c'est lui qui m'a quitté.

M. Jackal fronça sévèrement le sourcil. Gibassier donna un coup de coude à l'agent comme pour lui dire : « Vous voyez que vous m'avez fourré dans un fichu pétrin. »

— Monsieur, dit Gibassier montrant le coupable, interrogez cet homme, je ne veux pas aggraver sa position, il vous dira tout.

M. Jackal leva ses lunettes jusqu'au haut de son front, afin de reconnaître celui à qui il avait affaire.

— Ah! c'est toi, Fourrichon, dit-il; approche, et dis-nous en quoi tu es cause que mes ordres n'ont pas été exécutés.

Fourrichon vit qu'il n'y avait pas moyen de biaiser. Il en prit son parti, et, comme un témoin devant un tribunal, il dit la vérité, toute la vérité, rien que la vérité.

— Vous êtes un âne, dit M. Jackal à l'agent. — C'est ce que Son Excellence, M. le comte Bagnères de Toulon, m'a déjà fait l'honneur de me dire, répondit l'homme de police avec une profonde contrition.

M. Jackal parut chercher quel pouvait être l'illustre personnage qui l'avait devancé, en émettant sur Fourrichon une opinion si bien en harmonie avec la sienne.

— C'est moi, dit Gibassier en s'inclinant. — Ah! très-bien, très-bien, dit M. Jackal. Vous vous êtes fait agent-tilhomme. — Oui, Monsieur, dit Gibassier, mais je dois vous dire que j'ai promis à cet infortuné, en vertu de son profond repentir, d'appeler sur lui toute votre indulgence. Il n'a, sur ma parole, péché que par trop de zèle. — A la demande de notre ami et féal Gibassier, dit avec majesté M. Jackal, nous vous accordons rémission pleine et entière de votre faute. Allez en paix et ne péchez plus.

Puis, congédiant de la main le malheureux agent qui sortit à reculons :

— Voulez-vous, mon cher Gibassier, dit M. Jackal, me faire l'honneur d'accepter la moitié de mon modeste déjeuner? — Avec une joie véritable, monsieur Jackal, répondit Gibassier. — Passons donc dans la salle à manger, dit M. Jackal en lui montrant le chemin.

Gibassier suivit M. Jackal.

LX

LA SECONDE VUE.

M. Jackal indiqua une chaise à Gibassier. Cette chaise était placée en face de lui, de l'autre côté de la table. En lui indiquant la chaise, il lui fit, de la main, signe de s'asseoir. Mais Gibassier, jaloux de montrer à M. Jackal qu'il n'était point étranger aux lois de la civilité puérile et honnête :

— Permettez-moi avant tout, dit-il, de vous féliciter, cher monsieur Jackal, sur votre retour à Paris. — Acceptez, de ma part, des félicitations semblables sur le même sujet, répondit courtoisement M. Jackal. — J'aime à croire, dit Gibassier, que votre voyage s'est effectué heureusement. — Le plus heureusement du monde, cher monsieur Gibassier, mais trêve aux compliments, faites comme moi, asseyez-vous.

Gibassier s'assit.

— Prenez une côtelette.

Gibassier piqua une côtelette.

— Tendez votre verre.

Gibassier tendit son verre.

— Là, maintenant, dit M. Jackal, mangez, buvez, et écoutez-moi. — Je suis tout oreilles, dit Gibassier en mordant à belles dents dans la noix de sa côtelette. — Donc, continua M. Jackal, par l'ânerie de cet agent, vous avez perdu de vue votre homme, cher monsieur Gibassier? — Hélas! répondit Gibassier en posant l'os dénudé de sa côtelette sur une assiette, vous m'en voyez au désespoir. Être chargé d'une mission de cette importance, l'accomplir à sa gloire, le mot peut se dire, et échouer au port! — C'est du malheur. — Je vivrais cent ans, que je ne me pardonnerais pas...

Et Gibassier fit un geste de désespoir.

— Eh bien, dit tranquillement M. Jackal après avoir humé un verre de bordeaux et fait clapper sa langue, je serai plus indulgent, je vous le pardonnerai, moi! — Non, non, Monsieur Jackal, non, je n'accepte pas votre pardon, dit Gibassier, je me suis conduit comme une huître; pour tout dire, j'ai encore été plus bête que l'agent. — Que vouliez-vous faire contre lui, cher monsieur Gibassier? Il me semble qu'il y a un proverbe approprié à cette circonstance : « Contre la force... » — Je devais l'assaisonner d'un coup de poing et courir après M. Sarranti. — Vous n'auriez pas fait deux pas sans être arrêté par les agents de garde. — Oh! fit Gibassier, menaçant, comme Ajax, les dieux du poing. — Mais puisque je vous répète que je vous pardonne, reprit M. Jackal. — Alors, si vous me pardonnez, dit Gibassier renonçant à la pantomime expressive à laquelle il se livrait, c'est que vous avez un moyen de retrouver *notre* homme. Vous me permettez de dire notre homme, n'est-ce pas? — Allons, pas mal, répondit M. Jackal, ravi de la preuve d'intelligence que venait de lui donner Gibassier, en devinant que, s'il n'était pas inquiet, c'est qu'il avait sujet de ne pas l'être. Pas mal! et je vous autorise, mon cher Gibassier, ne fût-ce que pour vous récompenser, à appeler M. Sarranti *notre* homme; car enfin il vous appartient autant à vous, qui l'avez perdu après l'avoir découvert, qu'il m'appartient à moi, qui l'ai retrouvé après que vous l'aviez perdu. — Ce n'est pas possible, dit Gibassier stupéfait. — Qu'est-ce qui n'est pas possible? — Que vous l'ayez retrouvé. — C'est cependant ainsi. — Comment cela peut-il se faire, il y a une heure à peine que je l'ai perdu. — Et moi, il n'y a que cinq minutes que je l'ai retrouvé. — De façon que vous le tenez? demanda Gibassier. — Oh! non pas; vous savez que nous devons procéder avec lui d'une façon toute particulière. Je le tiendrai, ou plutôt c'est vous qui le tiendrez. Seulement, cette fois, ne le perdez plus, car je ne pourrai décemment le faire afficher.

C'était bien aussi l'espoir de Gibassier de le retrouver. Il y avait eu la veille dans la rue d'Ulm, entre les quatre conspirateurs et M. Sarranti, rendez-vous pris à l'église de l'Assomption, mais M. Sarranti pouvait concevoir quelque doute et ne pas se rendre à cette église.

D'ailleurs, Gibassier ne voulait pas avoir l'air de posséder d'avance ce point de repère. Il était donc résolu à mettre sur le compte de son génie la *revue* de Sarranti, comme on dit en terme de chasse.

— Et comment le retrouverai-je? demanda Gibassier. — En suivant sa piste. — Mais puisque je l'ai perdue... — Il n'y a pas de piste perdue, Gibassier, avec un piqueur comme moi et un limier comme vous. — Alors, dit Gibassier, convaincu que M. Jackal se vantait et voulant le pousser à bout, alors, il n'y a pas un moment à perdre.

Et il se leva comme pour courir après M. Sarranti.

— Au nom de Sa Majesté dont vous avez l'honneur de sauver la couronne, je vous remercie de ce noble empressement, cher monsieur Gibassier, dit M. Jackal. — Je suis le plus humble mais le plus dévoué sujet du roi, dit Gibassier en s'inclinant avec modestie. — Bien, fit M. Jackal, et soyez sûr que votre dévouement sera récompensé. Ce ne sont point les rois qu'on peut accuser d'être ingrats. — Non, ce sont les peuples, répondit Gibassier en levant philosophiquement les yeux au ciel. Ah! — Bravo! — En tout cas, cher monsieur Jackal, en dehors de l'ingratitude des rois et de la reconnaissance des peuples, laissez-moi vous dire que je suis tout à votre disposition. — Non. vous me ferez bien l'amitié de manger une aile de ce poulet. — Oui, mais s'il nous échappe tandis que nous mangerons cette aile? — Il ne nous échappera pas, il nous attend. — Où donc cela? — A l'église.

Gibassier regarda M. Jackal avec un étonnement croissant. Comment M. Jackal était-il, sur ce point, presque aussi instruit que lui? N'importe, il résolut de voir jusqu'où allait la science de M. Jackal.

— A l'église! s'écria-t-il. J'aurais dû m'en douter. — Et pourquoi cela? demanda M. Jackal. — Parce que, répondit Gibassier, un homme qui brûle le pavé des grandes routes de cette formidable façon, n'a d'excuse que s'il court à son salut. — De mieux en mieux, cher monsieur Gibassier, dit le chef de la police. Je vois que vous êtes quelque peu observateur, et je vous en félicite, puisque désormais votre état sera d'observer. C'est donc, je vous le répète, à l'église que vous trouverez votre homme.

Gibassier voulut voir si M. Jackal était renseigné jusqu'au bout.

— Et à quelle église? demanda-t-il, espérant le prendre en défaut. — A l'église de l'Assomption, répondit simplement M. Jackal.

Gibassier marchait de surprise en surprise.

— Vous connaissez bien l'église de l'Assomption? insista M. Jackal, voyant que Gibassier ne répondait pas. — Parbleu! répliqua Gibassier. — Mais par ouï-dire, sans doute, car je ne vous crois pas d'une piété très-ardente. — J'ai ma foi comme tout le monde, répondit Gibassier en levant béatiquement les yeux au plafond. — Je ne serais pas fâché d'être édifié là-dessus, dit M. Jackal en versant le café à Gibassier, et si nous avions quelques moments de plus, je vous prierais volontiers de m'exposer votre système théologique. Nous avons, vous le savez, de grands théologiens rue de Jérusalem. L'habitude de la claustration a dû vous conduire à la méditation. Ce serait donc, si le temps ne nous manquait pas, avec un véritable plaisir que je vous verrais soutenir une thèse sur ce sujet. Malheureusement l'heure s'avance, et nous n'en avons véritablement pas le loisir aujourd'hui. Mais j'ai votre parole, ce n'est que partie remise.

Gibassier écoutait en clignant des yeux et en sirotant son café.

— Donc, continua M. Jackal, vous trouverez votre homme à l'Assomption. — A matines, à complies, ou à vêpres? demanda Gibassier avec une indéfinissable expression, tout à la fois de malice et de naïveté. — A l'heure de la grand'messe. — Vers onze heures et demie, alors? — Soyez-y à onze heures et demie si vous voulez, mais votre homme n'arrivera guère qu'à midi.

C'était bien en effet l'heure convenue.

— Il est onze heures! s'écria Gibassier en regardant la pendule. — Attendez donc, impatient que vous êtes, vous vous donnerez bien le temps de faire votre gloria.

Et il versa un demi-verre d'eau-de-vie dans la tasse de Gibassier.

— *Gloria in excelsis!* dit Gibassier en levant sa tasse à deux mains, comme il eût levé un encensoir.

M. Jackal inclina la tête en homme qui est convaincu de mériter cet honneur.

— Maintenant, dit Gibassier, laissez-moi vous dire une chose qui n'ôte rien à votre mérite, devant lequel je m'incline et auquel je rends pleinement hommage. — Dites. — Je savais tout cela comme vous. — Ah! vraiment? — Oui, et voici comment je le savais.

Alors Gibassier raconta à M. Jackal toute l'histoire de la rue d'Ulm, comment il s'était fait passer pour un affilié, comment il était entré dans la maison, comment il avait été convenu que l'on se trouverait à midi à l'église de l'Assomption. M. Jackal écouta à son tour avec une attention qui était un hommage muet à la sagacité de son interlocuteur.

— Alors, dit-il quand Gibassier eut fini, vous croyez qu'il y aura beaucoup de monde à cet enterrement? — Cent mille personnes, peut-être. — Et dans l'église? — Tout ce qu'elle en pourra contenir; deux ou trois mille individus, peut-être. — Ce ne sera pas facile de retrouver votre homme dans une pareille foule, mon cher Gibassier. — Bon! l'Évangile dit : « Cherche, et tu trouveras. » — Eh bien, je vais vous épargner la peine de chercher, moi! — Vous? — Oui, à midi sonnant, vous le trouverez adossé au troisième pilastre, à main gauche, en entrant dans l'église, et parlant à un moine dominicain.

Pour le coup, le don de la double vue était si largement accordé à M. Jackal, que Gibassier s'inclina sans rien dire, et, courbé sous une pareille supériorité, prit son chapeau et sortit.

LXI

DEUX GENTILSHOMMES DE GRAND CHEMIN.

Gibassier sortait de l'hôtel de la rue de Jérusalem juste au moment où, après avoir déposé le portrait de saint Hyacinthe chez Carmélite, Dominique descendait à grands pas la rue de Tournon. La cour de l'hôtel était vide, un groupe de trois hommes y stationnait seul.

De ce groupe un homme se détacha, et Gibassier reconnut dans ce petit homme maigre, au teint olivâtre, aux yeux d'un noir brillant, aux dents étincelantes, qui s'approchait de lui, Gibassier reconnut, disons-nous, son collègue Carmagnole, l'homme de confiance de M. Jackal, le même qui lui avait transmis, à Kehl, les ordres du maître commun.

Gibassier attendit le sourire sur les lèvres. Les deux hommes se saluèrent.

— Vous allez à l'Assomption, demanda Carmagnole? — N'avons-nous pas à rendre les derniers devoirs aux restes mortels d'un grand philanthrope? dit Gibassier. — Justement, répondit Carmagnole, et je vous guettais à votre sortie de chez M. Jackal pour causer un instant de notre double mission. — Avec grand plaisir. Causons en marchant ou marchons en causant, le temps ne nous paraîtra pas long, à moi surtout.

Carmagnole s'inclina.

— Vous savez ce que nous allons faire là-bas? — Moi j'y vais pour ne pas perdre de vue un homme que je trouverai adossé au troisième pilier à gauche et causant avec un moine, dit Gibassier, qui ne pouvait revenir de la précision du renseignement. — Et moi je vais pour arrêter cet homme. — Comment, pour l'arrêter? — Oui, à un moment donné, c'est cela que je suis chargé de vous dire. — Vous êtes chargé d'arrêter M. Sarranti? — Non pas, pecaire! M. Dubreuil; c'est le nom de son choix, il n'aura pas à se plaindre. — Alors vous allez l'arrêter comme conspirateur? — Non pas, comme émeutier. — Nous allons donc avoir une émeute sérieuse? — Sérieuse, non, mais nous allons en avoir une. — Ne trouvez-vous pas bien imprudent, mon cher confrère, dit Gibassier s'arrêtant pour donner plus de poids à ses paroles, ne trouvez-vous pas bien imprudent de risquer une émeute un jour comme celui-ci, où tout Paris est sur pied? — Oui, sans doute, mais vous connaissez le proverbe: « Qui ne risque rien n'a rien. » — Sans doute, mais cette fois nous jouons le tout pour le tout. — Seulement, nous jouons avec des dés pipés!

Cette observation rassura un peu Gibassier. Et cependant son visage resta inquiet, ou plutôt pensif. Étaient-ce les souffrances que Gibassier avait éprouvées au fond du Puits-qui-Parle qui se traduisaient ainsi, ravivées qu'elles avaient été la veille par le souvenir? Était-ce que les fatigues d'un voyage précipité et d'un prompt retour avaient imprimé sur son front le sceau trompeur du spleen? tant était-il que le comte Bagnères de Toulon paraissait en ce moment en proie à quelque grand souci ou à quelque vive inquiétude.

Carmagnole en fit la remarque et ne put s'empêcher de lui en demander la cause, au moment où il tournait avec lui l'angle du quai et de la place Saint-Germain-l'Auxerrois.

— Vous avez l'air soucieux? lui demanda-t-il.

Gibassier sortit de sa rêverie et secoua la tête.

— Hein? fit-il.

Carmagnole répéta la question.

— Oui, c'est vrai, dit Gibassier; une chose m'étonne, mon ami. — Diable! c'est bien de l'honneur pour cette chose-là, dit Carmagnole. — Me préoccupe, alors. — Dites, et si je puis vous enlever cette préoccupation, je me regarderai comme un homme heureux. — Voici: M. Jackal m'a dit que je trouverais notre homme à midi précis, dans l'église de l'Assomption, au troisième pilier en entrant à main gauche. — Au troisième pilier, oui! — Et parlant à un moine? — A son fils, l'abbé Dominique.

Gibassier regarda Carmagnole du même air qu'il avait regardé M. Jackal.

— Eh bien, dit-il, je me croyais fort; il paraît que je me trompais. — Pourquoi cette humilité? demanda Carmagnole.

Gibassier resta encore un moment muet; il était évident qu'il faisait des efforts inouïs pour percer avec ses yeux de lynx l'obscurité qui l'aveuglait.

— Eh bien, dit-il, il y a là-dedans un renseignement d'une fausseté insigne. — Pourquoi cela? — Ou, s'il est vrai, il me remplit à la fois de stupeur et d'admiration. — Pour qui? — Pour M. Jackal.

Carmagnole ôta son chapeau comme fait le chef d'une troupe de saltimbanques quand il parle de M. le maire et des autorités constituées.

— Et quel est ce renseignement? demanda-t-il. — C'est celui de ce pilier et de ce moine. Que M. Jackal sache le passé, que M. Jackal sache même le présent, je l'admets.

Carmagnole suivait chaque phrase de Gibassier avec un mouvement de tête affirmatif.

— Mais qu'il sache encore l'avenir, voilà ce qui me passe, Carmagnole.

Carmagnole se mit à rire en montrant ses dents blanches.

— Et comment vous expliquez-vous qu'il sache le passé et le présent? demanda Carmagnole. — Que M. Jackal ait deviné que M. Sarranti se rendrait à l'église, rien de plus simple : au moment de risquer sa vie en essayant de renverser un gouvernement, il est naturel d'implorer le secours de la religion et l'assistance des saints; qu'il ait deviné que M. Sarranti choisissait l'Assomption, rien de plus simple encore, puisque cette basilique est destinée à servir aujourd'hui de foyer à l'insurrection.

Carmagnole continuait d'approuver par des mouvements de tête.

— Qu'il ait deviné que M. Sarranti y serait à midi plutôt qu'à onze heures, onze heures et demie, midi moins un quart, rien de plus aisé encore : un conspirateur qui a passé une partie de la nuit dans l'exercice de son état, à moins qu'il ne soit un gaillard ultra-robuste, n'irait pas grelotter de gaieté de cœur à la première messe du matin; qu'il ait découvert qu'il s'adosserait contre un pilier, je ne trouve là rien de bien merveilleux encore : après trois ou quatre jours et autant de nuits de voyage, il n'est pas étonnant qu'éprouvant une certaine fatigue, il s'adosse, pour se reposer, contre un pilier; enfin que, par une déduction logique, il ait deviné que je trouverais mon homme à gauche plutôt qu'à droite, je le comprends encore, le côté gauche devant tout naturellement être choisi par un chef d'opposition : tout cela est habile, extraordinaire, mais nullement merveilleux, puisque j'arrive à m'en rendre compte; mais ce qui m'étonne, ce qui me stupéfie, ce qui m'abrutit, ce qui me plonge dans un incompréhensible hébétement...

Gibassier s'arrêta, comme pour arriver à deviner l'énigme par un redoublement d'intelligence.

— Eh bien, c'est...? demanda Carmagnole. — C'est comment M. Jackal a pu deviner le numéro du pilier auquel il s'adosserait, l'heure à laquelle il s'y adosserait, et qu'un moine viendrait lui parler à cette heure, et tandis qu'il y serait adossé. — Comment! dit Carmagnole, c'est cela qui vous embarrasse et couvre votre front de ce nuage, seigneur comte? — Pas autre chose, Carmagnole, répondit Gibassier. — Eh bien, c'est aussi simple que tout le reste. — Bah! — C'est même plus simple. — Vraiment? — Sur mon honneur. — Voulez-vous alors me faire l'amitié de me dévoiler ce mystère? — Avec le plus grand plaisir. — J'écoute! — Connaissez-vous *la Barbette?* — Je connais une rue de ce nom-là, qui commence à celle des Trois-Pavillons et qui finit Vieille-Rue-du-Temple. — Ce n'est pas cela. — Je connais la porte Barbette, qui faisait partie de l'enceinte de Philippe-Auguste, et qui doit son nom à Étienne Barbette, voyer de Paris, maître de la Monnaie et prévôt des marchands. — Ce n'est pas cela encore. — Je connais l'hôtel Barbette, où Isabelle de Bavière accoucha du dauphin Charles VII. Le duc d'Orléans sortait de cet hôtel lorsque, le 23 novembre 1407, par une nuit très-pluvieuse, il fut assassiné... — Assez, s'écria Carmagnole qui étouffait comme un homme à qui on fait avaler une lame de sabre, assez, quelques mots de plus, Gibassier, et je demande pour vous une chaire d'histoire. — C'est vrai, répondit Gibassier, c'est toujours l'érudition qui m'a perdu, mais enfin de quelle Barbette parlez-vous, de la rue, de la porte ou de l'hôtel? — Ni de l'une ni de l'autre, illustre bachelier, dit Carmagnole en regardant Gibassier avec admiration et en faisant passer sa bourse de sa poche droite dans sa poche gauche, c'est-à-dire en mettant toute l'épaisseur de son corps entre lui et son compagnon, croyant avec quelque raison peut-être qu'il devait s'attendre à tout de la part d'un homme qui avouait savoir tant de choses, et qui en savait sans doute encore plus qu'il n'en avouait... Non, continua Carmagnole, ma Barbette, à moi, c'est une loueuse de chaises de l'église Saint-Jacques, qui demeure impasse des Vignes. — Oh! qu'est-ce qu'une loueuse de chaises de l'impasse des Vignes, fit dédaigneusement Gibassier, et quelle pauvre compagnie fréquentez-vous là, Carmagnole? — Il faut voir un peu de tout, seigneur comte. — Enfin? dit Gibassier. — Je dis donc que la Barbette loue des chaises et des chaises sur lesquelles mon ami Longue-Avoine... vous connaissez Longue-Avoine? — De vue. — Des chaises sur lesquelles mon ami Longue-Avoine ne dédaigne pas de s'asseoir. — Et quel rapport cette femme, qui loue des chaises sur lesquelles votre ami Longue-Avoine ne dédaigne pas de s'asseoir, a-t-elle avec le mystère que je désire approfondir? — Un rapport direct. — Voyons, dit Gibassier, s'arrêtant en clignant des yeux et en faisant tourner ses pouces sur son ventre, c'est-à-dire en employant toutes les ressources de la voix et du geste pour dire : Je ne comprends pas.

Carmagnole s'arrêta aussi de son côté, souriant et jouissant de son triomphe. L'église de l'Assomption sonna onze heures trois quarts. Les deux hommes parurent chasser toute préoccupation étrangère pour écouter sonner l'heure.

— Midi moins un quart, dirent-ils. Bon, nous avons le temps.

Cette exclamation prouvait l'attention que chacun apportait dans la conversation où il était engagé avec son interlocuteur. Mais comme l'attention était encore plus vivement éveillée dans Gibassier que dans Carmagnole, puisque c'était Gibassier qui interrogeait et Carmagnole qui répondait :

— J'écoute, reprit Gibassier. — Vous ignorez peut-être, mon cher collègue, n'ayant pas les mêmes penchants que moi pour notre sainte religion, que toutes les loueuses de chaises se connaissent comme les cinq doigts de la main. — J'avoue que je l'ignorais complétement, dit Gibassier avec cette suprême franchise des hommes forts. — Eh bien! reprit Carmagnole tout fier d'avoir enseigné quelque chose à un si savant homme, cette loueuse de chaises de l'église Saint-Jacques... — La Barbette, dit Gibassier, pour prouver qu'il ne perdait pas un mot de la conversation. — La Barbette, oui, est étroitement liée d'amitié avec une des loueuses de chaises de Saint-Sulpice, laquelle loueuse de chaises habite rue du Pot-de-Fer. — Ah! s'écria Gibassier ébloui par une lueur. — Vous commencez à y être, n'est-ce pas? — C'est-à-dire que j'entrevois, que je flaire, que je devine... — Eh bien, notre loueuse de chaises de Saint-Sulpice est concierge, comme je vous le disais tout à l'heure, de la maison jusqu'à la porte de laquelle vous avez hier soir suivi M. Sarranti, et dans laquelle demeure son fils, l'abbé Dominique. — Allez toujours, dit Gibassier, ne voulant pour rien au monde perdre le fil qu'il venait d'attraper. — La première pensée qui est venue à M. Jackal en recevant ce matin la lettre dans laquelle vous lui donniez votre itinéraire d'hier, a été, voyant que vous aviez suivi M. Sarranti jusqu'à la porte d'une maison de la rue du Pot-de-Fer, a été de m'envoyer chercher pour me demander si je ne connaissais pas quelqu'un dans cette maison-là. Vous comprenez, mon cher Gibassier, que ma joie fut grande quand je reconnus que c'était celle dont la garde était confiée au cordon de l'amie de l'amie de mon ami. Je ne pris que le temps de lui faire un signe d'affirmation, et je me lançai à fond de train. Je savais trouver Longue-Avoine chez elle. C'est l'heure où il y prend son café. Je courus donc impasse des Vignes. Longue-Avoine y était. Je lui dis deux mots à l'oreille, il en dit quatre à l'oreille de la Barbette, et celle-ci partit à l'instant même pour faire une petite visite à son amie la loueuse de chaises de Saint-Sulpice. — Ah! pas mal, pas mal, dit Gibassier, qui commençait à deviner les premières syllabes de la charade. Continuez, je ne perds pas un mot. — Ce matin, vers huit heures et demie, la Barbette se transporta donc rue du Pot-de-Fer. Je vous ai dit, je crois, qu'en quatre mots Longue-Avoine l'avait mise au courant de l'affaire. Or, la première chose qu'elle aperçut dans l'angle de l'un des carreaux, fut une lettre adressée à M. Dominique Sarranti. — Tiens, dit la Barbette à son amie, il n'est donc pas encore revenu, ton moine? — Non, dit l'autre, et même que je l'attends d'heure en heure. — C'est étonnant qu'il reste si longtemps dehors. — Est-ce que l'on sait jamais ce que ça fait, des moines? Mais à quel propos me parles-tu de lui? — Parce que je vois là tout simplement une lettre à son adresse, répondit la Barbette. — Oui, c'est une lettre qu'on a apportée pour lui hier soir. — C'est drôle, dit la Barbette, on dirait une écriture de femme! — Ma foi non, répondit l'autre. Ah bien oui! des femmes... Depuis cinq ans que l'abbé Dominique habite ici, je n'ai pas vu le museau d'une seule. — Ah! vous avez beau dire... — Mais non, mais non, puisque c'est un homme qui l'a écrite, et même qu'il m'a fait grand'peur. — Oh! vous aurait-il insultée, ma commère? — Non, Dieu merci, je ne saurais dire cela. Mais, voyez-vous, il faut croire que je roupillais un brin, j'ai rouvert les yeux, et j'ai vu tout à coup devant moi un grand homme noir. — Était-ce le diable, par hasard? — Non, car après son départ ça aurait senti le soufre. Alors il m'a demandé si l'abbé Dominique était revenu. — Pas encore, lui ai-je dit. — Eh bien! je vous annonce, moi, qu'il reviendra ce soir ou demain matin. — C'était assez effrayant, il me semble. — Oui. — Ah! lui dis-je, il reviendra ce soir ou demain matin? Eh bien, foi de Périne, ça me fait plaisir. — Est-il votre confesseur, demanda-t-il en riant. — Monsieur, lui dis-je, apprenez que je ne me confesse pas aux jeunes gens de son âge. — Ah! eh bien, faites-moi le plaisir de lui dire... Mais non, cela vaut mieux. Avez-vous une plume, du papier et de l'encre? — Ah! parbleu, la belle demande! — Je vais lui écrire, donnez-moi ce qu'il me faut. — Je lui donnai son encre, sa plume et son papier, et il écrivit cette lettre. — Maintenant, demanda-t-il, avez-vous des pains à cacheter ou de la cire? — Oh! quant à cela, non, lui répondis-je, je n'en ai point. — Vous n'en aviez pas? répondit la Barbette. — Si fait! mais pourquoi voulez-vous que je fasse cadeau de ma cire et de mes pains à cacheter à des inconnus? — Au fait, ça serait une ruine à la longue. — Oh! ce n'est pas encore pour la ruine, mais ça vous a un air de se défier des gens que de leur demander de quoi cacheter une lettre. — Oui, et puis ça gêne pour lire la lettre quand ils sont partis. Mais alors, continua la Barbette en jetant les yeux sur la lettre, comment se fait-il qu'elle soit scellée? — Ne m'en parle pas, il a fouillé dans son portefeuille et il a tant cherché, tant cherché, qu'il y a retrouvé un vieux pain à cacheter. — De sorte que vous ne savez pas ce que contient la lettre?

— Ma foi non. Mais à quoi cela m'avancerait-il de savoir que M. Dominique est son fils, qu'il attendra M. Dominique aujourd'hui à midi à l'Assomption, appuyé au troisième pilier, à gauche, en entrant, et qu'il est à Paris sous le nom de Dubreuil? — Alors donc, vous l'avez lue tout de même ? — Oh! je l'ai fait bâiller; ça m'intriguait de savoir pourquoi il tenait tant à avoir un pain à cacheter.

Juste en ce moment-là, on entendit la cloche de Saint-Sulpice.

— Ah! s'écria la portière de la rue du Pot-de-Fer, et moi qui oubliais... — Quoi donc ? — Qu'il y avait un enterrement à neuf heures. Bon, et mon gueux de mari qui est allé boire. Jamais d'autres, quoi! il n'en fait jamais d'autres. Par qui veut-il que je fasse garder ma porte, par mon chat?.. — Eh bien, mais ne suis-je pas là ? dit Barbette. — Vrai! demanda l'autre, vous me rendriez un pareil service ? — Oh ! c'te bêtise, est-ce qu'il ne faut pas s'entr'aider en ce monde ?

Et sur cette assurance, la loueuse de chaises de Saint-Sulpice s'en alla vaquer à ses travaux.

— Oui, je comprends, dit Gibassier, et la Barbette, restée seule, a fait bâiller la lettre à son tour. — Oh! elle l'a mise au-dessus de la vapeur de la bouilloire, et elle l'a bel et bien ouverte et copiée, de sorte que, dix minutes après, nous avions la lettre tout entière. — Et la lettre disait ? — Ce qu'avait déjà dit la portière du nº 28. D'ailleurs, tenez, voici le texte.

Et Carmagnole tira un papier de sa poche et lut tout haut, en même temps que Gibassier lisait tout bas :

« Mon cher fils, je suis à Paris depuis ce soir, sous le nom de Dubreuil : ma première visite a été pour vous. On m'apprend que vous n'êtes pas revenu, mais que l'on vous a fait passer ma première lettre, et que, par conséquent, vous ne pouvez tarder. Si vous arrivez cette nuit ou demain matin, trouvez-vous à midi à l'église de l'Assomption, je serai adossé au troisième pilier en entrant, à gauche. »

— Ah! dit Gibassier, très-bien!

Et comme ils étaient arrivés ainsi, tout en causant de leurs affaires et des affaires des autres, à la dernière marche du porche de l'Assomption, ils entrèrent dans l'église juste comme midi sonnait.

Au troisième pilier à gauche, se tenait adossé M. Sarranti, tandis qu'agenouillé près de lui, Dominique, sans être vu de personne, lui baisait la main. Nous nous trompons, il avait été vu de Gibassier et de Carmagnole.

LXII

COMMENT ON FAIT UNE ÉMEUTE.

Un coup d'œil avait suffi aux deux hommes, et, à l'instant même, tournant les talons, ils s'étaient dirigés du côté opposé, c'est-à-dire vers le chœur.

Mais lorsqu'ils se retournèrent et revinrent sur leurs pas, Dominique était toujours agenouillé au même endroit, mais M. Sarranti n'y était plus.

Il s'en était fallu de bien peu, comme on voit, que l'infaillibilité de M. Jackal ne pût être mise en doute par Gibassier. Mais son admiration pour le chef de la police n'en fut que plus grande. La scène qu'il avait indiquée, le tableau qu'il avait décrit n'avaient eu que la durée de l'éclair, mais scène et tableau avaient existé.

— Eh! eh! dit Carmagnole, je vois toujours notre moine, mais je ne vois plus notre homme.

Gibassier se haussa sur la pointe des pieds, darda son regard exercé dans les profondeurs de l'église, et sourit.

— Je le vois, moi, dit-il. — Où donc cela? — A notre droite, en diagonale. — J'y suis. — Regardez. — Je regarde. — Que voyez-vous? — Un académicien qui prend du tabac. — C'est pour se réveiller, il se croit en séance. Et derrière l'académicien, que voyez-vous? — Un gamin qui vole une montre. — C'est pour dire l'heure à son vieux père, Carmagnole; et derrière le gamin? — Un jeune homme qui fourre un billet dans le livre de messe d'une jeune fille. — Soyez sûr, Carmagnole, que ce n'est pas un billet d'enterrement; et derrière ce couple fortuné? — Un bonhomme triste comme si c'était lui que l'on enterrât. J'ai vu cet homme-là à tous les enterrements. — Il a sans doute au fond du cœur, mon cher Carmagnole, cette pensée mélancolique qu'il n'assistera pas au sien. Mais vous y êtes bientôt, mon féal. Derrière le vieillard triste, que voyez-vous? — Ah! notre homme, c'est vrai. Il cause avec M. de Lafayette. — Vraiment! c'est M. de Lafayette, dit Gibassier avec cette espèce de respect que les gens les plus vils et les plus misérables avaient pour le noble vieillard. — Comment! s'écria Carmagnole avec étonnement, vous ne connaissez pas M. de Lafayette? — J'ai quitté Paris la veille du jour où je devais lui être présenté comme un cacique Péruvien venant étudier la constitution française.

C'est à ce moment, et comme les deux compagnons, les mains derrière le dos, d'un air bien inoffensif, se dirigeaient lentement vers le groupe qui se composait en effet du général Lafayette, de M. de Marande, du général Pajol, de Dupont de l'Eure, et de quelques-uns de ces hommes que leur opposition désignait à la popularité universelle, c'est à ce moment, disons-nous, qu'ils avaient été vus et signalés par Salvator et ses amis.

Gibassier n'avait rien perdu de ce qui s'était passé dans le groupe des jeunes gens. Gibassier semblait doué d'une faculté particulière à l'endroit du troisième sens. Il voyait à la fois à droite et à gauche comme les strabites, et devant et derrière comme les caméléons.

— Je crois, mon cher Carmagnole, dit Gibassier en montrant d'un clin d'œil à son compagnon le groupe des cinq jeunes gens, je crois que ces messieurs nous reconnaissent; il serait donc bon de nous séparer, momentanément bien entendu. D'ailleurs, nous n'en guetterons que mieux notre homme, et il y a un endroit où nous serons toujours sûrs de nous retrouver. — Vous avez raison, dit Carmagnole, on ne saurait prendre trop de précautions. Les conspirateurs sont plus malins qu'on ne croit. — Vous avancez là une opinion bien hardie, Carmagnole; mais n'importe. Il n'y a pas de mal à laisser croire ce que vous dites. — Vous savez que nous n'en avons qu'un à arrêter? — Sans doute, que ferions-nous du moine? Il nous mettrait tout le clergé sur les bras. — Et à arrêter sous son nom de Dubreuil, pour le scandale.

causé dans l'église. — Pas pour autre chose. — Bien, dit Carmagnole, tirant à droite tandis que son compagnon tirait à gauche.

Puis chacun, décrivant une courbe, vint se placer : Carmagnole à la droite du père, et Gibassier à la gauche du fils.

La messe commençait en ce moment. Elle fut dite avec onction, écoutée avec recueillement.

La messe achevée, les jeunes gens de l'école de Châlons, qui avaient porté le cercueil jusqu'à l'église, s'approchèrent pour le reprendre et le porter jusqu'au cimetière ; mais au moment où ils se penchaient pour réunir leurs efforts et soulever le fardeau d'un mouvement unanime, un homme de haute taille, vêtu de noir mais sans insignes, sembla sortir de terre, et du ton d'un homme qui a le droit de commander :

— Ne touchez pas à ce cercueil, Messieurs, s'écria-t-il. — Et pourquoi? demandèrent les jeunes gens stupéfaits. — Je n'ai pas de comptes à vous rendre, répondit l'homme noir ; ne touchez pas au cercueil.

Puis s'adressant au commissaire des morts :

— Vos porteurs, Monsieur, demanda-t-il, où sont vos porteurs?

Le commisaire des morts s'avança :

— Mais, dit-il, je croyais que c'étaient ces Messieurs qui devaient porter le corps. — Je ne connais pas ces Messieurs, interrompit violemment l'homme noir. Je vous demande où sont vos porteurs, faites-les venir sur-le-champ.

On comprend la rumeur que produisit dans l'église cet étrange incident. Un bruit immense, pareil à celui qui monte des flots pendant les sinistres minutes qui précède la tempête, s'éleva de tous côtés. Un rugissement formidable sortait de la poitrine de la foule.

L'inconnu se sentait sans doute appuyé à une force irrésistible, car il accueillit cette rumeur avec un sourire de dédain.

— Des porteurs! répéta-t-il. — Non, non, non, pas de porteurs, crièrent les élèves. — Pas de porteurs! répéta la foule. — De quel droit, continuèrent les élèves, voulez-vous nous empêcher de porter les restes de notre bienfaiteur, quand nous avons reçu l'autorisation de la famille?... — C'est faux, dit l'inconnu ; la famille, au contraire, s'oppose formellement au transport du corps autrement que par le mode ordinaire. — Est-ce vrai, Messieurs, demandèrent les jeunes gens en se tournant vers les comtes Gaëtan et Alexandre de La Rochefoucauld, fils du défunt, qui s'avançaient en ce moment pour prendre place derrière le corps de leur père ; est-ce vrai, Messieurs, que vous nous défendez de porter les restes de notre bienfaiteur et de votre père qui fut aussi le nôtre?

Tout ceci se passait au milieu d'un tumulte effroyable à décrire. Mais quand on entendit cette interrogation, quand on vit que le comte Gaëtan s'apprêtait à y répondre :

— Silence! silence! silence! cria-t-on de tous côtés.

Le silence se fit entendre comme par magie, et l'on entendit la voix grave, douce et reconnaissante à la fois du comte Gaëtan qui répondait :

— La famille, loin de s'y opposer, vous y a autorisés, Messieurs, et elle vous y autorise encore.

Ce fut à ces mots un hourra de joie qui retentit du faîte à la base de l'église. Cependant le commissaire des morts avait fait avancer les porteurs, et ceux-ci avaient déjà saisi les brancards; mais, en entendant les paroles du comte Gaëtan, ils remirent le cercueil aux jeunes gens, qui, le replaçant sur leurs épaules, sortirent religieusement de l'église. On traversa assez tranquillement la cour, puis on entra dans la rue Saint-Honoré.

L'individu qui avait causé le scandale avait disparu comme par enchantement. On avait beau s'interroger dans tous les groupes, personne ne l'avait vu sortir, personne ne l'avait vu passer,

Une fois dans la rue Saint-Honoré, le cortége se reforma. Les fils du duc de La Rochefoucauld d'abord, puis, derrière eux, un grand nombre de pairs de France, de députés, de personnages distingués par leur mérite personnel ou éminents par leur position, amis ou alliés du duc, prirent successivement leur place.

Le duc de La Rochefoucauld était lieutenant général. Une escorte d'honneur avait été donnée à ses restes.

Tout semblait donc apaisé, quand, au moment où l'on s'y attendait le moins, le même individu qui avait causé le scandale de l'église reparut tout à coup, comme si une seconde fois il sortait de dessous terre. La foule, en le reconnaissant, poussa un cri d'indignation.

Mais lui, s'avançant vers l'officier qui commandait l'escorte d'honneur, lui dit à l'oreille quelques paroles que nul n'entendit; puis, tout haut, il lui enjoignit de prêter main-forte aux agents pour empêcher les jeunes gens de porter le cercueil et le faire déposer sur le corbillard destiné à le conduire hors de Paris. A cette prétention, renouvelée pour la seconde fois avec appel à la force armée, des cris de menace s'élevèrent de tous les côtés. Au milieu des cris, on distinguait clairement ces paroles :

— Non, non, n'y consentez pas. Vive la garde ! A bas les mouchards! A bas le commissaire de police! A la lanterne le commissaire de police!

Et, comme accompagnement naturel de ces cris, il se produisit, de la queue à la tête de la foule, un mouvement semblable à celui des lames de la marée.

La dernière vague arriva si près du commissaire qu'elle le força de reculer. Il se retourna du côté d'où partaient les cris, et jetant un regard de menace à toute cette foule :

— Monsieur, dit-il à l'officier, une seconde fois, je vous somme de me prêter main-forte.

L'officier jeta un coup d'œil sur ses hommes, il les vit fermes et sombres. Ils obéiraient, quel que fût l'ordre donné. De nouveaux cris s'élevèrent :

— Vive la garde! A bas les mouchards! — Monsieur, répéta violemment l'homme noir à l'officier, une troisième et dernière fois, je vous somme de me prêter main-forte. J'ai reçu des ordres formels, et malheur à vous si vous m'empêchez de les exécuter.

L'officier, vaincu par le ton impérieux du commissaire et par la forme menaçante de la sommation, l'officier donna un ordre à demi voix, et, en un instant, les baïonnettes rayonnèrent au bout des fusils.

Ce mouvement sembla pousser la foule au dernier paroxysme de la colère. Des cris sinistres, des cris de vengeance et de mort retentirent de tous les côtés:

— A bas la garde! Mort au commissaire! A bas le ministère! A mort M. de Corbière! A la lanterne les jésuites! Vive la liberté de la presse!

Les soldats s'avancèrent pour s'emparer du cercueil.

LXIII

UNE ÉMEUTE EN 1827.

Maintenant, si le lecteur veut passer de l'ensemble aux détails, et de la foule à quelques-uns des individus qui la composaient, il jettera, guidé par nous, un regard sur l'attitude des personnages de notre livre, au moment où le cercueil, porté par les élèves de l'école de Châlons, descendait les marches de l'église de l'Assomption, et s'avançait dans la rue Saint-Honoré.

M. Sarranti et l'abbé Dominique, suivis, l'un de Gibassier, l'autre de Carmagnole, s'étaient, au sortir de l'église, rapprochés sans affectation et sans paraître se connaître le moins du monde, et étaient allés se placer à l'extrémité de la rue de Mondovi, c'est-à-dire près de la place de l'Orangerie, en face du jardin des Tuileries.

M. de Marande et ses amis étaient groupés dans la rue du Mont-Thabor, attendant que le cortége se mît en marche. Salvator et nos quatre amis s'étaient arrêtés dans la rue Saint-Honoré, à l'angle de la rue Neuve-du-Luxembourg.

Dans le mouvement que la foule avait opéré, les rangs s'étaient resserrés et les jeunes gens se trouvaient à une vingtaine de pas de la grille qui forme l'enceinte de l'église de l'Assomption. Ils se retournèrent en entendant pousser ces cris avec lesquels la population indignée accueillait, au milieu d'un service funèbre, l'intervention de la force armée.

Mais parmi tous ceux qui manifestaient ainsi leur indignation, les plus indignés étaient ces hommes aux figures basses et aux regards louches, qui paraissaient semés dans la foule avec une habile profusion.

Jean Robert et Pétrus se détournèrent avec dégoût. Leur désir, en ce moment, eût été de se tirer de cette presse au-dessus de laquelle on sentait planer quelque chose de sinistre et de menaçant. Mais ils étaient pris; il n'y avait pas moyen de bouger, et tous leurs efforts, se tournant vers le sentiment de la conservation personnelle, devaient se borner à ne pas être étouffés.

Salvator, au reste, l'homme étrange, qui semblait aussi familier avec les mystères de l'aristocratie qu'avec les arcanes de la police, Salvator connaissait la plupart de ces hommes, non-seulement de vue, mais, chose singulière, de noms; et, ces noms, c'étaient pour la curiosité de Jean Robert, poëte aux instincts élevés, des jalons placés sur un chemin inconnu, descendant vers les cercles infernaux visités par le Dante.

Ces hommes, c'étaient Longue-Avoine, Maldaplomb, Brin-d'Acier, Maillochon, toute cette escouade enfin que nos lecteurs ont vue assiéger la petite maison de la rue des Postes, dans laquelle l'un d'entre eux, le pauvre Vol-au-Vent, avait fait un saut si périlleux et si mal réussi.

C'étaient, diversement groupés et correspondant de l'œil et du geste avec Salvator, qui, par ces deux moyens mimiques, leur recommandait la plus grande prudence, c'étaient Croc-en-Jambe et son compère la Gibelotte paraissant parfaitement raccommodés, le dernier continuant de révéler sa présence par cette pénétrante odeur de valériane qui affectait si désagréablement l'odorat de Ludovic dans le cabaret du coin de la rue Aubry-le-Boucher, où a commencé cette longue histoire que nous sommes en train de raconter à nos lecteurs.

C'étaient Fafiou et le divin Copernic, réunis par l'intérêt que Copernic avait de ne pas se brouiller avec Fafiou, plus encore que par celui qu'avait Fafiou de ne pas se brouiller avec Copernic.

Copernic avait donc pardonné à Fafiou ce geste inconsidéré que le pitre avait mis sur le compte d'un mouvement nerveux dont il n'avait pas été le maître.

Seulement Copernic avait fait jurer à Fafiou que la chose ne lui arriverait plus, serment que Fafiou n'avait fait qu'avec cette restriction mentale à l'aide de laquelle les jésuites prétendent qu'on peut tout jurer sans être obligé de rien tenir.

A dix pas des deux artistes, et heureusement séparés d'eux par une masse compacte, était Jean Taureau, tenant sous son bras, comme un gendarme tient son prisonnier, comme Gibassier tenait son agent, tenant sous son bras cette grande fille blonde, cette Vénus des halles, au corps onduleux comme celui d'un serpent, et que l'on appelait *Fifine*.

Nous disons heureusement, car Jean Taureau avait flairé Fafiou, comme Ludovic avait flairé la Gibelotte, quoique nous n'accusions pas le pauvre garçon d'exhaler la même odeur, mais on sait quelle haine profonde, quelle exécration invétérée professait le robuste charpentier pour son frêle rival.

Non loin de là étaient les deux compagnons qui avaient livré bataille aux jeunes gens dans le cabaret. Sac-à-Plâtre, ce maçon qui, dans un incendie, avait jeté du second étage son enfant et sa femme à cet Hercule Farnèse ayant nom Jean Taureau, et qui avait fini par s'y jeter lui-même. Sac-à-Plâtre, blanc comme la substance qu'il avait l'habitude de gâcher et qui lui avait valu ce sobriquet, Sac-à-Plâtre était au bras d'un géant aussi noir que lui, Sac-à-Plâtre était blanc.

Ce géant, qui semblait être le Titan, époux de la Nuit, était ce charbonnier démesuré que Jean Taureau, dans un jour de liesse et de pédantisme, avait nommé Toussaint-Louverture. C'étaient, en outre, tous ces personnages vêtus de deuil que nous avons vus stationner dans la cour de la Préfecture, attendant les derniers ordres de M. Jackal et le signal du départ.

Au moment où les soldats s'approchèrent du cercueil, baïonnettes en avant, une vingtaine de personnes, emportées par un premier mouvement de générosité, se jetèrent entre eux et les élèves de l'école de Châlons qui portaient le corps.

L'officier interpellé s'il aurait le courage de se servir des baïonnettes de ses soldats contre des jeunes gens dont le seul crime était de rendre hommage à leur bienfaiteur, l'officier répondit que l'ordre qu'il venait de recevoir du commissaire de police était formel, et qu'il ne se souciait pas d'être destitué.

Seulement, lui, à son tour et une dernière fois, somma ceux qui voulaient l'empêcher de faire son devoir de se retirer, et, s'adressant aux porteurs protégés par cette muraille vivante, il leur ordonna de poser le cercueil à terre.

— N'en faites rien, n'obéissez pas, cria-t-on de tous côtés. Nous sommes là pour vous soutenir.

Et les jeunes gens, en effet, par leurs paroles fermes et leur attitude résolue, semblaient décidés à tout risquer plutôt que d'obéir. L'officier donna l'ordre à ses hommes de continuer le mouvement. Les baïonnettes, qui s'étaient relevées un instant, s'abaissèrent de nouveau.

— Mort au commissaire! mort à l'officier! hurla la foule.

L'homme noir leva le bras; le sifflement d'un casse-tête se fit entendre, et un homme, frappé à la tempe, tomba baigné dans son sang.

Nous n'avions point, à cette époque, passé à travers les terribles émeutes du 5 juin et du 13 mai, et c'était encore quelque chose qu'un homme assommé!

— Au meurtre, cria la foule, au meurtre!

Comme s'ils n'eussent attendu que ce cri, deux ou trois cents agents sortirent de dessous leurs redingotes leurs casse-têtes, pareils à celui dont on avait vu l'effet.

La guerre était déclarée. Ceux qui avaient des bâtons les levèrent, ceux qui avaient des couteaux les sortirent de leurs poches. L'émeute, bien chauffée, comme on dit en terme d'art, faisait explosion.

Jean Taureau, l'homme au courage sanguin, c'est-à-dire l'homme du premier mouvement, Jean Taureau oublia les recommandations muettes de Salvator.

— Ah! ah! dit-il en lâchant le bras de Fifine et en crachant dans ses mains, je crois que nous allons en découdre.

Et, comme pour essayer ses forces, il prit par les flancs le premier agent de police qui se trouva à sa portée, et s'apprêta à le jeter n'importe où.

— A moi! à l'aide! au secours! les amis, cria l'agent d'une voix qui s'éteignait de plus en plus sous la pression des mains de fer de Jean Taureau.

Brin-d'Acier entendit ce cri de détresse, et, glissant comme une couleuvre à travers la foule, il s'approcha par derrière, levait déjà sur Jean Taureau un bâton court plombé, quand Sac-à-Plâtre se précipita entre le mouchard et le charpentier et saisit le bâton, tandis que le chiffonnier, arrivé près du groupe et voulant sans doute justifier son nom, passa la jambe à Brin-d'Acier et le fit tomber à la renverse.

A partir de ce moment, ce fut une mêlée épouvantable, et l'on commença à entendre les cris aigus des femmes mêlées à la foule. L'agent, saisi au corps par Jean Taureau comme Antée par Hercule, avait lâché son casse-tête, qui avait roulé aux pieds de Fifine. Celle-ci l'avait ramassé et, la manche retroussée jusqu'au coude, ses cheveux blonds au vent, elle frappait à droite et à gauche sur tout ce qui tentait de s'approcher d'elle.

Deux ou trois coups, virilement assénés par la Bradamante, concentrèrent sur elle l'attention de deux ou trois hommes de la police, et elle allait être infailliblement assommée quand Copernic et Fafiou s'ouvrirent un passage jusqu'à elle. La vue de Fafiou s'approchant de Fifine fit prendre une violente résolution à Jean Taureau. Il lança l'agent au beau travers de la foule, et se retournant vers le pitre :

— Et d'un, dit-il.

Et allongeant le bras il saisit Fafiou au collet. Mais à peine la main avait-elle touché l'habit que Jean Taureau recevait un coup de bâton plombé qui lui faisait lâcher prise. Il reconnut la main qui l'avait frappé.

— Fifine, s'écria-t-il écumant de colère, mais tu veux donc que je t'extermine? — Toi, grand lâche, dit-elle, ose donc un peu lever la main sur moi. — Non pas sur toi, mais sur lui! — Voyez ce chenapan-là, dit-elle à Sac-à-Plâtre et à Croc-en-Jambe, est-ce qu'il ne veut pas étrangler un homme qui vient de me sauver la vie?

Jean Taureau poussa un soupir qui ressemblait à un rugissement, puis à Fafiou:

— Va-t'en, dit-il, et, si tu tiens à ton existence, présente-toi le moins possible sur mon chemin.

Pendant que ces choses se passaient à droite dans le groupe de Jean Taureau et de ses camarades habituels de cabaret, voyons ce qui se passait à gauche dans le groupe de Salvator et de nos quatre jeunes gens: Salvator avait recommandé, comme nous l'avons vu, à Justin, à Pétrus, à Jean Robert et à Ludovic, la plus stricte neutralité, et cependant Justin, le plus calme de tous en apparence, venait de contrevenir à cette recommandation.

Disons comment ils étaient placés. Justin se trouvait à la gauche de Salvator, les trois autres jeunes gens étaient derrière lui. Tout à coup, Justin entendit à trois pas de lui un cri douloureux, puis une voix d'enfant qui criait:

— A moi, monsieur Justin, à moi!

Interpellé par son nom, Justin se jeta en avant et aperçut Babolin renversé à terre et crossé à grands coups de pied par un agent. Par un mouvement rapide comme la pensée, il repoussa violemment l'agent et se baissa pour aider Babolin à se remettre sur ses pieds. Mais, au moment où il s'inclinait, Salvator vit le casse-tête d'un agent se lever au-dessus de lui.

Il s'élança à son tour la main en avant pour faire de son bras un rempart à Justin. Mais, à son grand étonnement, le casse-tête resta levé sans s'abattre, tandis qu'une voix affectueuse lui disait:

— Eh! bonjour, cher monsieur Salvator, que je suis donc aise de vous rencontrer!

Cette voix, c'était celle de M. Jackal.

LXIV

L'ARRESTATION.

M. Jackal avait reconnu Justin pour l'ami de Salvator et pour l'amant de Mina, et, voyant le danger qui le menaçait, s'était élancé en même temps que Salvator pour le soustraire à ce danger. Voilà comment leurs deux mains s'étaient rencontrées.

Mais là ne devait pas se borner la protection de M. Jackal. Il donna, d'un geste, l'ordre à ses hommes de respecter le groupe des jeunes gens, et tirant Salvator à l'écart:

— Mon cher monsieur Salvator, lui dit-il en soulevant ses lunettes, pour ne rien perdre, tout en parlant, de ce qui se passait dans la foule, mon cher monsieur Salvator, un bon conseil. — Dites, cher monsieur Jackal. — Un conseil d'ami, vous savez si je suis votre ami? — Je m'en vante du moins, dit Salvator. — Eh bien, conseillez à M. Justin et aux autres personnes qui pourraient vous intéresser, et de l'œil il désigna Pétrus, Ludovic et Jean Robert, conseillez-leur, dis-je, de se retirer et... et faites comme eux. — Oh! s'écria Salvator, et pourquoi donc cela, monsieur Jackal? — Parce qu'il pourrait leur arriver malheur. — Bah! — Oui, fit de la tête M. Jackal. — Nous allons donc avoir une émeute? — J'en ai grand'peur. Ce qui se passe a tout l'air de nous mener là, et c'est ainsi que commencent toutes les émeutes. — Oui, elles commencent toutes de la même manière, dit Salvator. Il est vrai, ajouta-t-il, qu'elles ne finissent pas toutes de la même façon. — Celle-là finira bien, j'en réponds, dit M. Jackal. — Oh! du moment où vous en répondez... fit Salvator. — Je n'ai pas l'ombre d'un doute à ce sujet. — Diable! — Ainsi, vous comprenez, comme, malgré la protection toute spéciale que je suis en disposition d'accorder à vos amis, il pourrait, comme je vous le disais, leur arriver malheur, priez-les de se retirer. — Je m'en garderai bien, dit Salvator. — Et pourquoi? — Parce qu'ils ont décidé de rester jusqu'à la fin. — Dans quel but? — Par curiosité. — Peuh! fit M. Jackal, ce ne sera pas bien curieux, allez. — D'autant plus que, d'après ce que vous m'avez dit, on peut être certain d'une chose, c'est que force restera à la loi. — Ce qui n'empêchera pas que vos jeunes gens, en restant... — Eh bien? — Ne risquent... — Quoi? — Dame! ce que l'on risque dans une émeute, d'être tant soit peu contusionnés. — En ce cas, cher monsieur Jackal, vous comprenez, je ne les plains pas. — Ah! vous ne les plaignez pas. — Non! ils n'auront que ce qu'ils méritent. — Comment, que ce qu'ils méritent? — Sans doute : ils ont voulu voir une émeute, qu'ils subissent les conséquences de leur curiosité. — Ils ont voulu voir une émeute? répéta M. Jackal. — Oui! dit Salvator. — Ils savaient donc qu'il y allait avoir une émeute? ils avaient donc vent de ce qui allait se passer, vos amis? — Oh! vent complet, vent debout, cher monsieur Jackal. Les plus vieux matelots ne devinent pas les tempêtes avec plus de perspicacité que mes amis n'ont flairé l'émeute. — — Vraiment? — Sans doute. Avouez du reste, cher monsieur Jackal, qu'il faudrait mettre bien de la mauvaise volonté pour ne pas comprendre ce qui se passe. — Bon! et que se passe-t-il donc? demanda M. Jackal en remettant ses lunettes sur son nez. — Vous l'ignorez? — Vraiment oui. — Eh bien, demandez-le à ce Monsieur qu'on arrête là-bas. — Où donc? demanda M. Jackal sans relever ses lunettes, ce qui prouvait qu'il avait aussi bien vu l'arrestation qui s'opérait que Salvator. Quel monsieur? demanda-t-il. — Ah! c'est vrai, dit Salvator, vous avez la vue si basse que vous ne sauriez voir. Cependant essayez; tenez, là-bas, à deux pas d'un moine. — Oui, en effet, je crois que j'aperçois quelque chose comme une robe blanche. — Ah! par le ciel! s'écria Salvator, mais c'est l'abbé Dominique, l'ami du pauvre Colomban. Je le croyais en Bretagne, au château de Penhoël. — Il y était en effet, dit M. Jackal, mais il en est arrivé ce matin. — Ce matin? Je vous remercie de votre bon renseignement, monsieur Jackal, dit en souriant Salvator. Eh bien, à côté de lui, voyez-vous... — Ah! ma foi oui, un homme que l'on arrête, c'est, par ma foi, vrai. Je plains ce citoyen de tout mon cœur. — Vous ne le connaissez pas, alors? — Non! — Connaissez-vous ceux qui l'arrêtent? — J'ai la vue si faible; et puis ils sont beaucoup, ce me semble. — Particulièrement les deux qui le tiennent au collet? — Oui, oui, je connais ces gaillards-là. Mais où diable les ai-je vus, voilà la question. — Alors, vous ne vous en souvenez pas? — Vraiment non. — Désirez-vous que je vous mette sur la voie? — Vous me ferez un véritable plaisir. — Eh bien, vous avez vu l'un, le plus petit, au moment où il partait pour le bagne, et vous avez vu l'autre, le plus grand, au moment où il en revenait. — Oui! oui! oui! — Vous y êtes, maintenant? — C'est-à-dire que je les connais comme père et mère. Ce sont des employés de mon administration. Que diable font-ils là? — Mais je vois qu'ils travaillent pour votre compte, cher monsieur Jackal. — Peuh! fit M. Jackal, peut-être bien aussi les drôles travaillent-ils pour le leur. Cela leur arrive quelquefois. — Eh! tenez, en effet, dit Salvator, en voilà un qui coupe la chaîne de montre de son prisonnier. — Quand je vous le disais. Ah! cher monsieur Salvator, la police est bien mal faite. — A qui le dites-vous, monsieur Jackal?

Et ne se souciant probablement pas d'être vu plus longtemps dans la société de M. Jackal, Salvator fit un pas en arrière et le salua.

— Enchanté d'avoir eu le plaisir de vous rencontrer, monsieur Salvator, dit le chef de police en s'éloignant de son côté et en se dirigeant d'un pas rapide vers le groupe où Gibassier et Carmagnole essayaient d'arrêter M. Sarranti.

Nous disons essayaient, car, bien que pris au collet par les deux agents, M. Sarranti était loin de se considérer comme arrêté. Il avait d'abord parlementé. A ces mots :

— Au nom du roi, je vous arrête, prononcés à la fois à ses deux oreilles par Carmagnole et par Gibassier, il avait répondu tout haut : — Vous m'arrêtez, et pourquoi? — Pas de scandale, dit alors à demi voix Gibassier, nous vous connaissons. — Vous me connaissez? s'écria Sarranti en jetant un regard à droite et à gauche sur les deux argousins. — Oui, vous vous appelez Dubreuil, dit Carmagnole.

On se souvient que M. Sarranti avait écrit à son fils qu'il était à Paris sous le nom de Dubreuil et que M. Jackal avait, pour ne pas faire de cette arrestation une affaire politique, recommandé à ses deux agents d'arrêter l'opiniâtre conspirateur sous ce nom. En voyant que l'on arrêtait son père, Dominique, emporté par un premier mouvement, s'élança vers lui. Mais M. Sarranti l'arrêta d'un signe.

— Ne vous mêlez point de cette affaire, *Monsieur*, dit-il au moine. Je suis victime d'une erreur, et demain, j'en suis certain, je serai mis en liberté.

Le moine s'inclina devant cette recommandation, qu'il reçut comme un ordre et fit un pas en arrière.

— Certainement, dit Gibassier, si nous nous trompons, il vous sera fait justice. — Et d'abord, dit Sarranti, en vertu de quel ordre m'arrêtez-vous? — En vertu d'un mandat d'amener contre un certain M. Dubreuil, qui vous ressemble si fort, que je croirais manquer à mon devoir en ne m'assurant pas de vous. — Et pourquoi, si vous craignez tant le scandale, m'arrêtez-vous ici plutôt qu'ailleurs? — Parce qu'on arrête les gens où on les rencontre donc, dit Carmagnole. — Sans compter que nous courons après vous depuis ce matin, dit Gibassier. — Comment, depuis ce matin? — Oui, dit Carmagnole, depuis que vous avez quitté l'hôtel. — Quel hôtel? demanda Sarranti. — L'hôtel de la place Saint-André-des-Arts, dit Gibassier.

A cette dernière désignation, il passa comme un éclair à travers l'esprit de Sarranti.

Il lui sembla voir sur le visage, entendre dans la voix de Gibassier des traits et des sons qui ne lui étaient pas inconnus.

Puis, tout lui revint en mémoire, le voyage, le Hongrois, le courrier de dépêches, le postillon, tout cela vague comme à travers un nuage, mais cependant assez précis pour qu'instinctivement, plutôt qu'autrement, il ne conservât aucun doute.

— Misérable, s'écria le Corse, en devenant pâle comme un mort et en portant la main sous son habit.

Gibassier vit briller la lame d'un poignard, et peut-être la mort eût-elle suivi ce rayon avec la même rapidité que la foudre suit l'éclair, si Carmagnole, qui avait vu et compris le mouvement, n'eût saisi des deux mains la main qui tenait l'arme.

Se sentant pressé à la fois par les deux hommes, Sarranti, réunissant tout ce que la volonté humaine peut donner de force en un moment suprême, Sarranti se dégagea de la double étreinte, et bondissant, le poignard à la main, au milieu d'un groupe compacte :

— Passage ! cria-t-il, passage !

Mais Gibassier et Carmagnole non-seulement bondissaient derrière lui, mais encore ils avaient fait, par un cri convenu, appel à tous leurs compagnons. En un instant un cercle infranchissable se forma autour de Sarranti ; vingt casse-têtes furent levés, et sans doute allait-il tomber assommé comme un taureau sous la masse des bouchers, quand une voix retentit qui criait :

— Vivant ! qu'on le prenne vivant !

Les agents reconnurent la voix si bien obéie de M. Jackal, et, sachant qu'ils combattaient sous les yeux de leur chef, se ruèrent sur M. Saranti. Il y eut un instant d'effroyable mêlée. Un homme se débattait debout au milieu de vingt hommes, puis il tomba sur un genou, puis il disparut tout à fait.

En voyant tomber son père pour la seconde fois, Dominique s'était élancé à son secours. Mais en ce moment la foule, qui fuyait en jetant des cris d'angoisse, passa comme un torrent dans la rue et sépara le fils du père. Pour ne pas être entraîné, le moine s'accrocha à la grille d'un hôtel, mais, quand la foule fut écoulée, M. Sarranti et le groupe immonde sous lequel il se débattait avaient disparu.

LXV

LES JOURNAUX OFFICIELS.

Nous avons donné quelques échantillons des scènes que jouait la police de M. Delavau, le 30 mars de l'an de grâce 1827. D'où venait ce scandale ? quelle était la cause de cette étrange profanation faite aux restes du noble duc ? Nul ne l'ignorait.

Le ministère ne pouvait point pardonner à M. de La Rochefoucauld-Liancourt la sincérité de ses opinions. Un La Rochefoucauld appartenir à l'opposition et voter avec elle ! en vérité, c'était là un crime de lèse-majesté, et le ministère ne devait pas négliger de le punir.

On publiait le La Rochefoucauld de la Fronde. Il est vrai que celui-là avait été puni : d'abord par une arquebusade en plein visage, ensuite par une infidélité en plein cœur.

En effet, le ministère avait peu à peu retiré à M. de La Rochefoucauld, au moderne bien entendu, toutes les fonctions gratuites et toutes relatives à des œuvres de charité qu'il exerçait. Mais, non content de l'avoir atteint dans sa vie, il voulait encore le frapper dans sa mort en empêchant la foule reconnaissante de témoigner, par un acte extérieur, le respect et l'amour qu'avait inspirés à la population de Paris la longue carrière du duc, consacrée exclusivement au bien matériel et moral : à l'aumône et à l'instruction.

La foule savait donc bien d'où venait l'ordre, et, tout haut, elle nommait M. de Corbière, qu'à tort ou à raison on avait fait le bouc émissaire du ministère de 1827.

Nous verrons, dans la suite de ce récit, les effroyables scènes de désordre, les émeutes avortées qu'enfantait la police de cette époque. Pour le moment, nous croyons les principales scènes de ce jour suffisantes à donner une idée de l'horrible mêlée et de la lutte sanglante auxquelles donnèrent lieu les obsèques du vénérable duc. Disons donc quelles causes avaient fait déborder ce torrent d'hommes, de femmes et d'enfants qui venait de séparer Dominique de M. Sarranti, le fils du père.

Au moment où l'émeute était arrivée à son apogée, à l'instant où les cris de mort, les hurlements des hommes, les plaintes des femmes, les pleurs des enfants se faisaient entendre de toutes parts, c'est-à-dire au moment où les soldats, baïonnettes en avant, marchant sur les élèves de l'école de Châlons, voulurent violemment s'emparer du cercueil, tout à coup un cri perçant, suivi d'un bruit sinistre, retentit lugubrement, cri et bruit qui arrêtèrent instantanément, et comme par miracle, tous les cris, tous les bruits, tous les mugissements de cet océan humain.

Il y eut un moment d'effrayant silence. On eût dit que la vie venait de s'échapper en même temps de toutes les poitrines. Ce cri était parti des fenêtres, placées comme des loges au-dessus du théâtre où se jouait ce drame sacrilége. Ce cri, la foule l'avait poussé en voyant un des jeunes gens qui portaient le cercueil blessé par la baïonnette d'un soldat.

Ce bruit sinistre que l'on avait entendu, c'était le bruit sourd et lugubre du cercueil du duc, qui, dans la lutte, tiré à droite par les soldats, tiré à gauche par les jeunes gens, tombait lourdement sur le pavé.

Au même instant, comme si la foudre eût éclaté au milieu d'eux, les spectateurs de cette épouvantable scène s'écartèrent, saisis d'un indicible effroi, laissant seuls, dans l'immense vide qu'ils faisaient en se retirant, les jeunes gens consternés.

Ce fut ce mouvement qui, mal interprété par ceux qui ressentirent la secousse sans en connaître la cause, occasionna cette avalanche qui se précipita dans toutes les rues adjacentes, et particulièrement dans la rue Mondovi. Un des jeunes gens gisait sur le sol, près de la bière. Il avait reçu un coup de baïonnette dans le flanc. Ses compagnons le soulevèrent dans leurs bras et l'entraînèrent dans leurs rangs. On pouvait suivre sa marche à la trace de sang qu'il avait laissée sur le pavé.

L'officier, le commissaire de police et les soldats étaient restés maîtres de la position. Force était demeurée à la loi, comme disait Salvator, qui, toujours à la même place, retenait d'un bras Justin, de l'autre Jean Robert, tout en disant à Pétrus et à Ludovic :

— Sur votre tête, ne bougez pas.

Les soldats, abattus et honteux, s'approchèrent du cercueil à demi brisé, et ramassèrent le manteau et les insignes du défunt, couverts de boue et épars çà et là dans le ruisseau.

Nous l'avons dit, après ce premier cri jeté, cri formidable, immense, mortel, après ce premier mouvement, qui précipita une portion de cette foule dans toutes les directions où elle crut pouvoir s'écouler, il se fit un silence de mort, silence sublime, plus énergique que tous les cris.

En effet, la protestation la plus haute, la défense la plus énergique, l'indignation la plus éclatante n'eussent pas contenu plus d'amers reproches, plus de sanglantes menaces que cette attitude recueillie et respectueuse de la foule vis-à-vis du cadavre, que cette réprobation muette et silencieuse vis-à-vis de ses profanateurs. Au milieu de ce silence, l'auteur de tout ce sacrilége, l'homme noir, le commissaire de police, s'élança dans le cercle, faisant signe aux porteurs d'avancer, ordonnant de placer le cercueil sur le corbillard, et commandant à l'officier, d'un geste impératif, de l'assister s'il était besoin.

Mais tout à coup le commissaire et l'officier devinrent livides, et leur visage se couvrit d'une sueur froide, en voyant à travers les fentes de la bière, brisée en plusieurs endroits, s'étendre vers eux, comme une menace du tombeau, un des bras décharnés du cadavre, qui, séparé du corps, semblait prêt à tomber sur le pavé.

Disons, pour ceux qui tenteraient de nous accuser de faire de l'horrible à froid, qu'il résulta de l'enquête faite à la suite de ce scandaleux événement que, lorsque le cercueil du duc de La Rochefoucauld fut conduit à Liancourt, lieu de sépulture de la famille La Rochefoucauld, il fallut passer une partie de la nuit qui précéda l'inhumation, non-seulement à réparer le cercueil, qui se trouvait, comme nous l'avons dit, à demi brisé, *mais encore à rétablir dans leur position naturelle les membres qui s'étaient détachés du corps* *.

Hâtons-nous de dire, et nous ne reviendrons plus sur ce triste sujet, que l'indignation populaire ne poussa qu'un cri d'un bout de la France à l'autre.

Tous les journaux qui n'appartenaient point au ministère rendirent compte de l'horrible scène avec toute la colère et le mépris que méritait cette odieuse profanation.

Les deux chambres furent les échos de ce cri universel. La chambre des pairs surtout, frappée dans un de ses membres, ne se borna point à blâmer énergiquement cette violence sacrilége, qui frappait le corps d'un homme dont le seul crime avait été de voter contre le gouvernement; elle chargea son grand référendaire de s'enquérir des faits, et quand le haut dignitaire communiqua à la chambre le résultat de son enquête, il accusa hautement la police d'avoir volontairement causé ce scandale, scandale d'autant plus blâmable que de nombreux précédents justifiaient le transport à bras d'un cercueil, et qu'en mainte occasion, et particulièrement aux obsèques de Delille, de Beclard et de M. Emmery, supérieur du séminaire de Saint-Sulpice, la police avait autorisé le transport à bras de leurs restes et par leurs amis et par leurs élèves. Le cercueil de

* Achille Vaulabelle, *Histoire des Deux Restaurations*, tome VI, chapitre 7.

M. Emmery, entre autres, avait été porté de cette manière, par les élèves de son séminaire, jusqu'au cimetière d'Issy.

M. de Corbière entendit tous ces reproches, les accueillit avec cette froideur hautaine qui lui était naturelle, et qui parfois soulevait contre lui à la chambre de si terribles orages; et non-seulement il ne crut pas devoir adresser une seule parole de blâme à l'agent qui, après sa mort, avait outragé les restes de celui qu'il avait, lui, outragé pendant sa vie; il fit plus, il monta à la tribune et répondit:

« Si les orateurs que nous avons entendus s'étaient bornés à exprimer leurs sentiments pénibles, j'aurais respecté leur douleur et gardé le silence; mais encore des plaintes contre l'administration!.. La conduite du préfet de police et de ses agents a été ce qu'elle devait être, et ils eussent manqué à leur devoir et encouru mon juste blâme en agissant autrement qu'ils ont fait. »

La chambre remercia le grand référendaire de son rapport, et décida qu'elle attendrait le terme de l'information judiciaire alors commencée. Ajoutons que l'information eut un terme, mais n'eut point de résultat.

En même temps que les journaux de l'opposition ou indépendants manifestaient, le lendemain, dans leurs premières colonnes, l'indignation dont ils n'étaient que les interprètes, les journaux du gouvernement publiaient une note venue évidemment du ministère ou de la préfecture; car, quoique imprimée dans trois journaux différents, elle ne différait ni dans le fonds, ni dans la forme.

Voici à peu près le texte de cette note, dont le but était de rejeter la responsabilité des scènes de la veille sur le compte des *bonapartistes:*

« L'hydre de l'anarchie relève sa tête que l'on croyait à jamais coupée; la révolution, que l'on croyait éteinte, renaît de ses cendres et frappe à nos portes. Elle s'avance, tout armée, dans l'ombre et le silence, et la monarchie va de nouveau se trouver en face de son éternel ennemi.

« Alerte! fidèles serviteurs de Sa Majesté; debout! sujets dévoués; l'autel et le trône, le prêtre et le roi sont menacés.

« Les regrettables événements d'hier ont donné lieu à des scènes de violence; des cris de menace, des cris de sédition, des cris de mort ont été proférés.

« Heureusement le préfet de police tenait déjà depuis vingt-quatre heures en ses mains les fils principaux de la trame. Grâce au zèle ardent de cet habile administrateur, le complot a été déjoué, et il espère avoir apaisé la tempête qui, une fois encore, menaçait d'engloutir le vaisseau de l'État.

« Le chef de cette vaste conspiration a été arrêté. Il est entre les mains de la justice, et les amis de l'ordre, les fidèles sujets du roi, connaîtront de quelle importance est cette capture, quand ils sauront que le chef de ce complot, qui avait pour but de renverser le roi et de mettre sur le trône le duc de Reichstadt, n'est autre que le célèbre Corse Sarranti, arrivé récemment de l'Inde, où le complot est né.

« On frémit en songeant au danger dont le gouvernement de Sa Majesté était menacé. Mais l'horreur succédera bien vite à l'indignation, et l'on saura une fois de plus à quoi s'en tenir sur le compte des hommes qui, après avoir servi l'usurpateur, servent son fils, quand on saura que ce même Sarranti, qui se cachait depuis quelques jours à Paris, est le même qui a quitté Paris il y a sept ans, sous le coup d'une accusation de vol et d'assassinat.

« Ceux qui ont lu les journaux du temps se souviennent peut être que le petit village de Viry-sur-Orge a été, dans l'année 1820, le théâtre d'un crime épouvantable.

« Un des hommes les plus considérés du canton a trouvé, en rentrant un soir chez lui, sa caisse forcée, sa femme assassinée, ses deux jeunes neveux enlevés et le précepteur des deux enfants disparu.

« Ce précepteur n'était autre que M. Sarranti. Une instruction judiciaire a déjà commencé. »

LXVI

COMMUNION D'AMES.

Le regard expressif que M. Sarranti avait jeté à l'abbé Dominique et les quelques mots qu'il avait prononcés au moment de son arrestation commandaient au pauvre moine la réserve la plus absolue, la suprême discrétion.

D'abord séparé de son père, Dominique s'était élancé dans la direction ascendante de la rue de Rivoli. Là il avait retrouvé un groupe agité, tumultueux, et il avait compris que ce groupe qui s'acheminait rapidement vers les Tuileries avait pour centre M. Sarranti. En conséquence il avait suivi, mais de loin et comme prudemment il devait faire, à cause de son costume si facile à reconnaître. En effet, Dominique à cette époque était peut-être le seul moine dominicain qui habitât Paris.

Au coin de la rue Saint-Nicaise, le groupe s'arrêta, et, du coin de la place des Pyramides où il était arrivé, Dominique vit celui qui paraissait le chef des agents appeler un fiacre, et, dans ce fiacre accouru à son appel, faire monter M. Sarranti.

Il suivit le fiacre, traversa le Carrousel aussi rapidement que le permettait sa robe, et arriva au guichet du quai des Tuileries au moment où le fiacre tournait le Pont-Neuf. Il était évident que la voiture roulait vers la Préfecture de Police.

L'abbé Dominique, en voyant le fiacre disparaître au coin du quai des Lunettes, sentit tout le sang de ses veines affluer à son cœur, et mille pensées sinistres lui monter au cerveau. Il rentra chez lui anéanti, le corps brisé, l'âme éperdue.

Deux jours et deux nuits passés en diligence, les émotions de toute nature de la journée, l'incertitude des causes qui motivaient l'arrestation de son père, c'était là plus qu'il n'en fallait pour courber le corps le plus robuste, pour dompter l'âme la plus vaillante.

Quand il arriva dans sa chambre, il faisait déjà nuit. Il se jeta sur son lit sans prendre de nourriture et essaya de prendre quelque repos. Mais mille fantômes s'assirent à son chevet, et, au bout d'un quart d'heure, il était debout et marchant précipitamment dans sa chambre, comme si, pour dormir, il avait besoin de briser le reste de force ou plutôt de fièvre qui brûlait en lui.

L'inquiétude le poussa dehors. La nuit venue, sa robe, perdue dans l'obscurité, ne le désignait plus à l'attention générale. Il s'achemina vers cette Préfecture de Police où s'était en quelque sorte englouti son père, gouffre pareil à celui où s'enfonce le plongeur de Schiller, et dont, comme le plongeur, on sort épouvanté des monstres de toute espèce qu'on y a vus.

Cependant il n'osa point se hasarder à y entrer. Si l'on savait que M. Sarranti était son père, son nom à lui était une dénonciation. M. Sarranti n'avait-il pas été arrêté sous le nom de Dubreuil, ne valait-il pas mieux le laisser écrouer sous le bénéfice de ce faux nom, qui ne dénonçait pas le conspirateur dangereux et obstiné?

Dominique ignorait encore pour quelle cause son père rentrait en France; mais il devinait bien que c'était pour cette cause à laquelle il avait voué sa vie : celle de l'empereur, ou plutôt, l'empereur étant mort, celle de son fils.

Pendant deux heures, le fils erra comme une ombre autour de ce tombeau du père, allant de la rue Dauphine à la place du Harlay, du quai des Lunettes à la place du Palais-de-Justice, sans espoir de revoir celui qu'il cherchait, car c'eût été un miracle que de heurter la voiture qui le conduisait du dépôt à quelque autre prison. Mais ce miracle, Dieu pouvait le faire, et Dominique, bon, simple et grand, espérait instinctivement en Dieu.

Cette fois, son espoir fut trompé. A minuit il rentra, se coucha, ferma les yeux, et, épuisé de fatigue, finit par s'endormir. Mais à peine fut-il endormi que les songes les plus sinistres l'assaillirent. Le cauchemar, comme une chauve-souris gigantesque, plana toute la nuit autour de sa tête, et, quand le jour vint, il se réveilla; le sommeil, au lieu de réparer ses fatigues, n'avait fait que les augmenter.

Il se leva et essaya de retrouver éveillé les impressions du sommeil. Il lui semblait qu'au milieu de ce chaos orageux un ange avait passé lumineux et pur. Un jeune homme était venu à lui, au visage doux et loyal, lui avait tendu la main, et, dans une langue inconnue et que pourtant il avait comprise, il lui avait dit :

— Appuie-toi sur moi et je te soutiendrai.

Ce visage lui était connu. Seulement où, à quelle époque, dans quelle circonstance l'avait-il vu? Ce personnage était-il même réel ou n'était-ce qu'un de ces souvenirs vagues que l'on semble conserver d'une vie antérieure, qui ne se révèle à la nôtre que dans l'éclair d'un songe? N'était-il pas l'incarnation de l'espérance, ce rêve de l'homme éveillé?

Dominique, en essayant de voir clair dans les ténèbres de son cerveau, alla tout pensif s'asseoir près de la fenêtre, sur cette même chaise où il s'était assis la veille pour regarder le tableau de Saint-Hyacinthe, absent aujourd'hui. Alors la mémoire de Carmélite et de Colomban lui revint au cœur, et, en se souvenant de ses deux amis, il se rappela Salvator.

Salvator, c'était l'ange de sa nuit, c'était le beau jeune homme au visage doux et loyal qui, debout à son chevet pendant son sommeil, avait écarté de son lit le spectre du désespoir. Alors, la scène poignante au milieu de laquelle Salvator lui était apparu, repassa tout entière devant ses yeux.

Il se voyait encore assis dans le pavillon de Colomban, au Bas-Meudon, disant lentement les prières des morts, tandis que des larmes descendaient de ses yeux; tout à coup, deux jeunes gens étaient entrés dans la chambre mortuaire, tête nue et inclinée. Ces deux jeunes gens, c'étaient Jean Robert et Salvator.

Salvator, en l'apercevant, avait poussé une espèce de cri joyeux dont il n'eût jamais pu comprendre le sens intime, si Salvator, s'approchant de lui, ne lui eût dit d'une voix à la fois ferme et émue :

— Mon père, sans vous en douter, vous avez sauvé la vie à l'homme qui est devant vous, et cet homme, qui ne vous a jamais vu depuis, qui jamais ne vous a rencontré, vous a voué une profonde reconnaissance. J'ignore si vous aurez jamais besoin de moi, mais, sur la chose la plus sainte qui ait jamais existé, le corps d'un homme d'honneur qui vient de rendre le dernier soupir, je vous jure que cette vie que je vous dois est à vous.

Et lui Dominique avait répondu :

— J'accepte, Monsieur, quoique j'ignore quand et comment j'ai pu vous rendre le service que vous dites ; mais les hommes sont frères et mis en ce monde pour s'entr'aider. Donc, quand j'aurai besoin de vous, mon frère, j'irai à vous. Votre nom et votre adresse?

On se souvient que Salvator était allé au bureau de Colomban, avait écrit son nom et son adresse sur un papier qu'il avait présenté au moine, et que le moine avait mis ce papier tout plié dans son livre d'heures. Il alla vivement à sa blibliothèque, prit le livre sur le second rayon, et trouva le papier à la page où il l'avait déposé.

Alors, comme si la chose se fût passée le jour même, il se rappela le costume, la voix, les traits, les moindres détails de la personne de Salvator, et il reconnut en lui le jeune homme au front doux et au sourire sympathique qu'il avait revu dans son rêve.

— Allons, dit-il, il n'y a pas à hésiter, et c'est une inspiration de Dieu. Ce jeune homme paraissait bien, je ne sais à quel titre, avec un des agents supérieurs de la police, le même avec lequel je l'ai vu causer encore hier devant l'église de l'Assomption. Par cet agent, il peut savoir pour quelle cause mon père a été arrêté ; pas un moment à perdre, courons chez M. Salvator.

Il acheva à la hâte sa toilette monastique. Au moment où il allait sortir, la concierge entra, tenant d'une main une tasse de lait, de l'autre un journal. Mais Dominique n'avait le temps, ni de lire son journal, ni de déjeuner. Il dit à la concierge de déposer le tout sur la console, qu'il allait rentrer sans doute dans une heure ou deux, mais que provisoirement il était obligé de sortir.

Il descendit précipitamment l'escalier, et arriva au bout de dix minutes rue Mâcon, devant la maison qu'habitait Salvator. Il chercha vainement le marteau ou la sonnette. La porte s'ouvrait le jour avec une espèce de petite chaîne tirant un loquet. La nuit on mettait la chaîne en dedans et la porte était fermée. Soit que personne ne fût encore sorti, soit que la chaîne fût par accident retombée en dedans, il n'y avait pas moyen d'ouvrir la porte.

Dominique fut donc obligé de frapper avec son poing d'abord, puis avec une pierre qu'il ramassa. Sans doute eût-il frappé longtemps si la voix de Roland n'eût averti Salvator et Fragola qu'il leur arrivait une visite inattendue. Fragola tendit l'oreille.

— C'est une visite d'ami, dit Salvator. — A quoi reconnais-tu cela ? — Aux aboiements joyeux et caressants du chien. Ouvre la fenêtre, Fragola, et vois quel est ce visiteur ami.

Fragola ouvrit la fenêtre, et reconnut l'abbé Dominique pour l'avoir vu le jour de la mort de Colomban.

— C'est le moine, dit-elle. — Quel moine?... l'abbé Dominique? — Oui! — Oh! je te disais bien que c'était un ami, s'écria Salvator. Et il descendit précipitamment les escaliers, précédé de Roland, qui s'était élancé par les degrés aussitôt qu'il avait vu la porte ouverte.

LXVII

INFORMATIONS INUTILES.

Salvator, avec un geste de tendresse respectueuse, tendit les deux mains à l'abbé Dominique.

— Vous, mon père! s'écria-t-il. — Oui, répondit gravement le moine. — Oh! venez et soyez le bienvenu! — Vous me reconnaissez donc? — N'êtes-vous pas mon sauveur? — Vous me l'avez dit du moins, et cela dans une circonstance trop douloureuse pour qu'il soit besoin de vous la rappeler. — Et je vous le répète. — Vous rappelez-vous ce que vous avez ajouté? — Que si jamais vous aviez besoin de moi, la vie que je vous devais était à vous. — Je me suis souvenu de vos paroles comme vous voyez, car j'ai besoin de vous et me voici.

Tout en échangeant ces paroles, ils étaient arrivés dans cette petite salle à manger décorée sur un dessin antique de Pompeia. Le jeune homme présenta une chaise au moine, et, tout en faisant signe à Roland, qui flairait la robe de l'abbé Dominique comme s'il eût cherché lui-même en quelle circonstance il l'avait vu, il s'assit près de lui. Roland, écarté de la conversation par son maître, alla se blottir sous la table.

— Je vous écoute, mon père, dit Salvator.

Le moine posa sa main pâle et effilée sur la main de Salvator. Malgré sa pâleur, sa main était fiévreuse.

— Un homme pour lequel j'ai une profonde affection, dit l'abbé Dominique, arrivé depuis quelques jours seulement à Paris, a été arrêté hier près de moi, rue Saint-Honoré, près de l'église de l'Assomption, sans que j'aie osé lui porter secours, retenu que j'ai été par la robe dont je suis revêtu.

Salvator s'inclina.

— Je l'ai vu, mon père, dit-il, et je dois ajouter à sa louange qu'il s'est vigoureusement défendu.

L'abbé frissonna à ce souvenir.

— Oui, dit-il, et j'ai bien peur que cette défense si légitime ne lui soit cependant comptée comme un crime. — Alors, continua Salvator en regardant fixement le moine, vous connaissez cet homme? — Oh! je vous l'ai dit, j'ai pour lui une tendresse profonde. — Et de quel crime est-il accusé? demanda Salvator. — Voilà ce que j'ignore complétement, voilà ce que je voudrais savoir, et le service que je viens vous demander est de m'aider à savoir pour quelle cause il a été arrêté. — Est-ce là tout ce que vous désiriez de moi, mon père?

— Oui, je vous ai vu venir à Meudon, accompagné d'un homme qui m'a paru un agent supérieur de la police. Hier, je vous ai revu causant avec cet homme ; j'ai pensé que, par lui, vous pourriez peut-être savoir le crime dont mon... mon ami est accusé. — Quel est le nom de votre ami, mon père? — Dubreuil! — Sa profession? — C'est un ancien militaire, vivant, je crois, de sa fortune. — D'où vient-il? — De pays lointains ; de l'Asie, je crois. — Alors, c'est un voyageur? — Oui, répondit l'abbé en hochant tristement la tête ; ne sommes-nous pas tous des voyageurs? — Je passe une redingote, mon père, et je suis à vous. Je ne veux pas vous retarder plus longtemps, car, si je crois la tristesse de votre visage, vous êtes en proie à une violente inquiétude. — Oui, très-violente, répondit le moine.

Salvator, qui était en blouse, passa dans la pièce voisine et, un instant après, reparut en redingote.

— Maintenant, dit-il, je suis à vos ordres, mon père.

L'abbé se leva vivement et tous deux descendirent. Roland leva la tête, les suivit de son regard intelligent jusqu'à ce qu'ils eussent refermé la porte. Mais voyant qu'on n'avait probablement pas besoin de lui, puisqu'on ne lui faisait pas signe de venir, il laissa retomber sa tête entre ses deux pattes, se contentant de pousser un profond soupir. A la porte de la rue, Dominique s'arrêta.

— Où allons-nous? demanda-t-il. — A la Préfecture de Police. — Je vous demanderai la permission de prendre un fiacre, dit le moine. Ma robe est si reconnaissable, et il y aurait de si graves inconvénients peut-être pour mon ami à ce que l'on sût que je m'occupe de lui, que c'est, à ce que je crois, une indispensable précaution. — J'allais vous le proposer, dit Salvator.

On appela un fiacre, les deux jeunes gens montèrent dedans, Salvator descendit au bout du pont Saint-Michel.

— Je vais vous attendre au coin du quai et de la place Saint-Germain-l'Auxerrois, dit le moine.

Salvator fit de la tête un signe d'assentiment, le fiacre continua par la rue de la Barillerie, Salvator descendit le quai des Orfèvres.

M. Jackal n'était point à la Préfecture. Les scènes de la veille avaient mis Paris en émoi. On redoutait, ou plutôt, disons-le, on espérait quelques attroupements. Tous les agents de police, M. Jackal en tête, étaient dehors, et l'huissier ignorait l'heure de son retour. Il n'y avait donc pas à l'attendre. Mieux valait l'aller chercher. Soit connaissance profonde de M. Jackal, soit instinct de conspirateur, Salvator savait où le trouver, lui.

Il descendit le quai, et, tournant à droite, prit le Pont-Neuf. Il n'avait pas fait dix pas qu'il croisa une voiture. Il entendit le bruit d'une main frappant sur le carreau de la portière en signe d'appel. Il s'arrêta. La voiture s'arrêta de son côté. La portière s'ouvrit.

— Montez! dit une voix.

Salvator allait s'excuser sur la nécessité où il était de rejoindre un ami, quand il reconnut, dans l'homme qui lui adressait cette invitation, le général Lafayette. Il n'hésita point, et prit place près de lui. La voiture repartit, mais doucement.

— Vous êtes monsieur Salvator, n'est-ce pas? demanda le général. — Oui, et j'ai eu deux fois l'honneur de me trouver avec vous, général, comme délégué de la haute vente. — C'est cela ; je vous ai reconnu, et voilà pourquoi je vous ai arrêté. Vous êtes chef de loge, n'est-ce pas? — Oui, général. — Vous avez combien d'hommes? — Je ne saurais vous dire précisément, général ; mais j'en ai beaucoup. — Deux cents, trois cents?

Salvator sourit.

— Général, dit-il, le jour où vous aurez besoin de moi, je vous promets trois mille soldats.

Le général regarda Salvator. Salvator inclina la tête avec un geste d'affirmation. Il y avait une si loyale expression de confiance sur la physionomie loyale du jeune homme, qu'il n'y avait pas moyen de douter.

— Plus vous en avez, plus il est important que vous sachiez la nouvelle. — Laquelle? — L'affaire de Vienne a manqué. — Je m'en doutais, dit Salvator. Aussi ai-je recommandé hier à mes hommes de ne pas se mêler au mouvement. — Et vous avez bien fait, on veut aujourd'hui une émeute. — Je sais cela. — Mais vos hommes? — L'ordre donné pour hier subsiste pour aujourd'hui. Maintenant, général, oserai-je vous demander si la nouvelle que vous m'annoncez vient de source certaine? — Je la tiens de M. de Marandé, qui la tient du duc d'Orléans. — Et sans doute le prince a eu quelques détails? — Des détails positifs. Un courrier est arrivé hier, sous prétexte d'affaires de commerce, envoyé par la maison Arnstein et Eskeles de Vienne à la maison Rotschild de Paris, mais en réalité pour prévenir le prince. — Alors le complot a été dénoncé? — On ignore s'il a échoué par une machination de la police ou par un de ces accidents qui maintiennent ou changent la face des empires. Vous savez ce qui était décidé là-bas? — Oui, un des principaux chefs de la conjuration nous a tout dit. Le duc de Reichstadt, par l'entremise de sa maîtresse, avait été mis en rapport avec un ancien serviteur de Napoléon, le général Lebastard de Prémont. Le jeune prince avait consenti à fuir, et le jour de cette fuite devait avoir lieu quand il manquerait une lettre au mot Χαιρε, écrit en lettres de bronze sur la porte d'une ville située entre la porte de Meidling et le commencement du Mont-Vert. Voilà tout ce que je sais. — Eh bien, le 24 mars, le ε a manqué.

« A sept heures du soir, le duc a jeté un manteau sur ses épaules et est sorti. Arrivé à la porte de Meidling, un gardien ; les gardiens du palais de Schœnbrunn sont des gendarmes de la cour, un gardien a barré le chemin au duc.

« — C'est moi, a dit le prince, ne me reconnaissez-vous pas? — Si fait, Monseigneur, a répondu le gardien, en saluant, mais... — Serez-vous encore de garde ici dans deux heures? — Non, Monseigneur, il est sept heures et demie, et à neuf heures précises, on me relève. — Eh bien, dites à votre successeur que je suis sorti, afin que, si par hasard il ne me connaissait pas, il me laisse rentrer. Après une chaude aventure d'amour, il serait triste de passer une froide nuit sur la grande route. »

« Et, en disant ces mots, le prince mit quatre pièces d'or dans la main du gendarme.

« — Vous partagerez avec votre successeur, lui dit-il ; il ne serait pas juste que celui qui me laisse sortir eût tout, et que celui qui me laissera rentrer n'eût rien. »

« Le soldat prit les quatre pièces d'or, et le duc franchit la grille. Au pied du Mont-Vert, une voiture attendait avec une escorte de quatre hommes à cheval. Le duc monta dans la voiture, qui partit au galop. Les quatre hommes suivirent.

« L'un de ces quatre hommes était le général Lebastard de Prémont. Il devait faire les trois premières postes à cheval, ensuite monter près du duc et continuer son chemin avec lui. On tourna le château de Schœnbrunn, et l'on parvint, par Baumgarten et Hutteldorf, à Weidlingen.

« Là est un pont jeté sur la Vienne. Sur ce pont, se trouvait une voiture renversée, portant des veaux au marché de Vienne. Les veaux étaient entassés sur le pont et barraient le chemin.

« — Ouvrez la route, dit le général à ses trois compagnons. »

« Ceux-ci descendirent de cheval, et s'apprêtèrent à enlever l'obstacle. Mais, au même moment, on vit reluire le casque et les épaulettes d'un officier supérieur qui sortait de l'auberge, du général Houdon. Derrière lui marchaient une vingtaine d'hommes.

« — Retournez, dit le général à l'homme déguisé en postillon. »

« Celui-ci, qui comprenait l'urgence de la situation, faisait déjà voler ses chevaux, lorsque l'on entendit le galop d'une troupe de cavaliers qui arrivait par la route qu'on venait de suivre.

« — Fuyez, général, cria le duc, nous sommes trahis. — Mais vous, Monseigneur? — Oh! moi, soyez tranquille, il ne m'arrivera aucun mal, fuyez, fuyez! — Cependant, Monseigneur? — Je vous dis de fuir ou vous êtes perdu, et, s'il le faut, au nom de mon père, je vous l'ordonne. — De par l'empereur, cria une voix forte, arrêtez. — Vous entendez, dit le duc, fuyez, je le veux, je vous en prie. — Votre main, Monseigneur.

« Le duc a passé sa main par la portière, le général y a appuyé ses lèvres, puis, enfonçant ses éperons dans le ventre de son cheval et lui rendant la main, il l'a lancé par-dessus le parapet. On a entendu le bruit de l'homme et du cheval dans la rivière, et puis rien. La nuit était trop noire pour voir ce qu'ils étaient devenus. Le duc a été conduit à Vienne, au palais de l'empereur. »

— Et, demanda Salvator, vous pensez, général, que c'est un simple hasard qui a renversé cette voiture et amené ces soldats de chaque côté du pont? — C'est possible, mais ce n'est point l'avis du duc d'Orléans. Il croit que la police de M. de Metternich a été prévenue par la police française. En tout cas, vous voilà renseigné... De la prudence.

Le général fit arrêter la voiture.

— Soyez tranquille, général, dit Salvator.

Puis, comme il hésitait à descendre :

— Eh bien ? demanda le général.

— M'accorderez-vous, en vous quittant, la même faveur que le duc de Reichstadt avait accordée au général Lebastard de Prémont ?

Et il prit la main du général pour la baiser. Mais celui-ci retira sa main, et, lui présentant les deux joues :

— Embrassez-moi, dit-il, et baisez à mon intention la main de la première jolie femme que vous rencontrerez.

Salvator embrassa le général et descendit de la voiture, qui continuait son chemin vers le Luxembourg. Quant à Salvator, il revint par la rue Dauphine et le pont des Arts.

Le fiacre attendait à l'angle du quai et de la place Saint-Germain-l'Auxerrois. Les angoisses du pauvre Dominique eussent été bien autrement terribles, si le général Lafayette lui eût dit, à lui, ce qu'il venait de raconter à Salvator.

Salvator, en deux mots, annonça l'absence de M. Jackal à Dominique et, sans lui dire qui l'avait retardé, lui expliqua la cause de son retard. Mais nous avons dit que Salvator savait où retrouver M. Jackal.

En effet, sans hésitation aucune, il ordonna au fiacre d'aller stationner avec frère Dominique au coin de la rue Neuve-du-Luxembourg, et lui, prenant par la cour du Louvre, tandis que le fiacre suivait les quais, gagnait, en descendant, la rue Saint-Honoré. Ainsi qu'il l'avait prévu, dès l'église Saint-Roch, la rue Saint-Honoré était encombrée.

Il y a à Paris les curieux du jour et les curieux du lendemain. Les curieux du jour qui font l'événement, et les curieux du lendemain qui viennent visiter le théâtre de l'événement. Or, dix ou douze mille curieux du lendemain visitaient, avec leurs femmes et leurs enfants, le théâtre de l'événement.

On eût dit une promenade à Saint-Cloud ou à Versailles un jour de fête. C'était au milieu de ces curieux que Salvator comptait retrouver M. Jackal. Il s'engagea dans cette presse.

Nous ne dirons pas combien, avant d'arriver à la rue de la Paix, combien de regards avaient correspondu avec le sien, combien de mains avaient touché la sienne, et cependant, aucune parole n'était échangée, un geste seulement qui signifiait :

— Rien.

En face de l'hôtel de *Mayence*, Salvator s'arrêta. Il venait de rencontrer ce qu'il cherchait. Vêtu d'une redingote à la propriétaire, coiffé d'un chapeau à la Bolivar, un parapluie sous le bras, et prenant une prise de tabac dans une tabatière à la charte, M. Jackal pérorait et racontait emphatiquement, et au plus grand désavantage de la police, bien entendu, les événements de la veille.

Dans un moment où M. Jackal venait de relever ses lunettes, son regard se croisa avec celui de Salvator. Ce regard resta impassible, et cependant Salvator comprit que M. Jackal l'avait vu. En effet, un instant après, le regard de M. Jackal reprit la même direction, et ce regard exprimait cette question :

— Avez-vous quelque chose à me dire? — Oui, répondit Salvator. — Alors, marchez devant, je vous suis.

Salvator marcha devant et entra sous une porte cochère. M. Jackal l'y suivit. Salvator alla à lui, et, s'inclinant légèrement, mais sans lui donner la main :

— Vous me croirez si vous voulez, monsieur Jackal, lui dit-il, mais c'est vous que je cherchais. — Je vous crois, monsieur Salvator, dit le chef de la police avec son fin sourire. — Oui, le hasard m'a servi merveilleusement, fit Salvator. Je viens de la Préfecture. — Vraiment! dit M. Jackal, vous avez pris la peine de passer chez moi? — Oui, et votre huissier fera foi. Seulement, comme il n'a pu me dire où je vous trouverais, force m'a été de le deviner, et je me suis mis en quête de vous, confiant dans ma bonne étoile. — Aurais-je le bonheur de pouvoir vous rendre quelque service, cher monsieur Salvator? demanda M. Jackal. — Eh! mon Dieu! oui, répondit le jeune homme, vous pouvez avoir ce bonheur-là, si toutefois vous le voulez. — Cher monsieur Salvator, vous êtes trop avare de ces occasions-là pour que je les laisse échapper. — Voici, dit Salvator, et c'est bien simple, comme vous allez voir. L'ami d'un de mes amis a été arrêté hier dans la bagarre. — Ah! fit M. Jackal. — Cela vous étonne! dit Salvator. — Non, car j'ai entendu dire qu'il avait été fait hier un grand nombre d'arrestations. Mettez-moi sur la voie, cher monsieur Salvator. — C'est bien facile; je vous l'ai montré au moment où on l'arrêtait. — Ah! c'est justement celui-là! chose étrange... — Le reconnaîtriez-vous parmi les prisonniers? — Je ne puis pas en répondre; j'ai la vue si courte, mais si vous vouliez bien m'aider de son nom... — Il s'appelle Dubreuil. — Dubreuil? Attendez donc, fit M. Jackal en se frappant le front de la main, comme un homme qui cherche à rassembler ses idées. Dubreuil? oui, oui, oui, je connais ce nom-là. — Mais si vous aviez besoin de renseignements, je pourrais vous chercher dans la foule les deux agents qui l'ont arrêté? Leurs figures me sont si présentes que je les reconnaîtrais, j'en suis sûr... — Vous croyez? — D'autant plus que je les avais déjà remarqués dans l'église... — Non, c'est inutile. Désireriez-vous quelques renseignements sur cet infortuné? — Mais je désirerais tout simplement savoir pour quel cause cet infortuné, comme vous l'appelez, a été arrêté. — Ah! cela, je ne puis vous le dire en ce moment. — En tout cas, vous me direz bien où vous croyez qu'il soit? — Au dépôt naturellement, si toutefois quelque charge particulière ne l'a pas fait transférer soit à la Conciergerie, soit à la Force. — Le renseignement est vague. — Que voulez-vous, cher monsieur Salvator, vous me prenez à l'improviste. — Vous, monsieur Jackal, vous y prend-on jamais? — Bon, vous voilà comme les autres. Parce que je m'appelle M. Jackal, vous tirez des analogies de mon nom, et vous me croyez fin comme un renard. — Dame! c'est votre réputation. — Eh bien, je suis le contraire de Figaro : je vaux moins que ma réputation, je vous jure. Non, je suis un bonhomme, et c'est ce qui fait ma force. On me croit fin, on redoute mes finesses et l'on se laisse prendre à ma bonhomie. Le jour où un diplomate ne mentira point, il trompera tous ses confrères, car jamais ils ne pourront croire qu'il dit la vérité. — Voyons, cher monsieur Jackal, vous ne me ferez pas croire que vous avez donné l'ordre d'arrêter un homme sans savoir la cause pour laquelle vous le faisiez arrêter. — Mais, à vous entendre, on dirait que c'est moi qui suis roi de France. — Non, mais vous êtes roi de Jérusalem. — Vice-roi et encore préfet tout au plus. N'y a-t-il pas M. de Corbière et M. Delavau qui règnent avant moi dans mon royaume? — Ainsi, dit Salvator, regardant fixement le chef de la police, vous refusez de me répondre? — Mais je ne refuse pas, monsieur Salvator; seulement cela m'est littéralement impossible. Que puis-je vous dire, moi... On a arrêté M. Dubreuil? — Oui, M. Dubreuil. — Eh bien, il y a eu une raison pour cela. — C'est justement cette raison que je vous demande. — Il aura troublé l'ordre... — Non, car je le regardais au moment où il a été arrêté; et, tout au contraire, il était fort tranquille. — Eh bien, alors, on l'aura pris pour un autre. — Cela arrive donc quelqufois? — Ah! mais, dit M. Jackal en bourrant son nez de tabac, il n'y a que notre Saint-Père qui soit infaillible, et encore... — Permettez-moi de commenter vos paroles, cher monsieur Jackal. — Commentez-les, mais en vérité c'est trop d'honneur que vous leur faites. — La figure de l'homme arrêté vous est inconnue? — Oui, je le voyais hier pour la première fois. — Son nom vous est inconnu? — Son nom de Dubreuil... oui. — Et la cause de son arrestation vous est inconnue?

M. Jackal rabattit ses lunettes sur ses yeux.

— Complètement inconnue, dit-il. — D'où je conclus, continua Salvator, que la cause de son arrestation est peu grave et par conséquent ne saurait être de longue durée! — Oh! certainement, répondit d'un air paterne M. Jackal. Est-ce cela que vous vouliez savoir? — Oui! — Alors que ne le disiez-vous plus tôt. Je ne veux pas avancer que l'ami de votre ami soit relâché à l'heure où je vous parle, mais, puisqu'il est votre protégé, vous n'avez absolument rien à craindre, et, en rentrant à la Préfecture, je vais ouvrir les deux battants de la porte à ce gaillard-là. — Merci! dit Salvator en regardant profondément l'homme de police. Ainsi, je puis compter sur vous? — C'est-à-dire que votre ami peut dormir sur les deux oreilles. Je n'ai pas dans mes cartons... sérieux un seul dossier au nom de Dubreuil. Est-ce là tout ce que vous désiriez de moi? — Pas autre chose. — En vérité, monsieur Salvator, continua l'homme de police en voyant que la foule s'écoulait et que les rassemblements étaient à peu près dissipés, en vérité les services que vous me demandez ressemblent beaucoup aux attroupements. On croit les tenir, et ils vous crèvent dans la main comme des bulles de savon. — C'est que parfois, dit Salvator en riant, les attroupements obligent comme les services : voilà pourquoi ils sont si rares, et, par conséquent, si précieux.

M. Jackal releva ses lunettes, regarda Salvator, bourra son nez de tabac, et rabattant ses lunettes :

— Ainsi donc? dit-il. — Ainsi au revoir, cher monsieur Jackal, répondit Salvator.

Et, saluant l'homme de police sans plus lui donner la main en le quittant qu'en l'abordant, il traversa la rue Saint-Honoré de droite à gauche et s'en alla rejoindre Dominique, qui l'attendait dans son fiacre, au coin de la rue Neuve-du-Luxembourg.

Alors, ouvrant la portière du fiacre et tendant les deux mains à Dominique :

— Vous êtes homme, dit-il, vous êtes chrétien, par conséquent sachant ce que c'est que la douleur et la résignation. — Mon Dieu! dit le moine, en joignant ses mains blanches et effilées. — Eh bien, la position de votre ami est grave, très-grave. — Il vous a donc tout dit? — Il ne m'a rien dit, au contraire, et voilà ce qui m'effraye. Il ne connaît pas votre ami de visage; il a entendu prononcer hier pour la première fois le nom de Dubreuil, et il ne sait pas la cause de son arrestation. Défiez-vous, je vous le répète, la chose est grave, très-grave. — Que faire? — Rentrez chez vous; je vais m'enquérir de mon côté, enquérez-vous du vôtre et comptez sur moi. — Ami, dit Dominique, puisque vous êtes si bon... — Quoi? demanda Salvator en regardant le moine. — Laissez-moi vous demander pardon de ne pas vous avoir tout dit. — Est-il encore temps? dites. — Eh bien! l'homme arrêté ne s'appelle pas Dubreuil, il n'est pas mon ami. — Non? — Il s'appelle Sarranti, et il est mon père. — Ah! s'écria Salvator, je sais tout maintenant.

Puis, regardant le moine :

— Entrez dans la première église que vous rencontrerez, mon frère, et priez. — Et vous? — Moi... je tâcherai d'agir.

Le moine prit la main de Salvator, et, avant qu'il eût eu le temps de s'y opposer, il la baisa.

— Frère, frère, dit Salvator, je vous l'ai dit, je suis à vous de cœur et d'âme, mais il ne faut pas qu'on nous voie ensemble. Adieu !

Il referma la portière et s'éloigna rapidement.

— A l'église Saint-Germain des Prés ! dit le moine.

Et, tandis que le fiacre prenait le chemin du pont de la Concorde avec l'allure ordinaire d'un fiacre, Salvator remontait rapidement la rue de Rivoli.

LXVIII

LE SPECTRE.

L'église Saint-Germain des Prés, avec son porche roman, ses piliers massifs, ses cintres surbaissés, son parfum du huitième siècle, est une des églises les plus sombres de Paris et par conséquent une de celles où l'isolement du corps et l'élévation de l'âme est la plus facile et la plus complète.

Ce n'était donc pas sans raison que Dominique, le moine indulgent, mais l'homme austère, avait choisi Saint-Germain des Prés pour y parler à Dieu de son père. Il pria longtemps, et il était près de cinq heures de l'après-midi lorsqu'il en sortit les mains perdues dans ses grandes manches, la tête inclinée sur sa poitrine.

Il s'achemina lentement vers la rue du Pot-de-Fer, tout en espérant, d'une espérance bien vague et bien timide cependant, que son père, sorti de prison, serait venu le demander. Aussi sa première question à la bonne femme qui cumulait près de l'abbé les fonctions de concierge et celles de femme de ménage fut-elle pour s'informer si personne ne l'avait demandé en son absence.

— Si fait, mon père, dit la concierge, un monsieur. Dominique tressaillit. — Son nom ? demanda-t-il. — Il ne me l'a pas dit. — Vous ne le connaissez pas ? — Non... c'est la première fois qu'il vient. — Vous êtes bien sûre que ce n'est point celui qui m'a apporté une lettre avant-hier ? — Oh non, celui-là, je l'eusse bien reconnu, il n'y a pas deux figures aussi sombres à Paris. — Pauvre père ! murmura Dominique. — Non, continua la concierge, la personne qui est venue deux fois, car elle est venue deux fois : une fois à midi, et l'autre à quatre heures, la personne qui est venue deux fois est maigre et chauve. C'est un homme d'une soixantaine d'années, qui a de petits yeux enfoncés dans la tête comme ceux d'une taupe, et qui a l'air tout malade. Du reste, vous le verrez probablement tout à l'heure, car il a dit qu'il allait faire une course, et qu'il reviendrait. Faudra-t-il le laisser monter ? — Certes, dit l'abbé distrait ; car rien ne lui importait, en ce moment, que ce qui venait de son père.

Et, prenant sa clef, il s'apprêta à monter.

— Mais, dit la bonne femme, monsieur l'abbé... — Quoi ? — Vous avez donc déjeuné dehors ? — Non, fit l'abbé en secouant la tête. — Mais alors vous n'avez pas mangé de la journée ? — Je n'y ai pas songé. Vous irez chercher quelque chose chez le restaurateur, ce que vous voudrez. — Si monsieur l'abbé voulait, dit la bonne femme, j'ai d'abord un bon bouillon... — Soit ! — Puis je lui mettrais deux côtelettes sur le gril, cela lui vaudrait bien mieux que de la viande de restaurateur. — Faites comme vous voudrez. — Dans cinq minutes, le bouillon et les côtelettes seront chez vous.

L'abbé fit avec la tête un signe d'adhésion et monta l'escalier. Entré dans sa chambre, il ouvrit la fenêtre. Les derniers rayons du soleil couchant se glissaient dorés entre les branches des arbres du Luxembourg, dont les bourgeons commençaient à se gonfler. Il y avait dans l'air cette petite brume violâtre qui annonce l'approche du printemps.

L'abbé s'assit, appuya son coude sur le rebord de la fenêtre, regardant et écoutant des volées de moineaux francs qui gazouillaient avant de rentrer dans leurs charmilles.

La concierge, comme elle avait promis de le faire, monta le bouillon et les deux côtelettes, puis, sans troubler le moine dans sa méditation, car elle était habituée à le voir méditer ainsi, elle plaça devant lui la table, et sur la table son dîner.

L'abbé avait pris l'habitude d'émietter du pain sur sa fenêtre, et les oiseaux, habitués à cette sportule, accouraient comme des clients romains à la porte de Lucullus ou de César. Pendant un mois, la fenêtre était restée close; pendant un mois, les oiseaux avaient appelé vainement leur ami; pendant un mois, ils étaient venus se poser inutilement sur le rebord extérieur de cette fenêtre et regarder curieusement à travers la vitre : la chambre était vide, l'abbé Dominique était à Penhoël.

Mais lorsque les oiseaux virent la fenêtre ouverte, leur caquetage redoubla. On eût dit qu'ils s'annonçaient les uns aux autres cette bonne nouvelle. Enfin quelques-uns d'entre eux, à la mémoire meilleure, se hasardèrent à venir voleter autour du moine. Ce bruit d'ailes le tira de sa rêverie.

— Ah! dit-il, pauvres petits, je vous oubliais, et vous vous souvenez; vous êtes meilleurs que moi.

Prenant son pain comme il faisait autrefois, il l'émietta sur sa fenêtre. Aussitôt ce ne furent plus un ou deux moineaux plus hardis qui se hasardèrent à s'approcher, ce fut tout le vol de ses anciens pensionnaires qui vint tourbillonner autour de lui.

— Libres, libres, libres, murmurait Dominique, vous êtes libres, charmants oiseaux, et mon père, lui, est prisonnier.

Et il retomba dans son fauteuil, où il demeura plongé pendant quelques instants dans une profonde rêverie. Puis enfin, machinalement, il but son bouillon et mangea ses côtelettes avec la croûte du pain dont il avait donné la mie aux oiseaux.

Cependant le soleil descendait de plus en plus vers l'horizon, le soleil ne dorait plus que l'extrémité des branches et les sommets des cheminées. Les petits oiseaux s'en étaient allés et on entendait au loin, dans les charmilles, leur caquetage qui allait s'éteignant de plus en plus.

Toujours machinalement, Dominique étendit la main et déplia son journal. Les deux premières colonnes contenaient le récit verbeux des événements de la veille. L'abbé Dominique, qui savait à quoi s'en tenir là-dessus, pour le moins aussi bien qu'un journal du ministère, passa rapidement les deux colonnes; mais, arrivé à la troisième, il lui passa comme un éblouissement, tout son corps trembla, un frisson courut en lui de la tête aux pieds, une sueur froide inonda son front : il venait de voir trois fois répété, avant d'avoir rien lu, son nom, ou plutôt le nom de son père.

A propos de quoi le nom de M. Sarranti était-il trois fois répété dans les colonnes de ce journal? Le pauvre Dominique venait de ressentir une commotion pareille à celle qui dut frapper les convives de Balthazar quand la main invisible traça sur la muraille les trois mots mortels et flamboyants, comme un alphabet d'éclairs.

Il se frotta les yeux comme si une image de sang l'aveuglait. Il essaya de lire, mais le journal tremblait à ce point entre ses deux mains que les lignes miroitaient en l'éblouissant comme les reflets d'une glace que l'on agite. Enfin il étendit la feuille sur ses genoux, la fixa de chaque côté avec ses deux mains, et, aux dernières lueurs du jour, il lut.

Vous devinez ce qu'il lut, n'est-ce pas? Il lut la note terrible insérée dans les journaux, et que nous avons mise sous vos yeux. La note dans laquelle son père était accusé de vol et d'assassinat.

Le tonnerre n'eût pas plus mortellement et plus brutalement terrassé un homme que ne le faisait l'effroyable article. Mais tout à coup il bondit de son fauteuil à son secrétaire en s'écriant :

— Oh! mais béni soit Dieu. Cette calomnie, ô mon père! va rentrer dans l'enfer d'où elle est sortie.

Et du tiroir il sortit le papier que nous connaissons, la confession écrite de M. Gérard. Il baisa ardemment le rouleau qui renfermait la vie d'un homme, plus que sa vie, son honneur, l'honneur de son père.

Il l'ouvrit pour s'assurer que c'était bien le rouleau précieux, que, dans sa précipitation, il ne se trompait pas; et, ayant reconnu l'écriture, ayant relu le nom dont il était signé, il le baisa de nouveau, et, le passant sous sa robe, le pressant contre sa poitrine, il sortit de la chambre, ferma la porte, et descendit rapidement l'escalier.

Un homme montait l'escalier en même temps que l'abbé Dominique le descendait. Mais l'abbé ne faisait pas attention à cet homme; il allait passer près de lui sans le remarquer, presque sans le voir, quand il se sentit arrêté par la manche de sa robe.

— Pardon, monsieur l'abbé, dit celui qui l'arrêtait, j'allais chez vous.

Le timbre de cette voix fit tressaillir Dominique; elle ne lui était pas inconnue.

— Chez moi, plus tard, dit Dominique, mais je n'ai pas le temps de remonter. — Ni moi celui de revenir, dit l'homme en saisissant cette fois le bras du moine avec sa manche.

Dominique sentit s'abattre sur lui quelque chose comme une profonde terreur. Ces bras de fer qui lui comprimaient les bras semblaient ceux d'un squelette. Il essaya de voir celui qui l'arrêtait ainsi au passage, mais l'escalier était dans l'obscurité, un seul rayon de jour mourant filtrait par un œil-de-bœuf, et éclairait un étroit espace.

— Qui êtes-vous et que me voulez-vous? demanda le moine, essayant, mais en vain, de dégager son bras. — Je suis M. Gérard, dit l'homme, et je viens pour ce que vous savez.

Dominique jeta un cri. Mais la chose lui paraissait tellement impossible, qu'avant d'y croire, au témoignage de ses oreilles il voulut joindre le témoignage de ses yeux.

Il prit l'homme à son tour par les deux bras, et bondit avec lui jusqu'à ce rayon de jour rougeâtre, le seul qui éclairât l'escalier. La tête du spectre se trouva dans la lumière. C'était bien en effet M. Gérard.

L'abbé recula jusqu'au mur l'œil effaré, les cheveux dressés sur la tête, ses deux mâchoires claquant l'une contre l'autre. Là, il resta dans l'attitude d'un homme qui verrait un cadavre se dresser dans sa bière, et, d'une voix sourde, il laissa échapper ce seul mot :

— Vivant! — Sans doute, vivant, dit M. Gérard. Dieu a eu pitié de mon repentir, et m'a envoyé un bon jeune médecin qui m'a guéri. — Vous? s'écria l'abbé, qui se croyait en proie à quelque songe terrible. — Sans doute, moi. Je conçois que vous m'ayez cru mort, mais je ne le suis pas. — Et c'est vous qui êtes venu deux fois aujourd'hui déjà? — Et qui reviens une troisième. Je serais venu dix fois; je tenais, vous le comprenez bien, à ce que vous ne continuassiez pas à me croire mort. — Mais pourquoi aujourd'hui plutôt qu'un autre jour? demanda machinalement l'abbé, regardant l'assassin avec des yeux hagards. — Mais vous n'avez donc pas lu les journaux ? demanda M. Gérard. — Si fait, je les ai lus, répondit d'une voix sourde le moine, qui commençait à mesurer l'abîme en face duquel il se trouvait. — Alors, si vous les avez lus, vous devez comprendre le but de ma visite.

Dominique comprenait en effet, et une sueur froide lui coulait par tout le corps.

— Moi vivant, continua Gérard en baissant la voix, ma confession est nulle. — Nulle... répéta machinalement le moine. — Oui, n'est-il pas défendu aux prêtres, sous peine de damnation éternelle, de révéler la confession sans en avoir obtenu la permission du pénitent? — Cette permission, s'écria le moine, vous me l'avez donnée. — Moi mort, oui, mais vivant je la retire. — Malheureux! s'écria le moine, et mon père. — Qu'il se défende, qu'il m'accuse, qu'il prouve, mais vous, confesseur, silence! — C'est bien, dit Dominique, qui comprenait qu'il n'y avait pas à se débattre contre une fatalité qui se présentait à lui sous la forme d'un des dogmes fondamentaux de l'Église, c'est bien, misérable, je me tairai.

Et, repoussant de la main Gérard, il fit un mouvement pour remonter chez lui. — Mais Gérard se cramponna à lui. — Que me voulez-vous encore? demanda le moine. — Ce que je veux, dit l'assassin, je veux le papier que, dans un moment de délire, je vous ai donné.

Dominique porta ses deux mains à sa poitrine.

— Vous l'avez, dit Gérard, il est là, rendez-le-moi.

Et le moine sentait de nouveau sur son bras la pression de la main de fer, tandis que le doigt étendu de l'assassin touchait presque le manuscrit.

— Oui, il est là, dit l'abbé Dominique; mais où il est, je vous jure, foi de prêtre, qu'il restera. — Mais vous vouliez donc mentir à votre serment, vous vouliez donc révéler la confession? — Je vous ai dit que j'acceptais le pacte, et que, vous vivant, je me tairais. — Alors, pourquoi gardez-vous ce papier? — Parce que Dieu est juste; parce qu'il se peut que, par accident ou par justice, vous mouriez pendant le procès de mon père; parce qu'enfin, si mon père est condamné à mourir sur l'échafaud, j'élèverai ce papier vers Dieu, en disant : Seigneur, toi qui es le Dieu suprême et juste, frappe le coupable et sauve l'innocent. Ceci, misérable, c'est dans mon droit d'homme et de prêtre, et j'userai de mon droit.

Alors, écartant violemment M. Gérard, qui s'était placé devant lui comme pour lui barrer le chemin, il remonta l'escalier, défendant, d'un geste impérieux, au meurtrier de le suivre, entra dans son appartement, dont il ferma la porte, et, allant tomber à genoux devant un crucifix :

— Mon Dieu, Seigneur, dit-il, vous qui voyez tout, vous qui entendez tout, vous venez de voir et d'entendre ce qui s'est passé; mon Dieu, Seigneur, ce serait un sacrilége que d'appeler la main des hommes dans tout ceci, à vous la justice.

Puis il ajouta d'une voix sourde :

— Et si vous ne faites pas justice à moi la vengeance.

LXIX

SOIRÉE A L'HÔTEL DE MARANDE.

Un mois après les événements que nous avons racontés à nos lecteurs dans les premiers chapitres de ce volume, le dimanche 30 avril, la rue Laffitte, ou plutôt nommons-la du nom qu'elle portait à cette époque, la rue d'Artois présentait aux passants, vers les onze heures du soir, un mouvement inaccoutumé.

Qu'on imagine, en effet, le boulevard des Italiens et le boulevard des Capucines jusqu'au boulevard de la Madeleine, le boulevard Montmartre jusqu'au boulevard Bonne-Nouvelle, et d'un autre côté, parallèlement, toute la rue de Provence et les rues adjacentes littéralement inondés d'équipages avec lanternes étincelantes; qu'on se figure la rue d'Artois éclairée d'un bout à l'autre par deux ifs gigantesques, chargés de lampions, qui s'élèvent de chaque côté de l'hôtel, deux dragons à cheval gardant la porte, deux autres à l'extrémité de la rue qui s'ouvre sur la rue de Provence, et l'on aura une idée du spectacle que donnent les alentours de l'hôtel de Marande quand sa belle maîtresse offre *à quelques amis* une de ces soirées où tout Paris veut être.

Suivons un des équipages qui font la file et entrons avec lui dans la cour d'honneur de l'hôtel de Marande. Maintenant, arrêtons-nous dans cette cour, en attendant quelqu'un qui nous introduise, et, en attendant, examinons l'extérieur de l'hôtel.

L'hôtel de Marande était situé, ainsi que nous l'avons dit, rue d'Artois, entre l'hôtel Cerutti, qui, jusqu'en 1792, avait donné son nom à la rue, et l'hôtel de l'Empire. Trois corps de logis formaient, avec le mur de façade, un immense rectangle. A droite, était le corps de logis du banquier, en face les salons de l'homme politique; à gauche, les appartements de cette belle personne qui déjà plusieurs fois est apparue à nos lecteurs sous le nom de Lydie de Marande.

Ces trois corps de logis communiquaient entre eux de façon à ce que le maître pût avoir l'œil partout, à chaque heure du jour comme à chaque heure de la nuit. Les salons de réception occupaient le premier étage, en face de la porte cochère; mais, dans les grands jours, on ouvrait les portes de communication, et les invités pouvaient alors pénétrer sans indiscrétion dans les élégants boudoirs de la femme et dans les sévères retraites du mari.

Le rez-de-chaussée tout entier servait : l'aile gauche, de cuisine et d'office; le centre, de salle à manger et de vestibule; l'aile droite, de bureaux et de caisse.

Montons l'escalier à rampe de marbre et aux marches couvertes d'un immense tapis de Sallandrouze, et voyons s'il n'existe pas, dans toute cette foule qui s'encombre dans les antichambres, un ami qui puisse nous présenter à la belle hôtesse de la maison.

Nous connaissons les principaux invités, les invités de fondation, comme on dit, mais nous ne sommes pas assez lié avec eux pour leur demander un pareil service. Écoutez, on les annonce:

C'est Lafayette, c'est Casimir Périer, c'est Royer-Collard, c'est Béranger, c'est Pajol, c'est Kœchlin, c'est enfin tout ce qui représente en France cette opinion intermédiaire entre la monarchie aristocratique et la république : ce sont ceux qui, avec le mot de charte à la bouche, travaillent sourdement au grand enfantement de 1830; et si nous n'entendons pas au milieu de tous ces chefs du parti que nous venons de nommer, si nous n'entendons pas annoncer M. Laffitte, c'est qu'il est à Maisons, soignant, avec ce dévouement que l'illustre banquier avait pour ses amis, Manuel malade, et qui va mourir avant peu.

Mais, tenez, voici quelqu'un qui va nous introduire. Une fois le seuil franchi, nous irons où il nous plaira. C'est ce jeune homme de taille moyenne, plutôt grande que petite, admirablement prise, et vêtu à la fois à la mode de l'époque et en même temps avec ce je ne sais quoi qui constitue l'artiste. Voyez: habit vert foncé, orné du ruban de la Légion d'honneur qu'il vient de recevoir, par quelle influence? il n'en sait rien, car il ne l'a pas demandé, et son oncle est trop égoïste pour l'avoir demandé pour lui, et d'ailleurs fait de l'opposition; gilet de velours noir, avec un bouton boutonné en haut, trois boutons boutonnés en bas, laissant passer par l'ouverture un jabot de dentelle d'Angleterre; pantalon collant, dessinant une jambe nerveuse admirablement faite; des bas de soie noire à jours, et des souliers à petites boucles d'or enfermant un pied de femme; puis, sur tout cela, la tête de Rubens à vingt-six ans.

Vous l'avez reconnu, c'est Pétrus. Il vient de faire un charmant portrait de la maîtresse de la maison. Il n'aime pas faire les portraits, mais son ami Jean Robert a tant insisté pour qu'il fît le portrait de madame de Marande, qu'il y a consenti.

Il est vrai qu'une jolie bouche, se joignant à la bouche amie de Jean Robert, lui a dit un soir, en même temps qu'une main charmante lui serrait la main, au bal de madame la duchesse de Berry, où il a été invité on ne sait par quelle influence, il est vrai qu'une jolie bouche lui a dit avec son ravissant sourire :

— Faites le portrait de Lydie, je le veux.

Et le peintre, qui n'a rien à refuser à cette jolie bouche, qui est celle de Régina de La Mothe-Houdan, comtesse Rappt, a ouvert les portes de son atelier à madame Lydie de Marande, qui, conduite la première fois par M. de Marande, lequel venait remercier en personne le peintre de sa complaisance, est revenue, les autres fois, accompagnée d'un seul domestique.

Puis, le portrait fini, comme on a compris qu'on ne payait pas avec des billets de banque la complaisance d'un artiste comme Pétrus, d'un gentilhomme comme le baron de Courtenay, madame de Marande s'est penchée à l'oreille du beau peintre et lui dit :

— Venez me voir quand vous voudrez; seulement prévenez-moi la veille par un petit mot, afin que vous trouviez Régina chez moi.

Et Pétrus a saisi la main de madame de Marande et l'a baisée avec une ardeur qui a fait dire à la belle Lydie :

— Oh! Monsieur, comme vous devez aimer ceux que vous aimez.

Puis, le lendemain, Pétrus a reçu, par les mains de Régina, une épingle bien simple, valant à peine la moitié du prix de son tableau, double délicatesse qu'avec son caractère aristocratique Pétrus était, plus qu'aucun autre, à même d'apprécier.

Suivons donc Pétrus ; vous voyez qu'il a tout droit de nous introduire à sa suite dans la maison du banquier de la rue d'Artois, et de nous faire franchir le seuil de ces salons où tant d'illustrations nous ont précédé.

Allons droit à la maîtresse de la maison. Elle est là, à droite, dans son boudoir. En entrant dans ce boudoir, le premier mouvement de celui qui entre est tout à la surprise. Que sont donc devenus tous ces illustres personnages que l'on a annoncés, et d'où vient que l'on trouve là au milieu de dix ou douze femmes trois ou quatre jeunes gens à peine?

C'est que les illustrations politiques viennent pour M. de Marande, que madame de Marande déteste la politique, qu'elle déclare n'avoir aucune opinion, mais trouve seulement que madame la duchesse de Berry est une charmante femme, et que le roi Charles X a dû être autrefois un parfait gentilhomme. Mais si les hommes qui vont arriver bientôt, soyez tranquilles, si les hommes, ou plutôt les jeunes gens, sont en minorité pour le moment, quel éblouissant parterre de femmes!

D'abord, occupons-nous du boudoir. C'est un joli salon donnant, d'un côté dans une chambre à coucher, de l'autre dans une serre-galerie. Il est tendu de satin bleu de ciel, avec des ornements noirs et roses, si bien que les yeux splendides et les magnifiques diamants des belles amies de madame de Marande étincellent sur cet azur comme des étoiles sur le firmament.

Mais celle que l'on aperçoit tout d'abord, celle dont nous avons tout particulièrement à nous occuper, la plus sympathique, sinon la plus belle, la plus attractive, sinon la plus jolie, c'est sans contredit la maîtresse de la maison, madame Lydie de Marande.

Nous avons, autant qu'il est permis à la plume de le faire, tracé le portrait de ses trois amies, ou plutôt de ses trois sœurs de Saint-Denis ; essayons maintenant d'esquisser le sien.

Madame Lydie de Marande paraissait à peine avoir atteint sa vingtième année. C'était une personne d'un aspect charmant pour quiconque veut, dans la femme, trouver un corps et non pas simplement un rêve. Elle avait les cheveux d'une nuance ravissante, blonds quand elle les portait en boucles légères, châtains quand elles les portait en bandeaux serrés : toujours luisants et soyeux.

Son front était beau, intelligent et fier, blanc comme le marbre, poli comme lui! Ses yeux étaient étranges, ni complétement bleus, ni complétement noirs, mais participant de ces deux couleurs, irisés parfois de nuances d'opale, d'autres fois sombres comme du lapis-lazuli, et cela selon la lumière qui les éclaire, selon peut-être les battements du cœur qui les anime. Le nez était fin, retroussé, moqueur ; la bouche bien dessinée, mais un peu grande, fraîche comme du corail humide, rieuse et sensuelle.

D'habitude, ses lèvres rebondies sont légèrement entr'ouvertes et laissent voir l'extrémité d'une double rangée, pardonnez-moi le mot classique, je n'en connais pas d'autre qui rende mieux ma pensée, l'extrémité d'une double rangée de perles. Si les lèvres se serrent, elles donnent, en se joignant à tout le haut du visage, un air superbement dédaigneux. Le menton était coquet, mignon et rose.

Mais ce qui donnait à tout ce visage sa beauté réelle, sa physionomie véritable, son caractère original, et nous pourrions presque dire originel, c'était cette vie frissonnante qui semblait courir avec le sang sous la peau, c'était ce teint si vivant, ces joues si légèrement nuancées de nacre, si coquettement teintées de rose, qu'elles avaient à la fois cette transparence à laquelle on devine la femme du Midi, cette fraîcheur à laquelle on reconnaît la femme du Nord.

Ainsi, sous un pommier en fleur, revêtue du charmant costume des femmes du pays de Caux, une Normande l'eût réclamée comme compatriote. Se balançant dans un hamac à l'ombre d'un bananier, un créole de la Martinique ou de la Guadeloupe l'eût prise pour une sœur.

Nous avons laissé entendre plus haut que tout le corps qui soutenait cette charmante tête était doué d'un certain embonpoint ; mais cet embonpoint, qui s'arrêtait juste à la femme de l'Albane sans atteindre celle de Rubens, loin d'être disgracieux, était tout séduisant en elle ; plus que séduisant, voluptueux.

En effet, une gorge luxuriante, qui semblait n'avoir jamais été condamnée au *carcere duro* du corset, bondissait à chaque haleine, fière et opulente à travers un nuage de gaze ; pareille aux gorges de ces belles filles de Sparte et d'Athènes qui posaient pour les Vénus et les Hébés de Praxitèle et de Phidias.

Si cette radieuse beauté que nous venons de décrire avait ses admirateurs, vous devez comprendre qu'en revanche aussi elle avait ses ennemies et ses détracteurs. Ses ennemies, c'étaient presque toutes les femmes ; ses détracteurs, c'étaient ceux qui s'étaient crus appelés et qui n'avaient point été élus ; c'étaient les amants rebutés, c'étaient ces beaux et ces élégants à cerveaux vides qui n'imaginent pas qu'une femme douée de pareils trésors puisse en être avare.

Madame de Marande avait donc été plus d'une fois calomniée, et cependant, tout en lui conservant cette délicieuse séduction de la femme, la faiblesse, hâtons-nous de le dire, peu de femmes avaient moins qu'elle mérité la calomnie.

Ainsi, quand le comte Herbel, en véritable voltairien qu'il était, avait dit dans le chapitre intitulé *Causerie entre un oncle et un neveu* : « Qu'est-ce que madame de Marande ? — une Madeleine en puissance de mari et en impuissance de repentir ; » à notre avis, le général avait eu tort, et nous dirons plus tard de quelle façon grammaticale il eût dû placer ces mots *puissance* et *impuissance*, s'il eût eu la moindre velléité de parler correctement.

Or, comme on le verra bientôt, madame Lydie de Marande n'était rien moins qu'une Madeleine. Mais, maintenant que nous croyons l'avoir suffisamment fait connaître, achevons de décrire l'appartement et de faire ou renouveler connaissance avec ceux qui l'occupent momentanément.

LXX

OU IL EST QUESTION DE CARMÉLITE.

Nous avons dit qu'il y avait, au milieu de tout ce parterre de femmes, quatre ou cinq hommes seulement. Profitons de ce que la société n'est pas plus nombreuse pour nous mêler à ce bavardage de salon, qui emploie d'habitude tant de paroles à dire si peu de chose.

Le plus bruyant de ces cinq privilégiés du boudoir bleu était un jeune homme que nous n'avons vu que dans de douloureuses ou sinistres circonstances. C'était M. Lorédan de Valgeneuse, qui, de temps en temps, à quelque endroit du boudoir qu'il fût, et avec quelque femme qu'il causât, échangeait un regard rapide comme l'éclair, et d'une étrange signification, avec sa sœur, mademoiselle Suzanne de Valgeneuse, l'*amie* de pension de la pauvre Mina.

M. Lorédan était un véritable homme de salon. Nulle bouche ne savait mieux sourire, nul regard ne savait mieux complimenter. Il avait au plus haut degré cette courtoisie qui frise l'impertinence, et nul, de 1820-1827, n'avait pu encore le détrôner dans l'art de mettre sa cravate et d'y faire, même tout ganté, le nœud à la mode sans en chiffonner le satin ou la batiste.

Il causait en ce moment avec madame de Marande, dont il admirait l'éventail rococo en véritable amateur des Vanloo et des Boucher de bric-à-brac.

Celui qui, après Lorédan, attirait les regards des femmes, moins à cause de sa beauté et de son élégance qu'à cause de sa réputation déjà établie par trois ou quatre succès de théâtre et par une conversation plus originale encore peut-être que spirituelle, était le poëte Jean Robert. Au nombre des invitations imprimées qu'avaient fait pleuvoir autour de lui ses premiers triomphes, et auxquelles il se gardait bien de répondre, deux ou trois invitations autographes de la belle Lydie, qui voulait faire de son salon le rendez-vous littéraire, comme son mari voulait faire du sien le rendez-vous politique des grands hommes de l'époque, avaient vaincu ses scrupules. Sans être un des visiteurs les plus assidus de madame de Marande, il était un de ses habitués, et, à chaque séance que madame de Marande avait donnée depuis trois semaines à son ami Pétrus, il avait assisté religieusement, dans le but de donner, en causant avec la charmante jeune femme, de l'animation à son portrait. Il faut dire que, cette fois encore, Jean Robert avait réussi, et que jamais le regard et le sourire de Lydie n'avaient été, l'un plus brillant, l'autre plus animé.

M. de Marande en avait fait ce soir-là même, le portrait n'était de retour à l'hôtel que depuis deux jours, M. de Marande en avait fait ce soir-là même son compliment à Jean Robert, en le remerciant de la complaisance avec laquelle il avait abrégé pour madame de Marande les ennuis de la pose.

Jean Robert n'avait pas su d'abord si M. de Marande parlait sérieusement ou raillait. Son regard, rejeté rapidement sur le visage du banquier, avait même cru un instant surprendre sur ce visage une expression ironique. Mais les yeux des deux hommes s'étaient arrêtés et fixés l'un sur l'autre avec une certaine gravité, et alors M. de Marande, en s'inclinant, avait répété ces mots :

— Monsieur Jean Robert, c'est sérieusement que je parle, et madame de Marande ne saurait me faire de plus grand plaisir que de cultiver la connaissance d'un homme de votre mérite.

Et il lui avait tendu la main si franchement, que Jean Robert lui avait donné la sienne avec une franchise égale, quoique cette franchise de la part du jeune poëte ne parût pas exempte d'une certaine hésitation.

Le troisième personnage dont nous nous occuperons est notre introducteur Pétrus. Nous savons, lui, quel astre l'attire. Aussi, les compliments d'usage faits à madame de Marande, à Jean Robert, à son oncle le vieux général Herbel, qui digère assez péniblement dans un coin pour que sa digestion lui donne un air digne et sérieux, les dames saluées en masse, a-t-il trouvé moyen, au bout d'un instant, de se trouver accoudé à la causeuse sur laquelle la belle Régina, à moitié couchée, effeuille un bouquet de violettes de Parme, bien certaine que, lorsqu'elle se sera levée et aura changé de place, les violettes décapitées par elle ne seront point perdues.

Le cinquième personnage est tout simplement un danseur. Il appartient à cette race très-appréciée des maîtresses de maison, mais dont la poésie, le roman et la peinture n'ont à s'occuper que comme un metteur en scène s'occupe d'un comparse.

Nous avons donc dit que Lorédan causait avec madame de Marande ; que Jean Robert, appuyé au marbre de la cheminée, les regardait ; que Pétrus causait avec Régina, souriant à chaque violette qui tombait des belles mains de sa divinité ; que le général, comte d'Herbel, digérait laborieusement sur un sofa ; enfin que le danseur inscrivait ses contredanses, afin de s'élancer chronologiquement vers sa danseuse chaque fois que l'orchestre, qui ne devait se faire entendre qu'à minuit, jetterait à l'atmosphère parfumée des salons ses notes d'appel à un nouveau quadrille.

Pour être exact, il faut dire que le tableau que nous venons d'essayer de peindre n'avait aucune fixité : de minute en minute on annonçait un nouveau nom. La personne désignée par le nom entrait : si c'était une femme, madame de Marande allait au-devant d'elle et, selon le degré d'intimité où elle était avec cette femme, l'embrassait ou se contentait de lui serrer la main ; si c'était un homme, elle faisait un signe de tête, accompagnait ce signe de tête d'un gracieux sourire et même de quelques mots ; puis, montrant un siége libre à la femme, la serre-galerie à l'homme, laissait les nouveaux venus devenir ce qu'ils voulaient, soit qu'il leur plût d'examiner les batailles d'Horace Vernet, les marines de Gudin, les aquarelles de Decamps, soit qu'ils aimassent mieux nouer quelque conversation particulière ou prendre part à cette portion de conversation générale qui flotte toujours dans un salon, et à laquelle s'accrochent les gens qui ne savent ni causer à deux ni, ce qui est bien autrement difficile, garder le silence.

Quelqu'un qui eût eu intérêt à s'apercevoir de cela eût pu remarquer que, malgré tous les déplacements que l'arrivée des nouveaux venus imposait à la maîtresse de la maison, quelque part que se trouvât madame de Marande, sa révérence faite, son baiser donné, son serrement de main accompli, M. Lorédan de Valgeneuse avait le talent de se retrouver près d'elle.

Lydie avait remarqué cette instance, et, soit qu'elle lui déplût en réalité, soit qu'elle craignît que quelque autre qu'elle la remarquât, elle avait essayé d'y échapper une première fois en venant s'asseoir à côté de Régina, et en interrompant pour quelques instants la douce conversation des deux beaux jeunes gens, égoïsme qu'elle s'était bien vite reproché; une seconde fois, en allant se réfugier sous l'aile du vieux voltairien que nous avons vu si rigide observateur des dates dans sa conversation avec la marquise de La Tournelle.

Cette fois, madame de Marande s'obstinait à vouloir tirer du cœur du vieux comte ce secret qui rendait soucieux un visage d'ordinaire souriant, plus que souriant, railleur.

Mais que le chagrin du vieux comte lui vînt du cœur ou, ce qui pour lui était bien autrement grave, de l'estomac, il ne paraissait pas le moins du monde décidé à faire madame de Marande confidente de son secret.

Quelques mots de leur conversation parvinrent jusqu'à Pétrus et Régina et les tirèrent de leur extase. Les deux jeunes gens échangèrent un regard. De la part de Régina, ce regard voulait dire :

— Nous sommes bien imprudents, Pétrus; voilà une demi-heure que nous causons ensemble avec autant d'abandon que si nous étions dans la serre du boulevard des Invalides. — Oui, répondit le regard de Pétrus, bien imprudents, c'est vrai, mais bien heureux, ma bien-aimée Régina.

Puis, comme ils avaient échangé un regard, les deux jeunes gens échangèrent à distance, et par un simple frissonnement de lèvres, un de ces baisers que le cœur envoie au cœur, et, comme s'il était naturellement attiré par la conversation de son oncle et de madame de Marande, Pétrus s'approcha d'eux, et, le sourire de l'insouciance sur les lèvres :

— Mon oncle, fit-il en enfant gâté qui se croit le droit de tout dire, je vous préviens que si vous ne confiez pas à madame de Marande, qui vous a fait l'honneur de vous la demander deux fois, la cause de vos soucis, par notre aïeul Josselin II, qu'on appelait Josselin le Galant un siècle et demi avant que la galanterie fût découverte, par cet ancêtre mort au champ d'honneur de l'amour, je vous jure, mon oncle, que je vous dénonce à Madame, et que je révèle la véritable cause de vos peines, si mystérieuse qu'elle soit. — Révèle, garçon, dit le général avec un certain air de tristesse qui donna à douter à Pétrus que son oncle fût sous la seule préoccupation d'une digestion laborieuse; révèle, mais, si tu m'en crois, avant la révélation tu tourneras ta langue sept fois dans ta bouche, de peur de te fourvoyer. — Oh! je n'ai crainte, mon oncle, dit Pétrus. — Alors, dites vite, monsieur Pétrus, car je meurs d'inquiétude, reprit madame de Marande, qui, elle aussi, paraissait tourner sa langue sept fois dans sa bouche avant d'aborder le véritable sujet de conversation qui l'avait amenée là. — Vous mourez d'inquiétude, Madame, dit le vieux général; eh bien! voilà qui dépasse tout à fait ma perspicacité. Aurais-je le bonheur, par hasard, que vous eussiez quelque faveur à me demander, et craignez-vous que ma mauvaise humeur influe sur ma réponse? — O profond philosophe, dit madame de Marande, qui vous a donc révélé ainsi les secrets du cœur humain ? — Donnez-moi votre belle main, Madame.

Lydie tendit la main au vieux général, après lui avoir fait la galanterie d'ôter son gant.

— Quelle merveille! dit le général; je croyais qu'il n'y avait plus de ces mains-là.

Il l'approcha de ses lèvres, puis s'arrêtant :

— Oh! par ma foi, dit-il, c'est un sacrilége que des lèvres de soixante-six ans touchent un pareil marbre. — Comment, dit madame de Marande en minaudant, vous refusez de baiser ma main, général! — Cette main est-elle à moi en toute propriété pour une minute? — En toute propriété, général.

Le général se tourna vers Pétrus :

— Approche ici, garçon, lui dit-il, et baise-moi cette main-là.

Pétrus obéit.

— Là, et maintenant prends garde; car, après un pareil cadeau, je me crois parfaitement libre de te déshériter.

Puis, à madame de Marande :

— Donnez vos ordres, Madame, dit le vieux comte, votre indigne serviteur les attend à genoux. — Non, je suis femme et entêtée. Je veux auparavant savoir quelle chose vous rend si soucieux, mon cher général. — Vous avez ce coquin-là qui va vous le dire. Ah! Madame, à son âge, je me serais fait tuer pour baiser une pareille main. Que le paradis n'est-il à reperdre et que ne suis-je Adam! — Ah! général, dit madame de Marande, on ne peut être à la fois Adam et le serpent. Voyons, monsieur Pétrus, dites-nous ce qui est arrivé à votre oncle. — Eh bien! Madame, voici le fait. Mon oncle, qui a l'habitude de se préparer par la méditation à tous les actes importants de sa vie, a l'habitude, à cet effet, de rester seul une heure avant son dîner, et je crois... — Vous croyez..? — Eh bien! je crois que sa chère solitude a été troublée aujourd'hui. — Ce n'est pas cela, dit le général. Tu n'as tourné ta langue que sept fois, tourne-la quatorze. — Mon oncle, continua Pétrus sans s'inquiéter du démenti que lui donnait le vieux général, mon oncle a reçu aujourd'hui, entre cinq et six heures, la visite de madame la marquise Yolande Pontaltais de La Tournelle.

Régina, qui ne demandait qu'une occasion de se rapprocher de Pétrus et de ne pas perdre une de ses paroles, dont chaque syllabe avait le don de faire battre son cœur, Régina, en entendant prononcer le nom de sa tante, crut que c'était une occasion de prendre part à la conversation. Elle se leva donc de sa causeuse et s'approcha doucement du groupe.

Pétrus ne la vit pas, ne l'entendit pas, mais il la sentit venir et frissonna de tous ses membres. Ses yeux se fermèrent, sa voix s'éteignit. La jeune fille comprit de son côté ce qui se passait dans le cœur de son cœur et elle en ressentit une volupté étrange.

— Eh bien! dit-elle d'une voix douce comme les vibrations d'une harpe éolienne, est-ce parce que je suis là que vous ne parlez plus, monsieur Pétrus? — O jeunesse! jeunesse! murmura le vieux général.

LXXI

SÉDUCTION.

Il s'élevait tout autour de ce beau groupe un parfum de jeunesse, de santé, de bonheur et de gaieté qui parvint à dérider le vieux général. On eût dit, au regard qu'il jeta sur Pétrus, qu'il pouvait d'un mot faire évanouir tout cela, mais qu'il avait pitié, tout égoïste qu'il fût, de souffler sur ce beau palais de nuages dont son neveu avait fait sa demeure : il lui prêta donc le flanc, au contraire.

— Va, garçon, va, dit-il, tu brûles. — Eh bien! puisque mon oncle le permet, continua Pétrus forcé de persister dans son récit de rapin, je vous dirai donc que madame de La Tournelle, comme toutes les...

Pétrus allait dire comme toutes les vieilles femmes, mais, à quatre pas de lui, il aperçut à temps le visage désobligeant d'une douairière, et il se reprit en disant :

— Je vous dirai donc que madame de La Tournelle, comme toutes les marquises, a un carlin, ou plutôt une carline, qu'on appelle Croupette. — Un nom charmant, dit madame de Marande; je ne connaissais pas le nom, mais je connaissais le carlin. — Alors, continua Pétrus, vous pourrez apprécier la vérité du récit. Il paraît que ce carlin, ou plutôt cette carline, sent le musc d'une façon extravagante. Y suis-je? mon oncle. — Tout à fait, dit le vieux général. — Eh bien! il paraît encore que l'odeur du musc a la propriété de faire tourner les sauces, et, comme mademoiselle Croupette est très-gourmande, que, chaque fois que madame de La Tournelle vient voir mon oncle, mademoiselle Croupette va voir le cuisinier, j'oserais dire que mon très-cher oncle a eu aujourd'hui un dîner détestable, et que voilà ce qui le rend si sombre et si mélancolique. — Bravo! garçon, il est impossible d'être meilleur devin; et cependant si je voulais bien chercher, moi, ce qui te rend si gai et si distrait, je crois que je rencontrerais plus juste encore. Mais j'ai hâte de savoir ce que cette belle sirène veut de moi, et je remettrai l'explication à un autre jour.

Puis se retournant vers madame de Marande :

— Vous aviez dit, Madame, que vous aviez quelque chose à me demander, j'attends. — Général, dit madame de Marande en regardant le vieillard avec ses plus doux yeux, vous avez eu l'imprudence de dire plusieurs fois que, pour mon service personnel, votre bras, votre cœur, votre tête, en un mot tout ce dont vous avez la libre disposition et le libre usage, était à moi. Vous m'avez dit cela, n'est-il pas vrai? — C'est la vérité, Madame, répondit le comte avec cette galanterie qu'en 1827 on ne rencontrait déjà plus que chez les vieillards, je vous ai dit que n'ayant pas eu le bonheur de vivre, j'aurais une grande joie à mourir pour vous. — Et vous êtes toujours dans cette louable disposition, général? — Plus que jamais. — Eh bien! voici une occasion, je vous jure, de me le prouver. — Votre occasion n'eût-elle qu'un cheveu, Madame, je vous promets de la saisir par là. — Écoutez-moi donc, général. — Je suis tout oreilles, Madame. — C'est justement de cette partie de votre personne dont je vous demande l'aliénation provisoire en ma faveur. — Que voulez-vous dire? — J'ai besoin de vos oreilles pour toute la soirée, général. — Que ne le disiez-vous tout de suite, belle dame. Voyons, faites-moi donner une paire de ciseaux et je vous en fais l'holocauste sans peur, sans regret et même sans reproche, à la seule condition qu'après mes oreilles vous ne me demanderez pas mes yeux. — Oh! général, dit madame de Marande, rassurez-vous : il ne s'agit pas de les détacher du tronc, où elles me semblent admirablement placées, mais tout simplement de les tendre du côté que je vous dirai, pendant une heure et avec une attention soutenue; autrement dit, général, je vais avoir l'honneur de vous présenter une de mes amies de pension, des meilleures, une jeune fille que Régina et moi nous appelons notre sœur. C'est vous dire, général, qu'elle est digne de tous vos égards, comme elle est digne de toute notre amitié. Cette jeune fille est orpheline. — Orpheline! répéta Jean Robert; ne venez-vous pas de dire, Madame, que vous et madame la comtesse Rappt étiez ses sœurs?

Madame de Marande remercia Jean Robert d'un sourire et continua :

— Elle est orpheline de père et de mère. Son père, brave capitaine de la garde, officier de la Légion d'honneur, a été tué à Champaubert en 1814. Voilà comment elle fut élevée à Saint-Denis. Sa mère est morte dans ses bras il y a deux ans; elle est pauvre. — Elle est pauvre! répéta le général; ne venez-vous pas de dire qu'elle avait deux amies? — Pauvre et fière, général, continua madame de Marande, et elle veut demander à l'art une existence que lui refuseraient ses travaux d'aiguille; puis, elle a une immense douleur, non pas à oublier, mais à endormir. — Une immense douleur? — Oh! oui, la plus grande, la plus profonde douleur que puisse contenir le cœur d'une femme. Maintenant, général, vous savez cela, et vous lui pardonnerez la tristesse de son visage, et vous écouterez sa voix. — Et, demanda le général, pardon de la question, elle est moins indiscrète qu'elle ne semble au premier abord, dans la carrière à laquelle votre amie se destine, la beauté n'est point une chose inutile. Votre amie est-elle belle? — Comme la Niobé antique à vingt ans, général. — Et elle chante..? — Je ne vous dirai pas comme la Pasta, je ne vous dirai pas comme la Malibran, je ne vous dirai pas comme la Catalani, je vous dirai comme elle-même; non, elle ne chante pas, elle pleure, elle souffre, elle fait pleurer et souffrir. — Quelle voix? — Un magnifique contralto. — S'est-elle fait entendre déjà? — Jamais! Pour la première fois, ce soir, elle chantera devant cinquante personnes réunies. — Et vous désirez..? — Je désire, général, que vous qui êtes un dilettante consommé, et surtout un admirable connaisseur, je désire que vous l'écoutiez de toutes vos oreilles, et, quand vous l'aurez entendue, je désire que vous fassiez pour elle ce que vous feriez pour moi en pareille occasion; je désire, pour me servir de vos propres expressions, que vous viviez pour notre bien-aimée Carmélite; n'est-ce pas, Régina? que vous n'ayez pas un moment de vos jours qui ne soit consacré exclusivement à elle; je désire, en un mot, que vous vous déclariez son chevalier, et qu'à partir de cette heure elle n'ait pas de défenseur plus ardent et d'admirateur plus passionné que vous. Je sais que votre voix fait loi à l'Opéra, général. — Ah! ne rougissez pas, mon oncle, dit Pétrus, c'est connu. — Je désire, répéta madame de Marande, que vous disiez ce nom de mon amie, Carmélite, à tous les échos que vous avez pour amis; non pas que je veuille, présentement du moins, la faire engager, nos prétentions ne vont point jusque-là, à l'Opéra, mais comme c'est de votre loge... — De la loge infernale, fit Pétrus. Oh! dites le mot, Madame. — Soit, comme c'est de la loge infernale que partent toutes les trompettes de la renommée, comme c'est dans la loge infernale que s'échafaudent toutes les gloires futures, ou que se démolissent toutes les gloires présentes, je compte sur votre vraie et dévouée amitié, général, pour chanter les louanges de Carmélite dans tous les lieux que vous daignerez hanter, au club, aux courses, au Café Anglais, chez Tortoni, à l'Opéra, aux Italiens, et je vous dirais même au château, général, si votre présence dans mon réduit n'était la plus haute protestation de vos sympathies politiques. Promettez-moi donc de *lancer*, n'est-ce point le mot consacré?.. ma belle et triste amie aussi loin et aussi vite que vous pourrez. Je vous en aurai, général, une reconnaissance éternelle. — Je vous demande un mois pour la lancer, belle dame, deux mois pour la faire engager, et trois mois pour la faire entendre. A moins qu'elle ne veuille débuter dans un opéra nouveau; auquel cas ce sera l'affaire d'un an. — Oh! elle débutera dans tout ce que l'on voudra : elle sait le répertoire français et italien. — En ce cas, dans trois mois, je vous amène votre amie couverte de lauriers des pieds à la tête. — Alors, c'est que vous partagerez les vôtres avec elle, général, dit madame de Marande en tendant la main au vieux comte et en serrant la sienne cordialement. — Et moi aussi, général, dit une douce voix qui fit tressaillir Pétrus, moi aussi, dit Régina, je vous en aurai une reconnaissance infinie. — Je n'en doute pas un instant, princesse, dit le vieillard qui, par courtoisie, continuait de donner à la comtesse Rappt son titre de jeune fille, et qui, en disant de ne pas douter de la reconnaissance de Régina, avait regardé son neveu. — Eh bien, donc, dit le général, il ne vous reste plus, Madame, qu'à me faire l'honneur de me présenter à votre amie comme son plus dévoué serviteur. — Ce sera bien facile, général, elle est là. — Comment, là? — Oui, là, dans ma chambre à coucher; j'ai voulu lui épargner l'ennui, c'est toujours ennuyeux pour une jeune femme, de traverser tous ces salons et de se faire annoncer. Voilà pourquoi nous sommes ici en petit comité; voilà pourquoi, pour les unes il y avait sur les invitations dix heures, pour les autres minuit : je voulais lui faire un cercle d'amis choisis et indulgents. — Je vous remercie, Madame, dit Lorédan, trouvant cette occasion de se mêler à la conversation, de m'avoir mis au nombre des élus; mais je vous en veux de me croire assez peu important pour ne pas me recommander votre amie. — Oh! Monsieur le baron, dit madame de Marande, vous êtes trop compromettant pour qu'on vous recommande une jeune et belle personne de vingt ans. Sa beauté, d'ailleurs, suffira pour se recommander près de vous. — Le moment est mal choisi, Madame, et je vous proteste qu'en ce moment une seule beauté a le droit... — Pardon, Monsieur, dit une voix de la plus grande douceur et de la plus exquisse politesse, tout en interrompant cependant le baron, mais j'aurais un mot à dire à madame de Marande.

Lorédan se retourna en fronçant le sourcil; mais, reconnaissant M. de Marande lui-même qui, le sourire sur les lèvres et la prière qu'on l'excusât dans les yeux, tendait le bras à sa femme, il s'effaça vivement.

— Vous avez quelque chose à me dire, Monsieur? fit madame de Marande en pressant avec affection le bras de son mari, dites.

Puis se retournant:

— Vous excusez, général? — Heureux qui a de pareils droits, répondit le comte Herbel. — Que voulez-vous, général, dit en riant madame de Marande, ce sont les droits du seigneur.

Et elle se retira doucement du cercle, appuyée sur le bras de son mari.

— Me voici à vos ordres, Monsieur, dit Lydie. — En vérité, je ne sais comment vous dire cela; c'est une chose que j'avais complétement oubliée, et que, par bonheur, je viens de me rappeler. — Dites. — M. Thompson, mon correspondant des États-Unis, m'a recommandé un jeune homme et une jeune femme de la Louisiane qui ont une lettre de crédit pour moi. Je leur ai fait donner une carte d'invitation pour votre soirée, et voilà que j'ai oublié leurs noms. — Eh bien? — Eh bien, je m'en rapporte à votre sagacité de reconnaître deux visages étangers et à votre courtoisie de recevoir gracieusement deux personnes recommandées par M. Thompson. Voilà, Madame, tout ce que j'avais à vous dire. — Comptez sur moi, Monsieur, dit avec un charmant sourire madame de Marande. — Merci! Maintenant, laissez-moi vous faire tous mes compliments. Vous êtes toujours en beauté, Madame, mais, ce soir, vous êtes véritablement splendide.

Et, baisant galamment la main de sa femme, M. de Marande la conduisit jusqu'à la porte de sa chambre à coucher, dont madame de Marande souleva la portière en disant:

— Quand tu voudras, Carmélite?

LXXII

CARMÉLITE.

Au moment où madame de Marande prononçait ces mots: « Quand tu voudras, Carmélite? » en entrant dans la chambre à coucher et en laissant retomber la portière derrière elle, on annonçait à la porte du salon:

— Monseigneur Coletti.

Profitons des quelques secondes que va mettre Carmélite à se rendre à l'invitation de son amie pour jeter un coup d'œil rapide sur monseigneur Coletti qu'on annonce et qui fait son entrée.

Nos lecteurs se rappellent peut-être avoir entendu prononcer le nom de ce saint homme par madame de La Tournelle.

En effet, monseigneur Coletti était le directeur de la marquise. Monseigneur Coletti était, en 1827, non-seulement un homme en faveur, mais encore un homme en réputation; non-seulement un homme en réputation, mais un homme à la mode.

Ces conférences qu'il venait de tenir pendant le carême lui avaient fait une réputation de grand prédicateur, que nul, si peu dévot qu'il fût, ne songeait à lui contester, excepté Jean Robert peut-être, qui, poëte avant tout et voyant tout en poëte, s'étonnait toujours que les prêtres, ayant un texte aussi magnifique que l'Évangile, fussent d'ordinaire si mal inspirés, si peu éloquents.

Il lui semblait à lui qui luttait, et qui luttait victorieusement contre un auditoire bien autrement rebelle que celui qui vient s'édifier aux conférences saintes, il lui semblait qu'il eût eu, s'il fût monté en chaire, une parole bien autrement persuasive ou bien autrement tonnante que toutes les paroles musquées de ces mondains prélats dont une fois par hasard il allait écouter les homélies.

Alors, il se prenait à regretter de n'être pas prêtre, de ne pas avoir une chaire au lieu d'un théâtre et des auditeurs chrétiens au lieu de spectateurs profanes.

Bien que ses fins bas de soie et tout son costume de couleur violette révélassent un dignitaire de l'Église, on pouvait, à la première vue, prendre monseigneur Coletti pour un simple abbé du temps de Louis XV, tant sa figure, sa tournure, son air, sa démarche et son dandinement dénonçaient un galant coureur de ruelles bien plus qu'un rigide prélat prêchant abstinence en carême; on eût dit qu'après s'être endormi comme Epiménide pendant un demi-siècle dans le boudoir de madame de Pompadour ou de madame Dubarry, monseigneur Coletti s'était réveillé tout à coup, et s'était mis à courir le monde sans s'être informé des changements qui y étaient survenus dans les mœurs ou dans les coutumes, ou bien encore qu'arrivé tout frais de la cour pontificale, il s'était fourvoyé au milieu d'une réunion française avec son costume d'abbé ultramontain.

Au premier abord, c'était un joli prélat dans toute l'acception du mot, rose, frais, paraissant trente-six ans à peine. Mais, en y regardant de plus près, on s'apercevait que monseigneur Coletti avait, pour son visage, la faiblesse qu'ont pour le leur les femmes de quarante-cinq ans qui tiennent à n'en paraître que trente.

Monseigneur Coletti mettait du blanc, monseigneur Coletti mettait du rouge. Lorsqu'on parvenait à percer cette couche de badigeon, et qu'on arrivait jusqu'à la peau, on était effrayé de rencontrer, sous cette apparence animée, quelque chose de morbide et d'éteint qui faisait froid.

Maintenant deux choses cependant vivaient sous ce masque immobile comme un visage de cire : les yeux et la bouche. Les yeux petits, noirs et profonds, lançant des éclairs rapides, menaçants même, puis se voilant aussitôt sous une paupière doucereuse et béate ; la bouche petite, fine, avec sa lèvre inférieure moqueuse, spirituelle, méchante, méchante par moment jusqu'au venin.

L'ensemble de cette physionomie pouvait parfois révéler l'esprit, l'ambition, la luxure, mais jamais la bonté. Au premier aspect, on sentait qu'on avait tout intérêt à ne pas avoir cet homme pour ennemi; mais nul n'eût éprouvé, au point de vue de la sympathie, le désir de s'en faire un ami.

Sans être grand, il était, comme disent les bourgeois en parlant d'un homme d'église, d'une belle prestance. Joignez à cela quelque chose d'éminemment hautain, dédaigneux, impertinent dans sa façon de porter la tête, de saluer les hommes, d'entrer dans un salon, d'en sortir, de s'asseoir et de se lever.

En revanche, il paraissait avoir gardé ses plus fines fleurs de courtoisie pour les femmes. Il clignait des yeux en les regardant d'une façon toute significative, et sa figure prenait, lorsque la femme à laquelle il adressait la parole lui plaisait, une indéfinissable expression de luxurieuse douceur.

Ce fut avec ses yeux à demi fermés et clignotant, qu'il entra dans ce salon, qu'on pouvait appeler le salon des femmes, tandis que le général, qui connaissait monseigneur Coletti de longue main, murmurait entre ses dents, en l'entendant annoncer:

— Entrez, monseigneur Tartufe.

Cette annonce, cette entrée, ce salut, l'hésitation de monseigneur Coletti à s'asseoir, l'espèce d'importance qui s'attachait enfin au prédicateur en renom du dernier carême, avaient détourné un instant l'attention de Carmélite; nous disons un instant, car il ne s'était passé qu'un instant entre le moment où madame de Marande avait laissé retomber la portière et celui où la portière se releva pour donner passage aux deux amies.

Il était impossible de voir un plus saisissant contraste que celui qui existait entre madame de Marande et Carmélite. Mais était-ce bien là Carmélite?

Oui, c'était elle, mais non plus la Carmélite dont nous avons copié le portrait dans la monographie de la rose; non plus la Carmélite aux joues empourprées, au teint brillant, au front éclatant de candeur et d'innocence, non plus la Carmélite à la lèvre souriante, aux narines dilatées pour absorber le parfum de ce champ de fleurs qui s'étendait sous ses fenêtres et embaumait le tombeau de La Vallière; non: la Carmélite nouvelle, c'était une grande jeune femme dont les cheveux noirs retombaient toujours avec la même nonchalance et le même luxe sur ses épaules, mais les épaules étaient de marbre; c'était le même front, haut, découvert, intelligent, mais le front était d'ivoire; c'étaient les mêmes joues, autrefois teintées des nuances rosées de la jeunesse et de la santé, mais aujourd'hui décolorées, pâlies et devenues d'une étrange mateur.

Les yeux surtout, déjà si grands et si beaux, semblaient avoir grandi de moitié. Ils lançaient toujours des flammes, mais les étincelles étaient devenues des éclairs, et le cercle bistré qui les enveloppait faisait que ces éclairs semblaient sortir d'une nuée d'orage.

Puis, ses lèvres autrefois de pourpre, ses lèvres qui, après son évanouissement, avaient eu tant de peine à revenir à la vie, ses lèvres n'avaient pu reprendre leur couleur primitive; elles avaient seulement atteint, et à grand'peine, la pâle nuance du corail rose. Mais il faut le dire, par cela même, elles complétaient à merveille ce singulier ensemble qui faisait toujours de Carmélite une beauté de premier ordre, mais qui donnait une teinte fantastique à cette beauté. Elle était simplement, mais adorablement vêtue.

Poussée par les trois sœurs à venir à la soirée de Lydie, mais bien plus encore soutenue par sa résolution de se faire promptement indépendante, la question de la toilette dans laquelle elle viendrait avait été longtemps débattue.

Il va sans dire que Carmélite n'avait été pour rien dans le débat. Carmélite avait tout d'abord déclaré qu'elle était la veuve de Colomban, dont elle porterait le deuil toute sa vie, et qu'elle ne viendrait qu'en robe noire.

Maintenant, Fragola, Lydie et Régina pouvaient tailler et orner cette robe comme elles l'entendraient.

Régina décida que la robe serait de dentelle noire sur corsage et jupon de satin noir, et qu'elle aurait pour tout ornement une guirlande de cette sombre fleur violette, emblème de tristesse, qu'on appelle l'ancolie. Aux fleurs seraient entremêlées des branches de cyprès.

La couronne tressée par Fragola, la plus savante des trois dans cet habile mariage des fleurs, dans cette intelligente fusion des nuances, se composait, comme la guirlande de la robe, comme le bouquet du corsage, de branches de cyprès et de fleurs d'ancolie. Un collier de perles noires, précieux cadeau de Régina, ceignait le cou.

Quand Carmélite sortit ainsi pâle et cependant parée de la chambre à coucher de madame de Marande, ceux qui s'attendaient à la voir, mais non pas à la voir ainsi, jetèrent un cri où se confondaient l'admiration et la terreur. On eût dit une apparition antique, la Norma ou la Médée.

Un frisson courut dans toutes les veines. Le vieux général, tout sceptique qu'il était, comprit qu'il y avait là quelque chose de saint comme le dévouement, de grand comme le martyre. Il se leva et attendit.

De son côté, aussitôt que Carmélite parut, Régina courut à elle. Le spectre splendide s'avança entre les deux jeunes femmes, rayonnantes de vie et de bonheur. Tout le monde suivait du regard ce groupe silencieux avec une curiosité qui touchait à l'émotion.

— Oh! que tu es pâle, ma pauvre sœur! dit Régina. — Que tu es belle, ô Carmélite! dit madame de Marande. — J'ai cédé à vos instances, mes bien-aimées, dit la jeune femme, mais, en vérité, pendant qu'il en est temps encore, peut-être devriez-vous me dire de m'arrêter. — Pourquoi cela? — Savez-vous que je n'ai pas ouvert un piano depuis que nous avons chanté ensemble notre *Adieu à la vie*. Si la voix allait me manquer, si j'avais tout oublié! — On n'oublie pas ce qu'on n'a point appris, Carmélite, dit Régina. Tu chantais comme les oiseaux. Est-ce que les oiseaux désapprennent de chanter? — Régina a raison, répliqua madame de Marande, et je suis sûre de toi, comme au fond tu en es sûre toi-même. Chante donc sans trouble, ma bien chérie, jamais artiste n'aura eu, je t'en réponds, pour l'écouter, un auditoire plus sympathique. — Oh! chantez, chantez, Madame, dirent toutes les voix, excepté les voix de Suzanne et de Lorédan, celles du frère et de la sœur, qui regardaient, le frère avec surprise, la sœur avec envie, cette sombre mais splendide beauté.

Carmélite remercia en inclinant la tête et continua son chemin vers le piano et en même temps vers le comte Herbel. Celui-ci fit deux pas au-devant d'elle, et s'inclina.

— Monsieur le comte, dit madame de Marande, j'ai l'honneur de vous présenter mon amie la plus chère, car, de mes trois amies, c'est la plus malheureuse.

Le général salua une seconde fois, et avec une courtoisie digne des vieilles cours :

— Mademoiselle, dit-il, je regrette que madame de Marande ne m'ait pas donné une tâche plus difficile que celle de publier vos louanges. Croyez que je m'y emploierai de toute mon âme, et que je me considérerai encore comme votre débiteur. — Oh! chantez, chantez, Madame, murmurèrent quelques voix avec l'accent de la prière. — Tu vois, chère sœur, dit madame de Marande, tout le monde attend avec impatience. Veux-tu commencer? — A l'instant même si on le désire, répondit Carmélite. — Que vas-tu chanter? demanda Régina. — Choisissez vous-même. — Tu n'as pas de préférence? — Aucune! — J'ai tout *Othello* ici. — Va donc pour *Othello*. — Est-ce que tu t'accompagnes toi-même? demanda madame de Marande. — Quand je ne puis pas faire autrement, répondit Carmélite. — Moi je t'accompagnerai, dit vivement Régina. — Et moi je tournerai les pages, fit Lydie. Entre nous deux tu n'auras pas peur. — Je n'aurai pas peur... dit Carmélite, en secouant mélancoliquement la tête.

En effet, la jeune fille était parfaitement calme. Elle posa sa main immobile et froide sur la main de madame de Marande. Son front exprimait la plus ineffable sérénité. Madame de Marande se dirigea vers le piano, et, au milieu des partitions empilées, prit celle d'*Othello*. Carmélite resta debout et appuyée à Régina aux deux tiers du boudoir à peu près.

Tout le monde s'était assis et demeurait dans l'attente. On n'entendit pas un souffle sortir de toutes ces poitrines. Madame de Marande plaça la partition sur le piano, tandis que Régina, s'avançant à son tour, s'assit et parcourut rapidement le clavier dans un brillant prélude.

— Veux-tu chanter la romance du *Saule?* demanda madame de Marande.

— Volontiers, répondit Carmélite.

Madame de Marande ouvrit la partition à l'avant-dernière scène du dernier acte. Régina se retourna vers Carmélite, les mains étendues et toutes prêtes à recommencer. En ce moment, le domestique annonça :

M. et madame Camille de Rozan.

LXXIII

LA ROMANCE DU SAULE.

Un long, sourd et profond soupir, parti de trois ou quatre endroits de la salle, suivit cette annonce. Un profond silence succéda à cette exclamation de douleur.

On eût dit que toutes les personnes présentes connaissaient l'histoire de Carmélite, et que l'effroi venait de tirer de leur âme ce douloureux gémissement, qu'elles n'avaient pu retenir en entendant annoncer, et en voyant tout à coup apparaître, le feu dans les yeux, la joie sur les lèvres, l'insouciance au front, ce jeune homme qu'on pouvait en quelque sorte regarder comme le meurtrier de Colomban.

Ce soupir avait été poussé à la fois par Jean Robert, par Pétrus, par Régina et par madame de Marande. Quant à Carmélite, non-seulement elle n'avait ni crié ni soupiré, mais elle était restée, sans souffle et sans haleine, immobile comme une statue.

M. de Marande seul, qui venait d'entendre et de reconnaître le nom oublié par lui, s'avança au-devant du jeune couple qui lui était annoncé par son correspondant de la Nouvelle-Orléans, en disant :

— Vous arrivez à merveille, monsieur de Rozan. Si vous voulez vous asseoir et écouter, vous allez entendre, à ce qu'assure madame de Marande, la plus belle voix que vous ayez jamais entendue.

Et offrant le bras à madame de Rozan, il la conduisit à un fauteuil, tandis que Camille cherchait dans le spectre qu'il avait devant les yeux à reconnaître Carmélite, et poussait, en la reconnaissant, un faible cri d'étonnement. Les deux jeunes femmes s'étaient élancées vers leur amie, croyant qu'elle avait besoin de secours, et s'attendant, dans l'état de faiblesse où elle était encore, à la voir s'évanouir dans leurs bras.

Mais, à leur grand étonnement, Carmélite était restée debout et l'œil fixe;

seulement son teint avait passé de la pâleur à la lividité. Cet œil fixe, immobile, sans expression, sans vie apparente, semblait ne plus rien regarder. Le cœur avait l'air de ne plus battre, tant le corps paraissait subitement pétrifié. Elle était effrayante à voir ainsi, d'autant plus effrayante, qu'à part cette lividité terrible, son visage de marbre ne paraissait pas porter la trace de la plus petite émotion.

— Madame, dit M. de Marande en s'approchant de sa femme, ce sont les deux personnes dont j'ai eu l'honneur de vous parler. — Occupez-vous d'elles, je vous en supplie, Monsieur, dit madame de Marande ; moi, je suis toute à Carmélite. Voyez l'état où elle est.

En effet, cette lividité, ce regard atone, cette immobilité sculpturale, frappèrent M. de Marande.

— Oh! mon Dieu ! Mademoiselle, demanda-t-il avec le ton du plus vif intérêt, que vous est-il donc arrivé ? — Rien, Monsieur, dit Carmélite en relevant la tête de ce mouvement que fait un cœur puissant pour regarder le malheur en face; rien ! — Ne chante pas, ne chante pas ce soir, murmura sourdement Régina à Carmélite. — Et pourquoi donc ne chanterais-je pas? demanda Carmélite. — Le combat est au-dessus de tes forces, dit Lydie. — Tu vas voir, répondit Carmélite.

Et quelque chose, comme le pâle reflet d'un sourire de morte, se dessina sur ses lèvres.

— Tu le veux, fit Régina en se remettant au piano. — Ce n'est point la femme qui va chanter, Régina, dit la jeune fille, c'est l'artiste.

Et Carmélite fit les trois pas qui la séparaient encore du piano.

— A la grâce de Dieu! dit madame de Marande.

Régina préluda une seconde fois. Carmélite commença.

Assisa al pié d'un salice.

La voix était restée ferme, assurée, et si, dès le second vers, une profonde émotion vint saisir les spectateurs, cette émotion résultait bien plus de la douleur de Desdemona que de la souffrance de Carmélite.

Il était en effet difficile de choisir un chant mieux approprié à la douleur de la jeune fille. Les craintes mortelles qui venaient assaillir le cœur de Desdemona, quand elle chante le premier couplet à l'esclave africaine, sa nourrice, étaient en quelque façon la formule des angoisses qui serraient son propre cœur.

L'orage qui plane au-dessus du palais qu'elle habite, le vent qui vient briser un panneau de la croisée gothique de sa chambre, le tonnerre qui roule avec fracas dans le lointain ; la nuit qui est sombre, la lampe qui vacille tristement, tout, dans cette soirée funeste, jusqu'à ces mélancoliques vers du Dante que chante dans le lointain un gondolier en passant sur sa barque :

Nessun maggior dolore
Che ricordorsi del tempo felice
Nella miseria.

Tout jette la pauvre Desdemona dans le désespoir le plus profond. Le vent tempêtueux, le tonnerre sourd et grondant, cette chanson mélancolique, tout

LA ROMANCE DU SAULE.

TYP. J. CLAYE.

est présage mauvais, tout est sinistre augure. Le chant de la statue dans le *Don Juan* de Mozart, le désespoir de la pauvre dona Anna quand elle heurte le cadavre de son père, sont peut-être les deux seules situations comparables à cette poignante scène de pressentiment.

Nulle musique, nous le répétons, n'était donc plus propre que celle du grand maître italien à formuler les douleurs de Carmélite. Ce Colomban, brave, loyal et fort, dont elle menait le deuil en son cœur, n'était-il pas en quelque sorte le sombre et loyal Africain amoureux de Desdemona.

Ce sinistre Jago, cet ami venimeux qui sème dans le cœur d'Othello les poisons de la jalousie, n'était-ce pas, toute proportion gardée, cet Américain frivole qui avait fait autant de mal avec sa légèreté qu'Iago en avait pu faire avec sa haine.

Eh bien, cette situation était celle où se trouvait Carmélite en revoyant Camille ; et cette romance, qu'elle chantait avec tant d'expression et tant de fermeté à la fois, cette romance était un martyre continuel, et chaque note s'enfonçait dans son cœur froide et douloureuse comme la lame d'un poignard.

Après le premier couplet, tout le monde applaudit avec le franc enthousiasme qu'excite tout talent nouveau chez le public qui n'est pas intéressé à porter un faux jugement. Le second couplet :

I ruselletti limpidi
A Caldi suoi sospiri.

remplit les auditeurs d'étonnement. Ce n'était plus une femme, ce n'était plus une chanteuse qui faisait pleuvoir de sa bouche cette cascade de plaintes; c'était la douleur qui se chantait elle-même. Le refrain surtout :

Laura fra i rami flebile
Ripetiva il suon.

fut dit avec une mélancolie si touchante, que tout le poëme désespéré de la jeune fille dut en ce moment repasser devant les yeux de ceux qui la connaissaient, comme il repassait, bien certainement, devant les siens. Régina était devenue presque aussi pâle que Carmélite; Lydie pleurait.

En effet, jamais voix plus sympathique, à cette époque où tant de grandes cantatrices : la Pasta, la Pizaroni, la Mainvielle, la Catalani, la Malibran ravissaient leur auditoire, jamais timbre plus frémissant n'émut le cœur des dilettanti dans cette belle langue italienne qui est elle-même une musique. Mais qu'on nous permette de dire en quelques lignes, pour ceux qui ont connu ces grandes artistes que nous venons de nommer, qu'on nous permette de dire en quoi la voix de notre héroïne différait de celle de ces illustres cantatrices.

La voix de Carmélite avait naturellement une étendue extraordinaire. Elle donnait le *sol* d'en bas avec la même facilité et la même sonorité que madame Pasta donnait le *la*, et, en partant de là, elle montait jusqu'au *ré* aigu. Elle pouvait donc chanter, et c'était le merveilleux miracle de sa voix, les rôles de contralto aussi bien que les rôles de soprano.

Effectivement, nulle voix de soprano n'était plus pure, plus riche, plus brillante, plus propre aux fioritures, aux *gorgheggi*, s'il nous est permis de nous servir de ce mot employé spécialement à Naples pour désigner le gazouillement du gosier, dont tout soprano qui débute abuse, à notre avis, si démesurément. Quant à la voix de contralto, elle était unique.

Chacun connaît les effets prodigieux, magnétiques, pour ainsi dire, de la voix de contralto ; elle peint l'amour avec plus de force, la tristesse avec plus d'expression, la douleur avec plus d'énergie que la voix de soprano. Les soprani chantent comme les oiseaux, ils plaisent, charment, ravissent ; les contralti agitent, inquiètent, passionnent. La voix de soprano est une pure voix de femme : elle en a les tendresses et les douceurs ; la voix de contralto est une véritable voix d'homme : elle en a la gravité, la rudesse, l'âpreté.

Et cependant c'est un timbre à part, qui participe de l'un et de l'autre, une voix hermaphrodite. Aussi ces voix s'emparent-elles de l'âme des spectateurs avec la rapidité et la force de l'électricité ou du magnétisme. La voix de contralto est en quelque sorte l'écho des sentiments de l'auditeur. Si celui qui écoute chantait, il voudrait bien certainement chanter ainsi.

C'était donc l'effet produit sur l'auditoire par la voix de Carmélite, douée d'une habileté peu commune, quoique purement instinctive, car elle connaissait peu les procédés des grands chanteurs à la mode ; Carmélite unissait avec un bonheur étonnant la voix de tête à la voix de poitrine. L'union de ces deux voix était apparente, et un vieux maître eût été bien embarrassé de dire combien d'études avaient été nécessaires pour combiner les effets merveilleux de deux voix si contraires.

Carmélite, en effet, en grande musicienne qu'elle était, et sous l'œil de Colomban, avait étudié si laborieusement et si fermement les premiers principes de la musique, qu'elle n'avait besoin désormais que de se laisser aller pour séduire et pour électriser. Si sa voix était belle, son goût était parfait.

Habituée, dès les premières leçons, aux sobriétés de la musique allemande, elle ne faisait qu'un usage fort modéré des fioritures italiennes, et ne s'en servait que pour augmenter l'expression d'un morceau ou pour relier une phrase à une autre, mais jamais comme agrément, jamais comme tour de force.

Nous finirons cette analyse du talent de Carmélite en disant que, bien différente en cela des plus grandes chanteuses de l'époque et même de toutes les époques, la même note, dans deux situations différentes de l'âme, n'avait point chez elle, pour ainsi dire, le même ton.

Que si maintenant quelqu'un s'étonne et nous taxe d'exagération, prétendant que nulle cantatrice, ayant eu pour maîtres Porpora, Mozart, Pergolèse, Weber ou même Rossini, n'est arrivée aux perfections de cette double voix, nous répondrons que Carmélite avait eu un maître bien autrement sérieux que ceux que nous venons de nommer, et que l'on appelle le malheur. Aussi, à la fin du troisième couplet, ce fut un hourra unanime, une frénésie inexprimable.

Les dernières notes ne s'étaient pas encore éteintes, plaintives et gémissantes comme le cri de la douleur elle-même, qu'un tonnerre d'applaudissements succéda à la dernière vibration. Jamais la coupole dorée de ce salon mondain n'avait retenti de bravos plus prolongés et plus sonores. Chacun se leva comme pour être le premier à complimenter, à féliciter l'artiste qui venait de le ravir. C'était une véritable fête, un entraînement unanime, tout ce que la *furia francese*, oublieuse du décorum, peut autoriser.

On se précipitait vers le piano pour regarder de plus près cette jeune fille, belle comme la Beauté, puissante comme la Force, sinistre comme le Désespoir.

Les vieilles femmes qui enviaient sa jeunesse, les jeunes femmes qui enviaient sa beauté, toutes celles qui enviaient son talent incomparable, tous ceux qui se disaient qu'il y aurait presque une gloire à être aimé d'une pareille femme, s'approchaient d'elle, lui prenant la main et la lui serrant avec amour.

Et ce qui fait l'art véritablement beau, véritablement grand, c'est que l'art fait en un instant un vieil ami d'un inconnu. Mille invitations, comme les fleurs futures de sa renommée, tombèrent et s'éparpillèrent en un instant autour d'elle.

Le vieux général, qui s'y connaissait, nous l'avons dit, le vieux général, qui n'était pas facile à émouvoir, sentit couler ses larmes. C'était la pluie de l'orage qui avait gonflé son cœur en entendant chanter la sombre jeune fille. Jean Robert et Pétrus s'étaient instinctivement rapprochés l'un de l'autre, et, dans la muette étreinte de leurs mains, ils s'étaient tacitement raconté leur poignante émotion, leur mélancolique ravissement.

Si Carmélite leur eût fait un signe de vengeance, ils eussent bondi sur cet insoucieux Camille, qui, ignorant ce qui s'était passé, avait écouté tout cela le sourire sur les lèvres, le lorgnon à l'œil, et criant de sa place : Brava! brava! brava! comme il eût fait d'une stalle des Italiens.

Régina et Lydie, qui avaient compris tout ce que la présence du créole avait ajouté de douleur et d'expression à la voix de Carmélite, Régina et Lydie qui, pendant tout le temps que le chant avait duré, avaient tremblé qu'à chaque note le cœur de la chanteuse se brisât, Régina n'osait pas se retourner, Lydie n'osait pas relever la tête. Elles étaient atterrées.

Tout à coup, à un cri d'effroi poussé par ceux qui entouraient Carmélite, toutes deux sortirent de leur torpeur et se retournèrent en même temps de son côté. Carmélite, depuis sa dernière note pleurée, pâle, roide, immobile, venait de renverser sa tête en arrière, et, chancelante, elle allait infailliblement tomber sur le parquet, si deux bras ne l'eussent soutenue, et si une voix amie ne lui eût dit tout bas :

— Courage, Carmélite, soyez fière. A partir de ce soir, vous n'avez plus besoin de personne.

Avant de fermer les yeux, Carmélite eut le temps de reconnaître Ludovic, ce cruel ami qui l'avait rappelée à la vie. Elle poussa un dernier soupir, secoua tristement la tête et s'évanouit.

Ce fut alors seulement que de ses yeux fermés on vit sourdre deux larmes, qui roulèrent sur ses joues glacées. Les deux jeunes femmes la reçurent des bras de Ludovic, qui était entré pendant que Carmélite chantait, et qui, par conséquent, entré sans bruit et sans être annoncé, s'était trouvé là pour la recevoir dans ses bras.

— Ce n'est rien, dit-il aux deux amies, de pareilles crises lui font plus de bien que de mal. Faites-lui respirer ce flacon, dans cinq minutes elle sera revenue à elle.

Les deux amies, aidées du général, emportèrent Carmélite dans la chambre à coucher. Le général, seulement, s'arrêta à la porte.

Une fois Carmélite disparue, et l'auditoire rassuré par les quelques paroles de Ludovic, l'enthousiasme, arrêté dans son cours, fit éruption de nouveau de toutes parts, et ce ne fut qu'un cri unanime d'admiration !

LXXIV

OU LES PÉTARDS DE CAMILLE FONT LONG FEU.

L'évanouissement de Carmélite, grâce à l'assurance que donna, comme nous l'avons dit, Ludovic que l'accident n'aurait rien de sérieux, l'évanouissement de Carmélite, disons-nous, interrompit pendant quelques minutes seulement le plaisir que chacun venait de prendre, et se promettait de prendre encore à la soirée de madame de Marande.

Mais d'abord, avant de penser à autre chose, avant même de répondre aux premiers accords de l'orchestre, qui se faisait entendre dans les salons, on épuisa toutes les formes de compliment sur le talent de la future débutante. Chacun promit de la prôner dans son cercle, puis, peu à peu attiré du boudoir dans les salons, chacun passa de la musique à la danse.

Le seul épisode digne d'être rapporté dans le mouvement qui se fit à cette occasion et que nous rapporterons, parce qu'il se lie tout naturellement à ce drame, ce fut le faux pas que fit Camille de Rozan en adressant étourdiment la parole à des gens qui connaissaient à fond l'histoire de Carmélite.

Madame de Rozan, sa femme, jolie créole de quinze ans, avait été provisoirement accaparée par une douairière d'origine créole, qui se déclarait sa parente. Camille, voyant sa femme en famille, avait profité de la circonstance pour redevenir garçon.

Il avait aperçu Ludovic, son ancien camarade, presque son ami, et aussitôt le calme rétabli à la suite de la sortie de Carmélite, dont il avait attribué l'évanouissement à la simple émotion, il s'était précipité vers le jeune docteur avec le vif engouement d'un étranger nouvellement arrivé qui retrouve une ancienne connaissance, et lui tendant la main :

— Par Hippocrate ! s'était-il écrié, c'est monsieur Ludovic ! bonjour, monsieur Ludovic ; comment se porte monsieur Ludovic ? — Mal ! répondit froidement le jeune médecin. — Mal ? répéta le créole ; mais vous avez le mois d'avril sur les joues... — Qu'importe, Monsieur, si j'ai le mois de décembre dans le cœur ? — Vous avez du chagrin ? — Plus que du chagrin, de la douleur. — Une douleur ? — Profonde. — Mon Dieu, mon cher Ludovic, auriez-vous perdu un parent ? — J'ai perdu quelqu'un de plus cher qu'un parent. — Qu'y a-t-il donc de plus cher qu'un parent ? — Un ami, attendu que c'est plus rare. — — Est-ce que je le connaissais ? — Beaucoup ! — Un de nos camarades de collége ? — Oui ! — Ah ! le pauvre garçon, dit Camille avec une suprême indifférence, et comment s'appelait-il ? — Colomban, répondit sèchement Ludovic en saluant Camille et en lui tournant le dos.

Camille fut près de sauter à la gorge de Ludovic, mais nous avons dit qu'il avait de l'esprit. Il comprit qu'il avait fait fausse route, il pirouetta sur les talons, remettant sa colère à une meilleure occasion. En effet, si Colomban était mort, Ludovic avait eu le droit de s'étonner que Camille ne fût pas plus attristé d'un pareil événement.

Mais comment pouvait-il être attristé de cet événement? Il l'ignorait. Pauvre Colomban! si jeune, si beau, si fort, de quoi avait-il pu mourir? Il chercha des yeux Ludovic pour lui dire qu'il ignorait tout et lui demander des détails sur la mort de leur ami commun; mais Ludovic avait déjà disparu.

Tout en cherchant Ludovic, les regards de Camille tombèrent sur un jeune homme dont il crut reconnaître le visage sympathique; seulement, il lui était impossible de mettre un nom sur ce visage : il l'avait vu, il en était certain, il l'avait connu, il pensait en être sûr. Si c'était à l'école de Droit, ce qui était probable, ce jeune homme pourrait lui apprendre ce qu'il désirait savoir. Il alla donc droit à lui.

— Pardon, Monsieur, lui dit-il, j'arrive ce matin de la Louisiane, qui est à moitié chemin à peu près des antipodes; j'ai fait naturellement deux mille lieues en mer, ce qui est cause qu'il me reste dans le cerveau une sorte de tangage et de roulis intellectuels qui m'ôte à la fois le discernement et la mémoire. Pardonnez-moi donc la question que je vais avoir l'honneur de vous adresser. — Je vous écoute, Monsieur, répondit assez poliment, mais avec assez de sécheresse cependant, celui auquel il s'adressait. — Je crois, Monsieur, reprit Camille, vous avoir vu dans plusieurs circonstances à mon dernier voyage à Paris, et, en vous revoyant, votre figure m'a frappé comme celle d'une vieille connaissance. Avez-vous plus de mémoire que moi et ai-je l'honneur d'être connu de vous? — Vous avez raison, je vous connais parfaitement, monsieur de Rozan, répondit le jeune homme. — Ah! vous saviez mon nom, s'écria joyeusement Camille. — Comme vous voyez. — Et me ferez-vous la joie de me dire le vôtre? — Je me nomme Jean Robert. — Ah! c'est cela, Jean Robert. Parbleu! je savais bien que je vous connaissais, un de nos plus illustres poëtes et l'un des meilleurs amis de mon camarade Ludovic, si je ne m'abuse. — Qui était lui-même un des meilleurs amis de Colomban, répondit Jean Robert en saluant sèchement le créole et en se retournant.

Mais Camille l'arrêta.

— Monsieur, par grâce, lui dit-il, vous êtes la seconde personne qui me parlez de la mort de Colomban, pourriez-vous me donner des détails sur cette mort? — Lesquels? — Je désire savoir de quelle maladie Colomban est mort. — Il n'est pas mort de maladie. — Aurait-il donc été tué en duel? — Non, Monsieur, il n'a pas été tué en duel. — Mais enfin de quelle mort est-il mort? — Il s'est asphyxié, Monsieur.

Et cette fois Jean Robert salua si froidement Camille, que celui-ci, tout entier d'ailleurs à son étonnement, ne songea pas à l'arrêter davantage.

— Mort! murmura Camille, mort asphyxié! Qui aurait pu croire cela de Colomban, lui si pieux! Ah! Colomban!

Et Camille leva les mains au ciel, en homme qui, pour croire la chose qu'on vient de lui dire, aurait besoin qu'on la lui répétât deux fois. En levant les mains, Camille leva les yeux, et, en levant les yeux, il aperçut un jeune homme qui paraissait absorbé dans les plus profondes réflexions.

Il le reconnut pour un artiste qu'on lui avait montré pendant le trouble qui avait suivi l'évanouissement de Carmélite, comme un peintre des plus distingués. La figure de cet artiste exprimait la plus vive admiration. En effet, c'était Pétrus, que l'effort sublime de Carmélite remplissait à la fois de tristesse et d'orgueil.

Les artistes avaient donc un autre cœur, les artistes avaient donc une autre âme, les artistes étaient donc des êtres privilégiés pour la douleur peut-être? Mais enfin, puisqu'ils triomphaient si royalement de la douleur, c'étaient des êtres à part. Camille se trompa à l'expression du visage de Pétrus. Il le prit purement et simplement pour un dilettante en extase, et allant à lui avec l'intention de lui faire un compliment des plus agréables :

— Monsieur, lui dit-il, si j'étais peintre, je ne choisirais pas d'autre expression de physionomie que la vôtre pour exprimer le ravissement d'un grand cœur en entendant la divine musique du grand maître.

Pétrus regarda Camille avec une froideur dédaigneuse et s'inclina sans répondre.

Camille continua :

— Je ne sais pas au juste jusqu'où va l'enthousiasme des Français pour la musique du divin Rossini, mais, dans nos colonies, elle fait fureur. C'est de la passion, de la frénésie, du fanatisme. J'ai un de mes amis, amateur de la musique allemande, qui a été tué en duel pour avoir dit que Mozart était supérieur à Rossini, et qu'il préférait *le Nozze de Figaro* au *Barbier de Séville*. Pour moi, j'avoue que je suis partisan de Rossini et que je le mets à cent pieds au-dessus de Mozart. C'est mon opinion, et, au besoin, je la soutiendrais jusqu'à la mort. — Ce n'était pas, je crois, l'opinion de votre ami Colomban, Monsieur, répondit Pétrus en saluant froidement Camille. — Ah! parbleu, s'écria Camille, puisque tout le monde s'est donné le mot ici pour me parler de Colomban, et que vous faites comme tout le monde, Monsieur, vous me direz si c'est à cause du triomphe de Rossini sur Mozart qu'il s'est asphyxié. — Non, Monsieur, répondit Pétrus avec une suprême politesse : il s'est asphyxié parce qu'il aimait Carmélite et qu'il a préféré mourir à trahir son ami.

Camille jeta un cri et mit ses deux mains sur son front comme si un éblouissement passait sur ses yeux. Pendant ce temps, Pétrus, comme avaient successivement fait Ludovic et Jean Robert, passa du boudoir dans le salon.

Au moment où Camille, un peu remis du choc qu'il venait d'éprouver, écartait ses mains de son visage et rouvrait les yeux, il vit devant lui, ce qui ne lui était pas encore arrivé depuis son entrée dans les salons de M. de Marande, un jeune homme de belle et hautaine tournure qui se tenait prêt à l'aborder, quand lui-même serait prêt à soutenir cet abordage.

— Monsieur, lui dit le jeune homme, j'apprends que vous arrivez des colonies ce matin, et que pour la première fois, ce soir, vous avez été présenté à M. et à madame de Marande. Voulez-vous me faire l'honneur de m'accepter pour parrain dans les salons de notre commun banquier et pour guide à travers les plaisirs de la capitale?

Cet obligeant cicerone, c'était le comte Lorédan de Valgeneuse, qui avait, dès son entrée, remarqué la jolie créole que venait d'importer en France Camille de Rozan, et qui, à tout hasard, essayait de se mettre bien avec le mari pour, le cas échéant, se mettre, s'il était possible, mieux encore avec elle.

Camille respira en rencontrant un homme qui échangeait dix paroles avec lui sans que le nom de Colomban fût mêlé à ces dix paroles. Il va sans dire qu'il accepta avec empressement l'offre de M. de Valgeneuse.

Les deux jeunes gens s'engagèrent alors dans les salons de danse. On venait de jouer le prélude d'une valse. Ils entrèrent juste au moment où la valse commençait. La première personne qu'ils rencontrèrent en entrant dans le salon, on eût dit que son frère lui avait donné là rendez-vous, tant elle semblait attendre, fut mademoiselle Suzanne de Valgeneuse.

— Monsieur, dit Lorédan, permettez-moi de vous présenter à ma sœur, mademoiselle Suzanne de Valgeneuse.

Puis, sans attendre la réponse de Camille, que, du reste, on pouvait lire dans ses yeux :

— Ma chère Suzanne, dit le comte, je vous présente un nouvel ami, M. Camille de Rozan, gentilhomme américain. — Oh! mais, dit Suzanne, votre nouvel ami, mon cher Lorédan, est pour moi une ancienne connaissance. — Bah! Et comment cela? — Eh quoi! dit Camille avec une orgueilleuse joie, j'aurais l'honneur d'être connu de vous, Mademoiselle? — Oh! parfaitement, Monsieur, répondit Suzanne. A Versailles, en pension où j'étais, il n'y a pas bien longtemps encore, j'étais étroitement liée avec deux de vos compatriotes.

En ce moment, Régina et madame de Marande, après avoir confié Carmélite, qui, ainsi que l'avait prédit Ludovic, n'avait point tardé à sortir de son évanouissement, aux soins d'une femme de chambre, entraient dans la salle de bal.

Lorédan fit un signe imperceptible à sa sœur, signe auquel celle-ci répondit par un imperceptible sourire. Et tandis que, pour la troisième fois de la soirée, Lorédan s'apprêtait à renouer avec madame de Marande la conversation toujours interrompue, Camille et mademoiselle de Valgeneuse, pour faire une plus complète connaissance, s'élançaient dans le vertigineux tourbillon de la valse et s'y perdaient au milieu d'un océan de gaze, de satin et de fleurs.

LXXV

COMMENT ÉTAIT MORTE LA LOI D'AMOUR.

Nous avons repris notre récit après une interruption d'un mois, mais nous nous apercevons que cette année 1827, pendant laquelle s'accomplit l'histoire que nous avons entrepris de raconter, est tellement pleine d'événements, qu'en enjambant aussi cavalièrement par-dessus trente jours, on laisse derrière quelqu'une de ces catastrophes qu'il est impossible de passer sous silence, attendu qu'elles doivent avoir un long et grave retentissement dans l'avenir.

On se rappelle le scandale qui s'était produit à l'enterrement de M. le duc de La Rochefoucauld. Comme quelques-uns des personnages qui tiennent le premier rang dans notre histoire y jouaient un rôle, nous avons essayé de raconter dans tous ses détails cette terrible scène, où la police était arrivée au résultat qu'elle se proposait :

Arrêter M. Sarranti, et tâter le degré de résistance que pouvait opposer la population aux plus incroyables insultes qu'on puisse faire au cadavre d'un homme qu'elle entourait de son respect et de son amour. Force était restée à la loi! comme on dit en terme gouvernemental.

— Encore une victoire comme celle-là, disait Pyrrhus, qui n'était point un roi constitutionnel, mais un tyran plein de sens, et je suis perdu!

C'est ce qu'aurait dû se dire Charles X après la triste victoire qu'il venait de remporter sur les marches de l'Assomption. En effet, l'émotion produite avait été profonde, et cela, non-seulement sur la foule, dont le roi, momentanément du moins, était trop éloigné pour sentir le tressaillement à travers les différentes couches sociales qui le séparaient d'elle, mais sur la chambre des pairs, dont il n'était séparé que par le tapis étendu sur les marches du trône.

Les pairs s'étaient sentis insultés, depuis le premier jusqu'au dernier, par l'insulte faite aux restes du duc de La Rochefoucauld : les plus indépendants avaient manifesté tout haut leur indignation; les plus *dévoués* l'avaient renfermée dans le fond de leur cœur; mais là elle bouillonnait au souffle de ce terrible conseiller qu'on appelle l'orgueil. Tous attendaient une occasion de rendre, soit au ministère, soit même à la royauté, cette ruade immonde que la haute chambre venait de recevoir de la police.

Le projet de la *loi d'Amour* allait leur fournir cette occasion. Il avait été soumis à l'examen de MM. de Broglie, de Portalis, de Portal et de Lebastard.

Nous avons oublié les noms des autres membres de la commission. Cela soit dit sans intention de blesser aucunement les honorables.

La commission d'examen, dès ses premières séances, avait paru loin d'être sympathique au projet. Les ministres eux-mêmes commençaient à s'apercevoir, avec ce même effroi qu'éprouvent des voyageurs qui parcourent un pays inconnu en se trouvant tout à coup sur le bord d'un précipice, les ministres eux-mêmes, disons-nous, commençaient à s'apercevoir que, sous la question politique, qui paraissait la question principale, était cachée une question individuelle bien autrement grave.

La loi contre la liberté de la presse eût peut-être passé, en effet, si elle n'eût attenté qu'aux droits de l'intelligence. Qu'importaient les droits de l'intelligence à la bourgeoisie, cette suprême puissance de l'époque? Mais la loi contre la liberté de la presse attentait aux intérêts matériels, question bien autrement vitale pour tous ces souscripteurs au Voltaire Touquet qui lisaient le *Dictionnaire philosophique* en prenant du tabac dans une tabatière à la charte.

Ce qui leur ouvrait peu à peu les yeux, à ces pauvres aveugles à cent mille francs d'appointements, c'était que toutes les dispositions attentatoires à la liberté de la presse et aux intérêts de l'industrie étaient, contre toutes les prévisions, unanimement repoussées par la commission de la chambre des pairs. Alors, ils commencèrent à craindre un rejet absolu.

Ce qui pouvait leur arriver de moins désagréable, c'est que le projet se présentât devant la chambre avec de tels amendements, que ces amendements arrivassent à en détruire l'effet. C'était un choix à faire entre une retraite, une défaite et peut-être une déroute.

Il y eut conseil ; chacun fit part à tous de ses appréhensions, et il fut convenu que la discussion serait remise à la prochaine session. Dans l'intervalle, M. de Villèle se chargeait, par une de ces combinaisons qui lui étaient familières, de donner au ministère, dans la chambre haute, une majorité aussi docile et aussi régulièrement disciplinée que celle dont il jouissait à la chambre des députés. Puis, sur ces entrefaites, se produisit un incident qui acheva de ruiner le projet de loi.

Le 12 avril, un des jours sur lesquels nous avons si cavalièrement enjambé, était l'anniversaire de la première rentrée de Charles X à Paris : 12 avril 1814. Ce jour-là, la garde nationale faisait le service militaire de tous les postes des Tuileries, remplaçant ainsi toutes les autres troupes du palais.

C'était une faveur dont le roi récompensait le dévouement de la garde nationale, qui, pendant plusieurs semaines, avait formé son unique garde. C'était enfin une marque de confiance qu'il donnait à la population de Paris. Mais ce jour-là, chose qu'il n'avait pas été possible de prévoir, le 12 avril était tombé sur un jeudi saint.

Or, le jeudi saint, le roi Charles X , tout entier à ses dévotions, ne pouvait livrer son esprit à aucune préoccupation politique. On avait donc reporté le service de la garde du 12 au 16, du jeudi saint au lundi de Pâques. En conséquence, le 16 au matin, au moment de la garde montante, comme neuf heures sonnaient au pavillon de l'Horloge, le roi Charles X descendit le perron des Tuileries en général de la garde nationale.

Il était accompagné de M. le dauphin et entouré d'un nombreux état-major. Il arriva sur la place du Carrousel, où se trouvaient réunis des détachements fournis par toutes les légions de la garde nationale, y compris la légion de cavalerie. La figure du vieux roi était affable, ses manières courtoises. Ses fautes furent l'exagération de ses qualités : il était bon.

Parvenu devant le front de bataille de la garde nationale, il salua selon son usage avec cordialité et effusion. Quelques rares cris de : *Vive le roi !* répondirent à ce salut. Bien que, dans ses promenades ordinaires, Charles X, dépopularisé peu à peu, non point par ses défauts personnels, mais par les erreurs de son gouvernement, qui avait adopté une politique antinationale, bien que, dans ses promenades ordinaires, disons-nous, Charles X eût été habitué, depuis un an, à un accueil assez froid, encore provoquait-il de temps en temps, par les sourires et les saluts qu'il envoyait à la foule, de sympathiques acclamations.

Mais ce jour-là l'accueil fut glacial : nul élan, nul enthousiasme, quelques rares cris de : *Vive le roi !* timidement hasardés, à peine entendus et comme arrêtés en route. Il passa la revue et quitta le Carrousel le cœur gonflé d'une tristesse amère, accusant de cet accueil de la foule, non pas son système gouvernemental, mais les calomnies des journaux, mais les menées sourdes du parti libéral.

Plusieurs fois pendant la revue il s'était retourné vers son fils comme pour l'interroger; mais M. le dauphin avait le singulier avantage d'être distrait sans que son esprit fût ailleurs. M. le dauphin suivait machinalement son père, et, en rentrant au palais, M. le dauphin avait bien la conscience qu'il venait de faire une petite promenade à cheval; M. le dauphin se doutait bien qu'il venait de passer une revue; mais il est probable qu'il lui eût été impossible de dire quelle espèce de troupe venait de défiler devant lui.

Ce ne fut donc pas à M. le dauphin que le vieux roi, qui se sentait isolé dans sa grandeur, faible dans son droit divin, s'adressa : ce fut à un homme de soixante ans, portant l'uniforme de maréchal de France et le double cordon de Saint-Louis et du Saint-Esprit. Cet homme, c'était une des vieilles gloires de la France.

C'était le soldat du régiment de Médoc, c'était le chef de bataillon des volontaires de la Meuse, c'était le colonel du régiment de Picardie; c'était le conquérant de Trèves, le héros du pont de Manheim, le commandant des grenadiers réunis de la grande armée, le vainqueur d'Ostrolenka, l'homme de Wagram, de la Bérésina, de Bautzen, le major général de la garde royale, le commandant en chef de la garde parisienne; c'était le mutilé de tous les combats auxquels il assistait, c'était celui dont le corps comptait vingt-sept blessures, cinq de plus que celui de César, et qui avait survécu à ses vingt-sept blessures. C'était le maréchal Oudinot, duc de Reggio. Il prit le vieux soldat sous le bras, et le tirant hors du cercle de courtisans qui attendaient son retour :

— Voyons, maréchal, lui dit-il, parlez-moi franchement.

Le maréchal regarda le roi avec étonnement, le silence et la froideur de la garde nationale ne lui avaient point échappé.

— Franchement, sire? demanda-t-il. — Oui, je désire savoir la vérité.

Le maréchal sourit.

— Cela vous étonne qu'un roi désire savoir la vérité. On nous trompe donc bien nous autres, mon cher maréchal? — Mais, sire, chacun fait de son mieux pour cela. — Et vous? — Moi, je ne mens jamais, sire! — Alors vous dites la vérité? — J'attends qu'on me la demande. — Et alors? — Que Votre Majesté m'interroge, elle verra. — Eh bien, maréchal, que dites-vous de la revue? — Froide! — A peine si l'on a crié: Vive le roi! Avez-vous remarqué cela, maréchal? — Je l'ai remarqué, sire. — J'ai donc démérité de la confiance et de l'affection de mon peuple?

Le vieux soldat se tut.

— Ne m'entendez-vous pas, maréchal? demanda Charles X. — Si fait, sire, je vous entends. — Eh bien! je vous demande *si, à votre avis,* entendez-vous, maréchal? je vous demande si, à votre avis, j'ai démérité de la confiance et de l'affection de mon peuple? — Sire! — Vous m'avez promis la vérité, maréchal. — Pas vous, sire, mais vos ministres. Par malheur, le peuple ne comprend pas les subtilités de votre gouvernement constitutionnel : rois et ministres, il confond tout. — Mais qu'ai-je donc fait? s'écria le roi. — Vous n'avez pas fait, sire, vous laissez faire. — Maréchal, je vous jure que je suis plein de bonnes intentions. — Il y a un proverbe, sire, qui dit que l'enfer en est pavé! — Voyons, maréchal, dites-moi tout ce que vous en pensez. — Sire, dit le maréchal, je serais indigne des bontés du roi si... je... n'obéissais point à l'ordre qu'il me donne. — Eh bien? — Eh bien! sire, je pense que vous êtes un bon et loyal prince, mais Votre Majesté est entourée et circonvenue par des conseillers ou aveugles ou ignorants qui ne voient pas ou qui voient mal. — Continuez, continuez. — La voix publique vous dit, par ma voix, sire, que votre cœur est véritablement français, et que c'est dans votre cœur et non ailleurs qu'il faut lire. — Alors on est mécontent?

Le maréchal s'inclina.

— Et à quel propos ce mécontentement? — Sire, la loi sur la presse blesse profondément et mortellement votre population. — Vous croyez que c'est à cela que je dois la froideur d'aujourd'hui? — Sire, j'en suis sûr. — Alors un conseil, maréchal. — Sur quoi? sire. — Sur ce que j'ai à faire. — Sire, je n'ai pas de conseil à donner au roi. — Si fait, quand j'en demande un. — Sire, votre haute sagesse... — Que feriez-vous à ma place, maréchal ? — C'est sur l'ordre du roi que je parle ? — Mieux que cela, duc, reprit Charles X avec une majesté qui ne lui faisait pas défaut dans certaines occasions, c'est sur ma prière. — Eh bien, sire, reprit le maréchal, faites retirer la loi ; convoquez pour une autre revue la garde nationale tout entière, et vous verrez, par ses acclamations unanimes, quelle était la vraie cause de son silence d'aujourd'hui. — Maréchal, la loi sera retirée demain. Fixez vous-même le jour de la revue. —Sire, Votre Majesté veut-elle que ce soit pour le dernier dimanche du mois, c'est-à-dire pour le 29 avril ? — Donnez les ordres vous-même, vous êtes commandant général de la garde nationale.

Le soir même, le conseil était réuni aux Tuileries, et, malgré les résistances opiniâtres de quelques-uns, le roi exigeait le retrait immédiat de la *loi d'Amour*.

LXXVI

OU SALVATOR S'Y PREND A TEMPS ET OU M. JACKAL S'Y PREND TROP TARD POUR FAIRE HABILLER SES HOMMES EN GARDES NATIONAUX.

Les ministres, malgré les félicités qu'ils s'étaient promises à l'application de la loi, furent obligés de se soumettre à l'autorité souveraine. Le retrait de la loi, d'ailleurs, n'était qu'un acte de prudence, une mesure de précaution qui leur évitait un échec certain et décisif devant la chambre des pairs.

Le lendemain de cette première revue, dont le roi avait si bien apprécié les effets et le maréchal Oudinot si bien jugé la cause, l'auteur de la *loi d'Amour*, M. de Peyronnet, demanda la parole au commencement de la séance de la chambre des pairs et lut à la tribune une ordonnance qui retirait le projet de loi.

Ce fut un immense cri de joie poussé dans les quatre coins de la France et par tous les journaux indistinctement, royalistes comme libéraux. Le soir, Paris fut illuminé. D'immenses colonnes d'ouvriers imprimeurs parcoururent les rues et les places principales de la ville aux cris de *Vive le roi ! Vive la chambre des pairs ! Vive la liberté de la presse !*

Ces promenades, ce prodigieux concours de curieux qui encombraient les boulevards, les quais, les rues latérales, affluant par toutes les grandes artères jusqu'aux Tuileries, comme le sang afflue vers le cœur ; les cris de cette foule, l'explosion des pétards lancés par les fenêtres, l'ascension enflammée des fusées volantes qui parsemaient le ciel d'étoiles éphémères, la prodigalité des lumières placées à tous les édifices autres que les édifices publics, tout ce bruit, tout cet éclat offraient un aspect de fête, un air de joie que ne présentent pas d'habitude les solennités officielles ordonnées par le gouvernement.

L'allégresse ne fut pas moindre dans les autres villes du royaume. Il semblait non point que la France eût remporté une de ces victoires à laquelle elle est accoutumée, mais que chaque Français eût triomphé individuellement. Cette allégresse se manifestait en effet non-seulement sous les formes les plus diverses, mais encore les plus individuelles. Chacun cherchait une manière personnelle de témoigner de sa joie.

Ici c'étaient des chœurs nombreux qui stationnaient sur les places ou parcouraient les rues en faisant entendre des chants nationaux; là c'étaient des feux d'artifice improvisés qui se prolongeaient par toutes sortes de caprices populaires ou des danses qui duraient toute la nuit.

Ailleurs, c'étaient des promenades aux flambeaux, exécutées, comme les courses antiques, à pied et à cheval; ailleurs encore, des arcs de triomphe ou des colonnes chargées d'inscriptions; partout c'étaient des illuminations flamboyantes : celles de Lyon surtout furent remarquables.

Les rives des deux fleuves, les principales places de la cité, les nombreuses terrasses de ses nombreux faubourgs se trouvèrent pour ainsi dire reliées par de longs cordons de feux que reflétaient les eaux du Rhône et de la Saône. Marengo n'avait pas inspiré plus d'orgueil, Austerlitz plus d'enthousiasme : c'est que l'une et l'autre de ces victoires n'étaient qu'un triomphe.

La chute de la *loi d'Amour* était à la fois un triomphe et une vengeance : c'était un engagement pris vis-à-vis de la France de la débarrasser de ce ministère qui avait pris à tâche, à chaque session nouvelle, de détruire quelqu'une de ses libertés, promises, garanties, consacrées par le pacte fondamental.

Cette manifestation éclatante de la conscience publique, cette démonstration populaire, cette allégresse spontanée du pays tout entier à la nouvelle du retrait de la loi, stupéfièrent les ministres, qui résolurent le même soir, au milieu de tout ce bruit et de toutes ces rumeurs, de se rendre en corps chez le roi. Ils demandèrent à être introduits.

On chercha le roi. Le roi n'était point sorti, et cependant il n'était ni au grand salon, ni dans son cabinet, ni chez M. le dauphin, ni chez madame la duchesse de Berry. Où était-il donc? Un valet de chambre dit qu'il avait vu le roi, suivi du maréchal Oudinot, s'acheminer vers l'escalier qui conduisait à la terrasse du pavillon de l'Horloge. On monta cet escalier.

Deux hommes étaient debout dominant tous ces cris, toutes ces rumeurs, toutes ces lumières se détachant en vigueur sur le globe lumineux de la lune et sur les nuages argentés qui passaient rapidement au ciel. Ces deux hommes, c'étaient Charles X et le maréchal Oudinot. On leur annonça la visite ministérielle. Le roi regarda le maréchal.

— Que viennent-ils faire? demanda-t-il. — Demander à Votre Majesté quelque mesure répressive contre la joie publique. — Faites monter ces Messieurs, dit le roi.

Les ministres, fort étonnés, suivirent l'aide de camp, à qui le valet de chambre transmit l'ordre du roi. Cinq minutes après, le conseil était réuni sur la plate-forme du pavillon de l'Horloge. Le drapeau blanc, le drapeau de Taillebourg, de Bouvines et de Fontenoy se déployait gracieusement selon les caprices de la brise. On eût dit qu'il était tout fier d'entendre ces acclamations inaccoutumées. M. de Villèle s'avança :

— Sire, dit-il, ému du danger que court Votre Majesté, je viens avec mes collègues...

Le roi l'arrêta.

— Monsieur, lui dit-il, votre discours était préparé, n'est-ce pas, avant de sortir de l'Hôtel des Finances? — Sire... — Je ne refuse pas de l'entendre,

Monsieur, mais je demande que de cette plate-forme qui domine Paris, vous regardiez et vous entendiez ce qui se passe.

Et le roi étendit la main vers cet horizon tout flamboyant d'illuminations.

— Alors, dit M. de Peyronnet, c'est notre démission que Sa Majesté demande? — Et qui vous parle de démission, Monsieur? je ne vous demande rien, je vous dis de regarder et d'écouter.

Il se fit un moment de silence, non pas dans la rue : la rue était au contraire, de moment en moment, plus bruyante et plus joyeuse, mais parmi les illustres observateurs. Le maréchal se tenait à l'écart, le sourire du triomphe sur les lèvres.

Le roi, la main toujours étendue et se tournant successivement vers les quatre points cardinaux, dominait, grâce à sa haute taille qui, ayant fléchi sous le poids des années, se redressait cependant dans les grandes circonstances, le roi dominait tous ces hommes. En ce moment sa pensée, comme sa taille, les dépassait de toute la tête.

— Maintenant, parlez, monsieur de Villèle, reprit le roi, qu'avez-vous à me dire? — Rien, sire, dit le président du conseil, et il ne nous reste qu'à présenter à Votre Majesté l'hommage de nos respects.

Le roi salua, les ministres se retirèrent.

— Décidément, maréchal, je crois que vous aviez raison, dit le roi.

Et il regagna ses appartements.

Au prochain conseil, le roi exposa aux ministres le désir qu'il avait de passer une revue le 29 avril. C'était dans le conseil du 25 que le roi manifestait cette intention. Les ministres essayèrent d'abord de combattre la volonté du roi, mais cette volonté était trop bien arrêtée pour céder aux mauvaises armes de l'intérêt personnel.

Alors ils se rabattirent sur un détail, c'était d'isoler les gardes nationaux des séditieux et des provocateurs qui ne manqueraient pas de les entourer. Le lendemain, 26 avril, un ordre du jour faisait connaître :

« Que le roi ayant annoncé, à la parade du 16 avril, que, pour donner une preuve de sa bienveillance et de sa satisfaction à la garde nationale, il avait l'intention de la passer en revue, cette revue aurait lieu au Champ de Mars, le dimanche 29 avril. »

C'était une grande nouvelle. Dès la veille au soir, c'est-à-dire dès le 25, un ouvrier imprimeur, affilié aux sociétés secrètes, avait apporté à Salvator une épreuve de l'ordre du jour qui devait être imprimé le lendemain. Salvator était fourrier dans la onzième légion.

On comprend pourquoi il avait accepté, sollicité même ce grade de fourrier. C'était un des mille moyens qu'employait l'actif carbonaro pour se mettre en contact avec les opinions populaires. Cette revue était une occasion de tâter l'esprit public : Salvator ne la négligea point.

Plus de cinq cents ouvriers, dont il connaissait les ardentes opinions, avaient toujours refusé de faire partie de la garde nationale, motivant leur refus sur une dépense qu'ils n'étaient point en état de faire. Quatre délégués, choisis par Salvator, visitèrent ces hommes à domicile. Chacun reçut 100 francs, à la condition d'avoir son costume complet et son rang dans la compagnie, le dimanche 29.

On leur donna l'adresse de tailleurs appartenant à l'association. Chaque tailleur avait pris l'engagement de fournir le costume au jour fixé, et pour la somme de 85 francs. Il restait 15 francs à chaque homme. Il en fut fait autant dans les douze arrondissements. Les maires, presque tous libéraux, étaient enchantés de cette démonstration. Ils ne firent aucune difficulté de remettre des fusils aux nouveaux gardes nationaux.

Cinq ou six mille hommes, qui huit jours auparavant ne faisaient pas même partie de la garde nationale, furent armés et habillés. Tous ces hommes devaient obéir, non pas aux ordres de leurs colonels, mais au signal d'un chef, non point reconnaissable à un signe ostensible, mais à un signe secret.

Seulement, comme les plus avancés ne croyaient pas encore l'heure venue, il était ordonné de la part de la vente suprême de ne se porter à aucun acte d'hostilité. De son côté, la police était sur pied et se tenait l'œil au guet, l'oreille à l'écoute. Mais que faire contre des hommes qui s'empressent d'obéir aux ordres du roi?

M. Jackal incorpora dix hommes dans chaque légion, mais, comme il ne put s'y prendre que lorsqu'il eut connu le mouvement qui s'opérait, il se trouva qu'il s'y prit trop tard, et que les tailleurs de Paris avaient tant d'ouvrage que la plupart des hommes de M. Jackal furent bien armés le dimanche, mais ne furent habillés que le lundi. C'était trop tard!

LXXVII

LA REVUE DU DIMANCHE 29 AVRIL.

Depuis le moment où l'ordre du jour annonçant la revue pour le 29 avril avait été publié, jusqu'au jour de cette revue, on avait senti frissonner dans Paris un de ces sourds tressaillements qui précèdent et annoncent les orages politiques : nul ne pouvait dire ce que présageait cette espèce de fièvre, ni même qu'elle présageât quelque chose; mais, sans savoir à quel vertige on était en proie, on se rencontrait, on se serrait la main, on se disait :

— Vous y serez? — Dimanche? — Oui! — Je crois bien! — N'y manquez pas?
— Je n'ai garde.

Puis, on se serrait la main de nouveau : les maçons et les affiliés aux ventes avec le signe de leur société, les autres tout simplement, et l'on se quittait chacun en se disant à soi-même :

— Y manquer? ah! par exemple!

Pendant ces trois jours, les journaux libéraux ne firent que parler de cette revue, excitant les citoyens à s'y trouver et leur recommandant la prudence. On sait ce que veulent dire ces recommandations venant de la plume d'ennemis. Cela veut dire :

— Tenez-vous prêts à tout événement, car un événement est suspendu dans l'air et saisissez l'occasion.

Ces trois jours n'avaient point passé indifférents aux jeunes héros de notre histoire. Cette génération qui est maintenant la nôtre, est-ce un avantage ou une infériorité, avait encore à cette époque la foi, perdue non point par elle,

elle est restée jeune de cœur, mais par la génération qui l'a suivie, et qui est aujourd'hui celle des hommes de trente à trente-cinq ans.

Cette foi, c'est le vaisseau qui a fait naufrage dans les révolutions qui devaient éclater en 1830 et en 1848, et qui, à cette époque, étaient encore cachées dans l'avenir, comme un enfant, qui vit et qui tressaille déjà, est caché dans le sein de sa mère ; chacun de nos jeunes amis avait donc senti l'influence de ces trois jours, les uns activement, les autres passivement.

Salvator, un des chefs secrets et des chefs les plus influents du carbonarisme, cette religion de l'époque, âme des sociétés secrètes organisées non-seulement à Paris, non-seulement dans les départements, mais encore à l'étranger, Salvator avait, comme nous l'avons vu, contribué activement à renforcer les rangs de la garde nationale de cinq ou six mille patriotes qui, jusque-là, n'en avaient point fait partie. Ces patriotes étaient habillés, avaient des fusils, c'était le principal; les cartouches, il serait facile de s'en procurer; à un jour donné, à un moment convenu, on se retrouverait avec un uniforme et des armes.

Justin, simple voltigeur dans une compagnie de la onzième légion, Justin, qui avait jusque-là négligé ces relations passagères qu'une nuit passée au corps de garde, que deux heures passées en faction nouent entre deux citoyens, Justin, depuis qu'il avait vu dans la propagande carbonariste un moyen de renverser un gouvernement sous lequel un noble, appuyé sur un prêtre, pouvait impunément porter le trouble dans les familles, Justin s'était mis à faire de la propagande avec une activité d'autant plus grande qu'elle avait été jusque-là contenue, et, comme il était estimé, aimé, honoré même dans son quartier, à cause de ses vertus de famille si bien connues, il était écouté comme un oracle par des gens, au reste, qui ne demandaient pas mieux que d'être convaincus et qui allaient eux-mêmes au-devant de la conviction.

Quant aux trois autres jeunes gens, Ludovic, Pétrus, Jean Robert, c'étaient de simples unités, mais agissant chacun sur un centre : Ludovic sur ses jeunes condisciples, les étudiants en droit et en médecine, dont il avait quitté les rangs depuis la veille à peine; Pétrus, sur toute cette jeunesse d'atelier, à cette époque pleine de flamme artistique et de foi nationale; Jean Robert sur tout ce qui tenait une plume et qui, suivant un chef reconnu sur le terrain de l'art, était prêt à le suivre aussi sur tout autre terrain où il lui plairait de s'aventurer.

Jean Robert faisait partie de la garde nationale à cheval, Pétrus et Ludovic étaient lieutenants dans la garde nationale à pied. Chacun, avec ses préoccupations d'art, de science ou d'amour, car tous ces jeunes cœurs-là étaient ouverts à tous les sentiments généreux, chacun, disons-nous, avait vu venir ce jour du 29 avril en éprouvant sa part de cette trépidation générale dont nous avons constaté la présence sans en pouvoir spécifier la cause.

La veille, sur la convocation de Salvator, il y avait eu réunion chez Justin. Là, Salvator, gravement et simplement, avait mis les quatre amis au courant de ce qui se passait. Il croyait à une démonstration pour le lendemain, mais pas à un mouvement. Il les priait de rester maîtres d'eux, et de ne rien faire de grave sans qu'ils eussent su de lui-même si le moment était venu.

Enfin le grand jour avait lui. C'était bien véritablement un dimanche, à en juger par l'aspect des rues de Paris; c'était plus qu'un dimanche, c'était un jour de fête.

Dès neuf heures du matin, les légions des divers arrondissements sillonnaient

Paris, musique en tête, et étaient suivies, soit sur les trottoirs, soit sur les deux côtés des boulevards, par la population des divers quartiers qu'elles traversaient.

A onze heures du matin, vingt mille gardes nationaux étaient rangés en bataille devant l'École militaire. Ils avaient sous leurs pieds cette terre du Champ de Mars, si pleine de souvenirs, et qui avait été remuée par leurs pères dans ce grand jour de la Fédération, qui fit de la France une patrie, et de tous les Français des frères.

Le Champ de Mars, c'est le seul monument qui soit resté de cette grande révolution, qui n'avait pas mission d'élever, mais de détruire. Or, qu'avait-elle à détruire surtout? Cette vieille race des Bourbons, dont un membre osait, dans cet aveuglement qui est la maladie contagieuse des rois, venir fouler cette terre, plus brûlante que la lave du Vésuve, plus mouvante que les sables du Sahara.

Depuis plusieurs années, la garde nationale n'avait point été passée en revue. C'est un singulier esprit que celui de ces soldats citoyens. Si on leur fait monter leur garde ils murmurent; si on les dissout, ils s'insurgent.

La garde nationale, lasse de son inaction, avait donc répondu à l'appel qu'on lui avait fait. Renforcée de six mille hommes vêtus à neuf, elle était au grand complet et magnifique de tenue.

Au moment où elle se rangeait en bataille, la face tournée vers Chaillot, c'est-à-dire du côté par lequel devait arriver le roi, trois cent mille spectateurs prenaient place sur les talus qui enceignent les terrains de manœuvre.

Chacun de ces trois cent mille spectateurs semblait, par ses regards approbateurs, par ses bravos prolongés, par ses vivats sans cesse renaissants, féliciter la garde nationale des soins qu'elle avait mis à représenter dignement la capitale et à remercier par sa présence le roi, qui venait de se rendre au vœu général de la nation en retirant la loi fatale.

Car, il faut le dire, excepté dans le cœur de ces conjurés qui reçoivent de leurs pères et qui transmettent à leurs enfants la grande tradition révolutionnaire fondée par les Swedenborg et les Cagliostro, il n'y avait en ce moment au Champ-de-Mars, dans Paris, en France, il n'y avait que reconnaissance et que sympathie pour Charles X.

Il eût fallu un œil bien pénétrant pour voir, à trois ans de distance, le 29 juillet à travers ce 29 avril. Qui donnera le mot de ces grands revirements populaires qui, en quelques années, en quelques mois, en quelques jours souvent, renversent ce qui était élevé, élèvent ce qui était abattu?

Le soleil d'avril, ce soleil encore jaune qui, le visage couvert de rosée, regarde avec l'amour d'un fiancé la terre, poétique et amoureuse Juliette se levant de son tombeau et, plis à plis, laissant tomber son linceul, le soleil d'avril brillait derrière le dôme des Invalides et allait favoriser la revue.

A une heure, les salves de canon et des cris lointains annoncèrent l'arrivée du roi, qui s'avançait à cheval, accompagné de M. le dauphin, du duc d'Orléans, du jeune duc de Chartres et d'une foule d'officiers généraux.

La duchesse d'Angoulême, la duchesse de Berry et la duchesse d'Orléans suivaient en calèche découverte. La vue de cet éclatant cortège fit courir un frissonnement dans ce monde de spectateurs. Quelle est donc la sensation qui, dans certains moments, effleure notre cœur de ses ailes de feu, nous fait tressaillir de la tête aux pieds, et, bonnes ou mauvaises, nous pousse aux choses extrêmes?

La revue commença. Le roi parcourut les premières lignes aux cris de : *Vive la charte! Vive la liberté de la presse!* mais aux cris plus nombreux encore de : *Vive le roi!*

On avait fait passer dans toutes les légions des avis qui recommandaient d'éviter toute manifestation qui pût blesser la susceptibilité royale. Celui qui écrit ces lignes était dans les rangs ce jour-là, et un avis ainsi conçu demeura entre ses mains :

AVIS AUX GARDES NATIONAUX POUR FAIRE CIRCULER JUSQU'A LA DERNIÈRE FILE.

« *On a fait courir le bruit que les légions avaient le projet de crier :* VIVE LE ROI! A BAS LES MINISTRES! A BAS LES JÉSUITES! *Ce ne peut être que des malveillants qui ont intérêt à voir la garde nationale sortir de son noble caractère:* »

L'avis était plus prudent de forme qu'élégant de rédaction, mais, tel qu'il est, nous le consignons ici comme une pièce historique. Pendant quelques minutes, au reste, on put croire que l'avis serait ponctuellement suivi.

Sur tout le front de bataille, les seuls cris de *Vive le roi! Vive la liberté de la presse!* retentirent. Mais au fur et à mesure que le roi pénétra dans les lignes, comme si sa présence forçait les cœurs de s'ouvrir, aux cris de *Vive le roi! Vive la liberté de la presse!* commencèrent de se mêler les cris de : *A bas les jésuites! A bas les ministres!*

Le vieux roi, à ces cris, arrêta malgré lui son cheval. L'homme était rétif comme l'animal. Les cris qui lui avaient déplu s'éteignirent. Le sourire bienveillant qui faisait le fond de sa physionomie, un instant absent, reparut.

Il continua sa marche à travers les légions. Mais, entre le troisième et le quatrième rang, les cris séditieux recommencèrent, quoique, les uns aux autres, les gardes nationaux, tout frémissants, se recommandassent la prudence.

Seulement, sans qu'ils sussent eux-mêmes comment cela se faisait, les cris de : *A bas les ministres! A bas les jésuites!* qu'ils faisaient tous leurs efforts pour renfermer dans leurs cœurs, s'échappaient malgré eux de leurs lèvres.

Il y avait dans les rangs de la garde nationale quelque chose comme un élément étranger, inconnu, électrique. C'était l'élément populaire qui, sous l'influence des chefs carbonari, s'était mêlé pour ce jour-là à l'élément bourgeois.

Le roi fut de nouveau blessé dans son orgueil par ces cris, qui semblaient lui imposer une règle de conduite politique. Il s'arrêta une seconde fois. Il se trouva en face d'un garde national de haute taille et d'une force herculéenne. C'était bien le type que Barye eût choisi pour l'homme-lion ou pour le lion-peuple.

Cet homme, c'était notre ami Jean Taureau. Il brandissait son fusil comme il eût fait d'un fétu de paille en criant, lui qui ne savait pas lire :

— *Vive la liberté de la presse!*

L'énergie de cette voix, la vigueur de ce geste étonnèrent le vieux roi. Il fit faire deux pas à son cheval et s'avança vers cet homme. Lui, de son côté, fit deux pas hors des rangs. Il y a des organisations que le danger attire, et, toujours secouant son arme, il cria :

— *Vive la charte! A bas les jésuites! A bas les ministres!*

Charles X, comme tous les Bourbons, même Louis XVI, avait parfois une grande dignité. Il fit signe qu'à son tour il avait quelque chose à répondre. Ces vingt mille hommes se turent comme par enchantement.

— Messieurs, dit-il, je suis venu ici pour recevoir des hommages et non des leçons.

Puis, se retournant vers le maréchal Oudinot :

— Commandez le défilé, maréchal, dit-il.

Et, mettant son cheval au galop, il quitta les rangs de la garde nationale et alla prendre sa place sur le flanc et en avant de la masse épaisse et tumultueuse.

Le défilé commença. Chaque compagnie, en passant devant le roi, poussa son cri. La majorité de ces cris étaient ceux de *vive le roi!* La figure de Charles X se rasséréna peu à peu. Le défilé achevé :

— Cela aurait pu se mieux passer, dit le roi au maréchal Oudinot. Il y a eu quelques brouillons, mais la masse est bonne. Au total, je suis satisfait.

Et l'on reprit au galop le chemin des Tuileries. De retour au château, le maréchal s'approcha du roi.

— Sire, demanda-t-il, puis-je, dans un ordre du jour, faire mention de la satisfaction de Sa Majesté? — Je n'y vois pas d'inconvénient, répondit le roi. Toutefois, je voudrais connaître les termes dans lesquels cette satisfaction sera exprimée.

Sur ce, le maître d'hôtel annonça que le roi était servi, et le roi, offrant le bras à madame la duchesse d'Orléans, le duc d'Orléans à la duchesse d'Angoulême, le duc de Chartres à la duchesse de Berry, on passa dans la salle à manger.

LXXVIII

CE QUI SE PASSAIT AUX TUILERIES ET DANS LES RUES DE PARIS TANDIS QUE M. CAMILLE DE ROZAN ET MADEMOISELLE SUZANNE DE VALGENEUSE VALSAIENT AU BAL DE MADAME DE MARANDE.

Tandis que Charles X manifestait au maréchal cette bonne intention, les gardes nationaux revenaient dans leurs quartiers. Mais, avant de revenir dans leurs quartiers, ils avaient commenté la réponse de Charles X à Barthélemy Lelong.

— Je suis venu ici pour recevoir des hommages et non des leçons.

On avait trouvé la maxime un peu bien aristocratique pour le lieu où elle avait été dite. Charles X, en prononçant ces paroles, se trouvait juste à la place où s'élevait, trente-sept ans auparavant, cet autel de la Patrie où Louis XVI avait prêté serment à la constitution française.

Il est vrai que Charles X, alors comte d'Artois, n'avait pas vu cet autel, n'avait pas entendu ce serment, attendu qu'il était parti pour l'étranger dès 1789. Il en résultait qu'à peine le roi avait-il quitté le champ de manœuvre, les cris contenus jusque-là avaient éclaté, et le Champ de Mars tout entier avait semblé tressaillir sous un hourra universel de colère et d'imprécations.

Mais ce ne fut pas le tout. Chaque légion, en reprenant le chemin de son arrondissement, emporta avec elle une certaine somme d'animation puisée au foyer général, et qu'elle répandit en cris tout le long de son chemin.

Si ces cris n'eussent point eu d'échos dans la population, ils se fussent bientôt éteints comme un brasier sans aliment. Mais tous, au contraire, ils semblaient n'être que des étincelles tombant sur des foyers tout prêts à s'enflammer.

Les cris étaient répercutés dans la foule comme un écho grossi. Les hommes, sur les portes, secouaient les chapeaux ; les femmes, aux fenêtres, secouaient leurs mouchoirs en hurlant, non plus : *Vive le roi! Vive la liberté de la presse!* mais *Vive la garde nationale! A bas les jésuites! A bas les ministres!* On avait passé de l'enthousiasme à la protestation, on passait de la protestation à l'émeute.

Mais c'était bien pis pour les légions qui, revenant par la rue de Rivoli et par la place Vendôme, avaient à passer devant le ministère des finances et devant le ministère de la justice.

Là, ce ne furent plus des cris, mais des vociférations. Malgré l'ordre donné par les colonels de continuer le chemin, les légions firent halte, les crosses de fusil frappèrent bruyamment le pavé, et les hurlements : *A bas Villèle! A bas Peyronnet!* ébranlèrent les vitres des deux hôtels.

Un ou deux colonels, après avoir réitéré l'ordre de continuer la marche, voyant qu'ils n'étaient point obéis, s'étaient retirés en protestant. Mais les autres officiers étaient restés, et, loin de chercher à calmer leurs soldats, atteints par l'hallucination générale, ils criaient comme les autres, quelques-uns plus fort que les autres.

La démonstration était grave ; ce n'était plus une masse populaire, un ramas de faubouriens, un rassemblement d'ouvriers : c'était un corps constitué, une puissance politique ; c'était la bourgeoisie et le peuple tout entier de France qui protestaient par la bouche de vingt mille hommes armés.

Les ministres dînaient en ce moment chez l'ambassadeur d'Autriche, M. d'Appony. Avertis par la police, ils se levèrent de table, demandèrent leurs voitures, et se réunirent au ministère de l'intérieur. De là, on se rendit en corps aux Tuileries.

Des fenêtres de son cabinet, le roi aurait pu voir ce qui se passait et se rendre compte de la gravité de la situation. Mais le roi, lui aussi, dînait dans le salon de Diane, et aucun bruit n'arrivait jusqu'aux illustres convives.

Le roi Louis-Philippe n'était-il pas, lui aussi, en train de déjeuner, lorsqu'on lui annonça, en 1848, que les corps de garde de la place Louis XV étaient pris?

Les ministres attendirent dans la salle du conseil les ordres du roi, que l'on alla prévenir de leur arrivée au château. Le roi fit un signe de tête et resta à table.

La duchesse d'Angoulême, inquiète, interrogeait des yeux le dauphin et son père. Le dauphin passait machinalement un cure-dents entre ses dents, mais il ne voyait ni n'écoutait. Charles X répondit par un signe de tête et un sourire qui signifiaient qu'il ne fallait pas s'inquiéter. Et en effet, le dîner ne fut pas interrompu.

Vers huit heures, on quitta la salle à manger et l'on rentra dans les appartements. Le roi, en courtois chevalier qu'il était, conduisit la duchesse d'Orléans jusqu'à son fauteuil, et s'achemina vers la salle du conseil. Sur son chemin, il trouva la duchesse d'Angoulême.

— Qu'y-a-t-il donc, sire? demanda-t-elle. — Mais rien, je suppose, répondit le roi. — Les ministres attendent, dit-on, le roi dans la salle du conseil. — On est venu me prévenir pendant le dîner de leur présence au château. — Y aurait-il du bruit dans Paris? — Je ne crois pas! — Le roi pardonnera-t-il à mon inquiétude si je vais m'enquérir près de lui du point où en sont les choses? — Envoyez-moi le dauphin. — Que le roi me pardonne si j'insiste, j'aimerais mieux moi-même. — Eh bien, dans un instant, venez. — Le roi me comble.

La duchesse salua, puis, prenant M. de Damas, s'enfonça avec lui dans l'embrasure d'une fenêtre. M. le duc de Chartres et madame la duchesse de Berry causaient ensemble avec l'insouciance de la jeunesse. M. le duc de Chartres avait seize ans, madame la duchesse de Berry vingt-six. M. le duc de Bordeaux, enfant de cinq ans, jouait aux pieds de sa mère. M. le duc d'Orléans, appuyé à la cheminée, insoucieux en apparence, prêtait l'oreille au moindre bruit, et de temps en temps passait son mouchoir sur son front, trahissant, par ce seul mouvement, l'agitation intérieure qui le dévorait.

Pendant ce temps, le roi Charles X entrait dans la salle du conseil. Les ministres étaient debout et fort agités. Cette agitation se manifestait sur les visages selon le tempérament : M. de Villèle était aussi jaune que si la bile lui fût passée dans le sang; M. de Peyronnet était rouge comme s'il était menacé d'une apoplexie foudroyante; M. de Corbière était couleur de cendre.

— Sire... dit M. de Villèle. — Monsieur, dit le roi, faisant remarquer au ministre qu'il oubliait l'étiquette à ce point de lui parler le premier, vous ne me laissez pas le temps de vous demander des nouvelles de votre santé et de celle de madame de Villèle. — C'est vrai, sire, mais cela tient à ce que, pour moi, les intérêts de Sa Majesté passent avant ceux de son humble serviteur. — Alors, vous venez me parler de mes intérêts, monsieur de Villèle? — Sans doute, sire. — Je vous écoute. — Votre Majesté sait ce qui se passe? demanda M. de Villèle. — Il se passe donc quelque chose? répondit le roi. — Votre Majesté nous a invités l'autre jour à écouter les cris de joie du peuple parisien? — Oui! — Le roi nous autorise-t-il à lui faire entendre aujourd'hui ses cris de menace? — Où faudra-t-il aller pour cela? — Oh! pas bien loin, il suffira d'ouvrir cette fenêtre. Le roi permet-il?... — Ouvrez.

M. de Villèle fit jouer l'espagnolette, et la fenêtre s'ouvrit. Avec l'air du soir, qui fit vaciller les bougies, s'engouffra un tourbillon de bruits confus. C'étaient tout à la fois des cris de joie et des cris de menace, de ces rumeurs qui courent au-dessus des villes en émoi, dont on ne peut saisir les intentions, et qui deviennent d'autant plus effrayantes que l'on comprend qu'elles renferment l'inconnu.

Puis, au milieu de tout cela, éclataient comme un tonnerre de malédictions les cris : *A bas Villèle! A bas M. de Peyronnet! A bas les jésuites!*

— Ah! ah! dit le roi en souriant, je connais cela. Vous n'étiez pas à la revue ce matin, Messieurs? — J'y étais, moi, sire, dit M. de Peyronnet. — Ah! c'est vrai, je crois vous avoir aperçu à cheval avec l'état-major.

M. de Peyronnet s'inclina.

— Eh bien! c'est la continuation du Champ de Mars, reprit le roi. — C'est une audace qu'il faut réprimer, sire, s'écria M. de Villèle. — Vous dites, Monsieur?.. demanda froidement le roi. — Je dis, sire, reprit le ministre des finances rappelé aux sentiments de son devoir, je dis qu'à mon avis les insultes qui attaquent le ministère attaquent le roi. Je venais donc demander au roi quel était son bon plaisir à l'endroit de ce qui se passe. — Messieurs, dit le roi, ne vous exagérez-vous point, je ne dirai point le danger, je ne crois pas que je coure aucun danger au milieu de mon peuple, et je suis sûr que je n'aurais qu'à me montrer pour changer tous ces cris divers en un seul, celui de *Vive le roi!* — Oh! sire, dit derrière Charles X une voix de femme, j'espère que le roi ne commettra pas l'imprudence de sortir? — Ah! vous voilà, madame la dauphine? — Le roi ne m'a-t-il pas permis de venir le rejoindre? — C'est vrai! Eh bien, Messieurs, que me proposez-vous à l'endroit de ce qui se passe, comme vous disiez tout à l'heure, monsieur le ministre des finances? — Sire, vous savez qu'au nombre des cris proférés sont les cris *A bas les prêtres!* dit la duchesse d'Angoulême. — Ah bah! vraiment? J'avais bien entendu crier *A bas les jésuites!..* — Eh bien, sire?.. dit la dauphine. — Ce n'est pas tout à fait la même chose, ma chère fille. Demandez plutôt à monseigneur l'archevêque. Voyons, monsieur de Frayssinous, parlez-nous franchement: croyez-vous que les cris *A bas les jésuites!* s'adressent au clergé? — Je fais une différence, sire, répondit l'archevêque, homme d'un caractère doux et d'un esprit droit. — Moi, dit la dauphine en serrant ses lèvres minces, j'avoue que je n'en fais point. — Allons, Messieurs, dit le roi, prenez place et parlez chacun sur la question.

Les ministres s'assirent et la discussion commença.

LXXIX

LA NUIT DU 29 AU 30 AVRIL.

Tandis que la discussion, dont nous connaîtrons plus tard les détails et les résultats, allait s'ouvrir autour de cette table au tapis vert, où se sont tant de fois joués les destins de l'Europe; tandis que M. de Marande, simple voltigeur dans la deuxième légion, rentrant chez lui sans avoir donné, de toute la journée, une marque d'approbation ou d'improbation à laquelle on pût reconnaître son opinion politique, dévêtait son uniforme avec un empressement qui indiquait le peu de sympathie qu'il ressentait pour l'habit militaire, cet habit ne fût-il qu'un déguisement, et, comme s'il n'eût été préoccupé que du grand bal qu'il devait donner, présidait lui-même à tous les préparatifs de sa soirée, nos jeunes gens, qui n'avaient pas revu Salvator depuis les dernières recommandations échangées à la revue, s'étaient hâtés, comme M. de Marande, de mettre bas leur uniforme et de venir s'informer chez Justin, comme à une source commune, de ce qu'il leur restait à faire dans les différentes éventualités qui pouvaient s'offrir. Justin attendait lui-même Salvator.

Le jeune homme arriva vers les neuf heures. Il avait, lui aussi, ôté son uniforme, et repris son costume de commissionnaire. On voyait facilement à son front couvert de sueur et à sa poitrine haletante, qu'il avait largement utilisé le temps depuis son retour de la revue.

— Eh bien?.. demandèrent les quatre jeunes gens d'une seule voix et en l'apercevant. — Eh bien! répondit Salvator, il y a conseil des ministres. — A quel propos? — Mais à propos de la punition qu'il s'agit d'infliger à cette bonne garde nationale, qui n'a pas été sage. — Et quand saura-t-on le résultat du conseil? — Aussitôt qu'il y aura un résultat. — Vous avez donc vos entrées aux Tuileries? — J'ai mes entrées partout. — Diable! fit Jean Robert, je suis fâché de ne pouvoir attendre, j'ai un bal obligé. — Moi aussi, dit Pétrus. — Chez M. de Marande? dit Salvator. — Oui, firent les deux jeunes gens étonnés. Comment saviez-vous cela? — Je sais tout. — Mais demain matin, au point du jour, des nouvelles, n'est-ce pas? — Inutile, vous les aurez cette nuit. — Mais puisque Pétrus et moi allons chez madame de Marande... — Eh bien, vous les aurez chez madame de Marande. — Qui nous les donnera? — Moi. — Comment, vous allez chez madame de Marande?

Salvator sourit.

— Non, pas chez madame de Marande, dit-il, chez Monsieur.

Puis il ajouta avec ce fin sourire qui était un des signes particuliers de sa physionomie :

— C'est mon banquier! — Ah! sacrebleu! dit Ludovic, je suis fâché maintenant de ne pas avoir accepté l'invitation que tu m'offrais, Jean Robert. — S'il n'était pas si tard! s'écria le jeune homme.

Puis tirant sa montre :

— Mais neuf heures et demie, continua-t-il, impossible! — Vous désirez aller au bal de madame de Marande? demanda Salvator. — Oui, répondit Ludovic, j'aurais voulu ne pas quitter mes amis cette nuit. Ne peut-il pas y avoir quelque chose d'un moment à l'autre? — Il n'y aura probablement rien, dit Salvator, mais ne quittez pas vos amis, pour cela. — Il faut bien que je les quitte, puisque je n'ai pas d'invitation.

Salvator laissa errer sur son visage un de ces sourires qui lui étaient habituels.

— Priez notre poëte de vous présenter, dit-il. — Oh! fit vivement Jean Robert, je ne suis pas assez libre dans la maison.

Et une légère rougeur passa sur ses joues.

— Alors, priez M. Jean Robert de mettre votre nom sur cette carte.

Et il tira de sa poche une carte imprimée, sur laquelle étaient écrits ces mots :

« M. et madame de Marande ont l'honneur d'inviter M.... à la soirée qu'ils donneront en leur hôtel de la rue d'Artois, le dimanche 29 avril prochain. On dansera.

« Paris, ce 20 avril 1827. »

Jean Robert regarda Salvator avec un étonnement qui tenait de la stupéfaction.

— Allons, dit Salvator, vous avez peur qu'on ne reconnaisse votre écriture? Donnez-moi une plume, Justin.

Justin tendit une plume à Salvator. Salvator écrivit le nom de Ludovic sur la carte, en forçant son écriture fine et aristocratique à prendre les proportions d'une écriture ordinaire. Puis il donna la carte au jeune docteur.

— Maintenant, dit Jean Robert, vous avez dit, mon cher Salvator, que vous n'alliez pas chez madame de Marande, mais chez Monsieur. — C'est vrai, j'ai dit cela. — Comment nous verrons-nous? — C'est vrai, dit Salvator avec son même sourire, car vous allez chez Madame, vous. — Je vais au bal d'un ami, et je ne présume pas qu'on parlera politique dans ce bal. — Non, mais, à onze heures et demie, quand notre pauvre Carmélite aura chanté, le bal commencera, et, à minuit sonnant, on ouvrira, au bout de la galerie qui forme une serre, le cabinet de M. de Marande. Là seront admis tous ceux qui diront ces deux mots: CHARTE ET CHARTRES. Ils ne sont pas difficiles à retenir, n'est-ce pas? — Non! — Eh bien, voilà toutes choses convenues. Maintenant, si vous voulez vous habiller et être à dix heures et demie dans le boudoir bleu, il n'y a pas de temps à perdre. — J'ai une place pour quelqu'un dans mon coupé, dit Pétrus. — Prends Ludovic, vous êtes voisins, dit Jean Robert, moi, j'irai de mon côté. — Soit! — Ainsi, à dix heures et demie, dans le boudoir de Madame, pour entendre Carmélite, dit Pétrus. — Et à minuit dans le cabinet de Monsieur, pour savoir ce qui s'est passé aux Tuileries.

Et les trois jeunes gens, après avoir serré la main de Salvator et de Justin, se retirèrent, laissant ensemble les deux carbonari.

A onze heures, nous l'avons vu, Jean Robert, Pétrus et Ludovic étaient réunis chez madame de Marande, et applaudissaient Carmélite.

A onze heures et demie, tandis que madame de Marande et Régina prodiguaient leurs soins à Carmélite évanouie, ils donnaient à Camille la leçon que nous avons dite.

Enfin, à minuit, tandis que M. de Marande, resté en arrière pour prendre des nouvelles de Carmélite, baisait galamment la main de sa femme en lui demandant comme une faveur, une fois le bal terminé, d'aller la saluer dans sa chambre à coucher, ils entraient dans le cabinet du banquier en donnant le mot de passe convenu : CHARTE ET CHARTRES.

Là étaient rassemblés tous les vétérans des conspirations de Grenoble, de Belfort, de Saumur et de la Rochelle, ces hommes enfin qui avaient conservé leurs têtes sur leurs épaules par un miracle d'équilibre : les Lafayette, les Kœchlin, les Pajol, les Dermoncourt, les Carrel, les Guinard, les Arago, les Cavaignac, chacun représentant soit une opinion tranchée, soit une nuance d'opinion, tous produisant au grand jour une honorabilité reconnue.

On mangeait des glaces, on buvait du punch et l'on parlait théâtre, arts, littérature. Politique, on s'en serait bien gardé!

Les trois jeunes gens entrèrent ensemble et cherchèrent des yeux Salvator. Salvator n'était pas encore arrivé. Tous trois alors, selon leurs sympathies, allèrent s'attacher à une de ces grandes renommées qui étaient là.

Jean Robert à Lafayette, qui avait pour lui une amitié presque paternelle. Ludovic à François Arago, cette belle tête, ce grand cœur, ce charmant esprit. Enfin, Pétrus à Horace Vernet, dont tous les tableaux venaient d'être refusés au salon pour cause politique, et qui venait de faire chez lui une exposition particulière à laquelle courait tout Paris.

Le cabinet de M. de Marande présentait un curieux échantillon des mécontents de tous les partis. Tous ces mécontents, parlant, comme nous l'avons dit, de choses d'art, de science, de guerre, tournaient cependant la tête vers la porte à chaque nouvel arrivant. Ils semblaient attendre quelqu'un. Et, en effet, ils attendaient le messager encore inconnu qui devait leur apporter des nouvelles du château.

Enfin la porte s'ouvrit et donna passage à un jeune homme d'une trentaine d'années, mis avec la plus parfaite élégance. Pétrus, Ludovic et Jean Robert retinrent un cri d'étonnement. Ce jeune homme, c'était Salvator.

LXXX

MONSIEUR DE VALSIGNY.

Le nouvel arrivant chercha des yeux, aperçut M. de Marande et s'avança vers lui. M. de Marande lui tendit la main.

— Vous arrivez tard, monsieur de Valsigny, lui dit le banquier. — Oui, Monsieur, répondit le jeune homme avec une voix et des gestes parfaitement différents de ses gestes et de sa voix habituels et en portant un lorgnon à son œil droit, comme s'il avait besoin de cet appendice pour reconnaître Jean Robert, Pétrus et Ludovic; oui, j'arrive tard, c'est vrai, mais j'ai été retenu chez ma tante, une vieille douairière, amie de madame la duchesse d'Angoulême, et qui me donnait des nouvelles du château.

Chacun redoubla d'attention. Salvator échangea quelques saluts avec les personnes qui se pressaient autour de lui, chacun de ces saluts contenant, avec une mesure précise, le degré d'amitié, de respect ou de familiarité que l'élégant M. de Valsigny croyait devoir accorder à chacun.

— Des nouvelles du château! répéta M. de Marande, il y a donc des nouvelles du château? — Ah! vous ne saviez pas... oui, il y avait conseil. — Ceci, cher monsieur de Valsigny, dit en riant M. de Marande, ce n'est pas du nouveau. — Mais cela peut en faire, et cela en a fait. — Vraiment! — Oui.

On se rapprocha.

— Sur la proposition de MM. de Villèle, de Corbière, de Peyronnet, de Damas, de Clermont-Tonnerre, sur l'insistance surtout de madame la dauphine, que les cris de : *A bas les jésuites!* avaient fort blessée; malgré la résistance de MM. de Frayssinous et de Chabrol, qui votaient pour le licenciement partiel, la garde nationale est dissoute. — Dissoute? — De fond en comble, de sorte que moi, qui avais un très-beau grade, j'étais fourrier, me voilà sans emploi... et il faudra que je m'occupe à autre chose. — Dissoute! répétèrent les auditeurs. Mais c'est très-grave ce que vous dites là, fit le général Pajol. — Trouvez-vous, général? — Sans doute, c'est tout simplement un coup d'État. — Oui. Eh bien! Sa Majesté Charles X a fait un coup d'État. — Vous êtes sûr de ce que vous dites? demanda Lafayette. — Ah! monsieur le marquis, Salvator n'avait pas pris au sérieux MM. de Lafayette et de Montmorency brûlant leurs titres dans la nuit du 4 août 1789, ah! monsieur le marquis, je ne dirais rien qui ne fût l'exacte vérité.

Puis, d'une voix plus ferme :

— Je croyais avoir l'honneur d'être assez connu de vous pour que vous ne doutassiez point de ma parole.

Le vieillard tendit la main au jeune homme. Puis tout en souriant et à demi voix :

— Déshabituez-vous donc de m'appeler marquis, lui dit-il. — Excusez-moi, reprit en riant Salvator, mais vous êtes tellement marquis pour moi... — Eh bien, soit, pour vous qui êtes un homme d'esprit, je resterai pour vous ce que vous voudrez que je sois, mais faites-moi seulement général pour les autres.

Alors revenant à la conversation primitive :

— Et quand rend-on cette belle ordonnance? demanda le général Lafayette. — Elle est rendue. — Comment, rendue! fit M. de Marande, et je ne le sais pas encore! — Vous le saurez probablement tout à l'heure ; il ne faut pas en vouloir à votre donneur d'avis s'il est en retard, j'ai des moyens à moi de voir à travers les murailles, une espèce de diable boiteux qui soulève les toits pour que je regarde dans les conseils d'État. — Et, en regardant à travers les murailles des Tuileries, vous avez vu rédiger l'ordonnance? — Il y a plus, j'ai lu par-dessus l'épaule de celui qui tenait la plume. Oh! il n'y a pas de phrases, ou plutôt il n'y a qu'une phrase : « Charles X, par la grâce de Dieu, etc., sur le rapport de notre secrétaire d'État, ministre de l'intérieur, etc., LA GARDE NATIONALE DE PARIS EST DISSOUTE, » voilà tout. — Et cette ordonnance?... — Est envoyée en double, un pli au *Moniteur*, un autre au maréchal. — Et elle sera au *Moniteur* demain? — Elle y est déjà, seulement *le Moniteur* n'est pas paru.

Les assistants se regardèrent. Salvator continua :

— Demain, ou plutôt aujourd'hui, car nous avons enjambé minuit, aujourd'hui, à sept heures du matin, les gardes nationaux seront relevés dans leurs postes par la garde royale et la troupe de ligne. — Oui, dit une voix, jusqu'à ce que la garde nationale relève dans leurs postes la troupe de ligne et la garde royale. — Cela pourra bien arriver un jour, répondit Salvator dont l'œil jeta un éclair, mais ce ne sera point sur une ordonnance du roi Charles X que la chose arrivera. — C'est à ne pas croire d'aveuglement, dit Arago. — Ah! monsieur Arago, fit Salvator, vous, un astronome, qui pouvez, à deux ou trois ans près, prédire une éclipse, vous ne voyez pas mieux que cela dans le ciel de la royauté? — Que voulez-vous, dit l'illustre savant, je suis un homme positif, et par conséquent plein de doutes. — C'est-à-dire que vous voulez une preuve, fit Salvator. Soit! on va vous en donner une.

Il tira de sa poche une petit papier encore humide.

— Tenez, dit-il, voici une épreuve de l'ordonnance qui sera demain au *Moniteur*. Dame! elle est un peu effacée; elle a été tirée tout exprès pour moi, à la brosse.

Puis avec un sourire :

— C'est cela qui m'a un peu retardé, dit-il, je l'attendais.

Et il donna l'épreuve à Arago, des mains duquel elle passa dans toutes les mains. Puis, comme un acteur qui ménage ses effets, quand Salvator eut vu que l'effet de l'épreuve était produit :

— Puis, dit-il, il y a encore autre chose. — Eh! quoi donc? firent toutes les voix. — Il y a que M. le duc de Doudeauville, ministre de la maison du roi, a donné sa démission. — Oh! dit Lafayette, je savais que, depuis l'insulte faite par la police au corps de son parent, il n'attendait qu'une occasion. — Eh bien! fit Salvator, à propos de la garde nationale, l'occasion s'est présentée,

— Et la démission a été acceptée ? — Avec empressement. — Par le roi ? — Le roi se faisait bien un peu tirer l'oreille, mais madame la duchesse d'Angoulême lui a fait observer que c'était une place toute trouvée pour M. le prince de Polignac. — Comment, pour M. le prince de Polignac ? — Pour M. le prince Armand-Jules de Polignac, condamné à mort en 1804, sauvé par l'intervention de l'impératrice Joséphine, fait prince romain en 1814, pair en 1816 et ambassadeur à Londres en 1823. Y a-t-il encore à se tromper sur son identité ? — Mais, puisqu'il est ambassadeur à Londres... — Oh ! qu'à cela ne tienne, on le rappellera. — Et M. de Villèle, fit monsieur de Marande, il a approuvé le rappel ? — Il s'y est bien un peu opposé, fit Salvator, conservant avec une persistance stupéfiante son air léger, car c'est un fin renard, que M. de Villèle, à ce que l'on dit, du moins. Moi, je n'ai l'honneur de le connaître que comme le commun des martyrs, et martyr est bien le mot, je crois, par son cinq pour cent, car quoique, comme le disent MM. Méry et Barthélemy,

> Depuis cinq ans entiers l'impassible Villèle
> Cimente sur le roc sa fortune éternelle,

il comprend qu'il n'y a pas de roc, si solide qu'il soit, qu'on ne puisse miner. Témoin Annibal, qui, au dire de Tite-Live, a percé la chaîne des Alpes avec du vinaigre, et il a peur que M. de Polignac ne soit le vinaigre qui pulvérisera son roc. — Comment, s'écria le général Pajol, M. de Polignac au ministère ! — Il ne nous resterait plus qu'à nous voiler la face, dit Dupont de l'Eure. — Je crois, Monsieur, dit Salvator, qu'il nous resterait au contraire à la montrer.

Le jeune homme prononça ces mots avec un accent si différent de celui qu'il avait adopté jusque-là, que tous les yeux se fixèrent sur lui. Là, seulement, ses trois amis l'avaient reconnu. C'était bien leur Salvator à eux, et non plus le Valsigny de M. de Marande.

En ce moment un laquais entra et remit un pli à M. de Marande.

— Pressé dit-il. — Je sais ce que c'est, dit le banquier.

Et il prit vivement la lettre, qu'il tira d'une enveloppe sans cachet, et lut ces trois nouvelles écrites d'une grosse écriture :

« *La garde nationale dissoute ; la démission du duc de Doudeauville acceptée ;*
« *M. de Polignac rappelé de Londres.* »

— En vérité, dit Salvator, on dirait que c'est moi qui renseigne Son Altesse Royale monseigneur le duc d'Orléans.

Tout le monde tressaillit. Le hardi jeune homme était peut-être le seul qui osât prononcer le nom du prince en occasion pareille.

— Mais qui vous a dit que c'est de Son Altesse Royale ? fit vivement M. de Marande. — J'ai reconnu son écriture, dit simplement Salvator. — Son écriture ? — Il n'y a rien d'étonnant à cela, nous avons le même notaire, M. Barratteau.

En ce moment on annonça que le souper était servi. Salvator laissa retomber son lorgnon, et regarda son chapeau en homme qui s'apprête à sortir.

— Mais vous nous restez à souper, monsieur de Valsigny ? dit vivement M. de Marande. — Impossible, Monsieur, et j'en suis aux regrets. — Comment cela ? — Ma nuit n'est pas finie, et je vais l'achever à la cour d'assises. — A la cour d'assises! à cette heure? — Oui, on est pressé d'en finir avec un pauvre diable dont le nom ne vous est peut-être pas inconnu. — Ah! M. Sarranti; ce misérable qui a tué deux enfants et volé une somme de cent mille écus à son bienfaiteur, dit une voix. — Et qui se fait passer pour bonapartiste, dit une autre voix. J'espère bien qu'il sera condamné à mort. — Oh! pour condamné à mort, dit Salvator, vous pouvez en être sûr, Monsieur. — Et exécuté. — Ah! exécuté, c'est moins sûr. — Comment, vous croyez que Sa Majesté ferait grâce à un pareil misérable? — Non, mais il se pourrait que le misérable fût innocent, et alors sa grâce viendrait non pas du roi, mais de Dieu.

Et Salvator prononça ces derniers mots avec un accent qui le faisait de temps en temps reconnaître par ses trois amis, sous l'apparence frivole qu'il avait revêtue.

— Messieurs, dit M. de Marande, vous avez entendu : le souper est servi.

Pendant que les personnes auxquelles M. de Marande s'adressait s'acheminaient vers la salle à manger, les trois jeunes gens s'approchèrent de Salvator.

— Dites-moi, mon cher Salvator, dit Jean Robert, il serait possible que nous eussions besoin de vous voir demain. — C'est probable. — Alors où vous trouverons-nous? — Mais à ma place habituelle, rue aux Fers, à la porte de mon cabaret, au coin de ma borne; vous oubliez toujours que je suis commissionnaire, mon cher. Oh! les poëtes! les poëtes!

Et il sortit par la porte opposée à celle qui conduisait dans la salle à manger, sans hésitation, comme un homme à qui tous les passages de la maison sont familiers, et laissant ses trois amis dans un étonnement qui allait presque jusqu'à la stupéfaction.

LXXXI

CHAMBRE DE MADAME DE MARANDE.

Nos lecteurs se rappellent peut-être qu'avec un accent de charmante galanterie, M. de Marande, avant de rentrer dans son cabinet où l'attendaient les nouvelles des Tuileries données par Salvator, avait demandé la permission à sa femme, une fois le bal fini, de lui faire une visite dans sa chambre à coucher.

Il est six heures du matin. Le jour commence à paraître, les dernières voitures ont cessé de faire retentir le pavé de la cour de l'hôtel, les dernières lumières s'éteignent dans les appartements, les premiers bruits de Paris s'éveillent. Il y a un quart d'heure que madame de Marande est retirée dans sa chambre à coucher, il y a cinq minutes que M. de Marande a échangé les dernières paroles avec un homme dont l'allure militaire se trahit sous son habit bourgeois.

Ces dernières paroles ont été : « *Que Son Altesse Royale soit tranquille, elle sait qu'elle peut compter sur moi comme sur elle-même.* »

Derrière cet homme, qui est parti rapidement, emporté par deux vigoureux chevaux, dans une voiture sans armoiries, conduite par un cocher sans livrée et qui a disparu au coin de la rue de Richelieu, les portes de l'hôtel se sont fermées.

Maintenant, que le lecteur ne se préoccupe point trop de ces cloisons de fer et de chêne qui viennent de s'interposer entre lui et les maîtres de la splendide maison dont nous avons éclairé quelques parties. Notre baguette de romancier n'a qu'à se lever et les portes les mieux fermées se rouvriront devant nous. Usons donc de ce privilége et tournons du bout de cette baguette la porte du boudoir de madame Lydie de Marande :

— SÉSAME, OUVRE-TOI !

Vous le voyez, voici la porte ouverte sur ce charmant boudoir bleu céleste, où vous avez, il y a quelques heures, entendu Carmélite chanter la romance du *Saule*. Tout à l'heure, nous aurons à ouvrir devant vous une porte bien autrement terrible, celle de la cour d'assises. Mais permettez qu'avant de mettre le pied dans cet enfer du crime, nous entrions nous reposer un instant et prendre des forces dans ce paradis d'amour qu'on appelle la chambre de madame de Marande.

Cette chambre était, pour ne pas se trouver en contact immédiat avec le boudoir, précédée d'une espèce de vestibule ayant la forme d'un dais immense. Ce vestibule, qui faisait en même temps une salle de bains, était éclairé par le plafond et avec des verres de couleur faisant des dessins arabes; ses murailles et son plafond, moins l'ouverture destinée à laisser pénétrer un jour qui ne devait jamais aller au delà d'une demi-obscurité, étaient tendus d'une étoffe toute particulière, d'un ton neutre, flottant entre le gris perle et le jaune orange.

Quant au tissu, il semblait fait avec ces plantes d'Asie dont les Indiens extraient les fils textiles pour en faire cette étoffe connue chez nous sous le nom de *nankin*. Les tapis étaient des nattes de Chine douces comme l'étoffe la plus flexible, et s'harmoniaient admirablement de couleur avec les tentures.

Quant aux meubles, ils étaient de laque de Chine, avec de simples filets d'or. Les marbres étaient blancs comme du lait, et les porcelaines qu'ils supportaient, de ce bleu turquoise tout particulier à ce que, en terme de bric-à-brac, on appelle du vieux Sèvres pâte tendre.

En mettant le pied dans ce doux réduit mystérieusement éclairé par une lampe de verre de Bohême pendue au plafond, on se fût cru à cent lieues de la terre, et il eût semblé que l'on voyageait dans un de ces nuages orangés, pétris d'azur et d'or, dont Marilhat frangeait ses paysages d'Orient. Une fois parvenu à ce nuage, il était tout simple que l'on entrât dans le paradis. Et c'était bien le paradis, en effet, que cette chambre où nous conduisons le lecteur.

Une fois la porte de cette chambre ouverte ou plutôt une fois la portière soulevée, car s'il y avait des portes l'art du tapissier les avait rendues invisibles, une fois la portière soulevée, le premier objet qui frappait tout d'abord les yeux, c'était la belle Lydie rêveusement étendue dans le lit qui occupait le côté droit de la chambre, un coude appuyé, ou pour mieux dire enfoncé dans un oreiller qui semblait de gaze, et tenant de l'autre main un petit livre de poésie relié en maroquin, livre que peut-être elle avait le plus grand désir de lire, mais qu'elle ne lisait pas, tant elle semblait être préoccupée d'une autre pensée que celle de la lecture.

Une lampe de porcelaine de Chine brûlait sur une petite table de Boule, et éclairait, à travers un globe de verre de Bohême rouge, les draps de lit d'une teinte rosée, pareille à celle qui se répand, au lever du soleil, sur la neige virginale de la Yungfrau ou du Mont-Blanc.

Voilà ce qui frappait tout d'abord; et peut-être essayerons-nous tout à l'heure de rendre le plus chastement qu'il nous sera possible l'impression produite par ce ravissant tableau; mais auparavant nous nous sentons entraîné comme malgré nous à décrire le reste de l'habitation : l'Olympe d'abord; puis la déesse qui l'habitait.

Qu'on imagine une chambre ou plutôt un nid de colombe, assez grande tout juste pour dormir, assez haute tout juste pour respirer. Elle était tendue, plafond et muraille, de velours nacarat ayant des reflets de grenat, d'escarboucle et de rubis, aux endroits que leur saillie mettait en lumière.

Le lit en tenait presque toute la longueur, et à peine si à chaque extrémité du lit pouvait tenir une étagère en bois de rose, chargée des plus délicieux brimborions de Saxe, de Sèvres et de Chine, qu'on avait pu recueillir chez Mombro et chez Gansberg.

En face du lit était la cheminée, tout habillée de velours, comme le reste de la chambre.

Aux deux côtés de cette cheminée étaient deux causeuses qui semblaient recouvertes avec les plumes de la gorge d'un colibri, et, au-dessus de chacune de ces causeuses, une glace, dont le cadre était formé de feuille et d'épis de maïs brodés.

Asseyons-nous sur une de ces causeuses, et donnons un coup d'œil au lit.

Le lit, comme tout le reste de la chambre, était de velours nacarat, capitonné, et sans un seul ornement. Seulement, sa riche nuance ressortait par l'encadrement au milieu duquel il appartenait. Cet encadrement était un chef-d'œuvre de simplicité, et l'on s'étonnait, en le voyant, qu'il y eût un tapissier assez poëte, ou un poëte assez tapissier pour arriver à un pareil résultat.

Il se composait de ces grandes pièces d'étoffe d'Orient que les femmes arabes appellent des *haïks*. Ces haïks étaient de soie, à bandes alternées bleue et blanche; leurs franges étaient les franges mêmes du tissu.

Aux deux extrémités du lit, deux larges pièces de cette étoffe tombaient verticalement et pouvaient se draper le long de la muraille, à l'aide d'embrasses algériennes tressées de soie et d'or, avec des anneaux de turquoise. Le fond du lit était une immense glace, prise dans un cadre de velours pareil au lit, et reposant, non pas sur la muraille, mais sur un troisième haïk.

Au niveau supérieur de la glace, l'étoffe, froncée en mille plis, s'élançait et allait par une pente douce rejoindre une grande flèche d'or, autour de laquelle elle s'enroulait en deux gros bouillons. Mais la merveille de cette chambre était ce que reflétait la glace de ce lit, destinée évidemment à faire disparaître les limites de l'appartement.

Nous avons dit qu'en face du lit était la cheminée. Au-dessus de cette cheminée, chargée de ces mille charmantes futilités qui composent *le monde* d'une femme, s'étendait une serre dont on n'était séparé que par une glace sans tain, qui, à la rigueur, pouvait rentrer dans la muraille et mettre ainsi en communication la chambre de la femme avec la chambre des fleurs.

Au milieu de cette petite serre, surmontant un bassin dans lequel jouaient des poissons de Chine de toutes couleurs, et où venaient s'abreuver des oiseaux de pourpre et d'azur gros comme des abeilles, s'élevait une petite statue de marbre de Pradier, de demi-grandeur.

Certes, cette petite serre était à peine de la grandenr de la chambre; mais par un miracle d'arrangement, elle paraissait un magnifique et immense jardin de l'Inde ou des Antilles, tant les plantes tropicales dont elle était plantée s'enlaçaient les unes aux autres, comme pour donner aux regards qui se fixaient sur elles le spectacle de toute une flore exotique. C'était, en effet, tout un continent de dix pieds carrés, toute une Asie de poche.

L'arbre que l'on a appelé le roi des végétaux, l'arbre de la science du bien et du mal, l'arbre né dans le paradis terrestre et dont l'origine est incontestable, puisque la feuille a servi à couvrir la nudité de nos premiers parents, et que, pour cette cause, il a reçu le nom de figuier d'Adam, était représenté par ses cinq espèces principales : le bananier du paradis, le bananier à fruits courts, le bananier de la Chine, le bananier à sparte rose, le bananier à sparte rouge; à côté de lui, et comme à l'abri de ses larges feuilles, croissait l'hélécona, qui a quelque ressemblance avec lui, par la longueur et la largeur des feuilles; puis le ravenala de Madagascar, représentant en miniature le fameux arbre du voyageur, où le nègre altéré trouve l'eau fraîche que lui refuse le ruisseau tari; la strelitzia regina, dont la fleur semble la tête d'un serpent à dard et à aigrette de feu; le balisier des Indes orientales, dont on fabrique, à Dehli, des tissus aussi souples que ceux tressés avec la soie la plus fine; le costus, employé par les anciens dans toutes les cérémonies religieuses, à cause de son parfum; l'augrec odorant de l'île de la Réunion; le zingiber de la Chine, qui n'est autre que la plante qui donne le gingembre; enfin, toute une collection, en abrégé, des richesses végétales du monde entier.

Le bassin et le socle de la statue étaient perdus dans des fougères, aux feuilles découpées comme avec un emporte-pièce, et dans des lycopodes qui pouvaient lutter avec la mousse des plus fins tapis de Smyrne et de Constantinople.

Maintenant, à défaut du soleil, qui ne sera que dans quelques heures le roi de l'horizon, cherchez à travers toutes ces feuilles, toutes ces fleurs, tous ces fruits, le globe lumineux qui pend à la voûte, et qui, répandant ses rayons à travers une eau légèrement tintée de bleu, donne à cette petite forêt vierge la clarté sereine et mélancolique, les reflets doux et argentés de la lune.

LXXXII

CAUSERIE CONJUGALE.

Vue du lit, cette petite serre était un spectacle adorable. Aussi, comme nous l'avons dit, la personne qui était couchée dans le lit, et qui, appuyée sur le coude, tenait un livre de l'autre main, cette personne levait-elle les yeux au-dessus de son livre et laissait-elle errer ses regards à travers les sentiers lilliputiens que traçait çà et là la lumière dans le pays enchanté qu'elle voyait à travers une glace comme à travers un rêve.

Si elle aimait, elle devait chercher des yeux les rameaux fleuris et amoureusement entrelacés où elle voudrait poser son nid.

Si elle n'aimait pas, elle devait demander à la vie luxuriante de cette magnifique végétation l'ineffable secret de l'amour, dont chaque feuille, chaque fleur, chaque parfum, dévoilaient chastement et mystérieusement les premiers mots.

Et maintenant que nous croyons avoir suffisamment décrit cet éden inconnu de la rue d'Artois, parlons de l'Ève qui l'habitait.

Oui, Ève est bien le nom que méritait Lydie, ainsi rêveusement accoudée, et lisant les *Méditations* de Lamartine; regardant à chaque strophe, strophes parfumées, s'entr'ouvrir les boutons des plantes, et continuant ainsi, dans la nature, le rêve commencé dans le livre.

Oui, c'était une Ève véritable, rose, fraîche et blonde, Ève, au lendemain du péché, laissant errer son regard sur tout ce qui l'entourait; Ève tremblante, inquiète, palpitante, cherchant anxieusement le secret de ce paradis où l'on sentait bien qu'elle avait été deux, et où elle était tout attristée de se retrouver seule; appelant enfin par les battements de son cœur, par les éclairs de ses yeux, par les frissons de ses lèvres, ou le Dieu qui l'avait fait naître, ou l'homme qui l'avait fait mourir.

Enveloppée dans des draps de fine batiste, le cou enveloppé d'une palatine de duvet, la lèvre humide, l'œil en feu, la joue en fleurs, un sculpteur d'Athènes ou de Corinthe n'eût pas rêvé un autre modèle, un type plus complet et plus achevé pour une statue de Léda. Elle avait en effet, de la Léda enlacée par le cygne, la rougeur amoureuse et la voluptueuse contemplation.

En la voyant ainsi, l'auteur de la Psyché, cette Ève païenne, Canova en eût fait un chef-d'œuvre de marbre qui eût détrôné sa Vénus Borghèse. Corrége en eût fait quelque Calypso rêveuse, ayant derrière elle un Amour caché dans un coin de draperie. Dante en eût fait la sœur aînée de Béatrix et aurait demandé à être conduit par elle à travers les détours de la terre, comme il avait été conduit par la sœur cadette à travers les détours du ciel.

Mais, à coup sûr, poëtes, peintres et sculpteurs se fussent inclinés devant la merveilleuse personne en qui résidaient à la fois, par un incompréhensible mélange, la pudeur de la jeune fille, le charme de la femme, la sensualité de la déesse.

Oui, la dixième, la quinzième, la vingtième année, l'année enfantine, l'année nubile, l'année amoureuse, qui font la trilogie de la jeunesse, ces trois années, qui viennent chacune à son tour au-devant de l'enfant, de la jeune fille et de la femme, et qui, une fois dépassées, restent en arrière; ces trois années, comme les trois Grâces de Germain Pilon, semblaient faire cortége à la créature privilégiée dont nous essayons de retracer le portrait, et effeuiller à la fois sur son front leurs fleurs aux plus purs parfums, aux plus fraîches couleurs. Selon la manière de la regarder, *elle apparaissait*.

Un ange l'eût prise pour sa sœur, Paul pour Virginie, Desgrieux pour Manon Lescaut. D'où lui venait cette triple beauté, incomparable, étrange, inexplicable? C'est ce que nous essayerons, non pas d'expliquer, mais de faire comprendre dans la suite de notre récit, réservant ce chapitre, et même le chapitre suivant, à la conversation de madame de Marande et de son mari, afin de justifier, s'il est possible, ce titre de causerie conjugale que nous venons de donner au présent chapitre.

Ce mari va entrer tout à l'heure. C'est lui que madame de Marande attend dans une distraction si profonde, mais, à coup sûr, ce n'est pas lui que son regard distrait cherche dans les demi-teintes de l'appartement et dans les pénombres de la serre. Il lui a cependant, d'une façon bien tendre, demandé cette permission, dont il va profiter, de venir un instant causer avec elle dans son appartement avant d'aller se renfermer dans le sien.

Eh quoi! tant de beauté, tant de jeunesse, tant de fraîcheur, sont ce que l'homme arrivé à sa vingt-cinquième année, c'est-à-dire à l'apogée de sa jeunesse, peut rêver de plus idéal et qu'il ne rencontre jamais. Eh quoi! tant de bonheur, tant de joie, tant d'ivresse, tous ces trésors appartiennent à un seul homme, et cet homme, c'est ce banquier blond, frais, rose, pimpant, poli et spirituel, c'est vrai, mais sec, froid, égoïste, ambitieux que nous connaissons; tout cela est à lui, comme son hôtel, comme ses tableaux, comme sa caisse.

Quelle aventure mystérieuse, quelle puissance sociale, quelle tyrannique et implacable autorité ont pu lier l'un à l'autre ces deux êtres si dissemblables, en apparence du moins, ces deux voix si peu faites pour se parler, ces deux cœurs si mal faits pour s'entendre?

Peut-être le saurons-nous plus tard. En attendant, écoutons-les causer, et peut-être un regard, un signe, un mot d'un de ces deux enchaînés nous mettra-t-il sur la trace des événements encore cachés pour nous dans la nuit sombre du passé. En somme, c'était cet homme que madame de Marande attendait. Mais était-ce à lui qu'elle rêvait en l'attendant?

Tout à coup il lui sembla entendre le sourd froissement des tapis dans la chambre précédente. Si léger que fût le pas qui s'approchait, le parquet craqua sous lui. Madame de Marande passa une dernière et rapide revue de sa toilette; elle croisa plus étroitement sur son cou sa pelisse de cygne; elle tira plus avant sur ses poignets la dentelle de sa chemise de nuit, et, voyant que tout le reste de sa personne était voilé d'une façon irréprochable, elle ne fit plus le moindre mouvement pour en changer la disposition.

Seulement elle renversa son livre ouvert sur son lit, leva un peu le front de manière à ce que ce fût non pas le haut de la tête mais son menton qui plongeât dans sa main, et dans cette posture, où il y avait encore plus d'indifférence que de coquetterie, elle attendit son seigneur et maître. M. de Marande souleva la tapisserie, mais s'arrêta sur le seuil de la porte.

— Puis-je entrer? demanda-t-il. — Certainement! ne m'aviez-vous pas dit que vous viendriez? je vous attends depuis un quart d'heure. — Oh! que me dites-vous là, Madame, quand vous devez être si fatiguée? J'ai été indiscret, n'est-ce pas? — Non! venez.

M. de Marande s'approcha, fit un charmant salut plein de grâce, prit la main que lui tendait sa femme, s'inclina sur cette main au poignet délicat, aux doigts blancs et effilés, aux ongles roses, et y posa si légèrement ses lèvres, que madame de Marande comprit l'intention plutôt qu'elle ne sentit le baiser.

Le regard de madame de Marande interrogea son mari. Il était facile de voir que rien n'était plus inaccoutumé qu'une pareille visite de la part de M. de Marande. Et cependant il était facile de voir encore que cette visite n'était ni désirée ni redoutée. C'était plutôt la visite d'un ami que celle d'un époux. Elle paraissait même attendre avec plus de curiosité que d'inquiétude. M. de Marande sourit, puis avec sa voix la plus douce :

— Que je vous fasse avant tout mes excuses, Madame, de vous faire visite si tard, ou plutôt si matin. Croyez bien que, si les occupations les plus graves ne devaient pas me retenir toute la journée hors de l'hôtel, j'aurais attendu une plus favorable occasion pour causer confidentiellement avec vous. — Quelle que soit l'heure que vous choisissez pour causer avec moi, Monsieur, dit madame de Marande d'une voix affectueuse, c'est toujours une bonne heure. Quelle que soit l'occasion qui vous amène, c'est toujours une occasion précieuse, d'autant plus précieuse qu'elle est plus rare.

M. de Marande s'inclina, mais cette fois en signe de remerciement. Puis, approchant une bergère, il s'assit, appuyant le bras du fauteuil au lit de madame de Marande, de manière à se trouver en face d'elle. Madame de Marande laissa retomber sa tête sur sa main et attendit.

— Permettez-moi, Madame, dit M. de Marande, avant d'entrer en matière, ou, si vous le préférez, afin d'y mieux entrer, de vous renouveler mes compliments bien sincères sur votre rare beauté, qui grandit tous les jours, et qui semblait arrivée cette nuit véritablement à l'apogée de la beauté humaine. — En vérité, Monsieur, mais je ne sais comment vous remercier d'une pareille courtoisie. Elle me cause d'autant plus de joie que vous me mesurez d'habitude les compliments avec une certaine épargne. Laissez-moi m'en plaindre sans vous le reprocher. —N'accusez de mon avarice que l'amour jaloux du travail, Madame. Mes nuits et mes jours sont tout entiers consacrés à la tâche que je me suis imposée; mais s'il m'était permis d'espérer qu'un jour une partie de mes heures puisse se passer dans le doux loisir que vous me faites en ce moment, croyez que ce jour serait un des beaux jours de ma vie.

Madame de Marande leva les yeux sur son mari; et, comme si rien ne pouvait lui sembler plus étrange que ce qu'il venait de lui dire, elle le regarda avec étonnement.

— Mais il me semble, Monsieur, répondit-elle avec tout le charme qu'elle put donner à sa voix, que toutes les fois que vous souhaiterez avoir ce loisir, vous n'aurez qu'à faire ce que vous avez fait ce matin, me prévenir que vous désirez me voir, ou même, ajouta-t-elle en souriant, vous présenter chez moi sans me prévenir. — Vous savez, dit en souriant à son tour M. de Marande, que ce ne sont point là nos conditions. — Ces conditions, Monsieur, c'est vous qui les avez dictées, et non moi. Je les ai acceptées, voilà tout. Ce n'était point à celle qui, ne vous apportant aucune dot, recevait de vous sa fortune, sa position et même l'honneur de son père, à faire ces conditions, ce me semble. — Croyez-vous, chère Lydie, que le moment soit venu de changer quelque chose à ces conditions, et ne vous semblerais-je pas bien importun, par exemple, si ce matin je venais brutalement jeter mon réalisme conjugal au milieu des rêves que vous avez faits cette nuit, que vous faisiez tout à l'heure en m'attendant, et que vous faites peut-être en ce moment même où je vous parle ?

Madame de Marande commença de comprendre où tendait la conversation, et sentit passer sur son visage un nuage de pourpre.

LXXXIII

SUITE, OU, SI L'ON AIME MIEUX, COMMENCEMENT DE LA CAUSERIE CONJUGALE.

M. de Marande donna au nuage de pourpre le temps de se dissiper. Puis revenant juste à ce point de la conversation où elle avait été interrompue :

— Ces conditions, Madame, demanda M. de Marande avec son éternel sourire et son implacable politesse, vous les rappelez-vous ? — Parfaitement, Monsieur, répondit Lydie d'une voix qu'elle s'efforçait de maintenir calme. — C'est que voilà bientôt trois ans que j'ai le bonheur d'être votre époux, et, en trois ans, on oublie bien des choses. — Je n'oublierai jamais ce que je vous dois, Monsieur. — Voilà justement où nous différons d'avis. Je ne crois pas que vous me deviez quelque chose, Madame ; mais si vous pensiez le contraire, et que vous crussiez avoir contracté quelque dette vis-à-vis de moi, c'est justement cette dette que je vous prierais d'oublier. — On n'oublie pas quand on veut et comme on veut, Monsieur, et il est certaines âmes pour lesquelles l'ingratitude est non-seulement un crime, mais une impossibilité ! Mon père, vieux soldat inhabile aux affaires, mit toute sa fortune, qu'il espérait doubler, dans une spéculation, et fut ruiné. Il avait des engagements pris avec la maison de banque à laquelle vous veniez de succéder, et ces engagements ne pouvaient être tenus à leur échéance. Un jeune homme... — Madame... essaya d'interrompre M. de Marande. — Je ne veux passer sur rien, Monsieur, insista Lydie, vous croiriez que j'ai oublié. Un jeune homme qui avait cru mon père riche avait sollicité ma main. Une répugnance instinctive pour ce jeune homme avait fait que d'abord mon père avait repoussé sa demande ; vaincu par mes prières, ce jeune homme m'avait dit qu'il m'aimait et j'avais cru l'aimer. — Vous aviez cru ? fit M. de Marande. — Oui, Monsieur, j'avais cru. A seize ans, est-on bien sûre de ses sentiments, surtout quand on sort de pension, et que l'on ignore complétement le monde ? Je répète donc : Vaincu par mes prières, mon père avait fini par accueillir M. de Bedmar. Tout était arrêté, même ma dot : 300,000 francs. Le bruit de la ruine de mon père se répandit ; mon fiancé, tout à coup, cessa ses visites et disparut. Puis mon père reçut de lui une lettre datée de Milan, dans laquelle il lui disait qu'ayant appris ses répugnances premières à l'accepter pour gendre, il ne voulait point faire violence à ses sympathies. Ma dot avait été déposée à part et sauvegardée de toute atteinte. C'était à peu près la moitié de ce que devait mon père à votre maison de banque. Trois jours avant les échéances de ses engagements, il se présenta chez vous, vous offrit les 300,000 francs, et vous demanda du temps pour le reste. Vous lui répondîtes de se tranquilliser d'abord, et vous ajoutâtes que, comme vous aviez *une affaire* à lui proposer, vous lui demandiez un rendez-vous chez lui pour le lendemain. Est-ce bien cela ? — Oui, Madame ; cependant je réclamerai contre le mot *affaire*. — C'est celui dont vous vous servîtes, je crois ? — Il me fallait un prétexte pour entrer chez vous, Madame. Le mot *affaire* fut, non pas une désignation, mais un prétexte.

— J'abandonne le mot, Monsieur. En pareille circonstance le *mot* n'est rien, la *chose* est tout. Vous vîntes et vous fîtes à mon père cette proposition inattendue de devenir mon mari, de prendre pour ma dot les 600,000 francs de dettes contractées par lui vis-à-vis de votre maison, et de lui rendre pour lui-même les cent mille écus qu'il vous avait offerts. — En proposant plus à votre père, Madame, j'aurais craint qu'il me refusât. — Je sais tout ce qu'il y a de délicatesse en vous, Monsieur. Mon père, si étourdi qu'il fût de la proposition, accepta, sauf mon consentement, et, ce consentement, vous savez qu'il ne se fit point attendre. — Je sais que vous avez un cœur pieux et filial, Madame. — Vous vous rappelez notre entrevue, Monsieur? Mes premières paroles furent pour vous parler du passé, pour vous avouer... — Un de ces secrets de jeune fille qu'un homme délicat ne doit jamais donner à sa fiancée le temps d'achever. D'ailleurs, j'ajoutai ceci : Prenez ma proposition au point de vue qu'il vous plaira, Madame, ou comme *une affaire* que je fais... — Vous voyez bien que ce fut le mot dont vous vous servîtes. — Je suis banquier, dit M. de Marande, et il faut pardonner à l'habitude : ou comme *une affaire* que je fais et dont les résultats, quoique inconnus, doivent être avantageux pour moi, ou comme *une dette* que j'acquitte au nom de mon père. — Parfaitement, Monsieur, je me souviens de tout cela. Il s'agissait d'un service rendu par mon père au vôtre pendant l'empire ou au commencement de la restauration. — Justement, Madame. Puis j'ajoutai que, ne croyant point qu'il fût dû aucun amour ni aucune reconnaissance à ce double titre auquel je devenais votre époux, je vous laissais parfaitement libre de vos sentiments à mon égard ; que moi-même, ayant des engagements pris, je me réservais mon indépendance; que jamais vous ne seriez, si séduisante que Dieu vous ait faite, importunée par mes exigences conjugales; j'ajoutai, enfin, que je croyais même ne devoir donner, belle, jeune et apte à l'amour comme vous étiez, d'autre limite à cette liberté offerte que la mesure que vous-même, la réglant sur les convenances sociales, voudriez bien y mettre. Je me réservai seulement de veiller sur vous comme un père indulgent fait sur sa fille, et, comme un père toujours, à titre de gardien de votre réputation qui devenait la mienne, de réprimer les tentatives inconvenantes que certains hommes ne manqueraient point de faire, attirés et éblouis par votre beauté. — Monsieur! — Hélas! ce titre de père, j'eus bientôt le droit de le prendre. Le colonel mourut subitement pendant un voyage qu'il fit en Italie. Mon correspondant de Rome me transmit la triste nouvelle; votre douleur, en l'apprenant, fut grande; les premiers mois de notre mariage vous virent vêtue de deuil. — Oh! de cœur comme de corps, Monsieur, je vous jure... — Qui en doute? ce n'est pas moi, Madame, qui eus tant de peine, non pas à vous faire oublier ce malheur, mais à obtenir de vous de le renfermer dans les limites de la raison. Vous eûtes la bonté de m'écouter. Peu à peu vous quittâtes les vêtements sombres, ou plutôt les vêtements sombres vous quittèrent; on vous vit peu à peu sortir de ce deuil comme, aux premiers jours du printemps, une fleur sort de l'enveloppe grise de l'hiver : le velouté de la jeunesse, la fraîcheur de la beauté n'avaient jamais disparu de vos joues, mais le sourire s'était exilé de vos lèvres. Peu à peu, oh! ne vous en faites pas un reproche, Madame, c'est une loi de la nature, peu à peu le sourire exilé revint, le front assombri s'éclaira, la poitrine oppressée par les soupirs commença à se dilater dans de joyeuses aspirations : vous revîntes à la vie, au plaisir, à la coquetterie; vous vous refîtes femme, et rendez-moi la justice de dire, Madame, que je vous servis de guide et de soutien dans ce difficile chemin, plus difficile qu'on ne croit, qui ramène des pleurs au sourire, de la douleur à la joie. — Oui, Monsieur, dit madame de Marande en saisissant la main de son mari, et laissez-moi serrer cette main qui m'a si patiemment, si charitablement, si fraternellement conduite. — Vous me remerciez d'une faveur que vous m'avez faite? c'est en vérité trop de bonté de votre part. — Mais enfin, Monsieur, demanda madame de Marande tout émue, soit de la scène même qui s'accomplissait, soit des souvenirs que lui rappelait cette scène, me ferez-vous la grâce de me dire où vous voulez en venir? — Ah! pardon, Madame, j'oubliais et l'heure qu'il est, et la place où je me trouve, et la fatigue que vous devez éprouver. — Monsieur, permettez-moi de vous dire que vous vous trompez éternellement à mes intentions. — J'abrége, Madame. Je disais donc que votre rentrée dans le monde, après plus d'un an d'absence, avait produit une vive sensation. Vous l'aviez quitté belle, il vous revit charmante. Rien n'embellit comme le succès. De charmante que vous étiez, vos succès vous firent adorable. — Nous voilà revenus aux compliments. — Nous voilà revenus aux vérités, c'est toujours là qu'il faut en revenir, Madame; maintenant laissez-moi dire, et en quelques mots j'aurai fini. — J'écoute. — Eh bien! Madame, j'ai fait, en vous tirant de l'obscurité que jetaient sur vous vos vêtements de deuil, ce qu'a fait Pygmalion en tirant sa Galathée du bloc de marbre où elle était cachée à tous les yeux. Supposez maintenant Pygmalion notre contemporain; supposez Pygmalion conduisant dans le monde sa Galathée sous le nom de... Lydie; supposez qu'au lieu d'aimer Pygmalion, Galathée n'aime... rien. Vous figurez-vous l'angoisse du pauvre Pygmalion, les souffrances, je ne dirai pas même de son amour, mais de son orgueil, lorsqu'il entendra dire : Ce n'est pas pour lui, le pauvre statuaire, qu'il a animé la statue, mais pour... — Monsieur, la comparaison... — Oui, je connais le proverbe, « la comparaison n'est pas raison, » c'est vrai, revenons donc purement et simplement à la réalité, sans métaphore; eh bien! Madame, cette étonnante beauté qui vous conquiert à vous mille amis et à moi mille envieux, cette grâce sans pareille, qui fait bourdonner autour de vous, comme des abeilles autour d'un rosier, la fleur de nos élégants, ce pouvoir que vous avez sur tout ce qui vous environne, et qui attire irrésistiblement tout ce qui passe dans sa sphère, cette beauté magique, enfin, m'effraye et me fait trembler, comme me ferait trembler la vue d'un précipice au-dessus duquel je me promènerais en votre chère compagnie. Me comprenez-vous? — Je vous assure que non, Monsieur, répondit Lydie. Et avec un charmant sourire elle ajouta : Ce qui vous prouve, en passant, que je n'ai pas autant d'esprit que vous me faites parfois l'honneur de me le dire. — Il en est de l'esprit comme du soleil, Madame; il a ses heures de retraite et de recueillement. Je vais donc, en même temps qu'à votre esprit, tâcher de parler à vos yeux. Vous souvenez-vous qu'un jour, dans notre voyage de Savoie, en sortant d'Entremont, en apercevant, du haut de la montagne, le Rhône qui étincelait sous le soleil comme un fleuve d'argent, à l'ombre comme un fleuve d'azur, vous souvenez-vous que, quittant tout à coup mon bras et courant sur le plateau de la montagne, vous vous arrêtâtes avec effroi en apercevant, à travers les fleurs et les herbes formant un frêle tapis, un abîme ouvert devant vos pas et visible seulement quand on venait d'en atteindre le bord? — Oh! oui, je m'en souviens, dit en fermant les yeux et en pâlissant légèrement madame de Marande, et je suis heureuse de m'en souvenir, car si vous ne m'aviez pas retenue et tirée en arrière, je n'aurais, selon toute probabilité, pas le bonheur de vous renouveler mes remerciements. — Je ne les sollicitais point, Madame. Seulement, par une image et en éveillant vos souvenirs, je désirais vous expliquer, plus clairement que je ne l'avais fait encore, ce que j'appelais tout à l'heure un abîme. Eh bien, votre beauté m'effraye à l'égal de ce ravin de six cents pieds, que recouvraient des herbes et des fleurs, et j'ai peur qu'un jour nous n'y soyons engloutis l'un et l'autre. Cette fois, comprenez-vous, Madame? — Oui, Monsieur, je crois que je commence à comprendre, répondit Lydie en baissant les yeux. — Si vous commencez à comprendre, répondit en souriant M. de Marande, je suis parfaitement tranquille, vous comprendrez bientôt tout à fait. Eh bien, Madame, je disais donc, reprit M. de Marande, que remplaçant pour vous un père, vous savez que je n'ai jamais réclamé d'autres droits que ceux-là, remplaçant pour vous, dis-je, un père, je dois jeter, avec une certaine inquiétude, les yeux, sur les nuées de beaux, d'élégants, de dandys qui entourent ma fille. Remarquez-bien, Madame, que ma fille a toute liberté; dans cette nuée étincelante, pimpante, mordorée, elle peut faire son choix à elle; de ce choix il n'arrivera jamais aucun malheur. Seulement, je crois non pas de mon droit, mais de mon devoir, de lui dire, toujours comme un père : Bien choisi, mon enfant, mal choisi, ma fille! — Monsieur! — Encore non! je me trompe, je ne lui dirai pas cela : je passerai en revue les hommes qui s'occupent plus particulièrement d'elle, et je lui dirai mon avis sur ces hommes. Voulez-vous savoir mon avis, Madame, sur quelques-uns de ceux qui se sont le plus occupés de vous hier? — Parlez, Monsieur! — Nous allons commencer par monseigneur Coletti. — Oh! Monsieur. — Je n'en parle que pour mémoire et comme ouverture convenable de liste. D'ailleurs, Madame, monseigneur Coletti est un charmant prélat. — Un prêtre! — Vous avez raison; aussi, tenez, vous me ramenez tout de suite à votre sentiment. Un prêtre n'est pas dangereux pour une femme comme vous, belle, jeune, riche et libre, ou presque libre, et monseigneur Coletti peut s'occuper de vous publiquement ou en cachette, venir vous voir au grand jour ou pendant la plus sombre obscurité, personne ne s'avisera jamais de dire que madame de Marande est la maîtrese de monseigneur Coletti. — Et cependant, Monsieur, fit madame de Marande en coupant sa phrase d'un sourire. — Cependant il vous aime, ou plutôt il est amoureux de vous. Monseigneur Coletti n'aime que lui-même, voilà ce que vous voulez dire, n'est-ce pas?

Le sourire resté en permanence sur les lèvres de madame de Marande était une tacite adhésion à l'opinion de son mari.

— Eh bien! mais, continua le banquier, un adorateur dans les hautes dignités de l'Église, cela va assez bien à une jeune et jolie femme, surtout quand cette jeune et jolie femme n'est ni prude, ni dévote et a un autre amant. — Un autre amant! s'écria madame de Marande. — Remarquez que je ne parle pas de vous, je généralise; je dis une jeune et jolie femme. Vous êtes jeune parmi les jeunes, jolie parmi les jolies, mais enfin vous n'êtes pas la seule jeune la seule jolie femme de Paris, n'est-ce pas? — Je n'ai point cette prétention, Monsieur. — Va donc pour monseigneur Coletti. Il vous fait garder la meilleure loge du Conservatoire quand viennent les concerts spirituels, il vous garde la meilleure tribune de Saint-Roch pour entendre le *Magnificat* et le *Dies iræ*, et il a donné à mon maître d'hôtel des recettes de purée de gibier qui ont fait l'admiration de vos deux vieux sigisbés, MM. de Courchamp et Montrond. Puis il y a ensuite un charmant garçon et que j'aime de tout mon cœur.

Madame de Marande interrogea son mari du regard. Ce regard disait clairement :

— Qui cela? — Aussi laissez-moi vous faire son éloge, non pas comme poëte, non pas comme auteur dramatique, vous savez qu'il est convenu que nous autres banquiers nous ne connaissons rien à la poésie ni au théâtre, mais comme homme. — Vous voulez parler de M.....

Madame de Marande hésita.

— Je veux parler de M. Jean Robert, parbleu!

Un second nuage de pourpre, bien autrement intense et coloré que le premier, passa sur le visage de madame de Marande. Monsieur de Marande n'en perdit pas la plus petite nuance; cependant, il n'y parut pas faire la plus petite attention.

— Vous aimez M. Jean Robert? répéta Madame de Marande. — Pourquoi pas? il est de bonne maison. Son père, presque contemporain du vôtre, occupait dans les armées républicaines un grade supérieur à celui que le vôtre occupait dans les armés impériales. S'il avait voulu se rallier à la famille de Napoléon, peut-être serait-il mort maréchal de France au lieu de laisser en mourant sa famille dans la misère ou à peu près. Le jeune homme a pris tout cela en main, il a marché bravement à travers les difficultés de la vie; c'est un cœur franc, honnête, loyal, qui sait peut-être cacher son amour, mais qui ne sait point cacher ses répulsions. Ainsi, tenez, moi, par exemple, il ne m'aime pas. — Comment! il ne vous aime pas! s'écria madame de Marande se laissant emporter; je lui ai cependant dit... — D'avoir l'air de m'aimer. Eh bien, le pauvre garçon, quoiqu'il ait, je n'en doute pas, le plus grand égard à vos recommandations, il ne saurait, sur ce point-là, arriver à vous obéir. Non! il ne m'aime pas. Aussi, voyez, s'il me voit venir d'un côté de la rue et qu'il puisse sans impolitesse passer de l'autre, il le fait. Si je le rencontre et que, pris à l'improviste, il soit obligé de me saluer, c'est avec une froideur qui blesserait tout autre que moi, qui remplis ce devoir de courtoisie pour lui faire accepter une invitation chez vous. Eh bien, je sais cela, il a fait toutes les difficultés du monde hier, je l'ai forcé, littéralement forcé, à me donner la main; et si vous saviez ce que le pauvre garçon a souffert pendant tout le temps que sa main est restée dans la mienne, cela ma touché, et, plus il me déteste, plus je l'aime. Vous comprenez cela, n'est-ce pas, Madame? c'est d'un homme ingrat, mais d'un honnête homme. — En vérité, Monsieur, je ne sais comment prendre ce que vous me dites. — Comme il faut toujours prendre tout ce que je dis, Madame, c'est la vérité. Ce pauvre garçon se croit des torts envers moi, cela le gêne. — Monsieur, mais quel tort? — Je ne vous dis pas que ce ne soit point un visionnaire. Il est poëte, et tout poëte l'est peu ou prou. A propos, une recommandation : il vous fait des vers, n'est-ce pas? — Monsieur... — Il vous en fait, j'en ai vu. — Mais il ne les fait pas imprimer. — Il a raison, s'il sont mauvais; il a tort, s'ils sont bons. Qu'il ne se gêne pas pour moi. J'y mets une condition, cependant. — Laquelle?... Qu'il n'y ait pas de nom? — Au contraire, au contraire. Peste! des mystères avec nous, ses amis! non pas; que votre nom y soit en toutes lettres. Qui diable voulez-vous qui voie du mal à des vers faits par un poëte à une jolie femme? Quand il fait des vers à une fleur, à la lune, au soleil, met-il une initiale? Non, il met leur nom tout entier. Comme la fleur, comme la lune, comme le soleil, vous êtes une des douces, des belles, des bienfaisantes créations de la nature, qu'il vous traite comme le soleil, comme la lune, comme les fleurs. — En vérité, Monsieur, si vous parlez sérieusement... — Oui, cela vous rend la poitrine plus légère. — Monsieur... — Ainsi, c'est convenu: bon gré mal gré, M. Jean Robert reste au nombre de nos amis, et si l'on s'étonne de ses assiduités, vous direz, ce qui est vrai, que ce n'est ni vous ni lui qui avez désiré ces assiduités, mais bien moi, moi, qui rends pleine justice au talent, à la délicatesse, à la discrétion de Jean Robert. — Oh! quel homme étrange vous faites, Monsieur, fit madame de Marande, et qui me dira le secret de votre singulière affection pour moi? — Vous gêne-t-elle, Madame? demanda M. de Marande avec un sourire qui ne manquait pas d'une certaine mélancolie. — Oh! non, Dieu merci! seulement elle me fait craindre une chose. — Laquelle? — C'est qu'un beau jour... mais non, c'est inutile que je vous dise ce qui me passe par l'esprit ou plutôt par le cœur. — Dites, Madame, si ce que vous avez à dire peut être dit à un ami. — Non, cela aurait presque l'air d'une déclaration.

M. de Marande regarda fixement sa femme.

— Mais enfin, Monsieur, dit-elle, ne vous est-il point parfois venu une chose à l'idée?

M. de Marande continua de regarder sa femme.

— Dites cette chose, Madame, fit-il après un instant de silence. — C'est que... si ridicule que cela soit, une femme puisse devenir amoureuse de son mari.

Un nuage passa rapidement sur le visage de M. de Marande. Il ferma les yeux, et l'obscurité, pour ainsi dire, se fit sur sa physionomie. Puis, secouant la tête, et comme sortant d'un songe:

— Oui, dit-il, si ridicule que cela soit, cela peut être... Priez Dieu, Madame, qu'un pareil phénomène ne se produise pas entre nous.

Puis il ajouta à voix basse et en fronçant le sourcil:

— Ce serait un trop grand malheur pour vous... et surtout pour moi.

Puis, se levant, il fit deux ou trois tours dans la chambre, affectant de rester dans la partie de l'appartement qui était à la tête du lit de madame de Marande, et où, par conséquent, les regards ne pouvaient le suivre.

Mais cependant, grâce à un miroir placé auprès de son lit, madame de Marande remarqua que M. de Marande s'essuyait le front, et peut-être même les yeux, avec son mouchoir.

LXXXIV

FIN DE LA CAUSERIE CONJUGALE, QUI S'EST TROUVÉE ÊTRE PLUS LONGUE QUE L'AUTEUR NE LE CROYAIT.

Sans doute M. de Marande s'aperçut-il que son émotion, quelle qu'en fût la cause, le trahissait aux yeux de sa femme, car, rassérénant son visage et forçant ses lèvres et ses yeux à sourire, il revint s'asseoir sur le fauteuil resté vacant pendant quelques minutes. Puis, après un instant de silence:

— Maintenant, Madame, dit-il, après avoir eu l'honneur de vous dire mon opinion sur monseigneur Coletti et sur M. Jean Robert, il me reste à vous demander la vôtre sur M. Lorédan de Valgeneuse.

Madame de Marande regarda son mari avec un certain étonnement.

— Mon opinion sur lui, Monsieur, dit-elle, est celle de tout le monde. — Dites-moi celle de tout le monde alors, Madame. — Mais M. de Valgeneuse...

Elle s'arrêta, embarrassée d'aller plus loin.

— Pardon, dit-elle, Monsieur, mais vous me paraissez avoir des préventions contre M. de Valgeneuse. — Des préventions! moi? Dieu me garde d'avoir des préventions contre M. de Valgeneuse; non, j'écoute seulement ce que l'on dit. Vous savez ce que l'on dit, n'est-ce pas, de M. de Valgeneuse? — Il est riche, il a des succès, il est fort bien en cour. C'est plus qu'il n'en faut pour qu'on dise beaucoup de mal de lui. — Savez-vous le mal qu'on en dit? — Comme je sais le mal, Monsieur, fort médiocrement... — Eh bien, voilà ce qu'on en dit. Parlons de sa richesse d'abord. — Elle est incontestable. — Certainement dans le fait de son existence, mais contestable, à ce qu'il paraît, dans la façon dont elle a été acquise. — Le père de M. de Valgeneuse n'a-t-il pas hérité de cette fortune d'un frère aîné? — Oui, seulement il court sur cet héritage une sourde histoire, quelque chose comme un testament qui aurait disparu au moment de la mort de ce frère aîné, frappé, au moment où l'on s'y attendait le moins, d'une apoplexie foudroyante. Il y avait un fils; avez-vous entendu parler de cela, Madame? — Vaguement. Le monde que voyait mon père n'était pas celui de M. de Valgeneuse. — Votre père était un honnête homme, Madame, et il y a un proverbe sur le monde que l'on voit. Eh bien, il y avait un fils, un jeune homme charmant, que les héritiers, ceux qu'on accuse, quand je dis qu'on accuse, il ne s'agit point ici, vous le comprenez bien, Madame, d'une accusation devant la cour d'assises, eh bien, ce jeune homme charmant, les héritiers l'ont chassé de la maison de son père; car, de notoriété, il était fils du marquis de Valgeneuse, neveu du comte, et cousin, par conséquent, de M. Lorédan et de mademoiselle Suzanne; eh bien, ce jeune homme, habitué à une grande existence et se trouvant tout à coup sans ressources, s'est, dit-on, brûlé la cervelle. — C'est une sombre histoire que celle-là. — Oui, mais qui, au lieu d'assombrir la famille, l'a fort égayée. Le jeune homme vivant, d'un moment à l'autre le testament pouvait se retrouver, et le véritable héritier reparaître armé de ce testament. Mais l'héritier mort, il n'y avait point de chance que le testament reparût tout seul. Voilà pour la richesse. Quant à ses succès lans le monde, je présume que par le mot succès vous entendez bonnes fortunes... — N'est-ce point ainsi que cela s'appelle? dit madame de Marande en souriant. — Eh bien, quant à ses succès, il paraît qu'ils sont limités aux femmes du grand monde, et que, quand ils s'adressent tout bonnement à ce que l'on appelle des filles du peuple, malgré l'assistance généreuse que prête en ces circonstances à son frère mademoiselle Suzanne de Valgeneuse, le jeune homme est quelquefois obligé d'employer la violence. — Oh! Monsieur, que me dites-vous là? — Une chose que monseigneur Coletti vous dirait probablement mieux que moi; car si M. de Valgeneuse est bien en cour, c'est par l'Église. — Et vous dites, Monsieur, reprit madame de Marande, qui prenait un certain intérêt à ces accusations vraies ou fausses; vous dites que mademoiselle de Valgeneuse seconde son frère dans ses entreprises amoureuses? — Oh! cela, c'est connu, et vraiment les personnes qui connaissent l'amitié passionnée que mademoiselle Suzanne a pour son frère lui en savent gré. Mademoiselle Suzanne a cette différence avec son frère, qu'elle aime, elle, la vie de famille, et qu'elle met tous ses plaisirs, presque tous du moins, dans son intérieur. — Oh! Monsieur, et vous croyez à de pareilles calomnies? — Moi, Madame, je ne crois à rien, excepté au cours de la rente, et encore faut-il que je la voie imprimée au *Moniteur*. Mais ce à quoi je crois, par exemple, oh! c'est à la fatuité et à l'indiscrétion de M. de Valgeneuse. Il est comme le limaçon, sous ce rapport: il salit les réputations qu'il ne mange pas. — Ah! vous n'aimez pas M. de Valgeneuse, Monsieur? fit madame de Marande. — Non, je l'avoue! L'aimeriez-vous, par hasard, vous, Madame? — Moi! vous me demandez si j'aime M. Lorédan? — Mon Dieu! je vous demande cela comme je vous demanderais autre chose. Seulement, je me suis servi d'une mauvaise locution; je sais bien que vous n'aimez personne dans le sens absolu du mot aimer. J'aurais dû vous dire: M. Lorédan vous plaît-il? — Il m'est indifférent! — Bien vrai, Madame? — Oh! je vous le proteste. Seulement, pas plus à lui qu'à un autre, je n'aimerais voir arriver un malheur qu'il n'aurait pas mérité. — Eh! qui peut désirer de pareilles choses? Aussi, je vous proteste, Madame, qu'il n'arrivera, de mon côté, du moins, de ma part, si vous l'aimez mieux, à M. de Valgeneuse, que des malheurs qu'il aura mérités. — Mais quels malheurs peut donc mériter M. de Valgeneuse, et comment ces malheurs pourraient-ils lui venir de vous? — Eh! bien simplement, Madame. Ainsi, par exemple, cette nuit, M. de Valgeneuse vous a fait une cour très-assidue. — A moi! — A vous, oui, Madame. Il n'y avait pas d'inconvénient, c'était chez vous, et l'on pouvait considérer cette affectation de M. de Valgeneuse à se trouver sans cesse sur vos pas comme une marque de courtoisie... peut-être un peu exagérée, mais cependant excusable envers son hôtesse. Mais, vous comprenez bien? vous allez à d'autres soirées qu'aux vôtres; vous rencontrerez M. de Valgeneuse dans le monde. Eh bien! si, pendant huit soirées seulement, il fait ailleurs ce qu'il a fait ici, vous êtes une femme compromise. Eh! mon Dieu! je ne veux pas vous effrayer, Madame; mais le jour où vous serez une femme compromise, M. de Valgeneuse sera un homme mort.

Madame de Marande jeta un cri.

— Oh! Monsieur, dit-elle, un homme mort à cause de moi! tué pour moi! Ce serait un remords pour toute ma vie. — Mais qui vous dit donc que ce serait pour vous ou à cause de vous que je tuerais M. Lorédan? — Vous-même,

Monsieur. — Je ne dis pas un mot de cela. Si je tuais M. Lorédan pour vous ou à cause de vous, vous seriez bien autrement compromise après qu'avant sa mort; non, je le tuerais à propos... de la loi sur la liberté de la presse ou de la dernière revue sur la garde nationale, comme j'ai tué M. de Bedmar. — M. de Bedmar? s'écria Lydie, pâlissant comme si elle allait s'évanouir. — Eh bien, continua M. de Marande, est-ce qu'on a jamais su que c'était pour vous et à cause de vous? — Vous avez tué M. de Bedmar? répéta madame de Marande. — Oui, ne le saviez-vous point? — Oh! mon Dieu! — Je vous avoue, cependant, qu'un instant j'ai hésité. Vous savez, ou vous ne savez pas, que j'avais des motifs de mépriser M. de Bedmar: dans une circonstance, j'avais acquis la conviction que sa conduite n'avait pas été celle d'un honnête homme; on m'écrivit, un de mes correspondants d'Italie, que, le 20 novembre 1824, M. de Bedmar serait à Livourne. Je me rappelai que j'avais à Livourne une affaire importante. J'y arrivai le 19 novembre. M. de Bedmar y arriva à son tour. Alors, je ne sais comment cela se fit, nous eûmes, sur le port même de Livourne et au moment où il y débarquait, une discussion pour une cause bien futile, à propos d'un commissionnaire. La discussion s'envenima. Bref, je me trouvai insulté et lui demandai raison de cette insulte, tout en lui laissant le choix des armes, comme c'est mon habitude. Il eut le tort de choisir le pistolet, arme brutale, qui déchire, qui casse, qui tue. Séance tenante, nous prîmes rendez-vous aux cassines de Pise. Arrivés sur le terrain, nos témoins nous placèrent à vingt pas; on jeta un louis en l'air pour savoir qui tirerait le premier, le sort lui échut. Il tira... un peu bas, la balle me traversa la cuisse. — Vous traversa la cuisse! s'écria madame de Marande. — Oui, Madame, sans attaquer l'os, heureusement. — Mais je n'ai pas su que vous étiez blessé. — A quoi bon vous tourmenter d'une blessure qui était guérie au bout de quinze jours? — Et tout blessé que vous étiez, Monsieur?... — Je l'ajustai. Ce fut à ce moment, comme je vous l'ai dit, que j'hésitai. C'était un fort beau garçon, dans le genre de M. de Valgeneuse; je me disais: peut-être, comme M. de Valgeneuse, est-il aimé d'une mère, d'une sœur; j'hésitai. En appuyant d'une ligne à droite ou à gauche, je le manquais, et, comme j'étais blessé, le duel finissait là. Mais je me rappelai que M. de Bedmar avait indignement trompé une jeune fille; que lui aussi avait tenu au bout de son pistolet le père de cette jeune fille, qui était venu lui demander raison de l'injure qu'il lui avait faite, et qu'il avait, le misérable! tué le père de cette jeune fille. Alors, je visai droit à la poitrine. La balle lui traversa le cœur, et il tomba sans pousser un soupir. — Monsieur! s'écria madame de Marande, Monsieur... vous dites que mon père... — Avait été tué en duel par M. de Bedmar, Madame; c'est la vérité. Vous voyez bien que j'ai eu raison de ne pas plus lui faire grâce qu'en pareille circonstance je ne ferais grâce à M. de Valgeneuse.

Et, saluant sa femme d'un visage aussi calme qu'il était entré, M. de Marande sortit, suivi par le regard effaré de madame de Marande.

— Oh! murmura Lydie, en retombant la tête sur son oreiller, que Dieu me pardonne, mais il y a des moments où je crois que cet homme m'aime... et que je l'aime!

LXXXV

COUR D'ASSISES DE LA SEINE.

Audience du 29 avril.

Affaire Sarranti.

Le lecteur, en apprenant de la bouche même de Salvator que celui-ci se rendait au Palais-de-Justice pour y assister aux derniers débats de l'affaire Sarranti, a dû comprendre qu'il ne fallait rien moins que la nécessité absolue où nous étions de suivre M. de Marande dans la chambre de sa femme, pour que nous ne le conduisissions pas à l'instant même dans cette grande et terrible salle du Palais-de-Justice où le crime vient chercher son châtiment, et, malheureusement, parfois aussi, par une fatale erreur, l'innocence sa condamnation.

Trois statues devraient être placées aux trois angles de cette grande salle, dans l'attente d'une quatrième, qui alors resterait peut-être éternellement absente : celles de Calas, de La Barre et de Le Surque !

Vers les onze heures du soir, au moment où le roi Charles X tenait son conseil, à l'instant où des centaines d'équipages faisaient résonner le pavé de la rue d'Artois, devant l'hôtel de Marande, les abords du Palais-de-Justice présentaient un spectacle bien autrement curieux que celui du boulevard des Italiens.

En effet, depuis le Châtelet, en allant du nord au sud jusqu'à la place du pont Saint-Michel, le pont au Change, la rue de la Barillerie, le pont Saint-Michel et toutes les rues avoisinantes; et en allant de l'ouest à l'est, depuis la place Dauphine jusqu'au pont de la Cité, les quais de l'Horloge, Desaix, de la Cité, de l'Archevêché, des Orfèvres, étaient couverts d'une foule si compacte, si pressée, si houleuse et si murmurante, qu'on eût cru que la vieille île du palais, devenue flottante, oscillait au milieu de la Seine, faisant un suprême effort pour résister à l'ouragan qui la poussait vers la mer!

Ce qui contribuait à donner à cette foule une grande ressemblance avec un océan orageux, c'était le mugissement sourd et profond, lugubre et monotone dont elle faisait retentir toutes les rues d'alentour, et qui montait comme une marée furibonde jusqu'aux voûtes du vieux palais de saint Louis.

C'était, ce soir-là, ou plutôt cette nuit-là, car la soirée était déjà assez avancée, que devaient se clore les débats de cette affaire qui préoccupait avec tant de raison, à un si haut degré, l'attention publique, depuis le jour où le *Moniteur* avait publié l'acte d'accusation.

Les lecteurs ne s'étonneront donc pas qu'un procès destiné à faire époque dans les fastes de la justice criminelle ait attiré autour du palais un si grand concours de populaire, et dans la salle d'audience une foule beaucoup plus considérable que la salle ne pouvait la contenir. Pour éviter la confusion, le trouble, et, qui sait, les désordres qui auraient pu être causés par une telle affluence, M. le président avait jugé nécessaire de faire distribuer à l'avance des cartes d'entrée aux personnes, ou du moins à une partie des personnes qui en avaient sollicité.

Les avocats eux-mêmes en avaient reçu un certain nombre pour chacun des jours d'audience.

Il avait été impossible de satisfaire aux sollicitations innombrables des uns et des autres ; plus de dix mille demandes de billets avaient été adressées à M. le président depuis le jour qu'avait été publié l'acte d'accusation.

La diplomatie, les deux législatures, la noblesse, la robe, l'armée et la finance avaient sollicité cette faveur. Peu de ces requêtes avaient été exaucées.

Plusieurs banquettes avaient été spécialement réservées pour le barreau, mais elles avaient été bientôt envahies par un grand nombre de dames qui n'avaient pu trouver place sur les bancs qui leur étaient destinés dans l'enceinte intérieure, vis-à-vis du banc des avocats.

Les débats n'étaient ouverts que depuis deux jours, et bien que, jusqu'ici, on n'eût aucune preuve du crime dont M. Sarranti était accusé, on disait au palais, et on répétait dans la foule, que le verdict devait être rendu dans la journée.

On s'attendait à chaque instant à l'entendre prononcer, nous parlons du moins de ceux qui n'assistaient que de loin à la séance, et, bien qu'il fût onze heures, bien qu'il circulât dans la foule un bruit, réel ou faux, que l'on venait d'envoyer l'ordre formel que le crime fût jugé et l'arrêt rendu séance tenante, aucune nouvelle n'arrivait au dehors, et les plus patients commençaient à pousser des cris énergiques, que n'arrêtaient pas entièrement les gendarmes éparpillés çà et là dans la foule.

Pour ceux qui assistaient aux débats, l'intérêt, au contraire, allait en croissant, et treize heures d'audience dans un même jour, la séance avait commencé à dix heures du matin, treize heures d'audience n'avaient pas diminué l'attention des uns, ni ralenti la curiosité des autres.

Du reste, outre l'intérêt qu'excitait l'accusé dans le cœur de chacun, ces débats, déjà si palpitants, avaient été rendus plus intéressants encore par le talent remarquable avec lequel ils avaient été présidés, et en même temps par l'énergie et le bon goût de l'avocat qui défendait M. Sarranti.

Quant au talent du président, il était incomparable. Il était impossible d'apporter, dans des fonctions si graves et si pénibles, un esprit d'analyse plus net et plus précis, une élocution plus élégante et plus facile, un sentiment plus élevé des convenances et une plus scrupuleuse impartialité.

Car, disons-le en passant, puisque nous en trouvons l'occasion, nous qui nous piquons en toute chose de cette scrupuleuse impartialité dont nous louons M. le président, disons que le talent du président, son habileté et son équité, exercent sur la marche des débats, et même sur l'attitude du public, une influence extraordinaire ; on ne saurait croire combien elle leur inspire de grandeur et de dignité, et donne aux séances de nos cours de justice ce caractère imposant qui leur est propre.

La solennité de ce soir-là avait précisément à la fois le caractère imposant dont nous parlons, et un caractère sombre, lugubrement fantastique, qu'on comprendra suffisamment quand, en quelques mots, nous aurons fait la mise en scène de cette séance. Tout le monde, ou à peu près, connaît la salle d'audience de la cour d'assises. C'est un immense rectangle, plus long que large, sombre, profond et haut comme une église.

Nous disons sombre, bien qu'elle reçoive le jour par cinq immenses fenêtres et deux portes vitrées, placées d'un seul côté de la salle, sur la face gauche en entrant; mais soit que la face droite, à travers laquelle ne pénètre aucune lumière, excepté quand s'entr'ouvre la petite porte, par laquelle entre et sort l'accusé, soit, disons-nous, que ce mur sombre, qu'essayent en vain d'égayer des panneaux de papier bleu, jette à la muraille qui le regarde son obscurité, bien plus que celle-ci ne lui envoie sa lumière, ou soit que le temple de la justice conserve comme un reflet de la boue immonde dont le crime a souillé son pavé, on est pris tout à coup, en entrant dans la salle de la cour d'assises, d'une tristesse noire, d'un frisson de dégoût, d'une impression analogue à celle qu'on éprouverait si, en entrant dans un bois, on mettait le pied sur un nid de couleuvres.

Mais ce soir-là, au lieu de la teinte sombre qu'elle revêt communément, la cour d'assises éclatait de lumières encore plus tristes peut-être que son obscurité. Qu'on imagine, en effet, toute cette foule éclairée étrangement par les lueurs vacillantes de cent bougies, par le reflet des lampes, qui, recouvertes d'abat-jour, donnaient aux visages des jurés je ne sais quel air étrange, quelles lugubres pâleurs, particulières aux inquisiteurs peints par les peintres espagnols.

En entrant dans la salle, cette demi-obscurité lumineuse, ou, disons mieux, cette demi-clarté sombre vous reportait, malgré vous, aux séances mystérieuses du conseil des dix ou de l'inquisition. Toutes les géhennes et les tortures du moyen âge revenaient à l'esprit, et on cherchait dans le coin le plus ombreux de la salle le masque livide du tourmenteur.

Au moment où nous allons pénétrer, M. l'avocat du roi allait commencer son réquisitoire. Il était debout. C'était un homme de haute taille, pâle de visage, osseux et sec, comme un vieux parchemin, un cadavre vivant, n'ayant plus de la vie que la voix et le regard, car de geste, de mouvement, il n'en était pas question. Encore cette voix était-elle faible comme un souffle, encore ce regard était-il vague, distrait, sans expression arrêtée. Cet homme, pour tout dire, semblait l'incarnation de la procédure criminelle. C'était un réquisitoire en chair et en os, en os surtout.

Mais avant de faire entendre les personnages principaux de ce drame, disons quelle place ils occupaient dans la salle d'audience.

Au fond, en entrant, au centre du bureau circulaire, est le président et la cour.

A la gauche de celui qui entre, ou à la droite du président, au-dessous de deux de ces hautes fenêtres vitrées, sont les quatorze jurés. Nous disons quatorze au lieu de douze, car le substitut du procureur du roi, attendu la longueur présumée des débats, a requis l'adjonction de deux jurés supplémentaires et d'un magistrat assesseur.

Dans l'enceinte circulaire qui borde le bureau de la cour est l'honnête M. Gérard, la partie civile. C'était bien le même homme, à peu près chauve, aux yeux gris, petits, enfoncés, ternes, aux sourcils épais et grisonnants, du milieu desquels s'élançaient, comme des soies de sanglier droites et raides, de longs poils qui, se joignant dans la ligne d'un nez recourbé comme un bec de vautour, formaient, au-dessus de l'œil, une arcade d'une courbe exagérée et hors de toute proportion; c'était, enfin, cette physionomie lâche et basse qui avait fait une si singulière impression sur l'abbé Dominique à son entrée dans la chambre à coucher du mourant.

La figure d'un homme qui demande à la justice de le venger d'un assassin est d'ordinaire, quelle que soit sa laideur coutumière, touchante, intéressante au plus haut point, tandis que la figure de l'accusé excite le mépris et le dégoût.

Mais ici, c'était le contraire, et, en le regardant, si on eût consulté le public qui composait cette assemblée, à l'unanimité, en voyant à droite le beau et honnête visage de M. Sarranti, la loyale, sereine et belle figure de l'abbé Dominique, à l'unanimité on eût dit que les rôles étaient intervertis, que l'assassin était la victime, et que celui qui passait pour la victime était l'assassin. Sans autre raison, sans autre preuve que l'inspection rapide des deux hommes, il était impossible de s'y tromper.

Maintenant, quand nous aurons dit que M. Sarranti, escorté de deux gendarmes, causait de temps en temps, appuyé sur la barre, avec son fils et son avocat, nous aurons fait connaître, dans tous ses détails, la mise en scène de cette triste solennité.

Nous avons dit que les débats étaient ouverts depuis deux jours. La séance à laquelle nous introduisons le lecteur était donc la troisième et probablement la dernière séance. Disons rapidement ce qui s'était passé dans les deux premières séances.

Après les actes préliminaires, on avait lu l'acte d'accusation, que nous ne rapporterons pas, mais que les personnes curieuses de ces sortes de pièces pourront retrouver dans les journaux du temps.

De cet acte, il résultait que M. Gaëtano Sarranti, ancien militaire, né à Ajaccio, en Corse, âgé de quarante-huit ans, officier de la Légion d'honneur, était accusé d'avoir, dans la soirée du 20 août 1820, volé avec effraction une somme de 300,000 francs dans le secrétaire de M. Gérard, assassiné une femme au service de M. Gérard, et enlevé ou tué les deux neveux de M. Gérard, sans qu'on ait jamais pu retrouver trace de leur personne ou de leurs cadavres. Crimes prévus par les articles 293, 296, 302, 304, 345 et 354 du Code pénal.

Après la lecture de l'acte d'accusation, on avait, dans la forme ordinaire, interrogé l'accusé, qui avait répondu NON à toutes les questions qu'on lui avait faites, sans donner d'autres marques d'émotion que la douleur qu'il avait paru éprouver en apprenant la mort ou la disparition des deux enfants.

L'avocat de M. Gérard avait cru embarrasser énormément M. Sarranti en lui demandant pourquoi il avait si brusquement quitté la maison où il avait été si affectueusement accueilli. Mais M. Sarranti avait simplement répondu que la conspiration dont il était un des chefs principaux ayant été dénoncée à la police, il avait été, d'après les instructions de l'empereur, rejoindre M. Lebastard de Prémont, général français au service de Randjit-Singh.

Puis il avait raconté comment, poursuivant son projet, il était, accompagnant le général, rentré en Europe, et venait d'essayer, de complicité avec lui, d'enlever le roi de Rome du palais de Schœnbrunn, tentative qui avait, ainsi qu'il l'avait appris depuis son arrestation, échoué, à son grand regret, avouait-il.

Ainsi, tout en repoussant l'accusation de vol et d'assassinat, il sollicitait celle de criminel de lèse-majesté et ne récusait l'échafaud civil que pour réclamer à grands cris l'échafaud politique.

Mais ce n'était point là l'affaire de ceux qui le voulaient condamner. Ce que l'on désirait trouver dans M. Sarranti, c'était l'ignoble voleur, l'immonde assassin, qui veut s'approprier la fortune ensanglantée de deux malheureux enfants, et non le conspirateur politique qui, au risque de sa vie, veut substituer une dynastie à une autre, et changer, à main armée, la forme d'un gouvernement.

Le président avait été forcé d'arrêter M. Sarranti au milieu des explications données par lui. Ces explications faisaient passer dans tout l'auditoire un frisson sympathique qui le gagnait, lui magistrat, comme les autres et malgré lui-même. Puis était venue la déposition de M. Gérard.

Nos lecteurs se souviennent de sa première déposition faite devant le maire de Viry, le lendemain du crime. La seconde était identiquement la même. Il est donc inutile que nous la rapportions ici, puisque le lecteur la connaît déjà.

La fin de la première séance avait été remplie par la déposition des témoins. Cette déposition, toute à la charge de Sarranti, était un long panégyrique de M. Gérard, près duquel, s'il fallait écouter les témoins, saint Vincent de Paul n'était qu'un misérable égoïste. Ces témoins n'étaient autres que le maire de Viry. Le lecteur connaît déjà le bonhomme. Dupe du trouble dans lequel était M. Gérard au moment où celui-ci lui annonça la catastrophe, il avait pris la stupeur du criminel pour la terreur de la victime.

On avait entendu aussi le témoignage de quatre ou cinq paysans, fermiers et propriétaires de Viry, qui, n'ayant eu avec M. Gérard que des rapports de fermage, à l'occasion d'achats ou de ventes de terres, déclaraient que, dans toutes ces transactions, M. Gérard s'était montré d'une exactitude rigoureuse et d'une rigide probité.

On entendit encore vingt ou vingt-cinq témoins de Vanves et du Bas-Meudon, c'est-à-dire tous ceux qui avaient reçu de M. Gérard, depuis qu'il habitait parmi eux, de nombreuses marques de sa bienfaisance et de sa générosité.

Ceux de nos lecteurs qui se souviennent du chapitre intitulé *un Philanthrope de village*, comprendront quel effet dut produire sur le jury le récit des bonnes actions de l'honnête M. Gérard, et notamment le récit de la dernière, c'est-à-dire de celle qui avait failli lui coûter la vie.

M. Sarranti, interrogé lui-même sur M. Gérard, répondit, avec sa bonne foi toute militaire, qu'il le croyait un parfait honnête homme, et qu'il fallait qu'il fût trompé par de graves apparences pour qu'il portât contre lui, Sarranti, une si cruelle accusation. Ce à quoi le président lui avait demandé :

— Mais enfin, que dites-vous pour votre justification, et comment expliquez-vous le vol des cent mille écus, la mort de madame Gérard, et la disparition des enfants ? — Les cent mille écus étaient à moi, avait répondu M. Sarranti, ou plutôt étaient un dépôt que m'avait confié l'empereur Napoléon. Ils m'ont été rendus de la main même de M. Gérard. Quant à l'assassinat de madame Gérard, et à la disparition des enfants, je n'en puis rien dire, madame Gérard étant en parfaite santé et les enfants jouant sur la pelouse au moment où j'ai quitté le château, c'est-à-dire à trois heures de l'après-midi.

Tout cela était si peu probable que le président avait regardé les jurés, lesquels avaient secoué la tête de l'air le plus significatif.

Quant à Dominique, son aspect pendant tout le cours des débats était celui d'un homme pris d'une fièvre allant jusqu'au délire. Il se levait, se rasseyait, tirait son père par le pan de sa redingote, ouvrait la bouche comme s'il voulait parler, puis tout à coup laissait échapper un gémissement; tirait son mouchoir de sa poche, essuyait son front couvert de sueur, laissait tomber la tête dans ses deux mains, et pendant des heures demeurait comme anéanti.

Quelque chose de pareil, au reste, se passait du côté de M. Gérard. Car, préoccupation inexplicable pour les assistants, c'était bien plus Dominique que Sarranti lui-même, que M. Gérard suivait des yeux.

Quand Dominique se levait, il se levait lui-même, comme poussé par un ressort. Quand Dominique ouvrait la bouche pour parler, la sueur coulait sur son front, et il semblait prêt à s'évanouir.

Ces deux pâleurs luttaient ensemble. C'était à celle qui arriverait jusqu'à la lividité.

Au milieu de ces scènes mystérieuses dont les deux acteurs avaient seuls le secret, un incident inattendu vint jeter son cri rauque et discordant dans le concert de louanges qui s'élevait autour de M. Gérard.

Un vieillard de quatre-vingts ans, pâle, décharné, maigre comme Lazare ressuscité, répondant à l'appel qui lui était fait, s'avança d'un pas lent, mais égal, ferme et sonore comme celui de la statue du commandeur. C'était ce vieux jardinier de Viry, père et grand-père de tout un monde d'enfants, et qui cultivait les jardins du château depuis trente ou quarante ans, quand l'événement était arrivé; c'était ce fidèle serviteur dont on se rappelle qu'Orsola avait demandé le renvoi pour s'assurer de sa puissance de domination sur M. Gérard.

— Je ne sais qui a commis l'assassinat, dit-il, mais je sais que la femme assassinée était une méchante femme; elle s'était emparé de l'esprit de cet homme, qui n'était pas son mari, et dont elle voulait devenir la femme.

Et il montrait M. Gérard.

— Elle l'avait fasciné et elle exerçait sur lui un pouvoir qui n'avait pas de bornes. Ma conviction est qu'elle haïssait les enfants et qu'elle pouvait faire de cet homme tout ce qu'elle voulait. — Avez-vous quelque fait à raconter? demanda le président. — Non, répondit le vieillard; seulement, tout à l'heure, j'ai entendu parler du caractère de M. Gérard, et je crois de mon devoir, moi qui, depuis quatre-vingts ans, ai vu tant d'hommes, de dire ce que je pense de celui-là. La servante voulait devenir maîtresse, peut-être les enfants la gênaient-ils pour cela. Je la gênais bien, moi!

Pendant que le vieillard parlait, Dominique semblait triompher, tandis qu'au contraire M. Gérard était pâle comme un mort. Ses machoires tremblantes faisaient claquer ses dents les unes contre les autres.

Cette déclaration produisit une profonde émotion dans tout l'auditoire. Le président fut obligé de faire faire silence, et, en renvoyant le vieillard, il dit:

— Allez, mon ami, messieurs les jurés tiendront compte de votre déposition.

L'avocat de M. Gérard objecta alors qu'on avait voulu renvoyer le jardinier, dont les services, à cause de son grand âge étaient devenus à peu près inutiles, et qu'en ce moment c'était Orsola, que cet homme avait l'ingratitude d'attaquer, qui avait sollicité sa grâce.

Lui, qui regagnait son banc, appuyé d'une main sur son bâton, de l'autre au bras d'un de ses fils, lui, s'arrêta court, comme si, marchant dans les grandes herbes du parc, une vipère l'eût mordu au talon. Puis il revint sur ses pas et d'une voix ferme :

— Ce que Monsieur vient de dire, reprit-il, est, moins l'ingratitude dont il m'accuse, la pure vérité. Orsola avait d'abord demandé mon renvoi, et M. Gérard le lui avait accordé; puis elle lui a demandé ma grâce, et M. Gérard la lui a accordée encore. La servante voulait essayer son pouvoir sur le maître, peut-être pour s'assurer ce qu'elle en pourrait faire dans une circonstance plus importante, Demandez à M. Gérard si c'est vrai. — Ce que dit cet homme est-il vrai, Monsieur? demanda le président s'adressant à M. Gérard.

Gérard allait répondre que c'était faux, mais ayant levé la tête, il rencontra les deux yeux du jardinier qui cherchaient les siens. Ébloui par eux comme par les éclairs de sa conscience, il n'eut pas le courage de nier.

— C'est vrai ! balbutia-t-il.

Excepté cet incident, tous les témoignages, ainsi que nous l'avons dit, furent en faveur de M. Gérard.

Quant aux témoignages en faveur de M. Sarranti, l'accusé n'en avait pas sollicité un seul. Il se croyait accusé de conspiration bonapartiste, et, comptant en assumer sur lui toute la responsabilité, il n'avait pas cru avoir besoin de témoins à décharge.

Puis l'accusation avait tourné comme sur un pivot, et M. Sarranti s'était trouvé en face d'un vol, d'un double rapt et d'un assassinat. L'allégation alors lui avait paru tellement insensée, qu'il s'en était remis à l'instruction elle-même de faire reconnaître son innocence.

Ce n'était que trop tard qu'il s'était aperçu du piége dans lequel il était tombé, et sur ce fait de vol, de rapt et d'assassinat, il lui avait répugné à appeler aucun témoignage. A son avis, sa dénégation devait suffire. Mais peu à peu, par cette brèche qu'il avait laissée ouverte, était entré le soupçon, puis la probabilité, puis, sinon dans l'esprit du public, mais dans celui des jurés, une presque certitude.

M. Sarranti était comme un homme emporté par une course trop rapide vers un abîme inconnu. Il voyait l'abîme, il le mesurait, mais il était trop tard. Aucun appui ne se présentait auquel il pût se retenir. Il ne pouvait manquer d'être précipité. L'abîme était profond, effroyable, hideux. Il devait y perdre non-seulement la vie, mais l'honneur. Et cependant Dominique lui disait incessamment tout bas :

— Ayez courage, mon père, je sais, moi, que vous êtes innocent!

On en était arrivé à ce point des débats où, l'affaire étant suffisamment éclairée par l'audition des témoins, la discussion légale appartient aux avocats. L'avocat de la partie civile prit la parole.

Je ne sais si, lorsque la législation décida que les parties, au lieu de plaider elles-mêmes, plaideraient par l'organe d'un tiers, elle vit, comprit, devina, à côté des avantages qu'elle trouvait à l'accusation ou à la défense par procuration, je ne sais si elle vit, comprit, devina à quels degrés de mauvaise foi, d'impudence et de subtilité, elle allait contraindre l'homme à descendre.

Aussi y a-t-il au palais les avocats des causes. Ces hommes savent parfaitement que la cause qu'ils défendent est mauvaise; mais, regardez-les, écoutez-les, étudiez-les ; à leur voix, à leurs gestes, à leur accent, ne les diriez-vous pas convaincus?

Or, quel est le but de cette fausse conviction qu'ils affectent? j'écarte complétement la question d'argent, de rémunération, de salaire,; quel est le but de cette fausse conviction qu'ils affectent et qu'ils veulent faire partager aux autres? N'est-ce pas de sauver un coupable et de faire condamner un innocent? La loi, au lieu de protéger cet étrange détournement de la raison humaine, ne devrait-elle pas le punir?

Peut-être me dira-t-on qu'il en est de l'avocat comme du médecin : le médecin est appelé pour soigner un assassin qui, dans l'exercice de ses fonctions, a reçu un coup de couteau ou une balle de pistolet, pour rappeler à la vie un condamné qui, après sa condamnation, à la suite d'un crime bien avéré, a tenté de se suicider.

Le médecin arrive et trouve le blessé presque à l'état de cadavre. Il n'y a qu'à laisser faire la blessure; elle conduira tout doucement et d'elle-même l'homme à la mort. Le médecin croit avoir reçu une mission complétement opposée.

Le médecin est le champion de la vie, l'adversaire de la mort. Partout où il trouve la vie, il la soutient; partout où il trouve la mort il la combat.

Il arrive au moment où la vie de l'assassin, ou du moins du condamné, expire, où la mort étend la main pour s'emparer du condamné ou de l'assassin. Quel que soit le mourant, le médecin est son second ; il jette le gant de la science à la mort et lui dit :

— A nous deux !

A partir de ce moment, la lutte entre le médecin et la mort commence; pas à pas la mort recule devant le médecin; elle finit par sortir du cirque ; le médecin reste maître du champ de bataille : le condamné qui a voulu se suicider, l'assassin qui a reçu une blessure, sont sauvés. Oui, mais sauvés pour les remettre aux mains de la justice humaine, qui alors opère sur eux son œuvre de destruction, comme le médecin a opéré son œuvre de salut.

Il en est ainsi, dira-t-on, de l'avocat : on lui donne un coupable, c'est-à-dire un homme gravement blessé; il en fait un innocent, c'est-à-dire un homme qui se porte bien. Celui qui me fait cette réponse n'oublie qu'une chose : c'est que le médecin ne prend à personne la vie qu'il rend au malade, tandis que l'avocat prend parfois à l'innocent la vie qu'il rend au coupable.

Il en était ainsi dans la circonstance terrible où, en face l'un de l'autre, étaient placés M. Gérard et M. Sarranti. Peut-être l'avocat de M. Gérard croyait-il à l'innocence de M. Gérard. Mais, à coup sûr, il ne croyait pas à la culpabilité de M. Sarranti.

Cela n'empêcha point cet homme de faire croire aux autres ce que lui-même ne croyait pas. Il avait ramassé dans un exorde emphatique tous les lieux communs oratoires, toutes les phrases banales qui traînaient dans les journaux du temps contre les bonapartistes.

Il avait fait un parallèle entre le roi Charles X et l'usurpateur ; enfin il avait servi aux jurés tous ces hors-d'œuvre qui devaient aiguiser leur appétit à l'endroit de la pièce principale. La pièce principale, c'était M. Sarranti.

C'est-à-dire un de ces scélérats dont la création a horreur, un de ces monstres que la société repousse, un de ces criminels capables des plus noirs attentats et dont la mort est réclamée comme un exemple par leurs contemporains, indignés de respirer le même air que lui. Il avait donc, sans prononcer le mot terrible, conclu à *la peine de mort*. Mais en même temps, il faut le dire, il avait repris sa place au milieu d'un silence glacial.

Ce silence de l'auditoire, réprobation évidente de la masse, dut laisser dans le cœur de l'avocat de l'honnête M. Gérard un douloureux sentiment de rage et de honte. Nul front ne lui sourit, nulle bouche ne le félicita, nulle main ne s'étendit vers sa main, et, le plaidoyer achevé, le vide s'était fait autour de lui. Il essuya son front baigné de sueur, et attendit anxieusement le plaidoyer de son adversaire.

Celui qui plaidait pour M. Sarranti était un jeune avocat, appartenant au parti républicain; il avait, depuis un an à peine, débuté dans la carrière du barreau, et son début avait brillé du plus vif éclat. C'était le fils d'un de nos savants les plus illustres; il se nommait Emmanuel Richard.

M. Sarranti avait été lié avec son père : le jeune homme, au nom de son père, était venu s'offrir; M. Sarranti avait accepté.

Le jeune homme se leva, déposa sa toque sur le banc, rejeta en arrière ses grands cheveux noirs, et, pâle d'émotion, commença. Un profond silence s'était établi dans l'auditoire du moment où l'on s'était aperçu qu'il allait commencer de parler.

— « Messieurs, dit-il en regardant les jurés en face, ne soyez point étonnés que mon premier mot soit un cri d'indignation et de douleur. Depuis le moment où j'ai vu poindre la monstrueuse accusation qui n'aboutira, je l'espère, qu'à un avortement, et à laquelle, en tout cas, M. Sarranti me défend de répondre, je me contiens à grand'peine, et mon cœur blessé saigne et gémit profondément en dedans de moi-même.

« J'assiste en effet à une chose terrible.

« Un homme honorable et honoré, un vieux soldat dont le sang a coulé sur tous nos grands champs de bataille pour celui qui était à la fois son compatriote, son maître et son ami; un homme dont jamais une pensée mauvaise n'a souillé le cœur, dont jamais une action honteuse n'a taché la main, cet homme qui est venu ici le front haut pour répondre à une de ces accusations qui parfois sont une gloire pour ceux qui les subissent; cet homme qui vient vous dire : J'ai joué ma tête à ce grand jeu des conspirations qui renverse les trônes, change les dynasties, bouleverse les empires; j'ai perdu, prenez-la; cet homme s'entend dire : Taisez-vous! vous n'êtes point un conspirateur, vous êtes un voleur, vous êtes un ravisseur, vous êtes un assassin!

« Ah! Messieurs, il faut être bien fort, vous en conviendrez, pour rester la tête haute devant cette triple accusation. En effet, nous sommes forts! car à cette triple accusation nous répondrons purement et simplement ceci : Si nous étions ce que vous dites, l'homme aux yeux d'aigle et aux regards de flamme, qui savait si bien lire dans les cœurs, ne nous aurait pas serré la main, ne nous aurait pas appelé son ami, ne nous aurait pas dit : Va! »

— Pardon, maître Emmanuel Richard, dit le président, mais de quel homme parlez-vous donc ainsi? — Je parle de Sa Majesté Napoléon Ier, sacré en 1804 à Paris empereur des Français, couronné en 1805 à Milan roi d'Italie, et mort prisonnier à Sainte-Hélène le 5 mai 1821, répondit à haute et intelligible voix le jeune avocat.

Il est impossible de dire quel frisson étrange courut dans l'assemblée. A cette époque, on appelait Napoléon l'usurpateur, le tyran, l'ogre de Corse, et depuis treize ans, c'est-à-dire depuis le jour de sa chute, personne, à coup sûr, n'avait prononcé tout haut, en face de son meilleur et de son plus intime ami, ce qu'Emmanuel Richard venait de prononcer en face de la cour, des jurés et de l'auditoire.

Les gendarmes qui étaient assis à la droite et à la gauche de M. Sarranti se levèrent et interrogèrent des yeux et du geste le président, pour savoir ce qu'il y avait à faire et s'ils ne devaient pas, séance tenante, mettre la main sur l'audacieux avocat.

L'excès de son audace même le sauva ; le tribunal resta atterré, M. Sarranti saisit la main du jeune homme.

— Assez, lui dit-il, assez ; au nom de votre père ne vous compromettez pas.

— Au nom de votre père et du mien continuez ! s'écria Dominique.

« Vous avez peut-être vu, Messieurs, continua Emmanuel, des procès dans lesquels les accusés venaient démentir les témoins, dénier des preuves évidentes, chicaner leur vie au procureur du roi ; vous avez vu cela quelquefois, souvent, presque toujours... Eh bien ! nous, Messieurs, nous vous réservons un spectacle plus curieux.

« Nous venons vous dire :

« Oui, nous sommes coupable, en voilà les preuves ; oui, nous avons conspiré contre la sûreté intérieure de l'État, et en voilà les preuves ; oui, nous avons voulu changer la forme du gouvernement, et en voilà les preuves ; oui, nous avons tramé un complot contre le roi et sa famille, et en voilà les preuves ; oui, nous sommes criminel du crime de lèse-majesté, et en voilà la preuve ; oui, oui, nous avons mérité la peine des parricides, et en voilà la preuve ; oui, nous demandons à marcher à l'échafaud les pieds nus et le voile noir sur la tête, comme c'est notre droit, comme c'est notre désir, comme c'est notre vœu. »

Un cri de terreur s'échappa de toutes les bouches.

— Taisez-vous ! taisez-vous ! cria-t-on de tous côtés au jeune fanatique, vous le perdez ! — Parlez ! parlez ! s'écria Sarranti, c'est comme cela que je veux être défendu.

Des applaudissements éclatèrent sur tous les points de l'auditoire.

— Faites évacuer la salle ! s'écria le président.

Puis, se tournant vers l'avocat :

— Maître Emmanuel Richard, dit-il, je vous ôte la parole. — Peu m'importe à cette heure, répondit l'avocat, j'ai rempli le mandat qui m'avait été confié, j'ai dit tout ce que j'avais à dire.

Puis, se retournant vers M. Sarranti :

— Êtes-vous content, Monsieur, et sont-ce bien vos propres paroles que j'ai répétées ?

Pour toute réponse, M. Sarranti se jeta dans les bras de son défenseur. Les gendarmes se mirent en mesure d'exécuter l'ordre du président.

Mais un tel rugissement courut à l'instant même dans la multitude, que le président comprit qu'il entreprenait non-seulement une œuvre difficile, mais dangereuse. Une émeute pouvait éclater, et pendant le tumulte M. Sarranti pouvait être enlevé. Un des juges se pencha et prononça tout bas quelques mots à l'oreille du président.

— Gendarmes, dit celui-ci, reprenez vos places. La cour en appelle à la dignité de l'auditoire. — Silence! dit une voix au milieu de la foule.

Et, comme si la foule était habituée à obéir à cette voix, elle se tut.

Dès lors, la question était nettement posée : d'un côté, la conspiration réfugiée dans sa foi impériale, dans la religion de son serment, se faisait non pas un bouclier, mais une palme de son crime lui-même; de l'autre, le ministère public, décidé à ne pas poursuivre dans M. Sarranti le criminel de haute trahison, le coupable de lèse-majesté, mais le voleur de cent mille écus, le ravisseur des enfants, l'assassin d'Orsola. Se défendre de ces accusations, c'était les admettre; les repousser pas à pas, une à une, c'était admettre leur existence.

Emmanuel Richard, par ordre de M. Sarranti, n'avait donc pas même fait face un seul instant à la triple accusation que poursuivait le ministère public; il laissait le public juge de cette singulière position d'un accusé avouant un crime qu'on ne voulait pas lui faire avouer, et qui entraînait, non pas un allégement, mais une aggravation de peine pour celui dont il était accusé : aussi, dans le public, le jugement était-il prononcé.

Dans toute autre circonstance, après le plaidoyer de l'avocat de l'accusé, sans doute la séance eût été suspendue, afin de donner un instant de repos aux juges et aux jurés; mais après ce qui venait de se passer dans l'auditoire, toute halte sur la pente que l'on descendait était dangereuse, et le ministère public pensa que mieux valait en finir, dût-on finir au milieu d'une tempête.

M. l'avocat du roi se leva donc, et, au milieu de ce profond silence qui s'étend sur la mer entre les bourrasques, il prit la parole. Dès les premiers mots, tout l'auditoire comprit que l'on était retombé des hauteurs poétiques et fulgurantes d'un Sinaï politique dans les bas-fonds de la chicane criminelle.

Comme si la terrible sortie de l'avocat de M. Sarranti n'avait pas eu lieu; comme si ce Titan à moitié foudroyé ne venait pas de faire chanceler sur son trône le Jupiter des Tuileries; comme si le regard n'était pas encore ébloui de ces éclairs que l'aigle impérial, en passant au plus haut de l'éther, venait de faire flamboyer sur la foule, M. l'avocat du roi s'exprima ainsi :

— « Messieurs, depuis quelques mois plusieurs crimes ont fixé l'attention publique, en même temps qu'ils excitaient l'active sollicitude et la surveillance des magistrats. Prenant leur source dans l'agglomération d'une population toujours croissante, peut-être aussi dans la suspension de quelques travaux, ou dans la cherté des subsistances, ces crimes n'étaient certainement pas plus nombreux que ceux dont nous avons à gémir d'ordinaire, et qui sont le tribut crétois que la société paye chaque année aux vices et à l'oisiveté, qui veulent, comme le Minotaure antique, un certain nombre de victimes. »

Il était évident que le procureur du roi tenait dans son estime cette période à effet, car il fit une pause et jeta un regard circulaire sur cette mer, d'autant plus agitée dans ses abîmes peut-être qu'elle était muette à sa surface. Le public resta impassible.

— « Cependant, Messieurs, continua le procureur du roi, l'audace de plusieurs coupables s'était ouvert une nouvelle carrière dans laquelle on était moins habitué à la rencontrer et à la poursuivre, et elle inquiétait davantage par la nouveauté et la hardiesse de ses attentats.

« Mais je le dis avec joie, Messieurs, le mal dont nous avons à gémir n'est pas si grand qu'on veut le croire, on s'est plu seulement à l'exagérer; mille bruits mensongers ont été répandus à dessein; la malveillance les créait elle-même; à peine créés par elle, on les accueillait avidement, et chaque jour le récit des prétendus crimes de la nuit portait l'effroi dans les âmes simples, la stupeur dans les esprits crédules. »

L'auditoire se regardait, ignorant où le procureur du roi voulait en venir. Seuls, les habitués des cours d'assises, ceux qui viennent chercher là ce qui leur manque chez eux l'hiver, c'est-à-dire une atmosphère attiédie et un spectacle qui cesse pour aux d'être nouveau et émouvant à cause de l'habitude, mais qui, à cause de l'habitude même, leur est nécessaire; ces habitués-là, seuls, habitués aux phraséologies de M. Bérard et Marchangy, ne s'inquiétaient pas du chemin dans lequel s'engageait le procureur du roi, sachant que de même qu'on dit en style populaire: tout chemin conduit à Rome, on peut, sous certains gouvernements et dans certaines époques, dire en style de palais: tout chemin conduit à la peine de mort.

N'était-ce pas par ce chemin-là qu'on avait conduit Didier à Grenoble, Plegnier, Cotteron et Carbonneau à Paris, Berton à Saumur, Raoulx, Bories, Goubin et Pommier à la Rochelle?

Le procureur du roi reprit avec un geste de majestueuse et suprême protection:

— « Rassurez-vous, Messieurs, la police judiciaire a les cent yeux d'Argus; elle veillait, elle allait chercher les Cacus modernes dans leurs retraites les plus cachées, dans leurs antres les plus profonds; car rien n'est impénétrable pour elle, et les magistrats répondaient aux clameurs mensongères qui circulaient en faisant leur devoir plus rigoureusement que jamais.

« Oui, nous sommes loin de le nier, de grands crimes ont été commis, et, organe inflexible de la loi, nous avons nous-même requis contre ces crimes les différentes peines qu'ils avaient encourues. Car nul, Messieurs, soyez-en bien convaincus, n'échappe au glaive vengeur de la loi. Que dès à présent la société se rassure donc, ses plus audacieux perturbateurs sont déjà entre les mains de la justice, et ceux qu'elle ne tient pas encore ne tarderont pas à trouver devant elle la peine de leurs attentats.

« Ainsi, ceux qui, cachés aux environs du canal Saint-Martin, avaient pris ses bords déserts pour le théâtre de leurs attaques nocturnes, jetés à cette heure dans les cachots, luttent vainement contre les preuves que l'instruction a rassemblées contre eux.

« Le sieur Ferrantès, un Espagnol; le sieur Aistolos, un Grec; le sieur Walther, un Bavarois; le sieur Coquerillat, un Auvergnat, ont été arrêtés avant-hier soir dans l'obscurité de la nuit. Aucune trace ne révélait leur présence cependant, mais il n'est point d'abri qui ait pu les protéger contre les yeux vigilants de la justice, et la force de la vérité a déjà arraché des aveux à ces consciences effrayées. »

L'auditoire continuait de se regarder, se demandant tout bas ce que le sieur Ferrantès, le sieur Aistolos, le sieur Walther et le sieur Coquerillat avaient de commun avec M. Sarranti.

Mais les habitués continuaient de secouer la tête d'un air de confiance qui signifiait :

— Vous allez voir, vous allez voir.

Le procureur du roi continua :

— « Trois forfaits partis de mains plus criminelles encore sont venus exciter l'horreur et l'indignation publiques : un cadavre a été trouvé près de Labriche ; c'était celui d'un malheureux soldat qui venait d'obtenir son congé ; dans le même temps, un pauvre ouvrier tombait sous des coups meurtriers dans les champs de la Villette ; enfin un charretier de Poissy était tué quelques jours après sur la route de Paris à Saint-Germain.

« En peu de temps, Messieurs, le bras de la justice a atteint les auteurs de ces derniers attentats aux extrémités de la France.

« Mais on ne s'est pas borné à ces récits ; on a raconté cent autres crimes ; on a parlé d'un malheureux succombant rue Charles X, sous les coups des assassins ; un cocher avait été, disait-on, trouvé baigné dans son sang, derrière le Luxembourg ; un attentat odieux avait été commis sur une malheureuse femme, rue du Cadran ; une voiture des postes royales aurait été dévalisée à main armée, il y a deux jours, par le trop célèbre Gibassier, dont le nom, plus d'une fois prononcé dans cette enceinte, est certainement venu jusqu'à vous.

« Eh bien, Messieurs, tandis que l'on s'efforçait d'alarmer ainsi les citoyens, la police judiciaire constatait que le malheureux trouvé rue Charles X était mort d'un épanchement de sang dans les poumons, que le cocher avait été frappé d'une apoplexie foudroyante en s'emportant contre ses chevaux, et que cette malheureuse femme, sur laquelle on appelait un si touchant intérêt, était victime, purement et simplement, d'une de ces scènes tumultueuses que provoque la débauche. Et quant au trop célèbre Gibassier, Messieurs, je vais, en vous donnant une preuve non équivoque qu'il n'avait pas commis le crime qu'on lui impute, vous offrir la mesure de la confiance que vous pouvez avoir dans ces calomnieuses inventions.

« En entendant dire que Gibassier avait arrêté la malle entre Angoulême et Poitiers, j'ai fait venir M. Jackal. M. Jackal m'a affirmé que le nommé Gibassier était à Toulon, où il subissait son temps, sous le numéro 171, et où son repentir donnait un tel exemple, qu'on était en train, en ce moment, de solliciter de Sa Majesté Charles X la remise des sept ou huit ans de bagne qui lui restent encore à faire. Par cet exemple incroyable, et qui me dispense d'en choisir d'autres, jugez du reste, Messieurs, et voyez par quels grossiers mensonges on entretient la curiosité, disons mieux, la malveillance publique.

« Gémissons, Messieurs, de voir ces bruits circuler, et que les maux dont on s'est plaint retombent, en quelque sorte, sur ceux qui les ont propagés. La paix publique a été troublée, dit-on ; on se renferme chez soi en tremblant dès que la nuit est venue ; les étrangers ont fui une ville désolée par les crimes ; le commerce est ruiné, perdu, anéanti.

« Messieurs, que diriez-vous si l'esprit de malveillance de ces hommes qui cachent leurs opinions bonapartistes ou républicaines sous le titre de libéraux, avait seul provoqué ces malheurs par des calomnies ? Vous seriez indignés, n'est-ce pas ?

« Mais un autre mal a été enfanté par le désastreux manége qui menace la société en ayant l'air de la prendre sous sa protection, chaque jour, en annonçant des forfaits impunis, chaque jour, en répétant que des magistrats inattentifs laissent le crime jouir tranquillement de l'impunité.

« C'est ainsi *qu'un* Sarranti, sur le sort duquel vous avez à prononcer à cette heure, a pu se flatter, depuis sept années, d'être à jamais à l'abri des poursuites de la justice.

« Messieurs, la justice est boiteuse, elle arrive à pas lents, dit Horace. Soit, Messieurs, mais elle arrive infailliblement.

« Ainsi, un homme, c'est du criminel que vous avez sous les yeux que je parle, un homme commet un triple crime, de vol, de rapt, d'assassinat. L'attentat commis, il quitte la ville qu'il habite, il quitte le pays qui l'a vu naître, il quitte l'Europe, il traverse les mers, il s'enfuit au bout du monde, et va demander à un autre continent, à un de ces royaumes perdus au cœur de l'Inde, de le recevoir comme un hôte royal; mais cet autre continent le rejette, ce royaume le rejette, et l'Inde lui dit : « Que viens-tu faire parmi mes fils inno- « cents, toi coupable; éloigne-toi d'ici; va-t'en! en arrière, démon! *Retro* « *Satanas!* »

Quelques éclats de rire, contenus jusque-là, firent irruption tout à coup, au grand scandale de MM. les jurés. Quant à l'avocat du roi, soit qu'il ne comprît pas l'hilarité de la foule, soit qu'au contraire, la comprenant, il voulût la refouler ou la tourner à son profit, il s'écria :

« Messieurs, le frémissement de l'auditoire est significatif : c'est un blâme méprisant jeté par la foule au criminel, et la condamnation la plus sévère ne sera pas plus cruelle pour lui que ce sourire de dédain. »

Quelques murmures accueillirent ce détournement de l'opinion de l'auditoire.

— Messieurs, dit le président, s'adressant à l'auditoire, rappelez-vous que le silence est le premier devoir du public.

Le public, qui avait le plus grand respect pour la voix impartiale du président, obéit, et le silence se rétablit.

M. Sarranti, le sourire sur les lèvres, le front haut et calme, tenait sa main dans celle du beau moine; et quant à celui-ci, pieusement incliné déjà sous l'arrêt que son père ne pouvait éviter, il rappelait vaguement les portraits de saint Sébastien des peintres espagnols, dont le corps, percé de flèches, respire la plus sublime mansuétude, la plus angélique résignation.

Nous ne suivrons pas plus loin l'avocat du roi dans son plaidoyer. Seulement, une fois le sujet abordé, il retraça le plus longuement qu'il put les charges résultant des accusations des témoins de M. Gérard, épuisant toutes les ressources banales, toutes les fleurs classiques de la rhétorique du palais. Enfin, il termina son plaidoyer en demandant l'application des articles 293, 296, 302 et 304 du Code pénal.

Un murmure de douleur et un frisson d'effroi courut par toute la foule. L'émotion était au comble. Le président demanda à M. Sarranti :

— Accusé, avez-vous quelque chose à dire? — Pas même que je suis innocent, tant je méprise l'accusation portée contre moi, répondit M. Sarranti. — Et vous, maître Emmanuel Richard, répliqua le président, avez-vous quelque chose à dire en faveur de votre client? — Non, Monsieur, répondit l'avocat. — Alors les débats sont fermés, dit le président.

Il y eût dans tout l'auditoire un immense mouvement d'intérêt, suivi d'un profond silence. Le resumé du président séparait seul l'accusé de la sentence;

Il était quatre heures du matin. On comprenait que ce résumé serait court, et, à la manière dont l'honorable président avait conduit les débats, on comprenait qu'il serait impartial.

Aussi, dès qu'il ouvrit la bouche, les huissiers n'eurent pas besoin d'imposer le silence à la multitude. La multitude fit silence elle-même.

— « Messieurs les jurés, dit le président d'une voix dont il n'avait pu bannir l'émotion, je viens de clore des débats dont la longueur est à la fois pénible pour votre cœur, fatigante pour votre esprit.

« Fatigante pour votre esprit, car ils durent depuis plus de soixante heures; pénible pour votre cœur, car qui ne serait ému en voyant comme partie plaignante un vieillard, modèle de vertu et de charité, l'honneur de ses concitoyens, et en face de lui, accusé par lui d'un triple crime, un homme que son éducation appelait à parcourir une carrière honorable et même brillante, et qui proteste par sa voix et par celle d'un digne religieux, son fils, contre la triple accusation dont il est l'objet.

« Vous êtes encore comme moi, messieurs les jurés, sous l'impression des plaidoiries que vous venez d'entendre. Il faut donc nous faire violence, descendre au fond de nous-mêmes, nous recueillir avec calme dans ce moment solennel, et reprendre avec sang-froid l'ensemble de ces débats. »

Cet exorde causa une émotion profonde dans l'âme des spectateurs, et la foule, muette et haletante, suivit avec une fervente attention l'analyse du président. Après avoir passé en revue et avec une consciencieuse fidélité tous les moyens de l'accusation, et avoir fait ressortir ce que le défaut de défense avait de désavantageux pour l'accusé, l'honorable magistrat termina son discours en ces termes:

— « Je viens d'exposer devant vous, messieurs les jurés, aussi consciencieusement et aussi rapidement qu'il m'a été possible, l'ensemble de la cause. C'est à vous maintenant, c'est à votre haute sagacité, c'est à votre suprême sagesse, de discerner le juste d'avec l'injuste, et de décider.

« Pendant que vous accomplirez cet examen, vous serez ébranlé à tout instant par ces profondes et violentes émotions qui viennent assaillir le cœur de l'honnête homme au moment où il va porter un jugement sur son semblable, et proclamer une terrible vérité. Mais ni la lumière, ni le courage ne vous manqueront, et, quel que soit votre jugement, il émanera de la justice souveraine, surtout si vous prenez pour guide le seul infaillible: la conscience.

« C'est dans la foi de cette conscience, contre laquelle viennent se briser toutes les passions, car elle est sourde aux paroles, sourde à l'amitié, sourde à la haine, que la loi vous investit de vos redoutables fonctions; que la société vous remet les pleins pouvoirs, et vous charge de ses plus graves et de ses plus chers intérêts; que les familles, confiantes en vous comme en Dieu même, viennent se placer sous votre protection, et que les accusés, enfin, qui ont le sentiment de leur innocence, vous remettent entre les mains leur vie en toute sécurité, et vous acceptent sans trembler pour juges. »

Ce résumé net, précis et court, empreint, du premier au dernier mot, de la plus scrupuleuse impartialité, fut constamment écouté dans le plus religieux silence. A peine le président avait-il cessé de parler, que tout l'auditoire se levait spontanément comme un seul homme et donnait les plus vives marques d'approbation, auxquelles se mêlaient les applaudissements des avocats.

M. Gérard avait écouté le président la pâleur de l'angoisse sur le front. Il sentait que, dans l'âme de cet homme juste qui venait de parler, était, non pas l'accusation, mais le doute.

Il était quatre heures à peu près quand le jury se retira dans la salle des délibérations. On emmena l'accusé, et, fait inouï dans les fastes judiciaires, pas une des personnes présentes depuis le matin ne songea à quitter la salle, quelque temps que dût se prolonger la délibération.

Ce fut donc, à partir de ce moment, dans la salle, un colloque immense et des plus animés sur les diverses circonstances des débats, en même temps qu'une horrible anxiété s'emparait de tous les cœurs.

M. Gérard avait demandé s'il pouvait se retirer. Sa force avait été jusqu'à entendre requérir la peine de mort, mais elle n'allait pas jusqu'à entendre prononcer. Il se leva pour sortir.

La foule, nous l'avons dit, était bien pressée, et cependant il se fit à l'instant même un passage sur sa route. Chacun s'écartait comme pour faire place à quelque animal immonde ou venimeux. Le plus déguenillé, le plus pauvre, le plus sale des auditeurs se fût cru souillé par le contact de cet homme.

Vers quatre heures et demie, un coup de sonnette se fit entendre. Un frisson, parti de l'intérieur de la salle au tintement de cette sonnette, se communiqua au dehors. Aussitôt, comme une marée qui monte, le flot revint battre la salle et chacun s'empressa de reprendre sa place. Mais c'était une émotion vaine; un des jurés faisait demander une pièce de la procédure.

Cependant les premiers rayons d'un jour pâle et gris filtraient à travers les fenêtres et commençaient à faire pâlir la lumière des bougies et des lampes. C'était l'heure où les plus robustes organisations sentent la fatigue; c'était l'heure où les plus joyeux esprits comprennent la tristesse. C'était l'heure où l'on a froid.

Vers six heures, un nouveau coup de sonnette se fit entendre. Cette fois-ci il ne pouvait plus y avoir de méprise, c'était bien le verdict de grâce ou l'arrêt de mort qui allait être prononcé, après deux heures de délibération. Un mouvement électrique se communiqua à toute l'assemblée, dont on vit pour ainsi dire le frissonnement à la surface. Le silence se rétablit comme par enchantement dans cet auditoire si bruyant et si agité une seconde auparavant.

La porte de communication entre la salle d'audience et la salle des délibérations s'ouvrit. Les membres du jury parurent, et chacun s'efforça de lire à l'avance sur leur visage l'arrêt qui allait être prononcé. Les traits de quelques-uns d'entre eux annonçaient la plus vive émotion.

La Cour entra quelques moments après. Le chef du jury s'avança, et, la main sur la poitrine, mais d'une voix faible, il commença la lecture de la délibération suivante. Les questions soumises au jury étaient au nombre de cinq. Elles étaient ainsi conçues :

« 1° M. Sarranti est-il coupable d'avoir, avec préméditation, commis un homicide sur la personne d'Orsola ? 2° Ce crime a-t-il été précédé des autres crimes ci-après spécifiés ? 3° A-t-il eu pour objet de préparer ou de faciliter l'exécution de ces crimes ? 4° M. Sarranti a-t-il, dans la journée du 19 ou dans la nuit du 19 au 20 août, commis un vol avec effraction dans l'appartement de Gérard ? 5° A-t-il fait disparaître les deux neveux dudit Gérard ? »

Il se fit une pause d'un instant. Aucune plume ne saurait rendre l'anxiété suprême de ce moment rapide comme la pensée, et qui cependant dut paraître un siècle à l'abbé Dominique, resté avec l'avocat près du banc vide de l'accusé.

Le chef du jury continua :

« OUI, à la majorité sur toutes les questions, l'accusé est coupable !

Tous les yeux s'étaient fixés sur Dominique. Il était debout comme les autres. A travers la grise atmosphère du matin, on vit sa pâleur se changer en lividité. Il ferma les yeux et se retint à la balustrade pour ne pas tomber.

L'auditoire tout entier étouffa un soupir de douleur.

L'ordre fut donné de ramener M. Sarranti. Tous les yeux se fixèrent sur la petite porte. Il reparut. Dominique lui tendit la main en disant ces seuls mots :

— Mon père !

Mais lui, écouta le verdict de mort comme il avait écouté l'acte d'accusation, sans donner le moindre signe d'émotion.

Dominique, moins impassible, poussa une espèce de gémissement, regarda d'un œil ardent la place qu'avait occupée Gérard, tira avec un mouvement convulsif un rouleau de papier de sa poitrine ; puis, avec un effort suprême, repoussa ce rouleau dans sa robe.

Pendant le court instant qui contenait tant de sensations différentes, M. l'avocat général, d'une voix plus altérée qu'on n'eût dû s'y attendre de la part d'un homme qui venait de provoquer cet arrêt rigoureux, requit, contre M. Sarranti, l'application des articles 293, 296, 302 et 304 du Code pénal. La cour rentra en délibération.

Pendant ce temps, le bruit se répandait dans la salle que, si M. Sarranti avait tardé de quelques secondes à rentrer, c'est que, pendant qu'on élaborait son arrêt de mort, il s'était profondément endormi. En même temps, on disait que le verdict de culpabilité n'avait été rendu qu'à la stricte majorité.

Après cinq minutes d'une nouvelle délibération, le président prononça avec émotion, et d'une voix étouffée, l'arrêt qui condamnait M. Sarranti à la peine de mort. Puis, se retournant vers M. Sarranti, qui avait écouté calme et impassible,

— Accusé Sarranti, dit-il, vous avez trois jours pour vous pouvoir en cassation.

Sarranti s'inclina.

— Merci, monsieur le président, dit-il, mais mon intention n'est pas de me pourvoir.

Dominique parut, par ces mots, tiré violemment de sa stupeur.

— Si ! si ! Messieurs, s'écria-t-il, mon père se pourvoira, car il est innocent.

— Monsieur, dit le président, la loi défend de prononcer de pareilles paroles lorsque l'arrêt est rendu. — A l'avocat de l'accusé, monsieur le président, s'écria Emmanuel, mais pas à son fils. Malheur au fils qui ne croit pas toujours à l'innocence de son père !

Le président semblait prêt à défaillir.

— Monsieur, dit-il à Sarranti, lui donnant ce titre contre toutes les habitudes, avez-vous quelque demande à faire à la Cour ? — Je demande à voir librement mon fils, qui ne refusera pas, je l'espère, de m'assister comme prêtre sur l'échafaud. — Oh ! mon père, mon père, s'écria Dominique, vous n'y monterez pas, je vous le jure !

Puis, à voix basse, il ajouta :

— Et si quelqu'un y monte, ce sera moi !

LXXXVI

LES AMANTS DE LA RUE MACON.

Nous avons dit l'effet produit, à l'intérieur de la salle, par le prononcé du jugement. L'effet ne fut pas moins grand à l'extérieur.

A peine ces mots : « A la peine de mort, » furent-ils tombés des lèvres du président, que ce fut comme un long gémissement, comme un immense cri d'effroi, qui, parti de l'intérieur de la salle d'audience, s'en alla, à travers mille poitrines, retentir jusqu'à la place du Châtelet et faire frissonner les spectateurs, comme si le tocsin que contenait, avant la révolution, la tour carrée de l'Horloge, donnait, ainsi qu'il avait fait en chœur avec la cloche de Saint-Germain-l'Auxerrois, dans la nuit du 24 août 1572, le signal des massacres d'une nouvelle Saint-Barthélemy.

Toute cette foule se retira triste et morne, s'écoulant lentement et lugubrement, le cœur serré par l'arrêt terrible qui venait d'être prononcé. Quiconque, ignorant ce qui se passait, eût vu cette multitude ainsi consternée; quiconque eût assisté à ce départ silencieux, à cette désertion muette, n'eût pas trouvé d'autre motif à cette lente et sombre retraite que quelque catastrophe extraordinaire, comme l'éruption d'un volcan, l'arrivée de la peste ou les premières rumeurs d'une guerre civile.

Mais aussi celui qui, ayant assisté toute la nuit à ces terribles débats, celui qui, dans cette immense salle, à la lueur tremblante des lampes et des bougies pâlissant aux premières clartés du jour ; celui qui eût entendu prononcer la mortelle sentence et qui, ayant vu s'écouler cette foule menaçante, se fût trouvé tout à coup, sans transition, transporté dans le nid charmant qu'habitaient Salvator et Fragola, eût éprouvé une impression bien douce, une sensation pareille à celle que doit donner l'air frais d'une matinée du mois de mai au débauché qui vient de passer la nuit dans une orgie.

Il eût vu d'abord cette petite salle à manger dont les quatre panneaux représentaient des intérieurs de Pompeïa; Salvator et Fragola assis chacun de chaque côté d'une table de laque, sur laquelle était posé un service de thé en porcelaine blanche d'une finesse éclatante sinon d'un grand prix.

Au premier coup d'œil, on eût bien vite reconnu deux amoureux ou plutôt deux amants, ou plutôt encore deux créatures qui s'aiment. Mais, à moins de querelle entre eux, ce qui semblait impossible à la façon dont la charmante enfant regardait le jeune homme, on eût compris, à l'air préoccupé de celui-ci, que quelque rêverie soucieuse et mélancolique planait au-dessus de la tête et du cœur de tous deux.

Et, en effet, le visage candide de Fragola, qui semblait une fleur de printemps s'ouvrant au soleil d'avril, portait au milieu de ce chaste et tendre regard fixé sur son amant l'empreinte d'une émotion si profonde, qu'elle touchait presque à la douleur, et cela tandis qu'à côté d'elle Salvator semblait en proie à un si grand chagrin, qu'il ne semblait pas même songer à consoler la jeune fille. Et cependant toute cette tristesse était bien naturelle des deux parts.

Salvator, absent toute la nuit, était rentré depuis une demi-heure et avait raconté à la jeune fille, dans leurs sombres détails, toutes les aventures de la nuit et l'apparition de Camille de Rozan dans les salons de madame de Marande, et l'évanouissement de Carmélite et la condamnation à mort de M. Sarranti.

Le cœur de Fragola avait plus d'une fois tressailli en écoutant ce funèbre récit, dont les détails étaient presque aussi tristes dans les salons dorés du banquier que dans la sombre salle de la cour d'assises. Si, en effet, le corps de M. Sarranti avait été condamné à mort par le président du tribunal, le cœur de Carmélite n'était-il pas, lui aussi, condamné à mort par la mort de Colomban.

La tête baissée sur la poitrine, elle songeait. Lui, la tête appuyée dans ses deux mains, méditait de son côté; car tout un horizon s'ouvrait devant lui.

Il se rappelait cette nuit où il avait franchi avec Roland les murailles du château de Viry. Il se rappelait cette course du chien à travers les prés, à travers la forêt qui avait abouti au pied du chêne. Il se rappelait enfin l'acharnement avec lequel le chien avait gratté la terre, et l'impression terrible qu'il avait ressentie quand le bout de ses doigts crispés avait touché les cheveux soyeux de l'enfant.

Quels rapports ce cadavre, enterré sous un chêne, pouvait-il avoir avec l'affaire de M. Sarranti? Au lieu d'être une preuve en sa faveur, ne serait-il pas une preuve contre lui? D'ailleurs, Mina, n'était-ce pas la perdre?

Oh! si Dieu daignait faire descendre un rayon de sa lumière dans le cerveau de Salvator! Peut-être aussi par Rose de Noël. Mais, la nerveuse enfant, n'était-ce pas la tuer que de la remettre sur ce sanglant chapitre de son enfance.

D'ailleurs, lui, quelle mission avait-il reçue de fouiller dans toutes ces ténébreuses profondeurs? Et cependant n'avait-il pas pris le nom de SALVATOR, et cependant Dieu ne semblait-il pas lui mettre dans la main le fil à l'aide duquel il pouvait se retrouver dans ce labyrinthe de crimes?

Il irait trouver Dominique. Ne devait-il rien, lui, à ce prêtre à qui il devait la vie? Il mettrait à sa disposition toutes ces demi-lueurs de vérité qui l'éblouiraient comme des éclairs. Cette résolution prise, il se levait pour la mettre à exécution, lorsque le tintement de la sonnette retentit.

Roland qui, couché près de son maître, avait lentement soulevé sa tête intelligente, se dressa sur ses pattes en entendant le timbre de bronze.

— Qui va là, Roland? demanda Salvator. Est-ce un ami?

Le chien écouta son maître, et, comme s'il l'eût compris, il alla lentement à la porte en secouant la queue, ce qui était un signe infaillible de sympathie. Salvator sourit et alla ouvrir la porte.

Dominique, pâle, triste et grave, apparut sur le seuil. Salvator jeta un cri de joie.

— Soyez le bienvenu dans ma pauvre demeure dit-il je; pensais à vous, j'allais aller chez vous. — Merci! dit le prêtre, vous voyez que jevous ai épargné la fatigue du chemin.

Fragola, à l'aspect de ce beau moine qu'elle n'avait vu qu'une fois près du lit de Carmélite, s'était levée. Dominique allait parler. Salvator fit un geste de prière pour qu'au lieu de parler le moine écoutât. Le moine rapprocha ses lèvres entr'ouvertes et attendit.

— Fragola, dit Salvator, chère enfant de mon cœur, viens ici.

Fragola s'approcha, appuyant son bras au bras de son amant.

— Fragola, continua Salvator, si tu crois que ma vie, depuis sept ans, a été de quelque utilité aux hommes, si tu crois que j'ai fait quelque bien sur la terre, agenouille-toi devant ce martyr, baise le bas de sa robe et remercie-le, car c'est à lui que je dois de ne pas être depuis sept ans un cadavre. — Oh! mon père, s'écria Fragola en se jetant à genoux.

Dominique lui tendit la main.

— Relevez-vous, mon enfant, lui dit-il, remerciez Dieu seul, Dieu seul donne et ôte la vie. — Alors, dit Fragola, c'est l'abbé Dominique qui prêchait à Saint-Roch le jour où tu voulais te tuer? — Le pistolet, tout chargé, était dans ma poche, ma résolution était prise, une heure encore et j'allais cesser d'exister. La parole de cet homme m'a retenu sur le bord de l'abîme. J'ai vécu. — Et vous remerciez Dieu de vivre? — Oh! oui, de toute mon âme, dit Salvator en regardant Fragola. Voilà pourquoi je vous ai dit, mon père, quelle que soit la chose que vous désiriez, cette chose vous parût-elle impossible, à quelque heure du jour ou de la nuit que ce soit, avant d'aller frapper à aucune autre porte, mon père, venez frapper à la mienne. — Et vous le voyez, je suis venu! — Que désirez-vous que je fasse, ordonnez! — Croyez-vous mon père innocent? — Oui, sur mon âme, c'est ma conviction, et peut-être puis-je vous aider à acquérir la preuve de son innocence. — Je l'ai, répondit le moine. — Espérez-vous le sauver? — J'en suis sûr. — Avez-vous besoin du concours de mon bras et de mon intelligence? — Nul ne peut m'aider que moi-même dans la poursuite de mon œuvre. — Que venez-vous me demander alors? — Une chose qu'il me paraît impossible que j'obtienne par votre entremise. Mais vous m'avez dit de venir à vous pour quelque chose que ce soit, et j'aurais cru trahir un devoir en ne venant pas. — Dites votre désir. — Il faut qu'aujourd'hui, demain au plus tard, j'obtienne une audience du roi : vous voyez que c'est chose impossible, par vous, du moins.

Salvator se tourna en souriant vers Fragola.

— Colombe, dit-il, sors de l'arche, et ne reviens qu'avec le rameau de l'olivier.

Fragola, sans répondre, passa dans la chambre voisine, se coiffa d'un chapeau ayant un voile, jeta sur ses épaules une mante d'étoffe anglaise, donna son front à baiser à Salvator, et sortit.

— Asseyez-vous, mon père, dit le jeune homme. Dans une heure, vous aurez votre audience pour aujourd'hui ou pour demain au plus tard.

Le prêtre s'assit en regardant Salvator avec un étonnement qui allait jusqu'à la stupéfaction.

— Mais qui êtes-vous donc, demanda-t-il à Salvator, vous qui sous une si humble apparence disposez d'un si grand pouvoir? — Mon père, répondit Salvator, je suis comme vous, je dois marcher seul dans la voie que je me suis tracée; mais si jamais je raconte ma vie à quelqu'un, je vous promets que ce sera à vous.

REGINA ET ABEILLE.

 TYP. J. CLAYE.

LXXXVII

DANS LA SERRE DE RÉGINA.

L'atelier, ou plutôt la serre de Régina, offrait, à l'heure même où l'abbé Dominique entrait chez Salvator, c'est-à-dire vers dix heures du matin, le spectacle gracieux de trois jeunes femmes groupées sur le même sofa, avec une enfant couchée à leurs pieds. Ces trois jeunes femmes, que nos lecteurs ont déjà reconnues, c'étaient la comtesse Rappt, madame de Marande et Carmélite. L'enfant, c'était la petite Abeille.

Inquiète de la façon dont Carmélite avait passé la nuit, Régina, levée de bonne heure, avait envoyé Nanon demander des nouvelles de Carmélite, avec mission de ramener Carmélite dans sa voiture si elle se sentait assez bien pour venir passer la matinée avec elle.

Carmélite avait la plus indomptable de toutes les forces, celle de la volonté. Elle ne demanda à Nanon que le temps de jeter un châle sur ses épaules, monta dans la voiture et arriva chez Régina. Elle avait à remercier Régina de tous ses soins de la veille. C'était le premier besoin de son âme. Les fatigues de son corps ne venaient qu'après.

Or, voilà ce qui était arrivé : Quand M. de Marande avait, vers sept heures du matin, quitté la chambre de sa femme, madame de Marande avait, mais inutilement, essayé de dormir. La chose lui avait été impossible.

A huit heures, elle s'était levée. Elle avait pris un bain; elle avait fait demander à M. de Marande la permission d'aller prendre des nouvelles de Carmélite. M. de Marande qui, lui non plus, n'avait pas dormi, et qui était déjà au travail, avait sonné, et, pour toute réponse, fait ordonner au cocher d'atteler et de se mettre aux ordres de Madame pour toute la matinée.

Vers dix heures, madame de Marande était montée en voiture et avait donné l'ordre de toucher rue de Tournon. Elle était arrivée juste au moment où Carmélite venait de partir. La femme de chambre savait, par bonheur, où Carmélite était allée.

Le cocher reçut l'ordre de conduire sa maîtresse boulevard des Invalides, chez la comtesse Rappt. Madame de Marande y arriva dix minutes après Carmélite.

Carmélite avait trouvé la petite Abeille à genoux sur un tabouret devant Régina et se faisant, en véritable coquette qu'elle était déjà, raconter par sa grande sœur les détails de la soirée de la veille.

Au moment où Régina racontait à l'enfant l'évanouissement de Carmélite, évanouissement qu'elle expliquait par la chaleur étouffante qui régnait dans les salons, Carmélite entra et l'enfant se jeta à son cou, l'embrassant tendrement et lui demandant comment elle se portait.

Régina avait eu deux raisons d'envoyer chez Carmélite : la première pour avoir des nouvelles de sa santé; puis, si elle venait en donner elle-même, pour lui dire qu'il y avait, le soir, grande fête au ministère des affaires étrangères, et lui remettre une lettre d'invitation.

La jeune fille pouvait, à son gré, aller à ce bal comme invitée ou comme artiste, chanter ou ne pas chanter. Carmélite accepta l'invitation au nom de l'artiste ; elle avait passé, la veille, par une épreuve si rude, mais en même temps si salutaire, qu'elle n'avait plus rien à redouter désormais.

Aucun public, même celui d'un ministère, n'était à craindre, si étranger à l'art qu'il fût ; aucun personnage ne pouvait plus épouvanter celle qui avait chanté devant le sinistre spectre qui lui était apparu.

Il fut donc convenu que Carmélite irait à ce bal comme artiste, présentée et patronnée par Régina.

On en était là quand madame de Marande entra. Ce fut un cri de joie poussé tout à la fois par les deux amies et par la petite Abeille, qui aimait fort madame de Marande.

— Ah ! voilà la fée Turquoise, s'écria Abeille.

Madame de Marande avait les plus belles turquoises de Paris, et voilà pourquoi Abeille l'appelait ainsi, comme elle appelait sa sœur la fée Carita, à cause de son aventure avec Rose de Noël; comme elle appelait Carmélite la fée Fauvette, à cause de son admirable voix; et Fragola la fée Mignonne, à cause de sa taille fine et de son cou gracieux.

Quand les quatre jeunes filles étaient réunies, Abeille prétendait que le royaume des fées était au complet. Le royaume des fées devait être au complet ce jour-là; car à peine madame de Marande avait-elle échangé un baiser avec ses deux amies et avait-elle pris place auprès d'elles, que la porte s'ouvrit et qu'on annonça Fragola.

Les trois jeunes femmes s'élancèrent au-devant de leur quatrième amie, celle de toutes que l'on voyait le plus rarement, et s'embrassèrent tour à tour; tandis qu'Abeille, pressée de prendre sa part des caresses de Fragola, criait en sautant autour du groupe.

— Et moi donc ! et moi ! est-ce que tu ne m'aimes plus, la fée Mignonne ?

Fragola se retourna enfin vers Abeille, l'enleva dans ses deux mains comme un oiseau, et couvrit de baisers le visage de la petite fille.

— On ne te voit plus, chérie, dirent ensemble Régina et madame de Marande, tandis que Carmélite, à qui Fragola avait tenu fidèle compagnie pendant sa convalescence, ne pouvant lui faire un pareil reproche, se contentait de lui tendre la main. — C'est vrai, mes sœurs, dit Fragola, vous êtes les princesses et moi la pauvre Cendrillon ; il faut que je reste au foyer. — Ah ! pas comme Cendrillon, dit Abeille, comme Trilby.

L'enfant venait de lire le charmant conte de Charles Nodier.

— A moins de grandes occasions, continua Fragola, à moins de choses sérieuses. Alors, je me hasarde, je viens vous demander, chères sœurs, si vous m'aimez toujours ?

Un triple embrassement répondit à la question.

— Grandes occasions, choses sérieuses, répéta Régina; en effet, ton joli visage est triste. — Te serait-il arrivé quelque malheur ? demanda madame de Marande. — Ou à lui ? demanda Carmélite, qui comprenait que les plus grands malheurs ne sont pas toujours ceux qui nous arrivent à nous. — Oh ! non, Dieu soit béni ! s'écria Fragola, ni à lui, ni à moi ; mais à un ami. — A quel ami? demanda Régina. — A l'abbé Dominique. — Oh ! c'est vrai, s'écria Carmélite, son père ?... — Condamné. — A mort? — A mort !

Les jeunes filles poussèrent un faible cri. Dominique avait été l'ami de Colomban, Dominique était leur ami.

— Que peut-on faire pour lui? demanda Carmélite. — Faut-il demander la grâce de M. Sarranti? fit Régina; mon père est assez bien avec le roi. — Non, dit Fragola, il faut demander une chose moins difficile, ma bien-aimée Régina, et c'est toi qui demanderas cette chose. — Laquelle? Parle. — Il faut demander une lettre d'audience du roi. — Pour qui? — Pour l'abbé Dominique. — Pour quel jour? — Pour aujourd'hui. — N'est-ce que cela? — Oui. C'est du moins tout ce qu'il demande momentanément. — Sonne, mon enfant, dit Régina à Abeille.

Abeille sonna. Puis revenant à Régina.

— Oh! ma sœur, dit-elle, est-ce qu'on le tuera? — Nous ferons tout ce qu'il sera possible pour qu'un pareil malheur n'arrive pas, dit Régina.

En ce moment, Nanon parut.

— Faites atteler à l'instant, dit Régina, sans perdre une minute, et prévenez mon père que, pour affaire de la plus haute importance, je me rends aux Tuileries.

Nanon sortit.

— Chez qui vas-tu aux Tuileries? demanda madame de Marande. — Chez qui veux-tu que j'aille, sinon chez cette excellente duchesse de Berry? — Oh! tu vas chez Madame, dit la petite Abeille, je veux y aller avec toi. Mademoiselle m'a dit de venir toutes les fois que mon père ou toi viendriez faire la cour à Madame. — Eh bien! soit, viens. — Oh! quel bonheur! quel bonheur! s'écria Abeille. — Chère enfant! s'écria Fragola en embrassant la petite fille. — Oui, et pendant que ma sœur dira à Madame qu'il faut que l'abbé Dominique voie le roi, moi je dirai à Mademoiselle que nous connaissons l'abbé et qu'il ne faut pas qu'on fasse de mal à son père.

Les quatre jeunes femmes pleuraient en entendant les naïves promesses de l'enfant, qui, sans bien savoir encore ce que c'était que la vie, luttait déjà contre la mort.

Nanon rentra et annonça que, le maréchal revenant lui-même des Tuileries, il y avait une voiture attelée dans la cour.

— Allons! dit Régina, ne perdons pas un instant. Viens, Abeille, et fais ce que tu disais, cela ne peut que porter bonheur.

Puis, regardant la pendule, et s'adressant à ses trois amies :

— Il est onze heures, dit-elle; à midi, je serai de retour avec la lettre d'audience. Attends-moi, Fragola.

Et Régina sortit, laissant ses trois amies pleines de confiance dans l'influence de Régina, mais surtout dans la bonté bien connue de celle dont elle allait implorer l'auguste protection.

LXXXVIII

LA QUADRUPLE ALLIANCE.

Nous avons déjà une fois, on s'en souvient, rencontré les quatre principales héroïnes de notre roman au pied du lit de Carmélite. Nous les trouvons réunies cette fois au pied de l'échafaud de M. Sarranti. Nous avons dit quelques mots de leur éducation commune. Regardons plus avant dans ces premières années de la jeunesse, toute de fleurs et de parfums, et voyons le lien qui les unissait.

Nous avons le temps de faire un pas en arrière, Régina a dit elle-même qu'elle ne serait pas de retour avant midi.

Ce lien était puissant. Il fallait qu'il fût ainsi pour faire de quatre jeunes filles, si différentes de goût, de rang, de tempérament, d'humeur, un même goût, une même humeur, une seule volonté.

Toutes quatre, Régina, fille du général de La Mothe-Houdan, vivant encore; Lydie, fille du colonel Laclos, mort comme nous avons vu; Carmélite, fille du capitaine Gervais, tué à Champaubert, en 1814; et Fragola, fille du trompette Ponroy, tué à Waterloo, en 1815, étaient filles de légionnaires et avaient été élevées à la maison impériale de Saint-Denis.

Maintenant, répondons tout de suite à une question que ceux qui nous suivent à la piste pour nous prendre en faute ne manqueraient pas de nous faire.

Comment Fragola, fille d'un simple trompette, simple chevalier, avait-elle été admise à Saint-Denis, où n'entraient que les filles d'officiers? Nous allons le dire en quelques lignes.

A Waterloo, au moment où Napoléon, sentant que la bataille pliait entre ses mains, envoyait ordres sur ordres à ses différentes divisions; il eut besoin d'en envoyer un au général comte de Lobau, commandant la jeune garde.

Il regarda autour de lui. Plus d'aides de camp; tous étaient partis, sillonnant le champ de bataille dans des directions différentes. Il aperçut un trompette, il l'appela. Le trompette accourut.

— Tiens, lui dit-il, porte cet ordre au général Lobau, et tâche d'arriver jusqu'à lui par le chemin le plus court. C'est pressé!

Le trompette jeta les yeux sur le chemin à parcourir et secoua la tête.

— Il fait chaud sur ce chemin-là, dit-il. — As-tu peur? — Allons donc... un chevalier de la Légion d'honneur. — Eh bien! pars alors, voilà l'ordre. — Et si je suis tué, l'empereur m'accordera-t-il une grâce? — Oui; parle vite. — Eh bien, je désire, si je suis tué, que ma fille, Athénaïs Ponroy, demeurant avec sa mère, rue des Amandiers, 17, soit élevée à Saint-Denis, comme une fille d'officier. — Cela sera fait: pars tranquille. — Vive l'empereur! cria le trompette, et il partit au galop.

Il traversa tout le front de bataille, et arriva jusqu'au comte Lobau. Seulement, en arrivant, il tomba de son cheval en tendant au général le papier qui renfermait l'ordre de l'empereur. Quant à prononcer une parole, ce fût chose impossible. Il avait la cuisse cassée, une balle dans le ventre et une autre dans la poitrine.

Nul n'entendit jamais parler du trompette Ponroy. Mais l'empereur se souvint de sa promesse. En arrivant à Paris, il donna l'ordre que la petite fille fût à l'instant même conduite et reçue à Saint-Denis.

Voici comment l'humble Athénaïs Ponroy, dont le nom de baptême, un peu prétentieux, avait été changé par Salvator en celui de Fragola, voilà comment l'humble Athénaïs Ponroy avait été reçue à Saint-Denis avec les filles des colonels et des maréchaux.

Ces quatre jeunes filles de condition et de fortune si différentes, se trouvèrent un jour étroitement liées ensemble par une confraternité de cœur qui, les réunissant dès l'enfance, ne devait les séparer qu'à la mort. Représentant à elles seules la société française tout entière, pour ainsi dire, on les eût prises pour les incarnations de l'aristocratie, de la noblesse de l'empire, de la bourgeoisie et du peuple.

Toutes quatre du même âge, à quelques mois près, elles avaient, dès les premiers jours de leur entrée au pensionnat, senti l'une pour l'autre une vive sympathie, que n'éprouvent pas d'ordinaire, dans les colléges ou les pensionnats, les élèves de conditions si différentes.

Entre ces quatre jeunes filles, le rang, la fortune, le nom, n'avaient aucun sens. La fille du capitaine Gervais s'appelait Carmélite pour Lydie, la fille du trompette Ponroy s'appelait Athénaïs pour Régina. Nul souvenir de la grandeur de l'une ou de l'humilité de l'autre ne venait altérer cette pure affection, qui devint peu à peu une étroite et profonde amitié.

Le chagrin d'enfant qui pouvait arriver à l'une retentissait dans le cœur des trois autres, et, comme elles partageaient leurs chagrins, elles partageaient leur joie, leurs espérances, leurs rêves, leur vie enfin, car, à cette époque-là, la vie est-elle autre chose qu'un rêve! C'était la fraternité dans toute l'acception du mot, la fraternité s'accroissant et se resserrant chaque jour davantage en raison des jours, des mois et des années, et qui, pendant la dernière année, avait pris des proportions telles que leur quadruple alliance était devenue proverbiale à Saint-Denis.

Mais le dernier jour de cette vie en commun devait arriver. L'heure de la séparation allait sonner; quelques mois encore, et chacune, sortant de Saint-Denis, allait prendre un chemin différent pour rentrer à la maison paternelle: l'une le faubourg Saint-Germain, l'autre le faubourg Saint-Honoré, celle-ci le faubourg Saint-Jacques, celle-là le faubourg Saint-Antoine. De même, elles allaient prendre quatre routes différentes dans la vie, et chacune allait entrer dans un monde où les trois autres ne pourraient plus la rencontrer que par accident.

C'en était donc fini de cette intimité charmante, de cette douce vie à quatre, où nulle n'avait perdu et où chacune avait gagné! C'en était donc fait de ce quadruple cœur, battant depuis des années des mêmes émotions! C'en était donc fait de cette enfance paisible et souriante, tout cela allait disparaître sans espérance de retour. Ce rêve, commencé à quatre, chacune allait le continuer seule. Le chagrin de l'une serait ignoré de l'autre. La vie de pension avait été un long et délicieux songe.

La vie réelle allait commencer. Sans doute, c'était le hasard, ou plutôt laissons à cette divinité cruelle son vrai nom, c'était la fortune qui les dispersait sous son souffle et les éparpillait comme des fleurs aux quatre vents de la vie.

Mais elles résistèrent courageusement, pliant comme des roseaux, mais ne rompant pas.

Elles mirent leurs quatre blanches mains les unes dans les autres et se jurèrent solennellement de s'entr'aider, de se secourir, de s'aimer en un mot comme au pensionnat, et cela, jusqu'au dernier jour de leur vie. Elles firent donc entre elles ce traité, dont la principale clause était que chacune devait se lever à l'appel de l'autre, à toute heure du jour, à toute heure de la nuit, à quelque moment de la vie que ce fût, dans quelque situation franche ou épineuse, joyeuse ou triste, hasardeuse ou désespérée, que l'une d'elles appelât l'autre ou même les trois autres à son secours.

Nous les avons vues fidèles à ce contrat se rendant à l'appel de la mourante Carmélite. Nous les retrouverons non moins exactes dans des occasions non moins graves. Nous avons dit comment il avait été convenu que, tous les ans, le jour du mercredi des Cendres, on devait se réunir à la messe de midi à Notre-Dame.

Pendant les deux ou trois ans qui s'étaient écoulés depuis leur sortie de pension, Carmélite et Fragola n'avaient guère vu leurs amies qu'à ce rendez-vous annuel. Encore, une année, Fragola y avait-elle manqué. Si nous racontons jamais son histoire, nous dirons à quelle occasion.

Régina et Lydie s'étaient vues un peu plus souvent. Mais cette rareté de fréquentation entre les quatre jeunes filles n'avait fait qu'accroître leur amitié au lieu de l'affaiblir, et à elles quatre, en s'appuyant les unes sur les autres, peut-être eussent-elles obtenu par leurs tenants et leurs aboutissants ce qu'un congrès de diplomates n'eût pu obtenir.

Et en effet à elles quatre, placées sur les quatre échelons ascendants ou descendants de la société, elles tenaient les clefs de l'édifice social tout entier : la cour, l'aristocratie, l'armée, la science, le clergé, la Sorbonne, l'Université, les académies, le peuple, que sais-je! Leurs clefs allaient à toutes les serrures, ouvraient toutes les portes; à elles quatre, elles représentaient le pouvoir suprême, illimité, absolu.

Il n'y avait, comme nous l'avons vu, que contre la mort qu'elles ne pouvaient rien. Douées des mêmes vertus, imbues des mêmes principes, pénétrées des mêmes sentiments, capables des mêmes sacrifices, aptes au même dévouement, elles semblaient nées pour le bien, et, isolément ou ensemble, à quelque prix que ce fût, chacune, l'occasion étant donnée, s'efforçait de l'accomplir.

Nous aurons sans doute, dans la suite de notre récit, occasion de les voir aux prises avec des passions de toutes sortes, et peut-être alors verrons-nous comment peuvent sortir victorieusement des luttes les plus redoutables les âmes bien trempées.

Maintenant, écoutons. C'est midi qui sonne; Régina ne peut tarder à rentrer. A midi et quelques minutes, le roulement d'une voiture se fit entendre. Les trois jeunes femmes qui causaient ensemble, de quoi? Carmélite du mort certainement, les deux autres des vivants peut-être, les trois jeunes femmes, disons-nous, se levèrent spontanément. Les cœurs battaient à l'unisson. Mais certes celui de Fragola plus vivement encore que ceux des deux autres.

Tout à coup on entendit la voix de la petite Abeille qui, charmant précurseur, s'était échappée et criait:

— Nous voilà! nous voilà! nous voilà! Ma sœur Rina a l'audience.

Et elle apparut dans la serre tout en criant ainsi. En effet, Régina venait ensuite, souriante comme une triomphatrice. Elle tenait la lettre d'audience à la main. L'audience était indiquée sur la lettre pour le jour même à deux heures et demie. Il n'y avait donc pas une minute à perdre.

Les jeunes femmes s'embrassèrent en renouvelant leurs serments d'amitié. Fragola descendit rapidement, sauta dans la voiture de Régina, qui promettait d'aller plus vite que son fiacre, et la voiture armoriée, emportant la belle et charmante enfant vers son humble demeure, s'arrêta à la porte de l'allée de la rue Mâcon. Les deux hommes étaient à la fenêtre.

— C'est elle, dirent-ils en même temps. — Dans une voiture armoriée? demanda le moine à Salvator. — Oui, mais la question n'est point là. A-t-elle ou n'a-t-elle point la lettre d'audience? — Elle tient un papier à la main! s'écria Dominique. — Alors, tout va bien, dit Salvator.

Dominique s'élança vers le palier. Fragola entendit la porte s'ouvrir.

— C'est moi, cria-t-elle, j'ai la lettre. — Pour quel jour? demanda Dominique. —Pour aujourd'hui, dans deux heures. — Oh! s'écria le moine, soyez bénie, chère enfant. — Et Dieu soit loué, mon père, dit Fragola, remettant respectueusement au moine, de sa petite main blanche, la lettre d'audience du roi.

LXXXIX

LE ROI CHARLES X.

Le roi n'était pas d'une gaieté folle ce jour-là.

Le licenciement de la garde nationale, qu'avait laconiquement annoncé *le Moniteur* du matin, avait mis en rumeur toute la partie commerçante de Paris. *Messieurs les boutiquiers*, comme les appelaient *Messieurs de la cour*, n'étaient jamais contents. Comme nous l'avons déjà dit, ils murmuraient quand on leur commandait de monter leur garde, ils murmuraient quand on leur défendait de la monter.

Que voulaient-ils donc? La révolution de Juillet montra ce qu'ils voulaient.

Ajoutons à cela que la condamnation de M. Sarranti, qui s'était répandue par toute la ville, n'avait pas peu contribué, sinistre nouvelle, à augmenter l'effervescence chez une notable partie des citoyens.

Et, bien que Sa Majesté eût entendu la messe, en compagnie de Leurs Altesses Royales M. le dauphin, madame la dauphine, madame la duchesse de Berry; bien qu'il eût reçu Sa Grandeur, le chancelier, Leurs Excellences les ministres, les conseillers d'État, les cardinaux, M. le prince de Talleyrand, les maréchaux, le nonce du pape, l'ambassadeur de Sardaigne, l'ambassadeur de Naples, le grand référendaire de la chambre des pairs, des députés, un grand nombre de généraux; bien qu'il eût signé le contrat de mariage de M. Tassin de La Vallière, receveur général des finances du département des Hautes-Pyrénées, avec mademoiselle Charlet, ces divers exercices n'avaient pas eu l'influence de dérider le front du soucieux monarque, et, nous le répétons, Sa Majesté était à mille lieues d'être d'une gaieté folle, entre une et deux heures de l'après-midi du 30 avril 1827.

Tout au contraire, son front exprimait une sombre inquiétude, qui habituellement lui était étrangère. Il y avait dans le royal vieillard, bon et simple de cœur, un peu de l'insouciance de l'enfant. Il était convaincu, d'ailleurs, qu'il marchait dans la bonne, dans la véritable voie, et, le dernier de la race qui fut abrité sous les plis du drapeau blanc, il avait pris pour devise la devise des anciens preux : *Fais ce que dois, advienne que pourra!*

Il était vêtu, selon son habitude, de cet uniforme bleu et argent avec lequel Vernet l'a représenté, passant une revue. Il avait sur la poitrine ce cordon et cette plaque du Saint-Esprit avec lesquels, un an plus tard, il devait recevoir Hugo et lui refuser la représentation de *Marion Delorme.*

Les vers du poëte sur cette entrevue vivent encore, *Marion Delorme* vivra toujours. Où êtes-vous, bon roi Charles X, qui refusiez la tête des pères aux enfants et la représentation des pièces aux poëtes? Le roi releva sa tête inclinée en entendant l'huissier de service annoncer le visiteur pour lequel sa belle-fille venait de lui demander audience.

— L'abbé Dominique Sarranti, répéta-t-il machinalement, oui, c'est cela!

Mais avant que de répondre, il prit sur son bureau une feuille de papier, et, après l'avoir rapidement parcourue des yeux, il dit :

— Faites entrer M. l'abbé Dominique.

L'abbé Dominique parut sur le seuil de la porte. Là, il s'arrêta les mains croisées sur sa poitrine et s'inclina profondément. Le roi aussi s'inclina, non pas devant l'homme, mais devant le prêtre.

— Entrez, Monsieur, dit le roi.

L'abbé fit quelques pas en avant et s'arrêta de nouveau.

— Monsieur l'abbé, dit le roi, la promptitude avec laquelle je vous ai accordé cette audience doit vous prouver en quelle estime particulière je tiens tous les ministres de Dieu. — C'est une des gloires de Votre Majesté, répondit l'abbé en s'inclinant, et en même temps un de ses plus beaux titres à l'amour de ses sujets. — Je vous écoute, Monsieur l'abbé, dit le roi en prenant cette attitude particulière aux princes qui donnent audience. — Sire, reprit l'abbé Dominique, mon père a été, cette nuit, condamné à mort. — Je le sais, Monsieur, dit le roi, et j'en ai profondément gémi pour vous. — Mon père était innocent des crimes pour lesquels il a été condamné. — Excusez-moi, monsieur l'abbé, dit Charles X, mais ce n'était point là l'opinion de messieurs les jurés. — Sire, les jurés sont des hommes, et, comme tels, ils peuvent être abusés par les apparences. — Je vous accorde cela, monsieur l'abbé, plutôt comme une consolation filiale que comme un axiome de droit humain. Mais autant que la justice peut être rendue par les hommes, justice a été rendue par messieurs les jurés à votre père. — Sire, j'ai la preuve de l'innocence de mon père! — Vous avez la preuve de l'innocence de votre père? répéta Charles X avec étonnement. — Je l'ai, sire. — Et pourquoi ne l'avez-vous pas donnée plus tôt? — Je ne le pouvais pas. — Eh bien, Monsieur, puisque heureusement il en est temps encore, donnez-la-moi. — Sire, dit l'abbé Dominique en courbant la tête, par malheur c'est chose impossible. — Chose impossible? — Hélas! oui, sire. — Et quel motif peut empêcher un homme de proclamer l'innocence d'un condamné, quand surtout cet homme est un fils et que ce condamné est son père? — Sire, je ne puis répondre à Votre Majesté, mais le roi sait si celui qui combat le mensonge dans les autres, celui qui passe sa vie à rechercher la

FRA DOMINICO SARRANTI.

vérité, quelque part qu'elle soit, un des serviteurs de Dieu enfin, le roi sait si celui-là pourrait et surtout voudrait mentir. Eh bien, sire, sous la droite du Seigneur, du Seigneur qui me voit et qui m'écoute, du Seigneur que je supplie de me punir si je mens, je proclame hautement aux pieds de Votre Majesté l'innocence de mon père, je l'affirme de toutes les forces de ma conscience, et je jure à Votre Majesté que je lui en donnerai la preuve un jour ou l'autre. — Monsieur l'abbé, répondit le roi avec une majestueuse douceur, vous parlez en fils et j'honore le sentiment qui vous dicte vos paroles, mais permettez que je vous réponde en roi. — Oh! sire, j'écoute les mains jointes! — Si le crime dont est accusé votre père, et pour lequel il est condamné, ne regardait que moi, n'attaquait directement que moi, si c'était, en un mot, un crime politique, un attentat contre le repos de l'État, un crime de lèse-majesté, ou même un attentat contre ma propre vie, le coup eût-il porté, fussé-je blessé, blessé mortellement comme mon pauvre fils l'a été par Louvel, je ferais ce qu'a fait mon fils mourant, Monsieur, en faveur de votre habit que je respecte, de votre piété que j'honore; mon dernier acte serait la grâce de votre père. — Oh! sire, que vous êtes bon! — Mais il n'en est pas ainsi, l'accusation politique a été écartée par l'avocat général, et celle de vol, de rapt et d'assassinat... — Sire! sire! — Oh! je sais que c'est cruel à entendre; mais, puisque je refuse, dois-je au moins dire les causes de mon refus. L'accusation de vol, de rapt et d'assassinat est donc restée debout. Or, par cette accusation, ce n'est point le roi qui est menacé, ce n'est point l'État qui est en péril, ce n'est point la majesté ou la puissance royale qui est compromise, c'est la société qui est atteinte, c'est la morale qui crie vengeance. — Oh! si je pouvais parler, sire! s'écria Dominique en se tordant les bras. — Ces trois crimes, dont non-seulement votre père est accusé, mais dont il est convaincu, convaincu puisqu'il y a jugement du jury, et que le jury, accordé par la Charte aux Français, est un tribunal infaillible, ces trois crimes sont les plus bas, les plus lâches, les plus justement punissables : le moindre des trois mérite les galères. — Sire! sire! par grâce ne prononcez pas ce mot terrible. — Et vous voulez... car c'est la grâce de votre père que vous venez me demander, n'est-ce pas?...

L'abbé Dominique se laissa glisser sur ses genoux!

— Vous voulez, continua le roi, que, quand il s'agit de ces trois terribles crimes, vous voulez que moi, père de mes sujets, je donne cet encouragement aux coupables d'user de mon droit de grâce, quand, si je l'avais, et par bonheur je ne l'ai pas, je devrais user du droit de mort... En vérité, monsieur l'abbé, vous qui êtes grand justicier au tribunal de la pénitence, interrogez-vous vous-même, et voyez si vous auriez autre chose à dire à un aussi grand coupable que l'est votre père, d'autres paroles que celles-ci, les seules que me dicte mon cœur : J'appelle sur le mort toute la miséricorde divine, mais je dois faire justice en punissant le vivant. — Sire, s'écria l'abbé, oubliant les formules respectueuses, l'étiquette officielle, que le descendant de Louis XIV faisait si rigoureusement observer, sire, détrompez-vous, ce n'est pas le fils qui vous parle, ce n'est pas le fils qui vous prie, ce n'est pas le fils qui vous implore, c'est un honnête homme qui, connaissant l'innocence d'un autre homme, vous crie : Ce n'est pas la première fois que la justice humaine se trompe, sire; sire, rappelez-vous Calas; sire, rappelez-vous Labarre; sire, rappelez-vous Lesurque. Louis XV, votre auguste aïeul, a dit qu'il donnerait une de ses provinces pour que Calas n'eût pas été exécuté sous son règne; sire, sans le savoir, vous allez laisser tomber la hache sur le cou d'un juste; sire, au nom du Dieu vivant, je vous le dis, le coupable va être sauvé et c'est l'innocent qui va mourir! — Mais alors, Monsieur, dit le roi ému, parlez, mais parlez donc; si vous connaissez le coupable, nommez-le-moi, ou alors, fils dénaturé, c'est vous qui êtes le bourreau; parricide, c'est vous qui tuez votre père; allons, parlez, Monsieur, parlez, c'est non-seulement votre droit, mais votre devoir. — Sire, c'est mon devoir de me taire, répondit l'abbé, dont les larmes, les premières qu'il eût versées, inondèrent les yeux. — S'il en est ainsi, monsieur l'abbé, reprit le roi, qui voyait l'effet sans comprendre la cause, et qui commençait à se trouver blessé de ce qu'il regardait comme un entêtement de la part du moine, s'il en est ainsi, permettez-moi de me soumettre à l'arrêt de messieurs les jurés.

Et il fit un signe qui indiquait à l'abbé que l'audience était finie.

XC

LE SURSIS.

Mais si impératif que fût le geste du roi, Dominique n'obéit point; seulement, il se releva, et, d'une voix respectueuse, mais ferme :

— Sire, dit-il, Votre Majesté s'est trompée : je ne demande pas, ou plutôt je ne demande plus la grâce de mon père. — Que demandez-vous donc, alors? — Sire, je sollicite un sursis de Votre Majesté. — Un sursis? — Oui, sire. — De combien de jours?

Dominique calcula dans son esprit, et tout bas :

— De cinquante jours, dit-il. — Mais, fit le roi, la loi accorde trois jours au condamné pour se pourvoir, et le pourvoi est toujours une affaire de quarante jours. — C'est selon, sire, la Cour de cassation, si on la presse, peut rendre son arrêt en deux jours, en un jour même, aussi bien qu'en quarante jours, et d'ailleurs...

Dominique hésitait.

— Et d'ailleurs, répéta le roi; voyons, achevez votre pensée. — D'ailleurs, mon père ne se pourvoira pas. — Comment, votre père ne se pourvoira pas?

Dominique secoua la tête.

— Mais en ce cas, s'écria le roi, votre père veut donc mourir? — Il ne fera rien du moins pour échapper à la mort. — Alors, Monsieur, la justice aura son cours. — Sire, fit Dominique, au nom de Dieu, accordez à un de ses ministres la grâce qu'il vous demande. — Eh bien, oui, Monsieur, je la lui accorderai peut-être, mais à une condition d'abord : c'est que le condamné ne bravera pas la justice; que votre père se pourvoie et je verrai s'il doit avoir, outre les trois jours de délai que lui accordera la loi, les quarante jours de sursis que lui accordera ma clémence! — Ce n'est point assez de quarante-trois jours, sire, dit résolûment Dominique, il m'en faut cinquante. — Cinquante, Monsieur, et pour quoi faire? — Pour faire un voyage long et pénible, sire, pour obtenir une audience que j'obtiendrai difficilement, peut-être, pour tâcher enfin de convaincre un homme qui, comme vous, sire, ne voudra peut-être pas être convaincu. — Vous faites un long voyage? — Un voyage de trois cent cinquante lieues, sire. — Et vous le faites à pied? — Je le fais à pied, oui, sire. — Pourquoi le faites-vous à pied, dites? — Parce que c'est ainsi que voyagent les pèlerins qui ont une grâce suprême à demander à Dieu. — Mais si je faisais les frais de ce voyage; si je vous donnais l'argent nécessaire... — Sire, que Votre Majesté réserve l'argent qu'elle me donnerait à quelque pieuse aumône. J'ai fait vœu d'aller à pied et pieds nus, j'irai à pied et pieds nus. — Et, dans cinquante jours, vous vous engagez à prouver l'innocence de votre père. — Non, sire, je ne m'y engage point, et je jure au roi que nul autre à ma place ne pourrait s'y engager. Mais j'affirme qu'après le voyage que j'entreprends, si je n'ai pas les moyens de proclamer l'innocence de mon père, j'affirme que j'accepterai l'arrêt de la justice humaine, me bornant à répéter au condamné ces paroles du roi : J'appelle sur vous la miséricorde divine.

Une émotion nouvelle s'empara de Charles X. Il regarda l'abbé Dominique; et, en voyant sa franche et loyale figure, une demi-conviction entra dans son cœur.

Malgré lui cependant, car, on le sait, le roi Charles X n'eut pas le bonheur d'être toujours lui, malgré lui cependant, malgré cette sympathie irrésistible qu'inspirait le visage du noble moine, visage qui n'était que le reflet de son cœur, le roi Charles X alors, comme pour puiser des forces contre le bon sentiment qui menaçait de l'envahir, le roi Charles X prit pour la seconde fois la feuille de papier posée sur sa table, et sur laquelle il avait jeté les yeux quand l'huissier avait annoncé l'abbé Dominique, y porta rapidement un regard, et ce regard, si rapide qu'il fût, suffit pour refouler en lui ce bon vouloir, lequel n'eût ainsi qu'une expression éphémère.

D'attendrie qu'elle était en écoutant l'abbé Dominique, sa figure redevint froide, soucieuse, refrognée. Et il y avait bien de quoi être refrogné, soucieux et froid.

La note que le roi avait sous les yeux était l'histoire abrégée de M. Sarranti et de l'abbé Dominique, deux portraits esquissés de main de maître, comme savait les esquisser la congrégation. La biographie de deux révolutionnaires acharnés. La première était celle de M. Sarranti.

Elle était prise à son départ de Paris; elle le suivait dans l'Inde, à la cour de Randjit-Singh, dans ses relations avec le général Lebastard de Prémont, indiqué lui-même comme un homme horriblement dangereux. Puis, de l'Inde, elle passait avec eux à Schœnbrunn, détaillait cette conspiration, échouée par les bons soins de M. Jackal, et, tout en perdant le général Lebastard de l'autre côté du pont de Vienne, reprenait M. Sarranti seul pour le ramener à Paris, et ne le quitter qu'au jour de son arrestation. En marge étaient ces mots :

« Accusé et convaincu en outre des crimes de rapt, de vol et d'assasinat, pour lesquels crimes il a été condamné. »

Quant à l'abbé Dominique, sa biographie, à lui, n'était pas moins détaillée.

On le prenait au sortir du séminaire, on le proclamait un disciple de l'abbé Lamennais, dont la dissidence commençait à percer; puis on en faisait un visiteur de mansardes, non pour répandre la parole de Dieu, mais la propagande révolutionnaire. On citait tel sermon de lui qui lui eût valu les remontrances de ses supérieurs, s'il n'eût pas relevé d'un ordre espagnol non encore rétabli en France. On proposait, enfin, de le renvoyer à l'étranger : sa présence à Paris étant dangereuse, au dire de la congrégation.

En somme, d'après la note que le pauvre bon roi avait sous les yeux, MM. Sarranti père et fils étaient deux buveurs de sang, tenant à la main : l'un, l'épée qui devait renverser le trône; l'autre, la torche qui devait brûler l'Église.

Il suffisait donc, quand une fois on s'était imprégné de tout ce venin jésuitique, de rejeter les yeux sur cette feuille de papier pour se reprendre à la haine politique qui, un instant, pouvait s'affaisser, et pour revoir, d'un seul coup, sourdre à nouveau tous les fantômes de la révolution.

Le roi frissonna et jeta un mauvais regard à l'abbé Dominique.

Celui-ci ne se méprit pas au sens de ce regard et se sentit comme atteint d'un fer rouge. Il releva la tête fièrement, s'inclina sans se baisser, et fit deux pas en arrière pour se retirer.

Un suprême dédain pour ce roi, qui repoussait les instincts de son cœur afin de leur substituer les haines d'autrui, le foudroyant mépris du fort pour le faible vint, malgré l'abbé Dominique, errer dans ses yeux et sur ses lèvres.

Charles X, à son tour, vit ce sentiment luire comme une flamme, et Bourbon après tout, c'est-à-dire prompt à la grâce, il eut un de ces remords qu'à certaines heures devait avoir, en regardant d'Aubigné, son aïeul Henri IV.

La vérité, ou tout au moins le doute, lui apparut dans la demi-teinte; il n'osa point refuser à cet honnête homme ce qu'il lui demandait, et rappela l'abbé Dominique au moment où celui-ci avait déjà fait deux pas pour se retirer.

— Monsieur l'abbé, lui dit-il, je n'ai point encore répondu négativement ni affirmativement à votre demande, mais si je ne l'ai point fait, c'est que je regardais passer devant mes yeux ou plutôt dans ma pensée les ombres des justes, injustement immolés. — Sire, s'écria l'abbé en faisant deux pas en avant, il est temps encore, et le roi n'a qu'à dire un mot. — Je vous accorde deux mois, Monsieur l'abbé, dit le roi en reprenant sa hauteur ordinaire, comme s'il se repentait et s'il rougissait de laisser paraître la moindre émotion; mais, vous entendez, que votre père se pourvoie. Je pardonne quelquefois la rébellion contre la royauté, je ne pardonnerais pas la rébellion contre la justice. — Sire, voudrez-vous me donner le moyen, à mon arrivée, de pénétrer jusqu'à vous à toute heure du jour et de la nuit. — Volontiers, dit le roi

Et il sonna.

— Vous voyez Monsieur, dit Charles X à l'huissier qui entra; reconnaissez-le, et n'importe à quelle heure du jour ou de la nuit qu'il se présentera ici, qu'on l'introduise près de moi. Prévenez-en les gens de service.

L'abbé s'inclina et sortit le cœur plein de joie, sinon de reconnaissance.

XCI

LE PÈRE ET LE FILS.

L'abbé descendit les marches du palais des Tuileries le cœur plein d'une émotion dont nous ne tenterons même pas de donner l'analyse, mais que le lecteur comprendra suffisamment.

En effet, toutes ces fleurs d'espérance qui germent lentement dans le sein de l'homme, et qui ne donnent leurs fruits qu'à certaines heures, s'épanouirent dans le cœur de l'abbé Dominique au fur et à mesure qu'il mettait le pied sur un degré qui l'éloignait de la majesté royale et le rapprochait de ses concitoyens.

Toutes les faiblesses du malheureux monarque lui revenaient à la fois à l'esprit, et il lui semblait impossible que cet homme, courbé sous les années, au cœur bon, mais à l'esprit inerte, fût un sérieux obstacle à l'œuvre de cette grande déesse qui est en marche depuis que le génie humain a allumé son flambeau, et que l'on appelle la Liberté !

Alors, chose étrange, et qui prouvait que sans doute son plan était bien arrêté pour l'avenir, tout son passé lui revint en mémoire en un moment. Il se souvint des moindres détails de sa vie de prêtre, de ses irrésolutions indicibles au moment de faire ses vœux, de ses combats intimes au moment de recevoir l'ordination ; mais tout avait été vaincu par cet espoir qui, pareil à la colonne de feu de Moïse, lui montrait son chemin à travers la société ; et qui lui disait que la carrière dans laquelle il pouvait être le plus utile à son pays était la carrière religieuse.

Comme l'étoile des mages, sa conscience rayonnait et lui montrait la véritable route ; mais un instant la tempête avait obscurci son ciel, et il avait cessé de voir son chemin. Il recommençait à y voir et se remettait en route, plein, sinon de confiance, du moins de résolution. Il descendit la dernière marche du palais le sourire sur les lèvres. A quelle pensée secrète, dans une pareille situation, correspondait donc son sourire ?

Mais à peine eut-il mis le pied dans la cour des Tuileries, qu'il aperçut la sympathique figure de Salvator, qui, inquiet du résultat de la démarche de l'abbé Dominique, attendait sa sortie dans une fiévreuse anxiété. Salvator comprit, rien qu'en voyant le visage du pauvre moine, le résultat de sa visite.

— Bon, dit-il, je vois que le roi vous a accordé le sursis que vous lui avez demandé. — Oui, fit l'abbé Dominique ; c'est un excellent homme au fond. — Eh bien, dit Salvator, voilà qui me réconcilie un peu avec lui, voilà qui fait un peu rentrer en grâce avec moi Sa Majesté Charles X. Je lui pardonne ses faiblesses en souvenir de sa bonté native. Il faut être indulgent pour ceux qui n'entendent jamais la vérité.

Puis, changeant subitement de ton.

— Nous retournons maintenant à la Conciergerie, n'est-ce pas ? dit-il à l'abbé. — Oui, répondit simplement celui-ci en serrant la main à son ami.

Ils prirent une voiture qui passait à vide sur le quai, et arrivèrent promptement à leur destination. A la porte de la sombre prison, Salvator tendit la main à l'abbé Dominique, et lui demanda ce qu'il comptait faire en sortant. — Quitter Paris à l'instant même. — Puis-je vous être utile dans le pays où vous irez? — Pouvez-vous abréger les formalités qui accompagnent la remise d'un passe-port? — Je puis vous le faire donner sans aucune formalité. — Alors, attendez-moi chez vous, j'irai vous y prendre. — C'est moi qui vous attendrai ici dans une heure. Vous me retrouverez à l'angle du quai. Vous ne pouvez rester dans l'intérieur de la prison que jusqu'à quatre heures, et il en est trois. — Dans une heure donc, dit l'abbé Dominique en pressant la main du jeune homme.

Et il s'engouffra dans le sombre guichet.

Le prisonnier avait été conduit dans la cellule au fond à droite, la même qui avait renfermé Louvel et qui devait renfermer Fieschi. L'abbé Dominique fut introduit sans difficulté près de lui.

M. Sarranti, assis sur un tabouret, se leva et alla au-devant de son fils. Celui-ci s'inclina devant lui avec cette déférence dont on accueille les martyrs.

— Je vous attendais, mon fils, dit M. Sarranti.

Et il y avait dans la voix de ce père comme un reproche à son fils de ne pas l'avoir vu plus tôt.

— Mon père, dit l'abbé, il n'y a point de ma faute si je ne suis pas venu plus tôt. — Je le crois, répondit le prisonnier en lui serrant les deux mains. — Je sors des Tuileries, continua l'abbé Dominique. — Vous sortez des Tuileries? — Oui, je viens de voir le roi. — Vous venez de voir le roi, Dominique? dit M. Sarranti étonné, en regardant fixement son fils. — Oui, mon père. — Et pourquoi avez-vous été voir le roi? Ce n'est point, à coup sûr, pour lui demander ma grâce? — Non, mon père, se hâta de dire l'abbé. — Qu'aviez-vous donc à lui demander, alors? — Un sursis! — Un sursis! et pourquoi un sursis? — La loi vous accorde trois jours pour vous pourvoir en cassation. Quand rien ne presse l'arrêt de la cour, c'est une affaire de quarante à quarante-deux jours. — Eh bien? — Eh bien, j'ai demandé deux mois. — Au roi? — Au roi. — Pourquoi deux mois? — Parce que deux mois me sont nécessaires pour me procurer les preuves de votre innocence. — Je ne me pourvoierai pas, Dominique, répondit résolûment M. Sarranti. — Mon père! — Je ne me pourvoierai pas, c'est une résolution prise, et j'ai défendu à Emmanuel de se pourvoir en mon nom. — Mon père, que me dites-vous? — Je dis que je refuse toute espèce de sursis; j'ai été condamné, je veux être exécuté; j'ai récusé mes juges, non pas le bourreau. — Mon père, écoutez-moi! — Je veux être exécuté, j'ai hâte d'en finir avec les tortures de la vie et l'iniquité des hommes. — Mon père, murmura tristement l'abbé. — Je sais, Dominique, tout ce que vous pourrez me dire à ce sujet, je sais les reproches que vous avez droit de me faire. — Oh! mon vénéré père, dit l'abbé Dominique en rougissant, si cependant je vous suppliais à genoux... — Dominique! — Si je vous disais que cette innocence que je vous promets, je la produirai aux yeux des hommes aussi pure que ce jour de Dieu qui vient jusqu'à nous à travers les barreaux de cette prison... — Eh bien! mon fils, cette innocence, après ma mort, n'en éclatera que plus brillante et plus lumineuse; je ne demanderai pas de sursis, je n'accepterai point de grâce! — Mon père! mon

LE PÈRE ET LE FILS.

TYP. J. CLAYE.

père ! s'écria Dominique désespéré, ne persistez pas dans cette résolution qui est votre mort, et qui sera, à moi, le désespoir de ma vie et peut-être la perte inutile de mon âme. — Assez ! dit Sarranti. — Non, point assez, mon père ! s'écria Dominique en se laissant effectivement glisser sur ses genoux et en pressant entre ses mains les mains de son père, qu'il couvrait de baisers.

M. Sarranti essaya de détourner la tête et retira ses mains.

— Mon père ! continua Dominique, vous refusez, parce que vous ne croyez pas à mes paroles ; vous refusez, parce que cette mauvaise idée vous vient que j'emploie un subterfuge pour vous disputer à la mort et pour ajouter deux mois à votre existence si noble et si bien remplie, que vous sentez pouvoir mourir à quelque heure et à quelque âge que ce soit, et que vous mourrez, aux yeux du juge suprême, plein de jours et d'honneur.

Un sourire mélancolique, et qui prouvait que Dominique avait rencontré juste, erra sur les lèvres de M. Sarranti.

— Eh bien, mon père, continua Dominique, je vous jure, moi, que les paroles de votre fils ne sont pas de vaines paroles ; je vous jure que j'ai là, et Dominique mit la main sur sa poitrine, que j'ai là les preuves de votre innocence. — Et tu ne les as pas produites ? s'écria M. Sarranti en reculant d'un pas et en regardant son fils avec un étonnement qui tenait de la défiance, et tu as laissé rendre contre ton père un jugement, tu as laissé condamner ton père à une mort infâme, ayant là, et M. Sarranti allongea le doigt vers la poitrine du moine, ayant là les preuves de l'innocence de ton père ?...

Dominique étendit la main.

— Mon père, aussi vrai que vous êtes un homme d'honneur, aussi vrai que je suis votre fils, si j'avais fait usage de ces preuves, si je vous eusse sauvé la vie, sauvé l'honneur à l'aide de ces preuves, mon père, vous m'eussiez méprisé, et seriez mort plus cruellement de votre mépris que vous ne mourrez jamais par le fer du bourreau. — Mais si tu n'as pas pu donner ces preuves aujourd'hui, comment pourras-tu les donner un jour ? — Mon père, c'est là un second secret que je ne puis pas plus vous révéler, un secret qui est entre moi et Dieu. — Mon fils, dit le condamné d'une voix brève, il y a dans tout cela trop de mystère pour moi. Je n'accepte jamais que ce que je puis comprendre ; je ne comprends pas ; en conséquence, je refuse.

Et reculant d'un pas et faisant signe au moine de se relever :

— Assez, Dominique, dit-il, épargnez-moi toute discussion, et passons les dernières heures que nous avons encore à rester sur la terre le plus doucement que nous pourrons.

Le moine poussa un soupir ; il savait que ces paroles une fois prononcées par son père, il n'avait plus rien à espérer. Et cependant, en se relevant, il rêvait par quel retour il pourrait obtenir de l'homme inflexible qu'il appelait son père un changement de résolution.

XCII

L'IDÉE ET L'HOMME.

M. Sarranti montra un tabouret à l'abbé Dominique, fit avec un geste d'agitation trois ou quatre tours dans l'étroite cellule; puis, ayant apporté un tabouret près de son fils et s'étant assis lui-même, il recueillit ses esprits et parla ainsi au pauvre moine, qui l'écoutait la tête basse et le cœur serré :

— Mon fils, avec le regret de nous séparer, il me reste, au moment de mourir, une sorte de repentir, ou plutôt de crainte, d'avoir mal employé ma vie. — Oh ! mon père! s'écria Dominique en relevant la tête et en essayant de prendre les mains de son père, que celui-ci retira, moins par un mouvement de froideur, que, au contraire, pour ne pas donner à son fils cette prise magnétique sur lui.

Sarranti reprit :

— Et, en effet, écoutez-moi bien, Dominique, et jugez-moi. — Mon père ! — Jugez-moi, je le répète. A votre avis, car je me plais à le dire, mon fils, vous êtes un homme de haute moralité, à votre avis, ai-je bien ou mal employé l'intelligence que Dieu m'avait donnée pour être utile aux autres? Parfois je doute, écoutez-moi, et il me semble que cette intelligence ne leur a servi de rien. Autre chose est de concourir autant qu'il est en soi à l'œuvre de civilisation que nous sommes, les uns et les autres, appelés à faire progresser; autre chose est de dévouer sa vie à une seule idée, ou plutôt à un seul homme, si grand que l'homme soit. — Oh! mon noble père ! s'écria le moine relevant la tête et fixant un œil ardent sur M. Sarranti. — Écoutez-moi, mon fils, insista le prisonnier. Eh bien, j'ai, comme je vous le disais, un moment de doute où je crains de m'être trompé de chemin. Sur le point de quitter ce monde, je fais mon examen de conscience, et j'ai dû bonheur à le faire devant vous. Croyez-vous, Dominique, que cette énergie que j'avais en moi eût pu être mieux employée? Ai-je fait le meilleur usage que je pouvais faire des facultés dont Dieu m'avai tdoné, et, m'étant proposé une tâche, l'ai-je bien accomplie? Répondez-moi, Dominique.

Pour la seconde fois, Dominique se laissa glisser aux genoux de son père.

— Mon noble père, dit-il, je ne connais pas sous le ciel un homme qui ait plus loyalement et plus généreusement dépensé ses forces au service d'une cause qui lui semblait juste et bonne que vous ne l'avez fait. Je ne connais pas de probité plus haute que votre probité, de dévouement moins intéressé que votre dévouement. Oui, mon noble père, vous avez accompli votre tâche, au point de vue où vous vous l'étiez imposée, et la cellule où nous sommes à cette heure est le témoignage matériel de votre grandeur d'âme et de votre sublime abnégation. — Merci, Dominique, répondit M. Sarranti, et si quelque chose me console de la mort, c'est la pensée que mon fils a le droit d'être fier de ma vie. Je vous quitterai donc, mon seul et unique enfant, sans remords, sinon sans regrets. Et pourtant j'avais encore des forces au service de la patrie; j'étais à peine, il me semble cela du moins aujourd'hui, j'étais à peine à la moitié de ma tâche, et je croyais entrevoir dans un lointain obscur, mais que cependant il me serait possible d'atteindre, je croyais entrevoir le rayon lumineux d'une vie meilleure, quelque chose comme la délivrance de mon pays, et, qui sait, peut-être, à la suite de la délivrance de mon pays, l'affranchissement des nations. — Ah! mon père, s'écria l'abbé, ne le perdez point de vue, je vous en supplie, ce rayon lumineux; car là est la colonne de feu qui doit conduire la France à la terre promise. Mon père, écoutez-moi, et que Dieu mette la persuasion dans la bouche de son humble ministre.

M. Sarranti passa la main sur son front comme pour le dégager des nuages matériels qui pouvaient obscurcir sa pensée, et empêcher la parole de son fils d'arriver jusqu'à son esprit.

— Écoutez-moi, mon père; vous avez, d'un seul mot, éclairé tout à l'heure la question sociale à laquelle les hommes généreux, quels qu'ils soient, dévouent leur vie; vous avez dit: *L'homme et l'idée.*

M. Sarranti, les yeux fixés sur Dominique, fit un signe d'assentiment.

— *L'homme et l'idée,* tout est là, mon père. L'homme, dans son orgueil, croit être le maître de l'idée; tandis que, au contraire, l'idée est maîtresse de l'homme. L'idée, ô mon père, est la fille de Dieu, et Dieu lui a donné, pour accomplir son œuvre immense, les hommes comme des instruments. Écoutez bien ceci, mon père:

« Parfois, je deviens obscur. A travers la période des temps, un seul soleil rayonne, éclairant les hommes qui en ont fait leur Dieu. Voyez-la naître où naît le jour; là où est l'idée est la lumière: dans tout le reste est la nuit.

« Lorsque l'idée apparut au-dessus du Gange et se leva derrière la chaîne de l'Himalaya, éclairant cette civilisation primitive dont nous n'avons conservé que des traditions, ces villes aïeules dont nous ne connaissons plus que les ruines, ses flammes rayonnèrent autour d'elle, et éclairèrent non-seulement l'Inde, mais les nations voisines. Seulement, l'intensité de la lumière était là où était l'idée.

« L'Égypte, l'Arabie et la Perse étaient dans la demi-teinte, le reste du monde dans l'obscurité; Athènes, Rome, Carthage, Cordoue, Florence et Paris, ces foyers à venir, ces phares futurs, n'étaient pas encore sortis de terre, et l'on ignorait jusqu'à leur nom.

« L'Inde accomplit son œuvre de civilisation patriarcale. Cette mère du genre humain, qui avait pris pour symbole la vache aux intarissables mamelles, passa le sceptre à l'Égypte, à ses quarante nomes, à ses trois cent trente rois, à ses vingt-six dynasties. On ne sait pas ce qu'avait duré l'Inde, l'Égypte dura trois mille ans. Elle enfanta la Grèce.

« Après le gouvernement patriarcal, le gouvernement théocratique, le gouvernement républicain. La société antique était arrivée à la perfection païenne. Puis vint Rome.

« Rome, la ville privilégiée, où l'idée devait se faire homme et régner sur l'avenir. Mon père, inclinons-nous tous les deux. Je vais prononcer le nom de ce juste qui mourut, non-seulement pour les justes qui devaient mourir après lui, mais pour les coupables; mon père, je vais prononcer le nom du Christ. »

Sarranti baissa la tête; Dominique se signa.

— « Mon père, continua le moine, au moment où le juste jeta son dernier cri, le tonnerre gronda, le voile du temple se déchira, la terre s'entr'ouvrit,

Cette gerçure qui alla d'un pôle à l'autre fut l'abîme qui sépara le monde ancien du nouveau.

« Tout était à recommencer, tout était à refaire ; on eût cru que Dieu, l'infaillible, s'était trompé, si de place en place, comme des phares allumés à sa propre lumière, on ne reconnaissait point ces grands précurseurs qu'on appelle Moïse, Eschyle, Platon, Socrate, Virgile et Sénèque.

« L'idée avait eu avant Jésus-Christ son nom antique : *la Civilisation*. Elle eut après Jésus-Christ son nom moderne : *la Liberté*.

« Dans le monde païen, la liberté n'était point nécessaire à la civilisation. Voyez l'Inde, voyez l'Égypte, voyez l'Arabie, voyez la Perse, voyez la Grèce, voyez Rome.

« Dans le monde chrétien, il n'y a pas de civilisation sans la liberté! Voyez tomber Rome, voyez tomber Carthage, voyez tomber Grenade, voyez naître le Vatican. »

— Mon fils, demanda Sarranti avec une espèce de doute, le Vatican est-il bien le temple de la liberté? — Il le fut du moins jusqu'à Grégoire VII. Ah! mon père, c'est ici qu'il faut de nouveau séparer l'homme de l'idée, l'idée qui échappe aux mains du pape passe au mains du roi Louis le Gros, qui achève ce que Grégoire VII a commencé.

« La France va continuer Rome.

« C'est dans cette France, qui balbutie à peine le mot *commune*, c'est dans cette France, dont la langue se forme, chez laquelle le servage va être aboli à son tour, c'est dans cette France que se débattront désormais les destins du monde.

« Rome n'a plus que le cadavre du Christ; la France a sa parole, son verbe, son âme.

« L'idée! Voyez-la surgir sous le nom de commune. Commune, c'est-à-dire droits du peuple, démocratie, liberté.

« O mon père! les hommes croient qu'ils usent les idées, tandis qu'au contraire c'est l'idée qui use les hommes. Écoutez-moi, mon père, car c'est au moment où vous sacrifiez votre vie à votre croyance qu'il faut faire la lumière autour de cette croyance, pour que vous voyiez bien si le flambeau allumé par vous vous a conduit où vous vouliez aller. »

— J'écoute, répondit le condamné en appuyant sa main sur son front comme pour l'empêcher d'éclater devant la Minerve qu'il sentait s'agiter tout armée sous la voûte de son cerveau.

— « Les événements diffèrent, continua le moine, mais l'idée est la même. Après la Commune, viennent les *Pastoureaux*, après les Pastoureaux vient la *Jacquerie*, après la Jacquerie viennent les *Maillotins*, après les Maillotins vient la *Guerre du bien public*, après la Guerre du bien public, la *Ligue*, après la Ligue, la *Fronde*, après la Fronde, la *Révolution française*.

« Eh bien! mon père, toutes ces révoltes, qu'elles s'appellent Commune, Pastoureaux, Jacquerie, Maillotins, Guerre du bien public, Ligue, Fronde, Révolution, c'est l'idée, toujours l'idée qui se transforme, mais qui, à chaque transformation, grandit.

« La goutte de sang qui tombe de la langue du premier homme qui crie : *Commune*, sur la place publique de Cambrai, et à qui on coupe la langue comme à un blasphémateur, cette goutte de sang, c'est la source de la démocratie. Source d'abord, puis ruisseau, puis torrent, puis rivière, puis fleuve, puis lac, puis Océan.

« Maintenant, mon père, voyons naviguer sur cet Océan ce pilote, élu du Seigneur, qu'on appelle Napoléon le Grand! »

Le condamné, qui n'avait jamais entendu de semblables paroles, se recueillit et écouta. Le moine continua en ces termes :

XCIII

CÉSAR, CHARLEMAGNE, NAPOLÉON.

— « Trois hommes, continua Sarranti, trois élus avaient été choisis de tout temps dans la pensée du Seigneur pour être les instruments de *l'idée*, et pour tailler comme il l'entendait l'édifice du monde chrétien. Ces trois hommes sont César, Charlemagne, Napoléon.

« Et remarquez, mon père, que chacun de ces trois hommes ignore ce qu'il fait, et semble rêver juste le contraire de ce qu'il accomplit.

« César, païen, prépare le christianisme; Charlemagne, barbare, prépare la civilisation; Napoléon, despote, prépare la liberté.

« Ces trois hommes viennent à huit cents ans de distance l'un de l'autre.

« Mon père, ce sont trois aspects humains différents, mais c'est la même âme qui les anime, *l'idée*.

« César, païen, réunit par la conquête les peuples en un seul faisceau, afin que sur cette gerbe d'hommes se lève le Christ, soleil fécondateur du monde moderne, et sous le successeur de César se lève le Christ.

« Charlemagne, barbare, établit la féodalité, cette mère de la civilisation, et brise contre les barrières de son vaste empire la migration de peuples plus barbares encore que lui.

« Napoléon.... Permettez, mon père, qu'à l'égard de Napoléon je développe plus longuement ma théorie. Ce ne sont point des paroles vaines que je vous dis, et, je l'espère bien, elles me conduisent, au contraire, au but où j'aspire.

« Lorsque Napoléon, ou plutôt Bonaparte, car le géant a deux noms, comme il a deux faces, lorsque Bonaparte apparut, la France était lancée par la révolution tellement en dehors des autres peuples, qu'elle avait dérangé l'équilibre des nations. Il fallait un Alexandre à ce Bucéphale, un Androclès à ce lion.

« Bonaparte se présenta, avec sa double nature populaire et aristocratique, en face de cette folle de Liberté qu'il fallait enchaîner pour la guérir. Bonaparte était en arrière de *l'idée* en France, mais en avant des idées des autres peuples. Les rois ne virent pas en lui ce qu'il y avait en lui : les rois sont parfois aveugles. Les insensés lui firent la guerre.

« Alors Bonaparte, l'homme de *l'idée*, prit ce qu'il y avait en France de plus pur, de plus intelligent, de plus progressif parmi ses enfants; il en forma des bataillons, bataillons sacrés qu'il répandit sur l'Europe. Partout ces bataillons de *l'idée* portent la mort aux rois et la vie aux peuples, partout où passe l'esprit de la France, la liberté fait, à sa suite, un pas gigantesque, jetant au vent les révolutions, comme un semeur jette le blé.

« Napoléon tombe en 1815, et déjà la moisson qu'il a préparée est, sur certains sols, bonne à faire.

« Ainsi, en 1818, rappelez-vous les dates, mon père, les grands-duchés de Bade et de Bavière demandent une constitution, et l'obtiennent; en 1819, le Wurtemberg réclame une constitution, et l'obtient; en 1820, révolution et constitution des cortès d'Espagne et de Portugal; en 1820, révolution et constitution de Naples et du Piémont; en 1821, insurrection des Grecs contre la Turquie; en 1823, institution d'états en Prusse.

« L'homme est prisonnier, l'homme est enchaîné sur le rocher de Sainte-Hélène. L'homme est mort, l'homme est déposé au tombeau, l'homme repose sous sa pierre sans nom. Mais *l'idée* est libre, mais *l'idée* lui survit, mais *l'idée* est immortelle.

« Une seule nation, une seule, avait, par sa position topographique, échappé à l'influence progressive de la France, trop éloignée qu'elle était pour que nous songeassions jamais à mettre le pied sur son territoire. Napoléon rêve la destruction des Anglais dans l'Inde par son union forcée avec la Russie. A force de fixer les yeux sur Moscou, il finit par s'habituer à la distance. La distance disparaît peu à peu, par un effet d'optique sublime et insensé tout à la fois. Un prétexte, et nous conquérons la Russie comme nous avons conquis l'Italie, l'Égypte, l'Allemagne, l'Autriche et l'Espagne. Le prétexte ne manquera pas, comme au temps des croisades, où nous allions emprunter la civilisation à l'Orient. Dieu le veut : nous porterons la liberté au Nord. Un vaisseau anglais entre dans le port de je ne sais quelle ville de la Baltique, et voilà la guerre déclarée par Napoléon à l'homme qui, deux ans auparavant, en s'inclinant devant lui, s'appliquait ce vers de Voltaire :

L'amitié d'un grand homme est un bienfait des dieux.

Et d'abord il semble, à la première vue, que la prévoyance de Dieu échoue contre l'instinct despotique d'un homme. La France entre dans la Russie, mais la Russie recule devant la France. La liberté et l'esclavage ne seront point mis en contact. Nulle semence ne germera sur cette terre glacée; car devant nos armées reculeront non-seulement les armées, mais encore les populations ennemies. C'est un pays désert que nous envahissons, c'est une capitale incendiée qui tombe entre nos mains. Et lorsque nous entrons dans Moscou, Moscou est vide, Moscou est en flammes.

« Alors la mission de Napoléon est accomplie, et le moment de sa chute est arrivé; car la chute de Napoléon va être aussi utile à la liberté que l'avait été l'élévation de Bonaparte. Le czar, si prudent devant l'ennemi vainqueur, sera imprudent peut-être devant l'ennemi vaincu. Il avait reculé devant le conquérant, voyez, voyez, mon père, il s'apprête à suivre le fuyard.

« Dieu retire sa main de Napoléon. Depuis trois ans, son bon génie, Joséphine, ne s'est-il pas éloigné de lui, pour faire place à Marie-Louise, l'incarnation du despotisme? Dieu retire donc sa main de Napoléon, et pour que l'intervention céleste soit bien visible cette fois dans les choses humaines, ce ne sont plus des hommes qui combattent des hommes : l'ordre des saisons est interverti, la neige et le froid arrivent à marches forcées; ce sont les éléments qui tuent une armée.

« Et voilà que les choses prévues par la sagesse du Seigneur arrivent. Paris n'a pu porter sa civilisation à Moscou, Moscou vient la demander à Paris. Deux ans après l'incendie de sa capitale, Alexandre entrera dans la nôtre.

« Mais son séjour y sera de trop courte durée ; ses soldats n'ont fait que toucher le sol de la France. Notre soleil, qui devait les éclairer, ne les a qu'éblouis. Dieu rappelle son élu : Napoléon reparaît ; le gladiateur rentre dans l'arène, combat, tombe et tend la gorge à Waterloo.

« Alors Paris rouvre ses portes au czar et à son armée sauvage. Cette fois, l'occupation retiendra trois ans, aux bords de la Seine, ces hommes de la Newa, du Volga et du Don ; puis, tout empreints d'idées nouvelles et étranges, balbutiant les noms inconnus de civilisation, d'affranchissement et de liberté, ils retourneront dans leur pays sauvage, et huit ans après, une conspiration républicaine éclatera à Saint-Pétersbourg.

« Tournez les yeux vers la Russie, mon père, et vous verrez le foyer de cet incendie fumant encore sur la place du Sénat. Mon père, vous avez consacré votre vie à l'homme-*idée* : l'homme est mort, *l'idée* vit. Vivez à votre tour pour l'idée. »

— Que dites-vous, mon fils? s'écria M. Sarranti, en regardant Dominique avec des yeux où se peignaient à la fois l'étonnement et la joie, la surprise et la fierté. — Je dis, mon père, qu'après avoir si vaillamment combattu, vous ne voudrez pas quitter la vie avant d'avoir entendu sonner les heures des indépendances futures. Mon père, le monde s'agite, la France est en travail comme une montagne volcanique ; encore quelques années, quelques mois peut-être, et la lave va sortir du cratère, engloutissant sur son passage, comme des villes maudites, toutes les servitudes, tous les abaissements d'une société comdamnée à faire place à une société nouvelle. — Répétez ces paroles, Dominique, s'écria le Corse enthousiaste, dont les yeux étincelèrent de joie en entendant sortir de la bouche de son fils ces prophétiques et consolantes paroles, précieuses pour lui comme une rosée de diamants ; répète ces paroles ; tu fais partie de quelque société secrète, n'est-ce pas ? et tu sais le mot de l'avenir ? — Je ne fais partie d'aucune société secrète, mon père, et si je sais le mot de l'avenir, c'est que je l'ai lu dans le passé. J'ignore si quelque complot se trame dans l'ombre, mais ce que je sais, c'est qu'une conspiration toute-puissante est éclose en face de tous, en plein soleil : c'est la conspiration du bien contre le mal, et les deux combattants sont en présence : le monde attend. Vivez, mon père, vivez. — Oui, Dominique ! s'écria M. Sarranti, en tendant la main à son fils, vous avez raison : je désire vivre maintenant ; mais comment vivre, puisque je suis condamné ? — Mon père, cela me regarde. — Pas de grâce, entends-tu bien, Dominique. Je ne veux rien recevoir de ces hommes qui, pendant vingt ans, ont combattu contre la France. — Non, mon père, rapportez-vous-en à moi de garder l'honneur de la famille. On ne vous demande qu'une chose, c'est de vous pourvoir : un innocent n'a pas de grâce à demander. — Quel est donc votre projet, Dominique ? — Mon père, à vous comme aux autres, je dois le taire. — C'est un secret ? — Profond, inviolable. — Même pour ton père, Dominique !

Dominique prit la main de son père, et la baisa respectueusement.

— Même pour mon père, dit-il. — N'en parlons plus, mon fils, quand vous reverrai-je ? — Dans cinquante jours, mon père, plus tôt peut-être, mais pas plus tard. — Je ne vous verrai pas d'ici à cinquante jours ? s'écria M. Sarranti avec effroi.

Il commençait à craindre de mourir.

— J'entreprends à pied un long pèlerinage. Recevez mes adieux, je partirai dès ce soir, dans une heure, pour ne plus m'arrêter jusqu'au retour. Bénissez-moi, mon père.

Un sentiment de sublime grandeur se répandit sur le visage de M. Sarranti.

— Que Dieu t'accompagne pendant ton douloureux pèlerinage, noble cœur, dit-il en élevant les mains au-dessus de la tête de son fils ; qu'il te préserve des embûches et des trahisons, et qu'il te ramène pour ouvrir la porte de ma prison ; que cette porte donne sur la vie ou sur la mort.

Puis, prenant entre ses deux mains la tête du moine agenouillé, il la regarda avec une tendresse orgueilleuse, une suprême fierté ; et, lui baisant le front, il lui fit signe de sortir, de peur sans doute que les émotions dont son cœur était plein ne s'exhalassent en sanglots.

De son côté, le moine, qui sentait ses forces défaillir, se retourna pour dérober à son père la vue des larmes qui jaillissaient de ses yeux, et sortit précipitamment.

XCIV

LE PASSE-PORT.

Quatre heures sonnaient au moment où l'abbé Dominique mettait le pied hors de la Conciergerie. Ce qui nous a pris trois jours de récit s'était passé en une heure.

A la porte, le moine retrouva Salvator. Le jeune homme vit le trouble où était l'abbé, comprit ce qui se passait dans son âme, et que lui parler de son père c'était raviver sa blessure; aussi ne lui dit-il rien autre chose que ces mots :

— Et maintenant, que comptez-vous faire ? — Je pars pour Rome. — Quand? — Le plus tôt possible. — Vous faut-il un passe-port? — Peut-être ma robe pourrait-elle m'en servir; mais n'importe, pour ne subir aucun retard, je préfère en avoir un. — Allons chercher un passe-port ; nous sommes à deux pas de la Préfecture, et, grâce à moi, vous n'aurez pas, je crois, longtemps à attendre.

Cinq minutes après, ils entraient dans la cour de la Préfecture. Au moment où ils franchissaient le seuil de la porte du bureau des passe-ports, un homme se heurta contre eux dans le sombre corridor. Salvator reconnut M. Jackal.

— Recevez mes excuses, monsieur Salvator, dit l'homme de police en reconnaissant le jeune homme, je ne vous demande pas cette fois par quel hasard j'ai le bonheur de vous rencontrer. — Et pourquoi ne me le demandez-vous pas, monsieur Jackal? — Mais parce que je le sais. — Vous savez ce qui m'amène ici? — N'est-ce pas mon état de tout savoir? — Alors je viens ici, cher monsieur Jackal...? — Pour chercher un passe-port, cher monsieur Salvator. — Pour moi? demanda en riant Salvator. — Non, mais pour Monsieur, répondit M. Jackal, en désignant du doigt le moine. — Nous sommes à la porte du bureau, frère Dominique est avec moi ; vous savez que mon état me retient à Paris ; il n'est donc pas difficile de deviner, cher monsieur Jackal, que je viens chercher un passe-port, et que ce passe-port est pour Monsieur. — Oui : mais ce qui l'était davantage, c'était de prévoir votre désir. — Ah ! ah ! Et vous l'avez prévu ? — Autant qu'il a été permis à ma pauvre petite perspicacité de le faire. — Je ne comprends pas. — Voulez-vous me faire l'amitié de me suivre avec M. l'abbé, cher monsieur Salvator ? alors vous comprendrez peut-être. — Où désirez-vous que nous vous suivions ? — Mais dans la salle où l'on délivre les passe-ports. Vous trouverez celui de M. l'abbé tout préparé ! — Tout préparé ? fit Salvator d'un air de doute. — Oh ! mon Dieu, oui, répondit M. Jackal avec cette bonhomie qu'il savait si bien étendre sur son visage. — Même avec le signalement ? — Même avec le signalement. Il ne doit y manquer que la signature de M. l'abbé.

Ils étaient arrivés devant le bureau du fond qui fait face à la porte.

— Le passe-port de M. Dominique Sarranti, dit M. Jackal au chef de bureau enfermé dans la petite cage de bois. — Le voilà, Monsieur, répondit celui-ci en tendant le passe-port à M. Jackal, qui le fit passer au moine. — C'est bien cela, n'est-ce pas ? continua M. Jackal, tandis que Dominique jetait sur le papier officiel un regard étonné. — Oui, Monsieur, répondit l'abbé ; en effet, c'est bien cela. — Eh bien ! dit Salvator, il ne nous reste plus qu'à le faire viser par monseigneur le nonce. — C'est chose facile, répondit M. Jackal en puisant profondément dans sa tabatière et en aspirant avec volupté une prise de tabac. — Mais c'est un véritable service que vous nous rendez là, cher monsieur Jackal, dit Salvator, et je ne sais comment vous en témoigner ma reconnaissance. — Ne parlons plus de cela : les amis de nos amis ne sont-ils pas nos amis ?

Et M. Jackal prononça ces mots avec un tel mouvement d'épaules, avec un tel accent de bonhomie, que Salvator regarda M. Jackal plein de doute. Il y avait des moments où il était tout prêt à prendre M. Jackal pour un philanthrope exerçant son état d'homme de police par amour pour l'humanité.

Mais juste en ce moment, M. Jackal lui jetait en dessous un de ces regards qui attestaient sa parenté avec l'animal dont il portait le nom. Puis faisant signe à Dominique de l'attendre :

— Deux mots, cher monsieur Jackal, dit-il. — Quatre, monsieur Salvator, six, tout un vocabulaire ; c'est un si grand plaisir pour moi de causer avec vous, que, quand j'ai ce bonheur-là, je voudrais que la conversation ne finît jamais. — Vous êtes bien bon, fit Salvator.

Et, malgré sa répugnance intérieure pour cette espèce de compagnonnage, il prit le bras de l'homme de police.

— Voyons, cher monsieur Jackal, dit-il, dites-moi deux choses. — Avec grand plaisir, cher monsieur Salvator. — Dans quelle intention avez-vous préparé ce passe-port ? — C'est la première des deux choses que vous avez à me demander ? — Oui. — Mais dans l'intention de vous être agréable. — Merci. Maintenant, comment avez-vous su que vous me seriez agréable en préparant un passe-port au nom de M. Dominique Sarranti ? — Parce que M. Dominique Sarranti est votre ami, autant que j'en ai pu juger le jour où vous l'avez rencontré près du lit de M. Colomban. — Très-bien ! Mais comment avez-vous deviné qu'il allait faire un voyage ? — Je ne l'ai pas deviné, il l'a dit lui-même à Sa Majesté en lui demandant un sursis de cinquante jours. — Mais il n'a point dit à Sa Majesté où il allait. — Oh! belle malice, cher monsieur Salvator. M. Dominique Sarranti demande un sursis de cinquante jours au roi pour faire un voyage de trois cent cinquante lieues. Or, combien y a-t-il de Paris à Rome? treize cents kilomètres par la route de Sienne, quatorze cent trente kilomètres par la route de Pérouse : la moyenne est donc de trois cent cinquante lieues. A qui M. Sarranti peut-il avoir affaire dans les circonstances où il se trouve? au pape, car il est moine ; le pape est le roi des moines, et il va à Rome essayer d'intéresser le roi des moines à son père, afin que celui-ci demande sa grâce au roi des Français. Voilà tout, cher monsieur Salvator. Je pourrais vous laisser croire qne je suis magicien; j'aime mieux vous dire tout simplement la vérité. Maintenant, vous voyez, le premier venu aurait, en marchant de déductions en déductions, mené la chose à son but aussi habilement que moi. Votre ami n'a donc plus qu'à me remercier en votre nom et au sien, et à partir pour Rome. — Eh bien! dit Salvator, c'est ce qu'il va faire.

Puis appelant le moine :

— Mon cher Dominique, dit-il, voici M. Jackal prêt à recevoir vos remerciements.

Le moine s'approcha, remercia M. Jackal, qui reçut les compliments de Dominique avec la même bonhomie et la même simplicité dont il avait fait montre pendant toute cette scène.

Les deux amis sortirent de la Préfecture. Ils firent une centaine de pas en silence. Au bout de cent pas, l'abbé Dominique s'arrêta et posa sa main sur le bras de Salvator pensif.

— Je suis inquiet, mon ami, dit-il. — Et moi aussi, répondit Salvator. — La prévenance de cet homme de police ne me paraît pas naturelle. — Et à moi non plus. Mais continuons notre chemin, nous sommes probablement suivis et épiés. — Quel intérêt croyez-vous qu'il ait eu à faciliter ainsi mon voyage? dit l'abbé obéissant à l'injonction de Salvator. — Je ne sais, mais je crois, comme vous, qu'il en a eu un. — Ce qu'il a dit de son désir de vous être agréable, y croyez-vous? — Eh! mon Dieu, c'est possible à la rigueur : c'est un homme étrange, qui est pris parfois, on ne sait pourquoi ni comment, de sentiments qui ne semblent point appartenir à son état. Une nuit que je revenais à travers les quartiers perdus de la ville, j'entendis, dans une de ces rues qui n'ont point de nom, ou plutôt qui ont un nom sinistre, j'entendis au bout de la rue de la Tuerie, près de la rue de la Vieille-Lanterne, des cris étouffés. Je suis toujours armé, vous devez comprendre pourquoi, Dominique ; je m'élançai du côté où j'entendais ces cris. Je vis, du haut de l'escalier visqueux qui conduit de la rue de la Tuerie à la rue de la Vieille-Lanterne, un homme qui se débattait au milieu de trois hommes, lesquels essayaient, par la porte ouverte d'un égoût, de l'entraîner vers la Seine. Je ne pris pas le temps de descendre l'escalier : je me glissai par-dessous la balustrade, et me laissai tomber dans la rue. J'étais à deux pas du groupe; un de ceux qui le formaient s'en détacha et vint à moi le bâton levé. Il roula à l'instant même dans l'égoût, tué d'un coup de pistolet. A cette vue, au bruit de la détonation, les deux autres hommes s'enfuirent, et je me trouvai avec celui au secours duquel la Providence m'avait si miraculeusement envoyé. C'était M. Jackal. Je ne le connaissais alors que de nom, comme tout le monde le connait. Il me dit qui il était, et comment il se trouvait là. Il devait opérer une descente dans un mauvais garni qui se trouve dans la rue de la Vieille-Lanterne. A quelques pas de l'escalier, et étant arrivé un quart-d'heure avant ses agents, il se tenait caché contre la grille de l'égoût, quand tout à coup la grille s'était ouverte, et trois hommes s'étaient jetés sur lui. Ces trois hommes étaient en quelque sorte les délégués de tous les voleurs et de tous les assassins de Paris, lesquels avaient juré de se débarrasser de M. Jackal, dont la surveillance était un fléau pour eux. Et en effet, ils allaient tenir leur promesse et s'en débarrasser, quand, par malheur pour eux, et surtout pour celui d'entre eux qui râlait à mes pieds, j'étais arrivé au secours de M. Jackal. Depuis ce jour, M. Jackal me garde une certaine reconnaissance et me rend à moi et à mes amis tous les petits services qu'il peut me rendre sans manquer à son devoir de chef de la police de sûreté. — Alors il est possible en effet, dit l'abbé Dominique, qu'il ait eu l'intention de vous être agréable. — C'est possible, mais rentrons. Voyez cet homme ivre, il nous suit depuis la rue de Jérusalem; aussitôt que nous serons de l'autre côté de la porte, il sera dégrisé.

Salvator tira une clef de sa poche, ouvrit la porte de l'allée, fit passer Dominique le premier et referma la porte derrière lui.

XCV

LA LETTRE S.

Roland avait flairé son maître. Aussi les deux jeunes gens trouvèrent-ils le chien au premier étage et Fragola attendant Salvator à la porte de leur appartement. Le dîner était prêt, car le temps s'était écoulé au milieu de ces divers événements et il était plus de six heures.

Quoique grave, le visage des deux hommes était calme. Il ne s'était donc rien passé de réellement fâcheux. Fragola interrogea Salvator du regard.

— Tout va bien! dit celui-ci avec un demi-sourire. — Monsieur l'abbé nous fait l'honneur de partager notre dîner? demanda Fragola. — Oui.

Et Fragola disparut.

— Maintenant, dit Salvator, donnez-moi votre passe-port, mon frère.

Le moine tira de sa poitrine le passe-port plié. Salvator le déplia, l'examina avec soin, le tourna et le retourna, mais sans y remarquer rien de suspect. Enfin il l'appliqua contre une vitre.

A travers la transparence du papier, une lettre invisible dans toute autre position que celle où ce papier avait été mis par Salvator se dessina.

— Tenez, dit Salvator, voyez-vous? — Quoi? demanda l'abbé. — Cette lettre.

Et il montra la lettre du doigt.

— Un S? — Oui, un S; comprenez-vous? — Non. — Un S est la première lettre du mot surveillance. — Eh bien? — Eh bien! cela veut dire : Au nom du roi de France, moi, Jackal, homme de confiance de M. le préfet de police, je recommande à tous les agents français, dans l'intérêt de Sa Majesté, et à tous les agents étrangers, dans l'intérêt de leurs gouvernements respectifs, de suivre à la piste, de surveiller, d'arrêter sur sa route, et même au besoin d'appréhender au corps l'individu porteur du présent passe-port; en un mot, mon ami, vous êtes, sans le savoir, sous la surveillance de la haute police. — Que m'importe après tout? dit l'abbé. — Oh! faisons-y attention, mon frère, dit gravement Salvator; la manière dont a été mené le procès de votre père prouve qu'on ne serait pas fâché de s'en débarrasser, et je ne veux pas faire valoir Fragola, ajouta avec un imperceptible sourire Salvator, mais il n'a fallu rien moins que les hautes influences dont elle dispose pour que vous obtinssiez votre audience, et, à la suite de votre audience, deux mois de sursis que vous a accordés le roi. — Croyez-vous que le roi manquerait à sa parole? — Non; mais vous n'avez que deux mois. — C'est plus de temps qu'il ne m'en faut pour aller à Rome et pour en revenir. — Si l'on ne vous suscite pas d'embarras, si l'on n'élève point d'empêchement sur votre route, si l'on ne vous arrête point, si enfin, une fois arrivé, on ne vous empêche point par mille intrigues invisibles de voir là-bas celui que vous y allez voir. — Je croyais que tout moine qui, achevant un pèlerinage de quatre cents lieues, arrive à Rome pieds nus et un bâton à la main, n'avait qu'à se présenter aux portes du Vatican, et que l'escalier qui mène à l'appartement de celui qui autrefois a été un simple moine comme lui lui serait ouvert. — Mon frère, vous croyez encore à beaucoup de choses auxquelles successivement vous cesserez de croire. L'homme, à mesure qu'il entre dans la vie, est comme un arbre dont le vent disperse d'abord les fleurs, puis arrache les feuilles, puis brise les branches, jusqu'à ce que la tempête, qui succède au vent, le brise un beau jour lui-même. Mon frère, ils ont intérêt à ce que M. Sarranti meure, et ils emploieront tous les moyens possibles pour rendre inutile la parole que vous avez surprise au roi. — Surprise? s'écria Dominique, regardant avec étonnement Salvator. — Surprise à leur point de vue. Voyons, comment pensez-vous qu'ils expliquent cette influence qui a fait que madame la duchesse de Berry, la fille bien-aimée du roi, dont le mari est mort sous le coup d'un fanatique, se soit intéressée au fils d'un autre révolutionnaire, révolutionnaire et fanatique lui-même? — C'est vrai, dit Dominique en pâlissant, mais que faire? — C'est à quoi nous allons aviser. — Mais comment? — En brûlant ce passe-port, qui ne peut vous être que nuisible.

Et Salvator déchira le passe-port, dont il mit les morceaux au poêle. Dominique le regardait avec anxiété.

—Mais maintenant, dit-il, sans passe-port, que vais-je devenir? — D'abord, croyez-moi, frère, mieux vaudrait voyager sans passe-port que de voyager avec celui-ci; mais vous ne voyagerez pas sans passe-port. — Qui m'en donnera un? — Moi! dit Salvator.

Ouvrant alors un petit secrétaire, il fit jouer un secret, et, parmi plusieurs papiers cachés dans ce tiroir, il prit un passe-port tout signé, mais dont les noms et le signalement étaient en blanc. Il remplit ces noms et ce signalement : les noms, au nom de frère Salvator; le signalement, d'après le signalement de Sarranti.

— Mais le visa? demanda Dominique. — Il est visé par la légation sarde pour Turin. Je croyais aller en Italie et y aller incognito, bien entendu. Je m'étais précautionné de ce passe-port, il vous servira. — Mais à Turin? — A Turin, vous direz que vos affaires vous forcent à aller jusqu'à Rome et l'on vous visera votre passe-port sans difficulté.

Le moine saisit et serra les deux mains de Salvator.

— Oh! mon frère, oh! mon ami, dit-il, comment reconnaîtrai-je jamais tout ce que je vous dois? — Je vous l'ai dit, répondit Salvator en souriant, quelque chose que je fasse pour vous, je resterai toujours votre débiteur.

Fragola rentra; elle entendit ces derniers mots.

— Répète à notre ami ce que je lui dis, mon enfant, fit Salvator en tendant la main à la jeune fille. — Il vous doit la vie, mon père, je lui dois mon bonheur. La France, dans la mesure de ce que peut un homme, lui devra peut-être sa délivrance. Vous voyez bien que la dette est immense. Ainsi, disposez de nous.

Le moine regarda les deux beaux jeunes gens.

— Vous faites le bien, soyez heureux, dit-il avec un geste de paternelle et miséricordieuse indulgence.

Fragola montra la table toute servie. Le moine s'y assit entre les deux jeunes gens, dit gravement le *Benedicite*, qu'ils écoutèrent avec ce sourire des âmes pures, qui sont convaincues que la prière monte à Dieu.

On mangea vite et silencieusement. Avant que le repas fût fini, Salvator, lisant l'impatience dans les yeux du moine, se leva.

— Me voici à vos ordres, mon père, dit-il; mais avant de partir, laissez-moi vous donner un talisman. Fragoletta, apporte la cassette aux lettres.

Fragola sortit.

— Un talisman? répéta le moine. — Oh! soyez tranquille, mon père, ce n'est point de l'idolâtrie, mais vous savez ce que je vous ai dit des difficultés que vous pourriez éprouver pour arriver jusqu'au saint-père. — Oui, pouvez-vous donc quelque chose pour moi là-bas? — Peut-être! fit Salvator en souriant.

Puis, comme Fragola rentrait avec la cassette demandée :

— Une bougie, de la cire et le cachet armorié, chère enfant, dit-il.

L'enfant posa la cassette sur la table, et sortit de nouveau. Salvator ouvrit la cassette avec une petite clef dorée qu'il portait à son cou, suspendue à une chaîne. Elle contenait une vingtaine de lettres. Parmi ces vingt lettres, il en prit une au hasard.

Fragola rentrait en ce moment avec la bougie, la cire et le cachet. Salvator inséra la lettre dans une enveloppe, la scella du cachet armorié, et écrivit sur l'adresse cette suscription :

A Monsieur le vicomte de Chateaubriand, à Rome.

— Tenez, dit-il à Dominique, il y a trois jours que celui à qui cette lettre est adressée, las de la façon dont vont les choses en France, est parti pour Rome.

Le moine lut l'adresse.

— A M. le vicomte de Chateaubriand? répéta-t-il. — Oui, devant un nom comme le sien, toutes les portes s'ouvriront. Si vous croyez les difficultés insurmontables, présentez-lui cette lettre; dites-lui qu'elle vous a été remise par le fils de celui qui l'a écrite, et invoquez au nom de cette lettre des souvenirs d'émigration. Il marchera devant vous et vous n'aurez qu'à le suivre. Cependant, n'employez ce moyen qu'à la dernière extrémité, car il révélera un secret qui sera alors entre trois personnes, vous, M. de Chateaubriand, et nous deux Fragola qui n'en faisons qu'un. — Je suivrai aveuglément vos instructions, mon frère. — Eh bien! alors, c'est tout ce que j'ai à vous dire; baisez la main de ce saint homme, Fragoletta, moi, je le conduis jusqu'à la dernière maison de la ville.

Fragola s'approcha et baisa la main du moine, qui la regarda faire avec un doux sourire.

— Je vous renouvelle ma bénédiction, mon enfant, dit-il. Soyez aussi heureuse que vous êtes chaste, bonne et belle.

Puis, comme si tous les êtres vivants de la maison avaient droit à sa bénédiction, il passa la main sur la tête du chien et sortit. Salvator, resté en arrière, appuya doucement ses lèvres sur celles de Fragola, en murmurant:

— Oh! oui, chaste, bonne et belle!

Et il suivit l'abbé.

XCVI

A LA DERNIÈRE MAISON DE LA BARRIÈRE DE FONTAINEBLEAU.

Avant de partir, l'abbé avait à passer chez lui. Les deux jeunes gens prirent donc la rue du Pot-de-Fer. A peine avaient-ils fait dix pas, qu'un commissionnaire, auquel un homme enveloppé d'un manteau venait de remettre une lettre, se détacha de la muraille et les suivit.

— Tenez, dit Salvator au moine, je parie que voilà un commissionnaire qui a affaire du même côté que nous. — Nous sommes épiés alors? — Pardieu!

En effet, les jeunes gens se retournèrent trois fois, une fois au coin de la rue de l'Éperon, une fois au coin de la rue Saint-Sulpice et une fois à la porte de l'abbé. Le commissionnaire avait en effet affaire au même endroit qu'eux.

— Oh! murmura Salvator, c'est un homme habile que M. Jackal; mais comme nous avons Dieu pour nous, et qu'il n'a pour lui que le diable, peut-être serons-nous encore plus habiles que lui.

Ils entrèrent; l'abbé prit sa clef. Un homme causait avec la portière et caressait son chat.

— Regardez bien cet homme quand nous sortirons, dit Salvator en montant l'escalier de Dominique. — Quel homme? — Celui qui cause avec votre portière. — Eh bien? — Eh bien, il nous accompagnera jusqu'à la barrière, et vous accompagnera, vous, peut-être plus loin encore.

On entra dans la chambre de Dominique. C'était une oasis que cette chambre quand on sortait de la Conciergerie et de la Préfecture. Le soleil couchant l'éclairait à cette heure de ses plus doux rayons, les oiseaux du Luxembourg chantaient dans les marronniers en fleurs; l'air était pur, et l'on se sentait heureux rien qu'en entrant dans ce réduit.

Salvator sentit son cœur se serrer en songeant que le pauvre moine allait quitter cette atmosphère sereine pour aller errer sur les grandes routes, de pays en pays, sous le soleil brûlant du midi, sous le vent glacé de la nuit. L'abbé s'arrêta un instant au milieu de la chambre et regarda tout autour de lui.

— J'ai été bien heureux, ici, dit-il, formulant par des paroles la pensée de son âme; j'ai passé les plus douces heures de ma vie dans cette paisible retraite, où je ne demandais de plaisir qu'à l'étude, de consolation qu'à Dieu. Pareil à ces moines qui habitent le Thabor ou le Sinaï, il m'arrivait alors comme des souvenirs d'une vie passée, comme les révélations d'une vie future. J'ai vu passer ici, comme des êtres vivants, les songes les plus fleuris de ma jeunesse, les plus enchanteresses félicités de mon adolescence; je n'y demandais qu'un ami: Dieu me donna cet ami dans la personne de Colomban, Dieu me l'a ôté! mais il vous a rendu à moi, Salvator; la volonté de Dieu soit faite!

Et ayant dit ces paroles, le moine prit un livre qu'il mit dans la poche de sa robe; noua autour de son habit blanc une simple corde, puis, passant derrière Salvator, il alla prendre dans un angle de la chambre un long bâton d'épine, qu'il montra à son ami.

— Je l'ai rapporté d'un triste pèlerinage, dit-il; c'est le seul souvenir matériel qui me reste de Colomban.

Puis, comme s'il redoutait de s'attendrir et d'éclater s'il restait un moment de plus:

— Voulez-vous que nous partions, mon ami? dit-il. — Partons! dit Salvator en se levant.

Ils descendirent, l'homme n'était plus chez la portière, mais au coin de la rue. Les deux jeunes gens traversèrent le Luxembourg. L'homme les suivit.

Ils gagnèrent l'allée de l'Observatoire, prirent la rue Cassini, le faubourg Saint-Jacques, et arrivèrent ainsi, plus muets que causeurs, à travers les boulevards extérieurs, jusqu'à la barrière de Fontainebleau. Ils franchirent la barrière, suivis par les regards curieux des douaniers et des hommes du peuple, mal habitués à la vue de la robe monacale.

Les deux amis continuèrent de marcher. L'homme les suivait toujours. Peu à peu, les maisons se séparèrent, puis devinrent plus rares le long de la route, puis enfin on ne vit plus, à droite et à gauche, que la plaine où commençaient à se balancer les épis.

— Où couchez-vous ce soir? demanda Salvator. — Dans la première maison où l'on voudra bien me donner l'hospitalité, répondit le moine. — Cette hospitalité, mon frère, souffrez que ce soit moi qui vous la donne.

Le moine inclina la tête en signe d'assentiment.

— A cinq lieues d'ici, continua Salvator, un peu en avant de Cour-de-France, vous trouverez, à gauche, un petit sentier que vous reconnaîtrez à un poteau sur lequel vous verrez une croix blanche ayant la forme de ce qu'on appelle en blason une croix pattée.

Dominique fit un second signe de tête.

— Vous suivrez ce sentier, qui vous conduira au bout de la rivière. Alors, à cent pas de là, au milieu d'un massif d'aulnes, de peupliers et de saules, vous verrez, aux rayons de la lune, blanchir une petite maison. Sur la porte de cette maison vous reconnaîtrez une croix blanche, pareille à celle du poteau.

Dominique fit un troisième signe de tête.

— Tout près est un saule creux, continua Salvator, vous fouillerez dans le creux de ce saule et vous trouverez une clef. C'est la clef de la porte. Vous la prendrez et ouvrirez. Pour cette nuit, et pour autant de nuits que vous voudrez, la cabane sera à vous.

Le moine n'eut pas même la peine de demander à Salvator dans quel but il avait une maison au bord de la rivière. Il ouvrit ses bras à son ami. Les deux jeunes gens pressèrent l'un contre l'autre leurs deux cœurs gonflés d'émotion.

— Il faut se séparer.

L'abbé partit.

Salvator resta debout et immobile à l'endroit où il venait de quitter son ami, et le suivit des yeux aussi loin que ses yeux purent distinguer sa forme dans les croissantes ténèbres.

Quiconque eût vu ce beau moine s'en allant paisiblement et gravement, son bâton d'épine à la main, avec sa robe éclatante de blancheur et son manteau flottant derrière lui; quiconque, disons-nous, eût vu partir ainsi à pied, pour son long et pieux pèlerinage, ce beau moine à la démarche ferme, au pas égal, se fût senti saisi à la fois de compassion et de tristesse, de respect et d'admiration.

Enfin, Salvator le perdit de vue, fit un signe qui signifiait : Dieu te garde! et redescendit vers la ville fumante et boueuse, avec un chagrin de plus et un ami de moins.

FIN DU DEUXIÈME VOLUME.

TABLE DES MATIÈRES

FIN DE LA TABLE DES MATIÈRES.

CLASSEMENT DES GRAVURES

PREMIER VOLUME.

DEUXIÈME VOLUME.

LAGNY. — Imprimerie de VIALAT.

www.ingramcontent.com/pod-product-compliance
Lightning Source LLC
LaVergne TN
LVHW010830120826
845149LV00016B/252

* 9 7 8 2 0 1 2 9 9 6 5 4 0 *